KB034423

파리의 새벽,
그 화려한 떨림

파리의 새벽,
그 화려한 떨림

지은이 • 김승웅
발행인 • 김윤태
발행처 • 도서출판 선
북디자인 • 디자인이즈
초판 1쇄 발행 • 2008년 4월 7일

등록번호 • 제15-201호
등록일자 • 1995년 3월 27일
주소 • 서울시 종로구 낙원동 58-1 종로오피스텔 314호
전화 • 02-762-3335
전송 • 02-762-3371

값 20,000원
ISBN 978-89-86509-62-5 03810

파리의 새벽,
그 화려한 떨림

김승웅

선

Contents

돌고래의 꿈

》 **김홍철** 필자의 대학은사, 한국국제정치학회장 역임

김승웅은 서울대학교 문리과대학 외교학과에 입학('61년)하여 4년 과정을 별 탈 없이 이수하고 졸업하였다. 그는 대학에서 나의 〈전쟁론〉 강의를 수강하여 듣고 배웠다. 그때 나에게 받은 학점이 매우 짰다며 지금도 가끔 만나면 애교 있는 응석을 부리곤 한다.

나와 김승웅은 이렇게 해서 서로 오랜 동안의 지기지우가 되었고, 스승과 제자라는 '사제의 관계' 로 인연을 맺어왔다. 그로부터 벌써 반세기 가까운 세월이 덧없이 흘러가고 말았다.

김승웅은 환갑진갑을 다 지낸 60 중반의 노 제자가 되었고, 나도 이제 백발이 성성한 80 노옹의 문턱에 들어서 있다. 지금 그와 나는 이 글방에 뜨는 글과 편지소식을 통해 일상의 소식을 주고받는다. 서로 나이를 잊고 교유하는 망년지우로 일상을 지내면서 서로의 노년을 즐겁게 꾸려가고 있다.

각박하고 메마른 오늘의 세태 속에서 '옛 스승' 을 잊지 않고 챙겨주는 노

제자 김승웅에게 진심으로 감사하며 여기 이 글을 적는다.

그 김승웅이 그의 필생의 역작이라 할 수 있는 새 책 〈파리의 새벽, 그 화려한 떨림〉을 출판하여 세상에 내놓았다. 내가 존경하고 아끼는 노제자의 역저力著 출판을 축복하고 그 노고를 치하하기 위하여 지금 이 글을 쓰고 있다.

이 책은 저자가 작년에 제작 출간한 책 〈모든 사라진 것들을 위하여〉 (부제: 서울 회억, 1961~84년)에 이은 그 후속편으로, '김승웅 저작물' 의 쌍 태아로 탄생하는 또 하나의 역작물이다.

이 책을 쓰기 위해 그가 소재를 찾아 동분서주하며 모으고, 분석 통찰 축적한 그 험난한 작업 활동은 파리는 국제현장에서 이루어졌다. 그가 한국일보의 주불특파원으로 봉직하던 시절이다.

30여년의 언론 생활 가운데 국제 사회에서만 만 14년을 뒹굴어 온 인간 김승웅은 우리가 지금 살고 있는 이 시대사 속에서는 쉽게 찾아볼 수 없는 희소가치의 소유자이다. 신문기자로서의 잔혹한 '프로정신' 을 소중하게 여기고 사랑하면서 '쟁이' 로서의 본업을 아름답게 마감한, 멋진 사나이기도 했다.

세계정치 현실의 제 국면과 실상을 눈금 보듯 분석 통찰하는 그만의 뛰어난 직관력, 그리고 탁월한 국제 감각은 어느 누구도 쉬 따라잡기 힘든 세계적인 명 기자였음을 그의 실적으로 입증해 주고 있다.

그 큰 화경 같은 눈으로 천하세계를 굽어보고 토해내는 경륜과 세계정치의 경영 철학이 이 글과 책 속에 깊이 침전되어 있음을 발견하게 된다.

이 모두가 나라를 사랑하고 세계 만백성이 평화와 안녕을 누리며 함께 살아갈 수 있는 슬기와 현명한 방책이 어떤 것인가를 통찰해내야 하는 정치학도의 고민과 번뇌, 그리고 그 희망이 글을 통해 주절주절 나타나 있다.

그 정치를 쉽게 말하기 위해 그는 곧잘 영화를 원용援用한다. 이 책 속에는 등장하지 않는 이야기지만, 나는 언젠가 그가 '정치란 무엇인가?'라는 소재를 놓고 쓴, 다음의 구절을 지금껏 기억하고 있다.

> "영화 〈닥터 지바고〉의 한 장면이 떠오릅니다. 애인 라라를 찾아 눈보라 속에 사경을 헤매는 주인공 지바고의 귀에 주민들의 함성이 들려옵니다. 군인들에게 쫓기는 주민들이 질러대는 공포의 절규입니다.
> 주민 가운데 노파 하나가 지바고를 향해 '솔저, 솔저!Soldiers, Soldiers!'를 외쳐댑니다. 군인들이 지금 한창 마을에서 노략질을 해대니 제발 좀 살려달라는 탄원이지요.
> 지바고가 노파에게 되묻습니다. 'White? or Red?백군이오? 아니면 적군이요?' 여기서 백군白軍은 당시 제정帝政 러시아의 로마노프 황제를 따르는 정부군을 말합니다. 적군赤軍은 제정의 폭정에 반기를 든 러시아 혁명군입니다.
> 지바고는 지금 살육과 노략질을 해대는 군인들이 백군 소속인지 아니면 적군 소속인지를 묻고 있는 겁니다. 노파는 그러나 '솔저, 솔저!'만을 반복할 뿐입니다.
> 그렇습니다. 지금 현재 노파가 무서워하는 것은 군인 그 자체일 뿐 백군 소행이냐 적군 소행이냐는 관심권 밖인데도 먹물 든 지바고는 엉뚱하게도 백이냐 적이냐 만을 따지고 있는 것입니다.

정치가 바로 그렇습니다. 여가 옳은가 야가 옳은가는 여야 캠프의 관심사는 될망정, 또 의사 지바고처럼 뭔가를 배웠다는 '먹물'든 지식층들의 편 가르기에 불과할 뿐 정작 민초들의 관심에서는 훌쩍 벗어나 있습니다. 민초들은 정치 그 자체가 싫은 겁니다. 노략질해대는 군인 그 자체가 싫듯이.

한마디로 우리는 지금 심한 정치혐오증을 앓고 있습니다. 병인病因은 여러 가지가 있겠으나 가장 큰 이유는 인물부재 때문이 아닌가 싶습니다…"

저자 김승웅은 이처럼 국제 언론인인 동시에 뛰어난 정치학자이고 국제정치학도이다. 우리 모두의 현재적 또는 현대사적 의미의 〈정치관념〉의 실체를 파헤쳐 보기 위해 그는 "정치란 무엇인가?"라는 거창한 화두를 이 책 속에 '숨은 그림' 처럼 숨겨놓고 있다.

그런가 하면 이 책에 나오는, 지금부터 20여 년 전 저자가 서베를린으로 날아가 작곡가 윤이상과 가진 인터뷰 역시 깊은 인상을 남기는 글이다. '예술'과 '정치'란 과연 어떤 것이며, 사람의 종교관과 정치관은 어떤 상관관계를 갖는 것인지… 우리로 하여금 깊은 사색과 고뇌 번민의 심연으로 잠기게 하는 내용으로 가득 차 있다.

아울러 '정치관념'과 정치의 '실천논리' 사이에 가로놓인 상호불일치의 실상도 어떤 것인가를 그는 깨우쳐주고 있다. 우리 같은 분단국가의 현대사적 질곡을 파헤쳐주는 대화록이 바로 이 책이다.

저자 김승웅은 기자생활로 그의 반평생을 살아왔으면서도 뛰어난 '전문

외교관' 의 자질을 갖추고 있으며, 한편으로는 이론과 실제를 겸비한 '외교 제도사' 의 전문 학자이다.

그는 이 책에서 우리나라의 외교 실태와 외교관의 성숙과정을 분석 고찰하고 서양 외교의 진수와 그 외교제도 발전사의 근현대에 걸친 단면사史를 잘 정리했는가 하면 외교관끼리의 명함 교환방식을 자르치는 데서 부터 해외에 파견하는 신임대사에게 신임장을 주거나 외국대사로부터 신임장을 받을 때 국가원수는 반드시 '오른손' 을 써야 하는 불문율, 또 외교관 부인이 남자 외교관에게 먼저 말을 건네는 일은 삼가야 한다는 데 이르기까지.

그런가 하면 우리나라의 외교 초창기, 김용식 최규하 김동조 등 외무장관들이 외무부에 입부할 때 생겼던 일화까지도 흥미진진한 필치로 기록해 놓고 있다.

그가 추구하는 〈외교론〉의 골자는 한마디로 "작되 강하고, 아름다운" 외교다. 바다의 고래에 비유하자면, 대양大洋을 누비되 큰 몸집에 느리고 둔한 대형 고래보다는 (서울대 외교학과 윤영관 교수의 주장처럼) 민첩하기 그지없고 그 지능이 거의 인간에 가깝다는 돌고래, 바로 그 '돌고래 식 외교' 가 어서 등장하기를 고대하고 있다.

20여 년 전 내가 '외교 제도사' 라는 보잘 것 없는 졸저를 펴낸 일이 있지만 김승웅의 이 분야에 대한 그 해박한 지식과 살아있는 현장체험은 재치 있는 글 솜씨와 함께 독특한 것이어서, 나 자신부터 이 책을 통해 많은 것을 배워 익히고 있는 중이다.

또 한 가지, 이 책에서 눈 비비고 봐야 할 대목은 "문명과 야만이 공존한다"는 제목을 단, 그의 '아우슈비츠' 수용소 탐방기다. 저자가 품고 있는 금세기의 전쟁관과 전쟁사관을 진솔하게 엮어 이 책의 압권이라 말하지 않을 수 없다.

전쟁의 참화와 비극의 처참한 현장을 직접 밟아 만천하에 고발함으로써 수많은 세계의 정치 지도자들에게 인류 공동의 평화와 안녕, 행복을 위해 그들이 과연 무엇을 해야 할 것인지를 일깨워주기 때문이다.

저자는 이 책을 집필하게 된 근본 이유를 끝내 숨겨오다 책 말미의 '에필로그'를 통해서야, 그것도 아주 여린 톤으로 살짝 들추고 있는데, 한마디로 요약하자면, 변경邊境을 말하기 위함인 듯싶다.

거기, 바람 부는 변경에 달려가 '세밀한 속삭임'을 듣고 전율하는 김승웅을 읽으며 나는 우리 시대가 드디어 한 빼어난 인문 학도를 갖게 된 데 대해, 또 그가 호흡이 왕성한 '자유인'le libre이라는 사실에 대해, 그리고 무엇보다 이런 걸물이 내 문하門下에서 배출됐다는 사실에 대해 흥분하고 있다.

끝으로 이 책은 저자에게 '변경'이었던 파리에서 그가 전율했던 '떨림'의 정체를 살짝 건드리는 것으로 긴 장정長征을 마감하는데, 한 가지 이상타 여기는 건 그 '떨림'의 파장이 의외로 크고 집요해서, 독자들은 왜 그가 이 책을 썼는지를 책을 덮고 한참 지나서야 깨닫게 된다는 점이다.

그리고 막판에는 우리 모두가 살고 있는 이 나라 대한민국에도 그 '떨림'은 그대로 존치存置돼야 하는 게 아닐까! 라는 자탄自嘆으로 번진다는 점이다.

노 대기자 김승웅에게 길이 영광 있으라!

2008년 2월 구정 하루 앞두고 춘천에서 김홍철

Story #1

클래식 영화의 현장

금지된 장난

Jeux Interdits

"미셸! 미셸!··· 외치던 그 계집아이, 올해 나이 61세"

파리 시절을 가책苛責으로 시작했다. 그 가책을 벗어나기 위해 나는 툭하면 파리 주변을 맴돌았고, (이 가책에 관해서는 후술하겠지만) 그러다 보니 파리 주변에 흩어져 있던 클래식 영화의 현장을 찾게 되었다.

이곳 파리에 오기까지 내가 서울에서 틈틈이 봐 뒀던 고전 영화의 로케 현장이 바로 파리 주변에 널려 있었던 것이다. 섭렵할 때는 몰랐는데, 돌고 나서 돌이켜 보니 영화 한편 한편이 영상미학 교과서에 올라 있는 고전古典들 아닌가!

수 십년을 까마득히 잊고 지내다 어느 날 뒤안 뜰에 홀연히 돌아와 낙과落果를 줍듯, 나는 영화 하나하나를 호~호 불어가며 건져 올린다. 그 영화 한편 한편의 과육果肉 속에 이곳 파리에 닿기까지 대한민국에서 소진했던, 한 편의 영화에 불과했던 나의 40년 삶이 알알이 박혀 있음을 실감한다.

해서, 내 〈파리 회억回憶〉 역시 이 여덟 편의 고전 영화 탐험으로 시작하는 것이 바람직하다 여기는 것이다.

지중해가 가까운 남불南佛의 알프스 산록을 이리저리 헤맨다. 영화 〈금지된 장난〉의 현장은, 그러나 속속들이 공개되기를 금지하려는 것일까, 쉽게 잡히지를 않는다. 영화제로 유명한 지중해 해안도시 칸느에서 기행을 시작한다.

그러노블로 가는 국도를 타고 북상北上을 계속하다가 퓌제테니에르라는 작은 마을을 만난다. 1천 5백여 명의 인구가 사는 깊고 은밀한 산간 마을이다. 내방객을 위한 안내소가 한가로이 반겨준다. 마을 사람들은 〈금지된 장난〉에 대해 거의 모두 알고 있다.

그러나 영화에 대해 아는 것이지, 그 영화가 이곳에서 촬영되었다는 사실에 대해서는 누구도 알지 못한다. 파리에서부터 구해가지고 떠난 프랑스의 권위 영화잡지 라방 센 62년 5월호에는 분명히 이 영화의 로케이션 슈팅 장소의 하나로 퓌제테니에르가 적혀 있는데 정작 이곳 사람들은 그 사실을 모른다는 것이다.

봉우리 너머의 라푹스로 차를 몰아본다. 라푹스는 라방 센 지에 소개된 또 한 곳의 야외 촬영장소다. 스키장으로 바뀐 이 마을은 온통 신시가지로 개발되어 있다. 영화에 자주 등장하던 허름한 집이나 공간, 하물며 물레방아를 찾아내기란 서울의 강남땅에서 서낭당 찾기보다도 힘들다. 세월은 그렇

게 무섭다.

곰곰 살펴보니 마을 한켠으로 시냇물이 흐른다. 옳지! 마을 모습은 현대화됐더라도 물길만큼은 고치지 못했으리라. 물길을 따라 아파트를 돌고 레스토랑을 지나 한참을 추적한 즉 넓다란 들판이 나오고, 거기, 다 쓰러져가는 2층 돌담 집 한 채가 나타난다. 저것이다!

영화 속의 남 주인공 미셸(11세)이 살던 돌레 가家가 다름아닌 이곳이다. 여주인공 폴레트(5세)가 이 집에서 1년을 기식하며 금지된 장난 십자가 놀이를 미셸과 함께 음모하던 바로 그 현장이다.

집은 허물기 직전의 빈터이고, 그 속은 마구馬具와 고장 난 마차더미로 가득 메워져 있다. 영화 장면에 나오는 개울, 바로 이 현장을 찾는데 단서가 된 개울 물길은 집 앞에 와서 끊겨져 지하로 숨는다. 마을 구획사업에 따라 하수구로 밀려난 듯 싶다.

집 앞 개울자리에 수도설비가 돼 있고 말먹이는 물통도 갖춰져 있다. 못질한 나무 창窓위에 누군가가 조랑말 산책 길이라 적어 놨다. 한마디로 마을의 마구간이다. 미셸과 폴레트가 기거하던 2층 방도 모두 헐려있고 컴컴한 구석구석에 거미줄이 어지럽다.

마을 앞 계곡 쪽에서 서늘한 바람이 불어온다. 그 바람을 타고 거미줄 몇 가닥이 얼굴을 감는다. 얼굴에서 거미줄을 걷어내는데, 영화 〈금지된 장난〉의 배경음이 들려오는 즐거운 착각에 빠지게 된다.

그 음악은 애절하고 달콤한 선율, 영화보다도 오히려 더 알려진 영화 주제곡이다.

당대 최고 기타리스트 나르시소 예페즈(스페인)가 편곡 연주한 이 주제곡은

》 르네 클레망

당초 스페인 지방의 옛 민요 사랑의 로망스가 오리지널이라고도 하고 19세기 후반 스페인의 기타 명인 안토니오 루빌라의 곡이라고도 한다.

감독 르네 끌레망의 요청으로 파리로 건너온 예페즈(당시 25세)는 야외 로케 팀과 어울려 이 영화가 촬영되던 1951년 가을 한 철을 알프스 산속 벽촌에서 함께 보낸다. 르네 클레망은 전후戰後 프랑스 영화 감독의 대부代父로 통한다. 그가 만든 영화는 손가락에 꼽을 만큼 과작寡作이나 어느 것 하나 타작駝作이 없다.

〈대 열차작전La Bataille du Rail, 1946〉을 비롯 〈목로주점〉 〈태양은 가득히〉 〈파리는 불타고 있는가?〉 〈빗속의 방문객〉 등 작품 하나하나가 큰 획을 이루는 명작들이다.

그가 손을 댄 영화는 으레 물의를 빚는다. 영화 〈금지된 장난〉도 예외가 아니었다. 원래 시나리오 작가 지망생이던 프랑수아 보와이에가 1947년에 쓴 〈나무 십자가, 철鐵십자가〉가 원전이다.

이것이 47년 책으로 출판될 때는 〈처음 해본 장난〉이라는 제목이었고, 51년 르네 클레망에 의해 영화화가 결정되면서 〈금지된 장난〉이 된 것이다. 어쨌든 영화는 베니스 영화제(금사자상) 뉴욕 영화비평가 상(외화 최고상) 을 휩쓴 대 성공작이었다.

그러나 프랑스 영화의 본 고장인 칸느 영화제에서는 조작된 어린이 심리와 십자가에 대한 모독 등의 이유로 호된 비판을 받았으며, 특히 베를린 영화제에서는 독일 공군기의 무차별 기총소사 장면이 말썽이 돼 명화의 서두

장면을 삭제하는 곤경을 겪기도 했다.

이런 비판은 그 나름의 정당성을 갖는다. 십자가를 장난의 대상으로 삼는다는 것은 기독교를 문화의 배경으로 깔고 있는 유럽 사회에서는 어떤 이유로도 납득이 되지 않는 일이기 때문이다.

이 대목에 대해 감독 클레망 자신은 52년 6월 프랑스 영화 일간지 아르Arts와 가진 인터뷰 "나는 왜 금지된 장난을 찍었는가?" 를 통해 이렇게 말했다.

> "…내가 작품속의 두 주인공을 거짓된 심리상태에 빠트렸다고 비난하는 사람들이 많다. 이 문제에 대해 나는 사전에 전문가들과 충분히 상의한 바 있다. 나의 두 주인공 같은 어린 시절의 기억을 가진 사람들이라면 두 꼬마들이 나누는 언행에 관해 오히려 나보다 더 잘 이해할 것이다"
>
> "…나의 여 주인공은 폭격으로 엄마와 아빠를 잃는다. 사랑하는 개도 죽는다. 이 어린이는 죽음이 뭔지를 모른다. 이 어린이에게 왜 죽음을 경외하지 않는가라고 요구할 수 있는가? 나의 여 주인공은 사내(미셸) 한테 사람들은 죽으면 왜 땅에 묻히는가라고 묻는다.
>
> 이에 대해 미셸의 대답은 추위를 탈까봐서야. 또 지리하거나 외롭지 않도록 하기위해서지!라는 것이다. 이 어린애들 앞에서 어른들이 보인 행태는 어떤 것이었는가! 없어진 십자가 하나를 놓고 무덤에서 격투를 벌이고, 마침내는 어린 꼬마들을 향해 도둑놈들!하고 외치지 않았던가! 죽음이 뭔지도 모르는 꼬마들을 향해서 말이다…"

영화 〈금지된 장난〉은 제작된 지 50년이 넘는 지금까지도 파리에서 상영되고 있는, 프랑스 영화에 관한한 고전중의 고전이다. 소위 네오 클래식 영화의 기수로 불려온 클레망은 이 작품을 통해 전쟁의 비애와 환멸을 가장 리얼하게 표현했다는 평을 들었다.

전란에 쫓기는 피난 행렬, 그 위에 퍼붓는 무차별 포격을 통해 관객들의 숨길을 일단 잡은 후, 카메라 앵글은 알게 모르게 다섯 살짜리 소녀 폴레트의 시각과 일치되어 간다. 소녀가 느끼는 희비를 관객 전체의 희비로 바꿔놓고, 그 희비라야 기껏 십자가 놀이라는 하찮은 것에 불과했다는 낭패감을 영화가 끝나고서야 일깨워준다.

이 낭패감은 그러나 이상하리만큼 집요하게, 그리고 놀라운 속도로 번져 작가가 당초 노린 전쟁에의 혐오로 줄달음친다.

출연당시 다섯 살이었던 여 주인공 폴레트 역役의 브리지트 포세이는 47년생으로 지금 나이로 따지면 환갑에 한 해 보탠 나이가 된다. 이 영화 한 편으로 일약 유명해져 미국에까지 이름을 떨치고, 9살 때는 진 케리에게 발탁되어 〈행복한 길 The Happy Road, 1956〉에서 아역兒役 주연을 맡았다.

젊어서 한 때는 영화에 싫증을 느껴 철학도를 꿈꾸기도 했으나 1967년 감독 알비코코의 〈르 그랑 몰느 Le Grand Meaulnes〉에서 주역을 맡은 것을 계기로 성인 스타로 발돋움했다. 미셸역의 조르주 푸줄리는 이 영화 이후 소식이 없다. 살아있다면 올해 나이 66세.

》 브리지트 포세이

이들이 십자가를 약탈하려던 교회는 어디 있을까. 영화 사진을 본 대부분의 마을 사람들은 또 다른 마을에 있는 생 줄리앙 교회가 틀림없다고 단언한다.

산중 일박의 소중한 경험을 남기고 생 앙드레 마을을 떠나 이번에는 다른 국도를 따라 남행南行하면 베르동 강江의 수원과 부딪치고, 생 줄리앙 교회는 그 국도 연변 양지바른 곳에 얌전히 쉬고 있다.

말이 교회지, 실은 마을(베르동 村)에서 관장하는 공동묘지다.

묘지 입구에 대형 묘비가 세워져 있고, 그곳에 1, 2차 대전 때 전사한 이 마을 출신 장병 13명의 이름이 새겨져 있다.

무덤과 교회를 다시 한 번 본다. 무덤 곳곳에 장미 꽃다발이 꽂혀 있다.

뜨거운 남불南佛의 햇살이 꽃잎 위에 빨갛게 작렬하고 있었다.

1940년 6월, 독일군에 쫓긴 피난민 행렬이 남불南佛의 시골길을 가득 메우고 있다. 그 안에는 파리에서 피난 오는 폴레트(5세)와 그의 부모도 있다. 행렬은 자주 공습을 당한다. 어느 다리위에서 강아지를 쫓아 가던 폴레트. 폴레트를 구하러 쫓아가던 부모가 기총소사의 표적이 된다.

부모도 강아지도 죽고 폴레트만 남는다. 죽은 강아지를 안은 채 지나가는 마차에 실리는 폴레트. 마차 주인이 죽은 강아지를 빼앗아 강물에 던지자 폴레트는 강아지를 쫓아 대열에서 이탈한다. 죽은 강아지를 안고 우는 폴레트가 마을 소년 미셸(11세)에게 발견된다.

미셸은 농사짓는 돌레 씨 집의 막내아들. 빈 헛간에 폴레트의 개를 묻어주고 무덤 위에 십자가를 꽂아준다. 폴레트는 이 장난에 흥미를 느끼면서 죽음에 대해 막연한 깨달음을 갖는다.

둘은 무덤을 만들고 그 위에 십자가를 꽂는 놀이에 열중한다. 늘어나는 무덤. 미셸은 모자라는 십자가를 충당하기 위해 마을 곳곳의 십자가를 훔친다.

장의차에 달린 것, 공동 묘지에 서있는 것을 닥치는 대로 뽑다가 나중엔 교회의 신부에게 들킨다.

미셸의 큰 형이 죽고 그 무덤에 꽂힌 십자가가 없어진 사건 때문에 돌레 씨와 오해를 받은 이웃 구아르 씨 사이에 치고받는 격투가 벌어진다. 이 때 신부가 나타나 모든 십자가 도난사건이 미셸의 짓임을 폭로한다.

다음 날 미셸의 집에는 전쟁고아를 찾는 헌병이 찾아와 폴레트를 데려간다. 낙심하는 미셸. 더 이상의 장난은 끝이 났고 좋아하는 폴레트도 잃었다. 헛간으로 달려간 미셸은 둘이서 호화롭게 장식했던 십자가들을 뽑아 냇물에 던진다.

혼잡한 정류장 대합실. 인솔 수녀가 잠시 자리를 비운 사이, 폴레트는 어디선가 미셸을 부르는 소리에 놀란다. 두고 온 미셸이 생각나 폴레트는 "미셸, 미셸!"을 부르며 인파속으로 들어간다. 폴레트의 외침은 어느 틈에 "엄마, 엄마!"로 바뀐다.

자전거 도둑

Ladri di biciclette

"우리 모두가 자전거 도둑들"

남불南佛의 알프스 산록에서 다시 일박한다. 임지任地인 파리를 떠나 벌써 이틀 밤을 산속에서 지냈다. 특파원이 임지를 떠나려면 서울 편집국에 신고를 해야 한다. 허나 신고하지 않았다.

산중의 호텔은 바다 밑바닥처럼 조용하다. 별이 셋 달린 호텔이지만 서울로 치면 여관 수준이다. 방안에 화장실도 없다.

한 밤중 눈이 떠졌다. 간밤에 과음한 포도주 탓에 오줌이 마려웠다. 여관 복도를 빠져나와 뒷마당에 잠깐 실례를 하려다 깜짝 놀랐다. 수많은 별들이 여관 뒷마당 공터를 가득 메우고 있었기 때문이다.

별들이, 거짓말 안 보태고 주먹만한 별들이, 손을 뻗으면 닿을 거리에서 빛나고 있었다. 이런 별들은 난생 처음이다. 알프스 산록은 남불 프로방스와 가깝다.

프로방스에 사는 목동이 자기 어깨에 기대 잠든 주인집 아가씨를 그리며 쓴 알퐁스 도데의 단편 〈별〉이 씌어진 곳이 여기서 지척이다. 글의 소재로 왜 별이 등장했는지 그제야 이해가 간다.

여관 뒷마당의 벤치에 앉아 새벽까지 잠을 이루지 못했다. 날이 새자 알

〉〉 빅토리오 데시카

프스를 넘어 이태리 로마로 차를 몰았다. 프랑스와 이태리 국경을 넘는데 90여 개의 터널을 빠져나와야 한다.

이태리 드라이버들은 그 캄캄한 굴속에서도 추월을 한다. 로마인들, 정말 화끈한 민족이다. 파리 사람들보다 마음에 든다.

〈자전거 도둑〉은 이태리 영화감독 빅토리오 데시카가 정신력을 절제 압축해서 이뤄낸 산물産物이다. 음악에 비유하면 합창에 가깝다. 개개인의 특출한 성량聲量이나 빼어난 가창력은 중요한 것이 아니다.

절제와 압축은 주인공 안토니오의 배역配役을 놓고 벌어진 실랑이에서도 구체적으로 드러난다. 이 영화가 만들어지던 1948년 당시 감독 빅토리오 데시카는 빚더미 위에 올라 앉아 있었다.

명감독 배우로 구미歐美 영화계를 주름잡던 데시카였지만 전후 이탈리아에 불어 닥친 경제 불황을 이겨 내기에는 너무 힘겨웠다. 미국의 영화 제작자 데이비드 셀즈니크(콜럼비아 社)가 손을 뻗쳐 왔다.

데시카가 만든 〈구두닦이 Shoe Shine, 1946〉를 보고 반한 셀즈니크는 그 비슷한 영화를 또 한 번 만들자고 요청해 온 것이다. 셀즈니크의 요청에는 대신 조건이 따랐다.

새 영화의 주역으로는 꼭 미국 배우를 써 줄 것. 구체적으로 당시 스타로서 인기를 얻고 있던 케리 그랜트를 기용해 달라는 주문이었다. 그 당시 〈자전거 도둑〉을 구상 중이었던 데시카는 케리 그랜트가 적격이 아님을 설명하고, 굳이 미국 배우를 쓰겠다면 헨리 폰다를 달라고 제의했다.

이 흥정은 결국 깨졌다. 데시카는 앞서 만든 〈구두닦이〉의 수입 예상금과 은행 신용융자를 바탕으로 4천만 리라를 마련, 자력으로 〈자전거 도둑〉 제작에 나선다.

주인공 안토니오의 배역은 신인 람베르토 마지오라니에게 돌아갔다. 영화라고는 문턱에도 발을 들인 적이 없는 마지오라니는 극중 주인공과 형편이 똑같은 실업자였다.

한때 조그마한 회사의 배전공으로 일하다 직장을 잃은 마지오라니가 배우 선발 오디션에 나선 것은 장차 배우가 되겠다는 야심에서가 아니라 당장의 끼니를 때우기 위해서였다.

안토니오의 부인 마리아 역役엔 언젠가 데시카를 인터뷰한 적이 있는 신문기자 출신의 리아넬라 카렐이 뽑혔다. 브르노 역은 영화가 크랭크 인 된 후 로케이션 현장에서 촬영 장면을 구경하던 꼬마 엔조 스타이올라가 발탁됐다.

출연진 가운데 유일한 직업 배우로는 자전거 도둑 역의 빅토리오 안토누치뿐이지만, 그 역시 이름이 알려지지 않던 엑스트라 급이었다.

데시카의 이 같은 파격적인 캐스팅을

당시 그가 처해있던 재정적 난국으로 돌리는 것은 성급한 판단이다. 감독 데시카가 〈자전거 도둑〉에 기대한 배역은 판에 박은 스타가 아니었다.

〈자전거 도둑〉의 제작 현장을 따라가는 기행은 명화의 무대 추적이라기보다는 데시카의 영화 작법, 구체적으로는 이 영화 〈자전거 도둑〉을 두고 학자들이 이름 붙인 네오리얼리즘Neo Realism에의 탐험이 된다.

〈자전거 도둑〉의 주된 무대는 강江이나 수로 연변에 위치해 있다. 로마 시가市街의 한 복판을 테베르 강이 흐른다. 강 좌안左岸을 따라 강변로 리파그란테를 한참 걸어 내려오면 아벤토니오 다리橋에 닿는다.

다리와 강변로가 만나 알맞는 크기의 광장을 형성하는데, 자세히 살펴보면 이곳이 바로 영화 속에서 비가 쏟아지던 광장임을 쉽게 알 수 있다.

안토니오 부자는 추적하던 자전거 도둑을 놓치고 풀이 죽어 이 광장에 도착, 거기서 소나기를 만난다. 생쥐 꼴의 부자가 광장 이곳저곳을 기웃대며 절벅대던 물소리가 지금도 들리는 듯하다. 광장 한 편으로 서너 개의 아치가 뚫려있다.

여기가 어디냐고 물은 즉 "포르타 포르테스!"라고 한 행인이 일러준다. 광장 한 구석에서 자전거 장물아비 노릇을 하는 노인을 발견한 안토니오 부자는 추격전을 펼치며 이 포르테스 문門을 통해 화면에서 사라진다.

9월의 로마는 아직 한증막이다. 안토니오 부자의 추격에 가세하다보니 땀방울이 비 오듯 쏟아진다. 포르테스 문을 빠져나온즉 기대할 수 없던 풍경이 나타난다. 행여나 남아있을까 했던 자전거 시장이 보란 듯이 거기 있다.

인적이 뜸하고 자전거 수요에 시대적인 차이가 있는 것만 빼면 영화 속의 자전거포鋪 장면과 그대로 부합한다. 자전거 가게 앞을 기웃대던 안토니오

의 꾀죄죄한 행색이 다시 환영으로 나타난다.

'큰 덩치에 섬약한 눈매, 왠지 슬퍼 보이고 매사에 한 박자 늦게 반응하는 내향형內向型 약골' – 주인공 안토니오는 어찌 보면 오늘의 유럽 어디서나 쉽게 만나는 전형적인 서민상이다.

안토니오에게 자전거는 그의 인생 전부를 뜻한다. 천신만고 끝에 구한 직장, 그 직장이라야 미국 영화 광고를 벽에 붙이는 잡일이었지만, 그는 소명召命의식과도 같은 기쁨으로 첫 출근을 한다.

부부가 매일 덮고 자는 침대 시트를 전당잡혀 자전거 한 대를 빌려 온 그는 모자와 복색도 갖춘 채 아내 앞에서 제법 어깨를 편다. 아내를 포옹하려 짐짓 덤벼들기도 하는 그 수줍고 어색한 몸짓으로 관객들을 더욱 애절하게 만든다.

1945~46년 당시의 로마 상황, 전후 패전국 수도의 경제적 불황과 직업난難이 어떠했는지를 이 자전거 한 대가 여실히 보여준다. 첫 출근 첫 작업

장에서의 자전거 도난은 이를테면 삶 자체의 도난을 뜻하는 것이다. 자전거를 도구로 쓴 데시카 특유의 영화 작법에 대해 데시카의 콤비이자 극의 각색을 맡은 체자레 자바티니는 이렇게 거든다.

> "자전거 한 대를 도둑맞았다 해서 뭘 그리 설치느냐고 반문할지 모른다. 사실 그 당시 로마시의 자전거 대수는 시중에 날아다니는 파리의 수효만큼 많았다. 하루에도 수십 수 백 대의 자전거 도난이 있었고, 이 도난은 단 한 줄의 기사로도 신문에 반영되지 않았다.
> 그러나 안토니오의 경우는 다르다. 그가 당한 자전거 도난은 적어도 여섯 줄 이상의 기사가 되어 신문에 게재됐어야 마땅했다. 자전거는 그에게 생존 그 자체를 뜻했기 때문이다"

이 영화에서 관객들이 자칫 놓치기 쉬운 장면은 여러 차례 반복되는 군중群衆이다. 파업을 꾀하는 공산당원, 안토니오를 따라 자전거 수색에 동참하는 청소원 집단, 젊은 자전거 도둑을 두둔하는 동네 주민, 교회 급식給食을 기다리는 빈민대열, 축구 인파, 출퇴근 집단… 어디서 많이 보던 장면이다.

영화 탐험 당시는 못 느꼈지만, 취재 노트를 뒤적이며 이렇게 글을 쓰다 보니 지금의 서울과 너무나 닮았다는 생각이 든다.

이런 군중은 영화가 시작되면서부터 계속 등장한다. 숱한 실업자 대열, 그 속의 일원으로 클로즈업되는 주인공 안토니오, 그 안토니오를 보는 관객들의 시각은 시종 군중과의 연계連繫개념에 매여있다.

주인공이 막판에 남의 자전거를 훔친 후 군중들로부터 구타를 당할 때 관

객들이 그의 도덕성을 접어둔 채 용서하고 이해하게 만든 것도 바로 이 연계 개념 때문이다.

영화가 끝날 무렵 안토니오는 아들 브르노의 손을 움켜쥔 채 군중속에 다시 합류, 원적原籍을 찾는다. 안토니오는 바로 군중의 한 분신이다.

데시카와 그의 〈자전거 도둑〉을 연구과제로 삼았던 미국 프린스턴 대학의 조엘 카노프 교수의 주요 관심사도 바로 이 군중의 등장이다. 그는 안토니오를 현대의 비극적인 영웅으로 평한다. 그의 연구 논문엔 다음과 같은 구절이 들어있다.

"데시카가 이 영화에서 제시하려 시도한 점은 한 개인과 다중多衆 간의 관계였다. 이 영화에 등장하는 군중들은 영화의 장식적인 배경으로서가 아니라 인간성품의 상한上限과 하한을 극명하게 표출하기 위해서다. 영화 속의 군중들은 희랍적 합창greek chorus의 현대적 표현이다"

교수는 이어 〈자전거 도둑〉이라는 영화 제목은 오역誤譯이며, 원제原題 〈Ladri di biciclette〉대로 단수가 아닌 복수 〈자전거 도둑들〉이 돼야 한다고 말한다. 그의 표현대로면 이 영화를 보는 관객 모두가 자전거 도둑의 공범자가 된다.

루이지 바르톨리니의 소설을 자바티니, 데시카 등 7명이 달라붙어 각색했다.

원전에 등장하는 주인공은 표독하고 거만한 예술가로, 가난한 자에 대해 거의 병적으로 집착하는 인물이다.

그는 잃어버린 자전거를 찾기 위해 별도로 또 한 대의 자전거를 구입, 악에 받친 추격전을 벌인다.

이 영화는 제작 감독 각색을 데시카가 모두 해치운 작품이다. 한 가지 안타까운 점은 영화 〈자전거 도둑〉에 출연한 배우들을 그 이후 다른 영화에서 다시 만날 수 없게 됐다는 점이다. 출연진 모두가 단회單回 출연으로 그쳤다. 특히 아역 브르노를 맡았던 스타이올라 군의 행방이 궁금했으나 알 재간이 없다.

출연 당시(1948년) 5살이었다면 지금 나이로 65세, 나와 동갑이 된다. 명화와 그 감동은 그대로 남되, 주연과 관객들은 모두 다 어디로 갔나!

괜히 고집을 부려본다. 영화가 만들어지고 나서 60년 가까운 세월의 바뀜은 그 영화의 무대에도 반영돼야 옳을 듯 싶다. 로마 현지 자전거포에 걸렸던 오토바이의 바퀴나 핸들 더미는 〈자전거 도둑〉 장면에서 등장하지 않았던 물건들 아닌가!

2차 대전 패전 직후의 로마 시市, 직업 안내소. 들끓는 실업자 대열에 낀 안토니오에게 일자리 하나가 굴러 떨어진다. 영화 포스터를 붙이는 작업. 자전거를 개인 지참하라는 조건이다. 아내 마리아가 부부침대의 시트를 말아 전당포에 잡히고 그 돈으로 자전거 한 대를 빌려온다.

자전거는 그러나 출근 첫 날 첫 작업장에서 도둑맞는다. 범인 추적에 실패한 채 울상이 된 안토니오가 경찰서와 공산당 모임을 전전, 자전거 회수를 탄원하나 핀잔만 듣는다.

그는 아들 브르노를 데리고 직접 수색작업에 나선다. 먼저 찾은 곳이 고물 자전거 시장. 거기서 범인을 찾아냈으나 놓치고 만다. 범인과 이야기를 주고받던 장물아비 노인에게 추궁해봤으나 무위無爲로 그친다. 점쟁이까지 만난다. "포기하라" 는 점괘가 나온다.

다시 범인을 찾아 나선 안토니오는 아들 브르노에게 역정을 낸다. 아빠 곁을 떠난 브르노가 돌아오지 않는다. 때마침 강江가에서 익사사고가 일어나자 "브루노일지도 모른다"는 생각에 안절부절 못하는 안토니오.

그 앞에 다시 나타난 브르노. 부자간에 화해가 이뤄지고 둘은 식당에 들러 즐겁게 식사한다.

범인 추적을 계속한다. 마침내 범인을 잡는다. 범인은 동네 사람의 힘을 믿고 완강히 버티고 오히려 안토니오가 세勢 불리의 입장에 놓이게 된다.

그 때 아들 브르노가 경찰을 불러와 위기를 면한다. 순경과 함께 범인의 집을 샅샅이 뒤져보나 자전거는 나오지 않는다.

안토니오는 드디어 결심을 굳힌다. 축구 경기장 밖, 호젓한 곳에 세워진 남의 자전거를 훔치기로 작심한다. 브르노를 먼저 집에 돌려보낸다. 훔칠까 말까로 고민하는 주인공의 망설임, 그 서툰 표정이 이 영화의 압권이다.

드디어 기회가 왔다. 축구 경기가 막 끝나 경기장 밖으로 나온 인파가 거리를 메우는 혼란을 이용해서 잽싸게 자전거에 올라 페달을 밟는다. 그는 결국 붙잡힌다. 군중들의 뭇매. 집에 간줄 알았던 브르노가 어느새 달려와 군중들에게 울며 용서를 빌고, 안토니오는 자전거 주인의 선처로 풀려난다.

길 한가운데에 아버지와 아들만 남는다. 아들 앞에서 자괴自愧로 뒤틀려지는 아버지의 모습! 부자는 이윽고 손을 잡고 거리 속으로 사라진다.

길

La Strada

PREMIATO ALLA XV MOSTRA INTERNAZIONALE D'ARTE CINEMATOGRAFICA DI VENEZIA
UN FILM PONTI - DE LAURENTIIS
PRODOTTO DA DINO DE LAURENTIIS E CARLO PONTI
LA STRADA
DI FEDERICO FELLINI
Anthony Giulietta Richard
QUINN - MASINA - BASEHART

악인이 최후에 앓는 병

영화는 마지막이 슬프다. 슬픔을 넘어선 처절한 몸부림이다. 주인공 잠파노가 백사장을 뒹굴며 절규하는 마지막 대목은 보는 이에게 연민 이상의 부담을 준다.

악마도 병들면 착해지는가. 당신은 혹시 주위의 악인들로부터 시달림을 받은 적이 있는가? 고통을 당해 본 사람들에게 영화는 다음과 같은 자문을 낳게 만든다. "악마가 막판에 앓는 병명病名은 무엇일까?"

만들어진지 올해로 53년째 되는 이 고물 영화 〈길〉에의 탐험에 오르다보면 대학시절 언뜻 읽었을 법한 한 생철학자의 저서 〈죽음에 이르는 병〉을 떠올리게 된다. 주인공 잠파노가 앓는 병이 고독이라는 것, 이 고독을 병으로 그는 죽음에 이르며, 거기서 마침내 영적으로 소생한다는 몇 가지 계단식 전제를 파악해야만 영화 탐험이 순항한다.

영화 〈길〉에 매달려온 많은 영화 비평가들은 극중에 나타나는 3명의 주인공을 선 또는 천사의 이미지, 악마 또는 인간의 수성, 그리고 그 사이에 낀 인간(또는 무후한 혼) 이렇게 세 가지 상像으로 유형분류 한다.

인간 역役을 젤소미나가 맡는다. 거리의 곡예사 잠파노에게 1만 리라에

팔린 젤소미나는 낮에는 보조 곡예사로, 밤에는 그의 섹스 도구로 이용당하다가, 산다는 것이 뭔지, 뭣 때문에 사는지에 눈을 뜨게 된다.

그리고 죽는다. 영화 〈길〉은 그녀가 이 같은 대오大悟에 이르는 길이다.

젤소미나를 길로 인도하는 일 마토는 신神의 역을 무난히 마치고 잠파노의 손에 죽는다. 살아남는 것은 잠파노 뿐이되, 그 역시 예전의 잠파노가 아닌, 죽어 거듭 태어나는 새로운 잠파노다.

젤소미나에 대한 연민으로 백사장 모래를 삼키는 잠파노의 고독은 그에게 중생重生을 가져오는 묘약妙藥이다.

영화 속에서 이미 죽은 젤소미나와 일 마토가 실제 죽지 않았다는 것을, 그리고 이처럼 잠파노의 회개를 통해 부활했다는 것을 관객들은 영화관을 나와서야 깨닫게 된다. 영화 〈길〉은 어찌 보면 감독 페데리코 펠리니의 자전적自傳的 체험의 작품이다.

여섯 살 때부터 수녀들에게 교육을 받고 성장한 펠리니는 청소년 시절 한때 집을 나와 유랑 서커스단을 따라 이탈리아 전역을 돈다. 유랑시절 그가 체험하고 느낀 감정의 편린들이 이 영화의 구석구석에 땟자국처럼 묻어 있다.

이따금 등장하는 수녀들과의 조우 장면이나 젤소미나의 입을 통해 자주 반복되는 바다와 꽃, 햇빛…은 성자聖者 프란시스코를 닮고자했던 펠리니 감독의 신앙고백이다.

동네 혼사婚事 집에 들른 잠파노가 주방 과부와 눈이 맞아 정을 통하는 장면, 그 대가로 과부의 옛 남편 옷을 한 벌 구해 입고 희색이 만면해지는 장면은 펠리니 자신의 유랑 경험에서 온 것이다.

남편(잠파노는 젤소미나에겐 어엿한 남편이다)의 불륜을 전혀 모른 채 젤소미나는 혼사 집 안방을 구석구석 구경하고 안방 깊숙한 침대에 누운 머리 큰 소년 환자를 만난다.

소년 환자의 등장은 영화 스토리의 기승전결과는 전혀 무관한 장면이나, 펠리니는 굳이 이 장면을 영화 속에 삽입했다. 유랑시절 자신의 뇌리에 깊이 박혔던 장면을 고집한 것으로 보이나, 스토리와는 무관한 이 장면이 실은 대단한 극중 효과를 발하고 있어 놀랍다.

영화 〈길〉에는 이렇다 할 무대 배경이 없다. 있다면 영화의 제명題名 그대로 〈길〉만이 반복돼 나타날 뿐이다.

이 길은 이탈리아 전역의 길로 잠파노와 젤소미나를 태운 삼륜 오토바이(미제美製라고 잠파노가 그토록 으스대던!)가 달리던 먼지투성이의 신작로 길, 이따금 잔설殘雪이 녹아있거나 울창한 수목으로 하늘을 가리던 길, 그리고 지금은 아스팔트로 포장되어 이탈리아 어디서도 찾아볼 수 없는 추억속의 옛 길일 뿐이다.

영국 파이어든 프레스 사社에서 출간한 영화사전(卷1)은 이 영화의 로케 현장으로 비테르보, 오빈도리, 바뇨레지오 읍邑과 이탈리아 중남부의 수많은 촌락들을 열거하고 있다.

영화의 무대는 이 많은 촌락중의 한 길이려니, 극중의 장면과 흡사한 길을 만나 셔터만 누르면 되려니 싶어 지도 한 장만을 달랑 들고 길을 나선 것이 실책이었다.

허탕 치기를 사흘째. 로마 시 북단北端의 바뇨레지오 읍邑을 마지막으로 통과할 무렵 이상한 예감이 들어 3백~4백m 높이의 산중 마을을 찾아간다. 그곳에 치비타Civita라는 고원高原 마을이 서 있다. 차를 내려 구름다리를 오르니 거기, 영화 속의 혼사집이 그대로 살아있다.

빼어난 예술작품은 감상자에게 영험靈驗한 예감을 주는가. 혼사집뿐만이 아니다. 잠파노의 악행에 쫓긴 젤소미나가 혼자서 방황하던 만추晩秋의 성당 앞 광장, 일 마토가 줄타기 곡예를 벌이던 망루望樓, 또 교회행사의 축제행렬로 법석대던 돌담집 골목들이 차례대로 반겨준다.

마을 한가운데 산토나도 성당이 자리 잡고 그 안에는 산토 프란토 주교主教가 2백 80년 된 미이라가 되어 누워 있는데, 서울 시청 앞 광장만한 고원마을에는 7개의 서로 다른 성姓을 지닌 주민 1천5백여 명이 살고 있다.

폐허로 바뀐 마을 곳곳엔 이름 모를 빨간 꽃들이 다퉈 피어 있다. 그 꽃그늘 사이로 수 십 마리의 흰 고양이들이 지나갔다. 법석대던 혼사집은 인적이 끊긴 지 오래이고, 영화 속의 머리 큰 소년 환자가 누워있던 방에는 녹슨 빗장이 걸려 있다. 그 소년 환자는 그 후 어찌 됐을까.

〈길〉은 감독 펠리니가 유랑시절의 체험과 종교를 토대로, 흡사 광화사狂畵師처럼 전율하며 그려낸 무서운 작품이다. 영화사史의 한 이포크를 이룬 이 작품은 제작 당시의 기존 이탈리아영화에 대한 배신을 첫 특징으로 한다.

펠리니는 대전大戰이후 유럽 영화계를 석권해온 네오리얼리즘에 대해 이

》 줄리에타 마시나

한편의 영화로써 결별을 고한다. 로마 가톨릭 교회 측은 사랑과 자선, 구원과 은총의 대 서사시라고 이 영화를 격찬했다.

이탈리아 정계의 좌파左派들은 펠리니의 배신을 매도, 이 영화의 해외수출을 전면 금지시켰다. 잠파노를 통해 이탈리아 보통사람의 비非도덕성이 의도적으로 과대 묘사됐다는 것이 수출금지의 주된 이유였다.

대신 이 영화 한 편으로 두 명의 스타가 탄생한다. 잠파노 역의 앤서니 퀸은 그때까지도 조연급에 불과했다. 아일랜드와 멕시코계의 부모사이에 태어난 퀸이 이 영화에 픽업되기까지 맡았던 배역은 마상馬上에서 총 맞고 굴러 떨어지는 인디언 역이 고작이었다. 이 영화 한 편으로 그는 세계적으로 유명한 〈잠파노〉가 된다.

젤소미나 역役의 줄리에타 마시나는 감독 펠리니의 부인이다. 로마대학의 동기동창인 부부는 재학시절 펠리니가 쓴 방송극에 마시나가 출연하면서 친해졌고 졸업(1943년)과 동시에 결혼했다. 영화 〈길〉은 부부가 결혼한 지 10년만의 작품으로, 둘 다 34세 때다.

"잠파노를 보시라!"를 외치면 나팔과 북을 울리는 마시나의 가련 상像은 "젤소미나, 젤소미나…" 로 반복되는 니노 로타의 주제곡, 그리고 그녀 특유의 약간은 코믹한 마스크로 인해 영화의 비애와 통한痛恨을 역설적으로 배가시킨다.

그녀를 무성영화시대의 거성巨星 찰리 채플린과 비교하는 영화비평가들의 견해에는 지나침이 없다. 펠리니는 자신이 직접 쓴 시나리오와 배역配役

을 들고 제작자 디노 데 라우렌티스를 찾는다.

제작자 디노는 이 영화의 비非 상업성을 이유로 출자를 기피하면서 굳이 영화를 만들겠다면 잠파노 역에 미국배우 버트 랭캐스터를, 젤소미나 역에 자기의 아내 실바나 망가노를 기용하라는 조건으로 타협안을 낸다.

그러나 펠리니의 고집이 끝내 이겼고, 때마침 영화 〈침략자〉(1935년)의 로케를 위해 이탈리아에 와 있던 앤서니 퀸을 매수(?)해서 이 영화가 만들어진다. 명화名畵 한 편이 만들어지기까지의 〈길〉도 간단할 수는 없다.

몸집이 작은 소녀 젤소미나(줄리에타 마시나)가 거한巨漢 잠파노(앤소니 퀸)에게 1만 리라에 팔린 것은 그녀 집안의 가난과 2차 대전 이후 이탈리아의 경제 윤리적 궁핍상을 대변한다. 거리의 곡예사 잠파노가 모는 삼륜 오토바이에 실려 고향을 등진 젤소미나는 앞서 팔린 언니 로자와 똑같은 운명을 치른다.

매까지 맞아가며 보조곡예사 노릇을 하고, 밤이면 잠파노의 섹스도구로 전락한다. 여자만 보면 견적필살見敵必殺하는 잠파노. 그에게 실망한 젤소미나가 삶의 〈길〉에 눈뜬 것은 곡예사인 일 마토(리처드 베이스하트)를 만나고 나서부터다.

작은 바이올린을 신들리듯 켜대는 일 마토는 그녀에게 나팔 부는 법 이외에 인간이 왜 사는지를 가르쳐주는 인생의 교사다. 작은 돌멩이 하나를 가리키며 "저 돌도 다 쓸모가 있어 이 세상에 존재한다"고 가르치는 일 마토에게 젤소미나는 감복한다.

다시 시작되는 잠파노의 여정旅程. 그 후 다시 조우한 일 마토는 짐승같은 잠파노의 손에 맞아죽는다. 분열과 갈등속에 병들어 길 위에 드러눕는 젤소미나를 팽개치고 잠파노가 도망친다.

그로부터 5년 후. 잠파노가 속해있는 유랑서커스단이 해변의 소읍小邑에 머문다. 아이스크림을 빨며 혼자서 거리구경을 나온 잠파노의 귀에 예전 젤소미나가 즐겨 나팔로 불던 멜로디가 와 닿는다. 빨래를 널던 동네 아낙네가 흥얼거리는 콧노래다.

아낙네를 통해 젤소미나가 이미 죽었다는 것, 그리고 콧노래는 평소 젤소미나가 즐겨 부르던 노래였음을 전해 듣는다.

젤소미나에 대한 연민과 뼛속까지 스미는 고독은 잠파노로 하여금 지금까지 화면에 나타나지 않았던 엉뚱한 표정으로 등장하게 한다. 한밤의 백사장에 이른 잠파노가 모래에 몸을 뒹굴며 통한痛恨을 절규한다.

로마의 휴일

Roman Holiday

"로마는 매일이 휴일이자 축제!"

로마에서 며칠 지내다보니 평소 나의 성정性情에 제일 부합한 도시 같다. 파리를 비워둔 지 벌써 열흘이 지났다. 그 사이 파리서 기삿거리가 터지면 나는 다른 사 특파원들한테 말 그대로 물을 먹는다. 적이 불안하다.

허나, 이대로가 좋았다. 까짓 물 좀 먹지 뭐… 그만큼 로마에 매료당했기 때문이다. 알프스를 넘어 이곳 로마에 진입할 때, 캄캄한 몽블랑 터널 속에서도 내 차를 쌩쌩 추월하던 로마 젊은이들의 만용이 내게는 오히려 사나이답게 느껴졌다.

로마에는 휴일이 따로 없다. 매일이 휴일이고 어디서나 축제다. 관광버스의 운전사는 신이 나면 일어선 채 핸들을 돌려댄다. 엉덩이를 흔들면서 목청 뽑아 "토르냐! 소렌토…"(돌아오라! 소렌토로…)를 한 곡 뽑는다. 세상에 원… 이런 도시가 다 있다니!

로마 사람들은 시끄럽고, 입담 좋고, 특히 젊은 여성에게는 무조건 친절하다. 신혼 관광객을 맞는 식당 종업원 가운데는 신랑 몰래 신부에게 윙크를 보내는 친구도 있다. 그중엔 남편 몰래 신부의 엉덩이를 툭툭 건드는 고약한 놈도 더러 있다. 유럽 전역을 통틀어 이처럼 유쾌한 관광명소가 다시없다.

》 윌리엄 와일러

요즘 도쿄와 서울서 계속 베스트셀러가 돼 온 〈로마인 이야기〉의 저자 시오노 나나미가 본 로마는 그런 의미에서 잘못 본 로마다. 잘못 봐도 한참을 잘못 본 로마다. 그 여자는 한마디로 플루타크 영웅들한테 씌어 로마를 작심하고 찾았던, 만사에 뭔가에 씌어 살기 마련인 시마구니島國 출신 특유의 신드롬에서 못 벗어나 있다.

영웅에게 반하면 그 영웅의 나라 시민들한테도 반하기 마련이다. 한때 민주화 영웅 넬슨 만델라에게 빠졌던 바 여객기 안에서 내 옆자리에 앉은 남아프리카 시민만 봐도 자랑스러워 보이던 과거 내 경험을 근거로 하는 말이다.

로마에 가면 인파가 넘치고, 살맛이 난다. 무엇보다 시끄러워 좋다. 아무 일도 아닌데 우르르 떼거지로 몰려다니는 걸 보면 고등학교 다니던 시절 만사에 짝지어 쫑깃대던 내 아들 놈을 보는 것 같아 좋다.

여름 밤 호텔 밖에 나가본다. 반 블럭 떨어진 광장에서 수 십 명의 로마 건달과 계집들이 둘러 앉아 수박을 깨먹고 있다. 과객인 나의 소매를 끌어 옆자리에 앉히더니 쭈뼜쭈뼜 싫다는 데도 반 강제로 수박을 먹인다.

그리고 떠든다. 어디서 왔느냐고 묻지도 않는다. 그저 밤이 좋은 것이다. 지중해 특유의 기질들이다.

이처럼 단 열흘이면 흠뻑 빠질 수 있는 로마거늘… 시오노 나나미는 무슨 웬수졌다고 30년 넘게 죽치고 그곳에 산단 말인가! 반하려면 정확히 반해야 한다! 영웅 시저Caesar한테 반하면 만사 도루묵이다. 20년 전 그때, 영화탐험 시절로 다시 돌아간다.

영화 〈로마의 휴일〉은 바로 로마의 하루다. 감독 윌리엄 와일러가 영화의 배경으로 로마를 택한 이유는 거리 곳곳에 지천으로 깔린 관광자원도 고려했겠지만, 그보다는 역시 로마 특유의 이 개방 분위기 때문으로 봐야 한다.

왕실의 격식과 범절을 탈출한 앤 공주(오드리 헵번)에게 로마 시는 그녀의 변칙과 기행을 관객에게 가장 빠르고 이해력 있게 용서받도록 만드는 하나의 초원草原이자 훌륭한 무대였다.

동물원 우리를 벗어난 싱싱한 한 마리의 암사슴처럼 그녀는 이 초원의 곳곳을 깡충대며 목도 축이고, 헤엄도 친다. 그녀가 잠들어 있던 곳, 그리고 마침내 도시의 사냥꾼 신문기자 조(그레고리 펙)의 포충망에 걸리는 장소는 시내 한 복판의 스페인 광장에 있다.

광장은 테르미니 역(영화 종착역의 주요무대인 곳)과 테베르 강江의 중간에 있다. 서울의 사립학교 운동장만한 광장을 향해 부근 일대의 크고 작은 길들이 다 모여든다. 광장 곳곳에 몇 개의 벤치가 널려 있다. 공주는 하루 종일 시내를 쏘다니다 이 벤치에 누워 긴 잠에 빠진다. 숙소인 자국 대사관을 탈출 하기 앞서 마신 진정제 탓이다.

반드시 그 대사관일리는 없겠지만 광장 옆에 스페인 대사관이 자리잡고 있다. 광장 이름도 이 대사관의 이름을 딴 듯한데, 알고 본즉 과거 스페인 전성全盛 시대 로마 교황청에 파견한 스페인 사절단들이 단골로 머물던 숙박지가 이곳이다.

광장 우측에 트리니타 성당이 우뚝 서 그늘을 던지고, 성당과는 가파른 계단으로 이어진다. 계단이름도 스페인 계단.

계단에 첫 발을 걸치고 성당 쪽을 올려다보니 여기가 바로 영화 속의

한 장면 – 머리를 쇼트컷한 앤 공주가 아이스크림을 빨아먹으며 내려오던, 바로 그 계단이다.

그 뒤로 바지주머니에 두 손을 지른 채 공주를 뒤따라 내려오던 키다리 신문기자의 침을 삼키던 표정이 그대로 오버 랩 된다.

영화 〈로마의 휴일〉은 로마 관광을 겸한 영화다. 웬만한 유적지와 관광 명소에 직접 발을 들이지 않고도 이 영화 한편으로 대충의 눈요기를 끝낼 수 있다. 영화 속에 나오는 애천(愛泉/Fontana di Trevi)은 이 광장에서 걸어서 3~4분 거리에 있고, 원형 경기장 콜로세움이나 임마뉴엘 2세 기념관도 지척이다.

공주를 오토바이에 싣고 관광안내를 핑계 삼아 시내를 질주하는 거리의 사냥꾼 조 덕분에 관객 모두가 로마구경을 거저 하는 셈이다. 그러나 이 신나는 로마 관광이 게스트나 관객을 위해서가 아닌, 제작진 자신을 위한 나들이였으며 더 정확히는 당시의 영화 불황不況을 깨기 위한 궁여지책이었다는 것도 알아둘 필요가 있다.

영화 〈로마의 휴일〉을 흔히 런 어웨이run away 방식의 영화라 일컫는다. 이 영화가 만들어진 1953년 당시 할리우드는 때마침 보급추세를 보인 TV로 영화제작상의 중대 고비에 직면해 있었다. 흥행수입이 격감하고, 이를 만회하기 위해 MGM, 파라마운트 등 메이저 영화사社들은 대형大型 스크린 영화 쪽으로 제작방침을 바꾸기 시작했다.

이에 따라 경영합리화의 일환으로, 주요 영화사의 월급쟁이로 배속돼 일하던 감독이나 각색자, 배우들이 무더기로 방출되어 할리우드는 영화제작의 프로시대를 맞게 된다.

프로들은 당초 소속됐던 메이저사社들로부터 융자를 받아 제작에 임했는데, 이 자금은 당시 전후戰後 미국의 해외정책(마셜플랜)에 따라 해외에 가지고 나가서 쓸 수밖에 없는 소위 동결凍結달러로, 일단 밖에 나가면 다시 국내반입이 안 되는, 도망치는run away 돈이었다.

영화 〈로마의 휴일〉은 제작 감독의 와일러가 파라마운트로부터 얻어낸 동결달러를 로마로 빼내, 현지에서 다 쓰고 흥행을 통해 본전과 이문을 남겨

야 했던 골치 아픈 영화였다. 따라서 작품의 소재 선정도 무언가 기존의 스토리와 달라야 했다.

그런데 그 때는 영국 국왕 조지 6세가 세상을 뜨고 엘리자베스 현 여왕이 즉위하는 대관식이 53년 6월로 예정돼 있던 시절이었다. 더구나 여왕의 여동생 마가렛 공주가 처자가 딸린 왕실 시종무관 타운센드 대령과 사랑에 빠져, 이 세기의 비련悲戀을 놓고 전 세계 매스컴이 법석을 떨던 무렵이다.

영화 주인공 앤 공주는 그런 의미에서 마가렛 공주가 모델일 수도 있었다. 특히 오드리 헵번의 등장이 영화를 살렸다. 가늘고도 우아한 몸매, 또 보는 이로 하여금 삼투滲透작용을 일으키는 그 특유의 커다란 눈을 가지고 그녀는 이 영화에서 명실상부한 유럽 왕국의 공주로서 관객 모두의 애인이 된다.

영화가 서울에 상륙하고 나서 우리나라 처녀들의 머리 단이 짧아진, 소위 헵번 형 머리가 유행됐던 건 이 영화가 한국에 던진 사회 현상중의 하나다. 이 영화 하나로 헵번은 그해 아카데미 여우주연상을 차지한다.

영화 출연 당시 그녀 나이 24세. 브뤼셀에서 영국인 은행가와 네덜란드계 남작부인 사이에 태어난 그녀는 발레리나, 패션, 사진모델로 활약하다 51년 몇 편의 영국 영화에 단역을 맡는 것으로 영화계에 발을 디뎠다.

53년 청순하고 귀족적인 극중 배역을 찾던 감독 와일러에게 발탁된 것은 그녀에게 대단한 행운이었다. 이 영화 한 편으로 스타가 된 그녀는 그 후 〈사브리나〉〈간호원〉〈티파니에서 아침을〉〈어두워질 때까지〉 등 4편의 영화에서도 아카데미상 후보에 오르는 등 50년대를 주름잡는 명우가 된다.

미국 아닌 외국에서 태어나 할리우드를 장악한 30년대의 그레타 가르보, 40년대의 잉그리드 버그만에 이어 50년대 할리우드의 주역이 된 것이다.

그레고리 펙의 기용에 관해서는, 당시 할리우드에 고조돼 있던 매카시 선풍(적색분자 색출 작업)과 관련, 그가 평소 정치적으로 리버럴리스트로 운신해왔으며, 개방적 분위기인 로마 시에서 신문기자로 활약하는데 그의 핸섬한 용모와 시원한 눈길이 가장 적격이었다는 와일러 감독의 인물평이 남아 있다.

한 가지 재미있는 일은 이 영화가 상영되고 나서 이웃나라 일본의 신문기자 모집에 예상 밖의 많은 응모자가 몰려왔다는 사실이다. 또 내 개인적인 관찰에 불과하지만, 우리나라의 경우도 이 영화가 서울에 상륙했던 50년대 중반 이후 신문사를 노크했던 기자들의 용모나 체격이 잘생기고 장대했던 것 같이 느껴진다.

신문기자 조가 공주를 데리고 찾아간 괴상怪像의 입은 시내 파라티노 다리橋 옆에 있는 코스메딘 성당 안에 있다. 원래 진실의 입Bocca della Verita 으로 불리는 이 괴상의 입은 중세 유럽 전역이 기독교 신성성神聖性 아래 놓여있을 무렵, 이단자들을 데려다 이 괴수의 입에 손을 넣게 하고 심문하던 도구다. 지금으로 치자면 일종의 거짓말 탐지기로, 만약 거짓말을 할 경우 손목이 잘린다고 믿어왔다. 로마시대 이곳에 살던 그리스인들의 밀집지역으로, 헤라클레스 신상神像이 위치해 있던 곳이다.

지금도 이곳 성당에서는 그리스어語로 미사가 진행되고 있다. 괴상은 그리스 하신河神 플루비오의 얼굴로, 원형의 돌 무게만 1.5톤에 달한다.

영화에서 조는 이 석상石像의 유래를 설명하고 짐짓 자신의 손목이 잘려지는 연극을 꾸며, 놀라 기겁하는 공주를 품에 안는데 성공한다. 그가 눈을 더욱 크게 치켜뜨자 펙의 가슴에 두 방망이질을 하던 헵번의 연기는 이 영화에서 가장 오래도록 남는 청순 상像이다.

헵번과 그녀의 로마 행적行蹟은 이 석상의 유래와 함께 또 하나의 전설이 되어 두고두고 남아 있다. 이 영화 직후 멜 패러와 결혼한 헵번은 14년간의 결혼생활을 청산한 후 다시 이곳 로마를 찾아 중년여인으로 정착해 버린다.

9살 연하의 이탈리아 정신과 의사를 남편으로 택해 아예 할리우드를 탈출해 버린 것이다.

이 미국 영화 한 편으로 로마의 관광수입이 폭증하고, 한때 유럽의 영화 흥행업계가 손님을 다 뺏길 정도로 휘청댔지만, 유럽에서 간행되는 세계 유명영화 선집選集에는 이 영화 이름이 항상 빠져 있다는 것도 특징이라면 특징이다. 예술성이 없다는 것이 그 숨겨진 이유다.

유럽 각국을 친선방문중인 모某 왕국의 앤 공주(오드리 헵번) 일행이 로마에 도착, 자국 대사관에 여장을 푼다. 꽉 찬 스케줄과 엄격한 프로토콜에 지칠 대로 지친 공주가 신경이 날카로워지자 왕실 시의侍醫는 그녀에게 휴식을 권하고 다음 날의 공식 일정을 모두 취소시킨다.

진정제를 마시고도 공주는 잠을 이루지 못한다. 시종侍從몰래 대사관을 빠져나온 공주는 혼자서 로마시내 곳곳을 구경하다 스페인 광장 벤치에 누워 잠에 빠진다. 때마침 미국 신문 로마 주재 특파원 조(그레고리 펙)가 이곳을 통과한다. 앤 공주에 관한 특종을 뽑아내려 골치를 썩이던 중이었다.

인사불성으로 잠에 빠진 공주를 조가 부축, 자기의 하숙방 침대에 눕힌다. 다음 날 아침, 조는 이 여인이 공주임을 알고 헐레벌떡 지국장에게 전화를 걸어 특종을 예고하고 특별 보너스를 보장받는다.

사진기자 어빙(에디 앨버트)을 대동, 하숙에 돌아온 조는 공주에게 로마관광을 시켜주겠다고 제의, 시내로 유인해 낸다. 군중 속에 숨은 어빙은 공주를 향해 계속 셔터를 누르고… 조는 공주를 오토바이에 태운 채 시내 곳곳을 질주, 기사거리를 하나하나 만들어 나간다.

밤이 되자 앤 공주는 낮에 미용사 마리오가 제의해온 데이트를 떠올리고 약속장소인 강안江岸의 댄스홀을 찾는다. 댄스홀에서 소란이 벌어진다. 잠복 배치된 왕실 비밀 경호원들이 공주를 발견, 극비리에 연행을 꾀하나 공주가 한사코 거부, 거기에 조까지 합세하고 이탈리아 경찰까지 끼어들어 수라장으로 바뀐다.

이 사이를 틈타 공주와 조는 옷 입은 채 강물에 다이빙, 강기슭으로 피신한다. 한밤중 단 둘만의 대면對面. 두 얼굴이 가까워지고 둘은 이윽고 키스, 가득차 오르는 연정을 서로가 느낀다.

다시 조의 하숙방. 물에 젖은 옷을 벗어던진 공주가 조의 파자마로 갈아입는다. 조가 마침내 입을 연다. "인생은 반드시 생각대로 되는 것만은 아니군!" 이 말을 듣는 순간 공주는 조가 처음부터 자기의 신분을 알고 있었음을 깨닫는다.

조는 그날 밤 공주를 대사관에 데려다 준다. 헤어지며 다시 나누는 긴 입맞춤. 조는 그 동안의 기사 메모지를 모두 찢어버린다. 며칠 후 귀국을 앞둔 공주가 고별 회견장에 모습을 나타낸다. 기자단 맨 앞줄에 조가 서 있다. 마주선 공주가 감기든 소리로 입을 연다. "이번 로마 체류 중의 기억은 일생동안 잊지 못할 것입니다"

카사블랑카

Casablanca

"우리 모두 리크네 집에 모이세!"

다시 몽블랑 고개를 넘는다. 로마에서 세 편의 영화 〈자전거 도둑〉과 〈길〉, 〈로마의 휴일〉 탐험을 마친 후 임지인 파리를 향해 떠난 것이다. 파리까지는 18시간을 달려야 한다. 옆자리 조수석에 앉은 큰 놈 미농이가 간밤 어디 갔다 왔느냐고 다그친다.

놈이 잠든 틈을 타 호텔 밖에 나갔다가 로마 건달과 계집들에게 억지로 수박 얻어먹고 떠들다 돌아왔을 뿐인데, 말하는 걸 보니 녀석은 눈만 감고 자는 척했던 게 분명하다. 제 엄마를 의식해선지 어디가나 나를 은근슬쩍 감시한다.

녀석을 파리 에꼴 빌랑그(영어와 불어학교)에 집어넣었더니 불어와 영어가 나보다 훨씬 자유로워 취재 다닐 때 조수로 써먹기 안성맞춤이다. 이번 영화 탐험 때뿐만 아니고 툭하면 유럽 곳곳을 녀석을 데리고 다녔는데, 좀 엉큼한 구석이 있는 놈이라서 나를 감시하면서도 어떻게 하든 내 통제에서 벗어날 궁리만 하는 놈이다. 허긴 나도 그 놈 나이에 아버지의 지배를 무척 배격했었지…

당시 파리 중학 3학년이던 놈이 지금은 아들 둘까지 달린, 올 서른 일곱의 나이로 바뀌었으니, 정말 엊그제 일 같다. 젖먹이 시절 아빠가 쫓아버린 비둘기가 그리워 '삐둘지 삐둘지!' 하고 잠고대를 해 날 울리던 놈이… 산다는 게 다 이런 거 아닌가!

한밤중 파리에 도착, 큰 놈을 제 친구 집에 떨어트리고 내가 사는 라 데팡스 아파트에 닿은 즉 아파트 전체가 정전이다. 엘리베이터가 작동하지 않는지라 할 수 없이 나의 거처인 18층까지 계단을 걸어 올라갈 수밖에 없다. 18시간을 잠 한잠 안자고 달려온지라 한 발자국 떼놓기도 어려울 만큼 지쳐 있었다.

거기에 여행용 가방까지 들쳐 메고 끙끙대며 오르기 시작하는데, 이런 젠장, 누구 한 사람이 뒤따라 붙기까지 한다. 같은 층에 사는 사람이려니… 허나 어쩐지 기분이 언짢다. 칠흑처럼 캄캄한 비상구 안에서 생면부지의 사람과 열 여덟층을 같이 걸어 올라가야 할 판이다.

더 기분 나쁜 건, 숨이 차 비상계단에 걸터앉아 숨을 돌렸더니 그 자도 함께 쉬는 게 아닌가. 가까스로 18층 비상구를 빠져 나온 즉 그 사나이도 뒤따라 함께 나온다. 라이터를 꺼내더니 제 얼굴을 비쳐준다. 전혀 못 본 얼굴이다. 사내는 싱긋 웃더니 그 제서야 자기 신분을 밝힌다. 경찰이었다.

캄캄한 어둠속에서 혹시라도 무슨 일이 생길까 싶어 아파트 입구에서 대기하다 나와 동행한 것이다. 정전이 된 후, 이번이 여섯 번 째 동행이라고 설명한다. 순간 정신이 번쩍 들었다. 아, 경찰이 바로 이런 거구나!

원산지 파리에서 만나 본 경찰의 진 모습이다. 뽈리스police는 나폴레옹이 세계 최초로 만든 행정제도다. 그런 의미에서 프랑스가 경찰제도의 원조국가다. 나폴레옹이라는 한 천재가 마련해 준 혜택을 지금 전 세계가 이용료

한 푼 안 물고 활용하고 있는 것이다.

그나마 어디 제대로나 활용이나 했던가? 사람 데려다 때리고 수탈하고 토색질하고 죽이고… 심지어는 툭! 했더니 억! 했다는 헛소리나 해대고… 아무튼 프랑스는 그 경찰 원조 국가 노릇을 2백년이 지난 지금도 톡톡히 하고 있는 것이다.

열흘 남짓 비워두었지만 파리엔 아무 일 없었다. 서울 본사에서 전화 한 번 없었다는 아내의 말을 듣고 나니 조금은 허탈했다. 세상만사가 내 통제 밖에서 진행되고 있다는, 묘한 소외감이 든 것이다. 허나 기분이 좋았다. 이왕 내친김에 내일 또 영화탐험에 오르기로 결심했다. 행선지는 지중해 건너 모로코! 차를 가지고 갈 수는 없다.

기창機窓 아래는 지브롤타 해협이다. 지상 1만m 상공, 카사블랑카행行 상공에서 내려다보는 대륙의 해협은 한 가닥 강줄기에 불과하다. 전란을 피해 유럽을 탈출하던 영화 〈카사블랑카〉의 주역들처럼 갑자기 신천지에의 꿈이 부푼다.

사람이 산다는 것은 어차피 한편의 영화가 아닐까. 상영시간이 60~70년 정도 걸린다는 것, 또 누구든 자신이 인생의 주인공이 된다는 것이 다를 뿐, 인생 만사는 구질구질한 한편의 영화 스토리에

다를 바 없다는 생각을 하면서 카사블랑카에 닿는다.

영화에서 보던 장면 장면은 이 북北 아프리카의 도시에 결코 실재하지 않는다. 1백 2분짜리 영화 전편은 모두 미 할리우드의 워너 브러더스 스튜디오에서 찍은 것이다. 그러나 그렇다고 해서 어떻단 말인가. 영화도 인생도 허망한 가공架空이 아니던가. 파스칼이 〈팡세〉에서 말했듯 "둥근 달을 감성적이 아닌, 기하학적 시각으로 보는 자는 바보"일 뿐이다.

주인공 리크가 경영하던 카페 아메리칸은 카사블랑카 시내 한복판에 가공架空 아닌 정말로 있다. 모하메드 5세 광장의 호텔 하얏트의 옥내屋內 바Bar로 바뀌어, 이 영화를 기억하는 많은 관광객들로부터 플래시 세례를 받고 있다.

미국인이 경영해 온 호텔 카사블랑카를 (당시로) 4년 전 사우디 거부가 인수, 이름을 하얏트로 바꾸고, 하루에도 수 십 번씩 카페 아메리칸의 위치를 물어오는 관광객들의 등쌀에 견디다 못해 영화 속의 카페와 똑같은 모양으로 재생시켜 호텔 안에 묶어 둔 것이라고 한다.

카페 입구에는 영화가 처음 상영됐던 1943년의 포스터 두 장이 붙어 정통성을 과시한다.

철이 지난 카페는 한산하다. 영화 속의 검은 피아노도 그대로고, 피아노 뒷벽에는 리크가 공항에서 나치 장교 슈트라서 소령을 향해 권총의 방아쇠를 당기던 장면이 커다랗게 그려져 있다.

영화가 만들어지던 당시(1942년) 프랑스 령領이었던 모로코는 나치에 저항하는 레지스탕스 대원들의 해외집결지였다. 또 나치에 쫓기는 유럽계 유대인들이 미국이나 남미 등 신천지로 도망치던 중간 거점이기도 했다.

영화의 원저 〈누구나 리크네 집에 모이네Everybody comes to Rick's〉의 제목 그대로 당시 프랑스 등 유럽을 탈출한 부자나 지식층들은 이곳 카사블랑카에 모여 미국행 비자를 얻어내기 위해 혈안이었다. 비자를 손에 넣으면 일단 포르투갈의 리스본으로 갔다가 미국을 찾아 떠났다.

영화 〈카사블랑카〉가 히트한 가장 큰 요소는 전란에 휘말린 극중 배경과 당시 이 도시가 처해있던 시대적 배경이 일치한다는 리얼리티 때문이다. 감독 마이클 커티즈는 이 같은 타이밍을 극중 배역이나 드라마 전개에도 그대로 원용한다.

출연진 가운데 미국인으로는 주인공 리크(험프리 보가트)와 피아노 영탄 가수인 흑인 샘(둘리 윌슨)뿐이고 나머지는 모두가 유럽계 다국적이다. 주연 여우 잉그리드 버그만은 스웨덴 출신으로, 할리우드에 발을 붙인지 3년이 채 못되던 무렵이다.

레지스탕스 총책 역의 폴 핸라이트는 오스트리아 출신의 배우 겸 감독. 나치 소령역의 바이트는 베를린 근교 포츠담을 고향으로 둔 독일 산産.

주인공 리크를 짝사랑하는 이본느(마들렌느 느보)나 리크 덕분에 노름판돈으로 미국행 노자를 마련하는 마르셀 달리오는 프랑스 배우다. 이 영화의 출연진 거개가 우리 표현대로면 한恨을 지고 살던 유럽 유랑민들이어서, 영화 〈카사블랑카〉는 따지고 보면 이들이 작심하고 한판 벌인 마당 굿이었다.

무엇보다도 감독 커티즈 자신이 헝가리 출신의 자유 투사라는 점을 지나칠 수 없다. 본명이 미하리 케르테즈인 그는 1906년 부다페스트에서 연극 배우로 이름을 날리다 1차 대전 이후 독일로, 그 후 다시 오스트리아로 정치적 망명을 했다가 막판에 할리우드를 찾아와 1백여 편의 영화를 양산한 명감독이다.

세트 촬영이 특기인 그는 이 영화로 아카데미 감독상을 따낸다. 영화의 첫 시사회는 43년 1월 뉴욕에서 열렸다. 미군을 주축으로 한 연합군의 북 아프리카 진주가 시작되고 나서 18일이 지난 시점이었다.

오랑으로, 알지에로, 카사블랑카로 속속 진주하는 연합군의 사기와 이를 지켜보는 전 세계의 관심 속에 영화 〈카사블랑카〉는 영화 흥행사상 전무후무의 대목을 만난다.

미 전역에서의 개봉은 그해 1월 23일. 또 한 차례의 블랙잭이 터진다. 루스벨트 미 대통령과 처칠 영국 수상간의 카사블랑카 비밀회담이 바로 그때 이뤄진 것이다.

양 거두가 회동한 안파Anfa호텔은 본래 카사블랑카 시 남쪽 별장지대에 있었으나 호텔은 이미 헐린 지 오래이고 야자수와 열대수목들이 즐비한 공터로 남아 꼬마들의 동네 축구장으로 바뀌어 있다.

루스벨트와 처칠은 회담을 끝낸 후 미 본토에서 공수해 온 이 영화를 숙소에서 함께 관람했다는 소문(?)이 있으나 기록으로 남아있지는 않다. 그러나 타이밍에서 거둔 일련의 명성이 영화 자체의 값어치를 앞지른 것은 아니다.

특히 험프리 보가트의 출중한 연기는 그때까지 만들어진 그 어떤 영화로도 필적할 만한 연기를 찾기 힘들 정도다. 영화 〈카사블랑카〉는 그의 나이 43세 되던 해, 그의 전성시대가 극점을 이루던 시절의 작품이다.

이 영화 이전까지 그에게 맡겨진 배역은 갱이나 악역이 주종을 이뤘다. 길다란 인중人中과 잘 발달된 하관, 싸늘한 눈매와 거친 어조는 악역에 관한 한 누구도 추종할 수 없는 천부적인 마스크로 인정받았다.

영화 〈카사블랑카〉에서 그의 짧고 투박한 어투가 관객들, 특히 여성 관객들을 사로잡았는데, 이는 감독이 시켜서가 아니라 보가트 자신의 과거 때문이다.

1차 세계대전 당시 해군에 입대한 그는 배속된 레바이아탄 호號가 독일 공군기의 기습공격을 받아 이때 윗입술에 파편 조각이 박힌다. 파편은 수술로 제거됐으나 이로 말미암아 한때 윗입술이 마비된 적이 있고 그때부터 투박하고 혀 짧은 발음으로 바뀐 것이다.

함께 공연한 잉그리드 버그만은 당시 29세로, 그녀 역시 이 영화를 기점으로 세계적 명성을 얻었으나 연기 면에서는 보가트를 따라잡지 못했다는 것이 중론이다. 이 영화 다음해 만들어진 〈누구를 위해 종은 울리나〉와 그 이듬해의 〈가스 등燈〉(아카데미 주연 여우상 수상)에 와서야 진가를 발휘한다.

한 가지 재미있는 사실은 미제美製 영화라면 비평의 대상에도 넣지 않아온 프랑스 영화비평가들도 이 영화 〈카사블랑카〉에 대해서만은 그런대로 관대

한 평가를 내린다는 점이다.

관대해 봤자 저질 영화 가운데 수작秀作 급(옵서바퇴르 지/87년 9월)이 고작이었지만 "이 영화에서 울려 퍼지는 〈라 마르세예즈(프랑스 국가)〉를 듣고 또 한 차례 눈물을 쏟지 않을 수 없는 영화"라고 그 감명을 실토하고 있다.

밤이 깊어 다시 호텔의 카페 아메리칸에 들러 본다. 영화에서 흑인 가수 둘리 윌슨이 앉아있던 검은 피아노 앞엔 스페인 출신의 한 무명가수가 앉아 있다. 영화에서 듣던 노래 〈세월이 흐르면 As times go by〉를 부탁하자 기다렸다는 듯 건반을 두드리며 노래한다.

"You must remember this. A kiss is still a kiss…"

빠트릴 뻔한 가십이 있다. 이 영화의 기획단계에서 최초로 결정됐던 배역은 리크 역이 로널드 레이건, 일자 역이 앤 셰리던, 라슬로 역이 데니스 모건이었다는 사실이다. 다른 배우는 몰라도 로널드 레이건이 만약 리크 역을 맡았던들, 영화 〈카사블랑카〉가 과연 나에게 영화탐험 대상이 되었을지, 또 레이건이 당시의 미국 대통령의 이미지로 남았을지… 갑자기 웃음이 나온다.

2차 대전 중의 유럽. 많은 유럽 사람들이 대륙을 탈출해서 아프리카 서북단의 프랑스령 도시 카사블랑카를 찾아 잠입한다. 거기서 미국행 비자를 수단껏 입수해서 신천지 미국으로 빠지는 주요 탈출 코스이기 때문이다.

카사블랑카 시. 이 도시에 닿는 열차 내에서 2명의 독일 외교관이 살해된다. 도시 전역이 벌컥 뒤집히고 범인 체포를 위해 나치 게슈타포 장교 슈트라서 소령 일행이 비래飛來, 프랑스인 경찰서장 르노의 영접을 받는다.

미국인 리크(험프리 보가트)가 경영하는 일류 술집 카페 아메리칸. 낯선 프랑스 사람 우가르테가 리크를 찾아와 여행증명서 2통을 맡기고 사라진다. 리크는 현금과 다름없는 이 여행증명서를 피아노 속에 숨긴다.

슈트라서 소령이 들이 닥치고, 때를 같이해서 레지스탕스 투사 라슬로(폴 헨라이트)가 미모의 일자(잉그리드 버그만)를 대동, 카페에 모습을 나타낸다. 일자가 피아노 가수 흑인 샘에게 접근, 재회를 반기는 그에게 옛 노래 〈세월이 흐르면 As times go by〉을 부탁한다.

이 노래를 듣고 주인 리크가 발끈, 누구 소행이냐고 추궁한다. 샘의 턱이 가리키는 곳에 일자가 앉아 있다. 리크와 일자의 재회再會. 일그러지는 리크의 표정.

화면은 전란중의 파리로 역진逆進. 사랑에 취해있는 리크와 일자의 일상으로 바뀐다.

파리 함락 전날 리크가 그녀에게 구혼, 둘은 다음 날 피난처인 마르세이유 행行기차에 타기로 약속한다. 다음 날 파리 오르세이 역驛. 그러나 일자가 나타나지 않는다. 초조해진 리크.

일자가 샘 편에 보낸 쪽지에는 "당신을 계속 사랑한다"는 것, 그리고 못 오는 이유는 묻지 말아 달라는 것뿐이다.

화면은 다시 리크네 술집. 일단의 독일 장교들이 〈라인의 보호〉를 합창한다. 듣고 있던 라슬로가 프랑스 국가 〈라 마르세예즈〉를 선창하면서 실내는 두 노래의 경창競唱으로 수라장이 된다. 슈트라서 소령의 뒤틀리는 표정. 라슬로를 체포키로 작심한 후 리크에게 무기한 휴업을 명한다.

라슬로의 위기를 감지한 일자가 리크를 찾아와 우가르테가 맡기고 간 여행증명서를 넘길 것을 간청하나 리크가 거절한다. 권총을 뽑아드는 일자. 미동도 하지 않는 리크. 거기서 새로운 진상이 밝혀진다.

파리서 둘이 사랑에 빠져있을 무렵, 일자는 이미 라슬로의 아내였다. 일자는 남편이 체포돼 강제 수용소에서 처형됐다는 비보 속에, 그 절망의 늪 속에서 리크를 만나 소생했던 것이다. 남편의 생존을 확인한 것은 리크와 마르세이유 행 기차를 약속한 그날 밤이었다.

통한과 연민으로 일그러지는 리크의 얼굴. 둘은 뜨겁게 포옹한다.

안개 자욱한 카사블랑카 공항. 아내의 장담만을 믿고 탈출하러 나온 라슬로에게 르노 서장署長이 체포 명령을 내린다. 이때 리크가 권총을 뺀다. 총구는 친구 르노 서장을 향했다. "놀랄 것 없어! 아무도 체포할 수 없다. 비행기를 빨리 활주로에 대!" 리크의 본심은 일자 부부의 무사탈출이었다.

라슬로 부부의 탈출 소식을 뒤늦게 알고 공항에 달려온 슈트라서 소령이 관제탑을 불러 이륙정지를 명하려는 순간 리크의 권총이 불을 뿜는다. 소령의 시체를 떠나며 리크가 르노 서장에게 속삭인다. "지금부터 우리는 진짜 친구가 된 거야"

남과 여

Un homme et une femme

"도빌은 늘 젖어있다"

노르망디 해안의 관광휴양지 도빌Deauville은 늘 젖어있다는 인상을 준다. 영불英佛 해협의 난기류는 세느 강江 하구에 잇닿는 이곳에서 툭하면 비를 뿌리거나 하염없는 안개를 내려 덮는다.

파리에서 도빌에 이르는, 잘 포장된 고속도로도 노상 빗물에 젖어있다. 파리 도심에서 쨍쨍한 햇볕을 받으며 출발한 자동차는 도빌까지의 2백㎞구간 어디에선가 한번쯤은 소나기를 만난다.

영화 〈남과 여〉는 이 도빌과, 도빌에 이르는 고속도로를 주요한 무대로 한다. 노르망디 지방에서 가장 아름다운 해수욕 비치를 자랑하는 도빌의 젖어있음은, 겨우 3주간의 짧은 즉흥촬영으로 완성되어 그해의 칸 영화제 그랑프리를 수상함으로 세상을 깜짝 놀라게 했던 이 영화의, 마치 안개의 포말泡沫과도 같은 배경과 분위기를 이룬다.

도빌은 바다구경을 하고 싶은 파리 사람들을 가장 손쉽게, 또 가장 빠른 시간 안에 유혹하는 매력적인 곳이다. 파리 외곽 생클루를 빠져나온 고속도로 A13 루트는 세느 강의 흐름을 따라 하구를 향해 달려가다가 루앙에서 서쪽으로 방향을 튼다.

도빌로 가는 인터체인지를 빠져나오면 노폭이 좁은 국도가 나타나고, 이윽고 차창에 으깨지는 빗물속에서 인구 5천 미만의 해안도시 도빌이 드러난다. 차를 빨리 몰면 1시간 반이면 주파할 수 있는 이 도로 위에서(정확히는 차안에서), 젊은 미망인과 상처한 홀아비가 벌이는 정사情事가 이 영화의 이야기 줄거리이다.

도빌의 첫 인상은 가장 먼저 눈에 닿는 역사驛舍가 결정지워 준다. 흡사 장난감처럼 화려한 건물이, 아주 기묘하고 환상적인 느낌을 갖게 한다. 역에는 떠나고 내리는 승객이 별로 없다. 파리의 몽파르나스 역과 도빌을 왕복하는 열차는 오전과 오후 각각 한 차례 뿐이다. 그나마 좌석은 늘 비어있는 편이라고 한다.

영화 〈남과 여〉의 주인공 장 루이와 안느가 만나는 첫 신은 파리 행 기차를 놓친 안느가 역을 빠져나와 딸의 기숙사로 터벅터벅 돌아가는데서 시작된다. 역사驛舍가 작품의 전기를 이루고, 거기서 펼쳐지는 인간의 만남과 헤어짐에 감상感傷을 부여한다는 점에서 동서양의 영화작법은 비슷한 것인지 모른다.

〈남과 여〉는 박진감 있는 스토리를 지닌 영화가 아니다. 남자와 여자가 우연히 만나, 우연히 사랑에 빠지지만 여자는 과거를 떨치지 못해 정사 중에도 옛 남자의 환상에 사로잡히고, 그렇다고 지금 남자와의 관계에 죄책감을 느끼는 것도 아니면서, 결국 지금의 남자를 멀리하려 남자의 차에 타기를 거절한 채, 바로 이 역을 통해 혼자서 기차에 오른다.

〉〉 클로드 르루시

도빌 역사는 이때 영화에 잠시 배경이 되어준다. 남녀는 플렛폼에서 표정 없이 헤어진다. 남자는 자신의 차에 올라 달리기 시작하고, 여자가 기차를 바꿔 타는 에브뢰 역에 미리 대기하고 있다가, 기차에서 내리는 여자를 포옹한다. 영화는 거기서 끝난다.

이 영화의 원작 감독 촬영 편집을 혼자서 해치운 클로드 르루시는 이 단순하기 이를 데 없는 영화를 65년 겨울에 찍었다. 스태프라고는 자신을 포함해서 모두 6명 뿐.

"인간이 정열을 지속적으로 발휘할 수 있는 기간은 기껏해야 3주 정도"라고, 이 영화의 짧은 촬영기간을 그는 해명했지만, 도빌의 겨울바다가 제공해준 환상적인 이미지가 아니었더라면 그 같은 정열도 가능한 것이 아니었을 것이다.

바닷가는 도빌 역에서 4~5백m 거리에 있다. 파도를 피해 묶어 놓은 수백 척의 요트가 장관이다. 해안을 따라 3~4분 달리면 해수욕장이 나타난다. 영화에서 보던 황량한 겨울 바다는 아니고, 피서인파가 제법 몰려드는 여름

바다이지만, 물이 차고 파도가 높아 쓸쓸하기는 영화에서와 마찬가지이다.

옷 벗은 젊은이들이 있는가하면, 두꺼운 옷차림의 노인들도 있고, 살찐 개들의 프로므나드도 있다. 영화 속에서 주인공 남녀와, 또 그들의 아들딸들은 이 바닷가를 산책한다. 르루시 감독의 카메라는 사전연습이나 로케이션 헌팅 없이 자유자재의 슈팅을 감행한다. 갈매기 떼, 산책하는 노인, 달려가는 개….

카메라는 특히 줌 렌즈의 구사가 탁월한 영상미를 연출한다. 게다가 적赤 청靑 황黃 등의 모노크롬으로 되풀이해서 나타나는 화면은 그것이 현재 진행형의 전개이거나 플래시 백에 이어지는 환상이거나 관계없이 관객을 환상적인 분위기로 압도해 온다.

모노크롬 처리는 특히 남녀 주인공의 과거를 드러내주는 데서 재치 있게 반복된다. 대화나 설명은 극도로 제약된다.

클로드 르루시는 이 영화를 만들기 전까지는 거의 무영이었고, 알려졌다 해도 괴짜로서 일 뿐이다. 칸 영화제의 그랑프리 수상으로 화제의 선풍을 몰아온 뒤에도 그는 통속 작가라는 평판 이상을 누리지 못했는데, 그는 그런 평판에 조금도 개의치 않는 인물이었다.

그가 가진 독립 프로덕션의 이름은 〈필름 13〉. 그가 유대계라는 사실로 미뤄보면 기독교 문화권에서 금기로 치부되는 13을 굳이 사용하는 그의 기행奇行을 짐작할 수 있다.

르루시 감독은 이 영화의 주인공들의 이름을 출연 배우의 이름에 거의 일치시켰다. 아누크 에메의 극중 이름은 안느인 것은 비슷에 머물지만, 장 루이 트랭티냥이 남 주인공 장 루이로, 피에르 바루가 안느의 죽은 남편 피에르로, 발레리 라그랑즈가 장 루이의 죽은 아내 발레리로, 아역배우 앙트완 시르가 장 루이의 아들 앙트완으로 나온 것은 매우 고의적故意的이다.

그들은 모두 자신의 실명으로 연기한 것이다. 뿐만 아니라 주인공의 직업과 성격, 애정 편력등도 출연배우들의 실제 직업과 성격, 애정편력과 일치하는 점은 영화 스토리의 즉흥성과 함께 장난기마저 느끼게 한다.

여우 아누크 에메는 실제로 짐머만, 파파다키스 등의 영화감독과 함께 산 일이 있고, 이 영화에서 전 남편으로 나오는 피에르 바루 역시 실제의 전 남편이었는데, 이 영화탐험 당시는 영국 출신의 영화감독 겸 배우인 앨버트 파니의 아내로 살고 있었다.

그녀는 이 영화로 66년도 그래미 상의 여우주연상을 받아, 2급 스타에서 일약 톱스타로 발돋움했다. 나의 영화탐험 당시 55세였으니, 지금 살아있다면 78세. 할미가 돼있을 것이다.

남우 트랭티냥은 이 영화에서처럼 본래 자동차 레이서를 지망했던 자동차 경주 광이고, 또 (당시) 프랑스의 유명한 자동차 레이서 모리스 트랭티냥의 조카이기도하다.

〈남과 여〉에 출연하기 10년 전 〈그래서 신神은 여인을 좋아한다〉에 브리지트 바르도와 공연한 것을 계기로, 그녀를 짝사랑한 끝에 권총 자살소송까지 벌였던 순정파인데, 르루시 감독은 바로 그의 이 같은 점을 이용해서 장 루이라는 실명으로 연기를 하게 했던 것이다.

〈남과 여〉에는 빼놓을 수 없는 후일담이 한 가지 있다. 이 영화 탐험을 마치고 도빌에서 돌아온 지 1년이 지난 86년의 일이다. 파리 샹젤리제 영화 가街에 〈남과 여- 벌써 20년〉 이라는 제목의 색다른 영화가 개봉돼 세인의 이목을 끌었다.

이 영화가 나온 지 만 20년 되던 해의 일이다. 새로 나온 영화에는 이미 50대 중반이 넘은 에메와 트랭티냥 두 주인공이 그대로 출연했고, 감독 역시 르루시 그 사람이었다.

르루시의 기행성이 그대로 표현된 속편 제작이었던 셈인데, 이야기인즉

〈남과 여〉에서 결합했던 두 사람이 20년을 살다가 다시 헤어진다는 줄거리다. 이 〈속/ 남과 여〉가 별 인기를 끌지 못했음은 물론이다.

〈남과 여〉는 르루시 감독의 감각적인 영상이 빚어낸 영화 미학의 승리였다고 평가된다. 그러나 근본적으로 논리적 구축이 허약한 이 영화에서 많은 결함들을 극복하게 한 것은 아누크 에메의 우수에 찬 연기와 프랜시스 레이의 음악이었다고 봐야 한다.

특히 영화 속에서 안느의 전 남편으로 분粉한 피에르 바루는 주제가 〈남과 여의 삼바〉를 비롯한 많은 노래의 시詩를 스스로 짓고 스스로 노래했다.

겨울의 농무濃霧. 카메라가 안개 속을 미끄러지면서 어린 딸에게 동화를 들려주고 있는 여인(아누크 에메)의 얼굴이 화면 가득 차오른다. 여인의 이름은 안느 고티에. 딸 프랑소와즈를 도빌의 기숙학교에 다니게 하고 있어 주말마다 이곳을 찾아온다.

타이틀 음악이 흐르는 가운데 또 하나의 인물이 소개된다. 선글라스를 낀 남자(장 루이 트랭티냥)가 빨간 무스탕 승용차의 조수석에 앉는다. 운적 석에 앉아있는 앙트완은 처음에 보이지 않다가 차가 움직이기 시작할 때에 어린 남자아이가 앉아 있음이 보인다. 남자의 이름은 장 루이 뒤록.

타이틀곡이 끝나고 밤의 기숙사 학교의 장면부터 화면은 푸른 모노크롬이 된다. 열차시간이 급한 안느는 학교에 프랑소와즈를 데려다 준뒤 역으로 뛰어간다. 이때 장 루이는 차로 앙트완을 데리고 학교로 온다. 그가 여 교장에게 작별인사를 하며 차를 출발시키려 할 때, 열차를 놓친 안느가 학교 쪽으로 되돌아온다.

파리로 돌아가는 장 루이의 차에 동승한 안느는 그가 묻는 대로 남편 피에르(피에르 바루) 얘기를 털어놓는다. 얘기를 한다기보다 얘기 내용이 컬러 화면이 되면서, 모노크롬이 자동차 속의 장면과 교차된다.

피에르는 영화의 스턴트 맨, 안느의 직업은 스크립터이다. 안느의 집까지 온 장 루이는 피에르와 인사하고 싶다고 말한다. 그러자 화면은 또 다시 컬러로 바뀌며 전투 신 촬영 중 스턴트맨인 피에르가 사고로 죽는 장면이 나온다. 장 루이로부터 다음 일요일 함께 도빌에 가지 않겠느냐는 제의를 받는 안느. "토요일 낮에 전화를 주세요"라며 전화번호를 준다.

일요일. 안느를 태운 장 루이의 무스탕이 교외의 도로를 쾌적하게 달린다. "당신의 직업은?" 이라고 묻는 안느에게 장 루이가 "돈은 잘 벌지만 여자들이 좋아하지 않는 직업…" 이라고 말한다. 그의 직업은 자동차 레이서.

파리로 돌아오는 차속. 또 다시 푸른 모노크롬. 안느가 장 루이의 부인에 대해 묻자, 아내인 발레리(발레리 라그랑스)가 전화하고 있는 칼러 화면으로 바뀌며, 이어 황색의 모노크롬으로 자동차 경기 화면이 된다.

르망 레이스 도중 장 루이는 사고로 중상을 입는다. 달려온 발레리는 쇼크로 정신적 균형을 잃고 자살한다. 얘기를 끝마친 장 루이는 "주말에 몽테 카를로스 경주에 출전한 뒤 전화 하겠다" 고 말한다.

몽테 카를로스 경기. 붉은 모노크롬으로 처리된 화면이다.

안느는 몽테 카를로스에 전보를 친다. "멋져요, 사랑합니다. 안느"

장 루이가 경주에 사용했던 차로 심야의 파리로 달려가는 장면까지는 푸른 모노크롬. 그리고 이른 아침의 파리는 칼러.

장 루이가 안느의 아파트에 달려갔을 때 그녀는 이미 도빌로 떠난 뒤였다. 장 루이는 무스탕을 도빌로 몬다. 안느는 도빌 바닷가에서 프랑소와즈와 앙트완을 데리고 놀고 있다.

붉은 모노크롬의 화면. 호텔 방 침대에서 장 루이와 안느가 격렬한 애무를 교환한다. 이 때 샹송이 흐르며 붉은 모노크롬 화면 속으로 안느를 안은 남자가 장 루이에서 피에르로 바뀐다.

장 루이는 안느가 식어버린 표정을 짓고 있음을 눈치 챈다. "남편 때문예요" 그녀는 기차로 돌아가겠다고 말한다. 장 루이는 역까지 바래다주고 혼자 차로 돌아간다.

안느가 기차를 바꿔 타기위해 내리는 에브뢰 역전에 장 루이의 차가 도착한다. 열차가 도착하고 승객들이 차례로 내린다. 맨 뒤편에서 내린 안느가 장 루이를 알아본다. 둘은 한동안 서로 바라본다. 그리고 마주 달려와 포옹한다.

애수

Waterloo Bridge

워털루 역驛은 원래 창녀촌

"영화 속에서, 특히 여성취향 드라마에서 리얼리티란 별 볼일 없는 것" 이라고 영화 감독 머빈 르로이는 여러 차례 말했다.

르로이 감독의 이 말을 영화 탐험의 마무리 시점에서 떠 올리고, 또 그 탐험의 후반 기착지를 〈워털루 브릿지 Waterloo Bridge〉로 삼은 것은 그야말로 〈애수〉라고 표현할 수밖에 없는 우리들의 향수 때문이다.

도버 해협을 페리로 건넌다. 파리에서 몰고 온 내 차도 페리에 함께 실었다. 런던까지는 그럭저럭 운전하는데 어려움을 겪지 않았으나 막상 런던 시내로 들어오니 눈이 팽팽 돈다. 모든 차가 파리와는 정반대로 좌측통행이기 때문이다. 할 수없이 택시를 불렀다. 그 택시를 앞세워 워털루 다리에 닿고, 택시요금을 물었다. 내 차를 운전하며 택시요금 물어보긴 난생 처음이다.

런던시내 한 복판, 템즈 강江이 기역 자로 굽이 도는 모퉁이에 가로 걸친 이 평범한 다리는 영화 〈애수哀愁〉의 타이틀 무대이고 주제이고, 기승전결起承轉結 자체이다.

그러나 머빈 르로이 감독이 로버트 테일러와 비비언 리라는 환상의 미남미녀를 써서 1940년에 만든 〈애수〉는 런닝 타임 1시간 42분 전 분량이 할리우드 MGM 세트에서 촬영된 것이다. 영화 속의 워털루 다리 자체가 세트였다는 말이다.

그나마 이 다리마저도 2차 대전 중 파손돼 1945년 재건된 것이다. 영화가 제작되고 5년 뒤 일이다. 따라서 영화의 타이틀 무대인 워털루 다리를 찾아서 우리의 향수를 떠올림은 영화의 일본식 제명題名대로 〈애수〉에 그칠 뿐, 리얼리티의 탐험은 되지 못한다.

허나, 그렇더라도 나는 지금 그 다리에 섰다. 로버트 테일러가 그랬던 것처럼 난간에 기대어 서면 군복을 걸치지 않았으나 그대로 멜로드라마의 주인공이 된다.

템즈 강에 반사되는 불빛을 따라가면, 더러는 공습경보의 사이렌이 울리는 듯, 군용 트럭의 끊임없는 행렬과 브레이크의 파열음이 들리는 듯, 아니면 "당신만을 사랑해요"하는 마이러의 마지막 속삭임인 듯, 착시錯視와 환청幻聽의 즐거움에 빠지는 것이다.

워털루 다리는 남쪽으로 워털루 로路를 연결한다. 영화 속의 두 주인공이 처음 만나 대피하고 전장으로 떠나보내며, 귀환 장병과 거리의 여인이 되어 다시 만나는 워털루 역驛도 바로 그곳이다.

다리 남안南岸에 맞닿은 곳에 유명한 국립극장, 국립영화관 그리고 로열 페스티벌 홀이 자리잡았고, 1937년에 로렌스 올리비에와 비비언 리가 햄릿과 오필리어 역役을 맡아 엄청난 고전극 선풍을 몰아왔던 올드빅 극장도 바로 그 언저리에 있다.

그리고 보면 이 일대는 다리 북쪽의 코벤트 가든, 로열 오페라 하우스, 그리고 샤프티스베리 가街의 무수한 극장들과 함께 영국 무대 예술의 본거지였던 셈이다.

그런데 워털루 역과 워털루 로路 일대는 본래부터 소매치기와 창녀, 주정꾼의 거리로 악명 높던 곳이다. 영화의 주인공 마이러가 발레를 공연 중이던 올림픽 극장은 바로 올드빅 극장이 있었음직하고, 엄격한 발레 단장 키로봐 여사는 올드빅에서 새들러스 웰즈 발레단을 키운 전설의 무대예술가 릴리언 베일리즈 여사였음직 하다. 그곳에서 일터를 잃은 애송이 무희舞姬 마이러가 워털루 역을 무대로 몸을 팔게되는 지리적 구성만은 리얼리티가 완벽하다.

〈애수〉의 원작은 훗날 〈우리 생애 최고의 해〉를 썼던 미국의 극작가 로버트 셔우드의 1930년 작 무대극이다. 여성취향 멜로드라마의 요소 때문에 무대극으로 보다는 영화로 일찍부터 팔려, 비비안 리의 것 이전에도 베티 데이비스의 것, 레슬리 캬론의 것이 만들어졌다.

그러나 그 어떤 전작前作보다도 머빈 르로어 + 비비언 리 + 로버트 테일러의 〈애수〉가 가장 성공적이었음은 두 말 할나위가 없다. 〈쿼바디스〉(1950) 〈마담 퀴리〉(1944) 〈마음의 행로〉(1942) 등으로 유명한 머빈 르로이는 무성 시대부터 영화판에서 잔뼈를 키워온 대표적 상업 감독이다.

그가 40년 이 영화를 만들 때 이미 전 해의 〈바람과 함께 사라지다〉에서 스칼렛 역役으로 아카데미상을 받은 비비언 리는 그때 한창 공공연한 동거 관계였던 로렌스 올리비에와의 공연共演을 원했으나 그의 뜻대로 되지 않아 실망했다고 한다.

그렇기는 해도, 〈애수〉가 1940년 10월 뉴욕에서 개봉됐을 때 비비언 리는 뉴욕 타임스의 평자評者에 의해 "의심할 바 없는 금세기 최고의 여우女優" 라는 찬사를 들었다.

1913년 인도 히말라야 산록 다르질링에서 태어나 영국 독일 프랑스를 전전하며 성장했고, 딸 하나를 둔 어머니로 영화와 연극에 데뷔했으며, 거의 색정광色情狂적인 정열로 로렌스 올리비에와 사랑을 나누었던 비비언 리는 스칼렛 역役에 이은 마이러 역으로 그녀의 전설의 시대를 화려하게 개막했던 것이다.

다시 워털루 다리. 산책 나온 50대 신사를 잡고 말을 건넨다. "아, 그 미국 영화라면 본 일이 있다. 비비언 리가 아름다웠다" 고 대답하는 신사에게 영화 속에 나오는 캔들 클럽을 추적했으나 결과는 무위.

대신 캔들 클럽에 대해서는 이런 기록이 남아있다.

"…대본을 밤새 수 십 번이나 되풀이해서 읽던 르로이 입에서 마침내 고함이 터졌다. 〈대사 없이 한다! 절대로 대사를 넣어서는 안 돼!〉 새벽 2시였다…."

그 때 올드 랭 사인에 따라 왈츠를 추던 비비언 리의 나이 27세. 그녀는 1967년 7월 8일 폐결핵으로 죽었다. 53세였다. 그녀의 상대역이던 로버트 테일러 역시 1969년 6월 8일 폐암으로 죽으니 57세를 살았다. 아직도 우리를 가슴 설레게 하는 환상의 미남미녀에게도 죽음만큼은 가혹한 리얼리티였던 것일까.

영국이 독일에 선전포고를 한 1939년 9월 3일 저녁, 안개 자욱한 워털루 다리에 군 지프 한 대가 멎는다. 프랑스 전선으로 달려가던 로이 크로닌 대령(로버트 테일러)이다. 기품 있는, 그러나 어딘가 쓸쓸한 이 고급장교는 48세의 독신.

난간에 기대선 그의 손에는 작은 마스코트 한 개가 들려있다. 이 마스코트에 그로부터 20여 년 전 슬픈 사랑의 추억이 오버랩 된다.

제1차 세계대전이 한창인 어느 날, 25세의 청년장교 로이 크로닌 대위는 워털루 다리 위를 걷다가 공습경보를 만난다. 프랑스 전선으로의 귀대를 하루 앞둔 시간, 마지막일지도 모르는 런던을 전별하던 중이다.

혼란 속에서 다리 옆 지하 철 역으로 대피하던 로이는 핸드백을 떨어트려 쩔쩔매는 한 처녀를 돕게 되고, 경보가 해제될 때까지 대피 속에서 함께 시간을 보낸다. 청순한 인상의 그 처녀 마이러(비비언 리)는 올가 키로봐 발레단의 무희. 그녀는 로이에게 핸드백 속에 들어있던 마스코트를 쥐어주며 서둘러 사라진다.

극장무대로 돌아와 춤을 추던 마이러의 눈에 객석에 앉은 로이의 모습이 잡힌다. 로이는 무대 뒤로 쪽지를 보내 저녁 초대의 뜻을 전하지만 마이러는 발레단장 키로봐 여사(마리야 우즈벤스카야)의 엄명에 따라 거절 답신을 쓸 수밖에 없다.

그러나 동료 키티(버니지어 필드)의 도움으로 가까스로 극장을 빠져나온 마이러는 캔들 클럽에서 감미롭고 황홀한 데이트를 즐긴다. 올드 랭사인의 선율이 흐르는 가운데 촛불이 하나 둘 꺼져가고… 둘은 이별의 왈츠에 한없이 빠져든다.

다음 날 아침, 간밤의 무단외출로 단장 키로봐 여사로 부터 심한 꾸중을 들은 마이러가 무심코 창밖을 내다보는데 이게 웬일인가. 빗속에 로이가 서있다. 프랑스 전선으로 벌써 떠났어야 할 그는 영불해협에 매설된 기뢰 때문에 출발이 48시간 연기된 것이다.

뛰쳐나가 로이의 품에 안기는 마이러의 귀에 달콤한 프로포즈의 목소리가 새겨진다. "결혼합시다. 지금 당장…" 결혼식은 다음 날 오전으로 정해졌다. 마이러는 친구들의 부러움 속에 결혼을 발표한다.

그때 로이에게서 다급한 전화가 걸려온다. 25분 내에 출발해야하는 긴급명령을 받았다는 것이다. 마이러는 무대를 빠져나와 워털루 역을 향해 달려간다. 혼잡한 역 구내에서 로이의 모습을 발견했을 땐 이미 열차가 움직이기 시작한 뒤였다. 그날 밤으로 마이러와 키티는 발레단에서 해고된다.

둘은 싸구려 셋방을 간신히 얻어들고 직장을 찾아나서지만, 곧 끼니마저 거르는 곤경이 계속된다. 그러던 어느 날 마이러는 스코틀랜드에서 상경한 로이의 어머니 마가렛 여사(루실 와트슨)로부터 며느리 감을 만나고 싶다는 전갈을 받는다.

약속된 식당에서 마가렛 여사를 기다리는 마이러의 눈에 신문에 실린 로이의 전사 소식이 발견된다. 실신하는 마이러. 영문 모르는 마거릿 여사의 귀족다운 부드러움과 친절….

마이러는 병상에 눕는다. 집도 쫓겨난다. 키티의 변함없는 우정이 그녀를 지켜준다. 겨우 병석에서 일어난 마이러는 그 동안 무대에 서는 줄만 알았던 키티가 밤거리 여자로 몸을 팔고 있었다는 사실에 충격을 받는다. 절망과 자포자기에 꺾인 마이러는 키티와 같은 길로 나선다.

그리고 1년이 흐른 어느 날. 워털루 역에서 손님을 끌고 있는 있던 마이러 앞에 죽은 줄만 알았던 로이가 나타난다. 로이는 부상을 입고 포로가 되었던 것인데 잘 못 전사자로 분류됐던 것이다. 두 사람을 태운 쌍두마차가 장엄한 크로닝 가家에 닿는다.

화려한 혼례식이 준비되고 수많은 친척들로부터 따뜻한 축복을 받는다. 특히 시어머니 마거릿 여사의 아름다운 마음씨에 접한 마이러는 고민에 휩싸인다. 마침내 그녀는 마거릿 여사에게 모든 걸 고백하고 그 집을 뛰쳐나온다.

다시 워털루 다리. 안개 자욱한 다리 위로 마이러가 실성한 듯 걷고 있다. 무수히 지나가는 군용트럭들. 마침내 결심한 마이러. 트럭의 행렬에 빨려들듯 뛰어드는 순간 급브레이크 파열음이 들리고…. 회상은 끝나고 로이 크로닝 대령은 마스코트를 다시 포켓에 넣는다.

Waterloo Bridge
애수

제3의 사나이

The Third Man

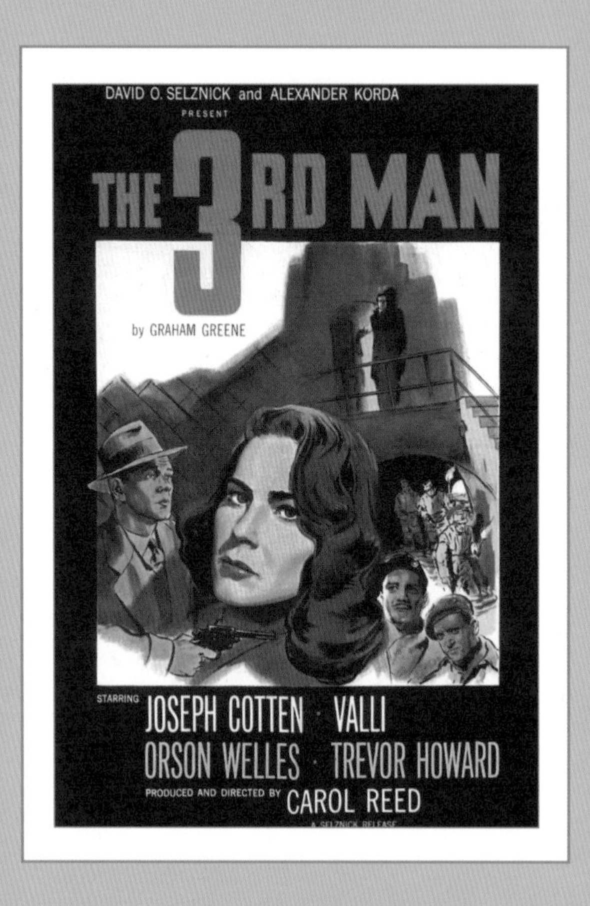

"너, 하찮은 비엔나의 중립이여!"

영화 〈제3의 사나이〉의 타이틀 롤인 사나이 역役은 오손 웰스가 맡았다. 그러나 주역인 그가 상영시간 1백 5분짜리 이 영화에서 모습을 나타낸 시간은 겨우 10분뿐이다. 10분 출연하고도 당당 주역인 점은 놀라움의 대상이다.

더욱 더 놀랠 일은 이 영화 〈제3의 사나이〉와 그 주인공 오손 웰스를 테마로 저술된 책만 해도 (영화 탐험에 나섰던 85년 당시로) 20여 권에 달하며, 그 같은 연구와 저술은 영화가 나온 지 60년 되는 지금까지도 활발하다는 사실이다.

영화 배경은 오스트리아 수도 비엔나. 도시의 중심부를 잠시만 둘러보아도 영화에 나타나던 장면들이 어림으로 잡힌다.

미 대중소설가 홀리 마틴스(조세프 고튼)가 해리 라임(오손 웰스)의 초청으로 비엔나에 도착, 여장을 푼 호텔은 시내 중심인 필 하모니카 슈트라세 초입에 있다. 지금의 호텔이름은 호텔 사헤르. 유럽 몇 나라 깃발이 호텔 정문에 꽂혀있고 장식용 화분도 적당히 널려있는, 별3개짜리 호텔이다.

홀리는 비엔나 도착 첫날, 이 호텔 주인으로부터 자신을 초청한 친구 해리가 교통사고로 숨져 이미 매장됐다는 충격적인 소식을 듣는다.

기록에는 남아있지 않으나, 1949년 이 영화를 찍기 위해 런던으로 부터 이곳에 도착한 감독 캐럴 리드 이하 스태프와 캐스트 모두가 이 호텔에 투숙한 걸로 알려져 있다. 그때 이들이 비엔나에 머문 기간은 정확히 10일이었다.

교통사고로 숨진 시체를 옮긴 인원이 둘이 아니고 또 한 사람, 즉 제3의 사나이가 별도로 존재했음이 입증된 장소는 시내 한 복판의 카이저 요세프 광장이다. 카이저 요세프 2세의 기마騎馬동상이 우뚝 서서 내려다보는 이 광장에서, 해리 라임이 서류상으로 죽고 제3의 사나이로 전신轉身해서 되살아나는 조작이 진행된다.

동상은 영화에는 나타나지 않고 광장 일부와 광장 건너 3층짜리 회색 건물만 소개됐을 뿐이다. 3층 건물의 지붕에는 라틴 어語 숫자로 된 간판이 붙어있다. 비엔나에서 만나 영화탐험에 동참한 비엔나 교민 이경근씨(당시 48세)는 이 건물이 완공된 1783년을 가리킨다고 알려준다.

그 건물엔 파라비치니 궁宮이라는 표지판도 함께 붙어있다. 이 건물이 왕궁의 부속 건물로 당시 파라비치니라는 성주城主의 소유였음을 알 수 있다. 입구의 다른 한 쪽에는 알렉산더 파라비치니의 이름과 비엔나 관광명소 62호 라는 음각이 새겨져 있다.

주인을 만나보기 위해 계속 초인종을 눌렀으나 응답이 없다.

광장을 빠져나와서야 그 건물이 오스트리아 왕가 합스부르크 궁전의 바로 뒤쪽에 위치해 있으며, 나폴레옹을 옥에 가둔 후 유럽의 후사를 좌지우지 하려던 오스트리아 재상 메테르니히가 주도한, "회의는 춤추되 진행되지 않는다 Le congrès danse, mais ne marche pas"던 비엔나 회의(1814)를 바로 곁에서 목격했던 유서 깊은 장소임을 알게 된다.

왕궁을 빠져나오면 부르크림 가街의 큰 길과 부딪친다. 대로변에 붙은 부르크키노라는 영화관의 간판그림이 낯익다싶어 유심히 본즉 바로 〈제3의 사나이〉다. 교민 이씨는 매년 초가을, 관광객이 가장 많이 몰리는 계절을 골라 하루에 1회씩 이 영화가 상영된다고 귀뜸해 준다.

〈제3의 사나이〉란 한 편의 영화가 나오기까지 결정적인 영향을 미친 영화가 있다. 로셀리니 감독의 〈무방비 도시〉와 데시카 감독의 〈자전거 도둑〉이 그것이다(美 아이오와 주립 대 트랜드 포그 교수).

한 때 근세 유럽의 수도로 제국帝國의 영화와 번영의 중심지였던 곳, 그러나 영화 촬영 당시 전후戰後의 경제 사회적 부패 속에서 허덕이던 비엔나의 실상을 이 영화는 가장 유효적절하게 포착해서 이용했다고 포그 교수는 주장했다.

영국의 작가 그레이엄 그린이 직접 시나리오를 쓰고 각색까지 맡았던 이 영화는 그린의 표현 그대로 "읽기 위해서가 아니라 오직 보기위해 만든" 작품이다.

〈제3의 사나이〉가 만들어지기 1년 전 그레이엄 그린의 단편 〈지하실〉을 환골탈태해서 〈떨어진 우상偶像〉의 이름으로 히트시킨 적이 있는 캐럴 리드는 그린과 다시 의기투합해서 〈제3의 사나이〉를 만든 것이다.

캐럴 리드 감독이 만든 영화의 제목에는 유달리 숫자와 지명이 많이 붙는다. 〈8시간의 집행 유예〉 〈첫 번째 환멸〉 〈베를린에서 온 사나이〉 〈하바나 첩보원〉 등등. 이 같은 리드 감독의 취향과 주문을 작가 그린이 수용해서 〈제3의 사나이〉의 각본을 썼다는 것이 정설이다.

그러나 이 모든 가설이나 장식은 오손 웰스의 등장을 예비하고 정당화시키는 한갓 보조 장식에 불과할 뿐이다. 주인공 해리 라임의 역을 2백 퍼센트 해낸 오손 웰스는 이 영화에서 자신이 연기하는 대목의 대사를 직접 썼다. 그는 이보다 전에 출연한 셰익스피어의 〈멕베스〉에서도, 또 2년 후의 〈오셀로〉에서도 자신의 대화를 직접 썼다.

〈제3의 사나이〉로 분장한 오손 웰스가 자시의 범행을 정당화하면서 소설가 홀리에게 내뱉는 독백 – "보르지아 가家의 압제는 르네상스를 낳게 했다. 그러나 스위스의 5백년에 걸친 평화가 낳은 것은 무엇이란 말인가. 뻐꾸기시계뿐이다" 라고 하는 소위 뻐꾸기 독백은 극중 주인공 해리 라임의 소아병적이고 자기탐닉적인 성격을 가장 리얼하게 드러낸 즉흥 대사였다.

이 대사는 해리가 홀리를 시내 공원에 있는 공중회전 열차 속으로 불러내,

두 사람간의 첫 대화가 이뤄지면서 튀어나온다. 이 공중 회전 열차가 있는 프라터 공원의 입구에는 "오손 웰스, 이곳에서 제3의 사나이를 열연熱演!" 했다는 안내판과 사진이 나붙어 있다. 역시 영화 〈제3의 사나이〉로 생긴 관광 명소다.

웰스는 이 영화에서 단 한 컷, 단 1초의 출연에서도 예사로 얼굴을 내비치지 않는다. 그의 얼굴이 처음으로 화면에 내비치는 장면을 보자.

그만을 따르는 고양이가 심야의 가로를 달린다. 고양이가 남의 집 처마 그늘에 숨은 웬 남자의 발목 곁에 웅크린다. 뒤 쫓던 홀리가 인기척을 느끼고 "누구냐!" 고함을 지르자 동네주민이 "시끄러워!"를 외치며 창문을 열고… 그 창으로부터 쏟아져 나온 불빛이 처마 속에 가린 남자의 얼굴을 토해낸다.

어느 영화에서도 기대할 수 없었던 긴박한 영상이 50년도 아카데미 최우수 촬영 상을 이 영화에 안겨준 것은 너무도 자연스럽다. 같은 해 칸느 영화제 그랑프리는 이 영화의 차지였다.

하수 구내溝內의 쫓고 쫓기는 장면은 관객들과는 달리 출연 당사자 특히 웰스에게는 제일 재미없고 힘겨웠던 장면이다. 뚜렷한 이유는 명시돼 있지 않으나, 웰스는 하수구 장면을 다른 장소로 옮길 것과 불연不然일 경우 출연을 안 하겠다고 고집한 것으로 기록에 남아있다.

그 하수구는 지금 한창 장마로 유수량流水量이 불어 일반에게는 공개되지 않고 있으며, 굳이 보고 싶을 경우 비엔나 시장의 허가를 얻어야 한다고 시청 관광과 여직원 프라우 빈터가 설명한다.

〈제3의 사나이〉 테마로 알려진 주제곡은 원래 시내 그린칭Grinzing지구에 있는 술집 겸 식당에서 무명의 악사 안톤 카라스가 치타라는 기타 비슷한 악기로 켜던 노래다. 영화 〈제3의 사나이〉로 이 무명 가수는 하루아침에 돈방석에 앉는다.

원작곡자가 알려지지 않아 카라스는 음반 제작료를 거의 독식했다고 오스트리아 저작권 협회장 겸 비엔나 음대音大 작곡과장인 하이트 가터마이어 교수(당시 60세)가 거든다.

함께 공연한 홀리 역役의 조세프 코튼은 이 영화에 앞서 8년 전 웰스가 처음으로 감독 주연한 영화 〈시민 케인〉에서도 함께 호흡을 맞춘 바 있었다. 코튼 역시 머큐리 극단 소속 멤버로, 웰스의 동반자였다.

안타까운 점은 웰스 식式 영화(영어로 Wellesian Cinema라는 단어로 통용됨)에 출연하는 영화 동역 자들 특히 "돈과 예술 간의 갈등" 이라는 웰스 십팔번의 주제가 되는 영화에 출연하는 사람들은 다음과 같은 불명예를 짊어져야 한다는 점이다.

"웰스가 메가폰만 잡았다면 그 영화는 산다. 그러나 공연자들은 죽는다"

비엔나는 내가 그곳을 찾았을 당시만 해도 미 CIA와 소련 KGB의 최고 최대 그룹이 포진, 숨막히는 첩보전을 벌이던 도시였다. 얼마 후 터진 일이지만, 최은희 신상옥 부부가 이 도시를 통해 탈출해 넘어왔고 재미 유학생 이재환 군도 바로 이 도시를 통해 북한으로 납치됐다.

탐험을 마치고 임지인 파리로 돌아오는 기내機內에서 나도 몰래 중얼거려 본다. "너, 비엔나의 중립이여! 그래서 뭘 낳았는가"

오손 웰스를 흉내 내고 싶은 독백이다. 명화일수록 보고나면 주인공이 닮고 싶어진다. 또 누굴 닮는다는 건 순수한 일이다.

유럽을 배경으로 만들어진 8편의 클래식영화 탐험을 여기서 마친다. 명화의 주인공들처럼 나도 용감하고 멋지고, 때로는 아름답게 살고 싶었는데… 명화의 무대 탐험을 마치고 파리로 돌아올 때마다 내 스스로에게 번번이 다짐하던 게 벌써 20여 년 전 일이라니!

2차 대전 직후 미-소-영-불 4강의 공동점령 하에 놓인 오스트리아 수도 비엔나. 미국 대중소설가 홀리 마틴스(조세프 코튼)가 친구 해리 라임(오손 웰스)의 초청을 받고 이 도시를 찾아온다.

소설가가 도착하기 전날 해리는 교통사고로 죽는다. 영국점령군 켈러웨이 소령(트레버 하워드)이 나타나 죽은 해리가 유명한 암거래꾼이었다고 귀띔한다. 고인의 친구였다고 자처하는 쿠르츠 남작男爵(에른스트 도이치)이 사고현장을 안내해 준다. 해리의 애인인 배우 안나 슈미트(알리다 발리)도 만난다.

결과적으로 해리의 죽음에는 모종의 흑막이 깔려 있음을 알게 된다. 쿠르츠 남작의 말로는 또 다른 동료 포페스쿠(지크프리트 브로이어)와 둘이서 해리의 시체를 옮겼다는 것인데 사고현장을 목격한 아파트 관리인의 진술에 따르면 시체 운반에는 또 하나의 인물, 즉 〈제3의 사나이〉가 합세했다는 것.

아파트 관리인은 상세한 진술을 마치기 전에 살해당한다. 홀리마저 포페스쿠로 부터 기습을 당한다. 허둥대는 홀리 앞에 죽었다는 해리의 모습이 순간적으로 나타났다 잠적, 이번 사고가 전적으로 위장된 것임이 드러난다.

점령군과 경찰은 소련 점령 지구에서 일하는 안나의 여권이 가짜이며 그녀가 체코슬로바키아로 부터의 밀입국자임을 밝혀낸다. 홀리는 크루츠 남작을 통해 해리와의 상면을 요청한다. 두 친구의 밀회가 이뤄진다. 장소는 비엔나 시내 놀이터의 공중회전 열차 속.

여기서 해리의 유명한 뻐꾸기 독백이 나오고, 해리는 친구더러 한 패거리가 돼 달라고 말하다가 권총을 들이대며 사라진다. 이 밀회를 캐낸 켈러웨이 소령이 홀리에게 협력을 요청하나 거절당한다. 그러나 해리가 빼돌린 불량不良 페니실린으로 수많은 어린이가 죽어가는 비참한 상황을 목격한 홀리가 마침내 '협력', 안나의 서방행 '여권' 을 내달라는 조건으로 담합이 이뤄진다.

그러나 안나는 홀리가 마련해 온 여권을 찢어 팽개친다. 낭패한 홀리 역시 귀국할 채비를 서두르나 켈러웨이 소령에게 설득 당해 해리를 유인하기로 결심한다. 한 패가 되겠다는 홀리의 말을 전해 듣고 〈제3의 사나이〉 해리가 모습을 나타내는 순간 동석한 안나의 절규를 듣고 해리는 도망쳐 하수구 속으로 숨는다.

캄캄한 어둠 속에서 쫓고 쫓기는 숨막힘이 계속되고… 탈출구를 가까스로 찾아낸 해리의 손이 열리지 않는 쇠 미닫이문을 사력을 다해 밀친다. 이때 홀리의 권총이 불을 뿜는다. 〈제3의 사나이〉의 진짜 장례식. 장지에서 안나가 나오기를 기다리는 홀리.

그 홀리를 거들떠보지도 않고 안나는 총총히 사라진다.

Story #2

아, 나는 그를 더
사랑해도 되는 것이다!

윤이상과의 만남

파리 회억回憶을 열기 시작하며 꺼냈던 가책에 관해 이제 털어 놓아야 할 성싶다. 죽은 작곡가 윤이상尹伊桑에 관한 가책이 그것이다. 그는 지금 살아 있으면 만 91세가 된다.

지금부터 만 23년 전인 1985년 3월, 그를 만나러 서西 베를린시에 날아간 적이 있다. 한국일보 주불駐佛 특파원으로 부임, 임지인 파리에 도착하고 나서 특파원 일을 막 시작하고 넉 달 되던 무렵이다.

춘삼월의 어느 날이었는데 베를린의 봄이 서울보다 빨랐던 것은 윤이상의 집 화원을 가득 메웠던 여러 꽃들이 벌써 만발했던 걸로 미뤄 알 수 있다.

파리 시간으로 꼭두새벽 서울 본사의 편집국장으로부터 전화가 걸려왔다. 서독 윤이상을 찾아가 인터뷰를 시도하라는 취재명령이었다. 윤이상은 당시만 해도 금기禁忌의 인물이었다. 전두환 군사정권한테는 물론이고, 기자들한테도 두렵고 골치 아픈 존재였다.

그는 막말로 '빨갱이'로 통했고, 그의 얘기를 괜히 썼다가 서울 모처에 끌려가 직사하게 얻어터지려고 하는 무모한 기자는 적어도 그 당시 한국 언론 풍토에서는 찾기 어려웠을 때다. 왜 이토록 쓴잔이 내게 떨어진단 말인가!

파리는 봄이 제일 아름답다. 서울서 실컷 고생해오다 이제 막 프랭땅 드 파리(파리의 봄)를 만끽하려는 40초반의 마음 여린 중견기자에게 편집국장은 뭔가 크게 실수를 하고 있는 게 분명했다.

인터뷰야 베를린시에 날아가 그의 집으로 쳐들어가면 안 될 건 없다. 문제는 그의 기사가 당시의 한국 실정에 비추어 과연 신문에 게재될 수 있느냐이었다. 나의 이런 기본적인 의문을 편집국장이 모를 리 없다. 그런데 웬 억지란 말인가… 수화기를 든 채 오랜 침묵이 흘렀다.

내 무언의 불만에 대해 편집국장이 약간은 사정조로 설명하기 시작했다. 3허許 가운데 하나가 윤이상을 만나고 귀국했다는 정보였다. 윤이상을 북한으로부터 한국 쪽으로 '회유' 하기 위해, 아니면 군사정권과 인권탄압의 상관적 이미지를 희석시키기 위해 3허 가운데 하나가 의도적으로 베를린에 들러 윤이상을 만나고 온 만큼, 언론이 이런 여세를 빌어 그와의 인터뷰를 시도할 경우 잘하면 그 기사가 빛을 볼 수도 있으리라는 치밀한 계산이었다. 3허란 당시 전두환 대통령의 측근이었던 허화평, 허삼수, 허문도 이렇게 세 허 씨를 뜻한다.

윤이상의 집은 서 베를린시, 영국군 분할점령구역 내에 위치해 있었다. 오랜 시간의 인터뷰를 끝내고 에어프랑스 편으로 파리에 돌아오자마자 나는 밤새워 기사를 작성해 서울 본사로 팩스했다. 신문 2페이지 분에 달하는 길고도 힘든 기사였다.

그러나 기사는 예상대로 실리지 않았다. 하루가 가고 열흘이 갔다. 한 달이 흐르고 석 달이 지났다.

나는 점점 불안해지고, 이런 거짓 인생을 살면서까지 기자생활을 해야 하

〉〉 악보를 보는 윤이상

는가라는 깊은 회의에서 헤어나지 못했다. 이럴 줄 알았더라면 그 앞에서 "기사화의 걱정은 하지 말라!" 는 장담을 하지 말았어야 했다.

나의 불안과 고민은 눈덩이처럼 커지고, 마침내는 그 무게를 견디지 못해 그의 집에 다시 전화를 건 것은 반년이 넘어서였다. 그는 내 이름까지 역력히 기억하고 있었다. 그리고 나를 조용히 위로하기 시작했다.

"김 특파원, 가슴 아파하지 마십시오. 나는 당신의 장담을 믿었던 게 아니라 당신의 눈빛을 믿었던 것이오. 한국의 실정에 비추어 내 얘기가 나갈 상황이 아니었던 겁니다. 당신이 전화 걸어준 것만으로 나는 만족합니다. 정말, 잊어버리세요!"

그러나 나는 잊을 수가 없다. 아니, 잊은 적이 없다. 만 20여년이 지나 누렇게 탈색한 원고뭉치를 꺼내 그때 그 이야기를 복권復權시킨다. 단 한 글자 한 획도 가감하지 않고 그대로 싣는 고집마저 부려 본다.

죽은 윤이상은 이제 이 글을 읽을 입장이 아니지만 못 읽어도 좋다. 내 가책만이라도 가셨으면 싶다. 그 가책이 그토록 무겁고 쓰렸기 때문이다. 그 인터뷰 기사는 다음과 같다.

interview

작곡가 윤이상 씨를 그의 거실에서 처음 만났을 때 그는 몹시 거친 숨을 몰아쉬고 있었다. 2층 서재 겸 작곡 실에서 아래 층 거실까지 내려오는 것도 벅찰 만큼 심장이 무척 약해 있었다. 그러나 68세(당시)의 노인 치고는 눈빛이 무척 빛나고 또 경계하는 빛이 역연했다.

그러나 그 표정은 나를 적이 서글프게 했다. 불쑥 전화 걸던 생각이 났다.

이곳 서베를린에 닿기 전, 기자가 파리에서 국제전화를 넣어 인터뷰를 신청했을 때 윤 씨는 대뜸 "좋습니다. 아무 때고 서베를린에 오십시오" 라고 쾌히 응낙했다. 그러나 곧이어 "제가 말한 내용이 그대로 신문에 나갈 수 있습니까?" 라고 반문한 바 있다.

저 눈빛, 저 표정으로 미뤄 이 분은 아직도 나를 의심하고 있는 게 아닐까…라는 생각이 들었다. 나를 신문기자가 아닌, 한국정부의 기관원으로 여기는 것은 아닐까, 아니면 신문기자이긴 하되 감히 자기가 한 말을 그대로 옮길 수 있는 여건과 제도적 보장을 지니지는 못했으리라고 여기는 것은 아닐까라는 자격지심이 먼저 들었다.

그는 당시로부터 18년 전의 악몽, 소위 동東백림사건(67년)에 말려들어 거의 사경死境을 헤매다 풀려나온, 지워지지 않는 기억을 떨치지 못하고 있는 것이 분명했다. 나의 자격지심은, 따지고 보면 퍽 자연스런 귀결이 되는 것이다. 인터뷰는 되도록 자연스럽게 주위의 사소한 일상日常거리로부터 시작해야겠다는 배려가 앞섰다.

어떻게 지내십니까? 참, 윤 선생님 대신 전화를 받던 소녀아이는 누굽니까? 독일어 못지않게 영어를 무척 유창하게 말하던데…

"아, 리나를 말씀하시는군요. 제 외손녀입니다. 미국에 사는 큰딸이 낳은 앤데, 제가 이곳에 데려다 키우고 있어요. 요즘 제 생활의 활력소가 되고 있습니다. 처음엔 무척 키우기가 귀찮고, 제 집사람도 마찬가지였습니다만, 지금은 사는 보람을 리나 한테서 느낄 만큼 두 부부가 그 애 하나만을 키우는 데 전력을 쏟습니다. 새 생명이 점점 커가는 걸 찬찬히 지켜보노라면, 산다는 것이 바로 이거로구나 하고 새삼 삶의 의미를 깨닫게 돼요"

뜰에는 목련과 작약이 피어 있고, 화단 한구석에는 한국지도를 본 따 만든 연못이, 또 그 양쪽으로는 동해와 서해를 상징한다는 또 다른 두 개의 작은 연못이 있다. 무궁화도 심었으나 아직 꽃을 피우지는 못하고 있다고 설명한다.

하루 일과는 어떻게 시작됩니까?
"창작이 전부예요. 오전과 오후로 나누어 하루 7시간 정도 오선지에 매달립니다. 쉴 때나 차를 운전할 때도 항상 작곡에만 전념합니다. 작품을 만들되 뭔가 문제점을 추구하게 되고, 그 문제점을 매 작품마다 각기 다른 스타일로 표현하는 작업입니다. 바람처럼 휙 달려오는 대상을 그냥 그대로 스치지 않고 이를 하나의 문제의식으로 붙잡아 음향을 표현하는 작업인지라 무척 힘들고 고달파요. 낮에는 한두 시간 눈을 붙이고 저녁 먹고는 되도록이면 아무 일도 안합니다. 몸이 안 좋아 항상 조심조심하고 지냅니다"

예술가의 창작활동 또는 그 자세를 놓고 두 가지 설이 있는데, 예컨대 말입니다. 시인이 시상(詩想)에 빠지는 시간은 하루 24시간 전부가 돼야 하느냐 아니면 자기의 직장생활을 뺀 나머지 시간에만 전념해야 하느냐는 문제인데 윤 선생님은 어느 편에 속하십니까. 쉽게 말씀드려, 화장실에 가서도 악상(樂想)에 빠져야만 되는지요?

"제 경우 전자가 옳다고 여깁니다. 변소에 가서도 악상樂想에 빠지니까요. 사마천司馬遷의 말이던가요? 말을 타고서도 시상詩想에 빠지고(馬想), 누워 잘 때도 시상詩想이요(寢想), 변소에 가서도 시를 생각한다는 말이 있는데, 제 경우 아주 흡족한 표현이라고 여깁니다. 굳이 하나를 택하라면 제 경우 침상寢想이 가장 유효합니다. 누워 있을 때 가장 좋은 착상이 떠오르니까요"

윤 씨의 표정엔 어느덧 경계의 눈빛이 사라져 있었다. '윤이상' 하면 50대 이상의 독자들은 대개가 그를 기억한다. 1956년 그는 한국 정부가 작곡가에게 처음으로 주는 서울시 문화상을 수상할 만큼 국내 작곡가로는 최고의 재능과 권위를 지닌 음악가였다.

이 상을 탄 것을 계기로 그는 현대음악의 종주국이랄 수 있는 유럽 땅에 달려가 본격적인 창작활동에 전념, 이후 30년 동안 세계 정상급의 작곡가로서 유럽은 물론 세계 전역에 코리아의 이름을 떨쳐왔다.

39세의 늦은 나이로 파리에 첫 발을 디딘 그는 우선 유럽의 최신 작곡법을 깨치기 위해 토니 오뱅Tony Aubin에게서 작곡을, 뒤카Dukas의 제자인 삐에르 레벨Pierre Revel에게서 음악이론을 사사받으며, 거기서 19세기에 필수적이었던 파리 콩세르바뜨와르의 전통을 배우게 된다.

그는 2년후 베를린으로 옮겨 보리스 브라허, 라인하르트 슈바르쯔쉴링, 조세프 루퍼 등 당대의 거장들로부터 사사를 통해 친 비엔나 작곡법과 '12음音으로의 작곡' 법을 터득, 일약 천재 작곡가로서의 도약을 시작하게 된다.

특히 58년 다름스타트Darmstadt에서 개최된 현대음악 국제 강습회에 참석해서 강습회의 주최자였던 볼프강 슈타이네케와의 대화, 그 후 빌토벤의 가우데아무스 재단財團 주최의 음악제를 통해 몇몇 작품이 소개된 것을 계기로 그는 당초 3년 정도의 유학을 포기하고 아예 유럽에 눌러앉아 대가의 지위를 누리게 된다.

그가 서구西歐음악과 처음 만난 것은 8살 되던 해 학교 풍금소리를 통해서다. 당시의 감격에 대해 윤 씨는 다음과 같이 말한다.

> "반드시 아름답다고는 여기지 않았습니다. 그러나 놀랍고 선동적이었던 것만은 틀림없었습니다. 그 소리가 매우 컸고, 그렇게도 많은 음들이 그렇게도 웅장하게… 저는 무척 어리둥절했습니다. 한국 고래의 악기는 한 번에 단 한 음만 내고, 화음도 없고, 또 그 음은 훨씬 조용하고 개개의 음을 다 들을 수 있는데 비해 여기(학교)서는 그렇게 많은 음들을 한꺼번에 들을 수 있다니……. 그것은 정말 이질적이었습니다"

이러한 유럽의 음音은 아주 명확한 것이어서 그의 마음에 썩 들기는 했으나, 새로운 문제점을 안겨주게 된다. 그는 파리에서 공부하는 동안 '내가 전혀 다른 음악세계에서 왔고, 이러한 다多음악적 전통을 알지 못하는 동東아시아인에게는 대위법對位法과 화성법으로 작곡한다는 것이 어렵다' 는 것을 뒤늦게 깨닫게 된다.

여기서 그는 동東과 서西의 음악 전통을 어떻게 하면 독창적인 작곡법으로 적절히 결합시킬 수 있는가를 터득하게 된다. 문제를 스스로 제시하고, 그 문제 역시 스스로 해결하는 역량을 키운 것이다.

선생님이 말씀하시는 문제점, 특히 작품 속의 문제점은 구체적으로 무엇을 뜻합니까?

"미학적인 것과 정신적인 것을 모두 포함합니다. 한마디로 어떤 작품에 문제점이 없으면 그 작품의 내용은 없는 것이나 마찬가지예요. 예술가에게는 반복이란 없는 법입니다. 앞서 만든 작품을 결코 다음번 작품 속에 반복시켜서는 안 됩니다. 부분적으로도 반복해서는 안돼요. 예술가는 결코 제자리에 머물러서는 안 됩니다. 제 경우 음향은 하나의 언어입니다. 같은 말을 되풀이할 수가 없듯이 제가 추구하는 음향의 세계도 반복이 있어서는 안 된다고 믿고, 또 그렇게 살아왔습니다. 여기서 말하는 음향은 단순한 소리로서의 음향이 아니라 나 윤이상 자신의 철학과 환상, 그리고 암시가 모두 함축된 음향입니다.

제가 말하는 문제성이란 또 예술로서의 특징을 뜻하기도 합니다. 예술가는 다른 예술가와는 달라야 되고, 그의 작품 역시 다른 작품과 달라야 합니다. 베토벤이나 바그너 작품이 걸작이라 해서 그와 비슷한 작품을 만들어냈다고 함께 걸작 소리를 듣지는 못하는 법입니다.

베토벤의 작품은 베토벤으로 족할 뿐 다시 만들어질 필요도 없고 그와 비슷한 작품을 재연해서도 안 됩니다. 문제점이란 바로 이런 거지요. 문제점이 없는 한 창작의 의미도 없는 법이죠"

〉〉 이야기 중인 윤이상

파리에서 매년 새롭게 발간되는 백과사전 뀌드Quid의 음악인 난을 뒤져 보면 한국인 출신으로 세계무대를 장악하는 음악인은(85년 시점으로) 윤이상 한 사람밖에 등재돼 있지 않다. 윤이상이 유럽 현지에서 누리는 명성과 주가는 서울에 알려져 있는 것보다 훨씬 높다. 전 유럽이 그를 기억한다.

이런 스테레오 타입 때문일까, 작품을 규정하고 진단하는 윤이상의 목소리에는 막힘이 없다. 대가大家답다. 오만이나 겸손 따위의 수준을 훌쩍 넘어서 있다.

묻는 자의 진의를 더 먼저 파악한다. 답변을 듣다 보면, 맞았어! 바로 저걸 물었던 거야 하고 기자 스스로가 놀라게 된다.

그는 작품을 살아 있는 유기체로 본다. 사람에게 얼굴과 인격이라는 두 가지 요소가 있듯이, 작품에게도 작품 그 자체의 미학(얼굴)과 정신적 문제점(인격)이 있어야 한다고 그는 본다.

작품이 지니는 정신적 문제점이란 구체적으로 뭘 말합니까?

"창작하는 사람의 종교관이나 정치관을 모두 포함하는 문제점을 말합니다"

이 대목에 이르러 윤이상의 표정엔 순간적으로 고민하는 모습이 스쳐 지나갔다. 그의 고민은 이 대목에 대한 설명의 빈곤이나 어려움 때문만은 아닌 듯했다. 알맞은 용어의 선택에 꽤나 부심하는 듯했다.

사실 그의 언어는 무척 퇴색해 있었고, 이 점은 그가 조국을 떠난 지 햇수로 30년(85년 시점)으로 가까이 된다는 사실을 감안할 때 듣는 사람으로 하여금 적이 동정을 불러일으킬 만했다. 윤이상은 한참을 망설이다가 다시 입을 열었다.

"예를 들어서 말입니다. 제가 관악기와 현악기를 동원해서 어떤 음향의 세계를 표현 한다 칩시다. 관악기는 소리의 질과 양이 크고 우렁차게 들리게 마련이고, 현악기는 반대로 약하고 여리게 소리를 냅니다. 관악기는 따라서 지옥이나 악마를 뜻하고 현악기는 약하고 여리되 어떤 진실이나 천사天使를 뜻하는 음향효과를 냅니다.
또 타악기를 사용했을 때 이는 인간의 참사, 예컨대 학살이나 무자비한 폭정을 뜻한다고 볼 수가 있죠. 여리고 약한 현악기는 그러나 여리고 약한 만큼 더욱 진실 되고 천사다운 승리의 음향으로 어필하게 됩니다. 관악기나 현악기의 대립, 그리고 이런 대립을 어떻게 조화시키고 이를 어떻게 처리하느냐가 바로 (제 경우) 창작의 문제점입니다"

이 대립의 문제에 관해 그가 올해(85년) 정월, 튀빙겐대학, 명예박사를 받고 행한 강연은 그를 파악하고 이해하는 데 좋은 참고가 된다.
〈정중동(靜中動 Bewegtheit und Unbewegtheit)—유럽에서 나의 작곡발전상에 관하여〉 라는 제목으로 행한 연설 원고 속에는 음과 같은 구절이 포함돼 있다.

"…여러분이 아시다시피 중국과 한국의 고전음악은 원칙적으로 단음적이며 그 음악적인 흐름은 선적線的입니다. 아시아의 음악적 미학은 주로 5개의 주요 음으로 구성되고 있습니다. 그러나 이 5개의 음은 언

어가 되기 위해 하나하나의 음으로 고립되어져서 다른 음들과 함께 음의 연속으로 결합되는 것이 아니라,
하나하나의 음은 처음 시작에서부터 사라질 때까지 변화의 법칙으로 일관합니다. 이것을 저는 도교道敎에서 말하는 변화의 과정이라고 말하고 싶습니다. 전타음前打音, 음의 순간적 장식, 매끄러움, 음군音群의 동요, 그리고 음색의 뉘앙스와 다이내믹은 음과 양의 원칙이 정靜내지 동動의 상관관계 원칙으로서 작용하는 과정중의 한부분입니다.
도교적道敎的인 변화의 개념은 항구적인 변형을 추구합니다. 그래서 각개의 음은 음을 내기 시작하자마자 이미 그 속에 자신의 진행 가능성을 내포하고 있으며 이것이 전개됨으로써 언어의 성격을 갖게 됩니다. 이로써 소우주로서의 부분은 전체 즉 대우주를 반영하는 것입니다.
제가 유럽에서 처음 몇 년간 12음계 법으로 작곡하며 저 자신의 언어를 찾고 있는 가운데 이 유럽의 복復음악적 체계가 제게 문제점들을 제시하는 것을 알았습니다. 즉 12음을 단순히 서로 연관시키는 것만으로는 제 자신의 표현을 찾을 수 없었던 것입니다.
또한 제게는 단순한 무조적無調的인 유럽의 음악체계에 아시아적인 음향법칙을 끌어들여 이 작품을 단지 흥미 본위로 만든다는 것도 거북스러웠습니다. 그래서 저는 그 반대의 방향, 즉 동아시아의 전통을 현대적인 서구의 언어에 이전하는 방향을 취했던 것입니다…"

이러한 대립의 개념은 또 그가 지난 77년 9월 베를린예술제 때 선보인 〈

MUSIKALISCHE JUGEND ÖSTERREICHS
ÖSTERREICHISCHER RUNDFUNK
ISANG YUN
DEBUSSY
HAUBENSTOCK-RAMATI
MILAN HORVAT
ORF-CHOR
ORF-SYMPHONIEORCHESTER
KARTEN
K. F. MÜLLER
NORBERT SPRO
ROBERT LEUKA
L. M. WALZEL
DR. HANS WEBER
DAS NO. TONKUNSTLERORC
KURT WÖS
MUSIKHAUS
STIMMEN DER WELT
KONZERTHAUS
Charles
Aznavour
Donnerstag, 19. März 1970

〉〉 1970, 독일 베를린

오보에와 하프를 위한 2중 협주곡〉에도 그대로 나타난다. 자신의 60세 생일 기념으로 만들었다는 이 작품의 취지와 특히 대립의 문제에 관해 그는 다음과 같이 설명했다.

> "오보에는 견우를, 하프는 직녀를 뜻하는 것으로 주제를 삼았습니다. 두 악기는 번갈아대며 견우와 직녀의 별리別離를 서글프게 울어대고, 1년에 단 한번 은하수 속에서의 상봉을 노래합니다.
> 첫닭이 울고, 둘째 번 닭소리가 울릴 때가 되면 두 악기는 다시 이별을 서글프게 노래합니다. 애타는 두 남녀의 애련을 저는 분단의 남북 관계로 묘사하려 했던 것입니다. 우리 민족의 분단을 슬프게 노래한 것이죠. 그리고 또 한 가지는 두 남녀의 상봉을 허용하건만, 한 나라 한 민족인 우리는 40년이 넘도록 한 번도 서로 얼굴을 마주할 수 없다는 비극을 가슴 아프게 묘사하려 시도한 것입니다"

그는 고향이 충무(忠武, 당시는 통영)라고 밝혔다. 1917년생으로, 17세가 되면서부터 본격적으로 음악공부를 시작했으며 서울과 일본 오사카大阪에서 작곡수업을 쌓았다고만 말했다.

그 후 고향에서 얼마동안 교사로 일하다 2차 대전 이후 고아원을 운영하는 한편 통영여고 음악교사로 몇 년, 그 후 부산사범대학에서 그리고 한국동란 이후에는 서울의 몇몇 대학에서 음악 강의를 맡았다는 사실을 빼놓고는 별로 소상히 소개하지 않았고, 구체적으로는 묻는 걸 바라지도 않는 눈치였다.

대신 자신의 음악적 소재나 작품의 주제 선정에 관해 다음과 같이 피력했다.

"제 음악은 우리의 고유한 전설이나 전통신앙에 뿌리를 깊이 박고 있어요. 어릴 때 듣던 소리나 음향, 예컨대 무당들의 굿 소리나 아낙네들의 민요, 농군들의 모내기 소리, 이따금 예배당에서 듣던 사촌형의 성가소리, 절에서 들려오던 목탁소리들이 제 귀에 항상 맴도는 소리입니다.
서양 작곡가들이 어린 유년시절 교회나 축제 때 듣던 노랫가락을 항상 염두에 두고, 이런 가락들이 그 후 창작활동의 주제 음으로 곧잘 등장하는 것과 비슷한 경우지요"

화제는 자연스럽게 민족 얘기로 넘어갔고, 이 대목에 이르러 그의 어조는 자못 격정을 띄기 시작했다.

"저는 민족이라는 걸 지상至上에 놓습니다. 국가란 하나의 기술적 개념에 불과할 뿐, 언제 어디서나 가변적인 요소에 불과할 뿐입니다. 제가 지금 서독西獨 국적을 지닌 것도 마찬가지 논리입니다. 국적은 서독 국적이지만 민족만은 바꿀 수 없는 것 아닙니까?
이 민족이라는 개념, 내게는 미학적일 만큼 절대 절명의 요소입니다. 나의 예술, 나의 도덕 못지않은, 때로는 그 이상의 중요성을 지닌 것이 민족이며, 제 경우 무덤에 갈 때도 이 민족이라는 짐을 기꺼이 지고 갈 준비가 돼 있습니다. 민족은 제 경우 부담이 아니라 사명이요,

긍지로 통합니다"

순간 나에게는 이상한 생각이 머리를 스치기 시작했다. 이 대가는 왜 이토록 민족을 강조하는가. 그의 논리는 크게 틀린 것 같지는 않다. 그렇다고 모두 옳다는 논리도 아니다. 민족이 너무 불거져나와 뭔가 어색하다. 이 어색은 어디서 오는 걸까.

그토록 민족만을 앞세우시는 말씀이 제게는 좀 생경하게 들립니다. 많은 예술가들이 선생님처럼 민족만을 지상으로 놓지는 않았습니다. 물론 쇼팽 같은 음악가를 들 수도 있겠습니다만 쇼팽이 못 잊어했던 것도 조국 폴란드, 적 치하의 조국 폴란드와 폴란드의 흙이었지 선생님처럼 폴란드 민족만으로 일관한 건 아니었잖습니까?

"쇼팽의 음악은 폴란드 민족에 대한 뜨거운 사랑이었습니다"

대화는 잠시 중단됐다. 1~2분에 불과한 짧은 중단이었지만 이 시간이 나에게는 무척 지루하게 느껴졌다.

선생님, 한국을 떠나신 지 (당시로) 30년이 가까워지시는데, 평소 '한국적'이라는 것에 대해 어떻게 느끼십니까?

"좋은 점은 너무도 좋은 반면, 나쁜 점은 너무도 나쁘다는 인상을 갖고 있습니다. 우선 나쁜 점부터 얘기해볼까요? 매사에 사적私的 감정이 너무 앞서요. 모든 걸 개인감정으로만 해결하려 듭니다. 하긴 동양인이란 원래 직관적直觀的이긴 합니다만 한국인은 그중에서도 특히 직관적이에요.

다시 말해 비논리적이란 말이 됩니다. 논리적인 사고의 훈련이나 경험이 부족했기 때문이죠. 또 서구의 문명이나 기술을 우리 것으로 소화하거나 받아들이지 못하는 후진국성에 빠져 있어요. 변신이 서투르다는 애깁니다.

좋은 점으로는 환상력이 뛰어나요. 그래서 예술가가 많이 배출될 수 있습니다. 한국 사람은 원래 심성이 나이브naive하거든요. 그러나 이런 좋은 점과 나쁜 점이 뒤엉켜 이상한 컴플렉스로, 다시 말해 분열적分裂的으로 나타나는 탓에 문제가 생깁니다.

격정이 표면화되기 쉽다는 말씀입니다. 유럽 사람들은 물론 일본사람들까지도 이런 격정에는 쉽사리 휘말려 들지 않고 있는데 말입니다"

선생님 스스로는 어떻다고 여기십니까?

"제 스스로가 바로 이런 컴플렉스를 자각하고 있습니다"(웃음)

분위기가 호전되자 이번에는 그가 먼저 질문을 던졌다.

"아까 말하려다 중단한 대목인데 김 특파원, 제가 말하려는 것을 독자한테 솔직히 전달할 수 있습니까?"

장담합니다. 말씀해 보세요.

"딱 두 가지입니다. 첫째, 국가의 예술정책에 관해서인데, 우리가 아무리 외래문화를 좋아한다 해도 이를 우리식으로 소화하지 못하면 큰 실수를 저지르는 결과가 됩니다. 구체적으로 말하자면, 어떤 직접적인 효과만을 가져오는 예술 또는 어떤 세력에 유리한 효과만을 불러일으키는 예술정책은 삼가야만 한다는 것입니다.

친정부 또는 친 여론적인 예술만이 바람을 타고 순수예술은 피해만을 입는 경향은 당장 시정돼야 한다는 것입니다.

또 한 가지는 예술가나 예술작품은 정치 또는 정치행동에 가담할 수 있다는 얘기입니다. 예술가 자신의 양심과 신념에 의해 정치적 표현이 가능해져야 한다는 결론입니다. 어떤 국가나 정권도 거기에 대해 초연해져야만 합니다. 예를 들어 소위 동베를린 사건 때만 해도 저의 예술적 지위는 상당히 굳혀져 있었습니다.

만약 제가 그때 감옥에서 죽었더라면 어찌 됐겠습니까. 그 예술가 또는 그 예술작품은 그 시대를 대신하는 법입니다. 피카소의 「라 게르니카」라는 그림 아시죠? 폭정과 학살의 만행을 규탄한 그림말입니다. 만약 프랑코 정권이 그 그림을 파괴했더라면 얼마나 통탄할 일이 됐겠습니까?

국가는 예술이나 예술작품에 대해 근시안적이 돼서는 안 됩니다. 국가나 정권의 차원에서 예술가나 예술작품을 평가해서는 안 됩니다"

interview

윤이상과의 인터뷰는 대충 이렇게 끝났다. 인터뷰가 끝난 후 그는 아내 이수자李水子 씨가 마련한 점심을 함께 나누자고 요청했으나 나는 이를 완곡

하게 거절했다. 파리로 돌아갈 비행기 시간 때문이었다.

그는 기사가 다 작성된 후 이를 서울 본사에 송고하기 직전 자기한테 미리 보여줄 수 없겠느냐고 두 번째 부탁을 해왔지만, 나는 이 또한 거절했다.

기사화되기 전에 취재원에게 기사를 보여줘서는 안 되는 것으로 훈련받아 왔고, 또 사실상 20여년을 그래왔기 때문이다.

이 기사가 결국 빛을 못 본 것이다. 그 이유를 나는 추측만 할 뿐 지금껏 정확히 모른다. 유일하게 그 이유를 알 만한 인물이라면 당시 본사 편집국장 한 분뿐인데, 그 분마저 내가 파리 특파원을 마치고 서울로 귀사했을 무렵쯤 이미 고인이 돼 있었다.

그럴 줄 알았던들 미리 보여 달라던 윤이상의 부탁을 들어줄걸! 하는 후회도 들었지만, 그 사이에 이러구러 20여년이 흐른 것이다. 죽은 윤이상에게 꽃다발 대신 이 기사를 보낸다. 아, 나는 이제 그를 더 사랑해도 되는 것이다!

Story #3

파리탐험

내가 처음 본 여름 한낮의 파리

이제 독자들과 함께 파리에 입성入城할 준비는 대충 마무리 된 듯싶다. 파리 지붕 밑으로 곧바로 들어서면 숨이 막힐 듯싶어 그 동안 파리 외곽을 상당기간 의도적으로 헤맸다.

파리에 살면서도 느닷없이 베를린에 달려가 작곡가 윤이상 얘기를 시작했던 것도, 또 거기서 파리로 곧바로 진격하는 대신 알프스 산록에서 〈금지된 장난〉으로 밤들이 노니다가 로마로 뻗는 길고 긴 〈길〉을 택했고, 거기서 〈자전거 도둑〉을 쫓느라 여름 한낮 비지땀을 흘리고, 겸사겸사 〈로마의 휴일〉을 알맞게 즐기다, 다시 모로코의 〈카사블랑카〉 카페로 줄행랑을 친 것도 다 이유가 있어서다.

파리로 곧바로 입성하기가 싫었던 것이다. 독자들께는 내 나름의 기교를 부린 건데, 이런 기교는 필요할 때가 더러 있다. 파리는 미합중국의 여러 도시처럼 원목原木같은 도시가 아니라 무척 가공加工된 도시이기 때문이다.

불끈 힘을 주고 날린 주먹은 상대의 눈을 밤퉁이로 만들지 못한다. 되도록 힘을 빼고 가격해야 KO 펀치가 된다. 곧바로 파리로 들어가 얘기를 펼치면 기껏 파리 관광 안내밖에 더 되겠는가! 레오나르도 다빈치의 얘기던

가?… 가공되지 않은 진실은 원시原始에 가깝다는 걸!

그러기를 7개월 남짓. 이제, 파리 지붕 밑으로 들어설 때가 된 듯싶다. 거기서 만난 여러 사람들의 얘기와 사연을, 나는 독자들께 흡사 한 편의 영화처럼 그 탐험기를 들려주고 싶은 것이다.

파리 탐험을 시작한다. 첫 이야기는 파리의 여름, 내가 서울을 탈출 후 처음 봤던 85년 그 여름날의 파리 이야기로부터 시작한다.

나는 지금 파리 최고의 번화가 샹젤리제 카페의 구석 자리 하나를 차지한 채 서너 시간을 죽치고 앉아있다. 여름 한철 유럽 전체가 연례행사처럼 치르는 무척 상식적이고 관습적인 계절의 한 단면을 조용히 포착하고, 이를 이해하기 위해서다.

7, 8월 두 달 동안 유럽 기후는 특유의 바캉스 권圈에 돌입한다. 사람들은 저절로 들떠지고, 유럽평원을 뒤덮는 건조한 열기 속으로 쉽게 증발되어 자신의 운행능력을 상실하고 만다. 흡사 기류에 몸을 실은 날벌레 떼처럼 남으로 남으로, 또는 북으로 북으로 정처 없이 표류하고 만다.

도시는 주인을 잃고, 주인 없는 빈 도시를 과객過客들이 메운다. 그리고 주인 행세를 한다. 유럽의 바캉스는, 특히 기류회전의 축 軸이 되는 파리의 바캉스는 대륙 전체가 치르는 하나의 역사役事다.

바캉스를 맞아 유럽민족은 대 이동을 치른다. 역사 교과서에 나옴직한 게르만 민족의 이동처럼, 아니 장비나 규모면에서 그 수백 배 웃도는 거대한 이동이요 거기다 게르만 민족뿐 아니라 유럽 전역의 20여개 이상 민족이 함께 참여하는 교향악 같은 대 이동이었다.

신문 토픽 난을 통해 종종 보아온 바캉스 열기와는 그 열도가 전혀 달랐다. 파리 특파원 부임 첫 해, 그 열기에 덴 한국 기자의 눈에 비친 유럽의 바캉스는 흡사 우주 성군星群의 운행처럼 그토록 신비롭고 장엄했다.

우선 도시의 색깔과 냄새가 달라진다. 파리 시 인구의 반 이상이 파리를 뜬다. 프랑스 내무성이 집계한 그 해(85년) 파리 시민의 수효는 8백 70만 명이다. 이 가운덴 2백만 명 이상이 외국인 거주가가 포함된다. 외국인의 경우 파리지앵처럼 쉽사리 바캉스 열풍에 말려들지 않는다.

파리 신문들은 그해 여름 파리를 떠난 파리지엥 수효를 2백~3백 만으로 추산하고 있다. 남은 5백~6백만 가운데 반이 외국인인 만큼 이 기간 동안 당신이 파리서 만난 사람가운데 반은 외국인이었다는 결론이 나온다. 파리는 이런 상황에서 예의 민족이동의 급류에 휘말린다.

이동은 노상 그러했듯 유럽의 북단北端에서부터 시작된다. 서독과 영국에서, 베네룩스 3국에서, 더 멀리는 스칸디나비아의 바이킹 후예들로부터, 그리고 극권極圈에 가까운 아이슬란드로부터 시작되는 민족이동은 남으로 남으로… 이 행렬은 지중해 연안에 와서 남진南進을 그친다. 이 행렬의 거개가 파리를 거친다.

북진北進하는 이동군도 이에 뒤지지 않는다. 지중해 연안 국가 군이 대부분 이 대열에 낀다. 에게 해海의 그리스로부터 시작해서 이탈리아 스페인 그리고 이베리아 반도 서단西端 포르투갈을 떠난 이동의 행렬은 그 북상北上 행렬에 어김없이 파리를 포함시키고 있다. 세상에 이런 대륙이 없다.

다시 말해, 여름 한 철을 기해 유럽 전역은 파리라는 축을 중심으로 1백 80도로 완전히 돌려지는 형국을 빚게 된다.

파리는 하루아침에 에트랑제(이방인)의 도시로 바뀌고 만다. 이방인을 물고

기에 비유한다면 여름 한 철 파리라는 어장漁場은 "물 반半 고기 반半"이라는 농담으로도 미진하고, 오히려 "물보다 고기가 많더라"가 적격이다.

파리는 평소 외지 사람들에게 무척 인색한 도시로 알려져 있다. 흡사 콧대 높은 미녀처럼, 아니면 몰락한 양반집 후예처럼 불필요한 교태와 격식으로 사실을 호도하고 치장에 열을 올리는 도시가 파리다.

다만 여름 한 철만은 예외다. 파리의 흐트러진 몸매와 치부가 여실히 드러나는 계절이다. 파리를 점거한 에트랑제들에 의해 그 진부한 권위주의와 행정의 마비가, 화장속에 감춰져온 늙고 추한 얼굴이, 허울 좋은 동물애호주의가, 합리주의를 가장한 핑계우선의 위선이… 한 철을 맞아 여실히 들춰지는 것이다. 거리는 지저분해지고 구석구석에 땟국이 흐른다.

〈20프랑짜리 지폐 한 장이 길거리에 버려져 있다. 웬 돈인가 싶어 주우려 들다 보면 돈은 잽싸게 달아난다. 등을 구부린 에트랑제만 얼굴이 벌겋게 단 채 바보가 된다. 버려진 돈에는 실이 달려있고 그 실의 한 끝은 거리의 부랑아가 쥐고 있다.

한낮의 파리, 그 대표적 번화가인 샹젤리제가街에서 평소 파리지앵들을 즐겁게 해 주던 파리 특유의 가학加虐놀이이다. 파리지엥들은 으레 박장대소를 했고, 그 부랑아에게는 대단한 팁이 안겨졌다. 그러나 이 여름 그 부랑아는 이렇다 할 수입을 올리지 못했다. 누구도 웃지 않았고, 팁은커녕 멱살만을 하루에도 여러 차례 잡혔다〉

파리의 이러한 치부는 그러나 9월 들어 귀향하는 피리지앵들의 출현과 함께 다시 베일에 가린다. 그리고 평소 오만하고 그런가하면 다감한 파리의 평소얼굴을 되찾는다. 파리뿐만 아니라 유럽전역의 도시가 매한가지다. 바캉

〉〉 파리의 어느 날

스가 끝나는 9월을 기해 유럽 전역이 여름 내내 땀과 햇볕에 지워진 화장을 다시 고치는 셈이다.

유럽의 바캉스는 우리 통념대로 한갓 휴가철이 아니다. 여름 한 철을 기해서 유럽 전체의 생활이 바뀌고 그 뒤바뀜 속에서 생활의 활력을 되찾는다. 대륙전체의 축제다.

풍습이 바뀌고 전통이 교류되며, 매년 뒤바뀌기를 거듭하다보면 거기서 하나의 전통, 하나의 문화가 생성되는 과도기적 상식이 되고 있는 것이다. 그리고 무엇보다도 인종에 대한 편견을 벗어던지는데 결정적 역할을 하게 된다.

유럽 국가 간의 공감대란 국익의 배분이나 기술협력에서가 아니라 바로 이런 선험적이고 원시적인 민족 간의 방랑벽에서 기인하지 않을까하고 생각해본다. 바캉스야 말로 〈하나의 유럽〉을 이루는 촉매제 역할을 맡고 있는 것이다.

흑인을 아직까지도 깜둥이로 부르고, 지역 간의 대립이 상존해 있는 우리 세태에 비추어 유럽의 바캉스는 한국기자에게 많을 것을 시사해줬다. 연 나흘간 같은 자리를 제공해 준 갸르송에게 후한 팁을 준 후 카페를 나선다.

눈빛 하나로 말하는 여인

거처를 〈라 데팡스〉로 정했다. 파리 서단西端에 들어선 신흥 도시로, 파리 사람들의 취향에는 잘 맞지 않는 고층 아파트 촌이다. 파리 시내에 5층 이상 가는 건물이 흔치 않던 무렵이다.

18층 높이의 높은 아파트라서 베란다에 나가서면 멀리 파리의 에펠탑이 보이는 멋진 동네였다. 방 두개에 욕실과 거실이 딸린, 서울로 치면 서른 댓 평되는 아파트다. 거기서 만 5년을 살았다.

〈라 데팡스〉라는 이름은 이 곳이 1,2차 대전 때 이웃나라 독일군의 침공을 막아낸 유일한 저지선이었기 때문이라는데, 허긴 그렇다. 싸움만 벌였다 하면 으레 깨지는 나라가 프랑스다.

보불 전쟁 때 프러시아 비스마르크한테 파리를 빼앗긴 데 이어 1,2차 대전 모두 적군한테 제일 먼저 항복한 것이 파리의 역사이기 때문이다.

따라서 독일군의 공격을 그곳 〈라 데팡스〉에서 며칠만이라도 저지시켰다는 것 자체가 파리의 역사에서는 두고두고 기념할 만한 사건이 되고도 남는 것이다. 골 족族이라 불리는 프랑스 민족, 한마디로 웃기는 민족이다. 싸움만 붙었다하면 깨지는 민족이다.

ESSO
La Défense 8
Boieldieu
Tour Winterthur
SCOR . SEERI
Défense 2000
Parking Boieldieu
La Défense 1,2,3,5et6
Galerie de l'Esplanade
Art 4

〉〉 라 데팡스 입구에 선 필자

그러면서도 뭐 따지고 주장하는 데는 왜 그리 극성들인지, 손짓 발짓에 어깨까지 들썩이며 "울랄라!"(맙소사!) 소리는 왜 그리 외쳐대는지… 원!

꼬마들부터 그러했다. 둘째 아들 레오가 파리 학교에 들어가자마자 제 친구 이방이라는 녀석을 집에 데리고 왔다. 녀석은 그 후 하루가 멀다 하고 우리 집을 찾아왔다. 레오가 녀석한테 싫증을 느껴 문을 열어주지 않으면 몇 시간이고 아파트 문밖 복도에서 문 열어주기만을 기다렸다.내가 보다 못해 문을 열어주면 녀석은 레오를 제쳐두고 곧바로 나한테 접근, 울며불며 내 아들의 부당성을 낱낱이 지적하는 것이었다. 우리 같으면 "네까짓 것하고 더 이상 안 놀아!" 로 끝날 일인데도….

내가 정한 아파트는 고층건물이라선지 베란다에 나가면 바람이 거셌고, 불쑥불쑥 솟은 주변의 회색 고층건물들이 보기 싫어 5년간 살면서 베란다로 통하는 창문을 열어 본 건 손가락으로 세어 볼 정도에 불과했다. 미닫이 유리문을 노상 닫아 놓고 지냈다.

동네 쪽으로 세느 강의 지류 한 가닥이 흐르고 있었다. 차를 몰지 않는 날엔 강위에 걸쳐진 다리 〈퐁 뇌이〉를 하루 두 차례씩 건너 다녔다. 아파트는 세느 강 지류 위에 걸쳐진 〈퐁 뇌이〉 다리를 건너 10여분 달리면 곧바로 개선문이 나타나는 지점에 위치해 있었다.

차는 장강재 한국일보 회장이 파리에 들려 새 것으로 사주고 귀국했다. 당초 전임 특파원 김성우, 안병찬 형이 8년 넘어 타던 〈푸조 303〉을 물려받아 조심조심 몰고 다녔는데, 하도 고물차가 돼서 개선문 광장을 회전하다 엔진이 멎은 것만 세 번이 넘었다.

장 회장이 무슨 차가 좋겠느냐고 묻기에 이왕이면 〈메르세데스 벤츠〉를

〉〉 이방과 레오

사달라고 했다. 그랬더니 그 차 몰면 특파원이 벤츠 몬다고 서울서 소문난다며 한사코 프랑스 차를 타라고 권하기에, 할 수 없이 푸조로 정했다.

대신 그때 최신형 시리즈로 선보이던 〈푸조 505〉를 장 회장이 준 돈으로 일시불로 샀다. 색깔을 마롱 색으로 골랐다.

파리는 봄이 제일 아름답다. 새 차를 몰고 나들이에 나선 그 해 봄날의 파리 시가를 지금껏 잊지 못한다. 더 잊혀지지 않는 건 당시 한국일보가 우리 기자들에게 베푼 온정이다. 신문사 사주가 특파원 사기를 돋우려 새 차 사주며 격려하고, 연말이면 외상값도 단번에 갚아주고… 창업주 왕초 장기영이 심어 놓은 새로운 전통이다. 그 시절이 다시 올까.

개선문을 돌아 직진하면 샹젤리제 거리에 닿는다. 〈그랑 팔레大宮〉를 지나 오른 쪽으로 길을 틀면 나폴레옹이 묻혀있는 앵발리드 군사박물관이 나타나고, 일 주일에 두 세 차례 들리는 주불 한국대사관은 바로 그 앵발리드 박물관 옆에 붙어있다.

대사관에 나가면, 파리 주재 한국특파원들이 이용하는 자그마한 방이 하나 있었다. 특파원들은 모이면 서울 얘기로 꽃을 피우거나, 윤석헌 주불 대사(당시)가 마련한 저녁 모임에 함께 몰려가 포도주를 마셨다.

근 10년 넘게 파리에 살고 있던 조선일보 특파원 신용석(훗날 윤호미)이 텃세를 부렸고 동아일보에선 편집국장을 역임했던 장행훈(훗날 이대훈), 중앙일보의 주원상, 연합통신(지금은 연합뉴스)의 안태용, 서울신문의 권영길 특파원(현 민노당 국회의원)등이 4~5년 넘게 파리 터줏대감 노릇을 하고 있었다.

방송 특파원으로는 KBS의 박성범 특파원(현 국회의원)이 폼을 잡고 있었고, MBC의 엄기영(현 앵커)이 뒤늦게 가세했다. 문공부 공보관으로는 '스슬로프'

〉〉 윤호미 조선일보, 이대훈 동아일보 특파원(오른쪽)과 함께

〉〉 왼쪽부터 엄기영 MBC특파원, 김용문 파리 공보관, 오른쪽은 필자

김준길(훗날 김 용문으로 바뀜)이 자리를 지키고 있었다.

스슬로프라는 별명은 그가 인문학 분야에 너무 박식해 내가 빈정대는 톤으로 붙인 별명이다. 본인은 그 별명에 아주 만족하는 듯 했다.

당시 파리 대사관의 1등 서기관으로 있던 조일환은 지난 연말 주불대사로 임명돼 파리로 떠났다. 새까만 사무관 영사로 있던 김은석은 지금 워싱턴 주미대사관 공사로 폼을 잡고 있다. 조선일보는 그 후 2년 있다 우리나라 최초의 여성특파원 윤호미로, 그리고 다시 최병권으로 바뀌었다. 나의 임기 5년 사이에 적장敵將이 세 번이나 바뀐 것이다.

파리 생활은 내가 3년간 일 해온 재외동포재단이라는 직장에서 은퇴 후 서울 목동에서 보내고 있는 오늘과 똑같았다. 출퇴근 시간이 따로 없었고, 이 책 저책 뒤적이거나 신문을 들추다 아이디어 떠오르면 글 만들어 서울 한국일보 본사에 팩스로 보내고, 그 글은 사흘쯤 지나 파리서 한국일보 지국을 경영하는 박홍근 지국장이 배달해주는 신문을 통해 읽을 수 있었다.

이런 생활을 5년 남짓 하다 보니, 또 워싱턴으로 옮겨 8년을 더 하다 보니 서울에 돌아와 출 퇴근 시간을 칼처럼 지키며 얼마 전까지 보냈던 8년의 공직 생활이 꼭 남의 생활 같다.

허나 이런 목가적인 일상日常은 극히 짧았고, 대부분 특파원 사이에 피나는 경쟁과 긴장 속에서 5년을 살아야했다. 기사 전쟁이 났다하면 어제의 동료가 하루아침에 원수로 바뀌는 게 서울과 하등 다를 바 없는 것이다. 기자라는 직업을 갖는한 숙명이다.

동네 진입로, 그러니까 전철 역 종점에 있던 까페 한곳에 자주 들렀다. 차를 몰지 않는 날이면 귀가 길에 으레 들러 드미(맥주 반 병 분량)를 시켜 마셨는

〉〉 파리시절 한복 전시회에 꼬마 모델로 출연한 둘째 놈 레오

데, 굳이 뭘 마시고 싶어서가 아니라 그 카페가 담배 가게tabac를 겸하고 있었기 때문이다.

당시 나는 독한 프랑스 담배 지탄이나 골로와즈 보다 미제美製 스튀브쌍을 즐겨 폈다. 같은 스튀브쌍에도 니코틴이 적량 들어있는 빨강 딱지의 루우즈rouge와 니코틴 함량이 훨씬 못 미치는 푸른 딱지 블뢰bleu 두 종류가 있었다. 내가 피던 담배는 물론 루우즈다.

까페 주인은 30대 후반의 전형적인 파리 여성으로 무척 다듬어진 얼굴을 지니고 있었다. 얼굴과 몸집은 작았지만(프랑스 여인들은 원래 몸매가 작다), 매번 볼 때마다 "저 여자 벗겨보면 르느와르 그림의 모델들처럼 속살이 통통히 박혀있으리라…" 그런 연상을 습관적으로 갖게 하는 여인이었다.

"스튀브쌍 루우즈, 실 부 쁠레!" 내가 담배 이름을 대며 돈을 꺼내면 이 여인은 으레 "봘라, 죈 옴므!"하고 담배를 건네줬다.

기분 좋고 또 정말 웃겼던 건, 이 여인이 날 부를 때마다 젊은이(죈 옴므) 소리를 빠트리지 않는다는 점이다.

비슷한 연배거나 많아야 한두 살 어린 여인한테서 젊은이 소리를 들었다 쳐보시라. 당시 나는 마흔 두 살의 한창 신나는 나이였다.

어느 흐린 날 오후였다. 귀가 길에 역시 그 까페를 찾아 창밖을 물끄러미 쳐다보고 있노라니 누군가 내 앞자리에 조용히 앉는다. 그 마담이다. 제가 마실 커피까지 들고, 조용히 내 표정을 살폈다. 까페엔 나밖에 손님이 없었다.

당시 내 표정이 외로워 보였던 걸까, 나는 순간적으로 이 여인이 내 표정을 흉내 내고 있구나 여겼다. 그리고 속으로 생각했다, 참 다감한 여인이구나… 사실, 그 때 나는 1년 전 그맘때 고향 선영에 묻히던 어머니를 생각하고 있었다.

손님의 표정까지 살펴주는 파리 까페의 여주인! 오직 파리에만 존재하는 인간의 냄새다. 그 때 처음으로 파리가 좋아지기 시작했다.

전형적인 파리의 여인 마담 장 브느와를 알게 된 건 그로부터 반년이 지나서다. 파리에 온 전두환 대통령 덕(?)에 알게 된 여인이다. 파리의 여자 변호사였다. 전두환 대통령은 미테랑 대통령의 취임 축하 겸 그가 추구해온 사회주의 국가와의 교류확대를 위해 국빈자격으로 파리에 도착한 것이다.

자기나라 대통령이 오면 특파원들은 덩달아 바빠진다. 사흘 후 도착하는 전 대통령 스케줄을 놓고 프랑스 께도르세(외무성)관리로 부터 브리핑 들으랴 취재 분담하랴 한국특파원 모두가 바쁜 하루를 보낸 후 술집에 늦도록 남아 술을 마셨다.

다른 특파원들은 거의 다 귀가하고 서울신문의 권영길과 중앙일보의 주원상(둘 다 술고래들이었다)이 늦게까지 남아 술을 마셨던 걸로 기억하는데, 거기서 그만 내가 취해버린 것이다. 누군가 내 차의 왼쪽 창문을 똑똑 노크했다.

누군가 싶어 얼굴을 드니 콧수염을 예쁘게 달고 있는 파리 경찰이다. 나더러 잠깐 나와 보라고 손가락질을 한다. 차 문을 열고 나간 즉 내 차 뒤쪽을 보라고 가리킨다.

맙소사. 이게 도대체 어찌 된 일인가! 심야를 넘긴 그 시간에 내 차 뒤로 40~50대의 차량 행렬이 좁은 골목을 가득 메운 채 계속해서 크랙션을 울리고 있었다. 내 차에 가려 진행을 못하고 있었던 것이다.

상황을 금세 파악했다. 차를 몰고 귀가하다 좁은 길 건널목 대기 선에서 파란 불이 켜지길 기다리던 중 깜빡 잠이 든 것이었다. 그만큼 취했다는 얘기다. 나는 대번에 경찰차에 실려 병원으로 압송됐다.

우악스런 남자 간호원 둘이 나타나더니 내 팔을 하나씩 움켜잡고 팍! 하고 주사 바늘을 찔러왔다. 내 피를 뽑아 알콜 농도를 측정하기 위해서다. 이런 개만도 못한 놈들… 나는 계속해서 "라시스트!(인종차별주의자!) 라시스트!" 라고 고래고래 외쳐댔지만 소용없었다. 더구나 만취해 있었다.

피를 뽑힌 후 이번엔 경찰서 유치장으로 옮겨졌다. 나처럼 곤드레만드레된 취객들 대 여섯 명이 앉아 있었다. 취중에도 웃겼던 건, 갇혀 있던 취객 가운데 생긴 건 분명히 남자인데 여자 스커트를 걸친 취객이 실컷 떠들고 있었다는 점이다.

더 가관은 스커트를 내리고 유치장 안 시멘트 바닥에 오줌을 갈기는데 (나는 분명히 봤다) 분명 사내 연장을 가진 그 자가 쉬만은 여자처럼 앉아 쏴! 자세로 누고 있었다는 점이다. 게이였다. 아니, 어쩌다 내가 이곳에까지 잡혀왔나… 나는 아직도 취해있었다. 정신을 차리지 못했던 것이다.

마담 장 브느와 Jean Benoit

그로부터 정확히 한 달 후, 내가 사는 〈라 데팡스〉 아파트로 공문이 한 장 배달됐다. 파리 지방법원에 나와 재판 받으라는, 출두 통보서였다.

죄목은 음주 운전. 그 사이 전두환 대통령은 국빈 방문을 성공리에 마친 후 귀국했고, 결국 나만 덤터기기를 쓴 셈이다. 속이 씁쓸했다. 허나 엄밀히 말하자, 내가 음주운전으로 걸린 게 어디 전두환 대통령 때문인가.

내 술 때문이다. 이번 일은 누구한테 알릴 일도 못되고, 더구나 서울 본사에 알렸다가는 일이 더 고약해질 것 같다. 가족들한테도 알리지 않았다.

우선 변호사를 구하는 게 급선무였다. 혼자 재판을 받을까 생각도 해봤으나, 재판도 받아 본 사람이 잘 알지… 더구나 여기는 서울이 아닌 파리다. 또 훈민정음이 아니라 불어로 심문을 받아야 한다.

열흘 남짓 대사관으로, 한인회로 이리 뛰고 저리 뛰며 좋은 변호사를 물색하고 다녔는데, 어느 날 웬 파리 여자가 집으로 전화를 걸어왔다. 자기가 변호사라며, 주위 사람을 통해 내 사정을 들었노라고 자신을 소개했다.

나는 그 변호사가 우선 여성이라는데 안도했다. 변호사고 의사고 나는 여성이 좋다. 반발을 느끼지 않아도 되기 때문이다. 내가 나를 잘 알기 때문이

〉〉 마담 장 브느와(사진 한 가운데)와 필자

다. 어머니건 누나건, 그리고 지금의 아내건… 난 여성의 말이라면 지금껏 단 한 번도 거역한 적이 없다.

파리 여변호사 마담 장 브느와Jean-Benoit를 알게 된 건 이래서다. 한마디로 반불반한半佛半韓의 여인이었다. 한국인 아버지와 프랑스 어머니사이에 태어난 혼혈인데, 첫 날 만나자마자 우선 그녀의 족보부터 취재했다. 그리고 한마디로 희한한 내력을 지닌 여인임을 알게 됐다.

엄밀히 말하자면, 음주운전에 걸려 피 뽑히고, 유치장 안에서 여장 남자 게이가 보인 앉아 쏴 자세의 쉬! 장면을 장황히 서술한 것도 따지고 보면 이 반불반한의 장 브느와 변호사를 좀 더 소상히 소개하기 위해서다.

처음 만나던 날, 그녀는 눈에 낯익은 몇 장의 사진을 들고 나타났다. 누렇게 빛이 바래있고, 그 중의 몇 장은 이미 귀퉁이가 찢기거나 스카치테이프로 오려 붙인 흔적이 역력했지만, 그래서 더 소중이 보이는 사진들이고 오래 동안 간직해야 할 장면 같았다.

사진 중에는 젊은 손기정 선수의 모습도 나타났다. 짧은 스포츠 머리에 건장한 차림의 손기정이 1936년 베를린 올림픽에서 마라톤 우승을 한 뒤 귀국길에 파리에 들러 찍은 사진이다. 손기정과 나란히 포즈를 취하고 있는 멋쟁이 남자와 부인이 지금 내 앞에 앉아있는 장 브느와의 부모다.

그녀는 당시 파리의 금 싸라기 땅인 제7구區에서 변호사를 개업 중인 프랑스 상류사회 여성이었다. 한국 이름은 장매화張梅花. 자신의 성인 장張 씨와 남편의 성 브느와Benoit를 합쳐, 마담 장 브느와가 돼 있는 것이다.

그녀가 지닌 또 하나의 사진가운데는 지금으로부터 61년 전인 1947년 서울 시공 관에서 공연된 오페라 〈파우스트〉의 선전 포스터가 끼어 있다.

〉〉 마담 장 브느와(왼쪽)의 처녀시절

〉〉 파우스트 공연 포스터와 필자

"괴테 원작, 구노 작곡, 연출 서항석…" 이라 자상하게 쓰인 포스터 사진에는 극중 악마인 메피스토클레스 역役에 김형로金炯魯, 파우스트 역에 한규동韓圭東, 합창 서울합창단, 반주 서울교향악단, 지휘 김성태로 적혀있다.

그리고 이 오페라 파우스트의 공연 기획은 장길용張吉龍이 맡는다고 적혀있다. 장길용씨란 앞의 사진에서 손기정 선수와 나란히 포즈를 취하고 있는 멋쟁이 한국 남자 – 마담 장 브느와의 선친이다.

이 두 장의 사진을 통해 독자들은 장길용이라는 〈제3의 사나이〉와 자연스럽게 만나게 된다. 장길용은 누구인가.

딸의 증언을 통해 부각되는 장길용의 이미지를 추적하다보면 일제日帝 시절 일찍이 개화했던 한국의 한 모더니스트가 겪었던 풍운의 한 세대가 펼쳐진다. 그는 당시의 세대에서 흔히 나타났듯 예민한 민족주의자요 예술가였으며, 폐병으로 이역 파리에서 숨을 거두는 로맨티시스트이기도 했다.

다음은 그녀가 털어 놓는 자신의 출생경위.

> "나는 1932년 파리 14구區에 있는 포르 롸얄 병원에서 태어났다. 한국인 아버지는 내게 매화梅花라는 이름을 지어 주었으나 나의 정식 이름은 크리티안느 마리떼레즈 장張이다. 아빠는 나더러 원숭이띠라고 했다. 엄마의 이름은 오데 제르망Odett German으로, 1912년 파리출생의 소프라노였다. 아빠보다는 세 살 밑으로, 부부 사이는 어린 내가 봐도 그토록 다정할 수가 없었다"
>
> "엄마 아빠가 어떻게 해서 만났는지는 분명치 않다. 내가 성년이 되어 엄마한테 듣기로는 두 사람이 처음 만난 곳은 파리의 유명한 최고급

무도회장 발 부이에Ball Vullier였다 한다. 아빠는 당시 소르본느 유학생으로 1학년에 재학 중이었으며 전공과목은 프랑스문학이었다"

"그는 오페라 관람을 즐기고 프랑스의 샹송과 시詩에 심취해 있었다고 엄마는 결혼 당시를 회상하곤 했다. 둘이 결혼 한 것은 1931년. 나는 그 다음 해에 태어나, 남동생과 여 동생이 하나씩 있는데, 남동생 미셸은 (당시) 스위스 츄리히에 있는 독일회사 엔지니어로 근무하고 있고, 여동생 니키는 니스 시市 근교에 살고 있다"

"재미나는 건 남동생 미셸이 스위스 여인과의 사이에 태어난 아들의 이름을 우리 아빠 이름 그대로 길용 장으로 지었다는 점이다"

마담 장 브느와는 아버지 장씨의 여권을 내보여 줬다. 여권에는 단기 4242년 2월 28일 생, 직업 무, 신장 5척 7촌, 모毛 흑색, 안색眼色 갈색으로 기재되어 있으며 출생지는 함남咸南으로만 적혀있었다.

여권은 1959년 8월 26일 외무부 장관 조정환의 이름으로 발급돼 있었다. 장 브느와는 한국말을 한 마디도 할 줄 몰랐다. 아버지 장 씨의 고향을 '다이죠' 로 전해들은 걸 보면, 함남 어디에 일어日語 '다이' 에 해당되는 대大나 대臺로 시작되는 지명이 있지 않나 생각이 들었다.

장 길용 씨는 해방 후 가족과 함께 귀국하며 다시 파리를 찾아 그곳에서 정착하다 죽는다. 딸의 증언은 계속된다.

"1940년부터 우리 식구는 아빠를 따라 중국 북경北京으로 이사를 해서 그곳에서 살았다. 아빠가 그곳 오텔 드 뻬킹(Hotel de Peking/북경 시청-

필자 주)에서 경리 직을 맡았기 때문이다. 그곳에서 5년간 살다 우리는 해방됐다는 아빠의 고향을 찾아, 내 나이 13살 때 한국 땅에 발을 디뎠다. 아빠의 고향에 있는 국민 학교에 다녔는데, 한국의 사내아이들이 어찌나 날 놀렸는지 지금 생각해도 화가 난다"

그녀는 내게 보여 줄 것이 있다며 까페를 나와 자기 집으로 차를 몰았다.

"아빠의 고향엔 지금도 잊지 못할 예쁜 꽃이 피어있었다. 눈물 속에 보이던 그 꽃들을 지금도 잊지 못한다. 바로 이 꽃이다"

거실로 통하는 문을 열었다. 거실 한 복판 탁자위에는 당시 서울에서 한창 제 철이 되어있을 진달래가 한 다발 가득 꽂혀 있었다.

그녀는 지금도 이 꽃을 몽파르나스에 있는 꽃집에 가서 사온다. 프랑스어語로 아잘레Azalee로 불리는 이 꽃은 서울서 보는 진달래와 조금도 다름이 없었다. 이곳 파리에서는 구하기 힘든 꽃이라 꽃집에 특별 주문해 한때도 거르지 않고 집에다 꽂아 놓는다고 설명한다.

"아빠 고향에서 얼마를 살다 우리 식구는 모두 서울로 왔다. 아빠는 외무부에서 근무했는데 1949년 첫 주불駐佛공관장으로 임명된 공 씨를 따라 다시 파리로 왔다. 아빠는 문화담당관 자격으로 파리를 다시 찾은 것이다. 엄마나 나 그리고 우리 동생들로서는 고향을 다시 찾은 것이다"

여기서 말하는 공씨는 첫 주불공사로 임명된 공진한 씨를 지칭하는 것 같다. 그리고 장길용씨가 서울에서 살던 4~5 년간은 그의 생애에 있어 가장 벅찬 감격 시기가 아니었나 하는 생각이 든다.

일제 때 유학생 자격으로 프랑스 땅을 디딘 그가 해방의 감격을 만끽, 앞서의 사진 포스터에 실린 〈파우스트〉의 기획 공연을 맡았던 것도 바로 이 무렵과 일치하기 때문이다.

장 씨의 부인도 출연진의 의상과 도구를 보완하기 위해 동분서주했던 것 같다.

> "아빠는 그러나 파리에 닿자마자 폐를 앓기 시작했다. 기침과 피를 쏟는 아빠를 옆에서 지켜보노라면 가슴이 찢어질듯 했다. 아빠는 17년간을 앓다 1966년에 운명했다. 아빠가 운명하시던 순간이 지금도 눈에 선하다. 아빠는 숨을 거두기 직전 어머니! 하고 외쳤다"
>
> "나는 그때 한국말을 다 잊었지만 이 '어머니! 라는 말은 기억하고 있었다. 아빠는 돌아가실 때까지 자기를 낳아 준 어머니를 잊지 못했던 것 같다. 우리 엄마도 아빠를 뒤따라 돌아가셨다"

그녀의 증언은 일제 때 한 한국 인텔리겐차의 삶과 슬픔을 말해준다. 또 외롭게 죽어간 반도 출신 한 로맨티스트의 삶의 기록이기도 하다.

마담 장 브느와는 파리의 명문 리제 비토르 위고를 졸업 후 법과대학에 입학, 법학박사와 변호사 직을 갖게 된다. 남편 브느와 씨는 당시 파리 제 6 대학의 물리학 교수이며 부부 사이에 외아들 장 크리스토프를 두고 있었다.

일주일 후 열린 재판에서 나는 보라는 듯 나가 떨어졌다.

나의 여 변호사 마담 장 브느와가 나를 열심히 변론했지만 판사는 내게 1년간 운전 정지, 그리고 벌금 3천 프랑을 때렸다.

자기나라 대통령의 역사적인 방불訪佛을 맞아 그 나라 파리 주재 특파원이 취재과정에 술 좀 마셨기로 뭘 그리 가혹할 필요가 있느냐는 장 브느와의 변론에 여자 판사는 코똥을 킁! 하고 뀌더니 "그건 한국 대통령한테나 할 말" 이라고 일갈, 땅 땅 땅! 판결 방망이를 때리는 것 아닌가!

황당했다. 허나 묘수가 없다. 잠시 생각했다. 오기가 난다. 차제에 프랑스 재판 제도도 목격할 겸 에라! 항소키로 결심했다. 기자한테는 모든 게 취재 대상 아닌가!

다시 한 달 후, 고등법정에 섰다. 이번에는 여자 판사가 아닌, 나이가 지긋하고 후덕해 보이는 판사 앞에 섰다. 검사의 논고를 듣더니 판사가 나에게 물었다.

"Vous vous croyez criminel?" 죄가 있다고 믿느냐고 판사가 물어왔다.

이런 젠장! 속으로 피식 웃음이 나왔다. 죄를 지었으니 여기 서있지, 이 양반아… 별 시답지 않는 질문을 하는 판사로군! 하고 여긴 끝에 "위!(Oui!/예!)" 하고 대답했더니 순간 법정이 웃음바다로 바뀌었다.

판사도 검사도 허리를 잡고 웃고, 정작 화가 난건 내 변호를 맡은 마담 장 브느와다. 얼굴이 시뻘개지더니 나를 향해 마구 소리를 질렀다.

"무슈 킴! 당신이 유죄를 인정할 바에야 내가 뭣 때문에 이 자리에 있어야 한단 말이오!"

허긴 그렇다. 끝까지 무죄라고 강변해야 하는 건데… 그러나 소득도 없지 않았다. 무죄판결! 나의 순수가, 정확히는 나의 무지가 재판을 이긴 것이다.

한 가지 더 추가할 교훈(?)이 있다면, 여자판사 앞에서 여자 변호사를 고용하면 그 재판은 보나마나 백전백패라는 점이다. 여자와 여자는 가급적 떼어 놔야 한다. 여자는 남자를, 남자는 여자를 좋아하기 마련이다.

써 놓고 보니 또 한번 푼수 같은 소리가 됐지만, 사실은 사실이다.

자동차 면허증은 곧바로 내게 돌려졌고, 3천 프랑 벌금 역시 그 해 7년 대통령에 재선된 미테랑 대통령의 특사特赦 보너스로 분류돼 전액 탕감됐다. 1천 프랑을 마담 장 브느와에게 보너스로 주며 한마디 했다. "재판은 이렇게 받는 거라오, 마담!"

그 후 마담 장 브느와 와는 20년 넘게 둘도 없는 친구가 됐다. 어쩌다 내가 파리에 들르면 어김없이 그녀를 만났고, 그녀가 서울에 와도 나를 꼭 만나고 간다.

내 둘째 놈 레오와도 친구가 됐는데, 지금도 이따금 아들한테 편지를 보내 "엉터리 니네 아빠 잘 있느냐" 고 안부를 묻는다.

〉〉 마담 장브느와의 집에 초대받고

나폴레옹의 자폐증自閉症

파리의 가을을 생각한다… 가을이 되면 파리는 한마디로 변덕스런 도시로 바뀐다. 먹고 마시고 누구와 자는데 아무런 거침이 없어진다.

20년 지나 그곳 파리를 여기 서울서 재생再生 시켜보는 과정에서 나한테는 그곳 파리의 가을에 제일 액센트가 간다.

가을이 되면 파리지앵들 거개가 밥을 들쳐 매고 다닌다는 생각이 들게 한다. 다른 계절에도 되풀이 되는 일일 테지만 내겐 유독 가을이면 돋보이던 장면 장면이다. 하루 일을 끝낸 파리의 노동자들은 퇴근 길 블랑제리(빵집)에 들려 팔뚝 길이 되는 바게트 빵을 어깨에 걸쳐 메고, 때로는 그걸 뜯어먹으며 귀가하는 걸 보노라면 가을이 왔음을 절로 느꼈다.

식당에선 아무리 먹어도 바게트 빵 값을 추가로 받지 않았다. 시민들 거개가 시도 때도 없이 포도주에 취하지만, 그걸로 음주 운전에 걸렸다는 말은 거기 사는 5년 동안 들어보지 못했다.

건달과 계집들은 서로 만나면 킬킬댔다. 주고받는 눈길을 살피다보면 모두가 식사 후 치를 그 짓만 떠올리고 흐뭇해하는 듯 했다. 가을에 특히 더했다.

파리 일간지 휘가로가 현지 갤럽과 벌인 시민 여론조사를 읽은 기억이 난다. 파리 여인들에게 사내들과 그 짓 하기 가장 이상적인 데가 어디냐고 물은 즉 1백%의 여인들이 "들판!" 이라고 응답한 것으로 나타나있다. 가을의 들판!

음란한 도시라는 의미와는 다르다. 또 성이 개방된 도시라는 표현에도 어폐가 있다. 틀린 말은 아니되, 파리를 나타내는 적확適確한 표현은 아니다. 2백여 년 전에도 그러했다,

홍안의 나폴레옹 보나파르트 소위少尉가 산보를 나왔다. 산보 코스는 파리의 팔레 롸얄 광장. 문헌에 나타나있는 시점은 1787년, 프랑스 혁명이 터지기 2년 전의 어느 늦가을 날이다.

추위를 녹이려 광장의 까페에 발을 들이던 보나파르트 소위가 문밖에서 떨고 있던 여인과 눈이 마주친다. 무척 앳되고 갸름한 여인이었다. 소위少尉의 일기日記는 이 대목에서부터 시작된다.

> 그녀의 수줍음이 내게 말을 꺼낼 용기를 줬다. 나는 한눈에 그녀가 거리의 여인임을 알아챘다. 나는 거리의 여인이 싫다. 그따위 여인들의 시선이 내 몸에 닿는 것조차 싫다. 그러나 오늘은 다르다… 이 여인의 파리한 뺨과 어린 눈매가 내 고정 관념을 바꿔놨고, 해서 나는 대담하게 접근했다.
>
> "이 추운 날 감기 들겠소"
>
> "하지만 제 일이 있는 걸요" 그녀는 무관심하게 대답했다. 그 무관심이 오히려 나를 사로잡았다…

일기는 꽤 소설 투로 쓰여졌다. 스스로를 문학청년으로 여긴, 그래서 몇 차례 신문에 투고한 경험까지 가진 나폴레옹임이 입증된다. 일기는 대담한 장면으로 이어진다.

> 난 무척 기뻤다. 나의 질문을 꿰뚫고 대답할 줄 아는 여인이란 그리 흔치 않기 때문이다.
> "아가씬 북쪽에서 왔군. 파리의 가을을 견디는 걸 보니…"
> "낭트에서 왔어요"
> "내가 익히 아는 도시지. 아가씨, 첫 남자가 누구였소?"
> "장교였어요"
> 순간 나는 지금 내가 입고 있는 군복을 의식했다.
> "당신, 지금 화 나있소?"
> "화가 나고 말구요!"
> "파리는 어떻게 왔지?"
> "그 남자를 따라서 왔죠. 그 남자는 곧 저를 버렸어요"
> "……"
> "숙소가 어디세요? 우리 그리로 가요"
> "거긴 가서 뭣 하려?"
> "우선 춥잖아요. 몸을 녹여야 한다고요!"
> 나는 양심의 가책 따위는 느끼지 않았다. 그녀가 내 가혹한 질문에 혹사당하는 걸 더 이상 봐 줄 수가 없었기 때문이었다.

소위가 그 후 다시 그곳 롸얄 광장을 찾았다는 기록은 없다. 첫 여인이었다고 약술하는 것으로 그칠 뿐이다. 지금부터 정확히 2백 20년 전의 이야기다. 그때나 지금이나 춥기는 매한가지인 파리의 가을 날씨다.

파리 시절 읽었던, 뱅쌍 크로넹Vincent Cronin이 쓴 전기 〈나폴레옹〉에서 전재한 글이다. 햇수로 역산해보니 나폴레옹의 나이 만 18세 때의 일이다. 사관학교를 갓 졸업한, 당시 자폐증自閉症 환자였던 나폴레옹에게 파리의 가을은 발작하는 계절이었던 성 싶다.

파리에 도착하고 나서 1년이 지난, 85년 가을의 일이다. 역시 불가사의한 사건이 생겼다. 불가리아에서 태어난 미국계 촌놈 예술가 하나가 파리의 다리橋 〈퐁 뇌프〉에 황금 옷을 입힌 사건이다.

파리의 〈퐁 뇌프〉는 영화 〈퐁 뇌프의 연인들〉로 한국 사람들에게도 낯익은 다리橋 이름이다. 시인 아폴리네르가 읊은 "…강물도 흐르고 사랑도 흐른다"던 미라보 다리처럼 세느 강江과 만나는 서른 네 개의 다리 가운데 하나다.

이 다리는 뇌프(Neuf/새롭다)라는 원뜻과는 정반대로 파리에서 제일 오래된 최고最古의 다리다. 제일 먼저 새롭게 지은 다리니 제일 오래된 다리도 된다.

이 다리는 또 사마리뗑 백화점과 대학촌村을 잇는데다, 파리의 발상지發祥地인 시테 섬島의 한 귀퉁이를 가로 지르고 있어, 파리 시민들의 왕래가 가장 번잡한 다리, 그래서 파리 시민들로부터 가장 사랑받고 있는 파리 명물名物 가운데 하나이다.

〈크리스토 자바체프〉라 불리는 한 환경 예술가가 이 다리를 공략, 하루아침에 황금 색 천으로 뒤덮고 엄지손가락 굵기의 밧줄로 칭칭 감아버린 것이다. 이 다리를 옷 입히는데 미국, 이탈리아, 프랑스 기술자와 인부가 연 4만 명 동원됐다.

이 가운데는 다리 교각을 칭칭 감기위해 동원된 50여 명의 잠수부와 영불 독어로 안내문을 돌리는 3만여 명의 미술학도가 포함돼 있지 않다. 이 작품에는 또 4만 평방 ㎞의 황금색 폴리에스테르 옷감과 15㎞의 밧줄 그리고 12톤의 철강자재가 투입됐으며, 모든 인건비를 포함해서 당시 돈 1천 9백만 프랑(약19억 원)이 투입된 엄청난 공사였다.

5일간의 착공기간을 거쳐 그해 가을을 기해 파리 시민들에게 공개됐으며 전시기간도 단 14일로 제한돼 있었다. 그러나 이 작업은 만 10년 전부터 물샐틈없이 착수돼 왔다. 파리 시 당국을 상대로 10년에 걸친 교섭과 담판을 벌여온 끝에 그 해 가을 파리 측 승인을 얻어 낸 것이다.

황금 옷으로 단장한 〈퐁 뇌프〉가 시민들에게 첫 선을 뵈는 날, 수많은 군중이 일제히 "와!"하고 탄성을 질렀다. 나도 그 군중들과 함께 고함을 질렀다. 한 가지 이상한 건 관람객 모두가 문제의 〈퐁 뇌프〉위에 머무르지 않고 이웃 다리 〈퐁 데자르〉나 〈생 미셸〉 다리 그리고 강의 양안兩岸엔 운집한 채 먼발치로 구경만 한다는 점이었다.

바로 이 사실이 작가 크리스토가 노리는 바다. 이웃 다리인 〈퐁 데자르〉의 교각 옆, 강상江上에 차려놓은 그의 임시 작전사령부를 내가 찾았을 때 작가는 바로 그 대목에서부터 말문을 열었다.

> "보셨지요? 황금 천이나 밧줄은 하등 예술품이 아닙니다. 〈퐁 뇌프〉의 경관景觀 그 자체가 문제의 핵심입니다. 원래의 〈퐁 뇌프〉가 갖는

미학美學을 주위의 환경과 밀착시켜 더욱 아름다운 분위기로 바꾸는 것이 제가 노린 공격목표입니다"

그가 노리는 바는 한마디로 해프닝이나, 60년대부터 고개를 든 대지大地예술Land Arts의 일환으로 설명되기에는 너무 벅차다는 느낌을 줬다.

"〈퐁 뇌프〉는 하나의 훌륭한 조각 예술품입니다. 한 천재天才가 만들어낸 작품이 오늘에 와서 도시 미학의 주역으로 바뀌어 진 것이죠. 저는 여기에 경관景觀 미학을 추가시킨 셈입니다. 〈퐁 뇌프〉는 결코 추상적인 예술품이 아닙니다. 그러나 저는 이 예술적인 다리에 새 옷을 입히고 밧줄로 묶어, 그리고 세느 강의 경관과 파리 자체의 분위기를 여기에 배합해서 하나의 추상적인 예술품으로 바꿔 놓은 것입니다"

〈퐁 뇌프〉는 1578년 앙리 3세 때 착공해서 다음 대代인 앙리 4세 때 완공될 때까지 28년이 걸린, 세느 강상江上에 지어진 최초의 다리다. 이 다리는 또한 이 다리만이 갖는 독특한 지형, 시각적 다양성과 파리가 치른 역사적 부침浮沈을 아울러 지녔다는 점에서, 파리의 진수眞髓를 가장 잘 표현하는 다리로 알려져 있다.

왕이 바뀌고 시대가 바뀔 때마다 〈퐁 뇌프〉의 건축 양식도 함께 변했다. 다리위에 상가商街가 들어서는가 하면 어느 땐가는 다리 자체가 파괴되고, 다시 짓고, 다시 허물고… 이러기를 거듭하다 1890년 현재의 로코코 식式

건축양식으로 굳혀져 내려온 것.

> "따라서 이 다리를 옷 입히는 데는 아주 새로운 차원의 변형된 조각술이 필요했습니다. 다리 전체의 조화나 분위기를 그대로 유지시키기면서, 다른 한편으로는 다리 구석구석이 지니는 양각陽刻을 여실히 살려야만 했습니다"
> "반응이오? 큰 걸 기대하지는 않습니다. 현재 파리의 화제가 되어있고, 많은 관람객이 줄을 잇는 정도로 만족해요. 모든 예술이란 원래가 주관적인 것 아닙니까? 저의 예술은 예를 들어 표현하자면, 미술품 그 자체보다 그 미술품을 산더미처럼 소장하고 있는 미술관을 어떻게 하면 가장 미술관답게 표현하느냐는 것입니다"

크리스토는 전 세계적으로 이름이 세일즈 된 예술가다. 그가 손을 대는 작품마다 전 세계의 매스컴과 여론이 촉각을 곤두세우고, 그의 의중意中과 표현의지를 면밀히 관찰해 왔다.

72년에는 미 콜로라도 주의 그랜드 호그베크에 있는 V자형의 계곡 4백~5백m 구간을 천으로 커튼을 쳐 보였는가하면 4년 후에는 캘리포니아 주의 소노마와 머린 카운티 구간區間의 40㎞거리를 6m 높이의 천으로 장벽을 쌓기도 했다.

그리고 각각 〈계곡의 커튼〉, 〈달리는 장벽〉이라 명명하고 이를 책자를 통해 출간하거나 영화화시켜 하나의 예술품으로 보관 전승시켜 오고 있다.

또 (당시로) 2년 전에는 미 플로리다 주의 관광명소인 비스케인 만灣일대에 널린 10여 개의 섬들을 분홍 빛깔의 천으로 덮어, 이 일대를 여행하는 관광객들에게 일대 장관壯觀을 선물하기도 했다.

그가 만든 작품들은 결코 통속적인 작품으로 남지 않는다. 대신 모든 작품이 VTR나 영화 또는 화첩이나 데생으로 바뀌어 전 세계에서 손꼽히는 90여개소의 미술관에 보존되어있다. 이웃 일본만 해도 그의 작품을 보관하고 있는 곳이 (당시로) 7개소에 이르고 있다.

불가리아의 가르보에서 태어난 그는 수도 소피아에서 회화공부를 마친 후 프라하와 비엔나를 전전하다 1958년부터 파리에 정착, 본격적인 포장 예술을 시작했다. 6년 후인 64년 뉴욕으로 거처를 옮기기까지 그는 주위의 많은 대상들을 천으로 덮어 작품화했다.

그러나 그때까지만 해도 그의 구도는 퍽 소규모에 불과한 것이라서, 드럼통에 옷을 입히거나 소녀의 나체, 상품 진열장등이 고작이었으며 커봐야 몇 개의 가게를 천으로 덮는 정도에 불과했다. 다시 말해 그가 계곡을 가로막고, 바다나 해안, 도시를 상대로 대규모의 공격을 시도한 것은 그의 미국생활과 거의 때를 같이 하고 있다는 점이다.

발칸 반도의 한 작은 나라에서 태어난 크리스토가 마침내 미국이라는 광대한 대륙에서 예술의 꽃을 피웠다 할까. 그런 의미에서 이번 〈퐁 뇌프〉의 옷 입히기 작전은 아메리카 예술의 파리 공략攻略이라 불러 별 틀린 말 같지 않다.

이 괴물 작가를 서울에 소개한 지도 벌써 20여년이 흘렀다. 그리고 그 이름마저 까맣게 잊어오다, 지난 해 그 가을을 기해 구겨진 취재수첩에서 되찾아낸 것이다. 거듭 느낀다. 가을은 파리에게 문제의 계절이다.

네까짓 파리쯤이야

글쓰기를 멈출 때가 많아졌다. 그리고 이 책 저 책을 기웃댄다. 이왕이면 파리에 관한 책을 골라 읽는다.

〈마르셀 빠놀〉의 자전적 소설을 1주일 내내 읽었다. 지루해지면 김화영金華榮이 번역한 프랑스의 문객 〈미셸 투르니에〉의 "짧은 글, 긴 침묵petites proses"도 읽고, 주불대사관 근무시절 그곳 파리를 문화 산책했던 김준길金俊吉의 육필집 "Culture vs. Culture"도 읽는다.

파리를 재생시키고 싶어서다. 지금 쓰고 있는 나의 파리 탐험기記를 이왕이면 좀 더 실감나게 그려내고 싶어서다. 허나, 말이 파리 탐험이지 정작 쓰다보면, 영 동動하지 않을 때가 많고, 한마디로 간지럽다. 기자시절 제일 금기禁忌로 여기던, 작문作文 쓰는 기분에서 벗어나지지 않는다.

맘은 예전의 파리의 뒷골목을 휘젓고 다니지만, 정작 몸은 지금의 서울에 머물지 않는가! 예전과 지금의 거리를 재본즉 만 20년이다. 파리에 관한 책 몇 권 읽었다고 그 20년의 간격이 쉬 메워질까. 이 조작을 내 사랑하는 독자들이 어찌 쉬 간파하지 않겠는가.

할 수 없다. 그 20년을 들락날락 댈 수밖에 묘안이 없다. 어차피 파리에 작심하고 살려 왔던 것도 아니고… 살기는 5년 살았지만, 20년간 간헐적으로 보고 느낀 파리를 그대로 서술하자. 그게 정도正道라 여긴다. 앞서의 〈나폴레옹의 자폐증〉으로 돌아간다.

기록대로면, 가을 낮 〈빨레 롸얄〉에서 만났던 어린 여인이 나폴레옹에게 안긴 첫 여인이다. 나폴레옹은 그로부터 2년 뒤 프랑스 혁명의 소용돌이에 휘말린다. 이 대목을 나폴레옹 전기 작가 〈뱅상 크로냉〉은 이렇게 묘사하고 있다.

> "그때까지 자폐증 환자였던 나폴레옹이 바깥 세계에 시도한 첫 앙가주망(engagement/참여)이었다"

파리 생활을 마치고 서울에 돌아와, 나폴레옹에 관한 이 대목을 두고두고 생각했다.

두 인물을 소개한다. 한 사람은 옥스퍼드 대학을 수석 졸업 후 스탠퍼드 로스쿨을 거쳐 변호사로 활약하다 세계적인 미국 영화사 워너 브러더스 사장직에 오른 인물로 하루에 15시간 일에 매달려 온 일 중독자이다.

성공의 정점에 서 있던 그가 어느 날 갑자기 황야로 나가 험한 바람을 쐬기 위해 회사에 사표를 던진다. 당시 그의 나이 쉰. "지금 도전하지 않으면 영원히 그런 날이 오지 않기 때문"이라는 짧은 사직이유를 남긴 채.

다른 한 사람은 고교 시절 짝사랑하던 여학생이 머리 좋은 친구에게 관심을 보이자 그 날 이후 공부에 매달려 남들보다 두 살 빠른 열여섯 살에 예일대학에 들어간 투지의 사나이다. 텍사스에서 석유회사를 경영하면서도 쉰이 넘은 나이에 대규모 스키 리조트 사업에 새로이 도전하는 정열을 보이고 있다.

그 역시 바람 부는 황야를 택한 것이다. "인간은 쉬운 싸움에서 이기는 것보다 어려운 싸움에 패배하면서 비로소 성장한다" 는 평소의 신념을 실천하기 위해서다.

논픽션 〈7개 대륙 최고봉 Seven Summits〉은 그런 두 사람이 회동하는 것으로 첫 페이지를 연다. 책은 이어 세계 7대륙의 최고봉인 남미의 아퉁카과, 아시아 대륙의 에베레스트, 북미의 메킨리, 아프리카의 킬리만자로, 유럽의 엘부르스, 남극의 빈슨, 오스트레일리아의 코지어스코어가 3년 안에 두 사람한테 차례로 정복당하는 모험극으로 펼쳐진다.

둘은 전문 산악인이 아니다. 나이도 천명天命을 알 때인 50줄이다. 거기에 잃어버릴 것 하나 없는 인생의 성공자들로, 억만장자인 대기업의 현역 사장들이다. 무엇이 그들을 밖으로 불러냈는가.

〈불가능한 꿈은 없다〉는 이름으로 국내 출간 된 이 책에서 역자인 나의 대학 친구 황정일(黃征一/전 뉴스위크 한국판 편집장)은 후기後記를 통해 이렇게 말한다.

> "그들의 도전이 단순한 정상頂上도전이 아니라 모든 시대에 공통되는 영웅의 이야기이고, 그리고 인생의 터닝 포인트에서 용기가 얼마나 중요한가를 산에 대한 도전을 통해 알려 주고 있다"

그들이 정복한 것은 산이 아니라 바로 그들 자신이었던 것이다. 이 책을 통독하다보면 두 주인공이 한마디로 굴신屈伸이 자유로웠던 사람들 임을 느끼게 된다. 으레 바깥 아니면 한쪽에 치우쳐 살게 마련인 인생을 두 주인공은 바깥 세계의 승부를 대충 마감 후 안쪽 세계로 과감히 뛰어든 것이다.

두 영웅과 나폴레옹은 물론 다르다. 두 영웅이 안쪽 세계로 뛰어든 데 반해 나폴레옹 소위少尉의 경우 바깥 세계로 뛰쳐 나갔기 때문이다. 허나 굴신屈身이 자유로웠다는 점에서 같다.

두 50대 영웅이 문을 열고 들어온 것처럼 나폴레옹은 문을 열고 나간 것이다. 굴신에 능한 자가 강자다. 그 파리를 나는 예의 굴신의 시각으로 다시 보게 됐다. 2006년 봄 나는 파리를 다시 찾았다.

유럽의 한글학교 교사협의회(회장 강여규)의 창설을 축하하기 위해 독일 뮌헨을 찾았다가 귀로에 부러 파리에 들른 것이다.

그리고 놀랐다. 이렇게 변하지 않는 도시가 세상에 또 있을까 싶으리만큼 파리는 십 수년 전 내가 머물던 그 때 그 모습 그대로였다.

생 제르망 거리로 나서니 한 쪽 모퉁이의 카페 '뒤 마고'Deux Magots도 그대로고, 문을 밀치고 들어선 즉 시끌 법석대는 실내 정경 역시 예전과 똑같다.

프랑스 말로 '붉은 원숭이 두 마리' 라는 이름의 이 카페를 나는 특히 좋아했는데, 그 곳은 실존철학자 사르트르와 그의 계약 결혼녀 보봐르가 즐겨 출입했던 곳이다. 또 툭하면 공원의 비둘기를 잡아 구워먹으며 끼니를 채우던 가난뱅이 작가 헤밍웨이가 죽치고 앉아 원고를 메우던 곳으로 전해왔다.

커피를 주문하고 나서 나는 심한 회한에 빠져들었다. 파리에서 보냈던 특파원 생활 5년을 그대로 허송한 듯한 박탈감에 빠져든 것이다. 혹시 파리에

짓눌려 살았기 때문은 아닐까. 그게 사실이라면, 도대체 파리의 무엇이 나를 그리 매료했고, 무엇을 그리 무서워했기에 파리 5년을 그토록 과공過恭일색으로 살았단 말인가.

파리의 찬란한 인권 때문일까. 일응 그럴 만도 하다고 느낀다. 내가 파리에 첫 발을 들일 당시 서울은 신군부 하의 독재체제 하에 놓였고, 이 가련한 조국과 거의 비슷한 나이로 성장해 온 내 입장에서, 당시의 파리 행行은 바로 서울의 탈출을 뜻했기 때문이다.

두 잔째 커피를 시킬 무렵 이번에는 가슴 저 밑바닥에서 이상한 반감과 오기가 치솟아 나를 괴롭혔다. 그 순간만은 파리도 싫었다.

"까짓 사르트르면 어떻고 헤밍웨이면 뭐해. 우리가 세계 11위권의 경제대국, 또 세계 최강의 IT국가 반열에 오르는 동안 너희 프랑스가 정작 이뤄 놓은 게 뭐가 있어. 뭐 하나 바뀐 게 있다면 보여 봐, 보여 보라고!"

"너 지금 커피 나르는 얼굴 잘 난 갸르송(남자 종업원), 이 놈! 네 놈도 마찬가지지 뭐야. 예나 지금이나 툭하면 젊은 여성 관광객한테 눈웃음이나 흘리고… 또 저쪽, 온 종일 수다로 시작해 수다로 끝나는 따바(담배 가게) 집 아줌마, 네 년은 뭐 별 달라? 음탕한 눈길 희번덕대는 것도 예전과 똑같고!"

오기는 이어 자학으로 번진다. "그 와중에도 네가 그토록 파리 화化를 서둘렀던 건 무엇 때문이야? 정말 파리지앵이 되고 싶었던 거야?"

일련의 갈등을 치르고 나니 평온이 찾아온다. 그리고 만족했다. 십 수 년 지나 이렇게 돌아와서야 그 파리를 극복한 것이다. 내 정체성을 회복한 것이다.

직설적인 표현은 삼갔지만 내가 파리를 극복했다고 말한 것은, 만약 우리가 지금 같은 열기, 지금 같은 속도로 계속 치달을 경우 프랑스쯤이야 5년 안에 가볍게 누를 수 있다는 확신이 서기 때문이다.

뉴스위크의 최근 보도대로, 한국은 20년 안에 세계 5위권, 2050년이 되면 일본을 제치고 세계 최강 2위권에 설 수 있게 된다.

그렇다면 한 사람 한 사람의 정체성 파악이 급선무다. 정체성이란 무엇인가. 한마디로 내가 누구냐를 파악하는 작업으로, 나의 뿌리 찾기 작업에 다름 아니다.

까페 한 곳을 더 이야기 한다. 서울 이대 후문 쪽 대로변을 통과하자면 '여우사이' 라는 까페의 간판이 보이는데, 원래는 "여기서 우리들의 사랑을 이야기하자"는 긴 옥호屋號의 첫 글자를 따 재치 있게 줄인 말이다.

이 까페에 들어가 보지는 못했다. 허나 이 간판을 볼 때마다 나는 기분이 썩 좋다.

사랑을 자랑스레 이야기하는 연인들처럼, 우리도 이제 서로가 서로를 실컷 자랑해도 무방할 때가 왔다고 보기 때문이다.

그리고 서서히 결론을 내린다. 변하지 않는 나라, 변하지 않는 국민은 결코 생존할 수 없다는 결론이 그것이다. 변하지 않은 파리서 얻은 교훈이다.

이 내용을 글로 엮어 "나의 파리 극복기克服記"라는 제명題名으로 몇몇 친구들에게 메일로 띄웠더니 반발이 거셌다. 나의 글이 너무 호언장담으로 비친 듯싶다. 나의 과거 신문사 친구 문창재文昌宰 전 한국일보 논설실장이 먼저 반기를 들었다.

"타이거 형, 여러 번 전화 주셨는데 즉각 달려갈 거리에 있지 못하여 죄송했습니다. 노느라 너무 바빠서 자주 서울을 비우게 된 것 용서 바랍니다. X나게 놀고 나서 사람노릇을 할까, 우선 사람노릇부터 하고 놀까, 이건 문제도 아닌 문제잖아요? 또 한 번 죄송, 꾸벅.

보내주신 파리 극복기 잘 읽었습니다. 역시 영원한 로맨티스트다운 분위기가 펄펄 떨칩니다. 불문학도가 읽으면 샘이 날 글이라 생각이 듭니다. 영원한 청춘 가쓰오勝雄 형, 파이팅!

그렇다고 좇찡만 하는 것은 쟁이 사전에 없는 법. 5년 안에 프랑스를 따라잡고 몇 십년 안에 세계 2위 대국 반열에 오르게 된다는 자신감은 너무 나간 것이 아닌가 싶네요.

그 근거라는 것도 그렇고, 설사 신빙성 있는 근거라 할지라도, 또 본인의 감상이 그렇다 해도, 파리를 극복한다는 말에는 좀 거시기한 데가 있지 않나, 이런 생각이 듭니다.

만나서 벌겋게 마시면서, 적나라하게 토론하는 과정에서 해답을 찾아야한다는 주장입니다. 곧 한번 연락 올리겠습니다. 5월 꽃향기에 취한 밤에 문 창재 올림"

나의 대학동기인 이대 사회학과 여교수 조형趙馨박사의 지적은 더 따끔했다. 변하지 않은 파리를 내가 탓한데 대해

"변화무쌍함이 변화하지 않음보다 더 우월하다는 믿음은 어디서 나온 건지요?… 김승웅 씨의 집요한 애국주의, 자민족중심주의 일랑은 뺐으면 합니다"

라고 지적한 것이다.

내가 너무 나갔나? 내 주장의 옳고 틀림을 따지기 앞서, 누가 들어도 수긍할 만 한 논리적 타당성feasibility이 갖춰져야 했는데, 이 점에서 나는 서툴렀던 것 같다. 두 분의 지적을 겸허히 받아들인다. 허나 이왕 내친 김에 반론을 펴고 싶다.

마르티어 도이츨러 여사를 우선 소개한다. 70대 초반의 스위스 여성으로, 이조 초기 유림의 성립과정에 관한 한 우리나라 학자들도 꼼짝 못하는 한국학의 최고 대가다. 그녀가 한국학을 전공하게 된 배경도 신비롭다.

60년대 후반 하버드 대학 로스쿨에 유학하던 도이츨러는 같은 대학의 한 경상도 출신 한국 남학생을 만나 사랑에 빠진다. 둘의 사랑은 그러나 남자의 돌연한 죽음으로 결실을 이루지 못하고, 애인을 끝내 잊지 못한 도이츨러는 죽은 남자의 경상도 고향집을 찾아 시댁 식구가 되기를 자원한다.

전공도 아예 한국학으로 바꾸고, 시댁의 유림 학풍이 그녀의 학문적 토대가 돼, 그 분야에서 세계적 권위가 된 것이다. 그녀는 왜 그 길을 택했을까.

바람은 보이지 않는다. 허나 영안靈眼을 지닌 사람은 흔들리는 나뭇잎을 통해 그 바람을 본다. 도이츨러는 죽은 남자를 통해 미래에 불어 닥칠 한국 · 한국인의 바람을 본 것이다.

비슷한 시기, 갓 등장한 컴퓨터를 두들겨 본 세계인 고故 백남준이 "바로 이거야! 이거야 말로 한국인이 승부를 걸기 위해 만들어진 거야!" 라고 절규한 것과 맥을 같이 한다.

그로부터 40년이 지난 지금, 한국은 백남준의 예언대로 세계 최강의 IT(정

〉〉 내가 만난 백남준

보기술)국가로 바뀌지 않았는가.

도이츨러와 백남준, 이 두 고수가 예측한 한국 바람이 지금의 역동성 바로 그것이다. 우리는 지금 IT는 물론이고 BT(생명공학) CT(문화기술)분야에서도 세계 1~2위권에 훌쩍 진입, 역동성의 파고 위에 올라타 있다. 그리고 이 역동성이 가장 두드러지게 드러나는 곳이 바로 재외동포사회다. 구체적으로 재미동포사회의 자녀를 예로 든다.

하버드 예일 등 명문대학의 필수 입시과목인 대학수능고사SAT 2에 한국어가 내년을 기해 공식 과목으로 채택된다는 사실은 세종대왕의 한글 창제에 버금가는 경사가 아닐 수 없다.

또 미주 한글학교 일선에서 한글 보급을 책임진 분들 거개가 자원봉사 동포라는 사실은 재미 유대인 사회에서도 볼 수 없는, 오직 한국 동포사회에서만 볼 수 있는 감동적인 대목이다.

이 역동성이란 말은 그러나 학자나 언론인에겐 그리 친숙한 단어가 되지 못한다. 몰가치성沒價値性을 판단의 기준으로 삼는 막스 웨버의 후예들에게 이 단어는 너무 정서적이고 감상적이며 이상적이기 때문이다.

그러나 비슷한 단어 사기士氣의 경우 국제정치학자 고故 한스 모겐소에게는 국토, 자원, 인구와 마찬가지로 한 나라의 국력을 평가하는 중요 기준이 되지 않았던가. 또 같은 학문의 세계라도 신학자 칼 발트의 경우 "왼손에는 신문, 오른손에는 성경!" 을 강조했다.

신문기사를 통해 성서적 진리의 구현을 확인하고, 성서를 읽되 신비에 빠지지 말고 기사의 팩트(사실)처럼 읽으라는 취지에서다.

교민을 보는 우리의 눈도 차제에 팩트 위주로 바뀌어야 한다. 교민들은 과거처럼 더 이상 기민棄民이 아니다. 하나님이 용도를 갖고 세계 도처에 숨겨놓은 7백만의 남은 자remnants로 나는 보는데,

지금 꿈틀대는 저 역동성이야말로 바로 그 용도의 시작이 아닐까 싶다. 내가 15년 만에 들른 파리는 지금의 우리 역동성과 너무 대조를 이뤘고, 그러다 나한테 애꿎게 징釘을 맞았던 것이다.

학제學際라는 말, 들어봤어?

그는 일테면 유랑하는 가객歌客이다. 그는 웬만해서는 목청을 뽑지 않는다. 허나 일 년에 한두 번, 그것도 제대로 한 판을 찾아 목청을 뽑았다하면 그 파장은 세계 전역을 흔든다.

전 세계가 그를 위해 기립 박수를 보내고 다음 번의 또 한 판을 손꼽아 기다린다. 전위예술 비디오 아트의 거장巨匠 고故 백남준白南準. 세계 전역이 그를 기억했다.

내가 파리에 발을 들이기 2년 전 정초, 뉴욕 - 파리 - 서울에서 동시 방영됐던 그의 〈안녕하십니까, 오웰 씨! Good Morning, Mr.Orwell!〉는 그 당시 전자예술이 거둔 최초 최대의 역작力作으로 평가되고 있었다.

그 백남준이 또 한 판을 벌이러 파리에 온 것이다. 11월 초(85년) 파리 〈그랑 팔레〉 국립미술 박물관에서 전시된 비디오 작품 〈달은 최고最古의 TV〉를 히트시킨 후, 그 여세를 몰아 〈2개의 개선문 Planning Arc Double Face〉을 퐁피두 기념관에 내걸기 위해 거듭 파리를 공략攻略한 것이다.

〈2개의 개선문〉은 그 해 연말 12월 17일부터 파리 시민들에게 전시, 향후 6년 동안 계속해서 파리 예술인들의 갈채를 받도록 되어있었다. 이 작품은 앞서의 〈달은 최고의 TV〉와 마찬가지로 프랑스 정부가 그때 돈으로 각각 2만 달러의 고액에 매입키로 결정, 전시를 통해 프랑스 국민들뿐 아니라 세계인들에게 그의 예술성을 자랑할 판이었다.

이로서 프랑스 정부가 구입한 그의 작품은 79년의 〈TV 금붕어〉와 함께 3편에 이르며, 예술품 선정에 관한한 매섭고 짜기로 소문난 프랑스 정부가 외국 작품을 연거푸, 그것도 동일 인물의 작품을 3차례나 계속 매입했다는 사실은 상당히 이례적인 것으로 평가됐다.

백남준은 서울에서 태어나, 그 당시 뉴욕에 살고 있었다. 그리고 파리와 독일에서 활약한다. 학업을 위해 택한 동경東京생활까지 합치면 그는 이미 고명高名을 떨치기 훨씬 이전부터 세계인으로 평가받을 만한 조건을 갖추고 있었다고 볼 수 있다.

그는 시청자들이 인간 백남준을 통해 작품에 접근해주기를 무엇보다도 바라고 있었다. 이런 치기稚氣와 인간적인 욕망이 그의 천재성을 더욱 자극하는 듯 했다.

전화로 약속한대로 퐁피두 기념관에서 그를 만났다. 나와는 면식이 없었고, 설령 면식이 있었다손 치더라도 당시의 나는 비디오 아트가 뭔지, 왜 세계가 그를 주목하는지를 알지 못했고, 솔직히 그 따위는 당시 말해 나의 관심사가 되지 못했다.

그에 관해 언론이 너무 시끄러웠고, 내가 (당시) 살던 곳이 파리였으며, 나의 당시 입지가 직업상 그곳을 지키는 수문장守門將이라는 의무감 비슷한 이유로 그를 불러낸 것이다. 첫 질문을 좀 퉁명스럽게 던진 것도 그래서다.

〉〉 파안대소하는 백남준

2년 전의 작품 이름을 왜 〈굿모닝, 미스터 오웰 씨!〉라 정했는지 그 이유부터 어디 들어 봅시다.

"오웰이라는 친구말이지, 그의 책 〈1984〉에서 뭐라 썼는지 알아?"

첫 마디부터 반말이다. 뭐, 이런 게 다 있어… 속으로 뜨거운 김이 푹 솟는다. 허나 일단은 조금 더 들어보자…

"1984년이 되면 모든 전자電子 미디어는 압제자의 도구만 쓰인다는 거야. 나는 그렇게 생각하지 않거든. TV는 세계 모든 사람을 위한 오락 도구로 쓰이고, 그래서 국제간의 이해에도 크게 공헌 할 것으로 믿고 있다고…"

2년 전인 1984년, 바로 그 책의 원단元旦이 되는 시점을 기해 오웰 씨 한테 굿모닝을 전한 이유는 단순한 아침 인사가 아니라, 그(오웰)의 논리가 틀렸다는 걸 알리기 위한 빈정대는 인사요, 그와의 고별告別을 뜻하는 것이라고 설명한다.

오웰의 허구虛構를 깨부수고, 전자 매체의 새로운 기능을 과시하고 싶었다는 대결의식 때문이었다는 것. 그 대결의식이 우선 맘에 든다. 첫 답변에서부터 솔솔 빨려들기 시작한다.

1984년 신정을 기해 방영된 그 프로를 통해 백남준은 미국과 프랑스, 독일의 유수한 문화인들의 강연과 음악, 컴퓨터 예술을 소개한 바 있다. 또 1986년 서울에서 개최될 아시안 게임을 위해 이번에는 〈바이, 바이, 키플링!〉을 준비 중이라고 했다.

키플링이면 영국의 시인이다. 소년시절 심취했던 〈정글 북〉의 저자 아니던가. 늑대 소년 〈모우구리〉가 엄마 늑대의 젖을 빨고 성장하며 흑표범 〈자가〉와 친구 되고 마침내 정글의 지배자가 되던 그 이야기를 어찌 잊겠는가. 나는 점점 더 빨려들었다.

> "그(키플링) 친구도 망발을 한 적이 있다고! 동양과 서양은 앞으로는 결국 만나지 못한다는 거야. 이런 저주를 내뱉는 친구를 어찌 가만 둘 수 있느냐고. 그게 그렇지 않다는 걸 작품으로 입증시키고 싶은 거야"
>
> "그리고 더 노리는 건 (다시) 2년 후인 88 서울 올림픽을 대비해서, 이 올림픽을 예고하는 걸 작품의 골자로 정했지. 음악은 반은 생음악으로, 또 반은 테이프 음악으로 처리했고, 손기정 선수의 얼굴과 달리는 모습을 담기로 했어. 당시 손기정 선수의 얼굴과 영욕榮辱을 일본 사람들은 다 잊어버리고 말았단 말이야"

〈바이, 바이, 키플링!〉은 아시안 게임의 개막을 전후해서 뉴욕과 동경, 그리고 서울에서 동시 방영될 예정이란다. 뉴욕의 방영은 지난번 〈오웰〉의 방영을 맡았던 〈NY-TV 채널 13〉이, 동경에서는 NHK가 각각 맡기로 이미 확정이 됐고,

서울의 방영은 KBS나 MBC 둘 가운데 한쪽이 맡을 예정이란다. 비디오 아트는 그가 만들어낸 전위 예술이라 해도 과언이 아니다. 그는 TV스크린을 통해 새로운 예술 장르를 창안해 냈다.

당시 파리의 〈그랑 팔레〉 미술전시관에서 전시되고 있던 〈달은 최고의 TV〉는 초승달부터 만월滿月, 그리고 다시 그믐달에 이르는 달의 자취와 변모를 12가지의 장면으로 영상처리, TV가 아니면 어떤 영상기구로도 시도할 수 없는 달의 정감情感과 신비를 그대로 살려낸 작품이다.

더구나 달의 변모 과정을 직접 카메라로 찍은 것이 아니고 TV의 뒷 부속품을 뜯어 특별한 회로 조작과 명암 변조를 통해 달의 원형을 재현시킨 작품이다. 달의 정감을 십분 살리기 위해 그는 당시 거의 자취를 감추다시피 한 50~60년대 고물 흑백 TV를 고가로 매입했으며, 이런 고물 TV가 아니면 회로 조작이 불가능했다고 설명했다.

> "서양에는 이미 학문과 학문, 또는 예술과 예술 사이의 공백을 설명하는 용어가 나타나지 오래야. 영어의 인터 디서플린Inter Discipline이라는 용어 들어 본 적 있어? 바로 그거야. 이웃 일본만 해도 이와 비슷한 학제學際 라는 말이 하나의 용어로 굳혀져 있어"
> "내가 말하는 전자 예술 또는 비디오 아트가 바로 이러한 인터 디서플린의 역할을 맡는 거야. 지금 시대는 단순한 독립 예술이나 독립 학문으로만 해결할 수 없는 분야가 너무도 많아"

그는 당시 서독 뒤셀도르프 미대美大의 정교수로 재직 중이었다. 그러니 1년 중 적어도 7개월은 대학을 지켜야 하는데 7개월은커녕 7주도 자리를 지키지 못했다. 인터뷰 장소인 퐁피두 기념관 이 곳 저 곳에 독일 말 쓰는 젊은 이들이 많았던 건 바로 그래서였구나… 즈네 교수 강의를 들으러 새벽 기차

〉〉 인터뷰 마치고 일어서는 백남준

타고 파리에 온 것이다.

년 수입은 (당시) 4만~5만 달러 수준. 3시간에 걸친 인터뷰를 그는 다음과 같이 마감했다.

> (그렇다면) **당신 눈에 비친 한국인은 어떻더냐는** 내 질문에 대한 답변이다.
>
> "중국인의 조상은 농부야. 일본인 조상은 어부고… 우리 한국인? 사냥꾼이 그 조상이야. 억세고 공격적이지. 물건은 일본 사람들이 잘 만들지만, 소프트웨어의 경쟁시대에는 우리가 유리해. 암 유리하고말고!"
>
> "(당시로 20여 년 전인) 67년쯤이던가… 컴퓨터라는 게 처음 나왔기에 한번 만져봤지. 그 때 느낀 건데, 아, 바로 이거다! 이거야 말로 한국 것이다! 라는 생각이 머리를 치더군"

반말 들으며 인터뷰 해보긴 처음이다. 또 한국인에 관한 이런 주술呪術적인 예단을 들어본 것도 처음이다. 그가 컴퓨터라는 걸 처음 손댄 후 근 40년이 지난 지금, 대한민국은 그의 예언대로 세계 최고의 IT(정보기술) 국가로 바뀌어 있잖은가!

앞서 소개한 도이츨러 여사처럼 백남준 역시 흔들리는 나뭇잎을 통해 바람을 읽을 줄 알던 사람임에 틀림없다.

좀 섬뜩했다. 백남준과의 대화를 20년이 넘어 여기 굳이 재록再錄함도 그 섬뜩함이 준 충격이 지금까지 가시지 않기 때문이다. 파리는 내게 영계靈界와 세속이 만나는 접경으로 와 닿기 시작했다. 그리고 알게 모르게 나를 서서히 변화시키고 있었다.

Story #4

아라랏 산山의 유혹

새벽의 탈출

라데팡스에 있는 나의 집에 팩스가 와 있다. 서울 한국일보 본사에서 보낸 취재명령서다. 터키 이스탄불에서 서울 올림픽과 관련된 국제올림픽위원회IOC 92차 총회가 열리니 현지로 당장 쳐들어가라는 취재지시다. 87년의 일이다.

다음 날 새벽.

이스탄불, 때로는 콘스탄티노플로 그 이름이 변덕을 부리는 그 도시의 그날 새벽을 지금껏 기억한다. 이스탄불은 서양과 동양을 연결하는 보스포로스 해협의 한가운데에 위치한, 터키 제일의 항구도시다.

이슬람국가 내에서 겪는 공통 현상이지만, 내방객들 모두가 새벽잠을 설친다. 동이 터오면서 시작되는 코란 송경誦經방송이 전 도시의 새벽잠을 쫓는 탓이다. 도시 전체를 깨울 만큼 엄청난 출력의 확성기 소리다.

어스름 동이 틀 무렵, 호텔 창문을 비집어 뚫는 코란 송경 소리는 삶이란 과연 무엇인가라는 철학적 명제와 부딪치게 만든다. 흐느끼듯 벌벌 떨며 도시의 구석구석을 적시는 송경의 마디마디는 그 구절의 의미를 알고 모르고에 관계없이 그 선율 자체가 하나의 언어다.

도시는 그 언어를 전하는 한갓 매체에 불과하다. 이스탄불의 새벽을 코란이 깨운다. 도시 전체가 코란의 포로가 된다.

누구의 탈출도 허용되지 않는 완벽한 포로다. 그 만큼 종교적이랄 수도 있는데, 침대에 가만히 누워 그 한 맺힌 선율의 높낮이를 타다 보면 이스탄불 전체가 울고 있다는 느낌이 든다.

꼭두새벽마다 매일 되풀이되는 이 울음의 의식을 통해 도시는 그 도시 나름의 세정洗淨을 유지하는 성싶다.

위 대목을 인터넷을 통해 미리 읽은 나의 대학 동기 김무창이 '코란 송경誦經' 과 관련, 다음과 같은 글을 보내왔기에 여기에 싣는다. 졸업 후 파키스탄에 유학한 김무창은 유학을 마치고 귀국 후 한국이슬람연합회 사무총장으로 봉직한 바 있으며 두산그룹 상무를 역임 했다.

(승웅아, 최근 일간신문의 블로그에서 한 여행객의 이집트 기행문을 읽다가 승웅이 네가 '코란 송경' 이라고 표현한 부분에 대해 다음과 같은 명쾌한 설명이 있기에 소개하니 참고하기 바란다. 무창이가.)

"… 나는 알지 못하는 한 사내가 강가에 서서 누군가를 간절하게 부르고 있다. 그의 목소리는 슬픈 바람 같기도 하고 애절한 노랫가락 같기도 하다.

무엇인가를 갈구하는 기도소리 같기도 하고, 어쩌면 비원을 담은 애소의 흐느낌처럼 들리기도 하지만 나는 그의 말을 도통 알아들을 수

》 아라랏 산 원경(遠景) 〈김운영 전 한국일보 사진부장 촬영 / 한국일보 제공〉

없다. 그러나 그의 목소리가 너무 슬퍼서 나는 조금씩 운다. 사내의 목소리가 내 울음에 섞인다. 깜짝 놀라서 눈을 뜬다. 지난밤에 몹시 피곤했나 보다. 내용을 기억할 수 없지만 슬픈 꿈이었다.

…중략…

물 한 컵을 가득 따라서 천천히 마시던 나는 꿈속에서 들었던, 내 영혼의 심연을 울리던 그 슬픈 노랫가락이 아직도 들리고 있다는 사실을 깨닫고 화들짝 놀란다. 간절한 기도 같기도 하고, 슬픈 노래 같기도 하고, 내 가슴의 깊은 골짜기를 계곡물처럼 적시면서 누군가를 애절하게 부르는 것 같기도 한 어느 사내의 목소리는 꿈이 아니었다. 나는 자리옷 차림으로 방에 딸린 발코니로 나간다. 사내의 간절하고 슬픈 노래는 아직도 새벽 어스름에 덮여 있는 나일 강 위로 바람처럼 흐르고 있다. 후에 그 노래가 무슬림들의 기도 시간을 알리는 '아잔' 이라고 가이드에게서 들었다. '아잔' 은 부르다는 뜻으로,
'알라는 가장 위대하다. 알라 외에 다른 신은 없으며 마호apt은 그의 예언자라고 나는 증언한다. 기도하라. 구원받으러 오라. 알라는 가장 위대하다. 알라 외에 다른 신은 없느니라'
라는 의미의, 슬프고 애절한 뜻이란다. 국민의 대부분이 이슬람 종교를 가지고 있는 이집트와 터키와 아랍 에미리트에서 새벽마다 '아잔' 소리를 들을 때면 나는 사막을 홀로 고민하고 방황하는 알라의 뒷모습이 보이는 것 같아서 늘 슬프면서도 경건했다"

커튼 사이로 새벽 바다가 보인다. 지중해와 흑해가 좌우로 만나는 해협의 한중간으로, 나는 지금 유럽대륙의 동단東端에 와 첫 밤을 보낸 것이다.

해협 건너가 바로 서양인들에게 '우습고 진기하게' 보이는 땅 우스크다라로, 동양 세계가 바로 거기서 시작된다. 동양과 서양이 만나는 그 현장의, 통곡하는 아침을 나는 적이 겁먹은 눈으로 훔쳐보고 있다.

상주지역인 프랑스 파리로부터는 비행기로만 장장 1천 마일 떨어져 있다. 긴 통곡에 지친 탓일까, 묘한 허탈이 엄습해 온다.

호텔방의 서랍을 무심코 열어본다. 왠 책이 들어 있다. 성경이다. 인구 95%의 회교국인 이 나라의 호텔방에 성경책이라!

뭔가 트랙을 벗어나 달리는 선수한테 가외로 신경은 빼앗기듯, 약간은 다급한 심정이 되어 책 뚜껑을 열어본다. 영어로 되어 있다. 성서 앞뒤에는 흔히 한글판 성경에서 볼 수 있는 구· 신약시대의 중근동지도가 그려져 있다.

구약지도 속에서 내가 일박한 이스탄불의 위치를 판독한 즉, 특별한 지명으로 적혀 있지 않고 지금의 터키 땅 거개가 룻, 고멜, 구발, 메섹, 디라스, 야완 등의 지명으로 나뉘어 적혀 있다. 지명중에는 에덴이라는 표기도 나온다.

이 에덴이 아담과 하와가 창조됐다 쫓겨난 바로 창세기의 에덴과 같은 지역인지, 아니면 단순히 이름만 본 딴 것인지는 알 수 없되, 아무튼 터키 땅 현지에서 일박한 다음 이상한 충동과 열기에 쏘여 펼쳐든 성경지도에서 에덴이라는 지명을 처음 발견했다는 사실이 내겐 심상찮은 징조로 느껴졌다.

에덴 바로 밑으로 내려오면 메소포타미아의 유프라테스 강과 만난다. 또 이 강을 따라 갈대아 지방까지 내려오다 거기서 합류하는 또 하나의 큰 강 티그리스 강의 물줄기를 거슬러 올라가면 강의 상류는 모세혈관처럼 여러

갈래로 흩어진다.

그리고 이 모세혈관의 여러 가닥이 빨아대는 수원지 가운데 하나로 반Van 호수라는 큼직한 호수가 눈에 잡혔다. 그 호수 옆에 낯익은 산 이름 하나가 나타난다. 아라랏 산이다. 노아의 방주가 긴 장마 끝에 정박했던 창세기에 등장하는 바로 그 산이다.

일박한 이스탄불의 정반대 쪽으로, 터키의 동단에 위치한 산이다. 나는 지도 속의 그 산을 한참 동안 주목했다.

시계를 본다. 새벽 6시다. 에라! 결심을 굳히자. 새벽잠에 취한 호텔 프론트 데스크를 깨워 국내항공 스케줄을 체크했다.

아침 8시 발 수도 앙카라 행 국내선을 타기만 하면 앙카라에서 하루 한차례 아라랏 산 쪽으로 떠나 는 오전 11시발 비행시간을 댈 수 있었다. 서둘러 체크아웃을 마치고, 큰 짐은 호텔 로비에 맡겼다.

이틀 후 다시 체크인 할 수 있도록 예약해 놓고 일로 이스탄불 공항으로 택시를 몰았다. 이번 이스탄불 방문 겸 취재목적인 국제올림픽위원회IOC 제92차 총회의 취재는 일단 뒤로 미뤄놨다.

88 서울 올림픽 개최 직전으로, 북한의 올림픽 참가는 일단 물 건너 간 상황이 된 만큼, 그 회의를 열심히 취재해 봤자 3단 이상짜리 기사를 건지기조차 힘들다는 판단이 나왔다. 그럴 바에야 까짓, 3단 정도의 기사라면 포기하자! 는 배짱이 든 것이다.

아라랏 산을 다녀올 때 까지만 IOC회의장에 제발 아무 일 없기만을 빌었다. 왜냐면 사건이란 꼭 이런 방심의 허를 찌르기 마련이기 때문이다. 사건은 내 경험에 비추어 안심하거나 방심했을 때 꼭 터진다.

"특종은 일요일 새벽에 터진다"고 갈파한 한국일보 창업주인 왕초 고故 장기영 사주는 한마디로 뉴스의 생리를 깨친 신문의 명인이었다.

일요일 새벽은 시내판 마감을 끝낸 야근 기자들이 밤새껏 야근을 하고 막 휴식을 시작하는 시간이다. 요즘은 일요일자 신문이 쉬지만, 당시는 월요일자 신문이 쉬게 돼 있었다. 따라서 장기영 씨는 바로 이 뉴스의 사각지대를 조심하라는 뜻으로 이 명언을 남긴 것이다.

이 명언을 충실히 지킨 덕에 한국일보는 케네디 대통령의 암살을 특종 보도했다. 반대로 이 명언을 등한히 한 결과 주은래의 사망을 조선일보한테 빼앗겼다.

이런 과거를 체험으로 기억하는 나로서 이틀간의 현장 이탈은 큰 모험이 아닐 수 없었다. 그렇다고 이왕 내친 발길을 돌리 수도 없었다. 그 이유를 나는 이스탄불이 내게 터뜨린 새벽의 통곡 탓으로 돌린다.

도시의 통곡을 피해 나는 탈출을 시도했노라고 앙카라 행 국내 여객기 안에서 기자수첩에 적었다.

이스탄불 – 아라랏 산山의 왕복 경비도 내겐 큰 부담이었다. 취재와는 별도로 내 개인적인 여행인 만큼 그 비용은 신문사가 아닌, 내 주머니에서 충당해야했다. 아라랏 산행은 이렇게 이뤄졌다.

앙카라 공항에 내려 다시 터키의 큰 도시 반Van으로 향하는 또 다른 국내선으로 갈아탔다. 비행시간은 또 다시 2시간.

오후 1시, 반시市에 내린 즉, 짙은 안개와 빗살에 가려 원경遠景이 하나도 잡히지 않았다. 공항 안내자와 주민들에게 아라랏 산의 위치를 묻자 모두가 고개를 젓거나 외면해 버린다. 불어나 영어가 통하지 않을 뿐 아니라 아라랏이라는 산 이름이 터키 말로는 다르게 발음되기 때문이다. 아라랏이 아닌, 아으르가 정확한 발음이었다.

시외버스 터미널을 겨우겨우 찾아, 아으르 마을을 향해 떠나는 버스에 올랐다. 아으르 마을까지는 버스로 4시간이 걸렸다. 아스팔트와 비포장도로가 교대로 나타나기를 한참 계속하다 차는 서서히 오르막길로 올라섰다.

이어 바다 같은 큰 호수가 차창 왼쪽으로 나타났다. 호텔 방에서 펴든 성서의 커버 뒷 페이지 고대 근동 약도에 나왔던 바로 그 반Van호수다. 성서의 표현대로면 유프라데스 강이 이 호수에서 발원한다,

에덴에서 발원하여 동산을 적시고 다시 갈라진 4근원 이 되는 4개의 강은 비손, 기혼, 히데겔 및 유프라테(스)다. 성서의 기술을 얽어 맞추면 이 반 호수는 유프라데스 강의 발원지로, 바로 에덴 권에 속해 있다.

고대 근동 지도에 에덴이라 표기돼 있는 이 지역이 사실상의 에덴과 일치한다는 결론이 나온다. 두 강의 모세 혈관이 이를 입증한다.

그런데 아라랏 산은 지도에 나타나 있듯이 분명히 반 호수 동쪽에 있다. 그렇다면 아라랏 산이야말로 바로 에덴의 동쪽East of Eden 이 아닌가. 하나님이 최초의 인간 아담과 하와를 만들어 에덴에서 살게 하다가 내쫓은 곳이 에덴의 동쪽이다.

쫓겨난 인간은 고통과 죽음을 맛보게 되지만 한편으로 후손이 번성하여 인간 사회를 영위했다. 하나님이 그 인간사회를 다시 홍수로 멸하여 의인 노아와 그 가족만을 방주方舟에 태워 구했다는 대목은 성서 그대로의 기술에 따른다 치자.

허나 노아의 방주가 피항避港했던 아라랏 산이 바로 그들의 선조 아담 하

》 아으르 행 시외 버스

와가 최초의 인간생활을 영위했던 에덴의 동쪽이라면 이 사실은 어떤 섭리로 풀이될 수 있을까. 아라랏(아으르) 마을에 도착하기 한 시간 전부터 비는 그치고 서쪽 하늘이 개었다. 그러나 아으르 마을에 도착한 것으로 일이 다 끝나는 것이 아니었다. 그 마을에서 다시 버스를 바꿔 타고 도그베야지트 마을을 향해 한 시간 남짓 더 달려야 아라랏 산의 초입이 된다고 동네 주민이 손짓 발짓으로 설명했다.

점심을 굶은 탓에 나는 무척 시장해 있었다. 역에서 차표를 파는, 내 또래 사내한테 어디서 뭘 좀 먹을 걸 얻을 수 없느냐고 물었다. 아으르 마을 역 일대에는 식당이나 가게가 없었다. 사람들은 찻집 비슷한 대합실 안에 모여 뭐라 떠들어 대고 있었고, 해는 뉘엿뉘엿 서산에 걸려 있었다.

이상했다. 글을 쓰는 지금 이 순간에도 거듭 실감하지만, 나의 의식 저 깊숙한 곳 어딘가에 이 마을의 늦은 오후 한 때가 웬지 생소하지가 않았다. 딱히 잡히는 건 없지만, 언젠가 한번 이곳을 들른 적이 있다는 막연한 느낌이 뇌리 깊숙한 동굴 안에 묻혀 있어 섬뜩했다.

표 파는 사내가 찻집을 경영하는 여자 주인에게 뭐라고 설명하자 여주인은 쇠고기 몇 점과 배추 비슷한 야채가 든 프라이팬을 들고 나와 내게 보여주었다. 이대로 볶을 테니 먹을 수 있겠느냐고 동의를 구하는 것 같았다. 내가 그러라고 고개를 끄덕이자 얼마 후 밀가루 반죽의 빵과 함께 야채 볶음이 나왔다.

맛이 썩 좋지는 않았지만 물리지는 않았다. 음식을 먹고 값을 치르려 하자 사내는 한사코 마다했다. 낯선 이방인에게 적당할 정도의 친절이었다. 나 역시 버스를 바꿔 타기 직전 그의 남루한 옷차림에 일조를 하고 싶어 점심

〉〉 아으르 역의 대합실겸 찻집 내부

값 몇 배 되는 돈을 사례금으로 준 것만은 확실한데, 그가 이 돈을 받았는지 끝까지 거절했는지는 지금껏 긴가민가하다.

아, 지금 나는 어디 와서 무얼 하고 있는가. 파리에 남겨 둔 아내와 두 아들이 불쑥 떠올랐다. 내가 그들로 부터 멀리 떨어져 있다는 걸 아으르 마을에 와서야 실감한다. 이스탄불의 이상한 정서가, 그 거역할 수 없던 새벽의 떨림과 흐느낌이 유죄다.

아라랏 산행山行이 불쑥 객기처럼 느껴졌다. 이스탄불의 충격은 이곳 아라랏 마을에 온 것까지로 족할 뿐, 여기서 더 진격한다는 것이 무리로 생각됐다. 이스탄불의 취재현장으로 돌아가는 것이 도리이자 정상일 성 싶었다.

여행은 곧잘 사람을 객기를 부리도록 유혹한다. 환상과 배타성이야 말로 여행객의 가장 취약한 정서 부위다. 여행을 마치고 파리로 돌아가 반추하게 될 이번 아라랏 산행의 결과가 자칫 부끄럽거나 쑥스런 것으로 판명날 경우, 그 자조自嘲가 싫었던 것이다.

파리에 부임하기 전, 옛 여인을 서울에서 우연히 만난 적이 있다. 군대에서 동숭동으로 복학 후 교정에서 만나 빠져들었던 여인인데, 여인은 나이보다 훨씬 늙어있었다. 졸업한지 20년 밖에 안 되던 때였는데…

또 웃을 때마다 드러나는 결치缺齒는 이를 해 박지 못할 만큼 이 여인이 가난한가라는 의문을 불러일으켰다. 거기까지도 좋았다. 마음먹기에 따라서는 불을 다시 한 번 당기고 싶다는 유혹을 느낀 것도 사실이었으나, 제일 괴로웠던 일은 그녀를 다시 만난다는 것이 떳떳하지 않다는 위축감이었다.

유행 철 지난 옷을 다시 꺼내 입듯 그리 어색할 수가 없었던 것이다. 객기란 이처럼 부리고 나서가 문제다. 어색하다는 게 가장 취약점이다.

내가 점심을 든 곳은 찻집 겸 버스 대합실로 쓰이는, 일테면 아라랏 마을과 타지를 잇는 유일한 접점이었다. 즉석 야채 볶음으로 늦점심을 때운 나에게 찻집 여인은 그 지방의 차 한 잔을 날라다 줬다.

홍차 빛깔의, 향내가 진한 차를 훌훌 불어 마시며 나는 바로 그 결치의 여인을 다시 생각했다. 대학시절 그녀가 교정에서 곧 잘 들려주던 T. S. 엘리어트의 시구 가운데 "나는 티스푼으로 내 삶을 잰다I measured my life with tea spoon"는 구절을 떠 올렸다.

시인은 스푼으로 차를 한 방울씩 떠 홀짝대며(아니면 차를 저으며), 그날 하루의 일과를 꼼꼼히 계획했던 모범생이었던 것 같다. 아니면 5년 뒤나 10년 뒤의 자신을, 아니면 지금의 나처럼 아라랏 산의 문턱에 와서 정상正常에의 복귀를 재고 있었는지도 모른다.

동네 사람들이 대합실 겸 찻집으로 들어오고 나갈 때마다 시골 부엌문 같은 쪽 문이 삐거덕 대고 열렸다 닫혔다를 계속했다. 문이 열릴 때마다 희끄무레한 산 그림자 비슷한 원경이 어른거리기 시작했다.

저 그림자가 바로 에덴의 동쪽에 있는 아라랏 산이 아닐까 싶었지만, 대합실 안쪽이 하도 소란스런 데다, 주민 아무도 영어나 불어를 알아듣지 못할 듯싶어 입을 다물었다.

사람들은 무심코 찻집으로 들어서고 있었지만, 찻집 바깥에서 보면 찻집 쪽문을 통해 밖으로 나가는 것이다. 사람들이 산에 오르는 건 시선을 산꼭대기 쪽에다 뒀을 때의 표현이고, 도시의 생활 터 쪽에서 봤을 땐 생활 터를 빠져 나가는 셈이다.

신학자 리처드 윌크와 줄리아 윌크(부부 같다)가 함께 쓴 〈제자 Disciple〉라는 신앙훈련 지침서 가운데 '에덴의 동쪽 ' 에 관해 다음과 같은 표현이 나온다.

> "…대부분의 사람들은 육체적인 죽음과 육체적인 생명에 대해서만 생각한다. 창세기에 나오는 뱀이 말한 죽음과 생명은 바로 그러한 것이었음을 상기하라. 그러나 아담과 하와가 '죽었다' 면 그것은 '내적인 죽음' 을 말하는 것이었다.
> 죄책, 수치, 두려움, 고독, 소외, 가식 등은 그들이 와해되어가고 있다는 징표들이다. 그들은 영적인 암흑세계 곧 '에덴의 동쪽 ' 으로 쫓겨나게 되었다"

에덴의 동쪽은 우리 인간세계 쪽에서 봤을 때 에덴의 입구가 되지만, 하늘에서 봤을 땐 인간 세계로의 출구를 뜻한다. 아라랏 산의 위치가 바로 그렇다.

에덴의 동쪽으로 내쫓긴 아담 하와와 그 자손들이 저지른 부패와 죄악을 참다못해 홍수로 몽땅 쓸어버린 하나님이 오직 노아와 그 일가만을 구해내 그 방주를 피항避港 시킨 곳이 바로 처음 내쫓던 장소와 똑같은 에덴의 동쪽 – 아라랏 산인 것이다.

아라랏 산은 결국 천계와 사바를 잇는 접점이다. 마치 우산을 펴 뒤집어 놨을 때 우산 꼭지와 땅이 닿는 지점처럼 산 위의 에덴과 땅 밑의 인간세계가 아라랏 산 정상을 접점으로 맞닿는 셈이다.

지금 나는 그 아라랏 산으로 가는 중이다! 객기일 수가 없다.

차창 밖으로 어둠이 깔려왔다. 늦은 점심이 식곤증을 부른 데다 새벽부터

》 **구름에 가린 아라랏 산**

의 강행군이 겹쳐 버스 속에서 깜박 졸았던 것 같다. 누가 어깨를 흔들기에 눈을 떠보니 버스운전사다.

"저기 아라랏 산이 있지 않느냐!" 며 손가락질을 해 보인다. 그러나 내가 본 것이라곤 짙은 어둠뿐이었다. 이때가 밤 8시 20분께.

출발 지점인 터키 서북단의 이스탄불로부터 1천 마일, 주재지인 파리로부터는 2천 마일을 달려와 캄캄한 아라랏 산 앞에 드디어 선 것이다. 산 초입의 마을 이름은 도그 베야지트.

산행의 관광객들이 적지 않음은 벽촌 치고는 제법 즐비하게 늘어선 여관 규모의 숙소 간판들을 보면 알 수 있다. 여관 지배인 가운데 영어를 할 줄 아는 사람을 골라 일단 그 여관에 투숙했다. 그 지배인의 통역으로 여관 주인과 밤늦게 까지 얘기를 나눴다. 나이가 근 70세에 가까운 여관집 주인 남자는 독실한 회교신자로, 투숙객의 종교 유무에까지 신경을 쓸 만큼 그 신앙이 깊어 보였다.

얘기는 주로 아라랏 산에 관한 것이었고, 그 아라랏 산이 회교의 경전인 코란에도 주도Judo라는 영산靈山으로 기록돼 있다는 걸 여관주인을 통해 알았다. 아라랏 산 일대는 터키와 이란, 소련이 국경을 마주해 있는 데다, 특히 터키인들과는 종교적으로나 정치적으로 원한 관계에 놓인 아르메니아인들이 그 일대에 널려 살고 있어 인심이 아주 흉흉했다.

두 민족 간의 증오가 대단해서 야밤중에 쳐들어가 상대의 목을 잘라오는 일이 지금껏 비일비재하다고 여관지배인은 설명해줬다. 여관주인은 코리아라는 나라가 어디 붙어있는지, 뭐하는 나라인지도 모를 만큼 무식했고, 그 무식한 분량만큼 종교적이기도 했는데, 통역을 맡은 여관 지배인은 주인과 달리 영악해 보였다.

주인이 방을 나가자 지배인은 술을 마시기 시작했는데, 그 주량이 점점 더해가며 눈빛이 야릇하게 바뀌어갔다. 특히 아르메니아인의 목자른 얘기를 포즈를 취하여 보여줬을 땐 이 자가 직접 행동대원이 아니었을까 더럭 겁이 나, 얘기를 가급적 빨리 파한 후 내 방에 들어와 빗장을 거듭해서 잠갔다.

시계는 새벽 2시를 가리키고 있었다. 커튼을 젖히자 창밖으로 아라랏 산의 모습이 검게 나타났다. 달이 뵈지 않는 밤이었다. 흐린 날이 아닌데도 별마저 보이지 않는, 이상한 밤이었다. 아라랏 산 초입의 산장여관인지라 밤의 공기는 맑다 못해 시릴 정도로 차다.

나는 무엇에 끌려 여기까지 불려왔나. 거기 창밖의 컴컴한 산영山影 속에 우뚝 선 아라랏 산이 전설에 나오는 철산鐵山처럼 느껴졌다. 세상의 쇠붙이라는 쇠붙이는 모두 다 끌어들이는 엄청난 자력磁力의 괴산 같아 보였다.

이스탄불의 통곡하는 새벽마저 이 철산의 자력이 소아시아 터키대륙을 횡단해서 작용하고 조화했던 탓이 아니었을까 싶다. 나는 싫든 좋든 아라랏의 자장 권에 갇힌 완전한 포로가 된 것이다.

이상한 쾌감이 전신을 누빈다. 호텔방 창문에 벌써 희끄무레한 박명薄明이 스민다. 나는 그제서야 겨우 눈을 붙일 수 있었다.

아침에 일어나 여관주인의 차를 시간 당 2만 리라(2만2천원)를 주고 빌렸다. 본격적인 산행에 나섰다. 아라랏 산은 언뜻 산맥에 가까웠다. 준령 너머로 봉싯 태양이 떠오르자 이 구약시대의 명산은 서서히 안개를 걷고 웅자를 드러낸다.

그러나 이 무슨 심술인가. 해발 5,165m의 주봉主峰은 끝내 구름에 가려 있다. 카메라의 역광을 피하기 위해 산의 초입을 빠져나와 평원을 끼고 동쪽을 향해 자리를 옮겨봤으나 그 사이에도 주봉을 가린 구름은 가셔 있지 않았다.

고집스레 봉우리를 에워싼 구름은 왕복 4천 마일을 달려온 나의 도전을 끝내 용납하지 않았다.

굳이 '노아의 방주方舟'가 실재實在하는가를 캐러 불원천리 달려온 건 물론 아니었다. 세계의 많은 종교인과 탐험가들이 스스로 이 질문에 빠져 몸살을 앓아왔지만 내 경우 방주의 실재를 규명할 자료나 여건을 지니지 못한 데다 종교인도 탐험가도 아니었다.

아득한 유태인의 창세기시대, 하나님은 지구의 온갖 생물을 멸망시키려 대홍수를 내렸으나 의인義人 노아에게만은 방주를 만들어 피신토록 했다. 노아의 가족과 온갖 동물 한 쌍씩을 실은 방주는 150일 동안 범람한 지구를 헤매다 '아라랏 산에 머물렀다' 고 구약성서는 기록하고 있다.

그 후 노아의 방주는 더러 발견되었다. 히말라야 산맥에서, 북극의 빙산 틈새에서, 혹은 캐나다 쪽으로 뻗은 록키 산맥에서. 그러나 모두 진짜는 아니었다. 노아의 방주는 아직껏 전설 속에 묻혀 있다.

아라랏 산이 새삼 학자와 모험가들의 주목을 받은 것은 71년 8월, 미국 우주인 제임스 어윈이 최초의 달착륙선 아폴로 15호로 달 탐색을 마치고 귀환길에 이 아라랏 산의 상공을 통과하면서 드러난 방주의 화석化石을 상공에서 발견하고 부터서다.

어윈은 배 모양의 가운데가 움푹 패인 화석 흔적을 공중 촬영하는데 성공한 것이다. 귀환 후 어윈은 "우주여행에서 과학의 힘보다 영적 경험에 더 감격했다"며 여생을 종교 활동에 몰두했다. 특히 그때의 항공사진을 토대로 3

차에 걸쳐 아라랏 산을 탐사했다.

그리고 내가 이곳에 닿기 2년 전인 86년. 그 현장을 발견했노라고 밝힌 것이다. 그러나 현장이 발견(?)되고 나서부터 터키정부는 아라랏에 관한 일체의 보도활동을 금지시키고 있다. 터키의 어떤 신문이나 학술지도 이 화석 웅덩이의 사진과 위치를 보도하지 못하고 있다.

정확한 위치가 담긴 원본 사진은 제임스 어윈만이 소장하고 있을 뿐이다. 이 인위적 자물쇠가 내 손으로 풀릴 만큼 나에게 행운이 주어졌다고는 여기지 않는다. 허나 먼발치로 봉우리의 사진 한 장 정도는 찍을 수 있어야 할 게 아닌가! 아라랏 산의 심술이 내게는 야속했다. 그래야만 더 영산靈山 소리를 듣기 때문일까.

그 무섭고 긴 정적

아라랏 산의 정상은 계속 구름에 갇혀 있다. 보도행위는 물론 입산 그 자체도 철저히 금지돼 있었다. 나는 결국 산봉우리의 사진 한 장만을 찍기 위해 구름이 걷히기만을 요행처럼 바라는 비천한 모습으로 바뀌고 말았다.

산山이 나를 그렇게 만든 것이다. 아라랏의 얼굴을 훔칠 그 결정적인 찬스를 잡기 위해 나는 만반의 준비를 다 갖췄다.

시간이 흐름에 따라 해가 비치는 각도도 달라졌다. 단 한 컷을 찍더라도 가급적 역광의 피해를 줄이기 위해 산마루의 산로山路를 따라 차의 위치를 여러 차례 옮겼다.

숲이나 나무는 전혀 보이지 않는 민둥산인 것으로 미뤄 산은 백두산처럼 정상에 화산 분화구를 지닌 바위산이 분명했다. 그러나 막상 바위를 찾으려 해도 바위가 보이지 않는 노년기산지였다.

정상을 덮은 구름은 산자락에서 올려다봤기 때문인지 한결 성스런 분위기가 돋보이는 구름 형태다. 구름과 산과 하늘, 그리고 무엇보다도 그토록 큰 무게로 짓누르는 정적이 가히 종교적이다. 종교적이라는 말은 신앙의 깊이와는 무관하되, 신앙을 생성시키는 데는 필수적이라는 생각이 든다.

〉〉 끝까지 모습을 드러내지 않는 아라랏 산

무엇이 나를 멀고도 먼 이곳 아라랏 산에 유혹해냈나. 기내機內에서 취재 수첩에 적었듯이 어제 새벽 이스탄불의 통곡 때문이었던가?… 아니다. 그럼 무엇 때문인가… 한참을 달리다 나도 몰래 클랙션을 눌렀다. 바로 그거야! 답을 찾아낸 것이다.

동숭동東崇洞이 주범이다. 동숭동의 그해 겨울 탓이다. 맞아! 변경邊境을 찾아 도봉산으로 도망쳤던, 대학시절의 그 해 겨울을 잊지 못했던 거야… 지난해 3월 출판사 〈김영사〉에서 출간된 〈모든 사라진 것들을 위하여〉(부제: 서울 회억回憶 1961~84년)에서 언급한, "변경으로 치닫는 유혹"을 여기에 다시 한 번 옮긴다.

> …내 영혼의 심층을 강타했던 동숭동의 겨울을 나는 결코 잊지 못한다. 그리고 이 겨울은 그 후로도 20여 년 남짓 두고두고 나를 괴롭혔다. 지금의 내 사고 속에는 대학시절의 겨울이 남긴 상흔傷痕이 아직도 낭자하다.
>
> 그 시절 내 뇌리를 지배하던 욕구가 하나 있었다. 변경邊境으로 달려가고 싶은 단순 욕구였다. 그 욕구에 빠져들면 나는 몹시 비틀댔다. 그 학년 그 학기의 시험을 완전히 잡쳤다. 그 유혹에 빠지지 않기 위해, 또 빠지더라도 제발 학기말 시험기간만은 피하기 위해 나는 들고 있던 펜으로, 책가방으로, 소주병으로 그 유혹을 찌르고 막아냈다.
>
> 그래도 힘이 붙여 끌려갈 수밖에 없을 땐 작부酌婦집 문고리에 매달려, 때로는 엉뚱하게 구름다리 너머 이웃 법과대학 형사소송법 강의실로 도망쳐 낯선 강의를 수강했다. 버티고 숨기 위해서다.

변경에의 유혹과 시련에 지친 나머지 나는 어느 날 작심하고 변경 탐험探險에 나섰다. 변경이란 과연 내게 무엇을 뜻하는가, 그 유혹의 정체와 정면으로 대결하려는, 내 나름으로 삶의 출사표出師表를 던진 것이다.

무엇이 나를 유도해 냈는지, 또 어디로 향하고 있는지를 몰랐다. 그저 발길 내키는 대로 몸을 내맡겼다. 밤이 새고 새벽이 왔다. 도봉산 근처를 맴돌고 있었다.

다시 석양이 왔다. 엊저녁을 굶고 만 하루가 지났으나 시장기를 느끼지 않았다. 묘한 유포리어euphoria에 휘말려 있었다…

…도봉산의 12월은 무척 추웠다. 허나 정신적으로 결손缺損상태였기 때문일까, 별 추위를 느끼지 않았으니 이상했다. 오버코트도 걸치지 않았고, 입은 옷이라고는 엊저녁 신촌 집을 나올 때처럼 교복 그대로였으나 이렇다 할 한기를 느끼지 않았다.

얼어붙은 계곡의 물이 고드름 져 달라붙어 있는 폼이 꼭 정지상태의 영화 필름을 보는 것 같았다. 몸에 힘이 빠지고 정신도 혼미했다.

발길은 어느덧 백운대 쪽으로 틀어져 도봉산과의 중간 계곡 위를 헤맸던 성싶다.

계곡의 빙판과 고드름 색깔이 옥색玉色이었던 것으로 기억한다. 혼미한 중에도 참 기이하다 여긴 건, 하늘빛을 빌린 계곡의 물이 일단 얼어붙고 나서도 그대로 하늘 빛깔을 간직하고 있었다는 점이다.

저러면 안 되는데, 하늘한테 돌려줘야 할 색깔인데, 돌려줄 것은 일단 돌려주고 물 원래의 무색無色으로 돌아가야 물의 도리인데…
나는 몸이 땅위에 구겨져 내리는 걸 분명히 의식했다. 해가 뉘엿뉘엿 넘어갈 시간이었다는 것도, 그리고 무엇보다도 영육靈肉이 함께 무너져 내리는 바로 이 순간을 내가 그토록 탐내왔고, 그 때가 바로 내가 정면으로 맞서야 할 변경邊境이라는 것도 역력히 기억했다.
그리고 기대했다. 저 지구의 중심으로부터 지각을 뚫고 내뻗은 쇠 철사 하나가 내 발 끝에서 머리까지를, 마치 산적에 꼬치안주를 꽂듯, 그렇게 처연하게 뚫게 될 것을 기대했다. 쇠 철사에 내 발등과 머리끝이 산적처럼 뚫리는 바로 그 순간, 좌절과 방황이 해소되리라 기대했다.
내가 그토록 추구해 온 헤겔의 절대정신絕代精神이, 그 무색무취의 형광 물질이, 살아 역동하는 시대정신으로 바뀌는 결정적 대목이 바로 그 쇠 철사가 지각을 빠져 나와 나를 관통하는 때가 되리라 기대했다.
그리 되면 나는 편안히 눈을 감으리라! 해서, 변경의 요체要諦가 바로 이 것임을 터득하리라. 지금 바로 그 시간이 내게 온 것 아니냐!
나는 마침내 변경을 극복하고, 더 이상 변경에의 유혹은 없으리라 기대했다. 변경은 내가 그토록 목마르게 찾던 진리와 만나는 장소를 뜻했다. 그리고 바로 거기서 만 열아홉 살 된 나의 삶을 마감하고 싶었던 것이다.

…내가 정신을 되찾은 것은 서울 근교 창동이라는 소읍小邑의 어느 병원이었다. 서울에서 60여 리 떨어진 동네로, 그곳에 어머니의 이종사촌 동생이 살고 있다는 말을 들은 적이 있던 곳이다.

〉〉 변경 탐험에 나서던 62년 겨울(오른쪽에서 두번째가 필자) 〈사진: 입학동기 홍경삼 제공〉

내가 나무꾼에 발견돼 도봉산에서 병원으로 옮겨졌다는 것, 또 심한 발열과 헛소리로, 간호사가 이를 가라앉히느라 뜬 눈으로 밤을 샜다는 말을 귓전으로 들으며 나는 심한 허탈상태에 빠졌다. 손가락 하나 움직일 힘마저 모두 소진돼 있었다.

동네가 작아 외가의 삼촌 집을 수소문하기란 어렵지 않았다. 삼촌댁으로 옮겨 기력을 되찾았다. 그리고 다음 해 여름이 거의 끝나갈 무렵 나는 논산 훈련소에 자원입대했다.

두세 달 받던 ROTC 훈련을 작파해 버리고 졸병입대 한 것이다. 변경과는 그렇게 작별했다…

정말이다. 변경과는 그렇게 작별했던 것이다. 더 이상 만나지지 않으리라 믿었던 변경이, 그 음산했던 동숭동의 겨울이 나를 멀리 이곳 터키의 아라랏산으로 불러낸 것이다. 그것도 대학시절의 두 배가 넘는 이 나이에…

살아졌으리라 믿었던 변경은 내게 그토록 집요했다. 변경이 흔들던 손짓을 나는 그 후 외면하고 살았다. 나와는 무관한, 대학시절의 몽환夢幻이 불러일으킨 해프닝의 하나로 치부하고 살았다.

허나 4반세기가 지난 이 시점까지 그 유혹을 거역할 수 없었던 것이다. 변경에 닿으면 진리와 만날 수 있다는 확신을 떨구지 못한 것이다. 아라랏 산의 이번 유혹은 결코 우발적인 해프닝이 아닌 것이다. 변경은 그리고 보면 내게 종교였다.

계속 차를 몬다. 그리고 자문한다. 그렇다면 너 김승웅이, 정확하게 답하라! 너는 노아의 홍수를 믿는가? 노아의 방주가 이곳 아라랏 산정山頂에 피항避港한 사실을 믿느냐는 말이다.

나는 경옥고瓊玉膏라는 우리나라 전래의 한약에 대해 누구보다도 잘 안다. 우리말 사전에는 정혈精血을 돕는 보약으로 서술돼 있는 한약인데, 인삼과 꿀, 생지황, 복령 이렇게 네 가지가 주원료로 쓰인다.

생지황生地黃은 삼蔘과에 속하는 다년초 풀뿌리로, 전라북도 원평에서 생산되는 걸 제일 좋은 품질로 쳤다. 꿀은 보통 꿀이 아니라 강원도 산골의 야생벌들로부터 채취한 석청石淸, 즉 야생 꿀을 원료로 쓴다.

복령茯苓은 땅 속 솔뿌리에 기생하는 타원형 식품으로 일종의 불완전 균류菌類의 하나인데, 자칫 소나무의 송진이 땅 속에 흘러들어 딱딱하게 굳은 것으로 잘못 알려져 있으나, 엄밀한 의미에서 송진 덩어리는 아니다. 인삼은 내 고향 금산錦山인삼을 주로 쓴다.

이 네 가지 재료를 분말로 만들어 반죽한 다음 유지油紙로 봉한 후 근 열흘 밤 열흘 낮을 쉬지 않고 계속 불에 고면 까무잡잡한 고약 같은 경옥고가 만들어지는데, 해산 직후 부인들과 위장이 약한 가장들에게 특히 뛰어난 효험을 보였던 한약이다.

정읍에서 태어나 금산으로 시집온 나의 어머니는 시가媤家 식구들 누구도 착안하지 못한 이 경옥고 제조법을 혼자서 익혀 서울에 내다 팔았다. 그 돈으로 남편과 가솔들을 서울에 이주시켜 집도 사고, 자식 딸을 교육시켰다.

경옥고를 골 때는 식구들 모두가 순번제로 불 당번을 섰다. 어린 시절 강추위를 등에 업고 불 앞에서 홀로 밤을 새우던 일이 엊그제 같다. 어머니는 내가 입시수험생이자 막내라서 불 당번에서 제외시키는 일이 많았지만 지금도 어쩌다 벽난로 앞에 설 때마다 나는 거듭 뜨거워진다.

옛 시절 화덕 앞에서 한기를 느끼며 가슴팍으로 쬐던 이글대던 불의 미학을 떠올리는 것이다. 아름다운 화염이었다.

불이란 장작토막 하나하나가 나눠 간직해온 나무의 정령精靈들이 뛰쳐나와 내지르는 함성이었다. 그 함성 속에서 장작 토막들이 재생시켜 그려내는 나무 본래의 오리지널 환영을 봤다.

'불태우다' 는 말의 아름다움은 바로 이런 오리지널과의 합류에서 기인하는, 완성과 합일의 아름다움을 뜻한다고 여겼다. 그때 불 당번을 나눠지던 식구들은 지금 다 어딜 갔나. 모두가 가고, 칠순을 넘긴 가형 한 분과 누나 하나만 덩실 남았다.

지금도 벽난로의 화덕 앞에 서면 저토록 아름다운 화염인데… 나무의 환영은 나타나지 않고 대신 어머니의 얼굴만 덩그러니 남아 마음이 저민다. 환갑을 훌쩍 넘긴 이 나이임에도 눈물이 흐른다. 경옥고를 물에 타 마실 땐 반드시 사기그릇을 썼다. 놋그릇이나 양은그릇을 쓰면 어머니가 질색했기 때문이다. 약의 효험이 떨어진다는 이유로, 그래서 그런지 경옥고와 사기의 관계는 내 경우 논리나 과학적 검증보다 한 단계 위에 위치해 있다.

어머니의 환영이 소멸되지 않는 한 경옥고와 사기그릇과의 이 상관관계는 깨지지 않는다. 나는 성서의 해석에도 과학이라는 놋쇠그릇을 결코 사용하지 않는다. 성서의 약효가 반감되고 안 되고의 문제가 아니라, 성서와 과학이라는 구도 자체가 '경옥고–놋그릇' 관계처럼 결코 어울리지 않기 때문이다. '노아의 방주' 는, 또 방주의 실재實在는 그 실재 여부를 떠나 방주 그 자체가 지닌 과학성 여부가 더 관심거리가 돼 왔다.

성서창세기의 기술대로 방주의 크기가 가로 세로 높이가 각각 3백 X 50 X 30 큐빗Cubit일진대 지금의 미터로 따져 1백 50m X 24m X 15m 가 된다는 것이 성서학자들의 정설로 되어 왔다. 1큐빗이 성인의 팔꿈치에서 손가락까지의 길이라는 환산에 근거해서 당시의 방주는 지금의 크기로 따져 약 1만4천 톤 크기의 배가 된다는 논리다.

이 정도 범선 규모의 배에 지구상의 모든 짐승들이 과연 쌍쌍으로 탈 수 있었겠느냐가 첫 '과학' 의 놋쇠다. 두 번째 놋쇠는 '노아의 방주가 사실이라면 그 배는 지구상에 존재한 배 가운데 가장 큰 배가 돼야 한다' 는 점인데, 그렇다면 그 큰 배가 아라랏 산꼭대기에 무슨 수로 닻을 내릴 수 있겠는가?

이런 부정과 회의 속에서도 세계의 종교인과 탐험가들은 아라랏에서 그 비밀을 찾으려 했다. 우주인 어윈이 우주선 아폴로로부터 방주의 화석을 사진으로 찍어오기 훨씬 이전부터 아라랏 산에 대한 탐험은 쉬지 않고 계속돼 왔다.

내가 여행할 때마다 길잡이로 지니고 다니는 프랑스 백과사전 뀌드Quid지는 이 아라랏 산에 대한 세계인들의 등반기록을 비교적 상세하게 수록하고 있다. 1670년 네덜란드의 얀스 얀센이 첫 등반을 시작했다는 기록이 남아 있다.

1896년에는 일단의 네스트리우스 교도들이, 또 1930년 뉴질랜드의 산악인 하드위크 나이트가 각각 아라랏을 공격한 바 있다. 1952년 영국인 소지 그린은 아라랏 산 정상 부근에서 플랫폼 비슷한 배의 선착장을 사진 찍어 돌아왔다.

또 52년, 53년, 56년 이렇게 3차례에 걸쳐 아라랏 산을 공격한 페르디난도 나바라 원정팀은 58년 등반 때 얼음 구덩 속에서 파선破船한 것으로 보이는 나무 등걸 한 토막을 파 오는데 성공했다. 방주를 짓는 데 사용된 나무로 보이는 이 등걸 토막은 과학자들의 감정결과 4천~5천 년 전의 나무토막으로 밝혀졌다. 노아의 활동시기와 거의 비슷한 연대다.

그러나 아라랏 산이 본격적으로 관심을 끌기 시작한 것은 역시 우주인 어윈이 상공에서 찍어온 배 자국의 화석사진이 공개되고 나서 부터로, 그 길이를 환산한 결과 1백 35m로 나타나 성서에 기록된 3백 큐빗(1백50m)과 엇비슷한 수치를 보였기 때문이다.

그러나 이 모두가 내게는 한갓 경옥고 재료에 불과할 뿐이다. 꿀로는 강원도 석청을 상품上品으로 쳤고, 생지황은 원평의 김 생원 네 집 산물을 단골로 썼다는 정도에 불과한, 한갓 기록 이상의 가치를 줄 수 없는 것들이다. 경옥고를 통해 내가 정작 만나는 것은 장작더미의 화염이다. 그 어른대는 화염을 통해 어린 시절 화덕 앞에서 등허리에 한기를 느끼며 만끽하던 오리지널 나무의 환영을 본다. 어머니를 본다.

아라랏은 내게 '금각金閣' 이다. 화덕 앞에서 그토록 열독했던 미시마 유끼오의 '금각사' 의 옛 누각모습을 아라랏 문턱에 와서 되찾은 것이다.

산자락 일대엔 이끼 같은 풀이 덮여 있어 먼발치로 보면 잘 다듬어진 골프장을 연상시킨다. 골프장과 다른 점은 나무가 전혀 없다는 것, 그리고 캐디 대신 양떼를 치는 목동이 등장한다는 점이다. 배경이 되는 푸른 하늘이 더욱 차冷다.

보이는 거라고는 하늘과 구름, 구릉과 구릉 그리고 양떼일 뿐. 들리는 소리 하나 없다. 움직이는 게 있다면 이따금 정상에서 떨어져 나오는 구름조각

〉〉 아라랏 산자락의 양 떼와 목동 / 사진에 보이는 봉우리는 아라랏산 제2봉
(현지 아으르에서 구입한 엽서 사진)

뿐이나 그나마 한 군데에 잠시 눈을 팔다 되찾아 보면 어디론가 사라져 있다.

차를 세웠다. 양떼를 만났기 때문이다. 열댓 살 먹은 목동 하나가 수 십 마리의 양떼를 이끌고 다가왔다. 날 보더니 다짜고짜 손을 내민다. 사진을 찍어 줄 테니 카메라를 달라는 것이다. 내가 싫다고 했더니 신기한 눈빛을 띄우며 지나갔다.

이번엔 무리를 벗어난 양 한마리가 어슬렁어슬렁 다가오더니 코를 드밀고 한참을 냄새 맡고 나서 다시 무리에 합류한다. 그 목동에 그 양이다. 사람이고 짐승이고 싱겁긴…

양떼가 지나간 후 한참을 그 목동을 생각했다. 하루 종일 양떼와 보낼 목동 녀석의 일상을 생각해본다. 보이느니 구름과 하늘이요, 사고하느니 상상과 초자연적인 것뿐이라면 그 목동들의 골격과 요건은 처음부터가 종교적이 아닐 수 없다.

하늘과 구름만을 종일 대하다 보면 그만큼 단조로운 상념을 지니게 마련이고 그 단조로움만큼 신神만을 생각하기 십상이리라. 신은 단조로운 상념 속에 쉽게 거하기 마련이다. 복잡한 사고구조를 가진 자에게 신은 결코 옷자락을 드밀지 않는다.

모세가 바로 그런 인물이다. 그가 신을 만나는 데는 40년이라는 긴 목동 시절이 필요했다. 그가 지팡이로 홍해를 가른 후 유대민족의 지도자로 광야에서 보낸 40년이 그를 상징하는 대표적 사례로 지목되지만,

내가 정작 관심을 쏟는 부분은 그가 동족을 죽이고 도망쳐 남의 집 데릴사위로 들어가 40년간 자신을 죽이고 살던 외로운 목동 시절이다.

그 40년을 모세가 무슨 상념에 빠져 어떻게 지냈는지에 관해 성서는 무자

비할 만큼 인색하다. 바로 이런 대목이 있기에 성서의 행간行間을 더듬어 보는 해석이 가능한 것이다. 성서를 읽는 묘미이기도 하다.

모세를 지배했을 그 무섭고 긴 정적과 외로움이 어떠했을 지를 아라랏 앞에 와서 실감한다. 산山의 모습은 수시로 변했다. 구름과 하늘 색깔에 따라 바다가 바뀌듯 산도 그러했다.

정상의 구름은 아직껏 가실 줄을 모른다. 이제나 저제나를 노리며 차를 굴렸다. 산길을 돌아 서행을 계속하다 터키군 기갑부대를 만났다.

수 십 대의 탱크에 분승한 병사들이 일정방향으로 캐터필러를 굴리고 있었다. 도보로 앞장서 행진하던 장교에게 무슨 일이냐고 물은 즉 정기군사 연습이라고 서툰 영어로 답한다.

나중에 안 일이지만, 아라랏이 위치한 이 일대는 터키와 이란, 그리고 소련이 국경을 마주한 지점으로, 서로가 서로를 강하게 의식하는 지점이었다. 게다가 당시 이란은 호메이니옹의 극렬 혁명세력들이 집권 중이었고, 이들 시아파 회교세력들의 혁명 수출로 온건파인 터키의 심기가 무척 상해 있던 시점이었다.

터키는 또한 (당시의)소련 쪽에도 무척 신경을 쓰고 있을 무렵이었다. 아라랏 산을 넘으면 바로 소련 땅이 시작되는 탓이다. 지금이야 러시아, 우크라이나, 그루지아 등 10여 개 독립국가연합CIS으로 쪼개져 있지만, 내가 그곳을 찾던 87년 봄까지만 해도 분열 직전에 놓인 소련 연방의 독기毒氣가 변경 구석구석에까지 스며있던 시절이었다.

아라랏 산에 오르면 산 너머로 소련의 코카서스 지방이 훤히 내려다보인다고 들었다. 코카서스는 같은 소련 땅 가운데서도 자원과 곡물이 풍부하고,

풍광마저 빼어나 가장 뛰어난 휴양지역으로 알려져 있다. 아라랏 산의 등반을 터키정부가 일체 허용치 않는 이유 가운데 하나는 산등성이에 오를 등반대의 움직임이 자칫 군사작전이나 정찰활동으로 받아들여져 소련 당국의 신경을 건드릴지 모른다는 우려 때문임을 쉽게 알 수 있었다. 그 곳, 에덴의 동쪽에도 국제정치가 깔려 있는 것이다.

탱크병사들에게 길을 양보하느라 나는 한참동안 차를 서행해야 했다. 터키병사들은 무척 가난해 보였다. 행진하는 병사 중엔 이따금 뒤쪽으로 눈을 돌려 나와 얘기를 나누고 싶어 하는 병사도 눈에 띄었다.

3년 남짓 허구한 날 훈련소 조교들을 데리고 이리 뛰고 저리 뛰던 옛 논산훈련소 하교대(하사관 교육대) 근무시절이 떠올랐다.

그 병사들의 군화를 봤다. 그들의 행진 장면은 그로부터 20년이 가까워 오는, 지금 이 글을 쓰고 있는 이 순간까지도 눈에 선하다. 병사들이 걸친 군화 때문이다.

파리와 작별후 6~7년 지나 워싱턴에서 살 때의 일이다. 저녁 식사 후 산보를 나갈 때 나는 가급적 군복바지를 꺼내 입었다. 바지뿐만이 아니라 군인용 워커까지 꺼내 신었다.

워커는 내가 살던 워싱턴 DC 근교의 락빌Rockville에 있는 가게에서 샀는데, 굳이 내가 워커한테 신경을 써 온 이유는 군대시절 단 한 번도 제 발에 맞는 군화를 신어본 적이 없기 때문이다.

논산 훈련병 시절 사격훈련을 받고 와 보니 내무반 관물 함에 잘 보관되었던 내 군화가 바뀌어 있었다. 소대장 격인 내무반장이 내 새 군화를 가로챘고, 당시 향도嚮導였던 나는 내무반장의 체면을 지켜주느라 그가 바꿔치기

한 헌 군화를 두말 못하고 신고 다녔다.

헌 군화인지라 일찍 닳았고, 몇 번 수선을 하다 보니 그나마 짝짝이 군화가 됐다. 그걸 신고 다니다 제대 후 복학해서 캠퍼스에 돌아왔다. 그 후로도 나는 군인만 보면 군화부터 먼저 쳐다보는 습관이 들었다.

워싱턴 DC에서 새 군화를 사 신고 그토록 즐거웠던 첫날의 산보 길을 지금껏 기억한다. 군화에 맞도록 군복바지도 하나 샀다. 졸병시절의 그 가난과 궁핍이 이토록 오래 간다.

도그 베야지트 마을을 떠날 무렵 아라랏 산은 내게 최고의 위엄을 과시했다. 버스 차창으로 비치다 사라지기를 되풀이하는 황금색 아라랏 산의 원경을 나는 계속 지켜봤다. 그리고 조금은 계면쩍은 심정이 되어 산에게 작별을 고했다.

시간상으로는 아직 석양에 채 이르지 못한 무렵이었으나, 정상頂上을 덮은 구름은 이미 벌겋게 물들어 있었다.

아라랏은 이제 아라랏에 살지 않는다!

산골의 낮은 무척 짧다. 불타는 구름을 머리에 두른 탓일까, 산의 정상이 더욱 환상적으로 보인다. 버스가 구비 구비 산길을 돌 때마다 간헐적으로 나타나던 아라랏 산은 얼마 지나서부터는 아예 모습을 숨기고 말았다.

나 역시, 산의 마지막 모습을 그토록 게걸스럽게 탐하지는 않았다. 하루 반나절 이상을 산마루에서 함께 지낸 만큼 아라랏에 대한 나의 갈증은 얼마만큼 해갈解渴이 된 상태였다.

산이 내게 보여준 마지막 위엄이 고마웠다. 날 이곳까지 유혹해 까무라치게 만든 후, 헤어질 무렵 다시 옷매무새를 만질 줄 아는 그 기품이 가상했다. 가상한 만큼 아쉽고 서글펐다.

이제 나의 생활, 나의 사고思考권에서 벗어나 저 나름의 일상日常속에서 나와는 이제 영영 무관하게 보낼 수천 수만의 많은 날들을 아라랏은 과연 어떻게 참아 견딜까.

우리가 누구와의 작별을 서러워함은 작별의 대상 때문이 아니다. 그 대상과 내가 얼기설기 짜놓은 관계와의 결별이 우리를 서럽게 한다.

더구나 그 결별이 시인 자크 프레벨이 샹송 '고엽' 의 노랫말을 통해 표현했듯 "이렇다 할 소리도 없이 Sans faire de bruit" 치러졌을 경우, 사람들은 길에 구르는 나뭇잎 하나를 보고도 그토록 슬프게 떤다.

'변경邊境' 이란 단어를 거듭 생각해 본다. 아라랏 산은 변경에 위치해 있다는 이유 하나만으로, 제대로의 산山값을 다했다는 생각이 든다.

원래는 내륙 어딘가 깊숙이 숨어 있던 아라랏 산이 나의 이스탄불 도착과 함께 변경을 향해 도망쳤고, 그 변경까지 추적한 내게 덜미를 잡히고 나서야 그 참 진가를 보였던 것 같다. 아라랏과의 정면 승부를 걸기 위해 나는 일상적인 범사를 작파作破한 후 이곳 변경까지 달려왔다는 생각이 든다.

아라랏 산은 그런 의미에서 도봉산 사건 이후 내게는 25년만의 재회다. 어제 오후 난생 처음 발을 들인 아으르 마을 역 대합실에서 내 의식의 동굴 저 깊숙이 왠지 낯설지 않은 친근감을 기억해낼 수 있었던 이유를 나는 그제서야 알았다.

오를 수 없는 아라랏 산의 정상을 카메라로나마 그토록 담고 싶어 했던 이유도 납득이 간다. 그 뻥 뚫린 정상의 분화구야말로 바로 25년 전 그토록 열망했던 쇠 철사의 현장이었다.

지각을 뚫고나와 내 몸을 산적처럼 뚫고 천상天上으로 뻗는 그 쇠 철사의 환영을 좇아 나는 근 이틀을 아라랏 산 근처를 배회한 셈이다.

아라랏은 내게 바로 변경이었다. 변경은 25년 남짓 내 의식 속에 멀고먼 객지로 남아돌다 어느 날 아라랏 산의 돌출처럼 내 심벽을 뚫고 옹립한 것이다.

멀게는 이스탄불에서 맞은 새벽의 통곡 형식으로, 가깝게는 온갖 쇠붙이를 끌어들여 부피를 더해가는 전설 속의 철산鐵山처럼 나를 유혹해 낸 것이다.

이번 재회는 25년 전에 비해 훨씬 세련되고 우아했다는 생각이 든다. 남자를 다루는데 능숙한 여인처럼, 아라랏은 나를 맘껏 유린했다. 그리고 끝까지 기품을 지켰다.

대학시절, 살이 뜯기고 피가 튀던 그런 만남이 아니라 부드럽고 포용하는, 그리고 세밀한 음성으로 속삭이는 그런 재회였다. 환영 속에 봐온 쇠 철사역시 형태가 바뀐 걸 느낀다.

뚫고 관통하는 쇠 철사가 아니라 축축이 적시고 침투해오는 침묵과 정일靜逸이다.

변경의 위치도 바뀐 걸 느낀다. 그 진리의 변경은 이제 더 이상 변두리에 위치하지 않는다. 중원中原에 있다. 아라랏은 이미 내 마음속에 가득 들어차 있음을 돌아오는 차 속에서 실감했다.

산과 작별할 때 버스 차창에 비치던 아라랏의 그 기품이 넘치던 마지막 모습을 내가 게걸스럽게 탐하지 않았던 이유도 바로 이런 아라랏의 전이轉移 때문이다.

아라랏을 나는 더 이상 아라랏에서 찾지 않을 것이다. 아라랏은 이제 아라랏에 살지 않는다. 내 마음속에 산다.

아라랏을 내 영혼 깊숙이 이식하는 과정에서 나는 그때까지 내 심경의 기득권자였던 결치缺齒의 여인을 과감히 버렸다. 삶을 방울방울 재온 티스푼은 내팽개쳤다. 경옥고의 재료도, 장작토막의 환영도 다 축출해 냈다. 그 축출의 빈칸을 아라랏이 메운다.

터키 승객을 가득 실은 버스는 산행山行 전날 내가 간이 점심을 대접받았던 아으르 마을을 그대로 통과했다. 정류장에 1~2분 머물렀지만, 어제 내게

》 돌아오는 버스 속

친절을 베풀던 내 또래의 그 집배원은 보이지 않았다. 밖은 벌써 어두워 차를 바꿔 타는 승객이 없는 시간이기도 했다.

달리는 버스 속에서 갑자기 '아이고 아이고!' 하는 통곡소리가 났다.

누군가 환자가 생겼나 보다. 그러다 깜짝 놀라 뒤를 돌아다 봤다. 이 버스 안에 나 말고 또 다른 한국 사람이 탔다는 말인가?

웬 터키 노파 하나가 등을 구부린 채 서글프게 울고 있었다. 배에 심한 통증을 느끼는 듯 했다. 다른 승객들은 모두 못들은 척 딴전을 피웠는데, 내가 정작 신경을 빼앗긴 건 그 터키 노파의 통증이 아니라 발음과 억양까지가 우리와 똑같은 '아이고!' 소리였다.

터키 말이 우리와 마찬가지로 우랄 알타이 어계語系라는 건 익히 아는 일이었지만, 통증을 호소하는 말까지 그토록 똑같으리라고는 미처 몰랐다.

나는 서서히 아라랏 산山의 자장 권磁場圈에서 벗어나고 있는 것이다. '아이고!'를 통해 나의 아이덴티티, 아라랏 산행山行 이전 내 고유의 의식권 속으로 재 진입한 것이다.

또 바로 그 시점에서 25년 전 도봉산에서 치렀던 62년의 변경邊境 현장, 그 '대학의 겨울'로 재 진입할 수 있었던 것이다.

버스는 다섯 시간을 달려 반Van시에 닿았다. 아라랏 산과 이스탄불의 한 중간지점에 해당하는 큰 도시다. 거의 자정에 가까운 시간이었다.

다음날 새벽 이스탄불 행 항공기만 타면 된다. 버스 정류장 부근의 허름한 호텔에 들러 눈을 붙였다. 다음 날 첫 비행기로 이스탄불에 내려 처음 투숙했던 호텔로 돌아왔다. 아무 일도 일어나지 않았다. 그게 오히려 이상했다.

〉〉 이스탄불 국제올림픽 위원회(IOC) 취재에 나선 당시 파리 주재 특파원들/사진 오른쪽부터
이대훈 동아일보, 권영길 서울신문(현 민노당 의원), 필자, 홍성균 경향신문 특파원

그토록 엄청난 역경을 거치는 동안 내가 이스탄불에 벗어놓고 도망쳤던 허물 껍질에 빗물 한 방울도 스미지 않았다는 사실이 놀라웠다. 나는 그 허물껍질 속에 다시 기어들듯 침대 속으로 빠져 들었다. 그리고 거의 한나절을 반 기절한 상태로 잠에 취했다.

어느 누구도 나의 부재不在에 신경을 쓰지 않았다. 함께 파리에서 내려온 다른 신문사의 동료 특파원들도, 또 이스탄불에 도착 후 만 사흘 만에 국제전화로 첫 통화를 한 파리의 아내도 나의 지난 이틀 동안의 행방과 거처에 대해 묻지도 않았다.

내 쪽에서 먼저 설명했다손 치더라도 관심을 끌 사안도 아닐 듯했다. 변경은 그러고 보면 종교다. 다른 누구도 나처럼 변경을 경험했는지, 설령 경험했다 치더라도 그 타인의 변경이 과연 내게 어떤 의미를 갖는지에 관해 나는 자신이 없다.

이스탄불로 돌아와 다시 아라랏 산과 '노아의 방주'에 관련된 자료를 수소문했다. 터키의 유력 신문 미리예트지紙와 사바지紙의 편집국에 들러 자료와 사진을 요청했으나 "보관하지 않고 있다"는 응답뿐이었다.

하다못해 제임스 어윈의 현장발견 기사를 게재한 당일의 신문만이라도 보자고 해도 고개를 흔들었다. 그 일이 새삼 보도되는 것 자체를 꺼리는 기색이 역력했다. 이유는 앞서의 설명대로, 사진촬영이나 탐사가 소련을 자극한다는 것이다.

강대국을 옆에 두고 사는 나라나 그 주민들 대개가 눈썰미가 있고 영특한 반면, 그 영특한 만큼의 비굴한 심성도 아울러 지니고 있음을 느낀다.

자료나 사진이 공개되지 않는 또 하나의 다른 이유를, 76년 미국 매컬래

〉〉 꿈많던 미국 유학시절/사진 왼쪽에서 두번째가 화이크 아킨 기자, 오른 쪽 끝은 필자

스터 대학에서 나와 함께 수학修學했던 전前 미리예트 지紙 기자 화이크 아킨을 만나 전해 들었다.

아라랏 산의 역사. 종교적 가치가 세계의 주목을 끌게 되자 터키 정부가 새로운 탐사 작업을 자체 예산과 기획을 가지고 시작했다는 귀띔이었다. 그 탐사와 연구가 끝나기까지는 일체의 보도나 학술발표가 금기로 돼 있다는 것이다.

터키 산악회 피르케 기르비즈 부회장을 만났을 때는 수확이 컸다. 기계 수리공 출신의 이 산악인은 자신이 산악회의 사무국장 시절 아라랏 산의 정상을 찍은 슬라이드 한 장을 복사해줬다.

이 슬라이드 역시 정상에 구름을 인 모습이었다. 아라랏은 자국의 산악인에게마저 정상을 내보이지 않았던 것이다.

아라랏에 관한 방증 취재를 대충 마치고 파리 행 〈에어 프랑스〉에 오른 건 그로부터 다시 사흘 후다. 그 사이 이스탄불에 널린 오스만 터키제국의 옛 궁궐과, 주먹만한 다이아몬드가 박힌 금관을 구경했다.

또 수십수백 비첩들이 혼거하던 하렘과 해협 바로 건너의 우스크다라를 찾아 관광했다. 이 사이 매일 새벽마다 코란 송경에 눈이 떠지고, 막판에는 어서 이 도시를 떠나고 싶을 만큼 그 통곡소리가 무겁게 들린 것도 사실이다.

아라랏과는 그렇게 작별했다. 다시 아라랏을 찾게 될까? 그런 일은 다시 발생하지 않을 것 같고, 발생해서도 안될듯 싶다. 변경은 알게 모르게 내 맘속에 이미 전이轉移돼 있기 때문이다.

〉〉 이스탄불을 떠나며

Story #5

변경邊境, 그 동토凍土의 땅으로!

문명과 야만이 공존하는 비극

"마리아 스콜로도프스카야! 스타니슬라브 오귀스트에 대해 말해 보아라"

"스타니슬라브 오귀스트는 1764년 폴란드 왕에 뽑혔습니다. 매우 슬기롭고 교양이 있었으며… 그러나 슬프게도 왕에게는 용기가 없었습니다"

나의 중학 1학년 시절 국어교과서에 실려 있던 퀴리 부인 전기傳記의 첫 구절이다. 엘리노어 돌리가 쓴 전기 〈라디움 부인 The Radium Woman〉의 첫 대목을 발췌 번역해 옮긴 이 글은 중학을 졸업한 50세 이상의 한국인이라면 누구나 읽고 감동했던 중학시절의 대표적 추억이다.

글은 이렇게 이어진다.

…비상벨이 울리고, 이윽고 러시아인 장학사가 나타난다. 소녀 마리아(훗날 퀴리 부인이 된다)가 아무 일도 없었다는 듯이 러시아 역사를 외는 척하다가 교실이 마침내 울음바다가 된다…

바르샤뱌의 눈 덮인 시가를 걸으며 소년 시절 친했던 그 마담 퀴리를 떠올린다. 시내를 걷지만 활보일 수는 없다. 우리 한국 대사관도 없고, 아무리 한국 기자에게 최초의 공식 비자를 내줬다하지만 당시 폴란드는 이념 체제상으로는 아직은 공산국가였다.

88년 3월, 나는 신문기자 자격으로 폴란드에 첫 발을 들인 한국인이 된 것이다. 소련치하의 동東 유럽이 슬슬 무너져 내리던 무렵으로, 동독의 담을 넘은데 이어 불가리아, 헝가리, 체코에까지 진격했다. 그리고 마지막으로 폴란드 진격을 서둘러 왔던 참이다.

당시 파리에 주재하던 한국 특파원들의 경쟁 목표는 딱 하나, 누가 먼저 동 유럽의 담을 넘느냐는 데 쏠려있었다. 공산국가를 많이 방문한 특파원일수록 관록이 붙었다. 취재경쟁이 붙으면 염치고 체면이고 소용없던 시절이다.

이 경쟁에는 특파원 부인들까지 합세했다. 부인들은 어쩌다 타사 특파원한테 걸려온 전화를 그럴싸하게 따돌려야 했다. 남편의 꼬리가 잡히지 않도록 적당히 둘러대야 했다.

급한 일로 서울에 갔다거나, 이웃 영국이나 독일로 취재차 떠났다고 거짓말을 해야 했다.

폴란드에 진격키로 방침을 세운 후 파리 주재 폴란드 대사관을 매주 2회 들렀다. 그 나라 공보관을 만나 구워 삶고 애걸복걸하기를 장장 석 달 넘게 되풀이 했다. 폴란드 입국 비자를 얻기 위해서다.

그러다보니 폴란드 대사관에만 들렀다하면 매번 술에 취했다. 폴란드 사람들은 우리나라 사람처럼 뭔가 대접하기를 좋아했다.

대사관에 들르면 콧수염을 예쁘게 기른 공보관은 으레 캐비닛을 열어 우리의 복분자 술처럼 생긴 폴란드 술을 내놨는데, 무척 독한 술이었다.

공보관은 좀 푼수였다. 나만 보면 이 술맛 못 잊어 또 왔지? 라고 눈으로 물으며 씩 웃었다. 그리곤 잔을 내밀었다. 나 역시 부러 쩍쩍 입맛을 다시며 넙죽넙죽 잔을 비웠다.

비자 얘기는 속 보일까봐 꺼내지도 못하고…그러다 보면 대낮인데도 벌겋게 취했다. 그러기를 석 달 남짓, 드디어 비자가 나왔다. 대신 조건이 따랐다.

일단 폴란드에 들어가면 누군가 나를 안내할 테니 꼭 그 사람의 지시를 따라야 한다는 것, 독자적인 행동을 취해서는 안 되며 최악의 경우 감금 또는 강제축출의 불이익도 감수해야 한다는 조건이 따랐다.

파리 드골 공항을 떠난 폴란드 국영 항공 로트LOT기에 오른 즉 정확히 두 시간 반이 지나 폴란드의 수도 바르샤바에 닿았다. 이 짧은 거리를 오는데 내 경우 만 석 달이 걸린 셈이다.

시내 빅토리아 호텔에 여장을 풀자마자 나는 파리 폴란드 대사관에서 지시받은 대로, 조심스럽게 카운터에 서있는 호텔 직원에게 접근했다. 접근하면서도 내 꼴이 무슨 간첩 같다는 생각이 들었다.

당시 서울 올림픽 공동개최의 무산으로 약이 받쳐있던 북한을 자극치 않으려는, 같은 공산국가 폴란드의 배려였다. 어디선가 북한 공관원이 지켜보고 있다는 불안을 떨칠 수 없었다.

호텔 직원의 표정은 그날 바르샤바의 날씨처럼 찌뿌드드했다. 나에게 무슨 전갈이 없느냐고 물었더니 표정과는 달리 썩 기분 좋은 응답을 보인다.

스테판 파슈직 씨가 보낸 전갈을 보이며, 약속시간에 늦지 말라고 점잖게 일침을 놓는다.

모처에서 스테판 파슈직 씨를 만났다. 폴란드 올림픽 위원회NOC 부위원장이다. 그 나라 청년체육부 차관으로, 그 해 9월 서울서 열리는 88서울 올림픽에 폴란드 선수단의 인솔 책임자로 지명돼 있는 고위급 인사다.

나의 방문 목적은 오직 폴란드 올림픽 팀의 출전준비 취재로 국한돼 있었다. 스포츠 말고는 다른 어떤 것도 취재할 수가 없었다. 눈매가 날카로워 보이는 파슈직 씨는 나를 보자마자 다짜고짜 선수촌으로 안내했다.

그는 차속에서 캘거리 동계 올림픽에 가있는 자기네 폴란드 선수들을 격려하러 떠나려던 참이었다며 나 때문에 출발 계획을 좀 늦춰 놨다고 호탕하게 웃었다. 나는 속으로 빌었다. 제발 어서 떠나 주구려… 내가 정작 노린 건 폴란드의 올림픽 준비상황의 취재가 아니었기 때문이다.

첫날 하루 동안 그 나라 올림픽 준비상황을 열심히 취재했다. 정확히는, 취재하는 척 했다. 나의 취재열기(?)에 감복해선지 그 다음 날부터는 감시가 소홀해졌다. 나의 감시역인 청년체육부 직원한테 슬쩍 염탐한즉 파슈직씨도 캘거리로 떠나고 없었다.

됐다! 때가 온 것이다. 체육부 직원이 잠시 자리를 비는 틈을 이용해서 호텔 밖으로 용수철처럼 뛰쳐나갔다. 폴란드를 직접 내 눈으로 관찰하고 싶었던 것이다. 또 폴란드 시민과 직접 부딪치고 싶었다. 폴란드 당국이 시키는 거나 취재하려 석 달 남짓 낮술 취해가며 기다린 건 아니잖은가.

구색 맞추는 취재는 매 학년 우등상장이나 챙기는 모범생들이 할 짓이고… 기자는 한마디로 요동쳐야 살맛이 난다. 그러다 붙잡히면?… 감금당하는 거지 뭐!

바르샤바 요소요소를 미친 듯이 헤맸다. 우선 퀴리 부인의 생가부터 찾았다. 생가는 바르샤바의 구舊시가, 프레타 가街 16번지에 있다. 퀴리 부인이 태어났던 단층집은 4층 건물의 기념관으로 바뀌어 있었다.

생가에 들어선 즉 짧은 머리의 퀴리 부인 석상石像이 맞아준다. 그녀가 불운했던 처녀시절, 애인으로 등장했던 대학생 카지미르의 사진도 걸려있고, 그녀의 어머니 스콜로도프스키 부인이 상당한 미녀였음을 알 수 있다.

3층의 별실에 들어서니 1903년과 1911년 두 차례에 걸쳐 수상한 노벨 물리학상의 상장이 걸려있고, 폴란드 독립을 위해 그녀가 미 윌슨 대통령에게 보낸 진정서의 사본이 함께 걸려있다.

폴란드가 낳은 또 하나의 천재 프레데릭 쇼팽의 생가는 바르샤바 시를 벗어나 50여 ㎞ 떨어진 서쪽 마을 제라조와블라 읍邑에 있다. 이곳 역시 기념관으로 바뀌어 있다. 퀴리 부인처럼 쇼팽 역시 젊은 시절부터 파리로 거처를 옮긴 탓에 이렇다 할 유품들은 찾아볼 수 없고, 소년 시절에 치던 소형 피아노를 포함해서 서너 개의 피아노가 이 방 저 방에 놓여있다.

소년 쇼팽한테 웬 피아노가 그리도 많았단 말인가. 뭔가 작위적作僞的인 인상을 짙게 풍긴다.

그를 기억케 하는 상징물로는 차라리 바르샤바 시내 와지엔코우스키 공원에 놓인 대형 석상石像이 더 인상적이었다. 소녀 마리아가 러시아 장학관 앞에서 외던, 바로 18세기 스타니슬라브 오귀스트 왕 때 만들어진 공원이다. 그 아름다움에서 유럽 제일의 공원으로 불리고 있었다.

공원 한 복판에 놓인 쇼팽의 좌상坐像은 높이가 15m에 달하는 대형 석상으로, 석상 밑 잔디밭에서 일요일 오후 휴식을 취하는 바르샤바 시민들을 보노라니 이곳이 과연 공산주의 국가인가라는 의문이 절로 든다. 그만큼 평화로웠다.

밤늦게 호텔에 돌아와 체육부 직원한테 걸판지게 술을 샀다. 술이 얼큰해진 그 직원은 "너무 심하게 쏘다니지 말라"는 지시를 했으나, 눈치로 미뤄 기록용으로 남기고 싶은 지시임을 간파했다. 그 다음 날엔 아예 바르샤바를 벗어났다. 기차를 타고 단지히(그단스크)시로 향했다.

2차 대전의 첫 포성이 터진 현장, 발틱 해海의 냉파冷波가 해안을 때리는 그단스크 부두에는 당시 나치 군과 혈전을 벌이다 산화한 185명의 폴란드 병사가 묻혀있는 묘역이 있다. 대리석 십자가와 폴란드를 상징하는 독수리 문장紋章이 비석으로 세워져 있고 소련제 T40형 탱크 한 대가 묘역을 지키고 있다.

바다 쪽으로 좀 더 걸어가면 당시 폴란드 군 1개 중대가 쓰던 막사가 함포사격으로 휴지처럼 구겨진 채 방치돼 있다. 일부러 방치해 둬 이곳을 찾는 관광객들에게 나치의 만행을 낱낱이 드러내 준다. 때가 얼어붙은 한 겨울철이라 관광객은 나 한 사람뿐이다.

바다 쪽에서 불어오는 찬바람 탓일까, 폴란드의 기구한 운명에 가슴 한 구석이 저려온다.

폴란드에 체류하는 열흘 동안 내 맘은 이 나라에 대한 연민과 동정으로 그득했다. 이 나라와 우리나라의 유사성 때문이었다. 이런 연민과 동정은 이 나라의 남북을 횡단, 폴란드 제2의 도시 크라코프 시로 남행南行하면서 극도의 비감悲感으로 바뀐다.

〉〉 폴란드 전몰 병사의 묘역

〉〉 멀리 북구(北歐) 발트해가 보인다

크라코프 시에서 60여 ㎞ 떨어진 곳에 유대인 학살로 유명한 아우슈비츠 수용소가 거기 있다. 파리서부터 내가 벼르고 벼르던 곳이다. 여길 보려고 온 것이다.

세계인 거의 모두가 기억하는 이 악명 높은 수용소가 독일이 아닌, 폴란드에 위치해 있는 걸 아는 사람은 당시로서는 드물었다. 폴란드 지명은 오스비에침Oswiecim. 독일어 식 표기인 아우슈비츠를 대면 폴란드인도 잘 모른다.

2차 대전 당시 6백 50만의 유대인들이 이 아우슈비츠를 비롯한 1천여 개의 집단 수용소에 수감, 한 줌의 재로 바뀐 곳이다. 나치가 당시 이들 유대인을 한데 긁어모은 방식은 지금 생각해도 기발했다. "유대인들만을 위한 전용專用의 땅을 마련해 놨다"고 유인해 낸 것이다.

유대인들은 땅이라면 사족을 못 썼다. 땅은 당시 유대인들에게 아킬레스건腱이었다. 2천 년을 땅 없이 살아온 유대 실향민들에게 땅은 절대적이었다. 그 땅이 결국 6백 50만 유대인들을 죽음으로 안내한 것이다. 땅에 미치면 그렇게 된다.

수용소의 정문은 아치로 꾸며져 있다. 그 아치 위에 "노동만이 (너희를)자유롭게 하리라Arbeit macht frei"라고 쓴 독일어 슬로건이 걸려있다.

어디서 많이 보던 스타일의 문구다. "진리가 너희를 자유롭게 하리라" 던, 미 존스 홉킨스 대학이 성서에서 본 따 지은 교훈이 생각난다.

유대인에 대해 나는 평소 두 개의 의문을 지니고 산다. 둘 다 그들의 역사에 관한 의문인데, 첫 번째 의문은 출 애굽Exodus의 민족지도자 모세를 그들의 하나님이 한때 죽이려 했던 이유다.

〉〉 아우슈비츠 수용소 입구 / 노동만이 (너희를) 자유롭게 하리라
(Arbeit Macht Frei)라는 독일어 슬로건이 그대로 붙어있다

〉〉 아우슈비츠 초입
아우슈비츠는 폴란드 말로 오스비에침이라 불린다

동족을 살해 후 미디언으로 도망친 모세는 40년간 데릴사위 목동생활을 치른 후 하나님의 계시를 받고 동족을 구하러 다시 이집트로 돌아간다. 그 계시를 내린 하나님이 귀국 중이던 모세에게 나타나 죽이려 든 것이다. 왜 그랬을까.

이 장면을 보고 기겁한 그의 아내 시포라가 돌칼로 제 아들의 포경을 잘라 남편의 발에 둠으로서 남편을 살려내는데, 하나님이 도대체 왜 모세를 죽이려들었는지… 내겐 그게 의문이다.

죽일 바에야 귀국하라고 계시를 내리지 말던지, 또 일단 계시를 내렸으면 보호는 못 할망정 죽이기까지 해야 했던가. 언뜻 성서의 편찬과정에서 뭔가 스토리의 기승전결起承轉結상 원인이 될 만한 대목을 빠트리고 불쑥 결과만 드러난 편집을 폈기 때문으로 볼 수도 있을 것이다.

다시 말해, 모세가 (계시를 받고난 이후에도) 하나님한테 죽임을 당할 짓을 저질렀던 건 아닌지, 따라서 출애급을 앞두고 모세의 그런 처사를 아예 근치根治시키려는 하나님의 역사役使로 볼 수 있지 않느냐는 얘긴데,

모세가 저지른 이 "죽임을 당할만한 처사"를 고대 모세의 5경 편집자들이 잘못해서(또는 의도적으로) 빠트린 게 아닌가 생각할 수도 있다.

또는 꽤 인간적인 해석이지만, 출 애급이라는 어마어마한 대 역사를 앞에 두고 모세 부부의 단합과 결속이 무엇보다도 중요함을 인식시키기 위해 하나님이 모세의 아내 시포라에게 겁을 준, 부부일신의 경각심을 불러일으키려는 리허설로 볼 수도 있다.

흔히 성서를 해석의 책, 또 기독교를 해석의 종교라 말하는 사람이 있지만 그렇다고 조자룡이 헌 칼 휘두르듯 제멋대로 해석을 내릴 수는 없지 않은

〉〉 유대인들을 분산 수용했던 28개의 벽돌막사와 감시초소
밖에 가설된 철조망엔 고압전류가 흘러 유대수용인의 탈출을 막았다

가. 아무튼 이 대목을 생각할 때마다 나는 20년 넘는 이 순간까지도 딱 떨어지는 해답을 못 얻은 채 살고 있다.

수용소 정문에 들어선즉 웬만한 대학 캠퍼스 크기의 광활한 캠프에 28개의 벽돌 막사가 가지런히 놓여있다. 고압전류가 흐르던 가시철조망도 그대로고 어두컴컴한 막사 이곳저곳에 울부짖는 유대인들의 나상裸像들이 그대로 환영으로 나타난다.

밀폐된 독가스 실 역시 그대로 보존돼 있다. 천정에 뚫린 가스 흡입 밸브를 빼고는 사방 모두가 밀폐된 30 × 15m 크기의 이 방에서, 한꺼번에 2백명씩의 유대인들이 독가스에 숨져갔다.

독가스 실 바로 옆이 고속 소각장이다. 생선더미를 실어 나르듯 4백만의 유대인 시체더미가 이 소각장에 던져져 한줌의 연기로 바뀐 것이다. "연기로 바뀌지 않고는 결코 빠져나갈 수 없었다" 던 아우슈비츠다.

유대인 중에도 미모가 출중한 여성 수감자들은 수용소를 지키던 나치 SS 대원들의 성적 노리개 감이 되었는데, 이들만을 집단 수용하는 별채의 막사가 탐조등 밑에 세워져 있었다.

유대인에 대해 내가 갖는 또 하나의 의문은 홀로코스트The Holocaust, 소위 6백 50만 유대인에 대한 나치의 대 학살사건에 대한 궁금증이 그것이다. 우리가 역사시간에 배웠듯 유대인에 대한 히틀러의 개인적인 증오를 이해하지 못하는 건 아니다.

또 유대인에 대한 차별과 탄압을 통해 독일인의 결속을 다지고 이를 제 3 제국의 진운進運으로 이용하려던 한 선동 정치가의 통치 포맷을 십분 이해할 수도 있다. 문제는 그 증오의 정도다.

〉〉 **고속 시체소각장**

개인적인 증오 또는 통치 포맷, 어느 것이든 무방하다. 그러나 아무리 그렇다 치더라도 6백 50만의 집단살해와는 등식이 성립되지 않는다는 말이다. 그렇다면 히틀러에게 무엇이 씌웠다는 얘기가 되는데, 그 씌운 것이 과연 무엇일지가 내게 의문인 것이다.

유년시절의 히틀러가 유대인에 관해 지녔던 프로이드적 증오 때문으로 설명하는 사람도 더러 있다. 딱히 확인되는 것은 아니지만, 히틀러의 생모가 남편과 사별 후 유대인 간부姦夫를 갖게 됐고, 따라서 매일 밤낮으로 어머니와 뒹구는 유대인 사내한테 히틀러가 독을 품기 시작한 시기가 바로 이때부터로 기산起算하는 분석이다.

히틀러의 생모 클라라가 남편 알로이스 히틀러와 일찍 사별한 것은 틀림없다. 히틀러의 나이 14살 때 그녀의 남편이 죽었기 때문이다. 클라라는 남편과 22세나 나이 차가 있는데다, 실은 남편의 사촌 여동생이기도 했다.

그녀가 사촌 오빠와 남녀관계를 맺은 것은 오빠의 둘째 처가 병이 들어 죽기 직전으로, 둘 관계는 그런 의미에서 불륜관계였다. 아돌프 히틀러는 그런 범죄 가운데 잉태한 아이였다.

클라라가 14살 된 아돌프와 그보다 6살 어린 동생 그리고 앞서 두 명의 전처들이 남긴 소생들까지 홀몸으로 건사하기 위해 남편과 사별 후 어떤 생계의 수단을 썼을지는 익히 짐작이 간다. 또 당시 아돌프가 성장했던 비엔나라는 도시에서 유대인이 차지했던 비중을 되새겨 보면 더욱 수긍이 간다.

영국인 사학자 알랜 벌록Allen Bullock이 쓴 책 〈히틀러와 스탈린〉은 두 독재자가 지닌 공통적인 심성과 두 영혼에 깃든 악령을 과학적으로 분석해냈다는 점에서 크게 관심을 불러일으키는 책이다.

19세기 후반과 20세기 초, 그러니까 지금부터 근 1백여 년 전의 비엔나라는 도시와 유대인의 관계에 대해 이 책은 구체적인 수치를 들먹이며 설명하고 있다. 비엔나 시에 불과 6천 217명밖에 살지 않던 유대인의 인구수(전체 인구의 2%)는 불과 몇 십 년 사이에 17만 5천 318명으로 폭발적인 증가를 하게 된다.

2백만 미만의 비엔나 도시인구 가운데 유대인이 8.6%를 차지할 만큼 폭증한 것이다. 또 당시 유대인이 차지하던 비엔나 시에서의 신분과 목소리는 이런 인구비율을 훨씬 능가하는 것이었다고 저자는 설명하고 있다.

이들 유대인 대부분이 고등교육을 마쳤고 도시 내의 가장 영향력 있고 유망한 변호사, 정치인, 의사, 언론인, 은행가, 예술가의 직업을 거의 독식獨食했던 것으로 나타나 있다.

도시 전체가 반反 유대 신드롬 속에 시달려 있었고, 유대인을 규탄하고 질시하는 각종 유인물과 팜플렛, 저술이 범람했던 시절이었다. 갖은 욕설과 저속한 비어가 동원돼 유대인을 성토하던 시대였다.

히틀러의 소년 청년기는 이런 반反 유대 정서 속에서 자아를 굳혀간다. 히틀러는 나중에 쓴 〈나의 투쟁 Mein Kampf〉에서 유대인에 대해 이렇게 언급한다.

> "수천 수만의 순수 독일 피를 이어 받은 소녀들이 이 역겨운 안짱다리 유대인 사생아들의 배 밑에 깔려있는 악몽에 시달렸다"

이런 표현은 바로 그 당시 유행하던 반 유대 정서와 히틀러 개인이 지닌 성적 강박관념의 합작으로 볼 수 있다.

나는 어떤 사람을 평가하거나 그의 주의 주장을 이해함에 있어 그 사람이 태어나고 성장한 도시에 큰 비중을 둔다. 언뜻 표피적이고 감정적인 평가라 반박하실 분이 계실지 모르나, 그렇지 않다.

도시란 흙이나 물 같은 거라서, 그 사람 자체를 형성하는 문화의 배경을 이룬다. 문화란 외지 사람들이 느끼는 것일 뿐, 그 문화권 안에 살고 있는 사람은 이를 못 느끼는 법이다. 그 도시의 햇빛과 냄새를 외지 사람들이 오히려 정확히 감정하듯, 도시의 문화 역시 바깥사람의 잣대를 들이대야 정확해지는 법이다.

아유슈비츠를 돌아보며 나는 앞서 비엔나 시를 거듭 떠올렸다. 이 잔혹의 현장에서 나는 불쑥 비엔나 숲속을 헤매던, 악령 들린 소년의 무서운 눈빛을 떠올린 것이다. 한때 그림에 그토록 소질을 보였던 소년 히틀러를 도시의 증오와 악령이 삼킨 버린 것이다.

집채 더미처럼 쌓여있는 주인 없는 안경테, 곳간마다 그득그득한 유대 여인들의 머리다발, 그 검디검은 가스실의 콩크리트 벽… 수용소 관광을 마친지 근 20년 되는 이 시점까지도 불쑥불쑥 되살아나는 장면 장면들이다.

수용소 관광을 마치고 나도 몰래 눈시울을 적신 것은 필설을 절하는 유대인들의 참상 때문이 아니었다. 인간은(구체적으로 히틀러는) 어디까지 잔인해 질 수 있는가를 떠올렸기 때문도 아니다. 한갓 관광으로 밖에 그칠 줄 모르는 내 의식의 무딘 한계를 발견했기 때문이다.

이런 한계나 무관심이 정상正常으로 평가받는 사회 또는 시대에서는 이런 재앙은 기필코 재연되고 말리라는 확신에 진저리를 친 것이다.

10여 년 지나 스필버그 감독이 제작한 영화 〈쉰들러 리스트〉를 관람하면

〉〉 아우슈비츠 수용소를 떠나며, 과거 역사교사를 한 영어 안내원과 함께

서 나는 분명히 봤다. 영화 속에서 저벅대던 나치 대원들의 군화 소리, 군견들의 울부짖음 속에 섬뜩하게 다가서고 있는 미래의 재앙과 그 그림자를 분명히 본 것이다.

아유슈비츠 참사 50주년 되는 시점에 맞춰, 유대인 천재 소리를 듣는 스필버그에게, 소년 히틀러에게 씌웠던 것과 비슷한 또 다른 악령이 내린 것 같다. 6백만 유대인의 원혼怨魂이 동족의 영화감독을 골라 신통력을 부렸는지도 모를 일이다.

신통력이나 영험靈驗없이는 결코 만들 수 없는 작품, 그런 의미에서 영화 〈쉰들러 리스트〉는 아우슈비츠를 먼저 관광 후 관람해야 진가를 느낄 영화였다고 영화 평을 쓰고 싶다. 그리고 가장 경악스러웠던 일은, 그토록 목불인견의 만행을 자행하는 와중에도 수용소 한 켠의 별채에서 나치 장교들은 (영화에서처럼) 관현악을 즐겼다는 점이다.

야만과 문명의 공존共存… 나는 무엇보다도 그것이 무서웠던 것이다.

“카리스마는 하늘이 내리는 것”

레흐 바웬사, 우리 시대가 한때 기대를 걸었던 옛 폴란드 대통령을 이따금 생각한다. 한마디로 연구대상이 되는 인물이다. 대통령이 된 후로 별 인기를 얻지 못하는 인물, 그래서 두 번 볼 것이 세 번 보아지는 그런 인물이다.

바깥세계에는 그토록 이름이 널리 알려져 왔지만 정작 폴란드 안에서는 바깥 쪽 인기의 절반도 누리지 못하던 대통령이다. 왜 그럴까. 바웬사 쪽에 잘못이 있는가, 아니면 폴란드라는 나라 그 자체에 문제가 있는가. 흔한 얘기로, 시대와 인물의 운運 대가 안 맞던 건 아닐까.

같은 인물로 당시 소련 연방해체 이전의 고르바초프가 떠오른다. 형형炯炯했던 눈매에 이지적이고 후한 성품의 고르바초프가 막상 결정적인 대목에 가서는 알코올 중독자이자 독선과 아집의 상징적 인물인 옐친한테 눌려 역사의 뒤 안으로 사라졌던 이유는 무엇 때문일까.

고르바초프에게 문제가 있었기 때문일까, 아니면 분열 해체된 당시의 러시아가 신神의 의도에서 벗어난 것일까. 신문이나 TV에서 우두망찰한 표정을 짓던 바웬사 전 대통령을 이따금 생각한다.

순수하고 정열적이었던 인물, 그런가하면 다소 코믹할 정도의 숱한 파장을 일으켰던 장본인이 바로 바웬사다.

베를린 장벽이 무너지기 전까지만 해도 자유노조의 세계적 지도자, 그래서 그 여세를 몰아 소련 연방과 동 구라파의 해체, 분열을 가장 먼저 예고했던 상징적 인물이 바로 바웬사였다.

그래서 세계의 모든 저널리스트들이 다투어 인터뷰하기 원했던 인물이다. 한마디로, 그 시대가 기대를 걸었던 인물이었다. 그 인물이 저토록 볼품없고 조락凋落한 표정의 지도자로 바뀐 이유는 도대체 어디서 유래하는가… 곰곰이 생각해 본다.

비단 바웬사나 고르바초프에게 국한된 일이 아니다. 얼마전 폭사한 파키스탄의 부토 여 총리도 비슷한 처지다. 세계적 추앙을 한 몸에 받던 남아공화국의 만델라 대통령도 가만 놔두면 바웬사 꼴이 되지 말라는 법이 없다. 바웬사나 고르바초프처럼 실의와 비탄에 젖지 말라는 법이 없다.

또 남의 나라 얘기로 그칠 일이 아니다. 노무현 대통령도, 또 새로 대통령에 취임한 이명박 대통령이라고 예외의 혜택을 누리라는 보장은 없다. 사람들은 이처럼 인물과 시대가 빚는 차질이나 탈루脫漏를 곧잘 시운이 안 맞는 탓으로 돌린다.

또 관용의 시각을 가진 기독교 신자들 가운데는 하나님의 임무 부여가 이미 끝났기 때문으로 쉽게 치부하기도 한다. 광야의 지도자 모세의 역할은 광야시절로 끝날 뿐, 가나안 땅 입성入城과 그 후의 건국 작업은 모세의 후계자 여호수아의 역할로 보는 시각이 바로 그것이다.

그렇다면 바웬사의 역할은 이제 끝났다는 건가, 서서히 그 원인을 찾아볼 때다. 바웬사와 시대가 빚어낸 완만한 차질과 탈루는 어찌 보면 바웬사라는 인격체 내부에 도사린 요소 때문은 아닐까 여긴다.

시쳇말로 변화에 민감하지 못해서, 또는 자신의 인기관리에 서툴러 빚어진 차질이나 탈루가 아니라 바웬사 본인 자신도 감지하지 못하는, 자생적이고 불가양도의 자체 소인素因 탓이 아닐까 여긴다.

본인 자신이 이를 감지하지 못하는 만큼, 남이 옆에서 깨우쳐 일러 준들 알기는 알되 그리 크게 자각하지 못하는 소인, 흔히 동양에서 철학의 잣대로 곧잘 활용돼온 기氣의 부재가 바로 이런 소인이 아닐까 여긴다.

취재수첩을 뒤져 바웬사와의 만남을 되새겨본다. 우선 그와 나눴던 대화 한 토막 한 토막을 예의 분석해 본다. 당시 나 자신은 물론 바웬사 본인도 전혀 눈치 채지 못했던 (미래의) 차질의 기미를 검증해본다. 현장은 기자에게 이런 이점을 준다.

폴란드 탐험에 올랐던 88년 3월, 폴란드 북단北端의 항구도시 그단스크(영어로는 단지히)에 있는 산다브리기다 성당聖堂의 사제 실에서 그를 만났다.

아우슈비츠 수용소탐방 그리고 바웬사와의 대면은 폴란드 담을 넘을 때 내 흉중에 숨겨져 있던 두 자루의 비수였다. 서울 올림픽 출전을 대비한 폴란드 팀의 현장 취재는 한갓 허울에 불과했다. 폴란드의 푼수 공보관을 상대로 파리서 석 달 남짓 낮술에 취했던 것도 바로 그래서다.

이 대목을 기술하면서, 내게는 수년 후 워싱턴 시절 DC에서 만났던 CNN의 피터 아네트 기자의 말이 떠 오른다. 이라크의 쿠웨이트 공격 때 인공위성용 무선 카메라 하나 달랑 들고 현장에 출정出征했던 피터 아네트는 오직 전장戰場만을 누비는 독종 기자다.

쿠웨이트 전란의 현장 보도로 그의 이름은 전 세계적으로, 또 한국에도

〉〉 기자를 맞는 바웬사

널리 알려져 있던 무렵이다. 그 피터 아넷트를 워싱턴 DC의 내셔널 프레스 센터에서 만나 나의 인터뷰 석에 앉혔다. 그리고 물었다.

취재 지시만 떨어진다면 지금이라도 당장 전선에 뛰어 들 작정인가?

그가 눈을 뚱그렇게 뜨더니 내게 반문했다.

"취재 지시라니? 누가 누구한테 지시를 내린단 말인가! 나는 내 판단 그리고 내 발을 가지고 뛸 뿐이다"

그 다음 말이 명언이다.

"역사란 무엇인가. 어렵게 생각할 필요 없다. 기자가 현장에서 쓰고 보도한 걸 묶어 놓은 것, 그게 바로 역사다"
"……"

당시 바웬사는 대통령이 되기 몇 년 전으로, 폴란드 공산정부와 특히 공산당 야루젤스키 서기장으로부터 심한 감시와 사찰의 대상이 됐던 시절이다. 성당의 사제 실은 그의 사무실 겸 대외접촉 창구로 쓰이고 있었다.

전 인구의 95%가 가톨릭 신자요, 교황도 폴란드 출신이던 시절이다. 그런가하면 폴란드에 서서히 밀어닥치는 자유화의 물결을 온 세계가 초조하게 지켜보던 무렵이었다.

한때 자유화 물결을 이끌던 이 불굴의 지도자는 불가사의할 만큼 순진한 얼굴로 기자 앞에 나타났다. 그러나 순진하고 담백한 얼굴과는 달리 그는 (당시)45세의 장년치고는 너무 늙어 있었다. 그는 올해 65세가 돼 있을 것이다. 나와 동갑이라서 더 잘 기억한다.

당시 그의 머리털은 벌써 반백에 가까웠고 그를 상징해 온 박쥐 모양의 검은 코밑 수염도 이미 허옇게 바래 있었다. 통성명을 나누고 질문을 채 꺼내기도 전에 그는 속사포처럼 말을 잇는다.

> "여기까지는 어떻게 오셨소? 내 친구 야코브스키 신부한테 연락을 받았소만… 서울 올림픽을 치르는 나라에서 오셨다고요? 다른 어느 올림픽보다 서울 올림픽만은 기필코 구경하고 싶소"

사제 실 밖으로는 발트 해海가 멀리 보인다. 3월인데도 꽁꽁 얼어붙을 만큼 추운 날씨다. 방안에는 나 말고 그의 친구 야코브스키 신부, 영어 통역을 자청해서 강의시간을 틈내 달려온 그단스크 대학의 코노프카 교수(경제학) 그리고 바웬사, 이렇게 넷이다.

그리고 사제 실 문간에는 탁상에 엎드려 앞으로의 대화내용을 기술하려는 안경 쓴 날카로운 눈매의 젊은이가 앉아 있었다. 소위 기관원이 분명한데, 바웬사는 이상하리만치 그 기관원에 대해 신경을 쓰지 않았다. 이 점, 그와의 인터뷰를 풀어 쓰고 있는 지금까지 두고두고 의문이 간다.

> "우리는 자유노조 결성 원과 노조의 권위를 위해 투쟁해왔습니다. 우

리는 모든 사람, 모든 국가의 권위와 권리를 존중합니다. 세계의 보다 밝은 장래를 위해서는 상충하는 이해를 절충해야 하고, 증오와 유혈을 피해야만 합니다"

그는 내가 뭘 물어올지 그 질문을 미리 겨냥한 듯 말을 이어갔다. 나는 그의 선제답변 내용이 꽤나 기억에 새롭다는 것을, 그리고 정확한 문맥은 아니더라도 그가 지난 83년 노벨평화상을 수상할 때 그의 부인 다누타 여사의 입을 통해 대독代讀시킨 바 있고, 그후에도 여러 차례 매스컴을 탄 바 있는 노조勞組에 대한 자기철학의 일부임을 쉽게 알아차렸다. 사제 실 내부는 대부분 다른 나라와 마찬가지로 붉은 색 벽으로 치장되어 있었다.

바웬사 씨, 당신이 조국 폴란드를 바라보는 색깔은 무슨 색깔입니까. 빨간색입니까, 흰색입니까?

"빨간 색은 제가 제일 싫어하는 책입니다. 유리창의 커튼에서부터 침실의 시트, 테이블의 식탁보에 이르기까지 우리 집에 있는 대부분의 가구는 모두가 흰색입니다"

그가 빨간색을 대놓고 공격하는 대목에서 나는 문간에 앉아있는 안경 쓴 사내를 적이 의식했으나 바웬사는 오히려 담대했다.

잠에서 깨고 나서부터의 하루 일과를 들려 주시겠습니까?

"새벽 5시에 깹니다. 아내가 차려주는 식탁에 우리집 꼬마들과 함께 앉습니다. 아침 일과는 새벽 6시부터 시작돼요. 근무지는 우리 집에서 15분 정도 걸으면 닿는 레닌조선소입니다. 맡은 일은 공장의 전기수리공이고, 30여년간 이 일만 하다보니 꽤 숙련이 돼 있죠"

"간혹 소형 짐차를 운전해가며 건조중인 배 내부를 왕복하기도 합니다. 하루 일과는 2시에 끝나요. 일이 끝나면 지금처럼 이곳 성당을 찾아 내방손님도 만나고 밀린 잔무도 처리하죠"

바웬사 씨, 이곳에 오는 도중 바르샤바 시에서 한 번, 그리고 그단스크 역驛에서 또 한 번 이렇게 두 번을 택시 운전기사한테 당신의 평판을 물은 적이 있습니다. 그 둘 다 뭐라고 말했는지 아십니까? 70년대와 80년대 초에는 그 두 사람 다 당신한테 박수를 보냈다고 하더군요. 그러나 지금은 당신이 무얼 하고 있는지, 폴란드 근로자들을 위해 어떤 일을 하고 있는지 아리송한 표정을 짓더군요.

"그 두 택시기사의 유형을 분류하실 줄 알아야 합니다. 계엄령이 풀렸고, 일반 형사범을 포함해서 1만5천여 명의 정치범이 석방된 바 있어요. 그동안 두 차례의 국민투표가 치러졌고, 이 와중에서 경찰들과 시민들 사이에 충돌이 있었다는 보도는 단 1건도 나타나지 않았습니다"

"대립과 충돌만을 능사로 여기는 시대는 지났어요. 화합과 단결만이 지금의 우선과제라고 여깁니다. 그 두 명의 택시기사들의 심중을 모르는 바는 아닙니다. 안타까운 점은, 그런 유형의 인사들이 지니는 의식이죠. 그들은 본인들은 의식하지 못하지만 따지고 보면 수혜자受惠者들에 속합니다"

〉〉 파안대소하는 바웬사

당신의 평소 소망은 무엇이었습니까? 어린 시절 무엇이 되고 싶었습니까?

"모든 소년들처럼 저 역시 왕자가 되고 싶었고, 제 어린 시절 꿈을 지금 와서 결코 사치스럽게 여기지는 않습니다. 지금의 내 자녀들도 이런 꿈을 갖고 있을 겁니다. 지금의 내 꿈은 나와 내 가족이 평안해지는 것, 내 이웃과 사회, 국가가 잘 되는 것, 그리고 내가 하는 일이 잘 되는 것입니다"

바웬사 씨, 당신은 지금의 당신에게 만족하고 계십니까? 예컨대 신자信者로서 온전한 삶을 누리고 계십니까?

"최선을 다하고 있죠. 최선이란 무슨 일에나 무척 소중한 것입니다. 신자로서 나는 항상 죄를 짓고 산다고 느껴요. 아무리 최선을 다해도 나는 항상 모자라고, 또 죄를 짓고 있다고 느껴왔습니다. 나는 성서 그대로 언젠가 이 세상의 종말과 예수의 재림이 기필코 오리라는 걸 확신하며 살아가고 있습니다"

지금 8명의 자녀를 가진 것으로 알고 있는데, 앞으로 더 낳을 생각이십니까?

"장가들기 전 나는 12명의 사내아이를 갖고 싶어 했습니다. 이들로 축구팀을 만들어 나는 그 코치가 되려고 했는데, 처음 4명의 사내아이가 생기더니 그 후엔 딸만 내리 4명을 뽑았지 뭡니까. 남녀 8명으로 구성된 축구팀을 가질 수는 없잖습니까?(웃음) 축구 룰이 바뀌기 전에는 말예요"

그는 당시 근무 중인 레닌조선소 옆, 노동자들이 집단으로 입주해 있는 방 6개짜리 노동자 아파트에서 살고 있었다.

내가 수도 바르샤바의 호텔에서 일본 요미우리신문 바르샤바 주재 특파원의 도움으로 그의 집 전화번호를 알아낸 후 시외 장거리전화를 걸었을 때 그의 부인 다누타 여사는 나의 질문에 무조건 '산다브리기다, 산다브리기다' (교회 이름)만을 되풀이했다.

폴란드 말밖에 할 줄 모르는 부인의 전화를 바르샤바 호텔 종업원에게 바꿔주고, 그 종업원 아가씨의 통역으로 바웬사가 낮 시간 상주하는 곳이 산다브리기다 교회임을 알아낸 것이다.

호텔 종업원은 그 후 통화했던 상대가 바웬사의 부인이었다는 나의 귀띔에 대번에 얼굴이 허옇게 변했다. 그러고는 가까스로 정신을 차린 듯 내게 애걸하다시피 당부했다.

"인터뷰 장소를 확정하는 데 나의 도움이 있었다는 말을 누구한테도 하지 말아 주세요, 제발!"

당시의 폴란드는 그러했다. 그게 (지금으로 따져) 불과 20년 전의 일이다. 세태는 그토록 무섭게 바뀌고 있다. 우리나라 얘기도 된다. 나는 호텔 여종업원의 당부를 끝까지 지켰다.

다음날 아침, 호텔을 체크아웃 한 후 그단스크시를 향해 떠날 준비를 하다 나는 크게 실망했다. 아침에 차 한 대를 빌려 같이 떠나기로 약속했던 한국 모 방송국의 특파원이 차에 여분의 자리가 없다는 이유로 날 제쳐놓고 떠난 탓이다.

그 전날 밤, 나보다 사흘 늦게 바르샤바에 도착한 그 방송사 특파원을 만나 나는 그동안 바웬사와의 접촉이 얼마나 어려웠는지를, 그리고 다행히 내일 그단스크의 산다브리기다에서 바웬사와의 인터뷰를 성사시켰음을 귀띔해주고, 그 방송사 차로 그단스크로 떠나기로 약속했던 것이다.

바웬사한테 전화를 걸어 방송사 특파원과 함께 인터뷰 하자고 양해까지 구해 놨던 것이다. 그런데, 이럴 수가… 어떻게 해서 이뤄진 인터뷰인데!

나는 할 수 없이 오후 기차시간에 맞춰 그단스크를 향해 떠났다. 기차 속에서 두고두고 안타까웠다. 울화통도 치밀었다. 바웬사와의 인터뷰를 나는 신문에 내고, 방송사 특파원은 TV에 내고… 그러면 얼마나 좋은가!

더구나 당시 6.29 선언을 앞둔 서울의 정국을 염두에 둘 때, 공산권 폴란드도 이처럼 민주화 열풍이 한창이거늘 우리라고 그 열기를 앞당기지 말라는 법이 없잖은가! 거의 다섯 시간이 지나 느즈막히 산다브리기다 교회에 터덜터덜 도착했다.

바웬사의 친구 얀코브스키 신부가 나를 기다리고 있었다. 그가 "왜 (방송사 특파원과) 함께 오시지 않았느냐?"고 손을 내밀었을 때 내가 느낀 외로움과 서글픔을 지금껏 기억한다. 기자라는 직업, 정말 못된 직업이다.

방송사 특파원은 이미 인터뷰를 끝내고 바르샤바로 돌아간 후다. 당초 20분으로 예정된 나와의 인터뷰는 1시간을 넘겼다. 바웬사는 내게 뭘 그리 많은 걸 먹으라고 권하는지 인터뷰는 시종 입 속에 음식을 잔뜩 넣은 채 계속됐던 것 같다.

그는 대화 도중 왼손 엄지손가락을 계속 주물렀다. 손가락에는 붕대가 감겨 있었다.

손은 어쩌다 그리 됐소?
"오늘 작업장에서 다쳤어요"

교회수녀가 반창고와 붕대를 갈아 끼워 주자 아픈 표정을 가관스레 짓는 폼하며 엄살을 떠는 것이 그대로 개구쟁이 소년이다. 그러고는 교회 문밖에 이르렀을 때 인터뷰한 기자를 즐겁게 하는 마지막 구절을 역시 녹음기를 튼 듯, 그것도 알맞은 톤, 알맞은 표정으로 마감했다.

"수 백 번 회견을 했지만 오늘처럼 괴로운 질문을 당해본 건 처음입니다"

괴롭다고라… 괜스레 나 듣기 좋게 하려는 소리려니! 나 역시 이런 따발총과 인터뷰 해보긴 처음이다. 바웬사에겐 감동될 만한 요소가 없다. 순수하고 만사를 호의적으로 생각하려는 소박한 요소는 더러 눈에 띄지만, 사람을 확 끌어당기는 마그네틱magnetic한 지도자는 못 된다.

붉은 뺨과 반짝거리는 눈으로 상징되던 구약시절의 다윗을 떠올린다. 그 다윗에게서 읽혀지던 강한 카리스마가 바웬사한테는 없다. 카리스마란 독기나 살기와는 다른, 묘한 기운을 지닌 영체靈體다. 글로 말하라면 문장을 쓰는 대신 시를 짓는 인물이다.

누구나 다 지니는 사고思考 위에 리듬과 박자를 갖춘, 입체적 인물이 바로 카리스마를 지닌 인물이다. 인터뷰할 때는 몰랐고, 최근까지도 못 느끼다 지금처럼 옛 기자수첩을 꺼내 찬찬히 추적해가는 과정에서야 바웬사에게 지도자로서 뭔가 커다란 공동空洞이 있음을 발견하게 된다. 카리스마의 공동空洞, 바로 그것이다.

〉〉 폴란드에 이어 이번에는 헝가리로!… 소련이 와해되기 전이다. 헝가리 수도 부다페스트에 첫발을 들인 후 이 사진을 서울로 전송했다

〉〉 헝가리에서 다시 동독령 동 베를린으로!
"당신은 지금 미국령 서 베를린을 떠나고 있습니다"라는 팻말이 영어 러시아어 불어로 쓰여 있다

〉〉 거기서 다시 불가리아로!
불가리아 수도의 고궁을 안내양과 함께 돌며

독기毒氣와 용기는 다른 것

여기서 잠깐 독자들의 양해를 구할 일이 있다. 아유슈비츠 수용소 입구에서 내가 잠깐 거론한 미 CNN의 독종毒種 기자 피터 아네트의 얘기를 좀 더 기술하고 싶기 때문이다.

그를 만난 건 파리 생활을 마감 후 4~5년이 지나, 일터를 미 워싱턴 DC로 바꾸고 나서의 일이다.

따라서 지금의 〈변경邊境, 그 동토의 땅으로…〉와는 관련없는 이야기지만, 여기서 그의 얘기를 빠트리면 그 사람 얘기를 다시 기술할 기회를 놓칠 것 같아 불안하기 때문이다. 나는 이렇게 늘 두서가 없이 산다.

기자가 기자를 인터뷰하는 경우는 드물다. 드물다가 아니라 거의 없다는 게 정확하다. 같은 직업끼리 만나 한쪽은 취재대상이 되고 다른 한쪽은 저쪽이 말하는 걸 열심히 받아 적는다는 게 애당초 어색한 일이기 때문이다.

좀 비하해 말한다면, 같은 술집 종업원 주제에 한쪽은 손님 자리에 앉아 거만하게 술을 시키고 다른 한족은 술을 날라다 주는 것만큼이나 어색한 일이다. 격상해서 예를 들어봐도 마찬가지다. 유명한 화가치고 다른 화가를 데생하는 화가를 본 일이 있는가. 어쩌다 자화상을 그리는 화가는 있지만…

옳고 그름의 문제가 아닌, 화가의 습관이다.

약간의 예외가 허용되는 경우가 외국 기자를 만날 때다. 함께 취재전선을 펼치던 중 특종을 터뜨렸다거나, 그 기자 스스로가 거물 기자일 때, 또는 충분히 취재원이 된다고 여겨질 때 기자가 기자를 인터뷰한다.

내 경우, 외국 기자를 두 차례 인터뷰해서 기사화한 적이 있다. 파리 시절 레바논에서 게릴라에게 납치됐던 우리나라 외교관 도재승都在承씨를 추적 취재하러 그곳 수도 베이루트에 달려가 현지 주재 프랑스 AFP통신의 파트릭크 르아이르 기자를 인터뷰한 경험이 있다.

취재 협조나 도움말을 구하러 만난 것이 아니라, 르아이르 기자 스스로가 당시로서는 훌륭한 취재원이었던 탓이다. 도재승 씨를 납치한 범인들이 르아이르 기자에게 쪽지를 보내 "우리가 한국 외교관 도 재승을 납치했노라"고 알리고, 그 쪽지를 베이루트 주재 한국대사관에 전달해 줄 것을 의뢰했기 때문이다. 이럴 경우 르아이르 기자는 훌륭한 취재원이다. 그를 통해 게릴라 단체의 정체가 누군지 취재할 수 있기 때문이다.

또 한 번이 지금 소개하려는 미국 CNN 방송의 대기자大記者 피터 아네트와의 인터뷰다. 나는 평소 대기자라는 호칭을 좋아하지 않는다. 허나 이 용어를 내가 피터 아네트한테 선뜻 허용함은 그의 철저한 프로페셔널리즘에 감복했기 때문이다.

사건에 접근하는 과정에서부터, 일을 물고 늘어져 독자나 시청자에게 알리는 마무리 작업에 이르기까지 그는 철저한 프로페셔널리즘과 승부정신으로 무장해 있었다.

기자의 프로페셔널리즘 또는 승부 근성하면 자칫 타사 기자와의 경쟁에

표독스럽고 병적일 만큼 이기적이어야 한다거나, 그래야만 명名 기자 소리를 듣는 언론 후진국가의 기자유형을 떠올릴지 모르나, 그런 것과는 전혀 다르다.

왜냐. 용기와 표독은 다르기 때문이다. 용기 있는 병사와 표독한 병사를 연상하면 그 설명이 훨씬 수월해진다. 표독한 병사는 전우들 사이에 잇속 챙기고 손해 보지 않는데 빼어날 뿐 정작 적군과의 싸움에서는 너무도 비겁하더라는 것이 월남전에 중대장으로 출전했던 내 몇몇 친구들의 공통된 경험담이다.

깡패의 병든 독기毒氣를 용기라 부를 수는 없다. 기자의 참다운 용기가 과연 무엇이고 어떻게 발휘돼야 하는지를 피터 아네트는 인터뷰를 통해 일깨워준다. 그는 한마디로 전쟁만을 쫓는 기자다. 세계적인 격전지 치고 그의 발길이 닿지 않았던 곳이 거의 없다.

월남전만 11년을 종군했고 그 후 레바논 내전, 사이프러스 침공, 아프간 전쟁 등 싸움터와 분쟁 지역만을 골라 30년을 달려온 기자다.

십 수 년 전 걸프전쟁 때 그는 사담 후세인을 단독 인터뷰, CNN을 통해 전 세계에 생방송함으로서 한국 시청자들에게도 낯익은 인물이 됐다. 굳이 싸움만을 취재대상으로 삼는 그의 철학은 어디서 근거하는가.

95년 어느 날, 워싱턴 DC에 불쑥 모습을 나타낸 그를 백악관 근처 내셔널 프레스 빌딩에서 만났다.

걸프내전 당시의 활약상은 익히 봤습니다만…, (이번) 보스니아 내전에서는 당신의 얼굴이 보이지 않던데…

"지금 직장인 CNN에서 장기 휴가를 얻어 자서전을 집필하고 있기 때문입니다. 연말께나 책이 끝날 것 같습니다"

취재 명령만 떨어지면 지금이라도 당장 보스니아로 달려갈 셈입니까?

(눈을 똥그렇게 뜨며) "명령이라뇨? 누가 날 명령한단 말입니까? 난 내발로 내 판단으로 갑니다. 책을 끝내는 대로 뛰어들 생각입니다"

… 중략 …

지난번 걸프전 당시 당신은 미국 내 정치인들로부터 사담 후세인의 동조자라는 소리를 들은 바 있습니다.

"걸프전 당시 내가 바그다드 교외에서 사담 후세인과 가진 인터뷰는 1시간 15분이었습니다. 이 인터뷰가 CNN 전파를 타고 전 세계에 전해지자 엘런 심프슨 상원의원(공화당/와이오밍 주 출신) 이 나를 그렇게 매도했지요.

요컨대 내가 사담의 대변자요, 사담에 대해 전 세계가 느끼고 있던 공분公憤을 내가 뒤집어 놨다는 얘긴데… 한마디로 웃기는 얘깁니다. 나는 그를 인터뷰했고 그는 자기 말을 했을 뿐, 그의 말이 다른 사람의 사고를 뒤집어 놓은 게 절대 아니었습니다.

시청자들은 단지 사담의 코멘트만을 시청했을 뿐입니다. 이 가운데 사담의 평소 진의를 재확인한 사람도 있고 사담의 진의에 경악한 사람도 있었을 것입니다. 그는 자기의 주장을 폈을 뿐이고 그 주장이 나와의 인터뷰를 통해 온 더 레코드(on the record/공식기록) 로 남게 된 것입니다"

"세상은 이렇게 흘러가는 것 아닙니까. 불만이 있다면 그 친구(사담 후세인)한테 직접 터뜨리면 될 일 아닙니까? 2차 대전 초기 만약 히틀러와의 인터뷰가 성공하여 그의 진의를 파악했던들 상황은 퍽 달라졌으리라는 것이 내 지론입니다.

기자는 뭣 때문에 합니까. 사실을 밝히고 폭로하는 게 주업 아닙니까. 바그다드에 있건 베이루트에 있건, 아니면 사이공에 있건 답은 매한가지입니다.

월남전 취재 당시의 얘긴데, 월맹의 수도 하노이를 2~3주 동안 찾아간 적이 있습니다. 그곳 하노이의 인구와 시가지 풍경, 정부 조직과 제도 등 보이는 것 모두를 닥치는 대로 취재했지요. 동행한 다른 신문사 기자들한테는 이 같은 여러 가지 정보가 문제를 해결하는 가능성을 만든다고 설명해 주었습니다.

그러자 그들이 빈정대며 말하더군요. '이런 젠장, 우리가 문제 해결하러 이곳에 온 줄 아나? 취재하러 왔지…' 그러나 취재의 궁극적인 목적은 무엇입니까. 문제의 해결 아닙니까. 많은 역사의 기록이란 저널리즘이 남긴 각양각색의 보고서와 취재기록으로 구성돼 있습니다"

당신이 이름을 떨친 건 AP 통신의 특파원으로 월남전을 취재할 때였습니다. 당시 사이공의 스케치를 들려주시죠.

"공산군의 첫 탱크가 사이공 시에 나타나고 3시간이 지날 때가지 나는 송고용 텔레타이프의 코드를 빼지 않은 채 동분서주했습니다. 얼마 있자 월맹군 장교와 상사 하나가 내 사무실로 들어서더군요. 난 그들에게 미지근한 코카콜라(에어컨이 나갔기 때문)와 쿠키를 대접했지요.

그리고 인터뷰했습니다. 그들은 뭐가 뭔지 잘 모른 채 나와의 인터뷰에 응했습니다. 당시 내 사무실엔 통역으로 일하고 있는 사람이 남아 있어, 그의 도움으로 인터뷰가 치러졌습니다. 사이공 함락의 취재는 이렇게 이뤄진 겁니다"

이 대목과 관련해서 당시 뉴욕의 AP본사를 지키고 있던 네이트 폴로웨츠키 외신부장은 "와이어 플러그를 빼고 당장 그곳을 빠져 나가라!" 고 아네트 기자에게 명령했으나 아네트는 "Fuck you!엿이나 먹어!"라고 응답하더니, 월맹군 소령과 인터뷰를 다 마치고, 그것도 뉴욕 본사로 송고까지 끝마친 다음에야 고물이 다 된 포터블 타자기 올리베티를 가지고 사무실을 떠났다고 91년 뉴욕판 시사 인명사전을 통해 회고했다.

당신은 AP기자로 월남전만 11년 취재했습니다. 월남과 뗄 수 없는 관계가 있었습니까?

"미국의 많은 기자들이 월남 취재를 마치고 돌아갔습니다. 그들은 귀국해서 월남전에 관한 책들을 써내고, 또 지금 대 사장이나 편집 보도국장 또는 유명 앵커로 활약하고 있습니다.

〈월 스트리트 저널〉의 피터 칸 발행인(당시/이하 같음), 〈워싱턴 포스트〉의 밥 카이저 편집국장, CBS의 앵커 댄 레더, ABC의 앵커 피터 제닝스 등 지금의 거물들 거개가 당시 월남전 특파원 출신이지요.
이들이 소정 기간을 마치고 각각 귀국하고 나서도 나는 계속해서 월남에 남았습니다. 나도 미국 시민이지만 미국이 집처럼 느껴지지 않았기 때문입니다. 그래서 계속 머물다 보니 10년을 넘겼고, 그러다보니 사이공 함락까지 지켜보게 된 겁니다" (그의 첫 부인도 월남여인이다)

당신은 뉴질랜드 계 미국인입니다. 이런 국적이동이 기자에게 있어 어떤 의미를 지닌다고 생각하십니까?

"저널리즘이란 양도적transferable인 것으로 봐야합니다. 미국의 저널리즘을 이해하기 위해 미 국민이 될 필요는 없습니다. 모든 국가, 모든 인종마다 그 국가 그 민족의 저널리즘이 존재합니다. 저널리즘이란 한 마디로 양도적이며 저널리스트 개인의 성향과 기질에 크게 의지한다고 봅니다.
내 경우 82년 백악관 출입기자로 1년 남짓 레이건 대통령을 취재한 적이 있었으나, 한마디로 죽고 싶을 정도로 지겨운 기간이었습니다.
그 1년 동안 백악관 대변인을 향해 단 한 차례도 질문을 던져본 일이 없습니다. 백악관 뉴스라는 게 꼭 입에다 숟가락으로 떠 넣어 주는 뉴스처럼 느껴졌습니다. 독립된 기자로 활약할 수 없었지요. 하지만 그것도 기자의 성향 나름입니다. 으리으리한 분위기에, 대통령 따라 여행을 즐기고 모터 사이클과 사이렌 소리를 좋아하는 기자에게 백악관 출입은 그 이상 더 좋은 자리가 없을 것입니다"

인터뷰는 대강 이렇게 끝났다. 이 인터뷰에서 밝히지는 않았지만, 아네트 기자는 91년 8월 걸프전 취재를 마치고 돌아와 CNN의 인기프로 〈크로스파이어 Crossfire〉에 출연해 진행자인 패트 부커넌으로부터 다음과 같은 질문을 받는다.

"피터, 종군 취재에 나선 미국 기자는 미국의 승리를 돕도록 최선을 다할 의무를 지니는가?"

그의 대답은 단연 "노!"였다.

"첫 번째 의무는 사실보도, 두번 째가 미국의 국익"이라고 답변했다. 부커넌이 다시 물었다.

> "걸프전 중 이라크의 반격이 재개된다는 1급 정보를 당신이 이라크측으로부터 입수했다 치자. 당신은… 그 정보를… 미측에게… 알려야 하는가?"

아네트의 답변은 이번에도 "노!"였다. 이렇게 말했다.

> "나는 스파이가 아니기 때문이다. 난 기자다. 똑같은 경우를 중동전 때 당한 적이 있다. 내가 이른바 적진이랄 수 있는 바그다드와 다마스커스에 출격할 수 있었던 것은 바로 나의 기자라는 신분… 다시 말해 미 정부와 아무런 정치적 연관을 갖지 않는 CNN이라는 매체의 기자였기 때문이다"

그러고 보면 훌륭한 기자는 훌륭한 매체의 소산이라는 생각이 든다. 매체가 시시하면 빼어난 기자도 위력을 발휘하지 못한다.

이 대목과 관련해서 〈뉴욕 타임스〉의 제임스 레스턴이 그의 자서전 〈마감 시간 Deadline〉에 남겼듯 "뉴욕 타임스 같은 매체에 평생 근무하게 된 걸 무엇보다도 감사히 여긴다" 던 말이 새롭다.

Story #6

외교 탐험

외교와 외교관

이 세상엔 수만 가지의 직업이 있다. 소위 잘 산다는 OECD 선진국에는 약 7만 가지의 직업이, 또 우리나라처럼 선진국 문턱에 와 있는 나라엔 약 5만 가지의 직업이 존재한다는 어느 통계 보고를 읽은 기억이 있다. 직업의 가지 수는 이처럼 그 나라의 부富와 관련이 있다.

이 여러 직업가운데 유독 내 눈을 자극하는 직업이 두 가지 있다. 지금 나의 활동무대가 되고 있는 파리에는 존재하되 (당시) 서울에는 존재하지 않던 대표적 직업의 하나인 레스토라퇴르restaurateur라는 직업이 그 첫째인데, 굳이 번역하자면 '고미술품복원사古美術品復元士'라는 긴 이름이 딸린 직업이 바로 그것이다.

만들어진 지 수백 년, 길게는 수천 년이 넘어 이미 탈색되고 변색되거나 마모되고, 심지어 물리 화학 변화까지 일으켜 폐물이 다 된 옛 그림이나 조각품을 예의銳意 복원, 원품에 가깝게 되살려내는 전문기술자를 말한다.

색상의 원료에 정통해야 하고 빛의 조도照度와 실내 습도, 보관 방식은 물론 생물 화학물리, 심지어 인체역학과 구조에까지 정통해야 하기 때문에 파리에서는 대학원 내지 박사과정을 이수해야만 그 자격증이 부여되는 고성능

고밀도의 직업이다. (당시의) 한국에는 상륙하지 않았던 직업이다.

내가 두 번째로 주시해 온 직업은 외교관이라는 직업이다. 삶의 배포와 재간, 더 나아가 낭만과 문예의 멋까지 추구하는 사내라면 젊어서 누구나 한 번쯤 눈독을 들였을 법한 직업이 바로 이 외교관인데다 내 경우 대학의 전공까지 외교학으로 선택했던 만큼 세계 굴지 외교관들의 일거수일투족을 내가 낱낱이 주목해 온 것은 아주 자연스런 귀결이라 말 하고 싶다.

나의 경우 대학에 입학하던 바로 그 해, 5.16이 터져 통역장교 출신들이 외교관으로 대거 발탁되면서 외교관 등용문이 폐쇄됐고, 그래서 그 꿈을 접었지만, 접다보니 더욱 허탈했고, 허탈하다보니 더욱 (그 직업을) 주목하게 된 것이다. 워싱턴 DC에서 특파원으로 일하던 시절이다. 재클린 오나시스가 죽고 2년 반이 지나자 닉슨전 대통령도 죽었다. 그리고 한 달 지나자 이번에는 프랑스 주재 미국대사를 역임한 파멜라 해리먼 여사가 죽었다. 향년 76세.

대사직을 4년 남짓 맡아 오다 퇴임 한 달을 앞두고 유명을 달리한 여 대사의 죽음에 많은 미국 남성들이 애도했다. 지명도에서 케네디 대통령 부인 재클린에 필적할 상대는 못되나, 대신 미국 상류사회의 갈채를 독차지해 온, 그 시대 마지막 미국 귀족이었기 때문이다.

원래는 영국 왕가의 명문 디그비 후작의 딸로, 2차 대전이 발발하던 1939년 열 아홉의 나이로 윈스턴 처칠 수상의 외아들 랜돌프와 결혼한 바 있다. 허나 3년 후, 루스벨트 대통령의 특사로 런던을 방문한 미국의 억만장자 외교관 에버럴 해리먼을 만나면서 다시 사랑에 빠진다.

공식 만찬 자리에서 불타 오른 둘의 사랑은 마치 영화 '애수'(워털루 브릿지)

에 나오는 로버트 테일러와 비비안 리처럼 독일군 공습으로 중단된다. 그날 밤 작별한 해리먼의 눈길을 못 잊어선지, 아니면 전쟁 중에 앓기 마련인 여성 특유의 심리 때문인지 그녀의 남성 편력이 그때부터 시작된다.

미국 CBS방송의 유명 기자 에드워드 모로, 또 같은 CBS의 사장 윌리엄 페일리가 차례로 그녀와 사랑에 빠진다. 그녀는 이어 제트기 조종사인 파키스탄의 알리 칸 왕자, 이탈리아의 피아트 자동차 사주社主 지아니 아글레리, 유럽 제일의 은행가 에리 로드실드 자작 등과 닥치는 대로 염문을 퍼뜨린다.

그러다 영화 '사운드 오브 뮤직'의 제작자인 르랜드 헤이워드와 만나 재혼한 것이 60년. 그 남편이 죽자 그녀는 이번에는 옛 연인 해리먼을 찾아 70년 미국 땅에 발을 들인다. 공습으로 중단된 사랑이 근 30년 만에 재개된 것이다. 그 해리먼에게 줄 결혼 선물로 그녀는 영국 국적을 포기, 미국 시민이 된다. 바로 이점이 미국 사내들을 사로잡은 것이다.

유럽 귀족에 대한 미 국민의 정서는 한 마디로 고대 로마 귀족들이 이웃 그리스인에게 탐닉했던 것과 흡사한 것으로, 옛 미국 연인을 찾아 대서양을 건너 온 유럽의 50대 신데렐라에게 미국 시민들은(특히 남성들은) 쌍수를 들어 고마움을 표했다.

타임지가 '세계에서 가장 아름다운 여인 50명'에 그녀를 거뜬히 끼워 줄 정도였다. 그녀는 죽어 재클린이 그리스 갑부 옆 대신 알링턴 묘지의 케네디 옆에 눕듯 해리먼 곁에 누웠다. 그녀 역시 처칠 가家 대신 미국 연인 곁을 택한 것이다. 미국 남성의 사랑을 받을 짓만 골라 하는 점에서 둘이 같다.

여대사의 직속상관 홀부르크 전 국무부 차관보가 그녀의 노구를 우려, 휴식을 여러 차례 국제전화로 당부했음에도 그녀의 답변은 노상 "이 보시오,

차관보! 난 구조가 그렇게 돼먹지가 않았단 말이오!"로 나타나 있다. 재클린이 2억 달러(1천 6백억 원)의 유산에도 불구, 잡지 편집장으로 일에 몰두하다 죽은 것과 같다. 둘은 또 간드러진 몸매에 바람기를 공유했다는 점에서도 같다. 이 바람기까지도 당시 미국 언론은 "가장 미국적인 스타일" 이라고 미화해 줬다.

누가 죽든 미국 언론은 단죄하지 않는다. 망자를 꼭 달래 떠나보낸다는 점이 다른 나라 언론과 다르다. 탄핵 후 자리에서 내쫓은 닉슨까지도 용서 후 보낸 것처럼 말이다.

한국의 외교, 한국의 외교관 얘기를 여기서 시작함은 나의 이런 복합적인 이유에서다. 한국일보 기자가 된 정확히 10년 되던 79년 3월, 나는 외신부에서 정치부로 소속이 바뀌었고, 출근 첫 날 정치부장 고故 이문희李文熙 선배로부터 외무부를 출입하라는 명령을 받았다.

좀 부끄러운 얘기지만 출입명령을 받던 그날, 나는 속으로 환성을 질렀다. 그 환성과 흥분이 어찌나 대단했던지 (그로부터) 5년 전 층층시하의 사회부 시절, 선배들 눈치보며 상갓집 개처럼 굴다 '김포 공항' 이라는 단독 부서를 출입처로 지정받고 '만세!' 를 불렀던 열기 따위는 비교도 되지 않았다.

살다보니, 아, 내게도 '놀라운 영광Amazing Grace' 의 날이 닥치는 구나! 이제 오늘부터 대한민국 외교관들, 너희들은 이제 다 내 손에 죽을 줄 알아! 너희들 모두가 드디어 내 촉수에 걸린거야… 그리고 다짐했다. 군대시절을 포함한 내 대학 7년을 걸쳐 벼르고 벼르던 그 '외교관' 이라는 직업, 이제부터 세포 한 알까지 낱낱이 파헤쳐 분석해 내리라!

아울러, 이제부터 대한민국에서 최고 가는 외교 전문기자가 되리라!…고나 자신에게 맹세했다. 해서, 미 뉴욕 타임스의 거봉巨峰 제임스 레스턴이 국무부 출입기자 시절 기사 한 줄만 썼다면 국무장관은 물론 백악관 주인까지도 좌불안석을 만들던 그 신화를 한국에서 재현해 보리라 결심한 것이다.

제임스 레스턴은 신문사 입사 면접시험 때 "장래 희망이 뭐냐?"는 당시 홍유선 편집국장의 질문에 내가 기다렸다는 듯 "뉴욕 타임스의 제임스 레스턴이요!"라고 서슴없이 답변했던, 바로 나의 슈퍼스타였다.

외무부(지금의 외교부/이하 외무부라 표기) 출입 3년 동안 나는 미친 말처럼 취재하고 공부했다. 당시 나의 취재노트를 토대로 그 미친 3년의 외교관 탐험을 재현, 여기 '파리의 새벽…' 속에 포함시킴은 파리가 지니는 외교제도론적 가치와 중요성 때문이다. 지금 세계 각국의 외교제도는 한마디로 2차 대전 이후의 미국식 외교를 말한다.

그 이전까지의 외교를 외교제도사에서는 '파리 외교'라 부른다. 소위 외교론의 전범典範이 됐던 그 파리가 어느 날 눈떠보니 내 수중에 떨어진 것이다. 파리 입성 후 〈클래식 영화탐험〉에 올랐듯 이번엔 클래식 외교의 메카였던 파리를 통해 〈외교 탐험〉에 오른다. 그 탐험의 첫 타깃을 '한국외교의 인맥'으로 정한다.

한국 외교의 인맥

"김용식 최규하 김동조 이렇게 세 사람이 따로따로 길을 걷다 땅바닥에 떨어진 금화 한 닢을 발견했다. 김동조는 금화를 보는 순간 씩 웃더니 남이 보건말건 주머니에 집어넣어버렸다.
김용식은 금화를 보고도 안 본 척 슬며시 걷어차 길옆 풀밭 속에 처넣은 후 다른 사람이 눈치 못챈 걸 알자 오던 길을 되돌아와 금화를 잽싸게 주워 담았다. 이번에는 최규하 차례, 그는 금화를 보는 순간 낯빛이 흐려지더니 두 세 걸음 물러난 후 저만큼 떨어져 금화를 우회해서 비켜갔다."

한국 외무부 고참외교관들 사이에 구전돼온, 세 사람의 특성을 빗댄 농언弄言으로, 누군가 작심하고 지어낸 픽션 같지만, 이 세 사람을 익히 알고 또 함께 생활해본 고참 외교관들이라면 누구라도 공감이 갈만한, 진담 같은 얘기다. 세 사람의 판이한 성격과 퍼스낼리티를 가장 리얼하게 재생시킨 비유이기 때문이다.

외교란 따지고 보면 사람이 벌이는 작업이고, 따라서 아무리 제도와 절차로 묶어 인위적 차이를 제거하려 노력해봤자 결국은 외교주역을 맡은 사람의 성향과 개성에 따라 외교의 컬러가 달라지게 마련인 탓이다.

외무장관은 외교관의 정상에 선다. 우리나라는 건국이후 그 당시(84년)까지 19명의 외무장관을 배출했다. 초대의 장택상(1948년 8월 ~ 12월)으로부터 19대의 이원경 장관(1983년 12월~)에 이르기까지 기라성 같은 외교주역들이 국제무대와 외교가를 석권하고, 통솔하고 부침했다.

(당시로) 근 20명 선에 가까운 외교정상 가운데 유독 김용식, 최규하, 김동조 세 장관의 우화를 서두에 소개한 데는 그만한 이유가 있다. '커리어 디프로맷', 소위 직업 외교관 제도가 한국외교에 뿌리를 내린 것이 바로 이 세 장관들이 외교주역을 맡던 시대와 일치하기 때문이다. 또 이 셋 외교주역들이야 말로 한국형 직업 외교관의 효시이자 오리지널로 평가될 수 있기 때문이다.

건국 이전까지만 해도 우리는 외교관이란 직업을 갖지 못했다. 수천, 수만 종류의 직업군 가운데서도 외교관이란 직업은 (국회의원직과 마찬가지로) 우리에게 생소한 어휘였고, 따라서 직업 외교관이라는 프로페셔널리즘을 기대한다는 것 자체가 큰 무리였다.

우리나라 외교가街에 직접외교관 제도가 착근着根한 시기를 기산起算할 때, 대부분의 고참 외교관들은 김용식이 장관에 취임했던 1963년 12월을 꼽는데 별 저항감을 느끼지 않는다. 그렇다면 이승만 대통령이 집권한 13년 동안은 무엇으로 치느냐는 반문도 없지 않겠으나, 이 시기의 한국외교는 엄밀한 의미에서 '경무대 외교'라 불러도 무방할 만큼 이승만 외교의 전횡시대를 뜻했다.

생애의 반 이상을 외국에서 독립 투쟁에 보냈고, 따라서 국제 조류의 파악에도 그만큼 출중했던 이 박사는 그 스스로가 탁월한 외교가였다. 휘하의 누구도 그의 외교적 탁견과 형안을 따라잡지 못했고, 말단 외교관의 해외 출장비 지급에서부터 사소한 조약문서의 작성에 이르기까지 이 박사의 손이 미치지 않는 곳이 없을 만큼 완벽한 외교를 구사한 것이다.

따라서 이 박사 시절 외무장관을 역임한 초대 장택상으로부터 임병직, 변영태, 조정환, 허정은 개개인의 출중했던 능력별 고과에도 불구하고 결국은 '이승만 외교' 라는 후광에 가려지는 불운을 겪고 만다.

김용식 장관의 등장은 우선 그가 이 박사 시절의 외무장관들과는 전혀 달리, 마닐라 특사, 장관 보좌관, 홍콩 영사, 주일 공사, 주불 공사, 그리고 외무차관까지 차례로 역임 후, 커리어 출신으로서 최초의 장관직을 따냈다는 데 첫 액센트가 있다.

이어 김용식을 정점으로 하는 새로운 외교 엘리트의 구축이 이 시기부터 서서히 형성되기 시작한다는 데 부차적인 의미가 있다. 그러나 엄밀한 의미의 새로운 외교 엘리트의 구축 - 외교인맥人脈의 형성이라 불러도 무방하다 - 과 그 형성시점은 김용식의 부상浮上이 있기 5~6년 전의, 김동조 외무차관 시절(1957년 5월~59년 9월)로 거슬러 올라가는 것이 순리일지도 모른다.

소위 '김동조 사단', 그의 이니셜을 딴 속칭 'DJ사단' 이 이 무렵부터 서서히 외무부 안에 구축되기 시작한 것이다. 김용식 계보의 경우 역시 그의 이니셜을 따 'YS맨' 이라 불렸다. 57년 김동조가 외무차관에 이르고 그로부터 2년 후 이번에도 역시 커리어 출신 외교관 최규하가 차관 바통을 승계한다.

다시 말해서 57년부터 63년까지의 6년을 한국 직업 외교관의 결실기라 불러 무방할 만큼 커리어제도가 확립 단계에 이르는 것이다. 이 결실 과정을 좀 더 소상히 규명하기 위해 김용식, 최규하, 김동조의 외무부 입부入部 과정과 입부 후 발휘된 업적과 성과, 개개인의 퍼스낼리티를 추적해 볼 필요가 있다.

이 세 외교관의 부상과 치적은 또한 60년대 후반과 70년대를 거쳐 80년대 중반에 이르기까지 한국외교의 주축을 형성해 놓았다해도 과언이 아닐 것이다. 세 사람이 외무부에 발을 들인 것은 대개 비슷한 경위와 동기에서 시작된다.

또 발을 들인 시기가 건국 직후 또는 건국으로부터 길어야 2~3년이 지나서부터라는점에서 세 사람 모두 초창기 한국외교의 창설 멤버라 해도 큰 무리가 따르지 않는다. 굳이 입부 순서를 따진다면 6.25 이전과 이후로 나눌 수 있으며, 6.25 이전에 발을 들인 사람은 김용식 혼자다.

세 사람은 또 학력도 비슷했고 수학지修學地 모두 일본이라는, 소위 일본 유학파라는 점에서도 같았다. 김용식은 경남 충무 출신으로 중앙고를 거쳐 일본 중앙대 법학부를 졸업, 일본 고등문관 시험에 합격 후 39년부터 법관 생활을 시작, 해방 후엔 변호사를 개업해왔다.

변호사 개업 19년만인 48년 어느 날 그는 중앙고 시절 영어교사이자 당시 마닐라 특사로 임명된 변영태의 부름을 받고 외교계에 첫발을 들인다.

김동조는 김용식과는 달리 전형적인 행정관료 출신이다. 부산 출신인 그는 43년 일본 구주제대 법문학부를 졸업, 졸업하던 해 고문高文 행정과시험에 합격하며, 건국 후 경남도청의 이재과장, 상무과장, 법제과장을 거쳐49년 일약 체신부 이사관으로 발탁되어 상경한다.

그는 상경직후 체신부장관(당시 장기영)의 비서실장을 거쳐 51년 체신부 감리국장을 수임하며 같은 해 외무부 최고의 요직인 정무政務국장(지금의 차관보)으로 자리를 바꾼다.

최규하가 외무부에 첫발을 들인 것은 김동조와 같은 51년이다. 김용식이 변호사 출신이고 김동조가 고급 행정관료 출신인 데 비해 최규하는 학계 출신(서울사대 교수)이라는 점에서 당시 외교계에 발을 들인 한국 외교주역들의 다양한 입문경위의 일면을 보여준다.

그는 제1고보(현 경기고)를 졸업 후 당시 전국의 수재들이 다 모이는 경성제대에 응시, 합격했으나 방향을 일본으로 돌려 동경고사東京高師로 진학했다. 이어 43년만주 대동大同 학원을 졸업 후 해방과 함께 귀국, 서울대 사대에서 영어 교수로 재직했다. 46년 군정 하에서 중앙식량행정처 기획과장으로 공무를 시작한 최규하는 건국과 함께 농림부 양정과장, 6.25 피난시절인 51년에는 부산 임시수도에서 농림부 귀속농지관리국장서리에 오르며 같은 해 외무부 통상국장으로 자리를 옮겼다.

이처럼 비슷한 여건, 비슷한 동기에서 만난 세 사람은 그 후 외교주역으로 대성하기까지 외무부내에서 심한 보합 경쟁관계를 벌이며 성장한다. 한 사람이 야전사령부(해외 공관)를 호령할 때 다른 사람은 참모본부(외무부)에서 명령을 시달했다.

'킹스 잉글리시'를 과시하는 최규하에게 김용식은 율사律士 출신다운 냉정으로 응수, 정확한 외교용어의 구사를 종용했는가 하면 두 사람 모두가 자칫 결하기 쉬운 뚝심과 배짱은 김동조의 전유물이었다.

주일공사로 있던 김용식이 외교 문안을 놓고 참사관인 최규하와 영어사

전을 펴가며 실랑이를 벌였다. 그 실랑이 내용을 전해 듣고 이번엔 본부의 김동조가 득의의 웃음을 짓더라는 얘기는 지금 외교계를 은퇴한 후배 외교관들 사이에도 두고두고 남아있다.

세 사람의 특성과 취향을 설명하는 또 하나의 에피소드로 〈돌다리〉가 있다. 셋이서 따로 떨어져 돌다리를 건너게 됐다. 김동조는 뒤도 안 본채 무턱대고 다리를 건넜다. 김용식은 돌다리를 두들겨 본 후 조심조심 건넜다.

최규하 차례가 됐다. 그는 돌다리를 두들겨보고도 한참을 기다렸다. 그리고 남이 먼저 건너기를 기다렸다 그 뒤를 따라 건너는 것이었다.

신임장 줄 때는 꼭 오른 손을

우리나라 외교관 문해빈씨(文海彬/가명)가 10여 년 전 첫 해외근무 명을 받고 파리에 부임했을 때다. 그가 외출했다 사무실에 돌아와 보니 탁상위에 명함 한 장이 놓여 있었다. 주불 오스트리아 대사관에 근무하는 빌헬름 크라우스 1등서기관이 들렀다 간 것이다.

명함은 한 쪽이 구겨져 있었고, 연필로 낙서까지 적혀져 있었다. 초면에 이 무슨 실례인가 싶어 적이 불쾌했다. 구겨진 명함, 그것도 연필로 낙서까지 써 갈긴 명함을 놓고 가는 무례가 어디 있단 말인가.

크라우스 서기관이 누군지 싶어 현지 외교단外交團에 수소문한 결과, 1주일 전 비엔나 외무성으로부터 파리에 근무 명을 받고 갓 부임한 신출내기 외교관임이 밝혀졌다. 문씨 역시 같은 신출내기에 불과했으나 이런 식으로 무례한 짓을 한 적은 없다.

외교관은 갓 부임하면 동급의 외국 외교관의 사무실이나 집으로 방문, 자신을 소개하는 것이 관례다. 이때 명함을 사용한다. 문씨가 다른 나라 외교관을 만나 명함을 전달한 방식은 지금까지 서울서 흔히 보고 경험한 방식에 토대를 뒀다.

먼저 악수를 나눈다. 그리고 안주머니에서 지갑을 꺼내고 그 지갑에서 명함 한 장을 뽑아 상대에게 전한다. 이어 소개 인사를 나누고, 상담이나 교섭을 나눈 후 자리를 뜬다. 우리사회의 언제 어디서나 흔히 볼 수 있는 명함 교환방식이며 이웃 일본도 마찬가지다.

1주일 후 문씨는 이번에도 역시 구겨지고 낙서가 적힌 명함을 또 한 차례 받았다. 이번에는 벨기에서 온 신참 외교관이었다. 문씨는 서서히 흔들리기 시작했다. 두 명함을 대조해가며 뭔가 공통점을 찾기 시작했다. 공통점은 쉽사리 나타났다. 명함의 구겨진 방향이 둘 다 좌측 상단이었다. 낙서 내용을 살펴보니 둘 다 P.P.라고 연필로 적혀있고, 낙서가 적힌 부분 역시 명함의 좌측 하단으로 일치되어 있었다.

문씨가 명함에 관한 새로운 만각晩覺에 이른 것은 바로 이 무렵부터다. 우리 식의 소위 면전에서 '권총 뽑기' 식 명함교환은 명함 제도의 본거지랄 수 있는 유럽에서는 대단한 실례가 된다. 미리 밝혀둘 점은, 우리 외교가街에는 아직도 문 씨 같은 서툰 외교관이 수두룩하다는 점이다. (특히 당시로서는) 외교 경험이 일천한 데다, 외교의 룰이랄 수 있는 프로토콜과 사교에 서툴렀기 때문이다. 구미사회에서 쓰이는 명함에는 두 가지가 있다.

사교용 방문명함Visiting Cards과 사업용 명함Business Cards이다. 외교관의 경우 이 방문과 사업용을 공식명함Official Cards과 비공식명함Non-official Cards이라 따로 부른다. 남자 외교관의 명함크기는 미국의 경우 2 × 3.51인치이고 유럽은 2.25 × 3.85인치이며 공관장(대사 또는 총영사)의 명함은 대개 유럽형이 많이 쓰인다. 용지는 백색 또는 크림색으로 하되 문체는 인쇄체를 쓰지 않고 필기체로, 인쇄는 활판活版보다 글자가 튀어나게 인쇄하는 부각(浮刻/engrave)

을 씀이 관례다.

임지任地는 안 쓰는 것이 관례다. 예컨대 (당시) 주불대사 윤석헌의 경우 Suck Hun Yoon, Ambassador of the Republic of Korea으로 족하며 임지를 나타내는 주불To France이라는 표현을 결코 넣어서는 안 된다.

비공식명함에는 이름만을 적고 이름 앞에 미스터Mr.나 미세스Mrs.를, 부부겸용의 경우 Mr. and Mrs. 로 적으며, 부인의 경우라도 Mrs. 다음에는 반드시 남편의 이름만을 적어야 한다.

또 직접 방문하지 않고 명함만으로 인사를 대신할 수도 있다. 방문사유를 (외교관의 경우 공식 명함) 좌측 하단에 연필로 다음과 같이 적어, 이를 봉투에 넣어 보내는 것이 관례다.

To inquire	직접 문병을 못갈 때
All good wishes	결혼축하 선물에 붙임
With Sympathy	장례식에 꽃을 보낼 때
Pour féliciter nouvel an	신년인사
P.C. (Pour Condoléances)	조의
P.P. (Pour Présentation)	소개
P.F. (Polur Félicitation)	축하
P.P.C. (Pour prendre congé)	작별
P.R. (Pour remércier)	감사

신임 또는 이임인사를 알리는 명함을 받았을 때는 역시 자신의 명함을 보냄으로써 답례하고, 정식 또는 비공식방문을 받았을 때에도 같은 방식으로 답방하는 것이 예의에 맞는다.

답방은 가능한 한 1주일이내에 하는 것이 관례다. 만찬에 초대받았을 때는 1주일이내에 부인이 상대방 여주인에게 명함을 보내는 것이 관례이며 신년하례, 혼사, 사망, 길흉사 등에는 1주~2주 안에 방문 인사하는 것이 예절에 맞는다.

명함에 관한 외교관 문 씨의 만각은 무척 값진 것이었다. 그의 만각은 이어 보행시의 예절, 승용차 탑승할 때 지켜야할 에티켓으로 까지 서서히 확산된다. 그리고 마침내 한 사람의 훌륭한 외교관, 어디 내놔도 손색없는 완벽한 외교관으로 바뀌는 것이다.

초청장에 블랙 타이로 명기돼 있을 땐 턱시도Tuxedo를 입되 이 옷은 정식 파티이외의 모든 저녁파티, 또는 극장의 공연 초일, 호화로운 레스토랑에서 저녁 할 때만 입어야 하며 낮에는 절대 입어서 안 된다는 것도 그 때서야 알았다.

문씨가 겪은 여러 경험은 외교관이라는 화려한 직종의 소유자라면 의당 치러야 할 즐거운 비명처럼 들릴지 모르나 반드시 그렇지가 않다. 오늘의 외교는 외교관만의 외교가아닌, 민간외교 또는 국민개병 외교로 바뀌었기 때문이다.

명함이나 복색 못지않게 외교관이 주목해야 할 것이 외교관의 서열, 그중에도 특히 대사의 서열이다. 주재국내에서의 서열을 말한다. 대사를 앰버서더Ambassador라 부르지 않고 넌쇼Nuncio라 부르는 나라가 있다는 것도 알아둘 필요가 있다. 넌쇼의 경우 대사관 명칭도 엠버시Embassy라는 말 대신 넌쇼가 사는 집Nunciature이라 부른다. 바티칸 공화국, 소위 교황청을 지칭한다. 바티칸 공화국의 정확한 국명은 '홀리 시Holy See'. 여기서 말하는 See라는 단어는 본다見는 뜻이 아니고 과거 앵글로 색슨족이 쓰던고어古語로, 교구를 뜻한다. 말이 공화국일 뿐 인구라야 9백 명 남짓에 땅의 크기는 0.44㎢에 불과한데다 정식으로 시민권을 가진 국민은 고작 350명 선에 불과할 뿐이나, 이 초 미니공화국이 전 세계 10억의 가톨릭 신민臣民을 지배하고 호령하는 세계 최고, 최대, 최강국임을 유념할 필요가 있다.

대사의 서열시비는 중세 유럽의 경우 이따금 결투로까지 번졌다. 무대는 런던, 1768년 겨울. 싸움의 주역은 런던주재 프랑스대사와 러시아대사. 당시 해외에 주재한 모든 프랑스대사들에게는 교황청 대사와 로마제국 대사를 제외하고는 어느 누구에게도 상석을 양보해서는 안 된다는 본국 정부의 훈령이 시달되어 있었다.

영국의 외교관 겸 외교학자 어네스트 사토우가 남긴 "외교관행론 Guide To Diplomatic Practices"에는 이 대사간의 서열을 놓고 벌인 촌극이 다음과 같이 담겨있다.

> "무도회가 막 시작되려는 참이었다. 러시아 대사가 무도회장에 입장하더니 맨 앞줄로 달려가 로마제국 대사의 바로 옆자리에 섰다. 조금 있다 프랑스 대사가 입장했다. 그는 일단 뒷줄에 서는가 싶더니 어느 순간 앞줄로 돌진, 앞서 도착한 러시아 대사를 밀어젖히고 로마제국 대사의 바로 옆자리를 차지해버렸다. 두 대사 사이에 설전舌戰이

시작됐다. 주위 사람들을 경악시킬 정도로 신랄하고 매서운 욕설이 오갔다. 당시 러시아 대사에게도 본국 정부로부터 훈령이 시달되어 있었다. 국제적인 모임에서 프랑스 대사와 서열싸움을 벌이지 말 것, 그렇다고 사사건건 양보만 해서도 안 된다는 훈령이었다. 설전은 드디어 결투로 발전했다. 두 대사가 칼을 빼들고 서로의 검술을 뽐냈으며 싸움은 결국 러시아대사의 부상으로 끝났다"

대사의 서열은 오늘에 와서는 논란의 쟁점이 되지 못한다. 대사의 부임순, 즉 신임장 제정일을 따져 먼저 도착한 대사의 서열이 높게 마련이며, 따라서 외교단Diplomatic Corps의 단장(團長/Dean,佛語로는 Doyen)은 최선임 도착대사가 겸임하는 것이 국제관례다.

한 가지 예외가 있다면 유엔총회의 경우다. 총회에 참석한 각국 대표(외상 또는 대사)의 서열은 자기나라 국명의 알파벳 순in Alphabetic Order에 따른다. 유엔총회는 그러나 매년 최 상석을 차지할 국가만은 제비로 뽑아 의석의 맨 앞줄 좌단에 앉힌다. 최 상석이 결정되면 나머지는 역시 알파벳순에 따라 좌에서 우로 착석하며, 순順을 바꿀 경우 앞 열에서 뒤 열로 넘어간다.

그렇다면 대사의 서열 논란은 이로써 완전히 해소된 것일까. 그렇지가 않다. 대사와 대사간의 서열은 일단락 됐다 치겠지만 주재국 지도급 인사와 자기나라 대사사이의 서열이 또 하나의 문제로 남는다. 쉽게 말해서 버시바우 주한 미 대사와 (당시) 우리나라 유명환 외교부 제1 차관의 서열은 어느 쪽이 높은가.

국가별로 일관된 관행이 아직껏 수립되어있지 않다. 예를 중시하는 이웃

대만의 경우 외국 대사의 서열을 자기 나라 부총통副總統과 5원장院長 사이에 둔다. 따라서 대만에 대사로 부임한 공관장은 5원院의 원장(우리나라의 경우 국회의장, 총리 또는 대법원장)보다 높은 서열을 차지한다.

미국의 경우를 보자. 지금 우리나라 이태식 주미대사의 서열은 콘돌리자 라이스 국무장관보다는 낮으나 전 대통령 미망인이나 대법관, 각료, 상원의원보다는 높다.

우리나라에 와있는 대사의 경우, 예 컨데 버시바우 주한 미 대사의 서열은 송민순 외무장관보다는 낮으나 타부 장관이나 국회상임위원장, 또는 대법원판사보다는 높다.

또 하나, 신임대사가 주재국 원수에게 신임장을 증정할 때도 엄격한 프로토콜이 적용된다. 주재국 외무장관이 배석한 가운데 신임장을 증정할 때, 신임 대사는 그 나라 원수에게 두 손으로 신임장을 증정한다.

이때 국가원수는 오른손으로 받는 것이 국제 관습이다. 두 손으로 받아서는 안 된다. 외국에 부임하는 자국대사에게 (국가원수가) 신임장을 줄 때도 마찬가지로 오른쪽 한 손만을 사용해야 한다. 이 자리를 통해 새삼 이 사실을 부각시키는 이유가 있다. 우리나라 국가 원수들이 그 때까지도 이 사실을 모르고 대사들과 마찬가지로 신임장을 으레 두 손으로 주거나 받았기 때문이다.

내가 외무부출입을 했던 5공 시절, 이를 '외교와 프로토콜(의전)' 이라는 제하題下의 글로 한국일보에 기사화했더니 그 다음부터 청와대에서 언론사에 배부하는 대통령의 사진이 달라졌다. 마찬가지로 TV를 통해 나오는 신임장 증정 장면도 함께 달라졌다.

83년의 이야기로, 정부수립 35년이 지났던 시점이다. 비단 외교라는 제한

된 분야의 이야기에 불과하지만, 우리는 그 시대를 그렇게 살았던 것이다. '외교론 Diplomacy' 의 저자 니콜슨은 이를 미국외교가 판치기 전에 횡행했던 유럽식 외교의 전형으로 규정하고 있으나, 모르는 소리다. 지금도 그대로 통용되는 외교 관습이다.

〉〉 82년 7월 당시 전두환 대통령이 신임 주한 에콰도르 대사로 부터 신임장을 제정받고 있다
사진 가운데는 배석한 당시 이범석 외무부장관 / 한국일보 제공

박건우와 구리야마栗山

대사의 직함 앞에는 '특명전권特命全權'이라는 호칭이 따라 붙는다.

이 호칭은 영어로 표기할 경우 직함 뒤에 붙는다. Ambassador Extraordinary and Plenipotentiary, 흔히는 줄여서 Ambassador E.P라 표기한다.

직함치고는 무척 긴 직함이다. 그래서 무거워 보이고, 무겁다 보니 더욱 권위가 따라 붙는다. 일국의 대통령이 특명과 전권을 주어 상대국 정부 안에 상주토록 파견한 만큼 대사의 언행 하나하나는 바로 파견국 국가원수의 그것과 일치하는 걸로 보는 것이 법적 해석이다. 무겁지 않을 수 없고, 권위가 따라붙지 않을 수 없는 직책이다.

17~18세기의 절대왕조 시절, 지구상에 존재하는 거라곤 왕과 왕조밖에 없던 것처럼 느껴지던 그 암흑의 시대에도 유독 이 대사라는 직업은 최고의 호황을 누렸다. 왕은 측근 중의 측근을 대사로 파견했다. 따라서 주재국 내에서 외국대사와 외국대사간의 경쟁과 시샘이 대단했다. 말 그대로 대사들의 전쟁이다. 저마다 자기나라 왕의 왕권과 권위를 과시해야 했기 때문이다.

대영大英제국 시절 런던에 주재하던 스페인대사와 프랑스대사 사이에 육

박전 직전의 사태가 벌어진 적이 있다. 영국왕의 행차를 누가 먼저 뒤따르느냐를 놓고 스페인대사의 마부馬夫와 프랑스대사의 마부 사이에 싸움이 일고, 막판에는 서로 채찍질을 교환했다. 싸움은 마차를 뒤따르던 대사 경호원들 간의 싸움으로, 막판에 대사들이 마차에서 내려 서로 삿대질을 (그것도 세련되게!) 교환하는 걸로 발전했던 싸움이다.

앞서 어네스트 사토우의 '외교관행론' 에 나오는 '대사들의 전쟁' 에 내 나름의 주석을 달아 풀어 써보면 다음과 같다.

대사들은 주재국 궁궐 내에서도 인기를 독차지했다. 러시아의 로마노프 왕조는 프랑스라면 사족을 못 쓰는 왕조였다. 두 차례의 공산 혁명으로 왕조가 몰락하기까지 왕실 내에서 쓰이는 공식용어는 프랑스 말이었다. 페테스부르크(레닌그라드)의 동궁冬宮은 파리의 베르사이유 궁을 그대로 모방해서 만든 궁궐이다. 이럴 정도이니 프랑스 대사가 그곳 러시아 궁궐 내에서 누렸을 인기와 권위가 어떠했을지는 불문가지다.

왕족들, 그 중에도 특히 왕후와 공주들이 더욱 젊고 잘 생긴 대사들을 원했다. 파견국 왕한테 직접 편지를 써 미끈하고 잘 생긴 소위 종마種馬형 대사를 보내 주십사 하고 간청한 왕족들도 없지 않았다.

이런 요청에 대한 응답으로 제복과 휘장, 견장이 흡사 수탉처럼 요란한 군 출신대사들이 크게 발탁됐다. 별 출신 대사는 따지고 보면 역사가 긴 셈이다.

워싱턴 주재 특파원 시절, 그곳의 외교 가街인 매사추세츠가街를 이틀에 한 번씩 왕래했다. 한국 대사관이 그곳에 위치해 있기 때문이다. 한국 대사관과 일본 대사관은 서로 소리를 지르면 맞닿을 정도로 가깝게 붙어 있다.

한국대사관은 캐나다 무관武官부 건물을 인수해서 개축한 웅장한 5층 건물이고, 일본대사관은 멋과 세련미를 극대화시킨 일본식 건축물이다. 두 대사관 앞을 통과할 때마다 사토우가 쓴 '대사들의 전쟁' 대목이 떠올라 혼자 웃었다. 지금 와서야 대사들의 전쟁이란 것이 존재할 수 없겠지만 유달리 험난하고 갈등이 심했던 한-일 두 나라 관계였던 만큼 워싱턴에 와서까지 서로 지호지간指呼之間으로 붙어 있는 두 나라의 운명을 곰곰이 지켜보자면 기연奇緣이라기보다 필연이라는 생각이 절로 들었다.

또 두 공관을 은근히 비교를 해보는 습관이 든 것도 사실이다. 외형상으로는 우리 쪽 건물이 훨씬 커 보이지만, 직원 머릿수로는 그렇지가 않다. 외무부를 포함한 서울의 각 부처에서 파견된 정규직원이 (당시) 77명인데 비해 일본 대사관은 102명이다.

그러나 두 나라의 땅덩이나 인구를 감안할 때 결코 뒤지는 규모는 아니다. 백악관과 국무부에서 느끼는 무게는 국력이 국력인 만큼, 일본 대사관 쪽에 더 무게를 느낄지 모르나, 우리나라 대사관도 워싱턴 외교가에서 '베스트 10' 에 거뜬히 낄 정도로 막강 세였다.

허나 문화적으로 또 역사적으로 비추어 볼 때 두 공관 다 미국에 오점을 남겼다. 일본의 '진주만 기습' 때 공습이 시작되고 한 시간이나 지나서야 최후통첩을 들고 미 국무장관실에 덜렁 나타난 일본 대사를 향해 (당시) 코델 헐 국무장관은싸늘하게 내뱉었다.

> "내 외교관 경력 40년 가운데 이토록 뻔뻔스런 작태를 목격한 적이 없소!"

장관은 턱으로 문을 가리켰다. 대사더러 이 방에서 당장 나가라는 무언의 명령이었다. 우리나라 주미대사가 박동선 스캔들과 코리아게이트에 연루돼 당했던 창피 역시 이에 못지않은 치욕이었다. 어디 대사 개인의 잘못이었겠는가…라 넘기면 할 말은 없다. 그 정부에 그 대사이기 때문이다. 바로 이 점이 대사의 한계다.

내가 워싱턴 근무할 때, 외무사무관에서부터 시작한 노련한 외교관 박건우 (당시) 외무차관이 제 16대 주미 한국대사로 부임했다. 일본 역시 (외무성)사무차관을 역임한 대사大蛇급 구리야마栗山대사다. 서로가 호적수다.

미국 외교를 관장하는 국무부를 '포기 바텀Foggy Bottom' 이라 부른다. 워싱턴시내 서북구역NW 포토맥 강가로, 말 그대로 안개가 그윽한 하상河床에 위치해있다는 뜻이다. 그러나 이틀에 한번 이곳에 취재 차 발을 들이지만, 그 별명처럼 안개 덮인 낭만적인 국무부를 본 적은 한 번도 없다.

대신 따분한 관청 냄새가 나지 않아 좋다. '포기 바텀' 이라는 이름이 구취口臭제 역할을한다. 내 사무실이 있는 내셔널 프레스 센터에서는 지하철로 두 정거장 떨어져 있다.지하철 정거장 이름도 아예 '포기 바텀' 이다. 아무튼 딱딱하기 마련인 미 행정부 청사에 이처럼 운치 있는 이름을 달아준다는 건 정말 운치 있는 일이다. 과연 멋과 교양을 두루 갖춘 미국 외교관들의 일터답다.

이런 멋은 프랑스 외무부도 마찬가지다.

프랑스 외무부 역시 그 위치한 장소의 이름을 빌어 '께 도르세 Quai D'orsay' 라 부른다. '오르세 강변' 이라는 말 뜻 그대로 파리 시내 한복판, 세느 강이 적시고 통과하는 오르세 강변에 외무부가 위치해 있기 때문이다.

그곳을 취재 차 출입할 때마다 매번 느낀 바지만, 정말로 안개속의 프랑스 외교를 훔쳐보던 기억이 난다. 세느 강 주변은 이상하리만큼 안개가 자주 낀다. 또 그 근처 일대는, 지금은 유명한 인상파 예술품의 보고寶庫인 '오르세 박물관' 으로 바뀌어 있는 데다, 그곳이 바로 앞서 '클래식 영화탐험' 에서 소개한 〈카사블랑카〉의 두 주인공 험프리 보가트와 잉그리드 버그만이 나치의 침공으로 파리의 연인시절을 작별로 끝내던 비운의 오르세 기차역이다.

기다림에 지쳐 퀭한 눈으로 기차에 오르는 험프리 보가트, 기차가 떠난 직후에야 헐레벌떡 달려오는 잉그리드 버그만의 안타까운 표정, 귀를 찢는 공습 사이렌, 영화의 끝 장면인 안개 낀 공항과 권총소리…, 프랑스 외무부는 이처럼 아예 터 자체에 낭만이 덮여 있다.

더욱 희한한 건, 일본 외무성 역시 이런 멋과 운치를 낼 줄 안다는 점이다. 일본 외무성 일대를 흔히 '가스미가 세키霞ヶ關' 라 부른다. 저녁노을이 낀 성문이라는 뜻으로 안개와는 직접 관련은 없지만, 저녁노을 역시 안개처럼 뭔가 희뿌연 한 이미지를 준다는 점에서 간지럽기는 마찬가지다.

외교란 한마디로 국가가 대외적으로 차리는 실리추구 행위다. 시장 바닥에서 상인이 잇속차리는 것과 하나도 다를 바가 없되, 다만 그 추구 방법에 권위와 격식이 따른다는 점에서 다르다. 따라서 의전Protocol이 큰 비중을 차지한다.

외무부 의전분야에서 잔뼈가 굵었던 나의 대학 친구 고故 이해순李海淳 대사가 펼치던 지론이 지금도 귀에 선하다.

"승웅아, 외교가 뭔지 알아? 한마디로 행사야, 행사!"였다.

같은 잇속을 따지되 정중하고 예의바른 점에서 상행위와 다르다. 언뜻 보기엔 이쪽에서 큰 손해를 본 것처럼, 또 되도록 상대방 쪽에 박수와 하이라이트가 비치도록 운신해야 하고, 상대측에 안개 낀 세느 강이나 포토맥 강가를 걷는 로맨틱한 기분이 들게 해주면 더 좋은 것이다.

그런가하면 교섭 테이블 위에 두 발을 올려놓고 상대를 대놓고 깔아 뭉개는 무례도 의도적으로 범한다. 소위 늑장 교섭으로, 상대방의 심기를 흐리거나 격장지계擊腸之計를 써, 이쪽에 유리한 방향으로 일을 밀고 나가기 위해서다.

외국에 공식으로 파견하는 '합법적인 거짓말쟁이' - 외교관을 뜻하는 유럽의 고전적인 표현이다. 이런 표현은 2차 대전이 끝날 때까지도 외교관들의 행동 전범典範으로통했고, 사실이 그러했다.

처신과 속셈의 이중성二重性이 드러나는, 한마디로 역설적 직업이다. 이런 역설의 풍토 그리고 직업적 토양 때문인지, 정말로 인격과 교양, 애국심을 갖춘 매력 있는 인물들이라면 그 처신과 활약이 오히려 더욱 돋보이는 직업군이 바로 외교관이다.

케네디 시절 미국의 여성 저널리스트 바바라 터크맨이 쓴 '8월의 포성Gun of August' 은 1차 대전 당시 독일의 유럽 함락 작전이었던 전격전電擊戰 '슐리펜 플랸' 을 다룬, 퓰리처상을 수상한 외교비화 저서다.

이 책의 전반부에 당시 벨기에 주재 독일대사가 주재국인 벨기에 외무장관에게 침공의 최후통첩을 전달하는 비정非情의 대목이 나온다.

> 최후통첩이 전달되는 그 순간부터 두 나라는 이제 서로 교전국으로 바뀔 판이다. 두 사람은 서로 국적은 달리했지만 유럽 외교무

대의 이 나라 저 나라에서 여러 차례 만나 교분을 맺어온 친구다. 둘은 시대와 운명을 탓하며 서로를 강하게 껴안는다. 그리고 눈물을 터뜨린다.

군대시절 빈 내무반에 누워 이 대목을 읽다 가슴이 뭉클했던 기억을 지금도 간직하고 있다.

우정이란 직업이나 이처럼 토양 또는 국적에 아랑곳없이 언제 어디서나 아름다운, 사랑의 정화精華다. 우정의 진가가 거기서 나타나는 것이다. 여담이지만, 제일 보기 싫은 꼴도 외교관 출신들이 곧잘 저지른다는 점이다.

외교관 생활을 통해 주섬주섬 얻어 들은 처신을 친한 친구에게 마치 자랑처럼 적용하는 함량미달의 외교관들도 적지 않다. 대학시절 동양외교사史를 강의하던 고故 박준규 교수가 강의 중 창밖을 물끄러미 쳐다보다 "자네들은 나중 큰 외교관이 되더라도 제발 그런 짓들 하지 말게나!"라던 경고가 지금껏 귀에 선하다.

신임 주미대사 박건우가 부임 후, 그가 예전 주미 참사관 시절 '개발'(?)했다는 워싱턴 시내 조지타운에 있는 일식집으로 나를 초대했다. 고객이 앉을 자리래야 10석 안팎에 불과한 아주 작은 일식집이었는데, 그 집을 소개한 것이 바로 당시 주미대사로 함께 근무 중인 구리야마 일본대사라는 것이었다.

두 대사 모두 주미참사관 시절부터 워싱턴 생활을 함께 치른 교분 관계였다. 둘은 그 후 똑같이 본부 미주美洲국장과 외무차관, 그리고 막판에는 주미대사까지 함께 되어 워싱턴에서 다시 이웃이 된 셈이다.

둘이 앞서의 벨기에 외무장관과 독일대사처럼 울고불고하는 우정 관계인지 아닌지는 알 바 아니었지만, 그러나 이왕 둘이 한 번쯤 그래 봤으면 했던 것이 나의 솔직한 바램이었다. '포기 바텀'을 출입하다 보니 상상도 이처럼 낭만적이 된다.

유럽 왕실들이 이왕이면 미남 대사, 그것도 같은 값이면 종마種馬형 군인 대사를 선호했다는 건 당시 집권 세력인 전두환 군사정권을 두둔하기 위해서 내가 만들어 낸 표현이 결코 아니다.

어네스트 사토우의 책을 다시 한 번 인용한다. 러시아 황제 캐서린 여제女帝의 어머니 제르브스르 공주Priness of Zerbst가 프러시아의 프레데릭 대왕에게 다음과 같은 밀서를 보낸다.

> "대왕께 한 가지 도움이 될 것으로 사료되어 알려 드립니다. 귀국과 러시아간의 우의증진을 위해서도 꼭 필요한 일입니다. 다음 번 페테스부르크(당시 러시아 수도)에 파견할 귀국의 대사로는 얼굴이 미남이고 젊은 남자를 꼭 보내셔야 합니다…"

반드시 이러한 고사故事때문이라고는 말할 수 없다. 그러나 찬찬히 눈여겨 살펴보면 외교관치고 단구短軀나 추남醜男이 드물다. 어느 시대 어느 나라를 놓고 따져 봐도 훤칠한 키, 뚜렷한 이목구비는 외교관을 상징하는 대표적 이미지로 통한다.

한국 직업 외교관제를 착근着根시킨 김용식, 최규하, 김동조 세 분은 서로가 상이한 외교 패턴과 컬러, 색다른 문제 해결 방식으로 당대의 외무장관시절을 화려하게 장식했다. 세 장관에겐 그러나 몇 가지 공통점을 찾을 수 있고, 그 첫 번째의 가시적인 공통점으로 세 분의 거구를 꼽지 않을 수 없다.

세 분 모두가 신장 175㎝가 넘는 장신을 과시했다. 그리고 초창기 한국 직업외교관으로 함께 활약한 세 외교관의 장신은 단순한 우연만으로 돌리기에는 뭔가 미흡한, 외교관으로서 불가결한 일종의 필연 같은 것을 느끼게 한다. 세 분의 뒤를 이어 장관직을 차례로 승계하는 후배들 모두가 한국인 표준치로 따질 때 큰 키 또는 거구에 속했기 때문이다.

박동진 장관이 컸고, 노신영 장관도 당당한 체구였다. 둘 다 한국인으로는 큰 키에 속했으며, 그 후 얼마 있다 버마 아웅산 묘역에서 순국한 고故 이범석 장관은 거의 거한巨漢에 가까웠다. 다시 말해서, 김용식, 최규하, 김동조 세 분은 한국 직업외교관 제도를 뿌리내리는 데 공헌했을 뿐 아니라, 좀 희화적 표현을 써 외무장관을 정점으로 하는 한국 외교관의 평균 신장을 과거보다 늘리는 역할까지 맡았다고 말할 수 있다.

프랑스의 루이 14세 당시 정치가 겸 외교관으로 활약했던 프랑수아 드 카리에르(1645~1717)가 꺼낸 제의提議는 당시 외교관의 자격요건의 하나로 체격과 용모가 얼마나 중요했는지를 단적으로 들추는 문헌이다. 그가 외교관지망자를 위해 쓴 '군주와의 교섭 방법에 관해De la maniére de negocier avec les souverains' 라는 책에는 이상적인 외교관 상像이 다음과 같이 기술돼 있다.

> "제일 바람직한 외교관 상으로는 신학자, 군인, 법률가를 들 수 있다. 신학자는 그러나 비非기독교 국가에 대사로 파견해서는 안 된다. 허나 군인의 경우, 전쟁을 치르고 있는 우방국에 대사로 보내는 것이 현명하다. 평화와 쾌락을 추구하는 나라에 군인 대사를 파견하면 큰

실책이다. 그러나 상대국의 궁정에 파견할 때는 군인이 좋다. 특히 그 나라 궁정에서 실권을 잡고 있는 귀부인을 포섭대상으로 삼는다면 일단은 젊고 잘 생긴 군인을 대사로 파견해야 한다…"

우리나라가 미남형 외교관 채용에 공식으로 신경을 쓰기 시작한 것은 5.16 군사정부가 들어서면서부터다. 미남형 외교관에 관한 이른바 인사예규가 이 시절부터 빛을 보기 시작한다.

내가 외무부 출입당시 총무과에 근무하던 강姜모 계장은 외교관 채용시험에 육군사관학교의 신체검사기준을 원용하여, 신체 기준을 신장 160㎝ 이상, 체중 51.7kg 이상, 흉위는 신장의 반 이상으로 하며, 이 밖에도 보기 흉할 정도의 흉터, 피부색, 안면의 반점을 갖지 않은 사람, 그리고 악취를 풍겨서도 안 된다고 말한 바 있다.

남자 외교관에게 먼저 말 걸지 마세요!

흔히 두서너 가지 실수를 거쳐 체험에 이른다. 외교관 부인 안윤희씨安允姬가 저지른 실수 역시 완벽한 외교관 부인이 되기 위해서는 불가피했던 실수였다. 안씨는 (당시) 중동지역 참사관으로 나가있던 L 참사관의 부인으로, 남편을 따라 파리에 들른 그녀를 호텔 커피숍에 불러내 그녀 부부의 제네바 시절을 취재했다.

그녀가 남편 L씨와 결혼 후 얼마 있다 배속된 공관은 제네바였다. 직함은 대사관 1등 서기관. 첫 해외근무지였다. 새 외교관이 부임하면 현지의 타국의 동급 외교관들 사이에 회람Circular Note이 돌아 새 외교관 부부의 착임을 알린다. 그리고 이들 부부를 위해 동급의 국제외교관들로 구성되는 조촐한 만찬이 베풀어졌다.

만찬에 참석하던 날, 안씨는 무척 흥분했다. 영어에는 자신이 있었지만, 또 출국에 앞서 우리나라 외교안보연구원에서 실시하는 외교관 및 외교관 부인을 위한 매너와 에티켓을 교육 받았지만 정작 주빈 자격으로 만찬에 초대받기는 그때가 처음이었다.

야회복 차림으로 나갈까, 한복으로 바꿀까 로 한참동안 고민하다 역시 입기 무난한 한복으 로 결정했다. 화장을 몇 차례 고치고, 출국할 때 가지고온 목걸이와 귀걸이를 이때다 싶어 걸쳐봤다.

이들 부부가 만찬 장소에 도착한 것은 예정시간보다 7분전이었다. 만찬이 시작 되기 앞서 칵테일을 들었다. 초청 측이 악수를 나누며 "무얼 드시겠느냐?"고 묻자 옆 자리의 남편은 얼른 스카치 소다를 시켰으나 여자라서 그걸 함께 시킬 수도 없고… 그래서 급한 대로 "아무거나…"라고 대답했다. 대답하고서야 아차! 싶었다.

한국에 살 때와는 달리, 밖에 나가면 적극적으로 행동하고 말하라던 외교안보연구원 교수의 말이 떠올랐기 때문이다. 정신을 더욱 바짝 차렸다. 일국을 대표하는 외교관 그리고 그 부 인으로서 추호라도 손색을 보여서는 안 된다! 참석자 모두가 착석하고 드디어 만찬이 시작됐다.

안씨의 옆자리엔 미남형의 아르헨티나 외교관이 앉았다. 영어권 아닌 남미 외교관 정도라면 영어에 별로 꿀릴 일도 아니다싶어 아르헨티나의 의상과 전통에 관해 몇 가지 질문도 했다. 빵을 손으로 뜯고, 수프는 소리 안 나게 떠 마셨다. 수프 국물이 바닥에 남지 않도록 접시 귀퉁이를 약간 들어 깨끗이 처리했다. 스테이크도 오른손에 나이프, 왼속에 포크를 들고 몇 점씩 자른 후 오른손에 옮겨 잡은 포크로 찍어먹었다. 식사 도중 나이프를 떨어뜨렸다. 남이 볼까 망설이다 살짝 몸을 굽혀 이를 집었다. 쳐다보는 사람이 없어 다행이었다.

포도주에 곁들여 스테이크를 다 먹은 후 포크와 나이프를 팔자八字형으로 스테이크 접시에 걸쳐놨다. 포도주 잔이 빌 때마다 웨이터가 찾아와 빈 잔을 채웠다. 술잔을 들어 두 세 차례 받아 마시다 취하면 어찌하나싶어 술잔을 아예 엎어놨다.

웨이터가 더 이상 괴롭히지(?) 않아 좋았다. 디저트 코스에 들어가자 초청 측은 샴페인을 들고 남편과 안씨를 위해 건배를 들었다. 건배 제의에 따라 참석자 모두가 일어나 두 사람을 위해 잔을 높이 들었고 두 사람 역시 일어나 이들의 축하에 목례로 답하며 한 모금 마셨다.

이날의 파티에서 외교관 부인 안씨의 매너는 거의 완벽했다고 말 할 수 있다. 굳이 흠 잡을 데가 있다면 식사 도중 나이프를 떨어뜨린 것, 그리고 이 나이프를 웨이터 아닌 본인의 손으로 직접 주운 것 정도를 지적할 수가 있을 것이다.

따라서 이 정도라면 어디 내놔도 손색없는 파티매너로 평가받을 수 있을 것이다. 그러나 그렇지가 않다. 적어도 외교관 사회, 그리고 외교가에 통용되는 파티매너에 입각해 봤을 때 안씨가 보인 매너와 에티켓은 100점 만점에 20점 미만에서 맴돈다.

첫째, 만찬 장소의 도착 시간(7분 전)이 틀렸다. 파티에 도착할 땐 10분 이상 늦어도 안 되지만 5분 이상 빨리 도착해도 실례다. 너무 빨리 도착하면 주최 측에게 부담이 된다.

둘째, 여자가 옆 자리의 남자에게 먼저 말을 건 것도 실례다. 서구사회란 영화나 TV에서 보는 것이 전부가 아니다. 또 유럽은 미국과 다르며, 같은 유럽사회라도 유럽 외교가街는 전통과 관습을 무엇보다도 중시하며 이는 유럽 외교가 바로 궁중宮中외교를 모델로 발달돼 왔기 때문이다. 만찬에 초대받은 여자는 남자가 말을 건넬 때만 답변하는 것이 유럽식 매너다.

셋째, 수프 접시의 귀퉁이를 든 것도 잘못이다. 흔히 수프마시는 방법으로 접시귀퉁이를 들 어 올리도록 되어있으나, 유럽은 다르다. 소금, 후추, 버터그릇 외에는 일체 들어 올려서는 안 된다.

넷째, 나이프와 포크를 바꿔 쥔 것도 잘못이다. 미국에서는 괜찮으나 유럽에서는 포크는 계속 왼손, 나이프 역시 계속 오른손이다. 로마에 가면 로마식으로 따라야 옳았다.

다섯째, 나이프를 떨어뜨린 것은 전술한대로다. 웨이터를 불러 사인을 보내면 새 것으로 가져다준다.

여섯째, 식사 후 나이프와 포크를 접시 위에 놓는 방식이 틀렸다. 안씨처럼 여덟 팔八자로 걸쳐두면 식사가 아직 끝나지 않았다는 표시다. 식사를 끝내면 포크와 나이프를 같은 방향으로 가지런히 놔둬야 한다. 웨이터는 그걸 보고 스테이크 접시를 치우게 돼 있다.

일곱째, 포도주 잔을 엎어 놓은 것도 큰 실례다. 웨이터가 포도주를 따르려 할 때 손가락 으로 필요 없다는 신호를 가볍게 하면 된다.

여덟째, 샴페인 마시는 실수가 무엇보다도 큰 실수였다. 건배의 대상이 된 손님은(특히 부인은) 절대로 자리에서 일어나서는 안 된다. 또 마셔도 안 된다. 파티를 주선한 초청 측과 초청자 부인을 위한 건배일 경우에만 마셔야 했다. 이 밖에도 안씨가 실수했을 가능성은 얼마든지 더 있다. 안씨가 만찬장까지 들고 간 핸드 백을 어디다 놓았는지, 그리고 식탁에 앉을 때 왼편 자리(예의 아르헨티나 외교관)의 외교관이 의자를 받쳐 줄 때까지 기다렸는지는 안씨의 말만으로는 소상히 밝혀져 있지 않다.

여자의 핸드백은 남자의 포켓에 해당되며 따라서 파티 장소나 만찬 식탁에까지 들고 가도 무방하나 이 핸드백을 놓는 자리는 식탁 위가 아니라 의자와 자신의 등 사이에 놓는 것이 좋다.

이상은 단순한 외교관 부인의 파티 매너를 소개하기 위해 펼친 예가 아니다. 외교와 프로토콜(의전), 외교관과 의식儀式의 상관관계 그리고 그 심각성을 설명하기 위해 외교관 부인 안씨의 케이스를 하나의 모델로 삼은 데 불과하다.

외교란 프로토콜이 반半 이상이다. 그리고 이 프로토콜은 눈치만으로는 미흡하다. 특히 우리처럼 건국 이후 60년의 외교 경험만 가지고는 몇 백 년 넘는 구미외교의 프로토콜을 당해낼 재간이 없다. 옆 나라 일본만 해도 명치유신(1868년) 이후 140년의 외교전통을 지니고 있다.

외교 프로토콜은 에티켓이나 매너와는 달리 단 한차례의 실수도 용납하지 않는데 그 의식의 처절함이 있다. 예컨데 국빈을 위한 만찬에서 앞서 안씨 비슷한 실수가 저질러졌을 때, 그 피해는 상상을 초월한다. 따라서 국가마다 이 프로토콜에 전념하며, 이 프로토콜 때문에 국가 간에 싸움이 일어난 예도 있다.

1661년 9월 런던, 신임 주영駐英대사로 부임한 스웨덴대사가 영국국왕을 알현하던 무렵의 일이다. 당시 런던에 주재하던 각국 대사들은 이 의식에 자기가 타고 다니는 호화판 마차를 보내, 신임대사의 행렬을 화려하게 장식해 주는 관습이 있었다.

스웨덴대사가 탄 마차의 뒤를 어느 마차가 먼저 뒤따르느냐를 두고 당시 유럽의 두 패자인 스페인과 프랑스 사이에 마차 싸움이 붙었다. 나라마다 마차 뒤에는 각각 총기병銃騎兵들 이 따랐다. 스웨덴대사의 바로 뒤를 스페인대사를 태운 마차가 잽싸게 따라붙었다.

그러자 길목을 지키던 프랑스대사의 마차가 끼어들어 두 마차의 시종장侍從長간에 칼싸움 이 벌어지고, 각각 마차를 뒤따르던 스페인 총기병과 프랑스 총기병사이의 총검전으로 까지 번졌다. 이 사고로 여러 사람과 말이 죽었다.

이 소식을 들은 프랑스국왕 루이14세는 파리 주재 스페인대사에게 당장 퇴거명령을 내리는 한편, 문제를 일으킨 스페인대사를 처벌하지 않을 경우 스페인에게 선전宣戰하겠다는 최후통첩을 보냈다. 스페인 역시 같은 조치를 취하고 두 나라가 마침내 전시戰時직전의 사태로 치달렸으며 이 사건은 그로부터 1백년이 지난 1761년 '팍트 드 파미유' 조약의 체결로 일단락됐다.

나폴리나 파르마 등 프랑스 부르봉 왕가의 기득권이 인정돼온 지역에서는 프랑스대사의 마차가 통행의 우선권을 지니며, 여타 지역에서는 대사의 부임일자 순順에 따른다는 것이 조약의 내용이었다.〈어네스트 사토우 'Guide to Diplomatic Practice' 22 P〉

외교와 화술

외교계에서 프로토콜 못지않게 중요한 대목이 화술話術과 언변이다. 이 대목을 한일韓日 두 나라 외상外相을 주인공으로 등장시켜 짚어본다.

같은 권투시합이라도 이왕이면 한일전이 더 진진하기 때문이다. 단순한 승부의 차원을 넘어 설욕과 통분의 응어리가 게임을 지배하는 탓이다. 얼핏 의아스러우면서도 당연한 사실은, 일본 쪽에서도 마찬가지라는 점이다.

내가 외무부를 출입하던 시절, 미들급 세계챔피언 유제두가 와지마 고이치에게 무너지던 장면을 웬만한 동경시민들 거개가 기억했다. 외교, 그 중에서도 한일외교가 그러하다. 링 위에 오른 한일 두 외교주역들은 말할 나위없고 이를 구경하는 두 나라 국민 모두가 함성과 비난을 아끼지 않는, 그야말로 '너 죽고 나죽기' 식의 혈전을 벌이게 된다.

65년 한일 국교 정상화를 둘러싼 이동원 - 시이나 사이의 첫 외교 접전 이후 한일 두 나라 국민은 20년 가까이 이렇다할만한 빅게임을 구경하지 못했다. 그 사이 김대중 납치사 건과 문세광사건 등 산발적인 외교 접전은 벌어졌으나 그 어느 것도 관중을 열광시킬만한 혈전에는 이르지 못했다.

이러한 상태가 81년 초 〈60억 달러 경협經協〉이라는 외교테마를 놓고 깨지기 시작, 두 나라가 오랜만에 외교적 격돌을 벌이게 된다. 이 경협외교는 제 2의 한일국교정상화 외교로 불릴 만큼 뜨겁고 화끈한 일전이었다.

65년 당시 이동원씨(12대 외무장관)가 잡았던 외교사령 기旗는 당시 노신영盧信永 장관(18대)이 고쳐 잡고 있던 때다. 한일 두 나라 신문들이 번갈아가며 노盧선수의 약력을 소개했다.

> 평남 강서 출신, 서울대 법대, 미 켄터키 대(정치학 석사)를 졸업했으며 외무고등고시 출신(4회)으로 외무장관직을 따낸 유일무이의 케이스. 담력膽力과 기략奇略의 커리어외교 관. 성실과 합리적 접근이 주 무기이며 인도총영사(대외직명 대사)시절, 간디수상과의 담판을 통해 당시 북괴가 판치던 인도는 물론 인근 스리랑카와 방글라데시까지를 일거에 대사급 수교국으로 승격시킨 1등 외교 공신.
> 주재국(인도)을 방문한 소련의 브레즈네프 당서기장을 외교단 이름으로 공식 출영, 한국 외교의 신축과 능동을 과시. 신장 176㎝. 취미 고전음악 감상. 일어에 능하나 직접 일어로 교섭을 벌인 예는 전무. 일본지역 근무경력 없음

적장 소노다園田直외상 역시 화려하게 매스컴을 탄다.

> 구마모토 현 아마구사 출신으로, 아마구사 중학을 졸업, 2차 대전 중 낙하산 부대장과 특공대장을 역임한 육군소좌(소령)령 출신. 47년 중의원에 당선된 후 14회 연속 당선한 현역의원으로, 외상 직만 이번

으로 3차례 역임. 술수와 변신에 능하며 실리實利파악에 뛰어남. 당초 후쿠다 파로부터 '변절자' 로 낙인찍힘. 소위 '소노다 스마일' 을 창안, 개발키 위해 매일 거울 앞에 서왔으며 나카소네는 그를 "난세의 영웅이다. 비록 지금은 난세는 아 니지만…"이라 평한 적이 있음. 합기도 6단, 검도 7단 등 호신술만 도합 27단의 소유자

전단戰端은 81년 8월 노신영 장관의 방일訪日로 시작된다. 65년 한일국교 정상화 당시 시이나 외상이 먼저 방한訪韓했던 것과는 좋은 대조를 이루었으나, 사실상 60억 달러의 돈을 버는 쪽이 한국이요 일본은 어디까지나 빌려주는 쪽이라는 점에서 노 장관의 선先 방일은 당시 일본 언론의 표현대로 '당연했던 것' 으로 볼 수 있다. 노 장관과 소노다 외상 이 드디어 맞붙은 것이다.

한쪽은 52세의 장년 외교관으로 규범과 논리를 중시하는 서구식 정통 외교를, 다른 한 쪽은 일본특유의 인맥과 관료정치 속에서 실리 추구만을 노리는 변칙變則 외교를 주무기로 삼아온 당년 68세의 노장.

대좌對坐 장소는 가스미가세키 외무대신 회의실. 한국 측에서는 최경록 주일대사, 공로명 정무차관보, 김경철 통상국장, 최동진 아주국장, 김재익 청와대 경제담당 특별보좌관(그 후 아웅산 사태로 작고), 최창낙 경제기획원 차관이 배석했다.

회의는 양국이 우선 한반도의 안보관에 합의한 후 구체적인 경협문제를 거론키로 되었다. 우리 측 입장은 60억 달러를 그냥 꾸어 달라는 것이 아니라, 이 돈이 한반도의 안보, 더 나아가 극동과 전 세계의 안보에 기여하며 일

본은 따라서 한반도 안보 내지 극동안보에 관한 한 무임승차를 할 것이 아니라 대한 경협을 통해 구체적으로 기여해야 한다는 명분을 내걸고 있었다. 양측 외상이 자기 측 입장을 소상히 밝힌 데 이어 일차적인 합의 대목에 이르렀다.

노 : 북한의 남침 위협이 상존해 있고 이 위협이 점차 커지고 있다는 데 대해 동의하시겠죠?

소노다 : 그렇습니다.

노 : (일본정부가 발행한 방위 백서를 지적하며) 귀국 정부가 수 년 동안 북한과 교류를 증진한 결과 북한은 지금 단독 남침이 가능해졌습니다. 그렇지요?

소노다 : 그렇습니다.

노 : 귀국은 따라서 미국과 마찬가지로 북한을 무시하는 일을 삼가하셔야 되겠지요?

소노다 : 그렇습니다. 동의합니다. (이때 배석했던 기우찌 아시아 국장이 소노다 외상에게 귓속말을 전하며 메모지를 건넸다) 참, '미국처럼' 이라는 말은 거북합니다. 그 말씀은 빼주셨으면 좋겠습니다.

노 : 좋습니다.

첫 고비는 이렇게 넘겼다. 그러나 격돌은 이때부터가 시작이었다. 양측은 이날 첫 회담내용을 2차 회담이 끝날 때까지 대외비로 하자는데 합의했다. 그러나 가장 기본적인 합의가 일본 측의 배신으로 지켜지지가 않은 것이다.

첫 회담을 마친 후 노 장관은 이날 밤 소노다 외상이 시로가네 영빈관에서 베푼 만찬에 참 석 후 밤 9시께 숙소인 제국帝國호텔로 돌아왔다. 수행참모들과 내일의 접전을 협의하며 TV를 켰을 때 때마침 9시 뉴스가 방송되고 있었다. 방송내용은 기가 막혔다.

"한일 양국은 한반도 안보관에 차이점을 드러냈다"

"안보에 관련된 경협은 일본 헌법상으로는 불가능하다"

"한국측 요구는 무리"

등등으로 TV의 다른 채널을 틀어도 마찬가지 내용이었다. 더 기가 막힐 노릇은 뉴스의 소스가 소노다 외상의 입에서 직접 나온 코멘트라는 사실이었다. 협상은 드디어 결렬 직전으로 치달았다.

노 장관은 수행원 모두에게 귀국 준비를 명했다. 청와대에 국제 전화를 넣어 귀국준비를 통보하고, '좋다' 는 응답까지 받았다. 일 측이 예의를 어겼다 해서 이쪽마저 결례를 할 수는 없다 싶어 일 측에게도 귀국하겠다는 뜻을 사전 통고했다.

이번에는 일 측이 당황했다. 스노베 외무차관이 자정 넘어 까지 호텔문밖을 서성대며 자기네 보스의 무례를 사과했다. 소노다 외상의 입을 빌어 직접 사과토록 할 테니 제발 귀국만은 삼가달라고 간청했다.

노 : 백묵은 서울에서나 동경에서나 구라파 어디서건 백묵입니다. 두 나라의 외무장관끼리 만나서 얘기한 것이 이렇게 달라서야 회담을 더 계속할 수 있습니까? 안보관에 관해 양측은 서로 같다는 것을 합의했고, 회담내용은 회담이 종료된 후 발표키로 합의 했잖소.

스노베 : 용서하십시오.

노 장관은 결국 귀국을 보류하고 다음 날의 2차 회담에 참석했다. 일 측은 당초 노 장관의 귀국소동을 하나의 제스처로 생각했던 성 싶다. 그러나 그가 청와대에 국제전화를 넣고(통화사실은 호텔 교환양을 통해 충분히 감청됐을 공산이 크다) 귀국채비가 사실로 밝혀지자 부랴부랴 스노베 차관을 깨워 노 장관 숙소로 급파시킨 것이었다.

8월 22일 오후 2시 30분. 양측 주장이 다시 대면했다. 이 회담에 노 장관이 우연히 5분쯤 늦게 도착하자 이것 역시 외교적 제스쳐로 보는 시각도 있었다. 노 신영의 얼굴은 잔뜩 굳어 있었고 그를 맞는 소노다 역시 마찬가지였다. 서로가 인사나 미소도 없이 2분 남짓을 침묵으로 일관했다. 노신영은 메모서류와 노트를 뒤 적이며 뭔가 골몰한 표정이었고, 소노다 역시 테이블위의 찻잔만을 들었다 놓았다 했다. 보다 못한 기자들이 "서로 악수나 하라"고 권하자 두 사람은 그 제서야 마지못해 웃음을 짓고 악수를 했다.

그로부터 1년 후 한일 두 나라는 경협 타결에 이른다. 타결 당시 소노다는 사쿠라우치 외상 에게, 노신영은 이범석 장관(19대, 작고)에게 각각 전권 바통을 인계한 후였지만 나에게 남던 기억으로는 역시 노신영-소노다 대결을 빠트릴 수가 없다.

외교관의 경우 성실과 변칙은 어느 쪽이 우선한가. 정직과 정확, 평정과 인내 등 7가지 덕 목을 외교관의 자질로 내세운 니콜슨('Diplomacy' 108 p)의 고전적 정설은 여태껏 유효한가 아니면 폐기돼야하는가… 이 글을 쓰는 지금이 순간까지도 나에겐 의문으로 남아있다.

영어와 외교관

김용식 최규하 두 분이 영어에 출중했던 것은 두 사람의 외교부 입부入部 경위가 영어 때문이었다는 사실 하나만으로도 충분히 입증된다. 김용식이 외교계에 첫발을 디딘 것은 3대 외무장관을 지낸 변영태의 발탁에 따른 것임은 이미 밝힌 바 있다. 정부수립 직후인 49년 1월 이승만 대통령으로부터 마닐라 특사에 임명된 변영태(당시 고대영문과 교수)는 수행보좌관을 누구로 할 것이냐를 두고 적이 부심한다.

개인 사무실로 쓰던 종로 YMCA빌딩에서 망연히 창밖을 응시하고 있던 변영태의 시선에 저만치 내려다뵈는 곳에 걸린 '변호사 김용식 법률사무소'의 간판이 들어왔다.

> "어? 바로 김용식 군 아닌가. 그를 데리고 가자. 그만한 영어, 그만한 체구를 지닌 인물이 없지, 김 군은 또 법률로 무장된 만큼, 외교관으로는 가장 적격인 변호사가 아닌가…"

김용식은 이렇게 해서 외교관이 된다. 김용식이 중앙고보 재학시절 변영태는 그 학교에서 영어를 가르쳤다. 공부 잘하고 다른 과목보다 특히 영어에 출중했던 김용식의 소년 시절 모습이 그 훤칠한 체구와 함께 옛 스승의 뇌리에 떠오른 것이다.

최규하는 46년 미 군정하에서 중앙식량행정처 기획과장을 역임한 바 있어, 건국 후 그대로 농림부 양정과장에 오른다. 군정 때 미군과의 식량 교섭은 물론 농림부로 바뀌고 나서도 쌀 도입에 관한 모든 국제회의나 교섭, 토의 때마다 최규하의 발군의 영어는 말 그대로 빛과 소금 역할을 한다.

계약서의 영문 작성에서부터 외국인과의 교섭 담판에 이르기까지 그의 영어는 동경고사東京高師, 서울사대師大 영어교수 출신답게 킹즈 잉글리시를 자랑했다. 최규하의 영어실력은 그가 외교부에 재직하던 시절은 물론 훗날 말레이시아 대사, 외교장관(67~71년), 대통령 외교담당 특별보좌관, 국무총리(76년), 대통령(79)을 역임하기까지 주위사람들을 탄복시킬 만큼 출중했던 것으로 알려져 있다.

특히 영어권에 속하는 뉴질랜드의 멀룬 수상이나 옥스퍼드 출신인 싱가포르의 리콴유 수상까지도 혀를 내두를 정도로 완벽한 정통 영어를 구사했다. 김-최 두 사람의 영어가 부닥친 곳이 주일대표부 근무시절이었던 것도 앞서 밝힌 바 있다.

최규하 참사관이 조약이나 성명서의 문안을 영문으로 기안, 결재를 맡으러 김용식 공사의 방에 들어간다. 기안문은 읽는 김용식이 특유의 클라크 케이블 식 웃음을 지으며 몇몇 구절을 지우거나 다른 표현으로 바꾼다. 기안문의 표현은 정확하나, 외교적 문구나 표현이 아니라는 것이 고치는 이유다.

이어 최규하 참사관의 표정이 흐려지고 이윽고 둘 사이에 논쟁이 벌어진다. 한쪽은 실력에 입각한 정통 영문을, 다른 한쪽은 외교 관행과 경험, 특히 외교계에 먼저 발을 들여 직접 국제무대에서 터득한 외교 선례를 기저로 해서 입씨름을 벌이는 것이다. 당시 둘 사이의 영어 논쟁을 몇몇 수다쟁이 고참 외교관들은 이렇게 희화戲畵 한다.

> "어느 날 두 사람이 또 한 번 붙었다. 논쟁의 주제는 생선 가게의 간판을 다는 문제. 미국으로 이민 간 한 교포가 생선 가게를 열고 간판을 달려고 두 사람을 찾아왔다. 최규하는 간판에다 '이곳에서 생선을 팜Here, Fish is Sold' 이라 써 붙이라고 제의하자 김용식이 반대했다. 생선가게임을 알리기만 하면 족하지 팜is sold은 무슨 중뿔난 팜이냐, 따라서 '여기 생선Here, Fish' 이면 된다는 것이었다. 그러자 최가 반격했다. 그럴 바에야 아예 이곳Here 이라는 표현도 필요가 없지 않느냐, 그냥 '생선Fish' 한 글자만으로도 족하지 않느냐… 이렇게 해서 간판엔 결국 Fish(생선)만 쓰기로 담합했다. 이날의 전적은 결국 피장파장…"

물론 밑도 끝도 없는 농언弄言이자 픽션일 뿐이다. 둘 다 주일대표부에 근무하던 시절인 만큼 미국에 이민 간 교포가 굳이 거기까지 찾아 왔을 리도 만무하고, 설령 찾아왔다 쳐도 간판 내용 시비가 두 외교관의 관심사가 될 수도 없기 때문이다. 이 픽션은 그러나 영어라는 외제 무기로 무장해야하는 우리나라 외교관의 숙명, 그리고 이 영어의 구사 스타일 하나만으로도 특정 외교 주역의 외교 패턴이나 컬러의 구별이 가능했던 당시 대한민국 외교의 단원적單元的 기류를 일깨워 준다.

김동조는 약간 예외다. 그에 관한 한, 영어를 둘러싼 일화나 후일담이 별로 전해지지 않는다. 김용식이나 최규하가 외무장관을 맡던 시절, 조약이나 협정문을 영문으로 기안해야 했던 외교관들은 장관 결재가 나기까지 몇 차례씩이나 장관실의 호출을 당해야 했다. 영어 단어 하나, 심지어 구두점을 제대로 찍었느냐의 여부를 놓고 불호령을 받기 일쑤였다. 최규하는 특히 결재 책상에 오른 영문 기안이 맘에 들지 않을 경우 며칠이고 몇 주일이고 결재를 보류했다. 그 시절 외무부 직원들의 영어 실력은 아마 피크를 이뤘을 것 같다.

김동조의 외교 특성은 영어보다는 그의 주무기인 배짱과 보스기질로 빛을 발한다. 그 역시 영어와 외교관의 상관성을 인정한다. 허나 영어가 외교의 전부인 것처럼 통용되던 당시의 통념에 대해 그는 강렬한 반기를 든 장관으로 전해진다. 김동조는 스스로를 곧잘 대전大戰을 치른 장관으로 미화했다. 그의 논리대로면 다른 장관들은 전쟁 하나 제대로 못 치르고 기껏 '전투나 치른 장관' 으로 격하되는 셈인데, 김동조의 주장은 전쟁을 치르는 기본화기로 영어를 꼽기는 하지만, 이 영어 하나만으로는 '외교 대전' 을 치를 수는 없다는 논리다.

이러한 논리는 이조시대 우리나라 외교관 상像의 하나랄 수 있는 역관譯官 제도에 기본배경을 두고 있는지도 모른다. 영어에 뛰어나고 통역이 자유롭다는 것은 역관들이나 할 일이지, 자기처럼 외교 대전을 치르는 외교관, 더구나 당시 과거科擧에 해당되는 고문(高文/일제 때 고등문관시험)에 합격한 장관에게는 영어가 반드시 필요충분조건이 아니라는 배짱 론으로 일관해 있었던 성 싶다.

그는 영어보다는 학벌, 그 중에서도 (자신처럼) 고시파高試派를 우대했던 것이다. 그렇다면 그의 영어가 어떠했는가. 이 질문에 대해 김동조 밑에서 근무한 적이 있는 대부분의 외교관들은 이렇다 할 기억을 찾지 못한다. 대신 다음과 같은 일화를 대답으로 전한다.

"…김 장관이 장관 재임시절(73~75년) 순방 외교를 벌이다 아시아권의 실력자인 어떤 수상을 만났을 때다. 당시 그 수상은 국제적으로 이름을 떨치는 유명인사로 영어가 출중했다. 수상을 만나고 나온 김 장관은 화가 머리끝까지 올라있었다. 그를 수행했던 한 기자가 회담내용을 물었다.

뭐 합의사항이라도 있습니까?
'없다' (김동조는 그 기자의 중학선배라서 평소 반말을 즐겨 썼다.)
없다니, 기삿거리를 줘야 서울 본사에 송고할 거 아닙니까?
'없대두!'

기자는 대뜸 눈치를 챘다. 아하, 수상의 거드름에 화가 났구나… 기자는 전략을 살짝 바꿨다.

B국 수상, 영어 잘 합디까? 예상대로 김동조의 분통이 터졌다.
'그 빽쪼새끼, 조막만한 새끼가 말야…, 내 참, 기가 막혀서…'

빡쪼란 김동조의 출신지인 경상도에서 곰보를 지칭하는 사투리다. 영어 잘하는 그 수상의 얼굴이 살짝 얽어 있었기 때문이다. 그 수상이나 김동조나 둘 다 비非 영어권에 속했지만 그 수상의 영어가 너무 뛰어난지라 김동조가 약간 눌렸던 것으로 알려졌다. 당시 현지에 대사로 나가있는 모 대사가 하필이면 그 때 김 장관 앞에 나타났다. 아무 정황을 모르는 이 대사는 수상의 인기가 현지 외교가에서도 무척 높다며 불필요한 칭찬을 늘어놨다. 김동조의 표정이 또 한 번 일그러졌다.

'차라! 차!… 니 뭘 안다고 떠드노? 공관장 그 따위로 할라카면 당장 보따리 싸거라!'

김동조는 그 대사가 밤새 준비한 공관현황 브리핑도 청취를 거부했다. 또 공관에서 애써 준비한 만찬도 뿌리치고 서둘러 귀국길에 올랐다…"

그리고 더 심했던 건 그 대사가 얼마 있다 서울 발령을 받은 것이다.

외교냐, 작전이냐

김동조는 이처럼 보스로 군림했던 외교총수였다. 보스는 지배할 뿐 결코 협의하지 않는다는 말 그대로, 그의 전횡專橫은 막강했고, 역대 외무부장관 가운데 선이 가장 굵었던 장관으로 지목된다. 그의 장관 재임기간은 73~75년으로, 만 2년의 짧은 기간에 불과했으나 이 무렵 외무부의 사기는 최고조에 달해있던 것으로 평가받는다. 바로 앞의 선임 장관 김용식의 장관 취임으로 가까스로 뿌리를 내리기 시작한 한국의 직업외교관 제도는 김동조의 취임과 함께 기틀이 마련됐다고 볼 수 있다.

이러한 기틀은 따지고 보면 그가 외무부에 첫발을 들인 51년부터 배태를 시작했고, 커리어 외교관으로는 처음으로 차관에 오른 57년께부터 대충 열매의 형체를 갖추기 시작한 것이다. 20여 년이 넘은 지금, 묵혀 둔 취재노트에 의지해 당시를 이렇게 재현하면서도, 나는 떫은 생각을 지울 수 없다. 정작 기술해야 할 당시 외교총수들의 외교역량이나 비전은 한 자도 재현하지 못한 채 기껏 쓴다는 것이 이런 외교관의 명함이나 복장, 그리고 영어에 관련된 장관 몇 사람의 에피소드로 그친다는 말이냐… 자책이 들기 때문이다. 그러나 솔직히 그 시대를 말하자.

당시 한국엔 외교가 없었다. 굳이 있어 봤자 군사정권이 들어 설 때마다 되풀이 되던, 일본을 상대로 한 청구권 협상, 그나마 한국 국민의 대일對日 감정을 담보로 일본에게 얻어 내던 '자금資金 외교' 가 고작이었을 뿐, 외교학 교과서에 나오는, 소위 끌고 당기는 외교관의 협상 테크닉이나 배짱이란 게 아예 존재하지 않았던 시절이었다.

또 한 가지, 역대 외무장관들이 김동조 말마따나 한갓 외교관의 '소총少銃' 격인 영어하나에 그토록 매달릴 수밖에 없었다는 점도 현실로 받아들여야 한다. 위에 거론한 세 장관의 영어라는 것이 기껏 일제 때 쓰인 '삼위일체' 영어의 연장에 불과했다는 것, 그리고 당시 우리 식자층 모두가 그런 일제통치하의 영어교육으로 만족할 수밖에 없었다는 점을 인정해야 하는 것이다. 영어 못하는 외교관이 당시의 우리입장에서는 불가피했다는 점이다.

설령 영어를 잘 했다고 해야 거기서 거기 수준에 그쳤을 것으로 나는 본다. 외무부 출입 3년을 마치고 나는 해외로 나갔다. 거기서 14년을 살면서 무슨 취재거리가 있을 때마다 현지 한국 공관의 입장이 뭔지, 더 나아가 서울 본국 정부의 자세와 입지를 항상 염두에 두고 기사를 써야 했다. 내가 대한민국 국민이기 때문이다. 따라서 몸은 비록 외국에 머문다 해도 세상을 보는 시각과 정서는 이처럼 항상 대한민국 외무부 출입기자의 그것을 염두에 둘 수밖에 없었는데, 좀 극단적으로 표현하자면, 특파원 14년은 내겐 외무부 출입기자의 연장이었다는 말이다.

그리고 지금 와서 말할 수 있는 것은, 대한민국 외교관은 한마디로 불행했다는 점이다. 건국 이후 큰 외교관이 나올 여건이 갖추어지지 않았던 것이다. 건국 후 4.19가 날 때까지 한국 외교의 주역은 단연 이승만이었다. 국제정세의 흐름에 관한한 그를 능가할 외교관이 없었다. 그는 더구나 독재자였고, 영어를 한국말보다 더 잘하는, 만능 외교관이었기 때문이다.

이 책 〈파리의 새벽, 그 화려한 떨림〉은 19년 전 버리고 떠나온 그곳 파리에 대한 나의 회억回憶이 주제다. 귀국과 동시에 썼던들 더 화끈하고 생동감 넘치는 글이 될 수도 있을 것이나 나는 19년을 묵혔다. 단순한 파리기행문을 쓰기는 싫었기 때문이다. 잘 익은 포도주를 빚기 위해 발효發酵기간이 필요했다는 말이다. 그리고 이제 외교전문기자로서 체험하고 목격했던 '한국 외교' 에 대해서도 같은 '발효' 의 잣대를 적용, 20년 넘어서야 이렇게 〈외교 탐험〉이라는 '회억의 글' 로 나타낼 수밖에는 다른 재간이 없기 때문이다. 외교란 의사에 비유해 말하자면 의사자격증이 아니라 알게 모르게 의사의 몸에 밴 의술, 바로 그걸 나는 외교로 보기 때문이다.

끝으로 80~90년대 우리나라 외교의 한 축을 이뤘던 북방외교에 관해 짧게 언급하는 것으로 내 〈외교탐험〉기행을 마친다. 노태우 군사정부의 북방외교는 서독 브란트 수상의 '동방정책' 을 밴치 마킹한 미증유의 대 외교 역사役事였으나 결과적으로는 '북한의 고립화' 를 초래한, 한마디로 실패한 외교였다는 점을 말하고 싶다.

요점을 미리 말하자면 6공의 북방외교는 당초 시도했던 '북한 끌어안기' 가 아니라 결과론적으로 북한을 바깥으로 내동댕이친, 엄밀한 의미에서 '외교' 가 아니라 '작전' 이었다는 점이다. 당시 미국의 한 유명 국제정치 석학의 말마따나 소련- 한국, 중국-한국 간의 수교야말로 공식석상에서 북한의 뺨을 호되게 후려치는 행위였다고 표현했다. 북한이 지금껏 핵카드를 가지고 지금껏 서울과 워싱턴은 물론 전 세계를 상대로 '분탕질' 치는 이유와 경위를 나는 그때 북한이 당했던 창피와 모욕에 대한 복수 내지 비상 탈출방법으로 보고 있다.

전통맹방이던 소련과 중공으로부터 호되게 뺨을 맞은 북한이 당시 입장에서 취할 수 있었던 대안代案이 과연 무엇이었겠는가. 당시 한국정부가 한 일이라고는 결국 북한으로 하여금 어서어서 핵과 친하라고 뒤에서 부추긴 꼴이 된 것이다.

장교 계급장만 달면 누구나 '외교'를 서슴없이 말하던 시대였다. 허나 외교와 작전은 구별되어야 옳았다. 둘 다 국익을 챙기는 행위임엔 틀림없으나 시행방법은 물과 불처럼 다르기 마련이다.

미국-북한, 또 일본-북한 간의 수교를 병행했어야 했고, 또 그것이 바로 외교임에도 그 군복출신 집권자는 북한을 궁지에 몰아넣는 '작전'만을 능사로 알았던 것이다. 그 혼돈과 차질의 결과가 바로 지금의 북핵北核으로 나는 본다.

소련에게 준 30억 달러는 온데간데없고, 그 소련마저 러시아로 축소돼 회수도 못한 채 우리만 '국제 봉'이 돼 버렸다. 굳이 얻어진 소득이 있다면 단 하나, "노태우=외교 잘하는 대통령"소리 하나 들었을 뿐인데, 거듭 자문해 본다. 그게 과연 외교던가?

명분 약한 군사정권의 취약점을 뻰질난 나들이로 인기 보완하려 들었던 그 '작전' 또는 '법석'을 우리가 과연 외교라 부를 수 있다는 말인가…이 말이다. 또 하나 더 심각한 피해는 그 북방외교 시절 총대를 매온 소장 외교관들이 지금 모두 성장, 이 나라 고위 외교정책의 입안자들로 바뀌었다는 점이다.

이 점, 언젠가는 '외교=작전' 망령의 부활 가능성을 예고한다는 점에서 대단히 불길한 조짐이 아닐 수 없다.

Story #7

가자, 다시 파리로!

가슴 쿵쾅대던 파리의 새벽

이야기 무대를 다시 파리로 옮긴다. 〈클래식 영화 탐험기〉를 기술하다 빼먹은 대목부터 여기 추가한다. 영화 탐험에 얽힌 뒷이야기다.

작곡가 윤이상 인터뷰의 기사화 불발로 반년 남짓 풀이 죽어 지내는 판에 서울 본사로부터 새로운 취재지시가 떨어졌다. 유럽을 무대로 하는 고전 영화를 르포 형식으로 연재 취재하라는 이문희 편집국장(작고)의 지시였다.

취재할 영화 제명題名들과 일본말로 쓰인 몇 토막의 영화 문헌, 그리고 취재비 청구 방식이 팩스로 함께 왔다.

내게 허용된 취재 준비기간은 40일. 한마디로 막막했다. 취재란 이렇듯 항상 무無에서 시작한다. 그날부터 바빠졌다. 파리의 서점과 영화 박물관을 샅샅이 뒤지고, 고물 영화만을 상영하는 영화관을 수소문해가며 40여일을 보냈다. 제일 급한 일은 카메라에 부착할 망원 렌즈부터 구입해야 했고, 그 조작법을 익히는 일이었다.

영화 사전을 구입한 후 출연 배우의 출신과 특성, 작품에 얽힌 에피소드, 감독의 특성과 유형 분류를 캤다. 다행스런 일은 그곳 파리에 매주 바뀌는 300여 편의 영화 상영 스케줄 가운데 3~4편의 고물 영화가 꼭 끼었다는 점이다. 〈자전거 도둑〉과 〈길〉, 〈제3의 사나이〉는 고물 영화 관람으로 충당했다.

불행했던 건 이 고물 영화를 내가 서울에서 한 번도 구경한 적이 없다는 점이다. 더 솔직히 고백하면, 〈애수〉는 물론 〈남과 녀〉 〈제3의 사나이〉도 관람한 적이 없고, 유일하게 서울서 본 영화라면 〈금지된 장난〉 딱 한 편 뿐이었다.

한마디로 나에게는 영화 취재가 아니라 영화 공부의 시작을 뜻했다. 취재 리스트를 짜놓고 관람부터 시작했다. 파리 몽파르나스에 있는 서점 프낙FNAC에 가면 영화 비디오 테이프를 빌릴 수 있다는 것도 그 때서야 알았다. 비디오를 빌리려면 회원에 가입해야 되는데, 그 돈이 꽤 비싸다.

다행히 오랜 친교를 맺어 온 파리의 여 변호사 마담 장 브느와Benoit가 영화에 취미가 있고, 회원권을 갖고 있기에 그녀를 잘 구슬려 회원권을 빌려 내게 필요한 영화를 우선 구입, 관람했다.

빌린 비디오 테이프는 동숭동 선배 신재창 박사가 지사장으로 일하는 파리의 대우 지사에 가서 틀었다. 아니면 비디오 시스템을 갖춘 타 특파원의 집을 전전해가며 틀었다. 한 집에 2~3시간씩, 그것도 연거푸 계속하면 속이 보일 것 같아서 하루는 이집, 하루는 저 집으로 전전했다.

한마디로 창피했다. 취재비가 넉넉치 않아 그런 장비를 구입할 수가 없었던 것이다. 영화 〈분홍 신 Red Shoes〉을 남의 집 비디오로 훔쳐봤다. 한참을 보려니 울화가 욱하고 치밀기에 집 주인한테 인사도 않고 빠져나와 단골 까페에 들려 새벽 두시까지 혼자서 퍼마셨다. 영화 취재고 뭐고 다 팽개쳤다.

허나 마음을 고쳐먹고 다음 날 아침, 휘청거리는 발걸음으로 트로카데로에 있는 영화박물관으로 달려갔으나 아차, 20분이 늦었다.

영화 〈목로주점 Gervaise〉이 당시 그 박물관에서 상영되고 있었는데, 에밀 졸라의 작품인 이 영화는 1년에 단 한차례 상영될까 말까하는 희귀품 영화로, 프낙에 가도 비디오 처리가 안 돼 있었다. 영화 박물관 아가씨에게 입장시켜 달라고 사정사정했으나 상영 중 출입은 안 된다고 막무가내다.

"이번에 놓치면 난 떡이 된다"

"난 서울서 온 유명한 영화감독인데, 이 영화를 보려 불원천리 서울서 왔노라"

별의 별 소리로 통사정했으나 대답은 매번 "농Non"이다. 반드시 술이 덜 깨서만은 아니지만 한국말로 "썅X" 을 외쳐대고 터벅터벅 계단을 내려오던 파리의 여름 한낮, 발밑으로 뿜어대던 분수대 물줄기 너머로 아련히 나타나던 그날의 에펠탑이 지금도 두고두고 떠오른다. 결국 앞서 〈분홍 신〉처럼 이 〈목로주점〉 역시 취재를 포기해야 했다.

또 한 차례 골탕을 먹은 건, 〈애수〉를 취재할 때다. 그곳 파리에 보관되는 영화나 비디오 테이프는 대부분이 프랑스 작품으로, 외화外畵의 경우 특별한 상을 수상한 명작만이 보관되어 있었다.

〈애수〉의 경우 그 글속에서도 밝혔듯이, 이 영화를 접하던 전쟁 직후의 한국적 애수 때문에 우리에게 친숙한 영화였을 뿐, 예술적 가치나 리얼리티와는 무관한, 쉽게 말해 미국판 〈홍도야 울지 마라〉가 되어 그곳 파리 영화관에서 보관의 가치를 두지 않던 작품이었다.

이 영화를 찾아 40여 일을 헤매다 실패, 할 수없이 귀耳로 관람했다. 영화 스토리를 역력히 기억하는 사람을 셋을 골라, 서로 미진한 부분을 보완해가

〉〉 분수대 너머로 보이던 에펠탑

며 스토리를 간취, 머릿속에 영상화visualize시켰다. 이 세 명의 증인 속에 내 아내가 끼어있다는 점을 이 자리를 빌어 고백한다.

아내는 여고시절 멋있는 배우나 영화장면을 신문에서 오려 스크랩한, 그 시절 우리 주위에서 흔히 볼 수 있는 타입의 여학생 출신으로, 거기다 스스로를 출연 배우와 일원화 시키는 예쁜 허영을 지녀왔는데, 바로 그런 통속을 싫어하는 나의 고상한(?) 취미와 대결을 이뤄오다 이번에야 자기가 이긴 것 아니냐 싶었는지 생색이 대단했다.

아내 얘기가 나온 김에 또 한 차례 팔불출이가 돼야겠다. 영화 〈금지된 장난〉의 무대를 찾기 위해 여름 한철 이틀간을 남불南佛의 알프스 산록 속을 헤맸다. 주인공 사내아이 미셸과 계집애 폴레트가 십자가를 훔치던 쌩 줄리앙 교회를 찾는데 하루 온 종일 찾아도 잡히지가 않았다.

길은 낭떠러지 천지고, 날은 저물어 오고… 신경질만 바락바락 나는데, 차 옆에 앉은 아내가 "아까 지날 때 보니까, 그 교회 같은 건물을 산 중턱에서 봤다"고 말한다. 언제쯤이냐고 물은 즉 20분 전쯤이라고 한다. 거리로는 30㎞를 지나온 셈이다.

왜 진즉 말하지 않았느냐고 힐책하자 운전하는 옆모습이 멋있어 입을 다물었다나. "이런 답답한…"

산중의 좁은 소로에서 가까스로 차를 돌려 오던 길을 되돌아 가보니, 영화에 나오던 바로 그 교회다. 그러나 이미 날이 저물어 사진을 찍을 수가 없다. 다시 되돌아 1백㎞ 떨어진 산중 마을 생 앙드레 촌村에서 일박 후, 다음 날 일찍이 다시 현장을 찾았다.

그날 밤 산중에서 보낸 남불의 밤하늘이 유난히 고왔다. 주먹만한 별 덩이들이 바로 코앞에서 번쩍이는 남불의 밤을 나는 흡사 알퐁스 도데의 소설 〈별〉에 나오는 양치기 소년처럼 그렇게 밤을 지새웠다. 코까지 골며 녹아떨어진 아내의 홑이불을 덮어주고, 양치기 목동이 "주인집 따님" 위하듯 그렇게 아내를 돌본 알프스 산중의 일박을 지금껏 기억한다.

영화에 관한한 나만의 고민이 하나 있다. 이 얘기는 정말 밝히지 않고 싶었으나, 이왕 내친 김에 털어 놓는다. 난 무척 영화를 좋아했다. 지방에서 중학을 마칠 때까지 사흘 간격으로 영화를 즐겼다.

전주 전동에 살았는데, 집 옆에 바로 〈백도 극장〉이란 창고 같은 영화관이 하나 있었고, 그 극장의 입구에서 표를 받는 책임자가 집안의 사촌 형이었다. 따라서 난 툭하면 공짜 입장을 했고, 하도 심하게 공짜 구경을 하다 그 사촌 형한테 뺨까지 얻어맞았다.

이듬 해 서울로 진학한 나는 고교 입시에 떨어졌다. 그러고나서 영화는 나와 멀어졌다. 고교 3년 동안, 또 대학에 들어가서는 물론 신문기자가 되고 또 그때처럼 파리 근무를 하기까지 근 30년 동안 내가 본 영화라고는 10편이 넘지 않았다.

어쩌다 전주에 내려가서도 백도극장(이름이 그 후 바뀌었을 것이다) 앞을 애써 피해 다녔다. 영화에 대한 나의 기피증은 거의 병적일 정도로 발전해서, 영화평을 어쩌고저쩌고 늘어놓는 사람을 보면 괜한 심술까지 부렸다. 연극도 마찬가지. 파리에 오기 3~4년 전이던가, 술자리에서 연극인 임영웅 씨를 만났을 때, 그 심술이 또 한 번 도졌다.

기자인 나에게 대단한 호감을 갖고 있던 그 임씨를 향해 "한 가지 물어 볼게 있소이다. 그 연극이라는 거, 일생을 걸고 한번 매달릴 가치가 있다고 믿

〉〉 알프스 산록에서 보낸 하루

소?"라고 포 깨는 소리를 했다.

한참을 침묵하던 임씨가 숙연하게 "예, 있습니다" 라고 답변했을 때 그 숙연함이 하도 웃겨 깔깔대고 웃었다. 나의 경박함과 오만에 대해 (파리에 와서) 톡톡히 죄 값을 치른 것이다.

영화를 한갓 "감독이 다 시킨 건 데 뭐"로 보는 몸에 밴 나의 니힐nihilism은 비단 영화뿐만 아니고 모든 사물에 임하는 나의 메타피직이었다. 알기는 하되 너무 깊이 간여해서는 안 되는 분야, 그것이 내가 보는, 영화를 포함한 모든 문예관이었다.

특히 글줄이나 쓰고 제법 필명을 떨치던 몇몇 문인들이 급기야 영화에 손대는 것으로 낙착되는 걸 볼 때 속으로 고소히 여겼다. 서울서 무정부주의자로 살던 병폐가 아직도 완전 치유되지 않았던 것이다.

영화 비평가도 마찬가지로, 직업으로 보이지 않았다. 요절 시인 이상李箱이 운명할 때 먹고 싶다던 과일이 레몬이었느냐 메론이었느냐를 따지는 문학 비평가들한테는 차라리 애교라도 있지… 영화는 예술로도 보이지 않았다.

영화에 대한 나의 평소 지론은 그러나 그 때의 영화기행 취재로 된 서리를 맞은 것이다. 뭘 쓰려면 우선 알아야 했다. 취재를 시작한지 3개월 지나서야 나는 영화의 진가를 터득하게 됐다. 르네 클레망의 〈금지된 장난〉은 아예 비디오카세트를 통 채로 사서 일곱 번이나 봤다. 보고 또 봐도 그 여운은 항상 새로웠다.

이 새롭다는 것! 얼마나 소중한 삶의 보석이냐. 이 보석을 캐는 재미가 바로 신문기자만의 특권이다. 인습이나 편견을 쉽게 깰 수 있는 직업으로 신문

〉〉 클래식 영화탐험 시절/프랑스를 벗어나 이탈리아 초입에서

〉〉 영화 '로마의 휴일' 취재 중 영화장면에 나오는 '진실의 입앞' 에서 큰 놈 미농과 함께

기자를 능가할 직종이 세상에 어디 또 있을까. 나는 뒤늦게 철이 들기 시작한 것이다.

영화를 그토록 기피해 온 나에게 클래식 영화 탐험은 이를테면 외나무다리에서 만난 원수였다. 원수는 알고 보니 나의친구, 30년 만에 맞닥트린 옛 친구가 아니던가. 다시 본론으로 넘어간다.

취재는 프랑스 영화의 경우 자동차 편으로, 국경을 넘을 때는 여객기 편을 이용했다. 간혹은 아내 대신 큰 놈을 대동했다. 불어 발음이 나보다 좋고, 눈치가 비상해 조수로 써먹기가 안성맞춤이었다.

차를 운전하다 "이 담에 커서 너도 신문기자 할래?"하고 물으면 실실 웃기만 했다. 녀석이 개학이 되면 다시 아내를 동반했다. 혼자서 낯선 풍물이나 색다른 경치를 보고 순간순간 감동을 받기도 했지만, 취재를 마치고 파리로 돌아 올 때는 괜히 서먹서먹해 졌다.

내 관심권 밖에서, 이제는 나와 무관하게 매일 매일이 그곳에서 계속되고 있겠지… 영화 취재 덕에 난 꽤나 센티멘털리스트가 된 것 같다.

아내가 들꽃을 따던 모습도 눈에 선하다. 영화 한 편 취재에 평균 사흘이 걸렸다. 취재를 대충 마무리 짓고 파리로 돌아오다 피곤하면 고속도로 휴식처에 차를 세우고 한숨 늘어지게 잤다. 깨어나 아내를 찾다보면 멀리 풀밭에 들어가 들꽃을 따고 있었다. 못 보던 아내의 소녀 시절 모습을 보는듯 해 좋았다.

파리에는 대부분 새벽에 도착했다. 그 시간이면 운전대를 잡은채 졸다 깨다 했는데, 저 멀리 에펠탑 위로 노랗고 붉은 파리의 새벽 상공이 차창 밖으로 펼쳐지기 시작하면 내 가슴은 쿵쾅 쿵쾅 뛰기 시작했다.

차를 세운 후 저 멀리 새벽을 깨우는 파리 상공을 한참을 쳐다보곤 했다. 핸들을 꼬나잡고 떨었다. 화려하게 떨었다. 살아 숨쉰다는 사실이 그토록 신날 수가 없었다.

평범한 경찰관의 비범한 매너

프랑스 경찰은 퍽 능글맞다. 해맑은 얼굴에 늘씬한 키, 거기에 예쁜 콧수염을 자랑하며 예쁜 여자만 보면 만사 제쳐두고 눈웃음부터 흘리는 플레이보이 상像이 프랑스 경찰의 이미지다.

주불 한국대사관이 위치해 있는 앵발리드Invalide 일대는 프랑스의 여러 정부기관과 외국 공관들이 밀집해 있는 관청 가街다. 따라서 데모의 타깃이 되기 쉽고, 실제로 데모의 빈도수도 높다.

이를 대비해서 요소요소에 데모 진압차량이 진을 치고 있고, 데모에 익숙하지 않은 관광객들, 예 컨대 북 유럽北歐이나 미국 등지에서 밀려든 관광객들에게 이 데모 진압차량과 병력 대기는 좋은 관광거리가 되기도 한다.

멋모르는 관광객들은 데모 진압 버스 속을 기웃거리기도 한다. 버스 속은 그야말로 난장판이다. 내복 바람으로 담배를 피우는 놈, 이따금은 (일과시간인데도) 포도주를 홀짝거리는 주당酒黨들도 섞여 있다. 이들은 관광객이 머리를 들이밀면 야호! 소리를 내며 반긴다.

어쩌다 금발의 아가씨라도 머리를 들이밀면 버스 문을 활짝 열고 다투어 유인작전을 벌인다. 관광객과 어울려 사진 찍고, 그러다보면 몇 놈의 손은

〉〉 즐겁던 파리 시절. '269명의 학살'을 그린 화가 조르지 마튜와 함께

벌써 미인 관광객의 허리를 감고 있다.

파리에 사는 외국 교민 가운데 이따금 도난신고를 위해 경찰서를 찾는 경우가 있다. 신고를 받는 제복의 경찰관 가운데는 예의 눈웃음을 흘리는 친구가 더러 있다. 파리에 사는 우리나라 한 여성교민의 증언.

"전화번호를 별도의 자기 개인 수첩에 옮겨 적더니, 넌지시 저녁 식사 초대를 제의하더라고요, 글쎄…" 그 교민의 말인 즉 그런 태도가 결코 밉지 않더라는 것.

경찰과 시민 사이에 거리감이 없기 때문이다. 파리의 상징인 개선문에서는 1년 내내 여러 차례의 잔치가 치러진다. 전승기념일 밤 개선문에 나가보면 의장대원 옆에 으레 한 무리의 미녀들이 서있다. 의장대원들의 애인들이다.

의장대원들은 행사가 진행되는 짬을 이용하여 자기 애인들의 허리를 껴안고 진한 러브신을 벌인다. 개선문 위쪽으로 향하는 조명 밑, 부분적으로 캄캄한 그 어둠을 이용하여 이들은 상사의 눈을 피해 애인들과 사랑을 나누는 것이다.

파리 경찰은 한마디로 무서움의 대상이 아니다. 이 사실은 관권官權에 관한 한 아직껏 두려움과 기피의 잠재의식을 지닌 동양기자의 안목을 크게 흐려놓고 있다. 관권 가운데서도 경찰력은 가장 먼저 그리고 직접적으로 시민권을 제약한다는 측면에서 공권력 행사의 상징으로 통해왔다.

경찰관 직무집행법은 따라서 시민권 향유와 부닥치는 가장 원초적인 충돌이며 이 충돌에 관한 한 우리의 뇌리 속에는 항상 패배와 기피, 근신의 의식이 내재해 있다. 파리 경찰의 눈웃음과 콧수염은 이처럼 관권에 대한 동양인의 패배의식을 일소시키는데 크게 기여한다.

〉〉 백건우-윤정희 부부와 … 부부의 저녁 초대를 받고 뱅센느 숲속에 있는 그들의 집에서

그리고 이런 패배의식이 생겨난 소인을 되새기게 만들고, 우리가 이 경찰제도를 받아들인 과정에 하자瑕疵가 있었음을 일깨워 준다. 경찰Police제도는 프랑스가 그 원조다. 오늘 날 지구상의 모든 국가가 보유하고 있는 이 경찰제도는 프랑스 제1공화국 시절 나폴레옹이 만든 법령(La loi du Pluviose 1800)을 모체로 한 것.

프랑스 전역에 경찰 관할구역을 설정하고 인구 5천 명 이상의 도시에 경찰서를 설립한 이 법령에 따라 근대적 의미의 경찰제도가 수립됐으며 세계각국이 이 제도를 다투어 수입했다. 우리의 경우 대부분이 행정문물이 그러했듯 일본을 통해 경찰제제도와 만나게 된다.

일본의 경찰제도는 명치유신(明治維新/1868) 직후를 기산점으로 한다. 동경대 출신의 엘리트들이 다투어 유럽에 수학, 유럽의 정치제도를 수입해 갔으며 경찰제도 역시 이 수입 품목 속에 끼어 있었다.

당시 유럽의 판국은 독일을 통일한 비스마르크의 후광 탓에, 더구나 1870년의 보불普佛전쟁에서 프러시아가 프랑스를 누른 탓에 독일의 의학, 군사문물은 프랑스보다 일본의 수입촉각을 더욱 자극했다.

다만 한 가지, 이 경찰제도만은 원조 격인 프랑스 경찰제도가 그대로 직수출됐으며, 그 후 일제日帝 36년간 한반도 탄압의 선봉 역을 맡은 일본 경찰제도는 따지고 보면 프랑스제製 경찰제도가 그 모체가 된다.

프랑스 경찰에는 지금도 장다르메리(Gendarmerie/헌병)가 있다. 이 장다르메리는 군軍의 헌병과는 달리, 일반 경찰과 마찬가지로 프랑스 내무성省 소속으로 되어있으며 전국의 치안유지와 기동타격대 역할을 맡고 있는 순수 경찰이다.

이 장드르메리라는 용어를 일본 경찰이 그대로 겐뻬이憲兵로 받아들인 것이다. 프랑스 장다르메리의 숫자는 (당시로) 8만8천여 명. 일반 경찰 12만3천명과 함께 전체 21만 경찰병력의 주종을 이루고 있다.

앞서 예로 든 프랑스 경찰의 콧수염과 눈웃음, 그리고 진한 러브신의 주인공들은 거의가 장다르메리들이다. 이 느슨하고 헤픈듯한 프랑스의 장다르메리가 일본으로 수입되는 과정에서, 그리고 다시 36년의 한반도 탄압과정에서 어찌해서 그토록 무섭고 잔인한 '순사'의 이미지로 둔갑했던가는 우리가 익히 아는 바다.

또 해방과 함께 그 일본 경찰제도가 모법母法인 경찰관 직무집행법의 자구字句로부터 빨간 완장의 헌병 이미지까지 통채로 한국 경찰제도로 이입移入했던 사실로 한번 쯤 되새겨 볼 만하다. 본래의 장다르메리와는 다른, 그것도 수입과정에서 2중 3중으로 변형되고 각색된 아시아 형型 장다르메리로 둔갑해 버렸으며, 마침내 무섭고 껄끄러운 이미지로 우리 뇌리 속에 남아있게 된 것이다.

파리에서 그 장다르메리의 오리지널을 보게 된다. 파리의 장다르메리들은 거개가 미남들이라서 또 한 번 놀라게 된다. 심야취재를 마치고 귀가하는 도중, 신호 대기 선에서 순찰중인 장다르메리 한 조組를 만났다. 차창을 열고 "물어 볼 말이 있다"고 말을 건네자 "좋습니다. 차를 길옆에 세우시지요."라 한다.

〉〉 한국일보 장강재 회장(당시)의 부인 문희 여사 그리고 함께 온 엄앵란씨와 베르사유 궁에서

매년 몇 명씩 모집하는가?

"4천~5천 명 선이다. 10대 1의 경쟁률이다"

시험 과목은?

"정보처리, 수사능력, 복장, 예의범절 등을 테스트 받는다"

듣기로는 얼굴 심사도 받는다던데… 예컨대 미남이어야 한다거나, 키가 커야 한다든가…

"천만의 말씀이다. 시험 성적만 좋으면 된다. (같은 조원을 가리키며) 이 정도의 얼굴만으로도 충분히 합격할 수 있다"

그 조원은 무척 못생긴 얼굴에 안경을 쓰고 있었다. 또 동료의 핀잔에 아랑곳없이 계속 싱글거리며 예쁜 한국 아가씨를 소개해 줄 수 없느냐고 능청을 떨었다.

한 도시의 경관景觀은, 특히 파리의 경우 그 도시를 가로지르는 강江의 이미지에 크게 좌우되는 성 싶다. 강은 수심이 깊고 강폭江幅이 좁을수록, 또 그 강위에 걸린 다리橋의 정교함과 강상江上을 달리는 유람선의 세련미가 뛰어날수록 돋보인다.

그리고 이보다 더 중요한 것이 바로 그 도시의 길잡이 역할을 맡는 경찰관의 복색과 매너인 것 같다. 파리는 한마디로 세느 강과 경찰관의 콧수염으로 더욱 돋보이는 곳이다.

한 달에 한번 꼴로 스위스 로잔에 가야했다. 88 올림픽의 집행부서인 국

〉〉 스위스 로잔 취재시절 파리에서 온 특파원들과 함께. 사진 오른쪽 끝은 덩달아 따라 나선 큰 놈 미농

제올림픽위원회IOC가 그곳에 있고, 남북한 간의 경기 배정문제가 그 회의의 주요 안건이 돼 왔기 때문이다.

어느 날이다. 로잔에서 취재를 마친 후, 또 내친 김에 클래식 영화 한편의 탐험까지 끝내고 파리 시내로 들어선 것은 밤 10시가 넘어서였다. 파리의 심한 교통체증을 뚫고 겨우겨우 집에 도착한 것은 밤 11시. 아파트에 도착한즉 엘리베이터가 고장을 일으켜 작동이 중지돼 있었다.

엘리베이터뿐만 아니라 아파트 전체의 외등外燈마저 꺼져 주위가 캄캄했다. 나의 아파트는 18층에 있었다. 18층까지 오르기가 난감했다. 몸은 지칠대로 지친데다 무거운 여행 가방까지 든 채 캄캄한 비상계단을 걸어 올라가야 한다 생각하니 눈앞이 캄캄했다.

아파트 입구엔 3~4명의 청년들이 모여 잡담을 나누고 있었다. 엘리베이터 앞에서 망연자실해 있는데 내게 청년 한 사람이 접근해 왔다. 나의 발등에 플래시를 비치며 "함께 비상계단을 올라가지 않겠느냐?" 고 물어왔다.

캄캄한 동굴 같은 비상계단을 함께 올라갈 동료(?)를 갖게 된 것이 여간 다행이 아니었다. 이 동료는 더구난 플래시까지 들고 있지 않은가! 허나 그 또한 무서운 일이다. 길고 긴 18층을 단 두 사람이 걸어 올라가야 한다는 건 호젓한 산 길을 걷다 사람 만난 것 이상으로 기분 나쁜 일 아닌가.

허나 일단 오르기로 했다. 3~4층을 오르자 다리가 떨리기 시작했다. 계단 하나하나를 조심조심, 그것도 무거운 짐을 들고 저녁까지 굶은 채 오르기가 여간 어렵지 않았다. 옆의 플랫시도 숨을 몰아쉬기 시작했다. 다시 3~4층을 올라 둘이서 같이 쉬었다.

내 짐이 무거워 보였던지 프랑스 청년은 내 가방을 대신 들어줬다. 고맙기에 내가 물었다.

"이 아파트에 사십니까?" 그는 아니라고 대답했다.

"그러면 아파트 관리인이세요?" 이번에도 아니란다.

나는 순간 겁이 덜컥 났다. 혹시나 했던 두려움이 사실로 바뀌면 어찌한다… 칠흑 같은 동굴 계단 속에서 생판 모르는 청년과 동행하다니… 돌아설까도 생각해 봤다. 그래서 우선 짐을 되찾았다. 여차하면 반격을 취할 자세를 취하며 플래시 더러 앞장을 서도록 자리를 비켜줬다.

그는 계속 뚜벅대며 걸었고 나는 서너 계단 뒤에서 연신 헛기침을 되풀이하며 올랐다. 동굴 계단의 공기는 무척 탁해 있었고 열기까지 심해 온 몸은 땀으로 흠뻑 젖었다. 그러기를 15분 쯤. 겨우겨우 18층에 닿았다.

플래시 역시 18층 계단입구에서 발을 멈췄다. 복도로 통하는 비상 통로의 핸들을 잡고 비틀었다. 복도에 켜진 내등內燈이 있음에도 플래시는 라이터를 켜더니 자기 얼굴을 비쳐준다. 플래시의 참 모습이 드러났다. 아니, 이건!

제복 차림의 경찰이었다. 모자를 벗은지라 그가 경찰인 줄을 미쳐 알 수 없었던 것이다. 그 역시 나처럼 거친 숨을 몰아쉬고 있었다. 얼굴을 땀으로 범벅이 돼 있었고, 하복 유니폼은 땀에 흠뻑 젖어 말이 아니었다.

그는 다시 내 짐을 바꿔들고 내 아파트 문 앞까지 안내해 줬다. 그리고는 거수경례까지 붙이더니 가볍게 웃었다. 콧수염을 예쁘게 기른 30대 초반의 미남 경찰로, 집에 들어가 시원한 거라도 한 잔 하겠느냐는 나의 제의에 그저 고맙다고만 말할 뿐 서둘러 내려갈 채비만 했다.

밤 10시 엘리베이터가 고장을 일으킨 후 여섯 번째 비상계단을 올랐다며, 아파트 입구에서 대기 중인 다른 동료들과 순번順番으로 인간 엘리베이터 역할을 맡고 있었다. 묵묵히 직무를 수행하고 있는 그 젊은 경찰관의 모습에서 프랑스인의 세련미 그리고 프랑스 사회의 성숙도를 읽을 수 있던 밤이었다.

장발장을 죽어라 추적하던, 형사 자벨만 있는 나라가 결코 아니었다.

평범이라는 숲속에 살면서도 그 숲을 좋아하지 않는 계층

영화 탐험에 얽힌 뒷얘기가 하나 더 있다. 〈카사블랑카〉의 현장을 취재할 때 일이다. 아침 일찍 에어프랑스 편으로 파리 공항을 출발, 아프리카 모로코를 향해 떠났다. 영화 〈카사블랑카〉의 배경이 모로코이기 때문이다.

이륙한지 한 시간이 채 못돼 좌측 기창機窓 밑으로 지중해가 나타났다. 수에즈 운하 상공을 통과한 후 한 시간 지나 모로코 공항에 내렸다.

다른 영화 탐험할 때와는 달리 기분이 묘했다. 영화 사전을 통해 미리 조사한대로, 또 탐험기를 통해서도 진즉 소개했듯이, 이 영화의 촬영 현장은 모로코가 아니라 1백% 할리우드 스투디오에서 세트 촬영한 영화이기 때문이다.

그런대도 현장을 탐험하다니! 허나 영화 그 자체가 허구 아니던가. 산다는 것도 어찌 보면 그렇고…

그 가공架空의 현장은 모로코 시내 힐튼 호텔에 보란 듯이 재연돼 있다. 카페 〈카사블랑카〉라는 이름까지 턱 내걸고 호텔 로비 1층에 으젓하게 자리잡고 있었다. 카사블랑카를 찾는 관광객 거개가 그 영화에 반해 찾아오는 걸

간파한 호텔 측이 이를 잽싸게 영업에 반영한 것이다.

영화 〈카사블랑카〉의 주요 사건은 주로 밤에 일어난 일 들이다. 따라서 현장감(?)을 재연해 내기 위해 나 역시 밤이 될 때가지 기다려야 했다. 저녁까지 먹고 으슥한 시간이 되어 카페 〈카사블랑카〉에 발을 들였다.

발을 들이자 마주보이는 벽 정면에 권총 든 사내의 사진이 큼지막하게 걸려 있다.

영화의 주인공 리크(험프리 보가트)가 공항에서 나치 소령을 사살하던 장면으로, 이 영화의 클라이막스 부분이다. 관광 철이 아니라선지 카페 안엔 손님이 많지 않다. 잘 생긴 백인 남자 하나가 스탠드에서 혼자 술을 마시고 있었다. 나 역시 스탠드 한 구석에 자리를 정했다.

카페 안에는 영화에서처럼 대형 피아노가 한 대 놓여있고, 피아니스트까지 대기하고 있었다. 피아니스트에게 영화의 주제곡 '세월이 가면As times go by'을 주문하자 기다렸다는 듯 그 곡을 탄다.

스탠드의 한자리 건너에 앉아있던 사내가 말을 걸어 왔다. 파리에서 온 프랑스 사내였다. 내 나이 또래로, 얼굴에서 흐르는 윤기로 미뤄 파리에서 꽤나 유복하게 지내는 사내 같았다. 파리 사람들, 남자고 여자고 좀 수다스런 편이지만 이 사내는 좀 더했다.

거기다 술까지 꽤 마신듯, 엊저녁 파리에서 제 아내와 된통 싸우고 홧김에 모로코에 왔다는 얘기가지 털어놓는다.

나는 들고 온 카메라를 조립하며, 영화 〈카사블랑카〉의 현장(?) 취재차 내려온 한국 기자라고 신분을 밝혔다. 그리고 양해를 구했다. 당신 얼굴이 찍히지 않도록 몸을 뒤로 좀 빼달라며, 벽 저쪽에 걸린 험프리 보가트의 사진을 향해 플래시를 몇 차례 터뜨렸다.

사내는 이왕 찍는 것 제 얼굴도 넣어 찍으라고 선심을 썼다. 난 속으로 얼씨구나 했다. 신문에 나갈 사진 찍는데 사람이 등장하지 않으면 그 사진은 죽은 사진이 된다. 그렇잖아도 술 먹고 좀 가까워지면 사내한테 그 부탁을 하려던 참인데, 그래서 일부러 사내 옆으로 자리를 정했던 건데… 열 커트 넘게 계속 찍었다.

사내는 스탠드 맞은편에 서있는 갸르송(남자 종업원)한테 전화기를 가져오라고 주문했다. 나는 순간 그가 파리에 있는 제 아내한테 화해 전화를 하려는 줄 알았다. 허나 웬걸, 제 방 객실 번호를 돌리더니 방에 혼자 남겨둔 여자한테 빨리 내려와 같이 한 잔 하자고 조르는 전화였다.

제 아내와 싸우고 홧김에 여자 친구 하나 차고 모로코로 달려온 듯싶었다. 전화 속의 여자는 안내려가겠다고 버티는 듯했고, 사내가 다시 전화를 걸었다. 여자가 아예 수화기를 내려 놔 버렸기 때문이다.

그러기를 서너 번 되풀이 하더니 사내는 점점 흥분하기 시작했다. 그리고는 두 손으로 제 머리를 감싼 채 한참을 침묵했다.

분위기가 어색해 졌고, 내 술값을 치른 후 자리를 뜨려하자 사내는 좀 더 저랑 같이 있어 달라며 짐짓 웃음을 보였다. 그러더니 갑자기 "카메라가 좋아 보이네요. 그 카메라 한번 보여줄 수 없습니까?"하고 내게 부탁했다.

나는 망원 렌즈를 뗀 후 카메라를 사내한테 넘겨줬다. 사단은 그 때 터진 것이다. 카메라를 이리 저리 만져보던 사내가 갑자기 카메라 뚜껑을 열었다.

그러더니 카메라 속에 든 필름 통을 꺼내, 필름 모두모두 양팔 길이로 쫙 뽑아버리는 것 아닌가. 아니, 이 놈 봐라… 빛이 들어갔으니 사진은 이제 모두 쓸모없는 것이 돼버렸다.

권총 든 험프리 보가트의 사진은 물론이고, 낮에 모로코 시내 이곳저곳 돌며 영화와 관련된 장소를 찍은 것 모두가 말짱 헛것이 돼 버린 것이다.

내가 정작 경악한 건 그 다음이다. 녀석의 얼굴이 표변하더니 냅다 고함을 지르기 시작하는 것 아닌가. 왜 허락도 없이 제 얼굴을 찍었느냐고 삿대질까지 하며 덤벼드는 것이었다. 순간, 나는 머리를 빨리 돌렸다. 사진… 괜찮았다. 여분의 카메라로 이미 찍어 둔 것이 있기 때문이다.

반드시 이럴 경우를 대비한 것은 아니지만, 영화 취재에 오르면서 나는 별도로 휴대한 카메라를 꺼내 같은 장면을 두 번 세 번 찍는 습관을 들여 온 것이다. 카페 안에 걸린 험프리 보가트 사진 역시 벌써 찍어 놓은 상태였다. 이 미치광이 파리 놈, 그걸 알리가 없지!

나는 녀석의 얼굴을 빤히 쳐다봤다. 그리고 조용히 말했다.

"나 지금 경찰을 부를 터인데…"

"그래? 부를 테면 불러, 어서 불러!"

"좋았어. 너 꽤 용기가 있어 보여 좋구나! 너같이 사내다운 놈이 난 좋거든… 그러니까 나한테 약속해! 경찰이 올 때까지 이 자리를 떠서는 안 되는 거야! 알았지?"

"약속 하고말고! 어서 불러봐!"

나는 갸르송에게 전화를 가져오라 한 후 다이얼을 돌렸다. 그리곤 호텔 교환한테 빨리 경찰서에 연락하라고 말하며 다시 한 번 녀석의 눈을 빤히 쳐다봤다. 눈으로 " 알았지? 자릴 뜨면 안 돼!"를 확인하며… 허나 속으론 이 놈이 도망치리라는 걸 이미 알고 있었다.

〉〉 앵발리드 군사박물관이 멀리 보인다
15년 후 파리를 찾은 둘째 놈 레오(뉴욕주립대 로스쿨 재학중)가
앵발리드 앞에서 똥폼을 잡고 있다

아니나 다르랴, 30초가 못 돼 녀석은 뺑소니쳤다. 제 객실의 애인마저 팽개친 채 로비 밖 마당에 줄줄이 대기 중인 택시 가운데 한 대를 골라 잽싸게 오르더니 호텔 밖으로 도망쳐 버렸다. 3~4분이 지나도 경찰은 오지 않았다.

녀석의 행패를 처음부터 빤히 지켜본 모로코계 갸르송이 "경찰이 왜 이리 늦지?"라며 내 편임을 넌지시 시사했다. 과거 프랑스 식민지였던 나라여서일까, 갸르송은 파리 녀석에 대해 적개심을 품고 있던 것 같았다.

나는 추가로 시킨 술값을 지불한 후 내 방으로 돌아왔다. 카페를 나오며 갸르송한테 한마디 했다.

"경찰은 오지 않을 거야"

호텔 교환을 부르는 다이얼 번호가 9번임을 나는 호텔에 체크인 하자마자 이미 파악하고 있었다. 나는 그 주정뱅이 앞에서 다이얼 0번을 돌렸던 것이다. 다이얼 0번은 외선外線 전화의 연결 번호로, 앵! 하고 발신 준비 소리만 들었을 뿐이다. 그 놈 들으라고 거짓 신고를 했을 뿐이다. 술 취한 놈하고 싸워봐야 무슨 소용 있는가.

더구나 실존 하지도 않는 가공架空의 현장에서 뭣 때문에 그 놈과 실전을 벌여야 한단 말인가… 정작 신경이 쓰인 건 파리 녀석의 교활함이었다. 다음 날 파리로 돌아오는 기내機內에서 인간이 지닌 교활함을 두고두고 생각했다. 그러다 앵발리드 박물관에 생각이 미쳤다. 나폴레옹의 시신이 놓여있는 파리 시내 군사 박물관을 일컫는다.

그곳에 가면 총과 칼이 함께 붙은 무기 하나가 진열되어 있다. 총검술용 무기가 아니다. 다시 말해 총 부리에 착검着劍된 무기가 아니라, 아예 처음부터 총과 칼을 붙여 만든 무기다. 그곳 박물관에 들를 때마다 다른 거 제쳐 놓고 한참을 들여다보던 무기다.

18세기 프랑스에서 제조된 것으로, 칼 길이는 1m 남짓, 칼 손잡이 옆에 방아쇠가 함께 붙어있고, 칼끝과 총구 모두 상대방을 향하고 있다. 한마디로 희한한 무기다.

보면 볼수록 참한 아이디어의 무기라 여겼다. 이 간단한 양수 겹장의 무기가 왜 다른 나라에서는 여태껏 개발되지 않았을까를 두고두고 생각했다.

프랑스를 비롯한 유럽의 역사는 한마디로 전란의 역사다. 민족국가가 들어서고, 저마다 통일국가를 이루기까지, 그리고 막판에 1,2차 대전에 이르기까지 유럽의 역사는 싸움과 피의 역사였다. 그래서 각종 전술과 군軍 행정제도가 이 지역에서 꽃을 피웠다.

브릿츠 크리크電擊戰나 인테리어 오퍼레이션(집중공격), 나폴레옹 특유의 분초를 재는 기동전 모두가 이 지역에서 개발됐다. 또 현대 경영학과 행정학의 모체랄 수 있는 라인上下과 스태프(참모) 개념 역시 프러시아 호헨쫄레른 왕가에서 창안한 군軍 행정제도가 그 시원이다.

휘황찬란한 군 복색은 물론이고 앞서 예시한 각종 무기 개발도 유럽의 산물이다. 끊임없이 계속되는 전란에서 살아남는 방법은 특출한 무기 개발과 그 보급이다. 전쟁을 일시적인 마찰이나 간헐적 충돌로 보는 평화주의자의 주장은 적어도 유럽의 전쟁론자 입장에서 보면 터무니 없는 공론空論일 뿐이다.

크라우제비츠나 슈리팬 백작(슈리팬 플란의 창시자)의 표현을 빌면 "평화란 전쟁 중에 잠시 깃드는 일시적 소강상태" 일 뿐이다. 그 전쟁이 결국 빼어난 무기를 양산했고, 지금 설명하고 있는 총칼 겸용의 무기 역시 그 소산이다. 용도의 다양성이 이 무기의 특색이다.

그 무기의 다양한 용도를 구체적으로 세분해 보자. 첫째, 상대방이 칼만을 들고 있을 경우를 상정해 본다. 이쪽에서 검술이 딸려 궁지에 몰릴 때 방아쇠만 당기면 만사가 끝난다. 둘째, 상대가 총을 들고 있을 경우 이쪽이 가진 칼만을 보고 방심하기 십상이다. 그 방심한 찬스를 노려 역시 방아쇠만 당기면 만사 오케이다.

비겁하다는 소리를 듣지 않기 위해 죽은 상대의 몸에 칼질을 해서 흠집을 내면 된다. 그 장면을 목격하지 못한 사람들은 멋 모른채 "칼이 총을 이겼다"는 찬사를 늘어놓을 게 뻔하다.

따라서 젠틀한 무기가 못된다. 비겁하고 기회주의적인 착상에서 개발된 무기이다. 양 다리를 다 걸친 무기요, 진화론적으로 따지면 수륙水陸에서 공히 살 수 있는 뱀이나 악어 같은 양서류 또는 파충류를 닮은 무기다.

파충류는 어류와 조류의 중간이다. 물고기도 아닌 것이 새도 아닌 것이, 비늘과 물갈퀴를 두루 지니고, 물속과 물 밖 어디서고 숨을 쉰다. 더욱 가증스런 건 그 파충류 몸속에 든 피가 찬피冷血라는 사실이다.

결코 데워지지 않는 찬 피, 언제 어디서나 제 이익만을 차디찬 눈으로 노려보는 가장 이기적인 동물이다. 이 총칼 겸용 무기가 바로 그렇다. 인간의 교활과 비겁, 편집광적인 에고이즘을 이 무기를 통해 실감하게 된다. 그 무기가 더 이상 개발되지 않고 박물관 진열 판 속에만 처박혀 있는 참된 이유를 깨달아야 된다.

생각은 꼬리에 꼬리를 문다. 그런 미치광이가 존재하는 건 도대체 무슨 이유 때문일까. 그날 저녁 카페 〈카사블랑카〉에서 만난 그 파리 녀석을 나는 두고두고 잊지 못할 것 같다. 주정뱅이야 어느 나라에나 있기 마련이다.

내게 정작 고민스러웠던 건 그 미치광이 녀석의 얼굴에 나타난 표변성… 거의 죽고 싶을 정도로 몸서리쳐진 배신감 때문이다. 총칼 겸용의 그 간특한 무기에 생각이 미쳤던 것도 따지고 보면 그 배신감에 전율했기 때문이다.

파리지앵(파리 남자) 그리고 파리지엔(파리 여자)의 정체는 과연 무엇일까. 사람 하나하나의 옳고 그름을 따지고 싶지는 않지만 그래도 인종마다 어떤 표준형은 있지 않을까… 피에르 트루사르 씨를 여기 소개한다. 모로코에서 돌아와 두 달 지나 만난 파리지앵이다.

당시 파리 근교 낭테르 구청에 근무하는 민원 실장이다. 마흔세 살의 중년 남자로, 대학을 졸업 후 3년간 고교 교사를 하다 14년 남짓 공무원으로 일해 온, 중견 공무원이다.

한 달에 한번 꼴로 영화 관람을 즐기고, 1차 대통령 선거에 뻔히 떨어질 것이 분명한 레이몽 바르를 찍고, 안경 쓴 자신의 용모에 조금 쯤 반발을 느끼는 듯, 한 시간에 한 두 차례씩 안경을 썼다 벗었다하는, 자아ego가 강한 프랑스 평균 시민으로 볼 수 있다.

평균시민 또는 보통사람은 프랑스 말로는 조금 조어造語 냄새가 난다. 우리 식의 보통사람에 가까운 표현은 프랑스 말로는 중간층 또는 중산층(프랑세 뫄양)이 적격이다. 국민의 40%를 점하는 이 프랑세 뫄양은 좌 우파를 두 다리에 비교할 때 이 두 다리를 딛고 서는 몸통에 해당되는 계층이다.

일반 시민들처럼 좌 우 대립에 민감하지도 않은 계층이고, 프랑스 혁명을 들먹일 때마다 으레 거론되는 브르주아와도 다르다.

프랑세 뫄양의 기준치는 따로 없다. 파리와 마르세이유가 다르고, 도시와

〉〉 파리 낭테르 구청 민원실장(당시) 삐에르 트루사르 씨

농촌에 따라 다르다. 그러나 대중의 통념에 따르면 대학을 나왔거나, 설령 대졸大卒이 아니더라도 현재 키우고 있는 자녀를 기필코 대학에 보내야겠다고 결심을 굳힌 사람이면 일단 중산층 대열에 끼는 것으로 볼 수 있다.

좀 더 정확을 기한다면, 기업체나 공무원 사회에서 까드르(Cadre/중견) 계열에 낄 수 있는 직분으로, 선대先代가 근로자일 것, 현재의 부인도 함께 맞벌이 부부일 것, 자동차는 한 대 정도 있고 필요할 경우 부인 것까지 합쳐 두 대가 되면 더욱 적격이다.

트루사르 씨는 1년에 서너 차례 교회를 찾는다. 국민의 86%가 가톨릭으로 알려져 있으나, 매주 성당에 정기적으로 미사를 드리는 층은 1백 명 중 7~8명 선. 그러고도 신자信者냐 하고 물으면 "그렇다"고 답하는,

우리 식으로 밥술 정도 해결되는 처지이면 누구나 자신을 중산층으로 보려는 사람들과 비슷한 종교관을 갖고 있다.

그는 당시 나흘 후로 닥친 대통령 결선투표에 누굴 찍을지를 아직 결정하지 않고 있었다. 1차 투표에서 찍은 레이몽 바르가 권외로 떨어졌다 해서 생긴 불만은 아니고, 국가 지도자를 뽑는다는 것 자체에 별다른 큰 의미를 두지 않고 살고 있다.

결선 후보인 미테랑과 시라크 두 후보의 데바(TV토론)를 간밤에 봤지만 특정 후보 쪽으로 기울 맘이 안 생기더라는 것. 이왕에 내가 그걸 캐물은 김에 "에라, 미테랑이나 찍자" 는 생각이 지금 막 든다고 실토한다.

"한국이오? 이제 슬슬 부자가 되는 나라 아닙니까?" 정도의 한국 관觀일 뿐 더 이상 깊이 알고 싶어 하지도 않는다. 자녀 얘기를 묻자, 하나 있는 열두 살짜리 아들이 이담에 자기처럼 공무원이 되지 말았으면 정도의 기대뿐

이란다.

스스로의 특징이 뭐냐는 질문엔 한참을 빤히 쳐다보다 "내 아내를 몹시 사랑한다"고 엉뚱한 대답을 한다. 렌 시市에 있는 지방대학을 함께 다니다 결혼한 동갑나기 부인은 중학교 국어 교사. 파리 교외 생깡뗀느 안이브린에 3칸짜리 자기 집을 갖고, 부부가 함께 벌어들인 월급에서 (당시)매월 5천 프랑 (65만원) 정도를 저금, 바캉스 때 목돈으로 찾아 쓴다고 했다.

그는 스스로를 프랑세 뫄양이라 자인하지만, 차라리 "전형적인 프랑스 사람"으로 봐 달라고 내게 말했다. 여론 조사의 대상이 되기 싫어하고, 언제 다시 만날지 모를 관광객들의 카메라에 담겨지기를 한사코 꺼려한다.

평균이라는 숲속에 살면서도 그 숲을 결코 좋아하지 않는 계층, 숲보다는 '나' 라는 한 그루의 나무로 자족하고, 숲은 나무를 위해 존재한다고 믿는, 한마디로 밉지 않은 이기주의자다.

그가 근무하는 낭테르 구청은 외국인이 가장 많이 밀집해 사는 구역의 행정청으로, 다른 구청에 비해 외국인 출입을 유달리 심하게 단속하는 걸로 유명하다. 나를 수십 개의 민원창구로 안내하며 부하직원들이 자기에게 나타내는 복종과 아양을 상당히 절제 있게 즐길 줄도 알고 있다.

그 시절, 우리가 그토록 추구했고 밥술이나 먹으면 누구나 자처했던 중산층 -그 원숙한 모델은 결국 트루사르 씨처럼 닮아가는 건가, 조금 서글픈 생각이 들었지만- 그와의 만남은 내게 유익했다.

나의 취재 대상이 그 무렵부터 서서히 바뀌기 시작한 것이다. 과거처럼 비범한 사람이 아니라 평범한 사람들의 얘기에 귀를 더 기울이기 시작한 것이다.

평범한 사람들의 얘기가 내게 비범하게 들려지기 시작한 것이다. 모로코에서 만난 그 주정뱅이 파리지앵의 행패도 그 제서야 이해가 갔다. 술 취해 발광했던 게 아니라, 제 간통사실이 내 필름에 담겨져 있을까 그게 두려웠던 것이다.

왜 그걸 진즉 깨닫지 못하고 그토록 가슴 아파 했던가. 파리지앵이든 서울 사람이든 제 약점이 노출되면 누구나 발광하기 마련인 걸…

트루사르 씨는 그 후 10년짜리 파리 장기체류 허가증을 나와 내 아내 앞으로 우송했다. 일종의 영주권으로, 자기를 인터뷰해준 데 대한 답례 같았다. 파리에 체류하는 모든 외국인은 누굴 막론하고 체류 허가증을 매 1년마다 갱신해서 교부받아야 했던 시절이다. 그 귀찮은 일을 벗게 됐다여기니 우선 고마웠다. 허나 나는 그 장기 체류허가서를 조용히 반송했다. 파리지앵에 관한 내 인간 탐험을 그가 오해한 것 같았기 때문이다.

일본 여특파원한테 저지른 부작위不作爲의 죄

차기 미 대통령에 도전한 힐러리 클린턴 여성 상원의원(뉴욕 주)의 오늘을 정확히 예단한 인물이 있다. 92년 빌 클린턴이 백악관에 입성하기 훨씬 전인, 지금부터 15년 전의 일이다. 닉슨 전대통령이 바로 그다.

클린턴의 아내 힐러리가 언젠가 미국 초대 여성 대통령에 도전하리라는 걸 닉슨은 정확히 읽었던 듯싶다.

뛰어난 정치인에겐 이렇듯 탁월한 투시력이 있다. '귀신이 귀신을 알아보듯' 닉슨은 힐러리의 미래를 정확히 읽은 것이다. 당시 닉슨은 워터게이트 사건의 탄핵으로 권좌에서 밀려나 15년 가까이 야인으로 살던 무렵이다.

닉슨은 이에 앞서 대통령 유세중인 클린턴한테 선거 참모장이 되겠노라고 자청했다. 전직 공화당 출신 대통령임에도 클린턴 후보의 민주당 진영을 노크한 것이다. 중도 하차한 백악관에의 미련을 떨치지 못한 것이다.

클린턴을 등에 업고 미처 펼치지 못한 권력에의 갈증을 채우고 싶었던 것이다. 권력한테는 이런 속성이 있다.

어쨌든 클린턴은 닉슨의 요청을 수락했고, 그 후 상당기간 클린턴의 핵심 참모로 일했다는 기록이 남겨져 있으나 그 기간은 무척 짧았다. 힐러리가 사사건건 브레이크를 걸었기 때문이다.

참다못한 닉슨이 클린턴한테 친서를 보낸다. 힐러리의 간섭이 계속될 경우 선거 참모장 자리를 내놓겠다는 일종의 최후통첩으로, 이 친서에는 두 가지 유첨이 붙어 있었다.

첫째, 이 편지를 힐러리에게 절대로 보여서는 안 된다는 것, 또 하나는 (자기가) 그토록 힐러리를 경계했던 이유의 설명이다.

'여성의 지모는 대사를 망친다'는, 프랑스 루이 왕조 때의 명재상 리슐리에 추기경이 남긴 좌우명을 그 편지에 인용한 것이다. 리슐리에란 알렉산더 뒤마의 유명한 소설 〈삼총사〉에도 등장하는, 총사들의 공적共敵이자 루이 왕을 등에 업고 권력을 휘두르던 권모술수의 명인을 말한다.

이 편지는 결국 힐러리 손에 들어갔고, 닉슨-클린턴 관계는 그걸로 종지부를 찍는다. 95년 닉슨이 사망했을 때 미국의 저명 일간지 〈워싱턴 포스트〉에서 읽었던, 닉슨의 과거를 밝힌 기사다. 그 때 나는 파리 시절을 끝내고 워싱턴 특파원으로 일하고 있을 때였다.

20년 전의 파리 시절을 이야기하다 뜬금 없이 닉슨 얘기를 꺼낸 데는 이유가 있다. 지금 기술하려는 한 여기자의 지칠 줄 모르던 집념에 감동했기 때문이다. 결론부터 말하자면, 일본 저명 일간지의 제네바 주재 여자 특파원 마에다(前田/가명을 쓴다) 기자를 말한다.

89년 1월 말의 일로, 당시 나는 파리 시절 4년을 대충 마무리 짓고 서울로 귀국하기 두 달 전이었다. 서울 본사에서 취재 명령이 떨어졌다. 스위스 다보스 시에서 열리고 있는 세계경제지도자 회의를 취재하라는 지시였다. 그 날따라 눈이 무척 많이 내렸다.

다보스 시는 스위스 동단東端에 위치한 인구 2만의 소읍으로, 유럽에서 스키 관광으로 유명한 곳이다. 마을 곳곳에 평균 1천 6백 미터 안팎의 설봉雪峰들이 널려 있어 겨울 휴가철이면 유럽 전역의 스키어들이 모여 주말을 즐기는 곳이다.

취리히로부터 동남쪽으로 2백여 ㎞ 떨어진 이 산간마을은 로잔의 국제올림픽위원회IOC와 함께 또 하나의 국제기구인 세계경제포럼(본부 제네바)이 71년부터 매년 주최하는 심포지움이 열려온 곳으로, 웬만한 지식층들에게는 널리 알려진 국제적 명소다.

이 회의가 당시 왜 우리에게 그토록 중요했는가. 세계 여러 나라 요인들이 참석했지만 그 중에서 특히 한국 측의 조순 (당시) 부총리 겸 경제기획원장관이 그리고 북한에서는 합영공업부장(장관)직에 있던 채희정蔡喜正이 참석한, 당시로서 남북한 정부의 실력자들이 처음으로 얼굴을 마주하는 역사적 회의였기 때문이다.

따라서 서울 올림픽 직후 남북한 간의 경제협력에 관한 구체적인 방안이 협의되리라는 추측이 난무했던 회의였다. 한국 특파원들은 물론이고 이웃 일본 특파원들과 미국, 유럽의 저명한 신문 방송 기자들이 대거 몰려 열띤 취재경쟁을 벌이던 현장이었다.

문제의 마에다 여자 특파원의 얼굴도 보였다. 그녀는 당시 30대 중반의 기자로, 눈매가 선하고 얼굴 모습이나 표정 하나하나가 일본 여성보다는 한국 여성 쪽에 훨씬 기울어 있던 여성이었다.

나는 파리 특파원 5년 동안 한 달 평균 2번씩 스위스의 로잔 시에 얼굴을 나타내야 했다. 88서울올림픽 개최과정을 취재하기 위해서였다. 북한 팀의 참가문제가 서울 올림픽 개최 그 자체보다 더 관심 있는 뉴스였기 때문이다.

그곳 레만 호숫가에 있는 국제올림픽위원회IOC 본부에 갈 때마다 북한 측 IOC 대표단과 얼굴이 마주쳤다. 또 한사람, 빼놓지 않고 얼굴을 마주치는 인물이 바로 마에다였다.

북한 측의 서울 올림픽 참가는 일본에게도 큰 뉴스였다. 아사히, 마이니치, 요미우리, 산케이, 주니치, 니혼게이자이는 물론 NHK, TBS, 지지츠신 등 제네바 주재 일본의 신문 방송 통신특파원 모두가 로잔의 남북한 올림픽 협상에 매달려 있을 때였다.

그 올림픽이 끝나면서 나의 로잔 출장도 함께 막을 내렸다. 올림픽이 끝나고 3~4개월이 지나, 다보스시에서 다시 보게 된 일본기자들이다. 마에다의 모습이 먼저 눈에 띄었다. 로잔 취재시절만 해도 낯을 많이 가리던 그녀가 다보스에서 다시 만났을 때는 훨씬 서글서글해 있었다.

눈에 웃음을 가득 담고 그동안의 안부를 묻는 시선을 보내기도 했다. 그날 밤 첫날 개막회의를 끝낸 조순 부총리는 밤 11시가 넘어서야 호텔로 돌아왔다. 그는 학자출신답지 않은 강인한 체력을 과시했는데, 만찬 때의 술기운 탓인지 불그레한 얼굴로 호텔 로비에 모습을 드러냈다.

이어 대기 중이던 기자들이 우르르 몰려들어 일문일답을 나눴다. 그 일문일답 현장에 일본의 마에다 기자도 끼어 있었다. 회견이 한국말로 진행됐던 만큼 나는 회견 중간 중간에 그 내용을 마에다 기자에게 일어로 통역해줬다. 파리에 오기 전 동경대학 유학시절 익혀둔 짧은 일어를 아직 잊지 않고 있었던 것이다.

그날 밤의 조 부총리 회견 가운데 크게 기사로 키울 만한 내용은 들어 있지 않았다. 그는 당시의 한국정부가 북방정책을 너무나 과신한 나머지 "자칫 북한 카드를 과용過用하는 것이 아니냐" 또 "국내 야당 지도자들의 반발에 어떻게 생각하느냐"는 질문을 받았다.

이 질문을 누가 던졌는지 생각나지는 않지만 지금 생각해도 시의 적절했고, 문제를 정확히 본 질문이었다고 생각한다.

조부총리가 그날 기자들과 만나 털어놓은 답변은 꽤 진지했다. "북한 카드를 정략적으로 과용할 만큼 그렇게 속된 정부는 아닙니다"라고 말한 것이다. 그럴까… 그의 말대로 그렇게 속된 정부가 아니었을까? 서울대 교수 출신이라는 명예를 의식한 듯, 그는 자신이 몸담고 있는 정부가 그토록 속된 정부가 아님을 거듭 강조했다.

조순 부총리의 답변내용을 마에다 기자에게 통역해주고 나서다. 마에다가 핸드백에서 필름 한 통을 꺼내더니 "조 부총리가 리셉션 현장에서 북한 채蔡부장과 대담하는 걸 찍었다"며 필요하거든 사용해보라고 내게 내밀었다. 아니, 이런 노다지를… 나는 순간 바짝 긴장했다.

리셉션 현장에 남북한 대표가 함께 참석한 만큼, 두 대표단의 신변을 보호하기 위해선지 남북한 기자들의 접근은 일체 허용이 되지 않았다. 매번 느끼는 일이지만 스위스 당국의 경호는 정말 철저했다. 눈곱만큼이라도 위험을 내포한다 싶으면 철저한 사전봉쇄로 임했다.

프랑스혁명이 나기 전까지도 프랑스 부르봉 왕가의 경호는 스위스 용병들이 맡았다. 그런 전통에 기인하는지, 스위스에서 열린 어떤 국제회의에서도 보안상 문제점이 발생한 적은 단 한 번도 없다.

로잔의 IOC 회의 장소엔 여러 마리의 셰퍼드가 나타나 무기와 화약을 탐색했고, (당시로) 2년 전 제네바에서 열린 미소정상회담을 취재할 때는 미소 두 나라 기자들은 물론 두 원수의 경호원들마저도 스위스 경호팀한테 붙잡혀 곤욕을 치르는 걸 내 눈으로 목격한 바 있다.

따라서 일본 기자들만이 리셉션 장소의 출입이 허용됐던 것이다. 마에다는 내게 선의를 베푼 것이다. 그동안 나와의 친분, 그리고 몇 차례 한국인 VIP의 회견 때마다 내가 통역해준 데 대한 성의표시려니… 그렇게 해석했다.

내가 필름을 입수하자마자 인근 도시로 튀었다는 소문은 당시 나와 함께 파리로부터 다보스시에 도착한 한국 특파원들 모두에게 금세 퍼졌다.

서울 본사로 사진 전송을 마치고 호텔에 돌아와 잠자리에 들었는데 전화가 걸려왔다. 마에다의 전화였다. 내 방 번호를 어떻게 알았는지… 마에다가 뒤늦게 어려운 주문을 해왔다. 그 사진을 자기가 찍은 만큼, 사진 설명의 맨 끝에 들어가는 크레딧에 '마에다 기자 찍음' 이라는 문구를 삽입해 달라는 요청이었다. 사진을 찍은 당사자로서 당연한 권리이자 주장이었다.

마에다는 또 밤늦게 이런 부탁을 하게 된 경위도 함께 설명했다. 다보스에 함께 와 있던 모 한국 특파원 한 사람이 마에다 특파원의 사진을 한국일보 특파원이 가지고 튄 바, 그 사진의 크레딧을 김승웅으로 박지 못하도록 동경의 마에다 기자의 소속 본사에 압력을 넣으라고 서울의 자기네 신문사에 요청한 것이다.

서울의 그 신문사는 마에다 기자의 소속 본사와 특별제휴를 맺고 있었다. 마에다의 소속사는 따라서 그 한국 신문한테 기사나 사진을 우선 제공해야 할 약속과 의무를 지니고 있었던 것 같았다. 마에다는 동경 본사로 부터 호된 질책을 당했던 것이다. 일단 사진을 찍었으면 그 사진이 중요하건 시시하건 동경 본사와 상의를 할 것이지, 무슨 이유로 한국일보 특파원에게 넘겼느냐고 추궁을 당한 것이다.

나는 마에다의 주문을 듣고 바로 이해했다. 남북한 경제 각료의 첫 회동이라는 점에서 꽤 비중이 나가는 기사임에 틀림없으나, 독자들에게 더 어필하는 건 남북한 두 경제 각료가 직접 얼굴을 마주하는 사진이 아닐 수 없다. 사진 한 장은 이처럼 1백 매 원고보다 더 값질 때가 많다.

자, 이런 상황에서 어떻게 처신해야 한다? 마에다의 부탁을 들어줄 것이냐, 아예 눈을 질끈 감고 신문이 인쇄돼 나오기까지 2시간 정도를 참고 지내느냐를 두고 꽤 심각하게 번민했다.

나는 이 사진을 전송하며 이걸 어떻게 해서 구했는지 본사 야근 국장에게 전화로 소상히 밝힌 바 있다. 따라서 전화를 다시 걸어 마에다의 크레딧을 넣어줄 것을 요청하면 되는 것이다… 고민 고민을 거듭하다 결국 마에다의 뜻에 따르기로 했고 그 자리에서 서울에 다시 전화, 마에다의 뜻을 정확히 전했다.

다만 (지금껏 후회하고 부끄럽게 여기는 건) 이를 강한 톤으로 전하지 못했다는 점이다. 스스로에게 자문해 본다. 마에다의 요청을 서울 본사에 전했다는 '기록' 용 전화에 불과했지, 엄밀하게 그 전후 사정을 전화로 두 번 세 번 확인하고 또 확인했던가!

결과는 〈다보스 스위스=김승웅 특파원/본사 전용회선 전송〉이라는 크레딧으로 다음날 아침 한국일보 지면에 실렸다. 서울 본사는 본사대로 머리를 쓴 듯 했다.

단순히 김승웅 특파원으로만 명기하고 김승웅 찍음' 을 명시하지 않은 만큼 꼭 내가 찍은 사진이 아님은 그런대로 입증한 셈이나, 문제는 그 입증이 구차스러웠다는 점이다. 〈마에다 특파원 찍음〉이라는 표현은 아예 코빼기도 들어 있지 않았기 때문이다.

다보스시를 도망치듯 빠져나와 파리로 돌아왔다. 그로부터 일주일 후, 제네바의 마에다한테서 파리 나의 집으로 조용히 전화가 걸려왔다. 나의 파리 전화를 어떻게 알았는지… 그녀의 추적이 집요하다 느꼈다.

나는 할 말을 잊었다. 나보다 나이가 어린 이 일본 여기자한테 나라는 인격이 어떻게 비쳤을지를 생각하니 부끄러웠다. 그날 밤 서울 본사 야근 당직 국장의 무책임과 어영부영 탓이었지만 기자 대 기자의 약속을 끝까지 관철하지 못한 나의 처사가 정당화되는 건 아니었다.

당연히 했어야 할 일에 적극성을 안 보인 것이다. 젖 물리는 걸 게을리 해 아이가 죽을 경우 그 어미는 부작위범不作爲犯이 된다. 마에다의 크레딧을 넣는데 나는 최선을 다해야 했던 것이다.

나는 정중히 사과했다. 그녀가 동경 본사로부터 당했을 마음고생이 저리도록 와 닿았다. 그런데도 목소리 하나 높이지 않고 내 안부부터 묻는 그녀의 매너에 정말 감동했다. 마에다는 그제서야 슬며시 수화기를 놓았다. 기자란 결코 특종에만 승부를 거는 동물적 직업이 결코 아닌 것이다.

죽은 닉슨에게 조용히 말해주고 싶다.

"당신은 힐러리를 잘못 봐도 한참 잘못 본거야! 문제는 당신에게 있었던 거야, 이 양반아!"

이 가증스런 직업, 언제까지 계속해야 하는가!

파리 5년을 마치며

귀국을 코앞에 두고 나는 조금 바빠졌다. 그곳 파리에서 미쳐 못 다한 숙제가 남아있기 때문이다. 숙제는 크게 세 가지.

프랑스 혁명의 현장 탐사가 그 첫 번째 숙제였다. 내가 서울로 돌아가는 년도는 1989년, 따라서 프랑스 혁명의 발발 시점으로 따져 정확히 2백년 되는 해였던 만큼 서울 본사에 도착하자마자 그동안 프랑스 이곳저곳에서 직접 발로 답사하고 취재한 프랑스 혁명 다큐멘타리를 르뽀따지 형식으로 장기 연재하고 싶었던 것이다.

따라서 책을 통해 읽었던 격정의 혁명 현장을 1년 남짓 차곡차곡 돌았다. 또 글에 실릴 현장 현장을 1백 장이 넘는 슬라이드로 찍어 잘 보관했다. 이왕 내친김에 나폴레옹의 출생지인 코르시카 섬과 그의 탈출로 유명한 엘바섬도 들르고, 연재의 맨 마지막은 나폴레옹이 한 많은 삶을 마감한 센트 헬레나 섬의 탐사로 혁명의 회오리를 마무리 짓고 싶었던 것이다.

두 번째 숙제는 지중해 연안 탐사였다. 지중해는 일테면 유럽의 젖줄이다. 현재 유럽과 미국 문명의 두 핵심은 아놀드 토인비의 말 그대로 유대

주의와 기독교 문명이라는 두 산맥을 근간으로 삼는다.

이 두 산맥이 시발점이 바로 지중해 연안이기 때문이다. 지중해 연안 주요 항구를 뱃길로 돌며, 지중해라는 젖을 빨고 성장한 여러 문명의 현장을 탐사하고 싶었던 것이다.

이태리 반도의 연안을 돌며 희랍 문명과 로마 문명을 탐사하고 싶었다. 이어 터키 쪽으로 동진東進, 이슬람 문명과 기독교 문명의 현장을 돌고, 지중해 북안北岸 탐사를 마치는 대로 곧바로 남행, 튜니지아 모로코 리비아 등 마그레브 지역의 탐사에 이어 이집트로 진격할 계획을 세웠다.

세 번째 숙제는 나자렛 방문이었다. 그곳 나자렛에 들려 딱 1주일만 머물다 오고 싶었다. 성지 순례의 기행문을 쓰자는 것이 아니라, 나자렛의 여러 시가지를 돌며, 이 지구상에서 어떤 문헌에도 나와 있지 않은 예수의 소년 시절을 환상 속에 그려내고 싶었던 것이다.

이 세 가지 숙제가운데 어느 것 하나 제대로 이뤄내지 못했다. 서울 본사에서 시도 때도 없이 떨어지는 취재 지시 때문에 나 혼자 뭘 궁리하고 요량할 시간을 가질 수가 없었던 것이다. 그리고 20년 가까운 세월이 이러구러 흐른 것이다.

그래도 늘 다짐해 왔다. 은퇴 후 시간이 많아질 때까지 기다려 보자! 그리고 약간의 재력만 뒷받침된다면 그 다음 날이라도 훌쩍 떠나면 되려니… 이렇게 여기며 살고 있다. 귀국을 정확히 한 달 남겨 둔 어느 날이다.

서울 본사로부터 파키스탄에 달려가 신임 총리 부토 여사를 인터뷰하라는 취재지시가 떨어졌다. 딱히 부토 총리를 만나라는 건 아니었고, 그 당시 막 민주화 열기가 일기 시작한 파키스탄에 달려가, 그 쪽 열기를 서울에 전달하라는 지시였다.

6.29선언 이후 서울에도 점차 완연해지려는 정치적 해빙解氷과 관련된 기획취재 지시였다. 따라서 부토 총리와의 인터뷰가 필수적인 것은 아니었지만, 파키스탄의 민주화 현장을 밟아보러 파리로부터 먼 길을 달려간 형편에 그 민주화의 상징인물인 부토 총리를 안 만나고 돌아온다는 것도 이상한 일이었다.

부토 총리와의 인터뷰는 따라서 파키스탄 방문취재의 대미大尾가 되는 셈이었다. 취재지시가 떨어지고 2시간 지나, 나는 파리 발 카랏치 행 PIA항공기에 올라 있었다. 카랏치에 내려 3박 4일을 보내는 동안 극히 형식적으로 구색 맞추기에 알맞을 정치르포 기사를 서넛 차례 보냈다.

그리고 파키스탄 방문취재의 핵심이 되는 부토 총리와의 인터뷰를 성사시키기 위해 가용한 정보와 접근 방식을 총동원했다. 파키스탄의 민주화 열기가 국제적 관심사가 돼 있던 무렵이었다.

역사적으로 군부 치하인 이 나라에서 민간 총리가 선거로 뽑힌 것이다. 더구나 여 총리였다. 민주주의는 마침내 이 나라에도 찾아와 준 것인가.

카랏치로부터 수도인 이슬라마바드로 올라왔다. 호텔을 정한 후 총리실까지 택시를 동원했다. 총리실 대변인을 만나 부토와의 인터뷰를 신청한즉 인터뷰 순위가 4백15번째임을 뒤늦게 알았다. 세계 각국으로부터 근 5백여 명의 기자들이 달려와 그곳 민주화 현장을 보도하는 데 열기를 뿜고 있었다.

이들 기자 거개가 나처럼 부토와의 인터뷰를 흡사 취재의 통과의례처럼 신청해 놓고 있었다. 총리실 대변인은 그곳 카랏치의 유력 신문 편집국장 출신이었다. 그의 말대로라면 인터뷰를 기다리는 데 약 두 달이 걸린다는 계

〉〉 지중해에서 보낸 어느 여름. 오른쪽은 당시 벨지움 공사였던 외교학과 동기 고(故) 이해순으로, 훗날의 핀란드 대사(청와대 의전수석을 역임). 사진 가운데는 김용문 전 문광부 문예진흥국장(당시 파리 공보관)

산이 나왔다.

발길을 돌려 숙소로 돌아오려다, 다시 총리실로 향했다. 그리고 대변인을 다시 만나 약간은 힐난조로 따졌다.

> "여보 대변인, 한국은 아시아 동단東端에서, 파키스탄은 아시아 서단西端에서 지금 한창 민주화 열풍에 말려 있잖소! 이 한국기자가 불원천리 달려온 걸 다른 일반국가의 기자와 같은 등급을 매긴다면… 그건 좀 어폐가 있소"

이왕 말 난 김에 본전은 건져야 한다. 해서 너희는 어째 이 정도 수준이냐, 외국 언론은 이렇지 않다는 식으로 저쪽의 자존심도 살짝 건드렸다. 취재는 상대의 정서 파악이 제일 관건이다. 총력전이다.

> "가령 말입니다, 대변인 양반! 우리나라 민주화 열기를 취재하러 당신네 나라 기자가 서울에 왔다 칩시다! 그리고 또 내가 당신처럼 대변인 역할을 맡고 있다 가정할 때, 난 당신처럼 그 기자한테 4백15번째의 인터뷰 순위를 매겨 주지는 않을 거요. 알아듣겠소?"

기자(출신)끼리는 뭔가 통하는 것이 있다. 그는 알아들었다는 표정을 짓더니 부하직원들이 안 보이는 옆 사무실로 나를 안내한 후, 기대 밖의 정보를 전해줬다.

부토 총리가 그날 밤 비행기 편으로 고향인 카랏치로 내려간다는 극비정

보였다. 그러면 그렇지! 고맙다는 인사도 잊었던 듯싶다. 그 길로 호텔로 돌아와 짐을 꾸려 공항을 향해 택시에 오르려는 순간 또 무슨 사고가 터졌다.

서울에서 갓 도착한 한 일간지 기자 한 사람이 호텔에 들어서고 있었다. 나보단 서 너 살밑으로 보이는, 서울에서 조금 안면이 있던 국제 뉴스전담 중진 기자다.

어찌한다? 내 행선지를 알리면 기자의 생리상 염치불구하고 따라 붙을 것이 분명하고, 그렇다고 따돌린 채 나 홀로 카랏치로 직행할 경우, 사람의 도리가 아니다. 더구나 서울서 온 한국 기자 아닌가.

(당시) 20년 너머의 기자생활은, 더구나 서울의 북새통을 떠나 5년 가까이 파리에서 유유자적해 온 나의 철학은 결국 사람의 '도리道理' 쪽을 택하게 만들었다. 거북아, 잠자는 토끼를 깨워야지! 함께 골인해야지!

내가 당시 몸담고 있던 한국일보 쪽에서 들으면 배신자라 욕할지 모르지만, 파리의 5년은 나를 무척 지치게 했고, 사소한 일이나마 남과 함께 나누는 기쁨이 그리웠다. 사소한 특종의식에 허덕이기보다는 민주화의 기수 부토 총리의 인터뷰를 두 신문이 함께 다룰 경우, 같은 민주화의 열병을 앓고 있는 한국 실정에 더욱 부합할 꺼라 생각이 들었기 때문이다.

그날 밤 두 사람은 결국 카랏치 공항에 함께 내렸다. 호텔도 같은 데로 정하고, 방도 같은 층으로 정했다. 그러나 단단히 특종의식에 불타 파키스탄까지 온 그 기자에게 나의 친절과 배려는 도시 먹혀 들어가는 것 같지 않았다.

앞서 이슬라마바드 호텔 앞에서 만나 부토 총리의 극비일정을 전해주고, 지금 나와 함께 카랏치에 도착해 놓고서도 나의 말을 의심하고 있었다.

심지어는 자기의 취재 일정과 부토 인터뷰 계획까지 망쳐 놓으려고 내가 작심하고 벌이는 작전으로까지 오인하고 있었다. 그는 나와 만나기 전, 저 혼자 인터뷰를 신청하리라 마음 먹었던 성 싶었다.

인터뷰 신청해 봐야 (그때 쯤) 그 순위가 5백 번이 넘으리라는 건 더 더욱 모르는 상태였다. 그런대도 내 말은 죽어라고 안 믿는 것이다. 같이 카라치 까지 와 놓고도 안 믿으려드니, 사람 환장할 노릇이었다.

그가 나빠서가 아니라, 극단劇團 소속이 다르면 극단 멤버까지가 서로 이전투구 할 수밖에 없는 저널리즘의 폐단 탓이었다. 이런 의심과 주저는 호텔에서 일박 후, 부토 총리가 모습을 드러낸 향민鄕民 환영대회장에 이르기까지 계속됐다.

함께 대회장에 도착, 눈앞에 나타난 부토 총리의 얼굴을 보고서야 그는 의심에서 해방됐다. 이 과정을 나는 가슴 아프게 지켜봤다. 기자라는 직업, 정말 싫었다.

한국적 현실도 싫었다. 우리는 모르고 살아온 것이다. 우리가 어떤 정서 어떤 환경 속에서 성장하고 생활해 왔는지를. 파리에서 읽던 맥나마라 미 국방장관의 회고록이 떠올랐다.

그가 베트남의 비극과 교훈 이라는 회고록을 통해 맹박한, 미국의 냉소주의 역시 바로 이런 불신과 의심이 진원지가 아닐까 생각해 본다.

미국인의 냉소주의를 맥나마라는 월남전의 실패와 워터게이트 사건 때문으로 진단했다. 당시 미국은 누가 무슨 말을 해도 믿지 않는 사회, 임자가 없는 사회, 각자 각자가 제 기준과 제 실속대로만 사는 사회… 말 그대로 사사士師 시대가 되풀이 됐던 것이다.

둘은 군중 속에 파고들어 부토와의 인터뷰를 마침내 성사시켰다. 나는 그가 인터뷰하는 사진을 날렵하게 몇 장 찍었다. 내가 인터뷰하는 내 모습은 그가 찍어 두었으려니… 여겼다. 내 모습을 내가 찍을 수는 없기 때문이다.

허나 그 취재 북새통 속에서 나는 카메라를 잃었다. 잃은 게 아니라 도둑맞았다는 말이 맞다.

군중 가운데 한 사람이 나오더니 부토와 내가 단독으로 대담하는 장면을 찍어주겠다고 자원했다. 고맙다고 카메라를 줬더니 찍는 척 하고는 군중 속으로 숨어버리고 만 것이다. 카메라가 탐났던 것이다. 예나 지금이나 난 취재 현장에서 도둑맞는 팔자인 모양이다.

팔자소관이라 해도 좋았다. 또 카메라래야 1백 달러 미만의, 장난 깜 비슷한 거라서 잃어버려도 새로 사면된다. 문제는 그 기자의 인터뷰 사진이 찍힌 필름이 송두리 채 달아난 것이다.

군중 속에 뛰어 들어 숨은 자를 아무리 찾아봐도 모두가 까무잡잡한 얼굴에 흰 색 계통 옷들만 입은지라 그 얼굴이 그 얼굴이다.

나는 망연자실했다. 그래도 믿는 구석이 있어, 이를 지켜보던 상대지 기자에게 "내가 인터뷰했던 장면 찍어 놨지요?" 하고 물은 즉, 어허, 이럴 수가 있나!… "안 찍었다"는 것 아닌가.

자기가 찍은 내 사진만 덜렁 나가고 자기 사진은 못 나가게 될 판인지라, 그게 걸렸던 것이다. 물론 이해는 했다. 허나, 그래도 혹시 하고 기대를 버리지 않았다.

당신은 날 안 찍었다고 우기지만, 사람이란 것이 그런 게 아니다, 자기도 모르게 찍었을지도 모른다… 이렇게 생각이 들어 한사코 맘이 내키지 않아 하는 그를 가까스로 달래 현지 AP통신 사무실에 들러 그의 필름현상을 해봤더니, 브라보! 거기 나의 인터뷰 장면이 그대로 한 컷 들어있는 게 아닌가!

더 신나는 일은, 필름 현상을 도운 AP통신의 미국인 사진 스트링거(조수)가 그 기자의 부토 인터뷰 장면을 찍었다는 점이었다. 둘은 서로 안도의 숨을 나눠 쉬며 사진을 서울 본사에 각각 전송, 다음 날 두 신문의 1면에 똑같이 대문짝만하게 실렸다. 저마다 인터뷰 사진도 함께 실린 건 물론이다.

그 기자와 헤어져 호텔로 돌아왔다. 옷 입은 채 침대에 벌렁 누웠다. 아, 이 가증스런 직업을 난 언제까지 계속해야 하는가…

〉〉 파키스탄 부토를 찾아내 진격 앞으로! 나의 왼손에는 녹음기, 오른손에는 카메라가 들려있다

Commit your way to Him!

Trust also in Him!

He will do it.

He will bring forth your righteousness as light,

Your judgement as noonday!

Epilogue

이 글을 마무리 할 무렵 부토 총리가 테러단체에 의해 폭사 당했다는 뉴스를 접했다. 아버지 부토 총리는 군부독재한테 처형당했고, 이제 그 딸마저 비명에 숨진 것이다. 한마디로 기가 막힐 뿐이다. 부토 여 총리를 만나러 파리로부터 불원천리 그곳 카라치에 달려갔던 20년 전만해도 파키스탄은 서 남아에서, 한국은 동북아에서 각각 민주주의 정착의 실험장으로 세계의 각광을 받던 두 나라였다. 한국은 6.29를 통해 그 실험에 성공을 거둔 반면 파키스탄은 그 질곡의 악순환에서 벗어나지 못한 채 제자리걸음을 되풀이하고 있는 것이다. 정치란 과연 무엇인가를 되 뇌이게 된다. 아울러 기자란 무엇인지도 함께 생각한다.

카라치로부터 파리로 돌아왔다. 며칠 늘어지게 잔 후, 짐을 대충대충 챙겨 아내와 두 아들 놈을 꼭 껴안고 서울행 대한항공에 올랐다. 가자, 대한민국 내 고향으로… 카라치로부터 돌아오고 나서 3주 후다.
그리고 그로부터 19년이 지난 지금 내가 지난해까지 3년 동안 봉직했던 서울 재외동포재단의 전영순 과장님께 드리는 새해 편지를 빌려 이 책 〈파리의 새벽, 그 화려한 떨림!〉을 내가 왜 출간하는지, 그 이유를 다음과 같이 설명하고 싶다.

전영순 과장님!

메일을 통해 보내신 새해 편지 잘 읽고, 또 새해 처음 쓰신 편지라는 데 놀라 저 역시 이렇게 부랴부랴 답신 띄웁니다.

그리고 쓰면서 생각합니다. 나 역시 새해 들어 이 글방에 띄우는 첫 글이 되는구나하고, 우선 전 과장님께 드리는 감사 말씀으로 편지를 엽니다.

지난해 3월 출간된 제 졸저 "모든 사라진 것들을 위하여"〈서울 회억,1961~84년〉는 전 과장님 없었던들 출간되지 못 할 책이었기 때문이지요.

제가 재외동포재단 이사직을 맡고 있을 무렵, 책의 출간 필요성을 내게 역설, 글의 원고를 〈김영사〉의 박은주 여 사장님께 미리 보내드려 구미(?)를 돋구는가 하면 일의 성사를 위해서는 이사직을 맡고 있는 제가 앞에 나서기보다 여자-여자가 만나 직접 협상(?)함이 유리하다는 여성 비교우위론을 주장, 출판사 여사장을 만나 직접 담판 짓고 마침내 출간의 열매를 따 낸 바로 전 과장님의 사업가 자질을 제가 잊지 못하기 때문이지요. 전 과장님의 그 역할에 감사드리는 겁니다.

편지의 서두가 조금 장황해졌습니다만 실은 바로 이 역할이 전 과장님께, 그리고 겸사겸사 이 글방 식구들께 새해를 맞아 제가 올리고 싶은 편지의 화두이기 때문입니다. 사람에겐 저마다 이 역할이 있다고 믿습니다.

"그 사람 아니면 안 되는 일"

"너 아니면 아무도 못 할 일"을 분간해 낼 줄 알고 (거기서 겸사겸사)

"나 아니면 안 되는 일"을 찾아내 정성을 다 쏟고, 또는 쏟게 만드는 거야말로 가장 성공적인 삶으로 여긴다… 이 말씀입니다.

크게는 "이 순신 아니면 못 할 일" 부터 작게는 "전영순 아니면 해 낼 수 없는 일"… 바로 그 역할이 있다는 말씀이외다. 전 과장님이 제게 띄운 편지의 서두에서 지적하신 예술가의 기질이 바로 그렇습니다. 예술가들은 만사를 -심지어 일상日常까지도- 작품 활동으로 간주하는, 예쁜 버릇을 지니고 삽니다.

예쁘다는 말을 썼지만, 세상 삶의 기준으로 보면 한마디로 고약하고 또 요상스런 사고의 습속習俗이지요. 남의 판단이나 지적을 결코 받아들이지 못하고, 또 받아들이는 걸 아얘 창조에 반反하는 걸로 해석해서 진절머리를 치기도 합니다. 내가 전 과장님께 뭘 한 수 가르쳐주려고 꺼낸 말씀이 아니라 누구나 느끼고 동감하되, 진즉 깨닫지 못하는 데서 혼선을 빚는다는 말씀입니다.

제 글방에 자주 등장하는, 아름다운 칼춤으로 글방 식구들로부터 갈채를 받는, 그러다가도 느닷없이 (전라도 말로) 데뚱 맞은 표현으로 사람을 되게 웃기는 한국일보 임철순 주필님이 이 역할을 진즉 터득하신 분 같습니다… 대학 마치고 신문쟁이를 시작하면서 부터 임 주필님이 고민했다는

"시민으로 살 것이냐, 예술가로 살 것이냐"

라던, 독일 어떤 문필가(하인리히 뵐이던가?)가 남긴 외마디 소리를 그는 바로 자신이 자신에게 던지는 질문으로 삼고 언론생활을 시작했던 분이 아니었나… 저는 여깁니다. 화가 전영순 과장님이 글 서두에 피력한 그 고민과 그로 인한 갈등은 제가 그곳 재외동포재단에 3년간 귀하와 함께 근무하는 동안 일일이 목격하고 안타까워했던 바입니다.

실은 30년 넘는 언론 생활에, 거기다 8년이라는 공직公職 생활까지 보너스로 받았던 제가 다른 사람 아닌 바로 저한테 느끼고 살았던 고민이기도 합니다. 그리고 그런 고민과 갈등, 그냥 방치하면 죽을 때가지도 헤어나지 못한 채 결국 세상과 결별하고 말지요.

이제 서서히 결론을 말하렵니다. 화가 전 과장님이 공무원 입장에서 당한 그 고민과 갈등, 전 과장님이 그토록 매달려온 하나님이 전 과장님께 주

신 복福으로 여기세요. 시민으로 살꺼냐, 예술가로 살꺼냐… 그건 인간이 하나님을 알기 이전에 내리는, 자신이 자신에게 내리는 무척 무책임한 판단입니다.

시민으로 살던 예술가로 살던 그 진단과 진로 결정은 하나님이 내리시는 결정입니다. 모든 걸 맡기고 살면 됩니다. 이 논리, 정치에도 그대로 적용됩니다. 전두환 노태우 둘 다 대통령 되기 위해 작심하고 태어난 사람들 아닙니다.

지금의 노무현 대통령, 그리고 얼마 후 취임한 이명박 신임 대통령도 마찬가집니다. 사람이 쓰이는 용도나 역할을 말 하려는 것일 뿐, 흔한 운명론 또는 체념론과는 다른 애깁니다. 그를 찍은 국민들도 마찬가지지요.

지난 대선은 얼마 전까지도 존재하던 초등학교의 운동회와 같습니다. 전교생을 청군 백군으로 나누고, 해서 때로는 내 단짝인 짝꿍까지 적군으로 바뀌어 상대편에 서서 줄다리기를 하는, 한마디로 운동회라는 축제를 위해 편의상 가른 청군 백군이란 말씀이지요. 운동회를 치르는 그 학교를 위해 잠정적으로 나눈 편 가르기였다는 말입니다.

따라서 그 운동회가 끝나면 그 청군 백군도 함께 머리띠를 풀어야 합니다. 그게 정상이지요. 운동회를 끝내고도 이 청군 백군의 띠를 못 푸는 계층이 바로 지금 제가 말씀드리는 역할과 용도의 구별에 익숙치 못한, 여야가 극한 대결하는 우리의 정치 민도입니다. 운동회보다 학교 그 자체가 훨씬 중요함을 모르기 때문이지요. 대선 보다 그 국가가 훨씬 우선함을 모르기 때문이지요.

지금부터 만 12년 전 27년간의 장기 투옥생활을 마치고 남아공의 대통령에 취임한 넬슨 만델라의 취임사가, 특히 자신을 대통령에 뽑아 준 그 국민들이 대선이 마무리 됐음에도 계속 분열과 항쟁을 보인데 대해 불을 뿜던 그 질책이 떠오릅니다.

> "…내일 아침 당장, 여러분의 생업에 복귀해 주십시오. 각자 본연의 업무에 돌아가, 이 새 나라가 당면한 새 일거리에 소매를 걷어 붙이고 달려듭시다"

국민 한 사람 한 사람의 의 역할과 용도가 뭔지를 깨우쳐주는 지도자의 계몽… 그것입니다.

개인 한 사람 한사람의 역할과 용도를 얘기하다보니, 거기에 하나님 얘기까지 나오다보니 이 글을 읽으실 (비기독교) 독자들의 표정을 조심스레 살피게 됩니다만… 전 과장님한테는 그 하나님 말고는 심벽 뚫는 얘기가 따로 있을 듯싶지 않기에 애라, 썅! 용기를 가지고 마저 말씀드리겠습니다.

당신이 쓰일 용도, 당신의 맡을 역할을 속단하지 말고 당신보다 몇 천 몇

만 배 정확하시고 당신을 늘 불꽃같은 눈으로 지켜보셨고 앞으로도 지켜보실, 그 하나님께 맡기고 살라는 말씀입니다.

전 과장님이 익히 아는 다윗 왕은 빼어난 전사戰士이자 전략가요, 명연주가이자, 시편 거의 전부를 혼자서 쓴 시인이었습니다. 그런가 하면, 캄캄한 동굴 속까지 뭣 모르고 찾아 든 원수 사울 왕을 한칼로 해치울 수 있었습니다만 이를 자제할 줄 아는, 협객중의 협객, 사나이 중의 사나이였지요. 그런가 하면 부하의 아내를 유린, 임신시킨 후 그 부하를 결국 전선에 내보내 죽게 만든, 가장 인간적 인 비열한이었습니다.

(인간적이라는 말을 저는 늘 좋지 않는 의미로 받아들입니다. 인간 사이에 영원불변한 것은 없지요. 지난 한 해만해도 서 너 차례 실감했습니다만 직장의 상사 – 후배 간에, 학교의 선후배간에, 또 절친하다는 친구 사이에서 이 인간적인 관계가 깨어지는 걸 서 너 차례 목격했고 제 스스로가 희생자가 되기도 했습니다. 그래서 더 나아가 우정도, 형제도, 부자간도, 심지어는 살을 섞고 살아온 부부지간에도 마魔가 끼어들면 가변적이고 금 갈 수 있고, 최악의 경우 원수로까지 바뀔 수 있음을 성서를 통해 깨닫고 터득하고 삽니다. 의義다, 예禮다, 인仁이다… 그거 다 먹물 든 사람들이 한 마디씩 습관적으로 자신을 정당화시키기 위해 내뱉는 말장난입니다. 가슴 아픈 말이지만

사실이 사실인 걸 어떡합니까!)

인간이 인간한테 내리는 평가, 또 내가 나한테 내리는 평가에서 자유로워지시기 바랍니다. 시민으로, 또 예술가로 따로 살 수도, 경우에 따라서는 둘을 함께 모아 양수 겹장으로 살 수도 있다는 말씀이지요. 그 결정을 내리시는 분은 당신이 아닌, 매사에 최선과 최상을 바라시는 오직 하나님의 몫입니다. 좀 긴 편지가 됐네요. 제가 즐겨 암송하는 성구聖句 한 가닥 인용하는 걸로 제 편지 마무리하겠습니다.

15년 전 죽을 병에서 저를 살려내신 강북 삼성병원 여의사 김향 박사께서 손수 써 보내신 격려의 말씀입니다.

Commit your way to Him!

Trust also in Him!

He will do it.

He will bring forth your righteousness as light,

Your judgement as noonday!

당신의 길을 그 분한테 맡기고!

그분을 또한 믿어라!

그가 해 내실 것이다.

너의 옳음을 빛과 같이,

그리고 너의 판단을 대낮같이 비추시리라!

제가 직접 번역한 성서 구절입니다. 1백 년 전 선교사들이 번역한 고문 성서보다는 제가 직접 번역, 해석하는 게 더 기억하기 쉽기 때문입니다. 전영순 과장님! 힘내세요! 이 글의 서두에서 밝힌 그 역할과 용도 이야기로 되돌아가는 것으로 글을 마무리 하겠습니다.

"김승웅이, 그러는 너는 네 역할과 용도를 찾았단 말이냐?"는 자문에 대한 답변도 겸합니다. 제 경우 그 역할이나 용도를 찾아내기란 쉬운 일이 아니었습니다. 변경邊境에 가면 찾아 지더이다. 진리는 바람 부는 변경에 가면 만나 집니다. 변경 이야기를 좀 상술詳述할까 합니다.

현재 국내 최고정상을 달리는 테너 박세원 씨(서울음대 교수)가 로마에서 유학할 때 일입니다. 서울음대 성악과를 졸업한 박세원 씨는 자신의 음역音域이 바리톤이라는 서울 은사의 말을 그대로 믿고 로마에 와서도 그대로 바리톤 공부만 했답니다.

그러던 어느 날 로마 대학의 지도 교수로 부터 "자네는 바리톤이 아니야.

테너란 말일세!" 소리를 듣고 경악합니다.

테너 박세원 씨를 제가 본건 지금부터 20년 전, 그러니까 제가 파리특파원 시절 이 책의 맨 앞부분에 나오는 〈클래식 영화 탐험〉을 위해 그곳 로마에 들려 명화 〈자전거 도둑〉, 〈로마의 휴일〉 그리고 〈길〉의 현장 탐험을 할 때였습니다.

유학생 박세원 씨는 멋진 성량을 가진 데다 드라마틱한 얼굴까지 지녔기에 나는 그의 성공을 확신했고, 특히 오페라 가수로서 대성하리라 믿었습니다.

그 기대대로 그는 몇 년 후 귀국, 오늘 날 국내 최고의 테너로 하이라이트를 받고 있습니다. 이 박세원씨가 만약 로마에 오기 전 서울에서 스스로를 파악하고 컸듯 자신을 계속 바리톤으로 알았던들 지금의 성공이 과연 가능했을까?… 지금도 그런 질문을 던지고 삽니다.

그가 자신의 음역이 테너임을 깨치게 된 건 로마라는 변경邊境에 와서 입니다. 변경은 이처럼 진실 또는 진리와 만나는 곳입니다. 전영순 과장님의 경우 그 변경은 바로 (전 과장님이 그토록 매달리고 사는) 하나님이 아니실까… 저는 그리 믿습니다.

그분을 만나 당신의 고민이 다 해결되고, 당신의 음역을 찾으시고, 또 그 음역이 바로 전 과장님의 역할임을 깨달으시고… 그래서 지금보다 훨씬 자유로운 예술가의 삶을 사시기 바랍니다.

제 경우 5년 남짓의 파리 생활이 바로 그 변경이었습니다. 그 파리 변경을 소재로 한 책이 바로 "파리의 새벽, 그 화려한 떨림" 입니다. 지난 84년부터 89년까지 파리에서 보낸 5년을 소재로 쓴 책입니다.

이 책을 쓰는 과정에서조차 저는 제 역할이나 용도가 뭔지를 언급하지 않았습니다. 일부러 언급 안 한 것이 아니라 몰랐기 때문에 못했던 거라고 말하는 것이 솔직한 표현입니다.

그러다 파리 생활을 마치고 서울로 돌아와 19년을 훌쩍 넘기고 나서 이처럼 그 책의 원고 교정을 보는 와중에서야, 그것도 이처럼 중반의 늙은이가 다 돼서야, 아, 바로 그거였구나! 하고 만각晩覺 하는 것입니다. 변경은 제가 진리를 만나는 곳이었습니다.

그 진리는 저에겐 다름 아닌 예수님, 바로 하나님과의 만남을 뜻하고 파리야 말로 제가 그 분을 만난 곳이었다는 말씀입니다. 이 책을 내는 소이所以 또한 여기 있음을 독자들에게 말하기 위해 전 과장님께 드리는 제 답신을 차용借用, 필자의 에필로그로 싣는 것입니다. 그리고 전 과장님, 남이 내 생각과 다르다 해서 다투지 마시고 항상 부드럽게 그리고 남을 소중하게 여기고 사세요. 삼국지三國志에 나오는 말을 하나 인용하리다.

사별삼일士別三日

즉당상대괄목卽當相對刮目

선비와 사흘간 떨어져있다

다시 대할 때는 눈을 비비고 대하여야 한다

오吳 나라 범부 여몽이 천하의 관운장을 잡는 지략가로 바뀐 걸 보고 오나라 재상 노숙이 했던 말입니다. 남의 학식이나 재주가 생각보다 부쩍 진보한 걸 이르는 말이지요. 이처럼 그 남도 하나님이 보시기엔 (전 과장님처럼) 소중하다는 말씀입니다. 그 남도 때가 차면 그렇게 바뀐다는 뜻입니다.

당신이 따르는 하나님은 단비와 햇볕을 악인에게도 똑같이 내리시는 공평한 분이심을 잊지 마시기 바랍니다.

무자년 원단 김승웅 드림

반짝이는 별빛 아래

작곡가 **나화랑** 평전

작곡가 나화랑 평전

반짝이는 별빛 아래

지은이 · 민경탁 **발행인** · 김윤태 **발행처** · 도서출판 선
등록번호 · 15-201 **등록날짜** · 1995. 3. 27 **초판 제1쇄 발행** · 2014. 3. 28
주소 · 서울시 종로구 낙원동 58-1 종로오피스텔 1020호
전화 · 02-762-3335 **전송** · 02-762-3371

값 · 15,000원

ISBN 978-89-6312-476-6 03810

이 책은 김천시 민간보조금 지원을 받아 제작되었습니다.

반짝이는 별빛 아래

나화랑(羅花郎), 그의 인생과 음악

작곡가 나화랑 평전

민경탁 지음

:: **축사 1**

'무너진 사랑탑'과 창작가요의 다보탑

〈무너진 사랑탑〉의 나화랑(羅花郎)!

그대를 생각하면 그대의 맏형인 작사가 고려성(高麗星: 본명 조경환 曺景煥)과 가수 백년설(白年雪)이 함께 생각납니다. 1940년대 초반에 내가 태평레코드사 전속 가수로 있을 무렵, 고려성은 문예부에 그대는 신인 가수가 되면서 우린 서로 만났지요. 그대가 처음 취입한 노래가 〈어머님 사진〉(태평레코드사, 1942. 7)이 아니었던가요.

그 후 당신은 작곡가의 길로 들어서서 처녀작으로 〈삼각산 손님〉(조경환 작사, 구성진 노래, 대동아레코드사, 1943. 8)을 내어 놓았지요. 8·15 해방 후엔 여러 음반사를 거치며 나는 원고지 위에서, 그대는 오선지 위에서 그 얼마나 많은 가요들을 쏟아 내었던가요. 〈푸른 꿈이여 지금 어데〉 〈행복의 일요일〉 〈목숨을 걸어 놓고〉 〈뽕따러 가세〉 〈낙엽의 탱고〉 〈열아홉 순정〉 〈한양 낭군〉 〈무너진 사랑탑〉 〈울리는 경부선〉 〈사랑은 즐거운 스윙〉 〈성화가 났네〉 〈요리조리 동동〉 등등 …… .

다시금 가요의 하늘을 우러러 봅니다. 이젠 잘 보이지도 않는 별, 잠시 비쳤다 사라지는 별, 지금도 아름답게 빛나는 별! 수도 없는 가요의 별들이 반짝이고 있습니다. 나화랑, 그대의 하늘에도 보이는가요.

그대의 가요에는 전통적이면서도 서정적이고, 섬세하면서도 화려한 선율미가 있어요. 대중음악의 제일선에서 한 시대를 앞서가던 그 선율미가 지금 그립습니다. 그대는 한국 가요계 트로트 1세대의 한 작곡가로서 창작가요의 영토를 개척해 온, 작곡의 귀재였어요. 우리 가요의 전통을 수립해 온 실력파 음악인이었어요.

아쉬운 나이에 유명(幽明)을 달리 하였던 그대 나화랑!

그 동안 너무 아쉽고 안타까운 심정을 달랠 길 없었는데, 그대와 동향(同鄕)인 민경탁 시인이 당신의 가요사적 업적을 정리하여 히트곡 악보까지 곁들여서 단행본으로 발간하게 되니, 너무 반갑고 감격스럽구려. 김천에서 노래비 건립과 가요제 개최를 계획하고 있다니 이 얼마나 감사하고 고마운 일인가요.

나화랑, 그대의 사랑탑은 무너졌을지 모릅니다. 하지만 섬세 화려한 그대의 명곡들이 오늘은 한 곡, 한 곡 지상으로 내려오면서 소복소복 쌓이고 있네요. '반짝이는 별빛 아래 소곤소곤' 소곤대며 지금 하나의 탑이 되고 있네요. 나는 이 탑을 한국 창작가요의 다보탑이라 불렀으면 합니다. 나화랑, 그대는 보는가요. 그대는 듣는가요.

가요작가 반 야 월 반야월

※ 이 글은 책 발간을 계획하던, 반야월 선생 생존시(2007년 7월)에 써 주신 것임을 밝혀 둡니다.

:: **축사 2**

손짓해 주는 듯,
울려만 주는 듯

1958년 가을로 기억합니다, 아직 무명 가수로 어느 작곡가님으로부터 가요 두 곡을 받아 취입 하였으나 별로 인기를 얻지 못하고 있을 때였지요. 비 내리는 부두에서 서성이듯 인생길을 방황하며 다니고 있던 시절이었습니다. 나화랑 선생님이 제 노래를 어디서 들으셨는지 사람을 시켜 저를 좀 보자 하시더군요.

스카라극장 앞, 나화랑 작곡 사무실에서 처음 뵈온 선생님은 깔끔하고 재기가 넘쳐 보이셨습니다. 당시 크게 유행하고 있던 인기가요 〈무너진 사랑탑〉, 〈울리는 경부선〉의 유명 작곡가를 만나 뵙는다는 것은 제겐 감격에 가까운 일이었습니다. 선생님은 제게 노래를 잘 한다며 칭찬을 하시더니, 가요 〈비 내리는 부두〉를 주셨습니다. 이것이, 제가 가수의 길을 정식으로 걷게 된 발판이었습니다.

나화랑 선생님은 음악적으로 대단한 실력을 지닌 분이셨습니다. 음이 섬세하여 서정성이 풍부하였지요. 성품이 꼼꼼하시어 화성이

치밀하고 작품의 개성이 뚜렷했습니다. 특히 탱고와 맘보, 스윙, 부기우기, 블루스 등의 서양 리듬을 누구보다도 먼저 우리 가요에 도입시킨 분이셨지요.

가요 편곡에서 그 당시로는 한 발 앞서 가신 분이었어요. 자신의 작품을 절대로 남이 편곡하는 것을 허락하지 않으셨습니다. 이것은 작곡과 편곡 모두를 한 사람이 완성했을 때에만 한 작품의 주제가 완벽하게 표출된다는, 선생님 특유의 신념에 의한 것이었던 모양입니다.

선생님은 자기 작품에 완벽을 추구하는 작곡가요, 편곡자요, 연주가이셨습니다. 음표 하나가 잘못 그려져도 대충 넘어 가는 일이 없었죠. 그걸 하나하나 꼼꼼히 수정하는 일에 남다른 열정을 쏟아 붓는 작곡가였습니다. 사람을 만나는 데에도 사전에 약속된 것 이외에는 만나는 경우가 없었습니다.

저는 물론이며 선생님 곡으로 히트를 치고 명성을 얻은 가수가 도미님, 이미자님, 송민도님, 박재란님 그리고 선생님의 부인이 되셨던 가수 유성희님 등등 상당하였지요. 모두 나화랑이란 작곡가가 있었기에 인기 가수가 된 인물이라 할 수 있습니다. 그만큼 선생님은 가수 기용의 폭이 넓었다고 할 수 있겠습니다.

나화랑 선생님 작곡 생활 65주년을 맞아 탄생하는 『나화랑 평전』을 보니 참으로 만감이 교차하는군요. 선생님의 작품을 가장 많이 부른 가수가 저라고 하니……. 선생님 고향의 시인 민경탁 선생님이 엮어내는 이 책은 나화랑 선생님의 가요사적 위치를 자리매김하면서, 한국 가요사의 한 부분을 정리하는 의의도 있을 것으로 보입니다. 이 책이 한국 가요사 연구에 중요한 역할을 하면서, 가요 애호인들에게는 우리 가요의 정체성을 바르게 인식하고 가요를 더욱 깊이 사랑하게 되는 촉매제요 나침반이 되지 않을까 생각합니다.

이 책에 수록된 나화랑 선생님의 많은 가요와 음반, 악보, 사진 그리고 가요사적 자료들을 대하니 지금 다시 선생님의 전성기로 되돌아가는 듯합니다. 선생님께서 회갑연에서 이렇게 말씀하신 것으로 기억합니다.

> "대중가요 텃밭에 씨 뿌린 한 평생 …… 이제껏 오직 한 길만을 전념해 왔습니다. …… 이 생명의 심지가 다하는 날까지 가요 창작에만 전념 할 것을 여러 동지들에게 다시 한번 다짐해 봅니다."

나화랑 선생님이 주신 가요 〈이정표〉, 〈핑크리본의 카드〉, 〈이국땅〉, 〈낙엽의 탱고〉, 〈성황당 고갯길〉, 〈찾아온 산장〉 …… 등등으로 관객과 애청자들의 열화와 같은 인기를 불러일으키던 그 시절, 선생님과 같이 일할 때가 가장 좋았죠. 선생님도 저를, 저도 선생님을 무척 애호하시고 존경하였습니다.

이 책을 대하니 나화랑 선생님께서 서정성 넘치는 곡으로 자꾸만 저를 손짓하며, 명곡을 울려만 주시는 것 같군요. 힘든 발간 작업에 노고가 많으셨던 분들께 진심으로 감사의 마음을 전하며 많은 분들이 우리 전통가요를 더욱 사랑해 주시길 바랍니다.

가수 **남 일 해**

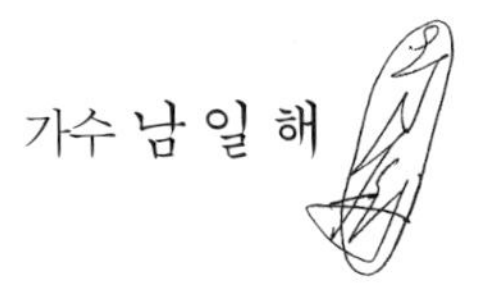

※ 이 글 역시 남일해 선생께서 책 발간을 계획하던, 2007년 7월에 써 주신 것임을 밝혀 둡니다.

:: 책을 내면서

2500여 년 전 공자가 모아 엮은 동양문화의 필독서인 『시경(詩經)』은 알고 보니 중국의 노랫말을 정리한 것이었다. 그때까지 전해 오는 노랫말을 정리한 문학작품이었다. 이 책에서, 반주에 맞춰 노래하는 것을 '가(歌)', 목소리로만 노래하는 것을 '요(謠)'라 일컬은 데에서 '가요'란 말이 생겨났다는 데에서 필자는 문학과 음악의 접점에 대하여 관심을 갖게 되었다. 그 옛날 우리나라의 〈공무도하가〉〈구지가〉〈황조가〉〈정석가〉〈서동요〉〈견회요〉는 모두 노래가 아닌가.

문학과 음악의 경계선을 넘나들던 중, 훌륭한 노랫말에서 명곡이 탄생한다는 믿음을 가지게 되었다. 동서고금의 걸작 베토벤 교향곡 제9번(일명 〈합창〉)은 독일의 위대한 시인 실러의 시가 밑바탕이 되어 있었다. 한국가요 〈럭키 서울〉(현인 노래), 〈삼다도 소식〉(황금심 노래), 〈이별의 부산정거장〉(남인수 노래)에는 걸출한 작가 유호(兪湖)의 빼어난 가사가, 〈무너진 사랑탑〉(남인수 노래), 〈울고 넘는 박달재〉(박재홍 노래), 〈유정천리〉(박재홍 노래)에는 한국 가요사의 빼어난 작사가 반야월의 감칠맛나는 노랫말이 주춧돌이 되어 있었다.

필자는 음악에 관한한 민요·클래식·대중가요·가곡에 이르기까지 잡식성을 지니고 있다. 날마다의 아침에 음악을 틀면서 하루를 시작한다. 그러던 중 한국가요에 트로트·유행가·대중가요·케이팝(K-pop)이란 말을 아우르는 보통명사가 없는 것을 신기하게 여기게 되었다. 프랑스의 샹송, 이태리의 칸조네, 일본의 엔카, 터키의 아라베스크 같은 보통명사가 한국사회에는 왜 없을까. 한국인의 삶의 애환을 목소리로 대변해주는 대중가요에 보통명사가 왜 없는 것인가. 싸이의 〈강남스타일〉을 트로트라 일컬을 수 없으며, 전수린의 〈황성옛터〉를 케이팝이라 일컬으면 느낌이 개운치 않다.

우리가 20세기까지 대중가요를 정책적, 학문적으로 접근해 본 경험이 거의 없었기 때문이리라 생각한다. 한국 대중가요는 그 탄생에서부터 일제 식민지 정책에 의하여, 근대에 이르러서는 서양 음악과의 차등의식에 의하여 이를 즐기기는 하되 경시하여 온 측면이 있음을 부인할 수 없겠다. 대중가요에 관한 명의 의식, 저작권 의식 또한 희박하였다. 가수에 비하여 작사가와 작곡가에 대한 예우 또한 매우 저조하였던 것이 사실이다.

이 연구는 박찬호의 『한국가요사』 초판 및 개정판(1992. 2/2009. 5), 장유정의 『오빠는 풍각쟁이야』(2006. 2), 이영미의 『한국대중가요사』(2006. 8)를 밑바탕으로 하여 추진하였다. 연구 도중 작곡가 나화랑의 인적 사항과 가요사적 업적이 상당 부문 베일에 가려 있음을 발견하고 이에 깊이 연구하게 되었다. 관련 자료 수집과 인터뷰와 고증에 몰두하였다. 나화랑 선생께서 고교 악대부의 선배이시며 동향(同鄕)

이란 사실을 알고서 더욱 연구에 골몰하게 되었다.

이 책에서는 한국의 한 작곡가의 업적을 한국가요사의 한 좌표에 앉히려 노력하였다. 한국 대중가요계의 1세대 작곡가 중 한 분이었던 나화랑 선생의 가요 인생과 그 가요사적 업적을 종합적으로 조명하려 노력하였다. 이 책 제2부에서는 나화랑의 가요 인생을 작가론적 측면에서 연대기적으로 서술하였다. 나화랑 선생이 구전하던 한국민요를 편곡·지휘·제작하여 음반으로 무수히 제작해 낸 업적을 발견하게 된 것은 새로운 사실이었다. 제3부에서는 선생의 가요들을 작품론적 측면에서 해설 및 비평하였다. 작곡가·편곡가로서의 나화랑 인기곡에 대한 한국 가요사적 의의를 논하되 저널리즘적 진술도 가미하였다.

자료 수집을 겸한 연구에 9년을 보낸 끝에 이 책을 세상에 내놓는다. 그 동안의 연구를 한 권의 책으로 엮어내기까지 많은 분들의 도움이 있었다. 가수 및 작곡가였던 나화랑 선생의 인적 사항과 가요계에서의 활동상은 한국 가요사의 산증인이셨던 고 반야월 선생, 향토사학자 고 이근구 선생, 바이올리니스트 손성호(89세) 선생, 유족들의 증언이 밑바탕이 되었다. 반야월 선생께는 생전에 고려성-나화랑 형제노래비 제막식을 열어드리지 못한 송구함의 빚을 졌다.

한국대중음악회의 김창남 교수(성공회대학교), 장유정 교수(단국대학교)의 가요사 연구에 대한 격려와 성원은 크나큰 힘이 되었다. 귀중한 자료를 보내준 이동순 교수(영남대학교)에게 감사의 뜻을 전한다. 가수 손인호, 금사향, 김광남, 남일해, 작곡가 임종수님들의 고증에 깊이 감사의 마음을 표한다. 찾기 힘든, 희귀한 문헌을 국립중앙도서관에서 구해 준 서울의 김직수와 기꺼이 책의 표지를 디자인하여 준 조의

환(전 조선일보디자인팀장)님의 고마움을 잊을 수 없다.

나화랑기념사업회(일명 나화랑가요를 사랑하는 사람들의 모임) 회원들과 김천시 새마을문화관광과 관계자들 그리고 김천문화원 정근재 원장의 성원과 배려와 말없는 지원에 감사의 마음을 전한다. 출판계의 불황에도 불구하고 각종 조언과 더불어 힘들게 책을 만들어 준, 선출판사 김윤태 사장의 친절에 고마움을 전한다. 가족(아내, 새매, 수홍)에게 미안함과 고마움을 전한다.

나화랑 선생과 함께 벌써 밤하늘의 별이 되신, 반야월 선생과 이근구 선생께서 하늘에서 이 책을 웃으시며 내려 보시리라 믿는다. 한국 가요사 연구에 벽돌 한 장을 올려 놓는 마음으로.

2014년 2월 28일

반짝이는 별빛 아래

빛솔의 방에서 **민 경 탁**

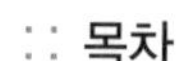

:: 목차

II부

연주, 작·편곡, 음반 제작과 운명적으로 동행한 인생

III부

전통과 외래 양식이 접목된 가요 유실수(有實樹)

I 부

화보

사진으로 보는 나화랑의 음악인생

가수·작곡가 나화랑

| 민족의 깊은 정서를 음악에 담아낸 인생 |

김천고보 학생 시절의 나화랑

김천고보 브라스밴드 악단장(오른쪽 끝) 시절(1939. 8)

김천고보 악대부원들과 함께 한 나화랑(가운뎃줄 오른쪽에서 두 번째)(1940)

일본 유학 출국 직전(1940. 9)의 나화랑(앞줄)과 가수 진방남(맨 오른쪽)

일본 유학 중 동경 '동보성악대' 단원 시절 (맨뒷줄 흰 화살표, 1941. 9)

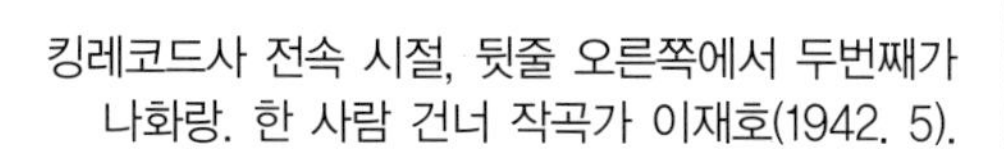

킹레코드사 전속 시절, 뒷줄 오른쪽에서 두번째가 나화랑. 한 사람 건너 작곡가 이재호(1942. 5).

KBS경음악단 상임지휘자 시절의 나화랑(흰 화살표). (1957. 7)

KBS주최 신인가수콩쿨대회 심사를 광경하는 나화랑 (검은 화살표, 1958. 10)

6.25 피란시절 대구에서 서라벌레코드사를 창설하던 때에 백년설 부부, 반야월과 함께(1953)

나화랑과 반야월(앞줄)과 바이올리니스트 손성호와 시인 김태은

가수 백년설 은퇴공연을 마치고. 왼쪽부터 반야월, 박시춘, 나화랑, 백년설…등(1963. 7)

가수 배호와 작곡가 나화랑 (서울 '세시봉' 음악감상실에서 1966. 8)

한국가요반세기작가동지회(1970. 7. 창립) 모임에서 바이올리니스트 손성호(오른쪽에서 두번째)와 나화랑(오른쪽에서 세번째) 등.

〈슈샤인 보이〉의 작곡가 손목인(오른쪽)과 나화랑

한국가요반세기작가 동지회 멤버들과 함께 한 자리에서 (가운뎃줄 맨 오른편).

김희갑의 〈그리운 고국산천〉을 취입하고 나서 박시춘, 김희갑과 함께 한 나화랑(1974)

1960년대의 나화랑

나화랑-유성희 결혼식

피아노 앞에서의 가수 유성희와 작곡가 나화랑

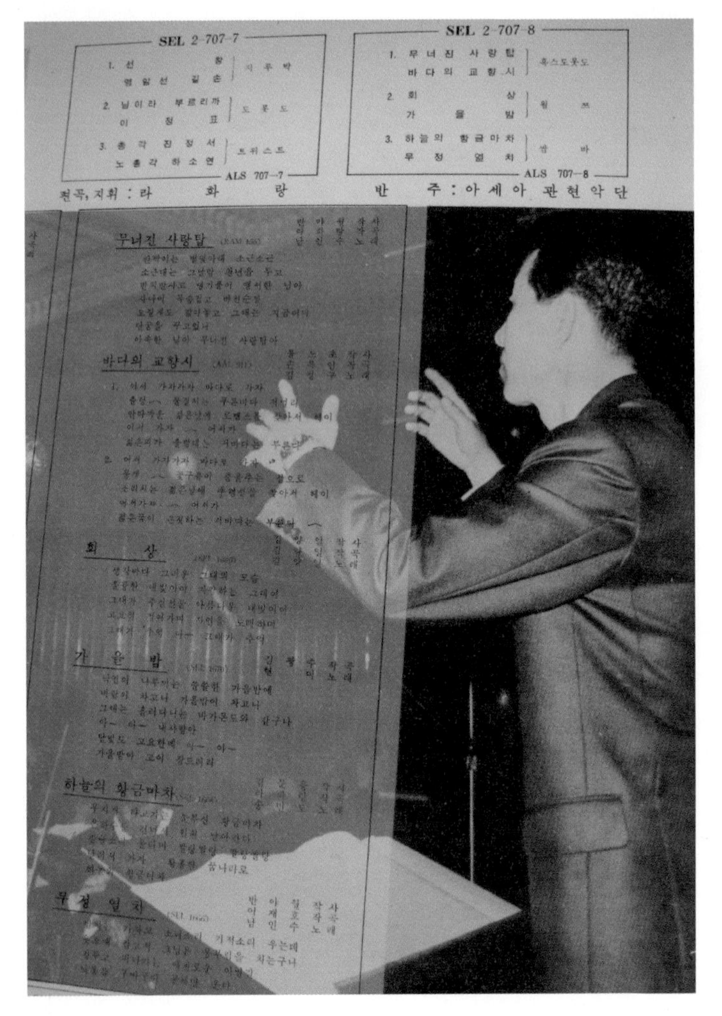

조트리오

지휘하는 나화랑

| 나화랑의 작곡·편곡·연주 음반과 작곡집들 |

무너진 사랑塔

往年의歌手 6大傑作集
무너진 사랑탑

往年의 歌手
新曲発表

里程標
羅花郎 作曲集

님이라 부르리까

울산큰애기

STEREO
羅花郎 作曲 輕音樂集

님이라 부르리까 · 이정표

大衆歌謠

BRAVO TOMMY
부라보! 都美

STEREO

멸공의 횃불
국방부 제정 군가집
국방부

自主國防

最新傑作
羅花郎作曲集

羅花郎作曲集

삼각산 손님

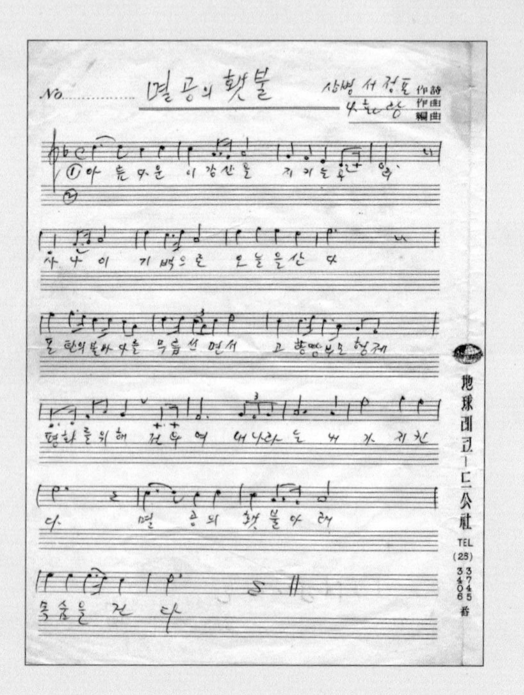
No.
멸공의 횃불
상병 서정모 作詩
作曲
編曲
地球레코-드公社
TEL
(23)

II부

연주, 작·편곡, 음반 제작과 운명적으로 동행한 인생

1. 한국 가요계의 선구적 작곡가들

한국 가요사에서 1900년대 초반~1930년대 초반은 유행가가 태동하여 전통가요-잡가, 판소리, 민요, 단가, 시조 등-으로부터 독립되는 시기이다. 1932년 작곡가 전수린·김교성이 빅터레코드사에서, 1933년 문호월이 오케레코드사에서, 1934년 김준영이 콜럼비아레코드사에서, 같은해에 손목인 역시 오케레코드사에서 전속활동을 개시함으로써 한국의 유행가는 개화하였다. '유행소가', '유행소곡'으로 지칭하던 일련의 가요들은 1932년 이애리수, 강석연의 노래에서부터 '유행가'로 지칭되며 대중에게 폭넓게 보급됨으로써 비로소 한국 가요계에 유행가의 개념이 형성되었다.

이후 1940년까지의 개화기, 1941년~1950년까지의 격동기, 1950년대~1960년대의 수난기를 거쳐, 1960년대에 이르러서는 대중가요가 재생기를 맞이하다가 1970~80년대 포크송과 록, 발라드가 등장하면서 한국 가요의 패턴은 한 획을 긋게 된다고 할 수 있다.[1)]

1) 한국 근현대 가요사의 시대 구분에는 황문평, 박노홍, 김지평, 박찬호, 장유정, 이영미의 이론들이 있다. 하지만 논자마다 용어부터 시대 구분에 차이가 많고 아직껏 그 정설이 형성돼 있지 않다. 여기서는 위 이론가들의 이론을 종합하여 개략적으로 기술한다.

지금까지 한국의 가요를 진흥시켜온 주역들은 누구일까.

한국 근·현대사의 파란만장한 격변을 겪어오면서 가요로써 진솔하게 민족의 애환을 그려주고, 발전시켜온 가요 작사가, 작곡가, 가수들이 아닐 수 없다. 이들은 소수의 가요인들을 제외하고는 그 직업에 적합한 사회적 대우는 물론, 저작권 의식조차 없이 가요 탄생과 보급의 산파역이요, 주역을 맡아온 이들이다. 이들 중 가요작가들은 가수에 비하여 상대적으로 명성과 부와 인기를 얻지 못하였던 것이 사실이었다. 이에 1987년에 저작권법이 전면 개정, 시행되고 1994년에 재개정됨으로써 저작 재산권 및 저작 인접권이 확고하여졌다. 지금은 그 원음 사용 관련 법규까지 엄정하여졌다.

한국 근·현대 가요사에서 1945년 광복 이전에 데뷔하여 대중가요의 탄생과 보급, 진흥에 일생을 보낸 이들을 가요계 1세대 작가들이라 일컫는다면, 이들 중 작곡가들은 어떤 인물들이 있었을까. 이들을 작곡 데뷔 시기를 기준으로 하여 기본 인적사항과 주요 가요사적 업적, 대표곡 등을 중심으로 정리하여 소개해 보면 아래와 같다.

※ 이 책에서는 모든 가요명에 〈 〉, 음반명에 《 》기호를 사용한다. 하지만, 아래 많은 작곡가들의 수많은 가요들을 소개하는 대목에서는 데뷔곡 외에는 〈 〉기호를 생략하였다. 가요명 다음의 ( )안에는 그 가요의 원창 가수명을 표기하되, 도저히 취입 가수명을 알 수 없는 경우는 그대로 두었다. 가요명 소개에는 되도록이면 원명 표기를 존중하였다.

작곡가 김서정(오른편)과 가수 이정숙

김서정 | 金曙汀 본명 金永煥 1898~1936 | 경남 진주 출생. 무성영화 변사. 한국 대중가요 최초의 작곡가, 한국 근대가요의 창시자. 데뷔곡 〈락화유수〉(이정숙, 1929: 한국 대중가요사 창작가요 제1호로 평가를 받고 있음).

대표곡; 락화유수(이정숙=강남달(신카나리아)), 봄 노래 부르자(채규엽), 세 동무(채동원/강석현), 암로(暗路)(김연실), 강남 제비(김연실), 포구의 달빛(최향화), 가슴에 피는 꽃(〃), 신민요 단풍타령(김성파·김윤심) 등.

전기현 | 全基玹 또 다른 예명 柳一春 ? ~1943 | 배우. 작곡 데뷔곡: 〈청춘이 감이로다〉(신태봉, 1933).

대표곡; 고도(孤島)의 정한(왕수복), 젊은 마음(〃), 백두산 바라보고(백두산 타령)(미스코리아), 청춘이 감이로다(신태봉), 유랑극단(백년설), 제2 유랑극단(〃), 제3 유랑극단(〃), 두견화 사랑(〃), 일자일루(〃), 춘소화월(〃), 오는 해관(〃), 국경의 부두(고운봉의 데뷔곡), 아들의 하소(〃), 광동 아가씨(왕숙랑의 데뷔곡), 홍등은 탄식한다(울금향; 이용준 곡으로도 전함), 아주까리 선창(차홍련), 뱃사공의 안해(김옥선), 못 잊을 장미화(김선초), 조선타령(강홍식·울금향), 무명화(강홍식), 마지막 혈서(남일련), 눈물 젖은 가야금(〃), 어이 가리(석금성), 옛 생각(〃), 푸념 사거리(손복춘), 은어알 처녀(미스코리아), 대동강 물결 위에(〃), 희망의 종이 운다(채규엽), 울리는 백일홍(계수남), 만주로 가는 길(손복춘), 도라지 랑랑(백난아), 울음의 벗(전옥), 압록강 뱃노래(선우일선), 청춘 시대(최남용), 청춘회포(왕수복), 온돌야화(이병한·함석초; 지금의 '갑돌이와 갑순이') 등.

김교성 | 金敎聲 가수명 金聲波 1904~1961 | 서울 태생. 클라리넷 연주자. 데뷔곡: 〈영객〉(강석연, 1932).

대표곡; 울고 넘는 박달재(박재홍), 찔레꽃(백난아), 아리랑 랑랑(〃), 화촉동방(〃), 만리포 사랑(박경원), 서울 행진곡(강석연), 고향길 부모길(백년설), 마도로스 박(〃), 남포불 역사(〃), 눈물의 수박등(〃), 가야산 달빛(김영희), 궁초댕기(모란봉), 조선 아가씨(〃), 처녀 행진곡(이 애리수), 파이프 애상(채규엽), 신닐늬리아(선우일선), 삼수갑산(강홍식), 한 세상 웃세(강홍식·전옥), 풍년맞이(전옥), 넋두리 20년(진방남), 삼등 인생(김용만), 천리몽(이화자), 에디오피아 야곡(조영심) 등.

이용준 | 李龍俊 예명 南之春 1905~1990 | 경남 통영 출생. 데뷔곡: 〈백장미〉.

대표곡; 애상(노벽화), 울니러 왔던가(최남용), 비빔밥(강석연·최남용), 춘원(이은파), 우리들의 봄이다(이은파·김시훈), 월미도(최남용), 청춘극장(박향림), 그늘에 우는 천사(박향림), 우리는 멋쟁이(〃), 풋김치 가정(남일연·김해송), 기생아 울지 마라(박향림), 찻집 아가씨(〃), 인생 주막(〃), 춘자의 고백(남일연), 국경 특급(김영춘), 향수천리(〃), 청등홍등(이병한), 고향 우편(박향림), 희망의 바다로(〃), 연분홍 장미(남일연), 청실홍실(〃), 인정사정(김영춘), 이별의 소야곡(남일연), 서커스 걸, 울고 싶은 마음, 울리는 경부선, 정한의 밤차 등.

뒷줄 왼쪽부터 이용준·백년설·고려성 앞줄 오른쪽이 박향림 등

문호월 | 文湖月 본명 文允玉 1907~1952 | 경남 진주에서 태어나 경북 김천에서 성장함. 작곡가 손목인의 외사촌 형. 데뷔곡: 〈장한

가〉(윤백단, 1933).

대표곡; 희망의 언덕(고복수·이난영), 신민요 명사십리(김연월), 유허지를 지나며(이난영), 복 되소서 이 강산(김연월·고복수), 남강행(고복수), 바다 넘어(고복수), 봄 아가씨(이난영), 민요 노들강변(박부용), 고적(이난영), 불사조(〃), 산유화(송달협), 풍년송(김영호), 갑사댕기(윤백단), 섬 색시(〃), 분홍 손수건(장세정), 인생극장(남인수), 만포선 천리길(황금심), 앞강물 흘러흘러(이은파), 그리운 님(〃), 내 고향(〃) 등.

전수린 | 全壽麟 본명 全壽男 1907~1984 | 황해도 개성 태생. 작곡가. 이애리수와 듀엣으로 가수 활동도 함. 데뷔곡: 〈황성의 적〉(=황성옛터. 이애리수, 빅터레코드사, 1932. =고성의 밤. 이경설, 포리돌레코드사, 1933).

대표곡; 황성의 적(황성 옛터)(이애리수), 동백꽃(〃), 복사꽃(〃), 흣터진 사랑(전옥), 알뜰한 당신(황금심), 외로운 가로등(〃), 항구의 풋사랑(〃), 나는 열일곱 살(박단마), 종로 행진곡(복혜숙), 요핑계 조핑계(이화자), 무궁화 강산(삼천리강산 에라 좋구나)(신카나리아), 강화도령(박재란), 낙동강 칠백리(이규남), 북국만리(설도식), 성화가 났네(손금홍), 신방아 타령(김복희), 오동추야(이규남), 제주 아가씨(김복희), 천안 삼거리(김진옥) 등.

이면상 | 李冕相 본명 李雲亭 1908~1989 | 함남 함흥 태생. 데뷔곡: 〈들국화〉(채규엽).

대표곡; 진주라 천리길(이규남), 들국화(채규엽), 봉자의 노래(〃), 꽃을 잡고(선우일선), 조선의 달(〃), 무정세월(〃), 한강수 타령(〃), 낙동강 칠백리(〃), 나그네(김선초), 술 파는 소녀(왕수복), 날 다려 가소(황금심), 새로 동동 못 잊어요(박단마), 날나리 바람(〃), 금노다지 타령(김용환), 황혼의 언덕길(조백조), 울고 싶은 마음(김복희), 비 오는 이국항(송달협), 원앙가(선우일선·김주호), 금노다지 타령(김용환), 울산 큰애기(황금심), 한강수 타령(선우일선), 북한 가극 「피바다」 등.

김준영 | 金駿泳 예명: 金基邦 1908~1961 | 평양 태생. 피아노 연주자. 데뷔곡: 〈군밤타령〉(강홍식, 1934).

대표곡; 홍도야 울지 마라(김영춘), 군밤타령(강홍식), 처녀 총각(강홍식), 청춘타령(강홍식), 압록강 뱃사공(강홍식), 섬 색시(정일경), 금수강산(미스코리아), 마의태자(미스코리아), 사랑에 속고 돈에 울고(남일연) 등.

형석기 | 邢奭基 1911~1994 | 서울 출생. 북한에서 민족가요의 선구자로 일컬어짐. 하춘화를 가수로 데뷔 시킴. 데뷔곡: 〈당나귀〉.

대표곡; 조선 팔경가(=대한팔경)(선우일선), 아이고나 요 맹꽁(=맹꽁이 타령)(박단마), 장모님 전상서(김정구), 사랑 시대(이규남), 왜 안 오실까(최숙자), 대동강 달밤(한정무), 사철가(양석천), 거지 왕자, 신민요 심청전, 장화홍련전, 강남 아리랑 등.

김해송 | 金海松 본명: 金松圭 1911~1950 | 평남 개천 태생. 기타 연주자. 가수 이난영의 남편. KPK악단장. 데뷔곡: 〈연락선은 떠난

다〉(장세정, 1937).

대표곡; 옵빠는 풍각쟁이(박향림), 오호라, 왕평(남인수), 신민요 나무관세음보살. 나무아미타불(김해송), 연락선은 떠난다(장세정), 역마차(〃), 잘 있거라 단발령(〃), 낙화산천(김정구), 당신은 깍정이야요(이난영), 화류춘몽(김정구/이화자), 어머님 안심하소서(남인수), 경기 나그네(백년설), 개고기 주사(김송규), 눈물의 시집(이란옥), 다방의 푸른 꿈(이난영) 등.

김용환 | 金龍煥 예명: 김령파, 김탄포, 조자룡, 임벽계 등. 1912~1949 | 강원도 원산 태생. 한국 최초의 싱어송라이터. 원래 악극단, 가극단에서 창작 활동을 함.

대표곡; 꼴망태 목동(이화자), 님전 화풀이(〃), 어머님 전상서(〃), 신민요 산간처녀, 두만강 뱃사공, 낙화유수 호텔(김용환), 정어리 타령(〃), 이꼴저꼴(〃) 등.

이시우 | 李時雨 본명 李萬斗 1914~1974 | 부산광역시 출생. 기타 연주자. 데뷔곡: 〈눈물 젖은 두만강〉(김정구, 1938).

대표곡; 눈물 젖은 두만강(김정구), 타향 술집(〃), 눈물의 국경(〃), 인생 역마차, 사하라 사막, 봄 잃은 낙동강, 진도 아가씨, 님 없는 거제도, 섬 아가씨, 영도다리 애가 등.

손목인 | 孫牧人 또 다른 예명 손안드레아, 梁想浦. 본명 孫得烈 1913~1999 | 경남 진주 태생. 데뷔곡: 타향(=타향살이. 고복수 1934).

대표곡; 목포의 눈물(이난영), 이원애곡(고복수), 휘파람(〃), 짝사랑

나화랑과 손목인

(〃), 사막의 한(〃), 바다의 교향시(김정구), 바다로 가자(〃), 울리는 만주선(남인수), 범벅 서울(〃), 돈도 싫소 사랑도 싫소(〃), 슈사인 보이(박단마), 목포는 항구다(이난영), 해조곡(이난영), 모녀 기타(최숙자), 아내의 노래(심연옥), 아빠의 청춘(오기택) 등.

박시춘 | 朴是春 본명: 朴順東 1913~1996 | 경남 밀양 태생. 데뷔곡: 〈멀리 떨어져도, 희망의 노래〉(홍개명 작사, 김창배 노래. 시에론레코드사, 1935. 8).

대표곡; 눈물의 해협(=애수의 소야곡, 남인수), 목단강 편지(이화자), 항구의 청춘시(남인수), 가거라 삼팔선(〃), 청춘 고백(〃), 이별의 부산 정거장(〃), 고향초(송민도), 승리의 용사(군가), 전선야곡(신세영), 전우야 잘 자라(현인), 신라의 달밤(〃), 굳세어라 금순아(〃), 비 내리는 고모령(〃), 고향 만리(〃), 럭키 서울(〃), 낭랑 십팔세(백난아), 즐거운 목장(장세정), 샌프란시스코(〃), 님 계신 전선(금사향), 꼬집힌 풋사랑(남인수), 서귀포 칠십리(〃), 항구마다 괄세더라(〃), 울며 헤어진 부산항(〃), 백마야 가자(고운봉), 세상은 요지경(김정구/신신애), 왕서방 연서(김정구), 총각진정서(〃), 딸 칠형제(백설희), 봄날은 간다(〃), 물새 우는 강언덕(〃), 아메리카 차이나타운(〃), 가는 봄 오는 봄(〃), 남성 넘버원(박경원), 오부자 노래(도미), 일자

앞줄 오른쪽부터 6·25 동란 중의 나화랑 · 박사춘 · 전오승,
뒷줄 왼쪽부터 전수린 · 손목인

상서(김부자), 벽오동 심은 뜻은(이미자), 우중의 여인(오기택), 돌지 않는 풍차(문주란) 등.

이봉룡 | 李鳳用 본명: 李鳳龍 1914~1987 | 전남 목포 출생. 가수 이난영의 오라버니. 데뷔곡: 〈향수의 휘파람〉(이인권).

대표곡; 낙화유수(남인수), 달도 하나 해도 하나(남인수), 아주까리 등불(최병호), 아주까리 수첩(백년설), 목포는 항구(이난영), 진달래 시첩(이난영), 선창(고운봉), 고향설(백년설) 등.

이재호 | 李在鎬 또 다른 예명 霧笛人, 본명 李三同 1919~1960 | 경남 진주 태생. 바이올린 연주자. 데뷔곡: 〈항구에서 항구로〉(박향림, 1938).

대표곡; 불효자는 웁니다(진방남), 꽃마차(〃), 세세년년(〃), 다정도 병이련가(〃), 하물선 사랑(〃), 남강의 추억(고운봉), 국경의 부두(〃), 물레방아 도는 내력(박재홍), 나그네 설움(백년설), 복지만리(〃), 만포선 길손(〃), 비오는 해관(〃), 어머님 사랑(〃), 한 잔의 한 잔 사랑(〃), 대지의 항구(〃), 번지없는 주막(〃), 산 팔자 물 팔자(〃), 고향길 부모길(〃), 석유등 길손(〃), 산장의 여인(권혜경), 귀국선(이인권), 울어라 기타줄(손인호), 경상도 아가씨(박재홍), 단장의 미아리고개(이해연), 망향초 사랑(백난아) 등.

임근식 | 林根植 ? ~ ? | 평북 의주 태생. 재즈피아노 연주자. 맏형 임정박(클라리넷 연주자), 둘째형 임원식(클래식 음악인), 막내 임

봉식(섹스폰 연주자)과 더불어 4형제 음악인. 데뷔곡: 〈꿈꾸는 백마강〉(이인권, 오케레코드사, 1940. 11).

대표곡; 꿈 꾸는 백마강(이인권), 사랑의 폭풍, 풀각시 고향 등.

작곡가 나화랑

나화랑 | 羅花郞 필명 탁소연, 본명 盧曠煥 1921~1983 | 경북 김천 출생. 가수. 바이올린 연주자. 육군 군예대 악단장, KBS 경음악단장 역임. 라미라레코드사 경영. 작곡 데뷔곡: 〈삼각산 손님〉(구성진, 1943). 6·25 이후 최초로 한국에 맘보와 도돔바 리듬을 도입함.

대표곡; 삼각산 손님(구성진), 제물포 아가씨(박재홍), 도라지 맘보(심연옥), 늴리리 맘보(김정애), 향기품은 군사우편(유춘산), 함경도 사나이(손인호), 서울의 지붕 밑(송민도), 서귀포 사랑(〃), 목숨을 걸어 놓고(〃), 웬 일인지(〃), 푸른 꿈이여 지금 어데(〃), 비의 탱고(도미), 사도세자(〃), 찾아온 산장(남일해), 낙엽의 탱고(〃), 한양낭군(황금심), 가야금타령(〃), 뽕 따러 가세(〃), 청춘의 삼색 깃발(명국환), 무너진 사랑탑(남인수), 울리는 경부선(〃), 이정표(남일해), 핑크 리본의 카드(〃), 성황당 고갯길(〃), 종로 블루스(〃), 이국땅(〃), 청포도 사랑(도미), 열아홉 순정(이미자), 정동대감(〃), 님이라 부르리까(〃), 행복의 일요일(송민도), 사랑은 즐거운 스윙(〃), 하늘의 황금마차(〃), 울산 큰애기(김상희), 성화가 났네(황금심), 요리조리 동동(김세레나), 양산도 부기(유성희) 등.

손석우 | 孫夕友 필명 금송아, 본명 錫友 1920~ | 서울 태생. 김해송을 만

나 작곡을 배움. KPK악단원으로 활약함. 작사로 출발하여 작곡으로 더욱 두각을 나타내면서 작사·작곡을 겸한 작품을 많이 냄. 가수 최희준, 김상희, 브루벨스사중창단 등을 발굴해 냄. 작사 데뷔 곡: 〈꿈 속의 사랑〉(중국곡, 현인 노래, 1951). 작사·작곡 데뷔곡: 〈내 고향 진주〉(남인수 노래, 1955). KBS 악단장 역임. 뷔너스레코드사 경영.

작곡가 손석우

대표곡; 청춘고백(남인수), 목장 아가씨(백설희), 나 하나의 사랑(송민도), 물새 우는 강언덕(백설희), 청춘목장(송민도·송민영·김시스터즈), 청실홍실(송민도·안다성), 아네모네 탄식(백진주=송민도), 소녀의 꿈(박신자), 검은 장갑(손시향), 꿈은 사라지고(최무룡), 나는 가야지(문정숙), 우리 애인은 올드미스(최희준), 이별의 종착역(손시향), 내 사랑 쥬리안(최희준), 노란 샤쓰의 사나이(한명숙), 우리 마을(〃), 검은 스타킹(〃), 눈이 내리는데(최양숙), 열두 냥 짜리 인생(브루벨스사중창단), 즐거운 잔칫날(브루벨스사중창단), 사랑했는데(이미자), 십오야 밝은 달(김상희), 처음 데이트(〃), 고향의 강(남상규), 모란이 피기까지는(김성옥), 달구지(정종숙) 등.

이 작곡가들은 한국 가요사에서 근·현대 가요를 토착시킨, 가요 1세대 작곡가들이라 할 수 있다. 이들의 손에 의하여 창작된 가요들은 SP, LP 음반과 카세트 테이프에 수록되어 축음기, 전축, 라디오 및 티브이 방송 등을 통하여 대중에 보급되었다.

이어 1945년 8·15 광복 이후 가요계에 데뷔하여 가요 창작 활동을 하였거나, 하고 있는 작가들로 다음과 같은 작곡가들을 들 수 있다.

김화영 | 金華榮 본명 金長城 1908~1987 | 서울 출생. 데뷔곡: 〈남원의 애수〉(김용만, 아리랑 레코드사, 1954).

대표곡; 남원의 애수(김용만), 개나리 처녀(최숙자), 황해도 아가씨(최숙자), 꿈에 본 도련님(송춘희) 등.

조춘영 | 趙春影 본명 趙秉穆 1918~1995 | 서울 태생.

대표곡; 왕자호동(도성아), 청춘은 산맥을 타고, 마음의 연인, 청춘 만세, 그대여 굳바이 등.

김부해 | 金富海 예명 金芳兒 1918~1988 | 서울 출생. 데뷔곡: 〈유정천리〉(박재홍, 1959)

대표곡; 유정천리(박재홍), 대전 블루스(안정애), 댄스의 순정(박신자), 눈물의 연평도(최숙자), 별빛 속의 연가(문주란), 꽃과 나비(방주연), 영등포의 밤(오기택) 등.

이인권 | 李寅權 본명 林英一 1919~1973 | 함북 청진 출생. 기타 연주자. 작곡가, 가수. 가수 데뷔곡: 〈얄궂은 운명〉(임영일, 빅타레코드사 1938. 10). 〈꿈꾸는 백마강〉, 〈귀국선〉, 〈미사의 노래〉, 〈향수 열차〉 등을 부름. 작곡 데뷔곡: 〈미사의 노래〉(오리엔트코드사, 1952). 가수 주현미가 중학생이던 시절 노래를 지도함.

대표곡; 눈물의 춘정(?), 외나무 다리(최무룡), 울며 헤어진 부산항(남인수), 카츄샤의 노래(송민도), 바다가 육지라면(조미미), 단골손님(〃), 살아 있는 가로수(이미자), 별아 내 가슴에(남진), 가극「쾌걸 데아블로」 등.

한복남 | 韓福男 본명 韓榮順 1919~1991 | 평남 안주 출생. 가수. 도미도 레코드사 경영. 작곡 데뷔곡: 〈저무는 충무로〉(김해송 작사, 아세아레코드공사). 작곡가 하기송(본명 한정일)의 부친.

대표곡; 빈대떡 신사(한복남), 엽전 열닷 냥(〃), 나그네 밤거리(〃), 전복타령(〃), 페루샤 왕자(허민), 오동동타령(황정자), 봄 바람 임 바람(〃), 처녀 뱃사공(〃), 앵두나무 처녀(김정애), 한 많은 대동강(손인호), 물새야 왜 우느냐(〃), 불국사의 밤(현인), 양산도 맘보(황금심), 마도로스 부기우기(백야성), 나의 탱고(송민도), 금자동 은자동(도성아) 등.

작곡가 한복남(오른편)과 가수 손인호

황문평 | 黃文平 본명 黃海昌 1920~2004 | 황해도 해주 출생. 작곡가. 가요 평론가. HLKZ TV 음악과장, 한국연예협회 이사장, 방송윤리위원, 한국음악저작권협회장 등을 역임. 1976년 대종상 영화음악상 수상.

대표곡; 빨간 마후라(봉봉 사중창단), 꽃 중의 꽃(원방현), 푸른 언덕(김하정), 호반의 벤치(권혜경), 사랑(김하정), 푸른 언덕, 귀향, 추억의 언덕 등.

백영호 | 白暎湖 본명 白永孝 1920~2003 | 부산 태생. 데뷔곡: 〈고향 아닌 고향〉(한종명=한산도).

대표곡; 동백 아가씨(이미자), 추억의 소야곡(남인수), 해운대 에레지(손인호), 동숙의 노래(문주란), 추풍령(남상규), 황포돛대(이미자), 서울이여 안녕(〃), 여로(〃), 아씨(〃), 여자의 일생(〃), 울어라 열풍아(〃), 지평선은 말이 없다(〃), 잊을 수 없는 연인(〃), 새벽길(남정희), 석류의 계절(정은숙), 마음의 자유천지(방운아) 등.

김호길 | 金虎吉 1920~ | 평북 정주 태생. 아코디온 연주자. 데뷔곡: 부산 부루스(이숙희).

대표곡; 한 많은 청춘(방운아), 하숙생(최희준), 진고개 신사(최희준), 월급 봉투(최희준), 보헤미안 탱고, 청춘 맘보, 금단의 문, 주유천하 등.

홍현걸 | 본명 홍연걸 1922~ | 서울 출생.

대표곡; 녹슬은 기찻길(나훈아), 눈물을 감추고(위키리), 꽃집 아가씨(봉봉 사중창단), 엄처시하(최희준), 검은 고양이 네로(박혜령), 바람아 구름아(유형주), 상하이 트위스트(이금희) 등.

전오승 | 全吾承 본명 全鳳壽 1923~ | 평남 진남포 태생. 가수 나애심의 오라버니. 8·15 해방 후 최초로 한국에 서양의 부기우기 리듬을 도입함. 데뷔곡: 〈서울의 거리〉(신카나리아).

대표곡; 서울 부기(이경희), 백마야 우지 마라(명국환), 방랑시인 김삿갓(〃), 효녀 심청(김용만), 내 고향으로 마차는 간다(명국환), 아리조나 카우보이(명국환), 미사의 종(나애심), 과거를 묻지 마세요(〃), 이별의 인천항(박경원), 경상도 청년(김상희), 사랑의 송가(한명숙), 전우가 남긴 한 마디(허성희), 방랑 삼천리(여운), 과거는 흘러 갔다(〃), 여반장(김용만), 사랑의 송가(한명숙), 방송 사극 주제가 장희빈(황금심) 등.

한동훈 | 韓東薰 1923~1985 | 황해도 해주 출생. 평양음악학교, 서울 창신중 · 고등학교 음악교사. 콘트라베이스 연주자.

대표곡; 수덕사의 여승(송춘희), 심야의 종소리(남일해), 첫사랑 마도로스(〃), 옛 이야기(최희준), 플레이보이(남진의 데뷔곡), 비 나리는 판문점(오기택) 등.

고봉산 | 高峰山 본명 金慶瑞, 호적명 金民祐 1924~1990 | 황해도 안악 태생. 가수. 작곡 데뷔곡: 별은 알고 있네(문주란).

대표곡; 잘 했군 잘 했어(고봉산/하춘화), 물새 한 마리(〃), 영암 아리랑(〃), 용두산 엘레지(고봉산), 아메리칸 마도로스(고봉산/백야성), 유달산아 말해 다오(이미자), 꽃 한 송이(〃), 이미자(〃), 어머니(남진), 동네방네 뜬 소문(봉은주) 등.

김학송 | 金鶴松 본명 金明淳 1924~ | 평남 태생. 작사가. 시인.

대표곡; 강촌에 살고 싶네(나훈아), 행복을 비는 마음(〃), 사랑이 미움되면(〃), 기러기 남매(〃), 당신의 마음(방주연), 서산 갯마을(조미미), 할아버지 쌈짓돈(송춘희), 잊지 못 할 연인(김상희), 눈물을 가르쳐 준 여인(이상열), 왜 그랬을까(쿨시스터즈), 사랑만은 돌려줘요(방주연), 그림자(이영숙) 등.

최창권 | 崔彰權 1926~ | 서울 태생. 오케스트라 편곡을 많이 함. 데뷔곡: 짚세기 신고 왔네(김세레나 1967).

대표곡; 살짜기 옵서예(패티김), 남성 금지 구역(이시스터즈), 길 잃은 철새(최희준), 꽃동네 새동네(정훈희), 영광의 블루스(남일해) 등.

길옥윤 | 吉屋潤 본명 崔致禎, 일본어 예명 요시야 준 1927~1995 | 평북 영변 출생. 섹스폰 연주자. 작곡 데뷔곡: 〈내 사랑아〉(현미, 1966).

대표곡; 서울의 찬가(패티김), 이별(〃), 빛과 그림자(〃), 구월의 노래(〃), 서울의 모정(〃), 감수광(혜은이), 당신만을 사랑해(〃), 제3한강교(〃), 뛰뛰빵빵(〃), 당신은 모르실 거야(〃), 나성에서 온 편지(새샘 트리오), 별들에게 물어 봐(〃) 등.

민인설 | 閔仁雪 본명 閔泳管 1929~ |

대표곡; 사랑은 계절따라(박건), 사랑도 나그네(나훈아), 팔베개(김상희), 외기러기 등.

작곡가 박춘석과 가수 패티김

박춘석 | 본명 朴義秉, 아명 朴椿石 또 다른 예명 白湖 1930~2010 | 서울 태생. 데뷔곡: 〈황혼의 엘레지〉(백일희/최양숙 1955). KBS 경음악단장 역임.

대표곡; 아리랑 목동(박단마), 비 나리는 호남선(손인호), 나폴리 맘보(현인), 사랑이 메아리 칠 때(안다성), 바닷가에서(〃), 비극은 없다(〃), 아주까리 주막집(〃), 삼팔선의 봄(황해/최갑석), 누가 이 사람을 모르시나요(곽순옥), 초우(패티김), 가을을 남기고 간 사람(〃), 가시나무 새(〃), 못 잊어(〃), 물레야(김지혜), 밀집모자 목장아가씨(박재란), 가슴 아프게(남진), 우수(〃), 둥지(〃), 마음이 고와야지(〃), 섬마을 선생님(이미자), 기러기 아빠(〃), 흑산도 아가씨(〃), 황혼의 에레지(〃), 그리움은 가슴마다(〃), 한번 준 마음인데(〃), 아네모네(〃), 떠나도 마음만은(〃), 삼백 리 한려수도(〃), 낭주골 처녀(〃), 타국에서(〃), 노래는 나의 인생(〃), 방앗간 집 둘째 딸(쟈니브라더스), 마포 종점(은방울 자매), 별은 멀어도(정훈희), 연포 아가씨(하춘화), 물레방아 도는데(나훈아), 타인들(문주란), 낙조(〃), 도라지 고갯길(김상진) 등.

이봉조 | 李鳳祚 1932~1987 | 경남 남해 출생. 작곡가 이재호로부터 진주중학교에서 음악을 배움. 데뷔곡: 〈슬픈 거리를〉(현미, 1962). 가수 현미의 부군.

대표곡; 떠날 때는 말없이(현미), 보고 싶은 얼굴(〃), 몽땅 내 사랑(〃), 별(=별이 빛나는 밤에, 현미/김세환), 맨발의 청춘(최희준), 팔도강산(〃), 종점(〃), 안개(정훈희), 무인도(〃), 좋아서 만났지요(〃), 사랑이 미움되면(〃), 검은 상처의 부루스(문주란), 웃는 얼굴 다정해도(윤복희), 사랑의 종말(박경애), 못 생겨서 죄송합니다(이주일) 등.

김인배 | 金仁倍 1932~ | 평북 정주 출생. 데뷔곡: 〈삼별초〉(한명숙). KBS 및 TBC 라디오악단장, 극동방송사장 역임. 트럼펫 연주자.

대표곡; 빨간 구두 아가씨(태명일/남일해), 딸이 좋아(한명숙 · 강수향), 보슬비 오는 거리(성재희), 그리운 얼굴(한명숙), 사랑해 봤으면(조애희), 소쩍새 우는 마을(박재란), 쥐구멍에도 볕들날 있다(김상국), 황금의 눈(배호), 내 이름은 소녀(조애희), 사랑이 뭐길래(한혜진) 등.

작곡가 김인배

김강섭 | 金康燮 1932~ | 전북 정읍 태생. 피아노 연주자. 지휘자. KBS악단장. KBS "가요무대", "열린 음악회" 프로 탄생의 산파역. 데뷔곡:

대표곡; 불나비(김상국), 즐거운 아리랑(김상희), 빨간 선인장(〃), 코스모스 피어 있는 길(〃), 파초의 꿈(문정선), 오라 오라 오라(〃), 꽃 이야기(〃), 나의 노래(〃), 난이야(이상열), 꿈나무(유리시스터즈), 흰 구름 가는 길(나훈아), 그 얼굴의 햇살을(이용복), 내장산의 단풍(남상규), 팔도 사나이(군가), 팔각모 사나이(군가), 달려라 백마(군가), 너와 나(군가) 등.

송운선 | 宋雲善 본명 宋成德 1934~ | 부산광역시 태생. 데뷔곡: 〈남국의 블루스〉(박재란, 1956).

대표곡; 쌍고동 우는 항구(은방울 자매), 삼천포 아가씨(〃), 무정한 그 사람(〃), 하동포구 아가씨(〃), 영산강 처녀(송춘희) 등.

오민우 | 吳民雨 또 다른 예명 文昭雲, 全世一 본명: 車相龍 1934~ | 평남 진남포 태생. 데뷔곡: 〈고향 십년 타향 십년〉(신호성, 1955)

대표곡; 갈대의 순정(박일남), 삼천포 사나이(〃), 울릉도 뱃사공(〃), 수평선 블루스(김정애), 처녀별(박애경), 버들피리 풀피리(최숙자), 큰 방울(은방울 자매 1956). 섬 아가씨(이미자), 허무한 마음(정원), 미워하지 않으리(〃), 섬 색시(이지연), 삼다도 편지(송춘희), 여비서(성태미), 용꿈(이금희), 김제 시민의 노래(은방울 자매), 내 고향 충주(〃) 등.

배상태 | 裵相台 1935~ | 경북 성주 태생. 클라리넷 연주자. 가수 배호의 친족. 데뷔곡: 〈송죽부인〉(송춘희).

대표곡; 돌아가는 삼각지(배호), 안개 낀 장충단 공원(〃), 황토 십리길(〃), 그 이름(〃), 능금빛 순정(〃), 비 내리는 경부선(〃), 울고 싶어(〃), 향수(〃), 영시의 이별(〃), 조용한 이별(〃), 마지막 잎새(〃), 영월의 애가(〃) 등.

김점도 | 金占道 1935~ | 경북 상주 태생. 트럼펫 연주자. KBS "가요무대" 자문위원, 한국 가요사박물관장 역임.

대표곡; 내 고향 인천항, 인천 찬가, 월미도를 아시나요, 산아 산아, 부두의 연가, 목각, 고령타령, 태백타령, 경산은 내 고향, 내 고향 당진 등.

김희갑 | 金喜甲 1936~ | 평남 평양 태생. 기타 연주자.

대표곡; 그 사람 이름은 잊었지만(박건), 그럴 수가 있나요(김추자), 바닷가의 추억(키보이스), 정든 배(〃), 해변으로 가요(〃), 꽃순이를 아시나요(김국환), 접시를 깨트리자(〃), 타타타(〃), 남자는 여자를 귀찮게 해(문주란), 진정 난 몰랐네(임희숙), 달맞이꽃(이용복), 사랑의 미로(최진희), 우린 너무 쉽게 헤어졌어요(이은하), 봄비(〃), 그대는 나의 인생(〃), 향수(박인수 · 이동원), 정 주고 내가 우네(트리퍼스), 립스틱 짙게 바르고(임주리), 뮤지컬「명성황후」등.

김병환 | 金柄煥 1938~ | 일본 큐슈 태생. 데뷔곡: 〈아리랑 편지〉(그랜

드시스터즈).

대표곡; 능금이 익어 갈 때(리타김), 마음만 있다면(〃), 아리랑 편지(그랜드시스터), 해당화 선창(박옥희), 잊을 수 없어요(명성주), 못 잊어 생각나도(진주명), 돌아선 마음(이희자), 포항 연가 등.

라음파 | 본명 宋成善 예명 碧昊 1939~1993 | 서울 태생. 데뷔곡: 〈명동 부르스〉(고운봉)

대표곡; 명동 부르스(고운봉), 추억의 오솔길(남일해), 두형이를 돌려줘요(이미자), 대학 1년생(남진), 기타 치는 마도로스(오은주), 무역선 아가씨, 하이킹 코스, 그이는 사각모자, 추억의 오솔길, 버들잎 나룻터, 메밀꽃 고향 등.

정민섭 | 본명 鄭民燮 1940~1987 | 서울 돈암동 출생, 경남 진주에서 성장함. 가수 양미란의 부군.

대표곡; 자주댕기(이미자), 대머리 총각(김상희), 단벌 신사(〃), 당신의 뜻이라면(양미란), 달콤하고 상냥하게(〃), 범띠 가시네(〃), 흑점(〃), 육군 김일병(봉봉 사중창단), 부라보 해병(봉봉 사중창단), 여고 졸업반(김인순), 고향이 좋아(김상진), 고향 아줌마(〃), 이정표 없는 거리(〃), 고향이 좋아(〃), 곡예사의 첫사랑(박경애), 목석 같은 사나이(펄시스터즈), 초원(히파이브), 생각이 나면(들고양이) 등.

정풍송 | 鄭風松 또 다른 예명 정욱 1941~ | 경남 밀양 태생. 데뷔곡: 아카시아 이별(이영숙).

대표곡; 길(최희준), 옛 생각(조영남), 떠나는 마음(〃), 석별(홍민), 웨딩 드레스(한상일), 허공(조용필), 미워 미워 미워(〃), 아마도 빗물이겠지(이상열), 아카시아의 이별(이영숙), 가버린 당신(최진희), 찻잔의 이별(윤수일 · 최진희), 갈색 추억(한혜진), 진정인가요(김연자) 등.

황우루 | 본명 黃甲成 1941~ | 서울 출생. 가수 최정자의 부군.

대표곡; 초가삼간(최정자), 울릉도 트위스트(이시스터즈), 날씬한 아가씨끼리(〃), 여군 미스 리(〃), 키다리 미스터 김(이금희), 사랑을 하며는 예뻐져요(봉봉 사중창단), 화진포에서 만난 사랑(바니걸즈) 등.

안치행 | 安致行 1942~ | 전남 가사도 태생. 기타 연주자. 그룹 영사운드 결성. 가수 최헌, 문희옥, 박남정을 발굴, 데뷔시킴. 데뷔곡: 〈달무리〉(나훈아).

대표곡; 사랑만은 않겠어요(윤수일), 유랑자(〃), 갈대(〃), 오동잎(최헌), 앵두(〃), 구름 나그네(〃), 찻잔 속 그리움(〃), 연안 부두(김트리오), 아 바람이여(박남정), 울면서 후회하네(주현미), 여의도 블루스(오기택), 영동 블루스(나훈아) 등.

김영광 | 金榮光 1942~ | 경북 포항 태생. 한국음악저작권협회장 역임. 데뷔곡: 〈꿈 속의 미소년〉(1961).

대표곡; 울려고 내가 왔나(남진), 사랑은 눈물의 씨앗(나훈아), 정든 배(키보이스), 그대 변치 않는다면(방주연), 오솔길(〃), 거울도 안 보는 여자(태진아), 미안 미안해(〃), 노란 손수건(〃), 내 곁에 있어주(이수미), 여고시절(〃), 잘 있어요(이현), 못 잊어서 또 왔네(이상열), 달과 함께 별과 함께(김부자), 날이 날이 갈수록(이영화), 파도(바니걸스), 그 사람 데려다주오(〃), 마음 약해서(들고양이), 또 만났네요(주현미) 등.

남국인 | 南國人 1942~ | 부산광역시 태생. 데뷔곡: 〈누가 먼저 말했나〉(이상열).

대표곡; 님과 함께(남진), 가지 마오(나훈아), 마음은 서러워도(박일남), 당신은 철새(김부자), 당신을 알고부터(김상희), 고향이 좋아(김상진), 잃어버린 삼십년(설운도), 비 내리는 영동교(주현미), 신사동 그 사람(〃), 사랑은 연필로 쓰세요(전영록), 들국화 여인(현철), 추억의 테해란로(〃) 등.

황선우 | 黃善雨 1942~ | 경북 출생. 데뷔곡: 돌아와요 부산항에(조용필)

대표곡; 돌아와요 부산항에(조용필), 속 돌아와요 부산항에, 포항 연가, 오륙도, 이룰 수 없는 사랑, 사할린의 봄, 마산항 옛 친구, 카페 블루스 등.

임종수 | 林鍾壽 1942~ | 전북 순창 출생. 작곡가 나화랑으로부터 가수 및 작곡가의 진로를 권유 받음. 데뷔곡: 〈고향역〉(나훈아, 1972)

대표곡; 고향역(나훈아), 대동강 편지(〃), 아내에게 바치는 노래(하수영), 옥경이(태진아), 부초(박윤경), 착한 여자(인순이), 남자라는 이유로(조항조), 모르리(남진), 사랑하며 살 테요(〃), 가져가(최진희), 애가 타(장윤정) 등.

신대성 | 申大成 본명 崔時杰 1949~2010 | 경북 안동 태생. 데뷔곡: 〈세월이 약이겠지요〉(송대관, 1969)

대표곡; 해 뜰 날(송대관), 세월이 약이겠지요(〃), 나 외롭지 않네(김상희), 이별의 고속도로(나훈아), 높은 하늘아(수연), 나팔꽃 인생(송해) 등.

이 작곡가들은 한평생 우리 대중가요를 생산, 보급, 진흥시켰거나 지금도 그러하고 있는 장본인들이다. 그러하다가 1970~80년대에 들어 우리 가요사에 한 획이 그어지는 변천을 겪으며 대부분이 지금도 가요 창작활동을 하고 있는 분들이다.

이들 가요 작가들 중 가요 창출로써 한 생애를 다 하였음에도 그가 남긴 가요사적 업적을 종합적으로 정리하거나 그의 작곡집, 전기류의 단행본을 발간해 본 경우는 거의 없다시피 하다. 이재호, 박시춘, 백영호의 작곡집이 발간된 적이 있고 최근 손목인의 회고록이 중간되었다.

이제 위에 소개한 가요 작곡가들 가운데 나화랑의 생애를 그 가요사적 업적을 중심으로 탐구해 본다. 작곡가 나화랑이 한국 가요사에 남긴 업적은 무엇일까. 한국 가요사 관련 문헌 및 그가 남긴 음반과 가요집 그리고 생존 가요 작가와 유족의 증언을 토대로 하여 나화랑의 음악 인생을 더듬어 본다. 아울러 그에 관하여 상당 부문 왜곡되고 오류로 남아 있는 가요사적 사실들도 바로잡아 본다.

2. 음악적인 가문과 천부적 재능

나화랑(羅花郎)의 본명은 조광환(曺曠煥)이다. 조광환은 1921년 1월 25일 경상북도 김천시 봉산면 인의동 722번지에서 아버지 조용묵(曺容默)과 어머니 이진우(李珍愚)의 5남 2녀 중 4남으로 출생하였다. 조광환의 위로 경환(景煥), 준환(晙煥), 기환(기煥) 아래로 남동생 석환(晳煥), 누이동생 옥환(玉煥), 정환(貞煥)이 있다. 맏형 경환(景煥)이 극작가이며 작사가인 고려성(高麗星)이다.

김천 봉산면 인의동의 나화랑 생가. 왼편 방이 고려성, 오른편 방이 나화랑이 거처하던 방이다.

조광환은 1388년(고려 우왕 14) 고려말 요동정벌군의 좌군도통사(左軍都統使)였던 조민수(曺敏修) 장군과 조선조 초기의 시문학자 매계(梅溪) 조위(曺偉) 그리고 독립운동가, 정치가였던 죽산(竹山) 조봉암(曺奉岩)의 후예이다.

조민수(曺敏修)는 위화도에서 이성계와 함께 회군하여 조선 건국에 큰 역할을 하였지만, 곧

이어 단행된 이성계 정권의 전제 개혁에 반대하여 관직에서 몰락하게 된 무인이다. 매계(梅溪) 조위(曺偉)는 조선 성종~연산군 대에 중국 두보(杜甫)의 시를 한글로 번역한 시집 『두시언해』를 편찬하고 또 한국문학사상 최초의 유배가사인 「만분가(萬憤歌)」를 지은 학자요 문인이다. 성종 때에 호조참판을 지내었다. 조위(曺偉)는 서동생 조신(曺伸)과 함께 조선 초기에 문명(文名)을 드날렸던 시인이다. 죽산(竹山) 조봉암(曺奉岩)은 1929년 조선독립운동자동맹을 조직하여 독립정신 고양에 앞장선 독립운동가이며 사회운동가, 제헌 국회의원, 초대 농림부장관, 국회부의장을 역임한 정치가이다. 조광환은 매계 조위의 15대 직계 후손이다.

조광환의 본가는 창녕(昌寧) 조씨(曺氏) 집성촌인 경상북도 김천시 봉산면 인의리에 있다. 천석군 부호(富豪)였다. 마을 일대의 수많은 논밭들을 그의 집 하인들과 마을 사람들이 부쳤다.

조광환은 김천 봉계초등학교 재학 때, 일본인 사코 가게미(酒香 景己; 경성사범 출신) 교사에게서 후배 손성호(현 89세)와 함께 바이올린을 배웠다. 교사 사코 가게미(酒香 景己)는 당시 이 마을에 있는 친일파 이완용(李完用)의 서형 이운용의 별장에서 하숙 생활을 하며 이 학교에 근무하였다. 성품이 아주 올곧은 교사로서 바이올린 교습에 아주 열성적이었다. 조광환과 손성호는 초등학교 시절 내내 손가락에 피멍이 들도록 바이올린 활줄과 씨름을 하였다.

조광환의 음악적 재능은 이때부터 돋보이기 시작하였다. 그의 초등학교 6학년 성적표에 '가창' 과목 점수는 최고점으로 나와 있다.[2] 그의 '가창' 과목 성적이 빼어났음을 후배 손성호 옹은 지금도 힘 써 말한다.

2) 조광환의 초등학교 6학년 때의 학적부 참조.

김천고보 시절의 나화랑

김천고보 악대부원 시절의 나화랑(가운데줄 앉은이)

김천고보 브라스밴드 악단장(⇩표) 시절의 나화랑.

1935년 4월 조광환은 김천고등보통학교(5년제)에 입학하였다. 재학 중 방학 때면 상경하여 바이올리니스트 및 지휘자인 계정식에게서 바이올린을 사사하였다. 또 연희전문학교 음악 강습회에 참가하여 지방 거주 학생으로서는 맛볼 수도 없는 음악 수련을 받았다. 그의 음악적 자질은 옹골지게 영글어갔다. 김천고보 재학 시절 조광환은 학교 브라스밴드부의 트럼본, 트럼펫 연주자 또는 악단장으로서 학교의 음악적 분위기를 주도하였다.

조광환은 1940년 3월 김천고등보통학교(5회)를 졸업하였다. 장차 세계적인 바이올리니스트 또는 음대 교수를 꿈꾸며 일본 유학을 가고자 하였다. 하지만 천석꾼 가문으로 일컬어지던 집안의 가산이 기울어 곧 바로 유학을 떠나지 못했다. 그러자 먼저 도일(渡日)하여 일본 중앙대학 상학과에 재학하고 있던 동갑내기 친구 이근구(李根龜, 향토사학자. 2013년 10월 별세)가 자비로 동경의 중앙음악학원 학생증을 마련하여 고국으로 우송하여 주었다.

조광환은 그 학원생증을 가지고 1940년 9월 큰 꿈을 품고 일본으로 건너갔다. 동경 나카노 구(中野區)의 중앙음악학원(3년제) 기악(바이올린)과에 입학하여 정통 클래식을 수학하였다. 이미 도일(渡日)해 있는 김천중학교 동기생 이근구와 김도오(전 영동여자중학교 교사), 최길진(전 김천교육장)과 한 하숙집에서 4명이 한 방에서 생활하였다.[3] 조광환은 학비 조달을 위하여 아르바이트를 하였다. 동경의 "동보(東寶) 성악대" 합창단 베이스 파트에 4:1의 비율을 뚫고 선발되어, 성악대 전속 합창단원 활동을 하게 되었다. 합창단원은 수입이 좋았다. 그는 김천에서 함께 간 동료들과 7개월 간을 함께 지내다가 좀 더 시설이 양호한 하숙집으로 옮겨갔다. 그 후에는 서로 상면하기가 어려웠다

일본 동경 "동보성악대" 시절의 나화랑(맨 뒷줄⇩표)

3) 『송설 60년사』(김천중·고등학교 송설동창회, 송설 60년사 편집위원회, 1991. 10. 1) 145 쪽.
『송설 60년사』에는 조광환을 이렇게 소개하고 있다.

· 曺曠煥(羅花郎)
본명은 조광환, 金陵 鳳溪 출신으로 5회 졸업. 일본 중앙음악학교를 거쳐 한때는 일본 극장합창에 입단하였 고, 해방 후는 김천여고에 잠시 몸담았다가 가곡 작곡계에 뛰어 들어 朴是春과 자웅을 겨루는 작곡가로 등장하였다. 당시 일본풍의 애조를 면치 못했던 가요에 한국 민요조를 살리고 한편으로는 경쾌한 째즈조를 도입한 작곡으로 많은 곡의 힛트작을 내어 그 명성을 드날린 대중가요계의 원로로 활약했다. 1983년에 별세.

그러나 조광환과 김천고등보통학교(제5회) 동기생으로 함께 일본 동경에서 하숙생활을 하였던, 김천의 향토사학자 이근구(2013. 10. 작고) 옹은 조광환의 학력 중 '일본 중앙음악학교'는 '일본 중앙음악학원(3년제)'으로, '가곡 작곡계에'는 '가요 작곡계에'로 정정해야 한다고 증언한다.

고 동기생 이근구는 전한다.

이 시절에는 국내에 레코드회사가 있었지만 노래 취입은 일본에서 해 오는 실정이었다. 우리나라에서는 음반 판매 영업만 되던 때이다. 이 무렵 조광환이 태평레코드사의 고려성을 비롯한 한국의 가요계 인사들과 일본 현지에서 조우, 교제를 한 모습의 사진들이 종종 보인다. 공연 및 레코드 취입 차 일본에 온 태평레코드사 소속 가요인들 또는 일본 킹레코드사 소속 가요계 인물들과 해후, 교제한 모습들이다.

한번은 이런 일도 있었다. 일본의 어느 공연 무대에서 조광환이 당대 일본의 최고 인기 여가수 미소라 히바리(본명 加藤和枝)와 노래를 부르는 모습이 눈에 띄었다. 관중석에서 관람하고 있던 조광환의 외사촌 오중환(吳仲煥; 전 김천 아포중학교장)이 이 광경을 보았다. 감격한 나머지 무대에 뛰어 올라 서로 포옹하며 눈물을 흘렸다. 이국에서 맞닥친 조광환의 굵직한 베이스 톤 노래에 외사촌은 감격하였다.

3. 클래식에서 대중가요로

1940년대 초반 일본 식민지 정책의 극심함과 중·일 전쟁으로 국제 질서와 시국은 매우 혼란스러웠다. 조선인 일본 출입 통제가 극심하여 지고, 조광환 가정의 경제적 형편도 옛날과 같지 않아 일본 왕래 자체가 힘들었다. 조광환의 일본 유학 생활은 오래 지속될 수 없었다. 그는 1942년에 귀국하였다.

그러나 일본에서 연마한 그의 바이올린 연주와 성악 수련은 훗날의 그의 작곡 생활에 든든한 자양분이 되었다. 작곡가들이 한 가지 이상의 악기에 능통한 것은 일반적인 현상이다. 이를테면 작곡가 전수린이 바이올린에, 김교성이 클라리넷에, 이재호가 바이올린에, 박시춘·손석우·김희갑이 기타에, 김인배가 트럼펫에, 박춘석이 피아노에, 이봉조가 섹스폰에 능하였듯이 나화랑 역시 바이올린과 트롬본, 트럼펫 연주에 능하였다.

부호로 이름난 그의 가정에는, 맏형 고려성과 교분이 있는 가요 작가 이재호, 김교성, 반야월, 가수 백년설 등등 가요계 인물들의 출입이 잦았다. 성주 출신의 당대 인기 가수 백년설은 당시 나화랑의 본가에서 살다시피 할 정도로 왕래가 잦았다.

작사가 고려성

고려성은 원래 일본에서 문학 공부를 하고 와서 극작을 하며 출중한 외모로써 연극을 하였다. 그러다가 1938년 태평레코드사가 재정위기에 처하였을 때, 회사 운영 자금으로 거금 4천원을 투자하면서 문예부장으로 입사하였다. 이후 그는 태평레코드사에서 작곡가 이재호, 가수 백년설과 함께 트리오를 형성하며 많은 히트곡을 내었다.

가수 김영춘(1918 ~ ?: 대표곡 〈홍도야 울지 마라〉)의 데뷔곡 〈항구의 처녀설〉(김송규 작곡, 콜롬비아레코드사, 1938)을 비롯하여 유명한 〈나그네 설움〉(백년설), 〈어머님 사랑〉(백년설), 〈고향에 찾아 와도〉(최갑석), 〈마상일기〉(진방남), 〈자명고 사랑〉(박재홍), 〈제물포 아가씨〉(박재홍), 〈춘소화월〉(백년설), 〈한 잔에 한 잔 사랑〉(백년설), 〈삼각산 손님〉(구성진)[4] 〈비오는 해관〉(백년설), 〈일자일루〉(백년설)[5], 〈아리랑 낭랑〉(백난아) 등이 모두 고려성의 작사 작품이다. 당시 태평레코드사 문예부장으로서 가요계에 영향력이 매우 컸다.

나화랑의 가요계 출발은 형 고려성을 동반하였다. 〈어머님 사진〉 〈청춘 번지〉 〈삼각산 손님〉 〈세기의 항구〉 같은 가요는 형제 합작품이다.

또한 고려성의 작품을 백년설이 노래한 곡이 많으며, 나화랑의 〈두고 온 고향〉(서상덕 작사, 나화랑 작·편곡, 킹스타레코드사 K5702, 1957)과 〈동백 꽃 피는 고향〉(백양원 작사, 나화랑 작·편곡, 킹스타레코드사 K5895, 1958)은 백년설이 부른 곡이다. 나화랑은 훗날 백년설의 인기 가요들을 체계적으로 기획, 편곡하여 재반(再盤)으로 많이 내었다.

4) '구성진'은 이 노래 원창자 이선호의 당시 포리돌레코드사에서의 예명임. 그가 태평레코드사에서 다시 '태성호'란 예명을 쓰게 되었음. 작곡가 이재호가 '구성진'이란 예명이 적합하지 않다하여 '태성호'로 지어 주었다.

5) 이 노래의 작사자가 유도순으로도 전함.

백년설과 고려성, 나화랑 형제와의 인적상, 가요 창출상 친분은 매우 깊었다. 고려성의 처가가 백년설의 고향인 경북 성주이었다. 고려성은 성주군 월항면 대산리 출신의 이주옥(李珠玉)과 1928년 6월에 결혼하였다. 이주옥은 경북 성주군 월항면 대산동 411번지에서 부친 이기태(李基泰)와 모친 안희중(安姬中) 슬하의 제2녀로 태어났다. 그녀는 성주에서 고려성의 태생지인 김천으로 시집와 슬하에 4남(규성, 규석, 규태, 규원) 5녀(규송, 형옥, 은영, 수옥, 기옥)를 두었다.

백년설의 《번지없는 주막》 음반

고려성과 백년설의 이러한 지연(地緣)은 백년설의 초기 가요계 활동에 상당한 영향을 끼쳤던 것으로 보인다. 1934~1935년부터 콜롬비아레코드사 문예부에서 활약하던 백년설이 가수 데뷔 이전에 태평레코드사의 작사가 고려성, 박영호 등과 교제한 족적이 종종 보인다. 백년설이 태평레코드사를 통하여 가요계에 데뷔함에 문예부장 고려성의 상당한 영향이 미치었을 것으로 보인다. 한국 사회 관행으로 보아 고려성-백년설 간의 이러한 지연(地緣)은 두 사람이 한 직장에서 남다른 친분을 쌓기에 충분요건이 되고도 남았을 것이다. 당시 고려성의 영향력이 백년설의 가수 활동(1941년 말 오케레코드사로 이적하기 전까지)에 영향을 상당히 미쳤을 것으로 보인다.

그 시대 레코드회사 문예부장이란 문예 활동에만 국한된 것이 아니었다. 작사는 물론 레코드 제작 기획, 매월 새 레코드를 제작하여 판매부에 넘기는 일까지를 도맡았다. 가수의 인선, 선곡, 작곡자, 편곡자 선정, 악극 각본 창작, 심지어 가수의 연습, 취입 예산 편성, 취

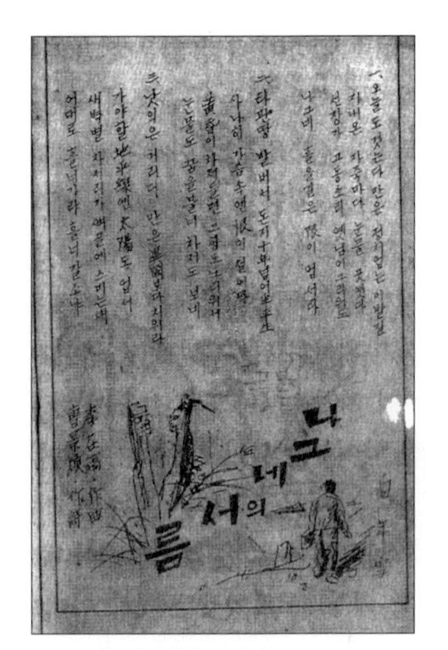

가요 〈나그네 설움〉 가사지

입 후 홍보할 매월 신보(新譜: 새로 취입한 레코드) 선정, 선전 방법 선택, 선전 문구 검토 등등 이른바 오늘날의 가요 프로듀서와 같은 직책이었다.

고려성의 대표곡 〈나그네 설움〉(고려성 작사, 이재호 작곡, 백년설 노래)의 창작 배경 스토리는 두 사람의 이런 관계를 잘 증명해 보이고 있다. 그러니 자연, 백년설과 나화랑의 친밀도도 농후할 수밖에 없었다.

태평레코드사의 전속 가수 백년설 일행이 레코드 취입 차 일본에 왔을 때, 나화랑은 백년설을 만났다. 나화랑은 거기서 백년설로부터 가수가 되어보지 않겠느냐는 권유를 받았다.[6] 백년설은 "대중가요라고 무시하지 말고 정통음악을 공부한 사람이 대중음악을 하면 좋은 결과를 낼 수 있을 것"이라며 조광환에게 대중가요계로의 진출을 권유하였다. 이에 조광환은 자신의 진로를 클래식에서 대중음악으로 선회할 마음을 굳혔다.

고려성-나화랑 형제 가요 작가와 가수 백년설과의 이러한 인연과 친분은 세 사람이 가요 작품을 생산함에 끈끈한 관계를 지속시켜 주었다.

요컨대 나화랑의 대중가요계 등장은 자신의 천부적인 음악적 자질과 가문 및 주위의 음악적 환경이 주된 요인이었다.

6) 김지평, 나화랑 선생의 작품 세계(『삼각산 손님 』-나화랑 작곡생활 40년기념 작곡집, 나화랑, 후반기 출판사, 1981. 2. 15) 8쪽. 이상희, 『오늘도 걷는다마는-백년설 그의 삶, 그의 노래』(도서출판 善, 2003. 11. 1) 97쪽.

4. 가수에서 작곡가의 길로

영화인 임화수

1940년 5월 태평레코드사는 음반계의 질적 발전을 도모하며 유망한 신인 가수를 등용시킬 목적으로 "제1회 레코드예술상"을 제정, 전국 신인가수대항 콩쿨전을 개최하였다. 전국 13개 도에서 예선을 거친 본선 선발대회를 8월에 서울 종로 4가의 제일극장 무대에서 열었다. 이 극장은 뒷날 임화수(林和秀: 본명 권중각. 영화인)가 근거지로 삼은 평화극장이 되었다.

조광환은 이 대회에 출전하였다. 전국에서 예선을 거쳐 올라온 예비 가수들의 경연장이었다. 극장 내에 극도의 긴장감이 감돌았다. 조광환은 무대에 올라서자 잠시 피아노의 키를 두드려 음정 조율을 하고나서 노래를 불렀다. 이 모습은 심사위원들에게 깊은 인상을 주었다. 본선 결과 1등은 군산 출신의 이종모, 2등은 청진 출신으로 소개된 여성 오금숙, 3등은 조광환과 이응호가 공동으로 차지하였다.7) 대회의 심사위원은 가수 백년설, 작사가 박영호·천아토(千兒土), 작곡가 김교성·이재호 등이었다. 대회 후 입상한 이들에게 작사가 박영호가 1등 입상자 이종모에게 '남춘역', 2등 입상자 오금숙에게 '백난아', 3위 입상자 조광환에게 '나화랑'이란 예명을 각각 지어주었다. 오금숙의 예명 작명에는 백년설의 '백(白)'자를 넣자는 가수 백년설의 의견이 반영되어 박영호와 함께 지었다.8)

선발된 이 신인가수들은 곧 일본(大阪)으로 건너가 음반을 취입하였다. 남춘역은 〈그림자 고향〉 〈왕모래 선창〉 등, 백난아는 〈갈매기 쌍쌍〉 〈오동동 극단〉 등, 나화랑은 〈청춘번지〉 〈어머님 사진〉 등, 이응호는 〈낙엽 우는 가을 밤〉 등을 취입하였다. 하지만 백난아의 〈갈매기 쌍쌍〉만이 겨우 준 히트를 쳤다.

이에 태평레코드사는 재기를 노려 1940년 12월 백난아의 〈아리랑 낭랑〉과 남춘역의 〈포경선 수기〉를 취입, 한 음반(태평레코드사 3014, 1940. 12)에 담아 1941년 1월 신보로 발표하였다. 하지만 남춘역의 가요는 히트하지 못하였다. 이후 그는 악극단과 영화의 조연급 배우로 전향하여 활동하다가 1967년에 젊은 나이로 요절하였다.

가수 백난아

위의 전국 신인가수 대항 콩쿨전 출신 가수로 크게 성공한 이는 백난아 뿐이다. 백난아는

7) 반야월, 증언 및 『반야월 회고록 불효자는 웁니다』(반야월, 도서출판 화원, 2005. 8. 1) 133-140 쪽. 이상희, 앞의 책 85-86쪽.

8) 반야월, 앞의 책 138-139쪽. 이상희, 앞의 책 86쪽.

본명이 오금숙(吳錦淑)으로 1927년 5월 6일 제주시 한림읍 명월리에서 오남보씨의 3남 4녀 중 다섯째로 태어났다. 부모를 따라 3세 때 만주로 이주, 9세 때 함북 청진에 정착하여 이곳에서 15세에 이 대회의 예선대회에 입상하면서부터 가수의 자질을 나타내기 시작하였다. 그녀가 태평레코드사 전속이 된 후 다른 회사로부터의 스카웃을 염려하여 회사에서 숨겨두고 가수 활동을 시킨 탓에 학교(서울고등양재여예교)를 1942년 3월 졸업하기 전 벌써 그녀는 사실상 가수 활동을 하고 있었다.9)

일설에 의하면 가수 백년설이 그녀를 양녀로 삼았는데, 그녀가 태평양레코드사에서 가수 활동을 할 때 함경북도 청진을 고향으로 쓰게 했기 때문에 그 동안 그녀의 출생지가 청진으로 잘못 알려졌다고 전한다. 많은 가요사 관련 문헌에 백난아의 출생지를 함북 청진으로 잘못 소개하고 있다.10) 그 동안 제주에서는 잊히었는데 근래 북제주문화원(원장 김찬읍)이 한림읍 명월리에 백난아 노래비를 건립하였으며, 한림읍 협재해수욕장에서 백난아가요제를 열고 있다.

킹레코드사 전속 시절의 나화랑(뒷줄 오른편에서 두번째, 한 사람 건너 이재호).

9) 심성태, 『백난아 HIT 애창곡집』(현대음악출판사, 1989. 1. 20) 1-16쪽.

10) 이상희, 앞의 책 등등 많은 문헌에서에서 가수 백난아의 고향을 함북 청진으로 잘못 소개하고 있음.

백난아는 태평레코드사에 전속된 다음 1942년 2월에 〈찔레꽃〉(김영일 작사, 김교성 작곡)과 〈할미꽃 아리랑〉(처녀림 작사, 김교성 작곡, 태평레코드사 5028)을 발표하였다. 〈찔레꽃〉은 큰 반향을 불러 모았다. 그녀는 일약 당대의 인기 가수로 부상하였다. 나이 16세 때이다. 잇달아 〈직녀성〉, 〈망향초 사랑〉 등의 후속곡을 내어 놓으면서 당시의 여가수로는 그녀만한 인기가수가 없다는 평가를 받으며 인기를 높혀갔다.

나화랑은 1942년 5월에 태평레코드사 전속 가수로 입사하여 같은 해 7월 〈청춘번지〉, 〈어머님 사진〉(조경환 작사, 조광환 작곡, 나화랑 노래, 태평레코드사 5041. 1942. 7)를 발표하며 가수 활동을 시작하였다. 10월에는 가요 〈서백리아 손님〉, 〈기적 전야〉(태평레코드사 5048)를 불렀다. 이듬해 5월에는 〈사막의 영웅〉(태평레코드사 5053)를 발표하였다. 〈사막의 영웅〉은 군가에 가까운 노래이다. 이 음반 앞면에 백난아의 〈화분 일기〉(태평레코드사 5053, 1943. 5)가 수록돼 있다.

이들 가요에 특이하게 우리의 눈길을 끄는 것은 〈사막의 영웅〉이다. 곡명에 왜 하필 '사막'이란 단어가 들어있는 것일까. 당시의 시대상황을 잠시 돌이켜 보자. 1941년 12월 태평양전쟁의 발발로 한반도에 전시 비상체제가 조성되고, 대중가요계에도 정책적인 전쟁의 입김이 불어 군국 가요를 발표하지 않을 수 없게 되었다. 일본의 음반 검열 강도가 높아지면서 음반 제작사들은 일정 수의 군국가요 음반을 의무적으로 발매해야 했다. 정책적인 군국 가요가 탄생될 수밖에 없는 시대였다. 이를테면 〈사막의 목가〉(유열일 작사, ? 작곡, 김은옥 노래), 〈사막의 여인〉(홍명희 작사, 나소운 작곡, 이규남 노래), 〈아, 사막길〉(? 작사, 손목인 작곡, 고복수 노래), 〈눈물의 사막길〉(박영호 작사, 손목인 작곡,

남인수 노래), 〈탄식하는 사막〉(최다인 작사, 문호월 작곡, 김정구 · 이난영 노래) 등등의 가요들이 쏟아져 나왔다. 이들 곡명에 들어있는 '사막'은 일제에 시달리고 있는 우리 민족의 방랑 의식과 상실 의식의 비유, 상징이다.[11]

가수가 된 나화랑은 가요 10여 곡을 취입하여 발표하였으나 대중의 반응이 미미하였다. 이에 그는 가수 활동을 접고 작곡가의 길로 선회하였다.

11) 장유정, 『오빠는 풍각쟁이야』(민음in, 2006. 12. 22) 316-342쪽.

5. 한국 가요 진흥에 날개를 퍼득이다

1943년 8월 조광환은 작곡 데뷔작으로 〈삼각산 손님〉(조경환 작사, 조광환 작곡, 구성진 노래, 대동아레코드사 19604-A, 1943. 8)[12]을 발표하였다. 작사가 조경환과 작곡가 조광환의 형제 합작품이다. '대동아'는 1940년 5월 문을 닫은 포리돌레코드사가 이른바 대동아전쟁 시기인 1943년 7-8월에 일시적으로 사용한 상표이다.

가요 〈삼각산 손님〉은 애초에 나화랑 자신이 부르려 했지만, 형 고려성의 만류로 가수 구성진(가수 태성호의 태평레코드사 전속 이전의 예명)이 취입하게 되었다.

〈삼각산 손님〉은 조선 초 태종대의 공신 이숙번이 태종 말년에 숙청되어 귀양갔다가 다시 한양으로 돌아오는 심경을 표현한 내용이다. 젊은 선비가 실권 회복을 꿈꾸며, 험한 산길을 넘어 한양에 들어서는 정경을 노래하고 있다. 이 노래에 담긴 역사적, 가요사적 의의에 관해서는 뒤에 가서 상론하기로 한다. 이 가요로써 나화랑은 작곡

12) 가요 〈삼각산 손님〉은 조경환 작사, 조광환 작곡으로 1943년 8월 '대동아'라는 레이블로 가수 구 성진이 취입하였다. 이후 태평레코드사에서 재취입하기도 하였는데 태평레코드사에서부터 취입 가수 명의가 '태성호'(본명 이선호)로 나타나 있다. 포리돌레코드사는 1940년 5월 민요 《황해산 염불》(음반번호 X9002)을 끝으로 음반 생산을 마감하였다. 1979년 이후에는 이 노래를 최병호가 취입하기도 하였다.

도서 『흘러간 옛 노래 가요반세기』(한국문화방송주식회사, 성음사, 1968, 11)에서는 〈삼각산 손님〉의 음반 제작 과정에 관한 설명과 함께

역량을 인정받게 되었다.

나화랑에게 작곡로서의 자부심을 가져다 준 가요 〈삼각산 손님〉은 1960년대까지 인기를 모으며 히트 가요의 대열에 올랐다. 이후 가수 최병호, 백년설, 명국환, 남백송 등이 이 노래를 리바이블하여 더욱 대중의 인기를 얻게 되었다.

나화랑은 1944년 2월 김천 개령 출신의 최임분과 결혼하였다. 그 해 10월에는 선배 작곡가 김교성(金敎聲)의 알선으로 포리돌레코드사에 전속 작곡가로 입사하였다.

김천여중 음악교사 시절의 나화랑(앞줄 오른쪽에서 두번째)

1945년 8월 광복이 되자 나화랑은 10월에 김천여자중학교의 음악교사로 부임하였다. 공덕희(훗날 윤보선 대통령의 영부인이 됨)교사의 후임이다. 고향 김천에서 음악교사 생활을 하며 모교인 김천 봉계초등학교 교가(1945. 10)와 김천 서부초등학교의 교가(1947. 9)를 지어 헌정하였다. 이때에 그는 김천고등보통학교의 최초 음악교사였던 정용문(鄭龍文; 작곡가. 대표곡: 〈고향〉 〈산길〉 〈수선화〉 등)과 함께 김천 음악계

1942년 포리돌레코드사, 태성호로 잘못 밝히고 있다.

그 외의 많은 가요집과 나화랑 작곡생활 40년 기념 창작집 『삼각산 손님』(나화랑, 후반기 출판사, 1981. 2. 15)에서도 1944년, 태성호가 부른 것으로 잘못 기록하고 있다.

요컨대, 이 가요는 취입 가수 명의가 구성진/태성호/최병호/명국환/백년설 등으로, 제작 레코드회사 명의 또한 대동아레코드사/포리돌레코드사/태평레코드사/오케레코드사 등으로 변천이 심하였다.

이 작품은 취입 가수 명의와 제작 레코드회사명, 작곡가의 전속 관계, 판권 문제 등으로 인하여 그 명의가 매우 다양하게 나타나고 있다.

의 주류 활동을 하였다.

시계 방향으로 백년설 · 반야월 · 나화랑 · 심연옥.
6 · 25 도중에 서라벌레코드사를 창립하던 시절

하지만 교직은 작곡가 나화랑의 본령이 아니었던가 보다. 마침내 1948년 6월 그는 고향에서의 교편생활을 접고 다시 상경하여 서울레코드사(설립자 이인표)의 창설 멤버로 입사한다. 서울레코드사는 작사가 고려성, 반야월, 백명(白鳴), 작곡가 김교성, 나화랑, 김초성 가수 박경원, 박재홍, 임미란, 원방현, 금사향 등으로 구성되었다. 여기서 나화랑은 주로 작사가 반야월, 작곡가 김교성과 콤비가 되어 본격적으로 작곡활동을 하였다. 첫 곡으로 내놓은 작품이 〈제물포 아가씨〉(백명 작사, 박재홍 노래, 1948)이다. 항구 도시 인천의 정경 및 한 마도로스와 제물포 어느 아가씨와의 애정을 그린 노래이다. 이 노래는 전국적으로 큰 반향을 불러일으켰다. 이로써 나화랑은 작곡에 본격적인 자부심을 갖게 되었다.

나화랑은 1948년 10월 김천에 내려와 김천극장에서 개최된 "작곡가 정용문 작곡 발표회"에 출연하기도 하였다. 후배 정용문(김천고보 6회 졸업)의 작곡 발표회에 찬조 출연하여 테너 독창 및 바리톤 임성길(林聖吉)과 듀엣을 하였다. 임성길(훗날 대구 음악계의 원로)은 그때 김천에서 문학, 음악 활동을 하고 있었는데 이 발표회에서 YMCA 합창단을 지휘하였다.[13]

8·15 광복 이전에는 신인 가수 등용문으로서 각 레코드회사가 주최하는 콩쿠르대회가 성행하였는데 광복 이후에는 악극단 중심으로 우리 가요문화가 진흥되고 있었다. 그 악극단들이 주최하는 콩쿠르는 유행이었다. 이를테면 박시춘의 신향악극단, 이철-김해송의 조

13) 김천문화원, 『김천시지』(김천문화원, 1989. 10. 15) 895쪽.

선악극단, 김해송의 K.P.K 악단, 손목인의 C.M.C 악단, 조춘영의 O.M.C 악단, 진방남의 남대문악극단 그리고 라미라가극단, 무궁화 악극단 등등이 그 예이다.

1949년 9월 23일부터 25일까지 사흘간 제일극장에서 한남악극단, 무궁화악극단, 삼천리악극단이 공동으로 "신인 남녀최고가수 콩쿠르대회"를 열었는데 나화랑은 한계룡과 함께 이 대회에서 심사를 하였다. 심사위원장은 김교성이었다.[14]

1950년 6월 25일 한국전쟁 발발로 사회와 이념의 혼란이 극심하여졌다. 이 무렵 고려성이 좌익으로 경도(傾倒)되어 그 형제와 가족 그리고 문중이 몹시 혼란스러웠다.

이 혼란과 위기를 피하여 나화랑은 1952년 육군본부 군예대에 입대하여 그 악단장으로 활동을 하게 되었다. 1954년 2월에는 공군 정훈음악대로 옮겨 정훈활동을 하였다.

나화랑은 이 무렵 무명가수 박재란에게 〈뜰 아래 귀뚜라미〉란 곡을 주어 그녀로 하여금 가수의 길을 걷게 하였다.

1953년 7월 27일 북한의 항복으로 한국전쟁은 휴전되었다. 1954년 군 복부를 마친 나화랑은 12월 킹스타 레코드사에 전속 작곡가 겸 문예부장으로 입사하였다. 이 레코드사에서 그는 많은 구전민요를 편곡, 음반으로 제작하여 보급하면서 한편으로는 창작가요를 많이 쏟아 내었다. 나화랑의 인기가요 대부분은 이 무렵 1950년대 중반부터 1960년대에 걸쳐 양산되었다. 전쟁의 상흔을 딛고 국가 사회적으로 점차 안정이 되찾아지기 시작한 이 시기에 나화랑은 작곡 기량을 맘껏 발휘하였다. 많은 편곡 작품도 남겼다. 자신의 작품을 절대 남에게 편곡 의뢰하는 일이 없었으나 자신은 남의 작품을 다양하게 편

14) 박찬호, 『한국가요사2』(미지북스, 2009. 3. 18) 30쪽.

곡해 내었다.

작품의 양으로 보나 질로 보나 1950~60년대는 작곡가 나화랑의 전성기이다. 1956년 3월에는 KBS 서울 중앙방송국 경음악단 상임 지휘자로 취임하였다. 향후 5년 동안 지휘 및 가요 비평, 노래 자랑 심사, 신인 가수 발굴, 가요 비평 등으로 나화랑은 영향력 있는 한국 가요 작곡가의 한 사람으로 활약하였다. 가요 방송에서 가요 비평도 겸하였다.

또한 1956년 3월에 나화랑은 대한레코드작가협회 창립에 반야월, 전오승 등과 함께 이사에 선임되었다. 김교성이 회장, 박시춘이 이사장, 이재호, 이봉룡이 부회장으로 피선되어 조직된 건전 대중가요 저작의 선도적 역할을 한 협회이다. 이들 가요예술인들은 민족 문화 발전에 헌신할 것을 다짐하며, 건전 대중가요 창작 보급과 음악 예술 저작의 혁신적 향상에 선도적 역할을 하였다.

이 해에 나화랑은 작사가 강사랑으로부터 제주도 서귀포 사랑의 가사 한 편을 받아 클래식풍으로 노래 한 곡을 만든다. 가요 〈서귀포 사랑〉(노래 송민도)이다. 발표하여 크게 주목받았다.

1957년 8월 8일에 명동 국립극장(시공관)에서 가수 고복수의 은퇴 공연이 있었다. "팬이여 안녕"이란 타이틀을 걸고 「고복수 은퇴공연 추진위원회」가 주최하고 한국무대예술원, 대한영화배우협회, 대한레코드작가협회 등이 후원한 고복수의 마지막 공연이었다. 한 여름에 더위를 무릅쓰고 가수 고복수의 마지막 공연을 관람하고자 인산인해의 관객이 몰렸다. 결국 공연 기간을 3일간 더 연장하였는데 이 공연에 나화랑은 반야월과 함께 가요 〈최후의 앵콜〉을 지어 헌정하였다. 이 노래를 서막에서 합창할 때 고복수 본인은 물론 출연자 모

두 다 목이 메어 나중에는 엉엉 울었다.15)

나화랑은 1958년 1월 대구의 연합출판사에서 그의 첫 작곡집인 『나화랑 작곡집』 제1편(1958. 1. 30)을 발간하여 〈하늘의 황금마차〉 〈목숨을 걸어 놓고〉 〈청포도 사랑〉 …… 등 걸작 12편을 세상에 널리 알렸다.

나화랑의 제1 작곡집

이 해에 나화랑은 킹스타레코드사 사무실에서 가수 유성희(본명 유란옥 劉蘭玉)를 만난다. 유성희의 간곡한 요청에 의하여 가수 남일해가 주선한 만남이다. 나화랑이 유성희에게 노래를 시켰더니 그녀는 〈대니보이〉를 불렀다. 이로써 그녀는 유명 작곡가 나화랑의 연구생이 되어 본격적으로 가수 활동을 시작하게 된다.

이후 그녀는 〈임 없는 강언덕〉 〈영원히 내 가슴에〉 등을 발표하며 1959년에는 송민도의 〈사랑은 즐거운 스윙〉을 재취입하여 인기를 얻으면서 가수로서 입지를 굳혀 갔다. 계속 〈눈물의 발동선〉 〈당신〉 〈상사초〉 〈양산도 부기〉 〈어쩌면 잊어질까〉 등을 발표하였는데 〈양산도 부기〉(이철수 작사, 나화랑 작곡), 〈어쩌면 잊어질까〉(유랑 작사, 나화랑 작곡)는 준히트곡이 되었다.

당시 작곡가 나화랑을 두고 유성희와 아직은 무명 가수였던 이미자는 라이벌이 되기도 하였다. 유성희는 계속 〈사랑은 오케〉 〈순정의 언덕길〉 등을 발표하였으나 크게 인기를 얻지 못하고 주로 다른 가수의 곡을 많이 리바이블하였다.

1960년 4·19 혁명이 일어났다. 4·19와 관련하여 가요 남인수의

15) 반야월, 반야월 회고록 『불효자는 웁니다』(반야월, 도서출판 화원, 2005. 8. 1) 272-273쪽.

〈4월의 깃발〉, 손인호의 〈남원 땅에 잠 들었네〉, 박애경의 〈어머니는 울지 않으리〉, 박재홍의 〈4·19 행진곡〉 등등 열다섯 편 정도가 탄생하였다. 이 노래들은 혁명의 대표적 주역 김주열의 희생으로 더욱 뜨겁게 타오른, 민주화에 대한 강렬한 열망과 그 애환을 담은 작품들이다. 이 중에 남인수가 부른 〈사월의 깃발〉은 반야월이 노랫말을 짓고 박시춘이 작곡한 작품인데 나화랑이 편곡을 하여 미도파레코드사에서 SP음반(M6161, 1960)으로 제작, 발매하였다. 황금심이 노래한 〈어머니는 안 울련다〉가 이 음반의 뒷면에 실려 있다. 이 노래 역시 독재 정권에 항거하여 민주주의를 성취하려던 아들을 총탄에 잃어버린 한 어머니의 비통한 절규를 반어적으로 토해 내고 있다.

나화랑의 제2 작곡집

1960년 12월에 나화랑은 〈뽕 따러 가세〉 〈행복의 일요일〉 〈청춘의 삼색 깃발〉 〈무너진 사랑탑〉 〈푸른 꿈이여 지금 어디〉 등 14곡을 담아 『나화랑 작곡집』 제2집(세광출판사, 1960. 12. 20)을 세상에 내놓았다. 작곡가 나화랑의 전성기 작품들을 모은 작곡집이다.

가요 〈이정표〉(월견초 작사, 남일해 노래, 1960), 〈님이라 부르리까〉(김운하 작사, 이미자 노래, 1960), 〈이국땅〉(월견초 작사, 남일해 노래, 1961) 등이 크게 히트하며 작곡가 나화랑의 위상을 최고조로 올려놓는다.

나화랑은 남일해의 〈이정표〉의 인기에 자신감을 얻어 마침내 작곡의 영역을 넘어 1962년 10월 라미라레코드사를 창설하여 경영하게 된다. 가요 작곡과 레코드의 제작, 발매 겸업을 시도한 것이다. 라미라레코드회사 사장 나화랑이 첫번째로 낸 음반은 〈이정표〉이다. 라미라레코드사에서 그는 〈님이라 부르리까〉를 비롯하여 〈핑크리본의 카드〉(탁소연 작사, 남일해 노래), 〈가야금 타령〉(임동진 작사, 황금심 노래) 등을 초반 또는 재반으로 생산하여 자신의 인기곡들을 대중에 더욱

가요 〈이정표〉 노래비를 세우고 : 가운뎃줄 왼편 선글라스 쓴 이가 이 노래의 작곡가 나화랑.

확산시켰다.

하지만 가요 〈이정표〉는 왜색풍이란 이유로 발매 얼마후 금지곡 처분을 받는다. 라미라레코드사는 출발하자마자 큰 타격을 받았다. 또한 나화랑과 라이벌 관계였던 작곡가 손석우의 비너스레코드사에서 발표한 〈노란 샤스의 사나이〉(한명숙 노래)가 크게 성공하였다. 〈노란 샤스의 사나이〉는 작품 경향의 변화를 선도하며 이른바 이지리스닝의 길을 굳건히 걸어갔다. 레코드 제작자 나화랑은 이런저런 이유로 음반 제작업에서 사양길을 걷게 된다.

이 무렵 나화랑은 방송과 음반을 통해 대중과 비교적 가까이 하게 된다. 박정희 정권의 문화정책 기조는 방송을 통해 전달되는 대중가요는 밝고 건전해야 한다는 것이었는데, 이러한 정책에 영향을 입어

나화랑, 황문평, 손석우 등은 1962년에 한국연예인협회를 결성하였다. 1963년 KBS에서는 손석우, 황문평, 나화랑, 전오승, 송민영, 김인배 등의 가요 작가들을 주축으로 하여 "방송작가 그룹"을 결성하였다. 나화랑도 밝고 건전한 풍으로 가요 양식 변화를 시도하였다. 이런 작의성을 지니고 나온 노래가 〈울산 큰애기〉(김상희 노래) 〈살구나무집 처녀〉(이미자 노래) 등이다.

나화랑의 라미라레코드사는 2년이 채 아니 되어 문을 닫았다. 음악인으로서의 재능이 레코드 회사 사장로서의 재능과 부합하지는 않았던 모양이다. 당시 거액의 부도로 라미라레코드사는 문을 닫을 수밖에 없었다. 후반기출판사의 김도형 대표는 레코드회사 사장으로서의 나화랑을 이렇게 평한다. "원래부터 '예술'에는 강하였으나 '산술'에 약했던 선생은 '돈'과는 인연이 먼 레코드사 사장을 해 오면서 남모르는 아픔을 많이 겪고 사업가로서 빛을 보지 못하고, 몇 해 안 되어 레코드사 경영 사업을 접었다. 하지만 그의 정직한 경영 태도는 오늘도 레코드계의 사표로 남아 있다."[16]고.

나화랑은 1963년 8월 29일 가수 지망생으로서, 작곡가의 한 콤비 가수로서 오랫동안 서로 사랑하고 있던 유성희와 재혼하였다.[17] 유성희(劉星姬)는 이후 가수 활동을 하면서 나화랑과 부부 가요인으로 생활(2013년 5월 6일 작고)하였다.

1964년 5월 나화랑은 지구레코드사 전속 작곡가로 입사하였으며, 한국방송윤리위원회 위원을 겸하였다. 자신의 본령인 작곡 생활로 다시 돌아온 것이다. 이 시절 그의 가요 〈성황당고갯길〉(이길언 작사,

16) 김도형, 박수에 대신하는 글(『삼각산 손님 』- 나화랑 작곡생활 40년기념 작곡집, 나화랑, 후반 기출판사, 1981, 2. 15) 4쪽.

17) 나화랑은 유란옥(예명 유성희)과의 슬하에 장녀 동실(棟實), 차녀 재희(齊希), 장남 규천(圭千), 이남 규만(圭萬), 삼남 규천(圭燦) 등 3남 2녀를 두었다.

남일해 노래, 1964), 〈울산 큰애기〉(탁소연 작사, 김상희 노래, 1965), 드라마 주제가 〈정동대감〉(신봉승 작사, 이미자 노래, 1965) 등은 전국의 가요 전파를 장악하다시피 하였다.

1967년 7월에 나화랑은 전속사를 그랜드레코드사로 옮겼다. 1969년 3월에는 라미라레코드사를 재건하여 다시 음반 제작사 운영을 시도하였으나 역부족에 그쳤다.

1970년대 접어들면서 한국 가요계에 포크송, 록 같은 외래 양식이 도입됨으로써 재래의 트로트는 점차 힘을 상실하여 가기 시작한다. 작곡가 나화랑, 그의 작곡 작품 수도 현격히 줄어들고 그는 가요 예술인 및 저작자 단체 관련 사회활동에 두드러진 모습을 보인다.

1970년 7월 나화랑은 한국가요반세기 작가동지회가 창립되자 〈가요반세기 작가동지회가〉(반야월 작사, 나화랑 작곡, 김세레나 노래, 1970)를 지었다. 가요 예술 창작의 올바른 전통 수립을 촉구하며 가요 작가 동지회원의 권익을 옹호하는 가요이다. 이즈음 가요 〈님이여 안심하

한국가요반세기작가동지회원들과 함께: 왼쪽부터 조춘영 · 반야월 · 한복남 · 나화랑 · 손성호 등.

소서〉(? 작사, 김정애 노래, 1974)와 국방가요 〈멸공의 횃불〉(서정포 작사, 나화랑 작곡, 국방부 제정, 1975)을 지었다. 군가 〈멸공의 횃불〉은 국민들의 국방 의식 고취에 크게 기여하였다. 지금도 군에서는 애창되고 있다. 희극배우 김희갑과 손잡고 가요 〈그리운 고국산천〉(=혈육의 정)(김영일 작사, 김희갑 노래, 아세아 레코드사 1976) 등을 이 무렵에 작곡하여 발표하였다.

1978년 1월 나화랑은 한국음악 저작권협회 평의원에 피선되었으며, 1980년 6월에 또다시 대도레코드사 전속 작곡가로 입사하였다.

6. 나화랑과 관계 깊었던 가요 예술인들

작곡가 나화랑과 관련이 깊었던 가요 예술인들은 어떤 인물들이 있었을까. 민요 가수 이은주와 김옥심은 나화랑과 합작품을 많이 탄생시켰다. 대중가요 가수로 나화랑과 관련이 있었던 이들은 멀리 구성진으로부터 남인수, 박재홍, 심연옥, 김정애, 황정자, 도미, 송민도, 은방울 자매, 손인호, 백설희, 윤일로, 남일해, 황금심, 유성희, 박재란, 김상희, 명국환, 이미자, 남상규, 김세레나, 김희갑, 김상진 그리고 근래의 김추자에 이르기까지 매우 다양하다.

가수 손인호는 〈함경도 사나이〉(손로원 작사, 나화랑 작곡, 1954)로, 도미는 〈비의 탱고〉(임동천 작사, 나화랑 작곡, 1956)와 〈사도세자〉(김문응 작사, 나화랑 작곡, 1956)로, 남일해는 〈비 내리는 부두〉(반야월 작사, 나화랑 작곡, 1957)로, 이미자는 〈열아홉 순정〉(반야월 작사, 나화랑 작곡, 1959)으로, 박재란은 〈뜰아래 귀뚜라미〉(나화랑 작곡, 1953)로 각각 가수의 길을 걷게 되었다고 하여도 과언이 아니다.

매혹의 저음과 클래식한 창법의 송민도는 1950년대 초반 본격적으로 레코드 취입을 한 여가수였다. 일류 작곡가들이 다투어 그녀에게 취입을 의뢰하였는데, 손석우 작사·작곡의 〈나 하나의 사랑〉이 KBS 전파에 실려 호평을 받자 곧 오아시스레코드사에서 음반으로 발매하여 대단한 인기를 모았다. 〈나 하나의 사랑〉은 박계주에 의하여 소설로 씌어졌고 이 노래를 주제로 영화「나 혼자 만이」가 제작되었다. 우리 가요사에서 가요가 소설화·영화화 한 것은 이 노래가 처음이다.

가수 — 송민도(宋旻道)

《송민도 히트 가요집》(킹스타레코드사) 음반

〈나 하나의 사랑〉의 히트 이후 송민도는 킹스타레코드사로 전속을 변경하였는데 여기서 나화랑과 콤비가 되어 히트곡을 양산(量産)하였다. 1954년 12월 킹스타레코드사 문예부장으로 입사한 나화랑이 송민도와 콤비를 이뤄 〈내일이면 늦으리〉〈서울의 지붕 밑〉〈푸른 꿈이여 지금 어데〉〈행복의 일요일〉〈목숨을 걸어놓고〉〈서귀포 사랑〉〈웬 일인지〉〈하늘에 황금마차〉〈사랑은 즐거운 스윙〉 등의 희트곡을 내었다. 〈사랑은 즐거운 스윙〉은 훗날 유성희가 리바이블하여 널리 알려진 노래이다. 이 레코드사에서 송민도가 계약 만료가 되자 나화랑이 발굴, 픽업한 가수가 이미자였다.

가수 — 윤일로(尹一路)

윤일로(尹一路 본명 윤승경)는 1935년 평양에서 태어나 일찍이 고교

1학 때 인천에서 콩쿨대회에 1위로 입상하는 등 모두 20여 차례 콩쿨 대회에 입상한 경력의 가창 실력을 인정받은 인물이다. 해군에 입대하여 군악대에서 클라리넷 연주 활동을 하였다. 이때 부산에서 작곡가 백영호, 서울에서 손석우, 나화랑 등을 만났다.

그는 군 제대 후에 작곡가 나화랑을 찾아가 1956년에 가요 〈너 없는 세상〉(강사랑 작사, 나화랑 작곡)을 받아 킹스타레코드사에서 취입하여 발표하였다. 하지만 성공하지 못하였다. 잇달아 〈그림자 한 쌍〉 〈산천 문답〉을 발표하여 2차로 시도하였으나 역시 마찬가지였다.

마침내 음폭이 매우 넓은 윤일로는 1957년 신신레코드사(=신세기레코드사)로 전속을 바꿔, 이재현 작곡의 〈기타 부기〉를 발표하여 크게 성공하였다. 비로소 청춘 스타가 된 것이다. 그의 예명 '윤일로(尹一路)'는 오직 한 길로만 가라는 의미로 작곡가 나화랑과 가수 백년설이 지어 주었다.

가수 — 도미(都美)

도미의 히트 가요선집(킹스타레코드사) 음반

가수 도미(都美 본명 오종수)는 경북 상주에서 출생하여 대구에서 성장하면서 계성고등학교를 졸업하였다. 그는 1951년 대구극장에서 개최한 제1회 오리엔트레코드사 전속가수선발대회 겸 콩쿨대회에 입상하여 작곡가 이병주에게 발탁되었다. 예명 '도미(都美)'는 이병주가 지어주었다. 가수 초년생 무렵에는 주로 신세영의 노래를 재취입하였다. 그러다가 박시춘과 나화랑을 만난 후 그들의 곡을 불렀다. 인도인을 연상케 하는 이국적 외모와 부드럽고 고운 허스키가 대중에게 신선감을 주면서 크게 인기를 모았다. 탱고, 스윙 같은 리듬을 맛깔스럽게 잘 소화하였다. 그의 열정적이면서도 박자 감각이 탁월한 가창력과 무대 매너는 선배 가수 현인의 영향을 입은 것이라 한다.

작곡가 나화랑은 도미에게 〈나 홀로 우네〉 〈눈물의 블루스〉 〈봉이 김선달〉 〈서울의 애가〉 〈이러저럭 인생〉 〈장미의 탱고〉 〈청춘의 낭만열차〉 〈선화공주〉 〈비의 탱고〉 〈사도세자〉 〈청포도 사랑〉 〈추억에 우는 여인〉 등 많은 곡을 주었다. 이 중에 〈비의 탱고〉(1956)를 비롯하여 〈청포도 사랑〉 〈사도세자〉 등은 도미가 불러 성공한 명곡이다. 〈청포도 사랑〉은 밝고 청순한 사랑의 멋을 풍겨주는 청춘애호 가요라는 평을 받았다. 지금도 나화랑이 남긴 명곡 중의 한 곡으로 불리고 있다. 위 노래들은 박시춘의 〈청춘 부라보〉 〈하이킹의 노래〉 〈신라의 북소리〉 〈 오부자 노래〉 〈사랑의 메아리〉(영화 "피리 불던 모녀 고개"의 주제가) 〈소공동 블루스〉 〈백제의 밤〉(남인수 노래의 재취입) 등과 더불어 한국 가요사에 긴히 전하는 도미의 인기 가요들이다.

가수 _ 남일해(南一海)

남일해(본명 정태호)는 대구시 남산동에서 태어났다. 1957년 초여름 대구 대건고등학교 3학년 때 대도극장에서 개최한 오리엔트레코드사 주최 전국음악콩쿨대회에 학교 몰래 출전하였다. 작곡가 박시춘, 이병주 등이 심사위원이었다. 예심에서 현인의 〈고향만리〉, 결선에서 신세영의 〈로맨스 항로〉(이병주 작곡)를 불렀는데, 그의 굵고 부드러운 가창력은 심사위원들을 경악시켰다. 이 대회에서 고교생

신분의 남일해는 특등상을 수상하였다. 이때에 심사위원장 이병주에게는 머잖아 남일해가 가요계에 큰 회오리바람을 불러일으키리란 예감이 들었다고 한다.

이 대회 입상 후 남일해는 학교를 마치면 남산동에서 20리 떨어진, 칠성동에 있는 작곡가 추월성(본명 한덕민)의 집으로 가서 발성법과 악보 보는 법 등을 지도 받았다. 그는 고교 졸업 후, 의사가 되길 갈망하는 부모의 만류를 뿌리치고 밤중에 서울로 올라왔다. 오아시스레코드사와 신세기레코드사를 찾아 자신의 수상 경력을 소개하며 데뷔를 시도하였지만 반응은 냉담하였다. 그가 서울 스카라극장 뒷편에 하숙방을 정해 두고 근처의 "모나미", "항아리" 등의 다방에서 무료한 나날을 보내고 있는데 작곡가 이병주가 〈추억의 오동도〉와 〈애상의 블루스〉 2곡을 가지고 남일해를 찾아 왔다. 대한레코드사에서 두 곡을 취입하여 발매하였지만 실패였다.

그러나 남일해는 큰 가수의 길을 걸으라는 숙명을 지녔던 모양이다. 작곡가 나화랑이 사람을 시켜 한번 보자는 기별이 왔다. 그는 스카라극장 앞에 있는 사무실에서 가요계를 주름잡고 있는 작곡가 나화랑을 만났다. 거기에서 이병주, 반야월, 손로원이 예명 '남일해'를 지어주었다.

1958년 가을 나화랑은 가요 〈비 내리는 부두〉(반야월 작사)를 남일해로 하여금 취입, 킹스타레코드사에서 발매(킹스타레코드사 k6303)하였다. 노래는 크게 히트하였다. 남일해라는 가수가 가요계에 공식 등장한 것이다. 이후 남일해는 작곡가 나화랑의 작품을 많이 취입하였다. 모두 70여 편이 된다.

가수 남일해는 어느 인터뷰에서 이렇게 밝힌 적이 있다.

……그는 추억을 더듬으면서 특히 나화랑 작곡가를 침이 마르도록 칭찬을 하는데 사실은 나화랑의 곡을 주로 받아서 히트를 쳤기 때문이다.

"친하거나 좋아하는 작곡가는 물론 나화랑씨겠지요?"

"그렇지요. 그 분은 정식으로 일본 우에노음악학교에서 음악을 공부한 실력 있는 작곡가입니다."[18]

남일해의 나화랑에 대한 흠모의 말씀을 더 들어보자. 그는 1981년 나화랑 작곡 생활 40주년 기념회에서 이렇게 술회하였다.

"나의 스승인 나화랑 선생은 음악적으로 대단한 실력을 지닌 분이십니다. 특히 편곡에 있어서는 그 당시로선 한발 앞서가셨던 분이셨습니다. 음이 섬세하고 서정성도 풍부하고 솜씨가 꼼꼼해 작품들에 개성이 뚜렷했습니다."[19]

스승 나화랑 선생의 산소에 참배하고 있는 가수 남일해

18) 안병현, 『한국 가요만평』(장소로기획, 20006. 8. 7) 67-68쪽.

19) http: //cafe.daum.net/faintree 〔송민도 노래 사랑〕, 아이디 '케이스 케이드'.

나화랑이 제작한 수많은 가요 음반 가운데 남일해를 모델로 하여 재킷 디자인을 한 것이 눈에 많이 띈다. 작곡가 나화랑이 가장 선호한 가수가 남일해였으며, 가수 남일해가 가장 존경하는 작곡가가 나화랑이었다.

가수 남일해는 지금도 나화랑의 가요계 업적과 그 인생살이와 가족사를 소상히 기억하고 있으며, 나화랑을 깍듯이 스승으로 예우하고 있다. 지방 공연이 있어 경북 김천을 지날 때면 으레 나화랑의 산소를 찾아 참배하기를 잊지 않는다. 이렇듯 나화랑과 남일해의 가요 인연은 남달랐다.

작사가 — 김운하(金雲河)

1959년 초 세관에 다니다 은행으로 직장을 옮긴 김득봉(예명 김운하)은 명동지점으로 출근하는 길에 빼어난 미모의 여인에 끌려 어느 다방으로 들어갔다. 그녀는 해맑은 얼굴에 서늘한 눈매를 지닌 미인이었다. 그러면서도 우수가 깃든 외모였다. 우수가 깃들어 있는 그녀의 얼굴에 무슨 사연이 있을 것 같은 생각이 들었다. '약속'이란 다방이었다.

"어서오세요"

상냥스런 인사말이 건네졌다. 조금 전의 그녀가 마담으로 변해 그를 맞았다. 김득봉은 마담과 음악과 그림에 취하여 이때부터 이 다방의 단골이 되었다. 위스키 티를 마시며 마담에게 관심을 가지기 시작하였다. 알아보니 그녀는 비련(悲戀)의 사연을 간직하고 있었다.

그녀 조금숙은 이화여전에 다녔는데 방학 중에 6·25 전쟁 휴전이 되어 고향 평양에 갇히게 되었다. 서울에 약혼자를 두고 있는 상태였다. 그녀는 1·4 후퇴 때 서울로 다시 내려와 세브란스의전 학생이었던 약혼자를 찾았다. 하지만 그는 이미 미국으로 유학을 떠나고 없었다.

몇 년 뒤 그녀가 겨우 약혼자를 찾았지만 남자는 이미 '너무 멀어버린 님'이 되어 있었다. 조금숙은 이때부터 웃음을 잃었다. 남의 남자가 되었지만 평생 꼭 한번은 다시 만나고 싶은 님. 님일까 당신일까. 그래서 다방 이름을 '약속'이라 정해놓고 문을 열었다.

이 사연을 들은 김득봉은 그날 밤, 작사가 김운하가 되어 그 여인을 위해 가사를 하나 만들었다. 가사는 작곡가 나화랑의 손에 들어와 작곡되었다. 이 곡이 〈님이라 부르리까〉이다.[20] 노래의 음반은 1960년에 이미자가 취입하여 발매되었다.

가수 — 이미자(李美子)

1957년 KBS에서 당시 최고의 청취율을 올리던 프로는 "KBS 라디오 노래자랑"이었다. 늦가을 어느 날 서울 남산의 KBS에 교복을 입은 한 여고 2학년 학생이 이 노래자랑에 참가 신청을 하러 왔다. "학생은 출전할 수가 없다. 졸업하거든 다시 오너라"며 거부 당하였다.

다음 날, 그 학생은 엄마의 옷으로 갈아입고 다시 찾아와 신청을 받아내었다. 자신이 제일 좋아하는 가수 나애심의 〈언제까지나〉와 〈밤의 탱고〉를 불러 예심을 통과하였다. 본심에서는 송민도의 〈나 하나의 사랑〉을 멋들어지게 불러 1등으로 입상하며 주목을 받았다.

그 때 서울 종로 2가 화신백화점 앞에는 한국 최초의 민간 TV방송국이 있었다. HLKZ TV방송국(나중에 TBC 방송국으로 개칭)이다.

20) 정두수, 가요 100년 그 노래 그 사연 38 - 명동 '약속' 다방 마담의 비가(동아일보, 1992. 4. 26. 27면)

KBS보다 5년 먼저, 1956년 5월에 개국한 한국 최초의 민영 TV 방송국이었다. 1958년 이 방송국에 매주 한 번씩 아마추어 노래자랑이 벌어지는 "예능 로타리" 프로가 있었다. 아마추어 가수들의 등용문이었다. 그 여학생은 여고 졸업을 눈앞에 두고서 클래식, 국악, 대중가요, 장기자랑 등을 겨루는 이 프로그램 가요 부문에서 1등을 하였다. 연말대회 때에는 3위를 하였다.[21] 그녀가 오늘날의 가수 이미자이다.

가수 이미자의 1960년대 가요 취입 광경

이 노래자랑대회의 심사위원 황문평과 작곡가 나화랑은 "이미자가 대성할 아가씨니 지도를 잘 해서 아주 스타로 만들어 보면 어떻겠느냐"고 입을 모았다.[22] 이 때 나화랑은 자신이 몸담고 있는 킹스타레코드사에 전속가수 송민도가 계약 만료를 눈앞에 두고 있어, 그 대타가 될 만한 가수를 찾고 있던 참이었다. 나화랑은 남일해를 시켜 이미자를 데려오라 하였다. 남일해는 이미자를 찾아 갔다.

> "얼마 전 〈예능로타리〉에서 노래한 이미자씨 맞죠. 나화랑 선생님이 그 프로그램에 나온 이미자씨를 눈여겨 보시고, 좀 만나고 싶으시답니다."

나화랑과 이미자의 만남은 이렇게 이뤄졌다.

다음날 바로 이미자는 서울 옥인동에 있는 작곡가 나화랑의 집으로 갔다. 꿈에도 그리던 유명 작곡가의 연구생이 된 것이다. 그 자리에서 그녀는 〈언제 까지나〉와 〈밤의 탱고〉를 불러 테스트를 거친 뒤 나화랑

21) 황문평, 야화 가요60년사–창가에서 팝송 까지(전곡사, 1983. 10. 20) 289쪽. 이 대회의 1위 입상자는 이선희(연주가 송민영의 부인)이었다.

22) 장석주, 『지금 그 사람 이름은』(아세아미디어, 2001. 9. 15) 253쪽.

으로부터 〈위싱턴 블루스〉, 〈집시의 여정〉, 〈돌아와 주신다면〉 등 다섯 곡의 가요를 받았다. 나화랑은 그녀에게 KBS 라디오 쇼프로 〈노래의 꽃다발〉에 출연까지 주선해 주었다.[23]

1959년 겨울 이미자는 서울스튜디오를 경영하는 최성락의 집 응접실 벽을 헐어내고, 두 겹의 유리창을 붙여서 만든 간이 녹음실에서 자신의 공식 데뷔 가요를 취입하기 위해 추위와 긴장으로 벌벌 떨었다. 하지만 자신의 이름으로 음반을 낸다는 흥분과 두려움으로 이를 억눌렀다. 자신의 공식 데뷔 가요 〈열아홉 순정〉(반야월 작사, 나화랑 작곡)를 취입하였다. 나화랑은 가요 〈열아홉 순정〉을 SP음반 외에도 LP음반으로 더 내었다. 한국에서 '가요계의 여왕', '엘레지의 여왕'이란 칭호를 받는 가수 이미자는 이렇게 가요계에 탄생하였다.

가요 〈열아홉 순정〉은 수줍게 울렁이는, 첫사랑 처녀의 순정을 잘 그려낸 작품이다. 지금도 가수 이미자의 여느 리사이틀과 콘스트에서 빠지지 않는 레퍼토리로 나타나고 있다. 많은 국민들 특히 여성들의 심금을 울려주고 있는 노래로.

이 무렵 이미자의 고교 시절 은사의 회고담을 들어 본다. 이미자의 고교(문성여자중 · 고등학교) 시절 조영숙 음악교사는 이렇게 회고한다.

> "친구들이 KBS노래자랑 시간에 나가보라고 해서 나갔다가 '대상'을 타게 된 것을 알고 불러보라고 해서 대상곡 나애심의 '언제까지나'를 부르게 되었다는 것이다.
>
> 나는 장하다는 말을 해주고, 학교에서는 부르지 말라는 말과 함께, "너는 음색도 좋고 소질도 있는데 클래식을 하면 좋을 텐데"라고 권유했다. 학생은 "선생님, 저는 대중가요가 좋아요"라

23) 인생, 나의 40년-이미자 자전 에세이(이미자, (주)황금가지, 1999. 10) 63-66쪽.

며 분명하게 말한다. 그 후, 대중가요의 거목인 '나화랑 선생님에게 픽업되어 지도를 받게 되었다는 것이다.

(중략)

어느 날 라디오를 틀자마자, "다음은 이미자의 '동백 아가씨'를 들려 드리겠습니다."

나는 너무 반가워 귀를 세우고 들었다.

"선생님, 저는 대중가요가 좋아요"라고 분명하게 말하던 귀염둥이 학생이 내 눈 앞에 다가선다.

"장하다, 해냈구나."[24]

이미자, 그녀의 음악적 자질은 떡잎부터 남의 주목을 받았다.

하지만 가수 이미자와 작곡가 나화랑과의 관계는 오래 지속되지는 못 하였다. 나화랑의 〈님이라 부르리까〉 이후 그와 결별한 이미자는 이내 작곡가 백영호, 박춘석과 콤비를 이뤄 더 많은, 더욱 유명해지게 된 가요들을 발표하면서 가요계의 여왕이 되었다.

가수 _ 박재란

박재란(본명 이영숙)은 1936년 서울에서 태어나 네 살 때부터, 철도 공무원인 아버지의 전근으로 천안에서 성장하였다. 한국전쟁 중 아버지가 전사함으로써 작곡가 박태준의 양녀가 되어 대구에 있던 육군 군예대 제3기생으로 입대, 활약하게 되었다. 그녀는 나화랑, 황해, 백설희 등과 함께 전쟁 속 위문공연 활동을 하고 다녔다. 대구에서 2년 동안 군예대 공연 활동을 하며 가요 무대와 노래 솜씨를 익혔다.

24) 조영숙, 수필집 『미완성 교향곡』(문학관, 2005. 7. 10) 44-48쪽.

박재란이 처음으로 노래를 취입하게 되었다. 나화랑 작곡의 〈뜰아래 귀뚜라미〉와 김학송 작곡의 〈코스모스 사랑〉이었다. 비로소 박재란이 자신의 레퍼토리를 갖게 된 것이다.[25]

박재란은 1953년 휴전협정 이후 서울에서 악극단 생활을 계속하다가 1954년 레코드 가수로 등장하였다. 1957년에는 KBS 전속가수가 되었다. 이 해에 전오승의 〈럭키 모닝〉을 파라마운트레코드사에서 취입, 발매하여 크게 히트하면서 인기 가수의 반열에 올랐다.

가수 박재란은 1960년대에 들어 〈푸른 날개〉 〈맹꽁이 타령〉 〈님〉 〈산 너머 남촌에는〉 등 다양한 리듬을 소화해 내는, 재능 있는 가수로 부상하면서 현미, 한명숙과 함께 여가수 트로이카 시대를 열었다. 감미로운 허스키 음색의 박재란은 '삼천만의 연인' '꾀꼬리 가수'란 칭호를 받았다.

작곡가 _ 임종수(林鍾壽)

가수 나훈아의 히트곡 중 한국의 성인남자들이 가장 좋아하는 노래를 들라면 〈고향역〉(오아시스레코드사 1972)을 꼽는다는 집계가 있다.[26] 이 노래의 작사 및 작곡자 임종수가 가요계 등장함에는 작곡가 나화랑의 배려와 영향이 있었다.

임종수는 1942년 전북 순창에서 태어나 성장하면서 주위로부터 노래를 잘 한다는 평을 받았다. 중학교 때부터 가수가 되리라는 꿈을 품고 있었다. 고교 졸업 후 광주 KBS와 전주 KBS 전속가수가 되었다. 전속가수 활동 중 군 입대 영장이 나와 군 입대 할 때까지 각종 가요경연대회에서 수차례 입상하였다.

25) 박성서, 「박성서의 7080 가요X파일 '산너머 남촌에는'의 박재란(1)」(서울신문, 2007. 1. 25).

26) 조성관, 추석 애창곡 1위 '나훈아의 고향역'에 숨은 사연(weekly chomsun, chosun.com. 2008. 09. 05)

군 제대 후 그는 작곡가 황문평, 가수 계수남(본명 정덕환)의 알선으로 "계수남음악학원"을 다녔다. 그러던 중 1967년에 꿈에도 그리던 나화랑으로부터 가요 한 곡을 받았다. 〈호반의 등불〉(월견초 작사, 나화랑 작곡)[27]이다. 임시원은 한남우라는 예명으로 이 노래를 유니버샬레코드사에서 취입하여 가수 데뷔를 시도하였다. 하지만 스스로 포기하였다. 그 원인은 가정 형편이 어려웠고 서양의 팝송이 물밀듯 밀려들어오고 있는 때에 창법과 기교가 시대의 흐름에 맞지 않으며, 음색에 개성이 없음이라 자인하였다.[28]

작곡가 임종수

임시원은 즉시 작곡가 나화랑을 찾아가 무릎 꿇고 엎드려 절하며 가수의 꿈을 접겠다고 하였다. 그러자 나화랑은 1분 동안 임시원을 꿰뚫어 보더니 그에게 작곡의 길을 권유했다.

"너 오늘부터 작곡을 해라. 네가 생각하고 있는 멜로디를 악보에 적을 수 있느냐? 그러면 그게 바로 작곡이다."

"1주일 뒤에 노래를 써 가지고 와 봐라. 작곡가가 될 수 있을 게다."

임종수는 혼자서 머리를 쥐어짜며 5년 간 곡 쓰기에 몰두하였다. 1970년 초 임종수는 68번째로 쓴 곡으로 〈차창에 어린 모습〉을 내놓았다. 서울에 올라와 무진장 고생을 하고 있는 자신의 처량한 삶을 빗댄 내용이었다. 1970년 3월 이 노래를 나훈아가 취입하였다. 당시는 남자가수로 나훈아를 위시하여 최희준, 오기택, 안다성, 남상규, 박일남, 남진 등이 가요계를 장악하고 있었다. 〈차창에 어린 모습〉은 박정희 정부의 비애 가요 근절 시책의 영향을 입어, 가사가 불건전하

27) 나화랑, 음반 《나화랑 작곡집 no.15 김일병 삼돌이》(라미라레코드사 발매, RAM1023)에는 이 노래의 가수가 한남우로 소개되고 있다.

28) 조성관, 앞의 글 및 작곡가 임종수님의 증언.

다 하여 방송 불가 판정을 받고 흥행에 밀렸다.

2년 후 가수 나훈아가 이 곡의 가사는 물론 리듬을 고고로 바꿔 〈고향역〉이란 곡명으로 다시 취입하자 하였다. 1972년 2월 오아시스레코드사에서 나훈아가 재취입한 이 노래는 9월이 되자 전국을 휩쓸었다. 산업화로 인한 이촌향도(離村向都) 현상을 바탕으로 고향을 떠난 사람들의 마음을 뒤흔든 것이다.

임종수의 〈고향역〉은 귀향과 모정(母情)을 함께 응축한 가요로서 지금도 우리 국민 추석 애창곡 1위의 가요로 지칭된다. 작곡가 임종수는 그때 나화랑의 권유를 이렇게 회고하고 있다.

> "처음 작곡해 본 사람이 이런 곡을 쓸 수가 없다. 너는 반드시 작곡으로 성공한다."

이후 임종수는 나훈아의 〈대동강 편지〉(1981), 하수영의 〈아내에게 바치는 노래〉(1976), 태진아의 〈옥경이〉(1989), 박윤경의 〈부초〉 (1991) 등의 인기 가요를 배출하면서 작곡가로서의 명성을 크게 얻고 있다. 가요계에서 '히트곡 제조기'라는 칭송을 받기도 한다. 지금 충북 충청대학 초빙교수로 대중가요 발전을 위해 재능 있는 유소년과 청소년 발굴 및 대중가요에 대한 사회적 인식 변화 촉구에 힘쓰고 있다.

가수 — 김광남(金光男)

작곡가 나화랑의 가요 인생 말년의 사정을 비교적 소상히 기억하고 있는 사람이 한 사람 더 있다. 가수 김광남(본명 김정희)이다. 평소 김광남이 나화랑에게 곡을 달라 부탁하면 "너는 남인수 가요를 모창만 하고 있으니 곡을 줄 수 없다"는 대답뿐이었다고 한다.

그러던 김광남이 1983년 KBS의 "남북 이산가족 찾기" 캠페인이 전 국민을 울리고 있을 때 나화랑으로부터 어렵게 한 곡을 받았다. 가요 〈여의도의 밤〉(일명 '무정세월 30여 년': 이인표 작사, 나화랑 작곡, 김광남 노래. 신세계레코드사 SIS 83210, 1983)이다.

김광남은 이 곡을 연습한 후 신세계레코드사(사장 윤상호)에서 취입하였다. 음반이 나오자마자 이를 가지고 바로 KBS로 달려갔다. 방송국에 도착하니 가수 이미자도 막 한 곡을 가지고 와 있었다. 설운도의 〈잃어버린 30년〉이 방송과 더불어 전국에 메아리치고 있는 때이었다. 김광남의 이 노래는 몇 번 KBS라디오 방송을 타더니 큰 반향을 얻지 못 했다.

하지만 김광남 가수는 이 노래를 경인지방 밤무대에서 많이 부르고 다녔다. 김 가수는 지금도 이 음반을 소중히 간직하고 있으며 남북 이산가족 관련 행사가 있을 때마다 이 노래를 부른다.

작곡가 나화랑은 이처럼 음역과 가수 선정의 폭이 매우 넓었다. 같은 시대에 함께 음악 활동을 하였던 여타 작곡가들에 비하여 볼 때에 더욱 그러하다.

7. 대중에 아부하지 않고 앞서가는 자세로

1981년은 작곡가 나화랑의 회갑 해였다. 그해 3월 7일 가요계의 터줏대감이며, 한국 가요작가반세기동지회장인 반야월은 가요계의 동지들을 불러모았다. 사무실로 쓰고 있는, 서울 무학동 홍익빌딩의 아랫층 한정식집에 가요작가 100여 명이 모였다. 나화랑의 가족과 제자들도 모였다. 평소 교분이 넓지 않았던 나화랑의 대인관계에 비하여 많은 회원들이 모였다. 한정식집 "만복식당"에서 작곡가 나화랑의 회갑연을 열렸다.

이 자리에 나화랑은 자신의 제3 작곡집인『삼각산 손님』(후반기출판사, 1981. 3. 1)을 내어 놓았다. 자신의 작곡 생할 40년을 총결산하여 히트 곡 101편을 발표 시기별로 가지런히 정리하여 담은 도서였다. 그의 생애 히트곡 대부분을 담은 작곡집이다.

많은 가요작가 동지들과 가수 남일해, 이미자 등의 가요인들이 모인 이 회갑연에서 회장 반야월은 작곡가 나화랑이 대중가요에 끼친

공로를 기려 그에게 감사패를 전달하였다. 이 자리에서 나화랑은 소감을 이렇게 털어 놓았다.

"소생이 지난 40년 동안 우리나라 대중가요 텃밭에 씨 뿌린 한 평생, 잘한 일인지 잘못한 일인지 분간 못 하겠습니다. 나 자신 미욱하기만 했던 욕심쟁이였나 봅니다. 오직 한 길에만 전념해 왔습니다. 이 생명이 심지가 다할 때까지 가요 창작에만 전념할 것을 여러 동지들 앞에서 다시 한 번 다짐합니다."[29)]

나화랑 회갑연에서의 반야월 · 남일해 · 나화랑 · 이미자

가요 인생 40년을 살아온 작곡가 나화랑 자신의 솔직 담백한 고백이었다. 며칠 후 동아일보와의 인터뷰에서는 이렇게 술회하였다.

"오늘의 젊은 음악인들이 지나치게 외국 풍조에 민감한 것 같다 ……"

"대중을 상대하되 대중에 아부하지 않고 앞서가는 자세로 창작하는 데 힘썼다"

"…… 이 직업에 종사하면서 모토가 있었다면 상업주의에 굴복하지 않고 외국 풍조에 무조건 따르지 않으며 우리의 감정에 어울리는 곡을 만들려고 노력한 것이다"[30)]

'대중에 아부하지 않고 앞서가는 자세로 창작하는 데 힘썼다'는 대목이 우리의 눈길을 끈다. 서양 리듬을 다양하게 도입하되 '우리 감정에 어울리는 곡을 만들려고 노력'했다는 술회는 그의 가요 작품 성

29) 황문평, 『삶의 발자국 1』(도서출판 선, 2000. 4. 25) 393쪽.

30) 동아일보, 1981. 3. 10 제12면. 동아방송 1972년 2월 6일 "추억의 스타앨범-나화랑 편" 방송.

향을 종합적으로 털어 놓은 것으로 보인다. 나화랑의 음악관과 음악 철학이 잘 드러난 술회이다.

가요계 종사 인사들에 의하면 작곡가 나화랑의 노년은 재정 형편과 가정사정에 의하여 퍽이나 힘들고 외로웠다고 한다. 부인 유성희 님의 생존시 증언에 의하면 그 무렵 나화랑이 남의 채무 보증을 잘못 서서 입은 경제적 타격이 컸다고 한다.

1983년 11월 어느 날 작사가 반야월은 나화랑이 서울 경희의료원에 입원했다는 소식을 들었다. 가요계 동료 몇 명과 함께 병원으로 달려갔다. 나화랑이 병상에 누워 있었다. 원래 깡마른 체구의 나화랑이 무척 수척해진 몸으로 누워 있었다. 왜 여기 와 있느냐 물었다.

"내 죽을려고 여기 안 왔소."

"……."

나화랑이 핼쓱해진 얼굴에 엷은 웃음을 띄며 답했다.

11월 어느 날 아침 화장실에 앉아 있다가 김광남은 가수 박경원으로 부터 걸려온 전화로 작곡가 나화랑의 부음(訃音)을 전해 들었다. 비록 방송에서 뜨지 못했으나 나화랑이 만들어 준 가요 〈여의도의 밤〉을 그가 경인지방 밤무대에서 야심찬 마음으로 부르고 다니던 즈음이었다. 1983년 11월 17일 오후 8시 30분 나화랑은 62세로 서울 경희의료원에서 굴곡 많았던 음악 인생을 마감하였다.

나화랑의 고향 경북 김천시 봉산면 인의동에 그의 생가와 묘소가 있다. 생가는 ㄷ자 형상의 큰 기와집으로 고색창연히 남아 있다. 본

채와 머리를 맞댄 아래채에 그의 형 고려성이 거처하던 방과 아우 나화랑이 신혼살림을 하던 방이 나란히 있는 기와집이다. 비교적 웅대한 고가이다. 그동안 몇 차례 지방문화재 지정 건의가 언론에 대두된 적이 있지만 아직 실현을 보지 못하고 있다.

생가의 건너편 산자락에 나화랑과 부인 유성희의 산소가 나란히 생가를 내려다 보고 누워있다.

작곡가 나화랑 생가에서의 저자와 가수 남일해님.

8. 반짝이는 가요탑, 굴곡 많은 인생 노정

지금까지 살펴본 대로 나화랑은 세계적인 바이올리니스트 또는 음대 교수가 되는 것이 소년시절부터의 소원이었다.[31] 그는 현실과 무시할 수 없는 환경의 영향으로 대중가요계에 몸담게 되었다고 회고한 적도 있다. 그의 가요계 등장 대부였던 맏형 고려성으로부터의 음악적인 영향 때문이 아니었나 한다.

나화랑은 자신이 가요계에 투신하게 된 것은 정말 뜻밖이라 술회하였다(동아방송 1972. 2. 6. 추억의 스타앨범-나화랑 편). '지금도 애틋하게 생각하는 것은 초지를 관철하지 못하고 중간에 변절됐다'고 할만큼 뜻밖의 일이라 하였다. '정말 뼈가 아플 정도로 참지 못할 일'이었다고 했다. 그러나 '기왕 대중가요에 몸을 담은 이상, 한 때는 대중가요에 크게 활약했다는 점도 자부할 수 있고, 후회하지 않는다'며 자신의 음악 인생에 어떤 자부심을 보이기도 하였다.

그는 가수의 길을 걷고자 하였으나 이내 단념하였다. 작곡가의 길

31) 나화랑과 초등학교 시절에 함께 바이올린을 배운 바이올리니스트 손성호(91) 옹과 김천고등보통학교 졸업 후 함께 일본에서 유학을 했던 친구 이근구(2013. 10. 작고) 옹의 증언.

에 들어서선 킹스타레코드사에서 많은 구전 민요를 LP 음반에 담아 내었다. 전래 민요를 민중에 보급하기에 정성과 힘을 많이 쏟았다. 그가 채록, 편곡, 구성, 지휘, 제작하여 남긴 민요 음반들이 수많이 전한다.

나화랑은 가수이며 작곡가로서 일생 480여 곡을 남겼다. 음반회사 경영자로서 라미라레코드사를 경영하기도 하였으나 사업가로서는 적격이 아니었던 것으로 생각된다. 그가 남긴 가요 비평, 가수 발굴 및 육성에의 업적은 만만찮다. 또한 그는 민요 가수 이은주, 김옥심은 물론 가수 심연옥, 윤일로, 손인호, 송민도, 도미, 남일해, 이미자, 김상희, 김세레나 등의 지명도를 한껏 올려놨다.

나화랑은 가수로서, 작곡가로서, 음악교사로서, 군악대와 방송국 악단장으로서, 레코드회사 경영주로서 뚜렷한 음악관을 가지고 인생을 살았다고 할 수 있다. 하지만 그가 가요 창작, 보급에 쏟은 땀과 피만큼 가족관계에서부터 교우관계, 문중 및 친족들과의 관계, 통상적인 가요인들과의 인간관계 등에서 전해 들을 수 있는 인물평은 그에 미치지 못하였다. 그와 한 평생 가요 창작 활동을 한 반야월 선생도 생전에 이렇게 증언하였다.

동시대의 가요인들, 학창시절의 친구들, 고향 사람들에게도 그는 계획되지 않은 만남은 실현하지 않았다고 한다. 늘상 음악 실력으로써 남보다 앞서 있다는 자신감에 차 있었기 때문이었을까.

말년에는 한 가정의 가장(家長)으로서도 평안하고 행복스럽지 못하였으며 경제적인 어려움이 많았다고 한다.

조 트리오 : 조규천·규만·규찬

가수 겸 작곡가, 연주가로 활동하고 있는 조규천·규만·규찬 3형제는 작곡가 나화랑과 가수 유성희 사이의 자제들이다. 3형제는 1998년 "조 트리오(Joe Trio)"를 결성하였다. 모두 작곡, 연주, 가수 활동을 하고 있다.

조규천은 1992년 《조규만 1집》에 참여하며 가요계에 데뷔하였다. 1997년에 《조규천 1집》을 발표하였다. 1997년 남성 3인조 프로젝트 보컬 그룹 "조 트리오(Joe Trio)"의 보컬리스트로 활약한 뮤지션이다. 그는 깨끗한 고음을 지니고 있다. 1997년에 《Beyond Heaven 》으로 데뷔하였다. 1998년에 《Joe Trio 1집》, 2000년에 《Joe Trio 2집》을 내었다. 조규천의 음악은 클래식적이며 형식미, 편곡, 배음에서 높은 평을 받는다.

조규만은 1989년 락 밴드 "한가람"의 보컬리스트였다. 1992년에 《조규만 1집》을 발표하면서 솔로 가수로 데뷔하였다. 1997년에 "조 트리오(Joe Trio)"의 보컬리스트로 활약하였다. 1989년 《한가람 1집》, 1992년 《조규만 1집》, 1997년 김광석의 곡을 리메이크한, 조 트리오(Joe Trio)의 〈사랑이라는 이유로〉, 1998년 조트리오 1집 앨범의 〈첫 만찬〉, 역시 같은 해에 《조규만 2집》, 2000년에 《조규만 3집》을 발표하였다.

조규찬은 1989년 유재하 음악경연대회에서 자작곡 〈무지개〉로 대상을 수상하며 데뷔하였다. 1990년 재즈 밴드 "새 바람이 오는 그늘"의 보컬리스트로, 1997년에 형들과 보컬그룹 "조 트리오(Joe Trio)"를 형성하여 보컬리스트로 활약하였다. 그는 1990년 《새 바람이 오는 그늘 1집》, 1993년 《조규찬 1집》, 1995년 《조규찬 2집》, 1996년 《조규찬 3집》, 1997년 김광석의 곡을 리메이크한, "조 트리오(Joe Trio)"의 〈사랑이라는 이유로〉, 1997년 《조규찬 4집》, 1998년 《Joe Trio 1집》, 1999년 《조규찬 5집》, 2000년 《Joe Trio 2집》, 2001년 《조규찬 6집》, 2002년 《조규찬 컴필레이션 앨범-총 2편》, 2003년 《조규찬 7집》, 2005년 《조규찬 8집》 등을 발표하였다. 그는 리듬 앤드 블루스, 재즈, 포크, 발라드 등 다양한 장르에서 미래 지향적인 창법을 구사하는 가수라는 평을 받는다. 최근 미국 유학을 마치고 귀국하여 음악활동을 하고 있다.

조규만의 제2집 타이틀곡 〈다 줄 거야〉는 드라마 「햇빛 속으로」의 사운드트랙 음악이 되어 유명해졌다. 가수 이승기가 댄스버전으로 리메이크하여 더욱 널리 인기를 얻고 있다.

"조 트리오" 형제는 어느 인터뷰에서 부친 나화랑을 이렇게 회고한 적이 있다.

> "우리 삼형제 전부 합해도 음악적인 재능을 감히 따를 수 없다. …… 악보를 그리실 때 항상 펜 촉에 유성 잉크를 찍어서 그리셨어요. 실수로 잘못 그렸을 때 난감해 하시던 모습과 그 부분을 칼로 살살 긁어 지우시던 모습이 생각납니다."[32]

작곡가 나화랑의 외모와 행동은 물론 작품 활동에서의 깔끔함과 정갈함이 그의 트레이드마크였음을 짐작케 한다. 작품 창작에 완벽을 추구하던 그의 작곡 작업상을 연상해 볼 수 있게 한다.

삼형제는 입을 모은다. 트렌지스트 라디오에 큰 배터리를 고무줄

32) 김천시 문화공보담당관실 홍보담당, "삼형제 전부 합해도 아버님보다 부족하죠"-향토 출신 작곡가 나화랑의 아들/조트리오, 계간 『함께 사는 김천』 2007년 여름호(2007. 7. 1) 18-19쪽.

조트리오(조규천 · 규만 · 규찬)

로 묶어 틀어놓고, 항상 잠을 청하던 부친 나화랑 덕분에 어린 시절부터 경음악과 대중가요를 피부로 접할 수 있었다고.

이들 삼형제가 음악인으로서 갖는 책임감과 소신에 찬 진술을 들어 본다.

"최선을 다해서 한국, 나아가서는 아시아에 국한된 음악이 아닌 보다 글로벌한 팝적인 음악을 하려 노력해 왔습니다. 앞으로 각자가 열심히 음악생활에 전념하여 보다 대중적이면서도 수준 있 는 음악을 완성시켜 나가고 싶습니다."

요컨대 작곡가 나화랑은 형님은 물론 아내, 자제들과 더불어 음악 유전인자의 음악가문을 형성하였다고 하겠다.

나화랑의 〈도라지 맘보〉 음반 레이블

나화랑 편곡 《아리랑 타령》 음반(킹스타레코드사 k5824, 1950년대 중반)

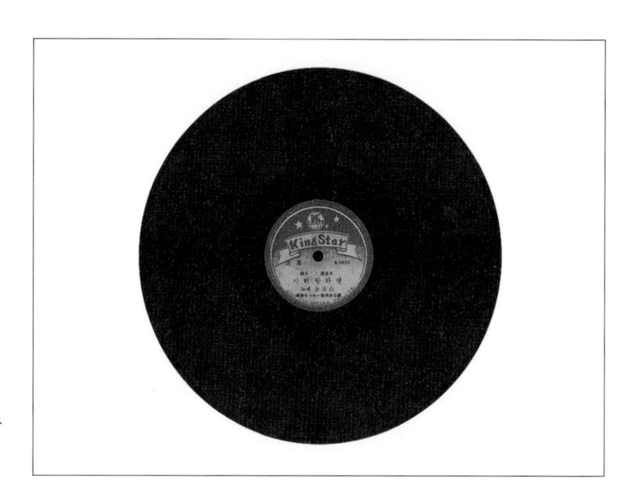

III부

전통과 외래 양식을 접목한 가요 유실수(有實樹)

한국 대중가요 1세대의 대표적인 작곡가로 생애에 남긴 작품 수가 박시춘이 3,000여 곡, 이재호가 2,000여 곡, 백영호가 4,000여 곡, 박춘석이 2,700여 곡으로 입소문이 나 있다. 하지만 각 작곡가 개인별 생애 디스코그라피가 모두 마련된 것은 아니다. 작곡가들의 작품 수가 반드시 그 질과 비례하는 것은 아닐 터이므로 개인별 디스코그라피를 작성해 볼 필요가 있을 것이다. 이 작업은 가요사 연구의 1차적 단계에 해당하는 작업일 것이다.

1940년대 초반 가요계에 등장하여 1980년대 초반까지 음악 인생을 살아온 작곡가 나화랑이 생애에 남긴 작품은 모두 얼마나 될까. 지금까지 필자가 조사한 그의 음반 목록과 음반들, 한국가요사 관련 문헌들에 등장하는 곡목 그리고 가요 작가들로부터 소개받은 곡목들을 종합하여 보면(가수로서 취입한 가요 포함) 총 480여 곡이 된다.

1. 나화랑이 만든 가요들

가. 작곡 데뷔곡 〈삼각산 손님〉

나화랑이 처음으로 작곡한 가요는 1943년 8월에 발표한 《삼각산 손님》(조경환 작사, 조광환 작곡, 구성진 노래, 대동아레코드사 19604-A), 《청춘풀이》(조광환 작곡, 구성진 노래, 대동아레코드사 19604-B)이다. 〈삼각산 손님〉은 세상에 널리 애창되며 오랫동안 인기를 얻었다.

앞서 밝힌 대로 조경환은 고려성의 본명이며, 조광환은 나화랑의 본명이다. 구성진(具星軫)은 노래를 구성지게 잘 한다는 뜻에서 지어진 이선호의 예명이다. 이선호는, 1941년 11월에 가수 백년설이 태평레코드사에서 오케레코드사로 이적하자 그 공백을 메우기 위하여 발굴한 인물이다. 당시 포리돌레코드사에서 경기도 이천우체국 전신계에 근무하는 그의 노래 실력이 대단하다는 소문을 듣고 보낸 판촉사원에 의하여 픽업되어 가수가 되었다. 그가 태평레코드사 전속이

되면서 작곡가 이재호가 예명을 태성호(太星湖)로 개명해 주었다.[1]

이른바 대동아전쟁(태평양전쟁) 전시(戰時) 체제로 인하여 문을 닫은 포리돌레코드사가 1943년 7월~8월에 잠시 소수의 음반을 내었는데 《삼각산 손님》은 그 중의 한 음반으로 나왔다.

《나화랑 가요선곡집》(킹스타레코드사 KSM 70079) 음반

1. 쓰러진 빗돌에다 말고삐를 동이고
초립끈 졸라 매면 장원 꿈도 새로워
한양길이 멀다해도 오백리라 사흘길
별빛을 노려보는 눈시울이 곱구나

2. 백화산 잿마루에 물복숭아 곱던 밤
아미월 웃어주는 들마루가 정다워
죽장망혜 늙은 손님 일러주던 글 한 수
산허리 구비구비 풍악소리 들린다

3. 천리마 방울 소리 은하수가 흐르는
능수야 버들가지 별 하나가 열려서
다홍 갑사 염낭 속에 줄어가는 엽전족
삼각산 바라보며 허리띠를 조른다

– 〈삼각산 손님〉(조경환 사, 조광환 곡, 구성진 노래, 1943. 8)

이 가요는 야심찬 선비가 실권 회복을 꿈꾸며 험한 산길을 넘어 한양에 들어서는 심정을 서정적으로 그려내고 있다. 조선 건국 초기의

1) 반야월, 2007년 2월 2일 12시 서울 충무로에 있던 사단법인 한국가요작가협회 사무실에서의 인터뷰 증언:'구성진(具星珍)'은 이선호의 포리돌레코드사에서의 예명이다. 그가 구성지게 노래를 잘 한다는 의미로 지어졌다. 그가 태평레코드사로 전속되면서 예명의 어감이 좋지 않다하여 이를 '태성호'로 고쳐 사용하게 되었다. 『반야월 회고록 불효자는 웁니다』(도서출판 화원, 2005. 8)에서도 이렇게 소개하고 있다.

공신 이숙번(李叔蕃, 1373~1440)이 태종 말년에 숙청되어 귀양갔다가, 왕권 강화를 위하여 다시 한양으로 돌아올 때의 정황을 전지적 작가 시점으로 표현해 내었다. 험한 산길을 넘어 한양으로 들어서며, 실권 회복을 꿈꾸는 선비의 모습과 심정이 사실적으로 묘사되고 있다.

이숙번은 누구인가. 그는 조선 초 왕자의 난 때 정도전 등을 죽여 세운 공으로 벼슬이 좌찬성에 이르런 사람이다. 문무를 겸비하여 『고려사』 개정과 『용비어천가』 편찬 작업을 도왔다. 성품이 방자한 면이 있어, 태종의 총애와 자신의 공을 믿고 교만과 사치를 일삼던 끝에 경남 함양으로 장류(杖流) 되었다가 배소(配所)에서 끝내 일생을 마감하였다.

이 노래 가사 중 '백화산'은 경북 상주 모서면 모동면과 충북 황간 간의 경계에 있는 백화산(933m)을 가리킨다. '백화산'은 예로부터 군사적으로 무인(武人)들이 즐겨 사용하는, 기호 지방과 영남 지방을 관통하는 요충지였다.

이 노래는 창작 당시의 가사와 오늘날 부르는 가사를 비교해 보면 가사 제1, 2절에 수정을 한 부분이 있음이 발견된다. 제1절의 제4구가 원래는 "들마루가 정다워", 제2절의 제4구가 "별 하나가 열려서"였는데 훗날에 제1절의 제4구를 "장원 꿈도 새로워", 제2절 제4구를 "들마루가 정다워"로 수정하였다.[2] 지금은 통상 2절까지만 불리고 있다.

그런데 이 가요의 원창자와 음반 발매 연도 소개에는 혼선, 오류가 많다. 『흘러간 옛 노래 가요반세기』(한국문화방송주식회사, 성음사, 1968, 11)에는 〈삼각산 손님〉의 음반 제작 과정에 관한 설명과 함께 이 가요의 원창 가수 명의를 '1942년 포리돌레코드사, 태성호'로 밝히고 있

2) 이상희, 『오늘도 걷는다마는–백년설 그의 삶, 그의 노래』(도서출판 善, 2003. 11. 1. 226쪽)에 〈삼각산 손님〉의 가사 3절까지가 소개되고 있음. 그러나 훗날 발매된 나화랑의 여러 음반과 그의 작곡집 『삼각산 손님 – 나화랑 작곡생활 40년 기념』(나화랑, 후반기 출판사, 1981, 2. 15. 11쪽) 등에는 2절까지만 소개되어 있음.

으며, 그 외의 많은 가요집도 이렇게 소개하고 있다. 또한 나화랑 작곡생활 40년 기념 창작집 『삼각산 손님』(나화랑, 후반기출판사, 1981, 2. 15)에는 '1944년, 태성호'가 부른 것으로 기록하고 있다.

태성호는 〈꽃다운 청춘〉(김소석 작사, 김교성 작곡, 태평레코드사 1941. 12)으로 데뷔한 가수이다. 1942년 1월에 춘원 이광수의 소설 『사랑』에서 모티프를 취한 가요 〈사랑〉(박영호 작사, 이재호 작곡, 태평레코드사 5023)을, 같은 해 3월에 〈목탄차 여정〉(반야월 작사, 김교성 작곡 태평레코드사 5029)을 부르며 가요계에 알려지기 시작하였다. 그는 나화랑의 이 〈삼각산 손님〉으로 큰 인기를 얻었다. 한때 인기 가수로 두각을 나타내는 듯하였으나, 8·15 해방 직후 젊은 나이에 세상을 떠나버렸다. 그래서 지금 그의 노래를 찾아 듣기가 힘든다.

가요 〈삼각산 손님〉은 백년설도 불렀으며, 최병호가 재취입하여 1960년대까지 히트곡 대열에 들었다. 1970년대에는 명국환이 재취입하여 보급됨으로써 현재 최병호와 명국환 두 가수의 노래가 가장 많이 유통되고 있다.

이 노래의 원창 가수명은 구성진으로 표기해야 한다. 많은 가요사 관련 문헌과 가요집에 〈삼각산 손님〉은 '1942년 포리돌레코드사의 태성호'로 표기하고 있는데, 이는 '1943년 8월 대동아레코드사, 구성진(具星軫)'으로 바로 잡아야 한다.

가요 〈삼각산 손님〉이 수록된 음반들을 관찰하여 보면 나화랑이 전속 회사를 수차례 옮기면서 취입 가수와 음반 제작 회사를 여러 번 변경한 흔적이 역력하다. 취입 가수 명의가 포리돌레코드사/대동아레코드사의 구성진, 태평레코드사의 태성호, 오케레코드사의 최병호, 성음레코드사의 명국환, 힛트레코드사의 백년설 등등으로 바뀌면서 작곡가 나화랑의 출세작이 되었다.

나. 나화랑의 대표곡 〈무너진 사랑탑〉

작곡가 나화랑이 남긴 대표곡은 남인수가 부른 〈무너진 사랑탑〉(킹스타레코드사, 1958)이다.

1. 반짝이는 별빛 아래 소곤소곤 소곤대던 그날 밤
   천년을 두고 변치 말자고 댕기 풀어 맹세한 님아
   사나이 목숨 걸고 바친 순정 모질게도 밟아 놓고
   그대는 지금 어디 단꿈을 꾸고 있나
   야속한 님아 무너진 사랑탑아

2. 달이 잠긴 은물결이 살랑살랑 살랑대던 그날 밤
   손가락 걸며 이별 말자고 울며불며 맹세한 님아
   사나이 벌판 같은 가슴에다 모닥불을 질러 놓고
   그대는 지금 어디 사랑에 취해 있나
   못 믿을 님아 꺽어진 장미화야

3. 봄 바람에 실버들이 하늘하늘 하늘대는 그날 밤
   세상 끝까지 같이 가자고 눈을 감고 맹세한 님아
   사나이 불을 뿜는 그 순정을 갈기갈기 찢어 놓고
   그대는 지금 어디 행복에 잠겨 있나

야멸찬 님아 꺽어진 거문고야

– 〈무너진 사랑탑〉(반야월 작사, 나화랑 작곡, 남인수 노래, 1958)

《무너진 사랑탑》(뉴스타레코드사 NS 60003) 음반

청춘의 화려한 낭만과 사랑 그리고 실연의 감상이 가득 번져 있는 노래이다. 지금도 우리 국민 중·장년층의 가슴에 아련한 정서를 전해주는 유명 가요로 불려지고 있다. 한 남성의 실연의 감상(感傷)이 폭스트로트 리듬에 실려 있어 자칫 언밸런스에 빠질 것 같으나 오히려 그 감정을 십분 살려내고 있다.

가수 남인수가 킹스타레코드사에서 취입하였는데, 이 노래로써 남인수는 레코드 회사에 공전(空前)의 판매고를 올리면서 스스로 당대 최고 인기가수의 위상을 더욱 확연히 하였다. 당시 남인수류의 가수는 물론 가요 공연 무대에서 여자 가수들까지 이 노래를 즐겨 불렀다. 45세로 이 세상을 떠난 가수 남인수의 수많은, 전통 서정가요 중 마지막 히트곡으로 추정된다.

최근에 KBS 가요무대 프로에서 "대한민국 60년, 명가요 60선" 특집 방송(2008. 8. 4.)을 4회에 걸쳐 방영 한 적이 있는데 그 목록의 상위 순위를 한번 살펴보면 다음과 같다.

건국 60년 기념 명가요 60선

1위 〈럭키서울〉; 유호 작사 박시춘 작곡 현인 노래(럭키레코드사 1947)

2위 〈삼다도 소식〉; 유호 작사 박시춘 작곡 황금심 노래(스타레코드사 1952)

3위 〈처녀 뱃사공〉; 윤부길 작사 한복남 작곡 황정자 노래(라라레코드사 1959)

4위 〈무너진 사랑탑〉; 반야월 작사 나화랑 작곡 남인수 노래(킹스타레코드사 1958)

5위 〈전선야곡〉; 유호 작사 박시춘 작곡 신세영 노래(오리엔트레코드사 1951)

6위 〈굳세어라 금순아〉; 강사랑 작사 박시춘 작곡 현인 노래(오리엔트레코드사 1953)

7위 〈이별의 부산정거장〉; 유호 작사 박시춘 작곡 남인수 노래(유니버설레코드사 1953)

8위 〈슈산보이〉; 이서구 작사 손목인 작곡 박단마 노래(스타레코드사 1946)

〈샌프란시스코〉; 손로원 작사 박시춘 작곡 장세정 노래(오리엔트레코드사 1952)

〈아리조나 카우보이〉; 김부해 작사 전오승 작곡 명국환 노래(콜럼비아레코드사 1955)

9위 〈꿈에 본 내 고향〉; 박두환 작사 김기태 작곡 한정무 노래(도미도레코드사 1952)

〈삼팔선의 봄〉; 김석민 작사 박춘석 작곡 최갑석 노래(오아시스레코드사 1958)

10위 〈한 많은 대동강〉; 야인초 작사 한복남 작곡 손인호 노래(도미도레코드사 1957)

11위 〈울고 넘는 박달재〉; 반야월 작사 김교성 작곡 박재홍 노래(고려레코드사 1948)

12위 〈대전블루스〉; 최치수 작사 김부해 작곡 안정애 노래(신세기레코드사 1959)

13위 〈유정천리〉; 반야월 작사 김부해 작곡 박재홍 노래(신세기레코드사 1959)

14위 〈물방아 도는 내력〉; 손로원 작사 이재호 작곡 박재홍 노래(도미도레코드사 1953)

15위 〈봄 날은 간다〉; 손로원 작사 박시춘 작곡 백설희 노래(유니버샬레코드사 1953)

…….

– KBS, 2008. 7. 조사

이 특집방송의 첫 회 방송에 가요 〈무너진 사랑탑〉이 네번째로 등장하고 있음을 알 수 있다. 〈무너진 사랑탑〉은 나화랑의 작곡 생애에 있어 가장 크게 성공한 노래이다. 이른바 남인수류의 가수들 고대원, 김광남, 남강수는 물론 가수 김상진도 지구레코드사에서 이 노래를 리메이크하여 보급함으로써 널리 애창되고 있다.

지휘하는 나화랑

다. 민요, 신민요, 민요풍의 작품들

한국 가요사에서 20세기 전반의 전통가요란 잡가, 판소리, 창극, 민요, 유행창가를 포괄 지칭하며, 대중가요란 트로트를 포함한 유행가, 신민요, 만요, 재즈송을 일컫는다. 한국 대중가요 발아기였던 1930년대 초에서부터 1940년대 중반까지는 트로트와 신민요가 대중가요의 양대 산맥을 형성하고 있었다.

시대상으로 보아 1940년대 초반은 한국 가요계가 수난기에 접어든 시기이다. 일본 제국주의의 극심화와 대륙 침략의 노골화로 대중가요도 그 생산과 내용, 음반 제작 물자의 통제로 말미암아 수난기에 접어든 때이다.

이 시기는 우리 민요가 점차 단조 5음계의 트로트에 밀리기 시작하는 시기이기도 하다. 그러다가 8·15 해방과 6·25를 맞으면서 트로트의 단조 비극성이 시대 사회의 현실과 부합하여 재생기를 맞게 된다. 한편으로는 점차 장조의 노래들이 늘어나기도 하였다.

이 무렵에 작곡 생활을 시작한 나화랑은 애초 한국 민요에 관심이 많았다. 1954년 12월부터 근무하게 된 킹스타레코드사의 전속 작곡가 겸 문예부장이었던 그는 그때까지 구전하는 많은 민요들을 편곡, 지휘, 제작하여 수많은 음반으로 보급하였다. SP 음반 및 주로 10인치 LP 음반에 한국 민요를 체계적으로 수록하여 대중에 널리 보급하였다.

나화랑의 민요 음반은 주로 킹스타레코드사에서 킹스타-한양합주단을 이끌고 국악 명창 이은

한국 최초의 민요 LP음반 (킹스타레코드사 1950년대 중반, KSM 70075)

국악인 이은주

국악인 김옥심

주, 김옥심 등과 합심하여 양산한 것들이다. 뿐만 아니라 김세레나, 김부자, 이주희 및 대중가요 가수들과 함께 편곡, 지휘, 취입하여 낸 민요음반들도 상당수 있다. 그가 즐겨 음반에 수록한 민요는 〈노들강변〉(김옥심), 〈창부타령〉(김옥심), 〈풍년가〉(김옥심·이은주), 〈강원도 아리랑〉(김옥심), 〈베틀가〉(김옥심), 〈매화타령〉(이은주), 〈밀양아리랑〉(이은주), 〈자진난봉가〉(김옥심) 들이었다.

작곡가 나화랑의 민요음반 제작 심취 현상은 1973년 1월 성음레코드사에서 내놓은 음반 《korean folk song vol.2》(이은주/최해자 노래)에서 그 진수(眞髓)를 맛볼 수 있다. 이 음반의 목록은 제1면 1. 노들강변 2. 창부타령 3. 노랫가락 4. 매화 타령 5. 뱃노래 6. 베틀가, 제2면 1. 태평가 2. 늴리리 3. 신고산 타령 4. 사발가 5. 군밤타령 6. 정선 아리랑 등으로 구성돼 있다. 민요를 대중에 널리 보급시키고자 하였던 작곡가 나화랑의 애정과 노력이 담긴 음반이다. 재래의 한국 민요와 전통 리듬을 그 시대에 맞게 보급하려 하였던, 나화랑 편곡의 결정(結晶)들이다. 나화랑이 편곡, 제작하여 양산한 민요 음반들은 **3. 나화랑이 남긴 음반들** 편에서 상세히 소개하고자 한다.

나화랑이 남긴 작품에 신민요 및 민요풍의 가요가 많다. 민요풍의 가요로 〈도라지 맘보〉(작사, 작·편곡 나화랑, 노래 심연옥, k4540)·〈아리랑 맘보〉(작곡 현동주, 편곡 나화랑, 노래 전영주, 킹스타 레코드사 k4540), 〈닐니리야 맘보〉(작사 탁소연 , 작곡 나화랑 , 노래 김정애), 〈아리랑 타령〉·〈도라지 타령〉(편곡 나화랑, 노래 김옥심 외, 킹스타 레코드사 k6824/k6825) 그리고 〈아리랑 쓰리랑〉(편곡 나화랑, 노래 황정자) 등이 있다. 〈도라지 맘보〉와 〈아리랑 맘보〉는 한 장의 SP 음반에 수록돼 있는데 〈도라지 맘보〉가 더 널리 유행하였다.

나화랑의 〈아리랑 타령〉(킹스타 레코드사 k6824)은 아리랑류의 신민요이다. 역시 킹스타국악단 반주에 맞춰 국악인 김옥심, 이은주, 묵계월이 불렀다. 이 곡은 본조 아리랑에 기반한 것으로 북한에서 불리고 있는 아리랑과 유사하다. 이 음반 뒷면에 〈도라지 타령〉(킹스타 레코드사 k5825)이 동일한 포맷으로 수록돼 있다.

한국 민요선집 제2집(유니버셜레코드사, KLS-18, 1971) 음반

〈아리랑 타령〉은 나화랑의 작품 외에도 동일 곡명의 작품이 몇 편 더 있다. 원래 타령이란 고달픔과 한을 달래며 신명을 돋우는 민요이니, 넓게 보면 〈아리랑〉도 타령의 범주에 든다고 할 수 있다. 〈아리랑 타령〉은 〈아리랑〉과 함께 조선조에 크게 대두되어 일제 강점기를 지내면서 신민요라는 새로운 옷을 입고 대중과 친밀해졌다. 이러한 아리랑 계열의 노래는 한국 가요사와 한국음반사에 중요한 의의를 지닌다.

이때의 신민요란 민요적 전통을 새로운 외래의 노래에 접목시킨 양식의 노래들을 의미했는데, 신민요로 구분되는 나화랑의 작품들은 얼마나 될까. 상당수 발견된다.

나화랑의 신민요 작품들

번호	제목	작사	작/편곡	노래	발표연도	음반회사	곡종
1	도라지 맘보	나화랑	나화랑	심연옥	1952	킹스타 k4540 (P2290)	맘보
2	아리랑 맘보	나화랑	현동주/ 나화랑	전영주	1952	킹스타 k4540 (P2291)	맘보
3	닐니리야 맘보	탁소연	나화랑	김정애	1953	킹스타	차차차

4	물 긷는 처녀	고려성	나화랑	황정자	1953	킹스타	폭스 트로트
5	아리랑 쓰리랑	전래민요	나화랑	황정자	1954	킹스타	스윙
6	뽕 따러 가세[3]	반야월	나화랑	황금심	1956	킹스타	세마치
7	한양낭군	반야월	나화랑	황금심	1958	킹스타	굿거리
8	영남 아가씨	탁소연	나화랑	조선옥	1959	라이온	폭스 트로트
9	아리랑 타령		나화랑	김옥심	196?	킹스타	타령조
10	가야금 타령	임동천	나화랑	황금심	1962	라미라	세마치
11	성화가 났네	반야월	나화랑	황금심	1962	킹스타	굿거리
12	월야 삼경	유노완	나화랑	황금심	1962	킹스타 KSM1093	
13	첫사랑	반야월	나화랑	이미자	1962	킹스타 KSM1093	
14	배나무집 딸	반야월	나화랑	김정애	1962	킹스타 KSM1093	
15	행복은 숨어 있어요		나화랑	황정자	1962	킹스타 KSM1093	
16	네가 바로 내로구나	강사랑	나화랑	김연희	1962	킹스타 KSM1093	
17	노들강 뱃사공	강사랑	나화랑	김연희	1962	킹스타 KSM1093	
18	아리랑 손님	이철수	나화랑	백야성	1964	라미라	
19	금강산 타령	이철수	나화랑	백야성	1964	라미라	
20	농군의 아들	이철수	나화랑	백야성	1964	라미라	
21	아리쓰리 동동	이철수	나화랑	백야성	1964	라미라	
22	신어랑타령	이철수	나화랑	백야성	1964	라미라	타령조
23	심술쟁이 초립동이	강사랑	나화랑	이미자	1965	지구	폭스 트로트
24	꿈에 본 도련님	반야월	나화랑	송춘희	1966	홈런	
25	요리조리 동동	반야월	나화랑	김세레나	1970	대성	스윙
26	살구나무집 처녀	반야월	나화랑	이미자	1972	킹스타	스윙

이들은 나화랑이 민요적 전통을 새로운 가요에 접목시킨 작품들로 장르 구분상 애매성을 지니기도 한다. 〈도라지맘보〉 〈닐리리 맘보〉 〈꿈에 본 도령님〉 〈살구나무집 처녀〉 〈성화가 났네〉 〈심술쟁이 초립동이〉 〈영남 아가씨〉 〈한양낭군〉 등의 작품들이 대표적인 예이다.

나화랑의 일반 서정 가요에서 전통 민요의 리듬이나 선율이 녹아든 모습이 종종 발견된다. 이를테면 이미자가 부른 〈열아홉 순정〉의

3) 같은 곡명의 다른 노래로 1940년에 출반된 〈뽕 따러 가세〉(추양 개사, 김령파 작곡, 황금심 노래)가 있다. 나화랑의 작품이나 김령파의 작품 모두 황금심이 취입했다. 가요명이 동일한 작품으로 〈산유화〉 1. 반야월 작사, 이재호 작곡, 남인수 노래 2. 유호 작사, 김광수 작곡, 송민도 노래, 〈사랑〉 1. 나화랑 작곡, 태성호 노래 2. 황문평 작곡, 김하정 노래) 등이 있다.

간주에 민요 〈도라지〉 선율이 들어있는가 하면, 〈우리는 사랑한다〉의 간주에도 〈아리랑〉의 선율이 녹아들어 있다. 민요풍으로 구분되기도 하는 〈뽕따러 가세〉(반야월 작사, 황금심 노래)에서도 그러하다. 나화랑의 상당수 작품에서 재래의 민요풍(〈뽕따러 가세〉; 반야월 작사, 황금심 노래)과 굿거리(〈성화가 났네〉; 반야월 작사, 황금심 노래), 타령조(〈가야금 타령〉; 임동천 작사, 황금심 노래, 〈신어랑 타령〉; 이철수 작사, 백야성 노래) 등의 리듬이 현대화되어 있음을 쉬이 발견할 수 있다.

《김부자 민요집》(오아시스레코드사 OL 770), 제1회 문공부 주체 무궁화대상 3개 부문 수상) 음반

그리고 나화랑은 1950년대 초반부터 서양풍의 리듬도 우리의 전통 민요 가락에 실어내었다.

〈도라지 맘보〉(나화랑 작사, 나화랑 작곡, 심연옥 노래, 1952)
〈닐리리 맘보〉(탁소연 작사, 나화랑 작곡, 김정애 노래, 1953)
〈뽕따러 가세〉(반야월 작사, 나화랑 작곡, 황금심 노래, 1957)
〈가야금 타령〉(임동진 작사, 나화랑 작곡, 황금심 노래, 1962)
〈양산도 부기〉(이철수 작사, 나화랑 작곡, 유성희노래, 1968)
〈성화가 났네〉(반야월 작사, 나화랑 작곡, 황금심 노래, 1972)
〈요리조리 동동〉(반야월 작사, 나화랑 작곡, 김세레나 노래, 1973)
〈아리랑 부기〉(이철수 작사, 나화랑 작곡, 박재란 노래)

위 노래들은 미국의 재즈를 타고 들어온 맘보, 부기 등의 리듬을 나화랑이 우리 전통 민요에 얹어 융화시킨 작품들이다. 〈도라지 맘보〉 〈닐니리 맘보〉 〈양산도 부기〉 등은 곡목에 벌써 새 장르의 명칭이 접목되어 있다. 민요풍의 〈뽕따러 가세〉, 굿거리 장단의 〈성화가 났네〉는 이러한 성향의 대표적 가요로서 당시 가요계에 신바람을 불러일으켰다.

작곡가 나화랑의 이러한 작품들은 트로트의 재생이나 뒤이어 다가오는 이지리스닝의 유행으로 인한 국악 음악 소외에 대한 나화랑 자신의 국악 전통 고수 및 신민요 전수(傳授) 노력의 결실들이라 할 수 있다. 이러한 작풍과 음반 양산은 동시대 여느 작곡가의 작풍에서도 찾아보기 어려운 작품 경향이다.

나화랑 생애 작품들은 그 소재와 리듬, 선율 면에서 민요적 바탕 위에 전통 트로트 성향을 고수한 것들이 많다. 그의 일반 서정 가요 작품 주류가 향토성, 토속성을 두드러지게 지니는 것은 이와 깊은 관련이 있는 것으로 보인다.

라. 유명 서정가요들

그러나, 뭐라 하여도 나화랑이 생애에 남긴 작품들의 주류는 일반 서정가요들에 있다. 앞서 밝힌 작곡 데뷔곡 〈삼각산 손님〉에 뒤이어 나온 〈제물포 아가씨〉(고려성 작사, 박재홍 노래, 1949)를 음미해 보자.

박제홍의 출세작 〈제물포 아가씨〉

1. 갈매기 나래 끝에 진달래빛 노래 적어
   테이프가 아롱지는 물구비에 흘리며
   떠나는 사나이가 파도 만리 찾아왔다
   꽃다발 던져주던 제물포 아가씨야
   버리고 돌아왔다, 마닐라도 필리핀도

2. 수평선 많고 많아 항구마다 새로워도
   테프가 아롱지는 이 부두가 정다워
   꿈 지닌 마도로스 안타까운 항로였다
   손수건 적셔주던 제물포 아가씨야
   버리고 돌아왔다, 홍콩도 하와이도

– 〈제물포 아가씨〉(고려성 작사, 나화랑 작곡, 박재홍 노래, 1949)

인천 제물포 항구의 정취에 서린, 남녀의 사랑을 서정성 있게 묘사한 가요이다. 1949년 7월 서울레코드사에서 제작(SR3018 A)[4], 발매되어 회사 창설 멤버의 일원이었던 박재홍이 확연히 가수의 반열에 올라선 노래이다. 제목에서 풍기는 정서로 인하여 지금도 인천 지방 주민들에게 인기가 많다.

이후 나화랑은 〈향기품은 군사 우편〉(1952),[5] 〈함경도 사나이〉(1955), 〈행복의 일요일〉(1955), 〈청포도 사랑〉(1956), 〈무너진 사랑탑〉(1958), 〈열아홉 순정〉(1957), 〈님이라 부르리까〉(1960), 〈이정표〉(1962), 〈성

4) 가요 〈제물포 아가씨〉(박재홍 노래)의 작사자는 통상적으로 '고려성'으로 전해지고 있다. 그러나 이 노래의 신보와 음반 레이블에 작사자가 '백명(白鳴)'으로 표기돼 있어 그가 누구냐에 대한 논의가 일고 있다. '백명(白鳴)'이 고려성의 또 다른 예명이란 주장도 있다.

5) 이 가요의 원곡명은 〈군사 우편〉이었으나 뒤에 가서 〈향기 품은 군사 우편〉으로 고쳤음.

황당 고갯길〉(1964), 〈울산 큰애기〉(1964) …… 등등 서정성 넘치는 가요들을 발표하였다.

도미의 공식 데뷔곡 〈비의 탱고〉

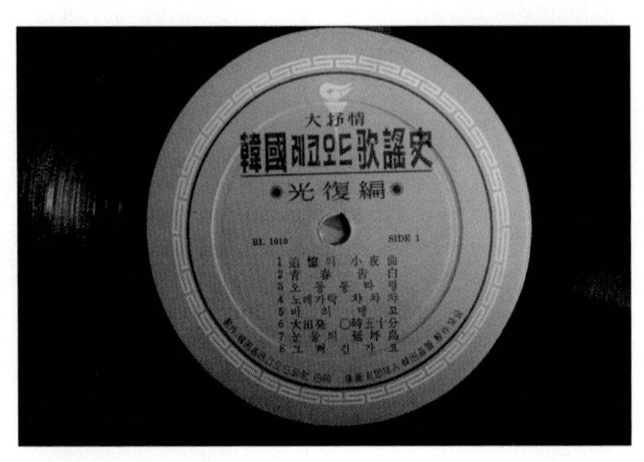

나화랑의 〈무너진 사랑탑〉이 수록된 대서정 한국레코오드가요사 광복편 음반(한국각레코드사 합동제작 RL 1010)

나화랑이 탱고 리듬으로 만든 작품에 도미가 부른 〈비의 탱고〉가 있다.

라틴아메리카의 탱고 음악은 8·15 해방 이전에 벌써 우리나라에 도입된 리듬이었는데, 황금심의 〈추억의 탱고〉, 현인의 〈서울 야곡〉 등이 그 예이다. 서울 환도 후 송민도의 〈나의 탱고〉, 진방남의 〈망향의 탱고〉 등이 나오면서 본격적으로 번지기 시작한 리듬이다.

자 드세요. 이별의 한 잔 포도주를
우리 같이 드링크하세요 네?
이렇게 비가 쏟아지는 밤에 당신은
기어이 날 울려 놓고 떠나가셔야 되나요?
내가 너무 가엽지가 않아요 네?
기억하시겠어요. 지나간 날 비 오던 그 밤이
어리석고 못 난여자라고 욕하지 마세요.
비의 탱고를 틀까요. 춤이나 한 번 춥시다 네? (대사; 사미자)

1. 비가 오도다 비가 오도다

마지막 작별을 고하는 울음과 같이
슬픔에 잠겨 있는 슬픔의 가슴 안고서
가만히 불러보는 사랑의 탱고

2. 지나간 날에 비 오던 밤에
그대와 마주 서서 속삭인 창살가에는
달콤한 꿈 냄새가 애련히 스며드는데
빗소리 조용하게 사랑의 탱고

–《비의탱고》(임동천 작사, 나화랑 작곡, 도미 노래, 킹스타레코드사, 1956)

조용히 들려오는 빗소리를 탱고 리듬으로 치환하고 있는 노래이다. 나화랑이 한국 전쟁 중 군예대에 근무할 때 군부대 막사에 하염없이 떨어지는 빗방울을 바라보며 착상한 곡이다. 원래 현인이 부르고 다니던 것을 도미가 음반으로 취입하였다. 경쾌히 떨어지는 빗방울 리듬을 남미의 탱고 리듬에 융화시킨 작곡 기법이 돋보인다. 가사보다 선율이 더 돋보이는 작품이라 할 수 있다. 아련한 옛 사랑, 작별의 슬픔에 겨웠던 한 순간을 떠올리게 하는, 그러면서도 부드럽고 경쾌한 멜로디의 노래이다.

이 노래의 첫 소절 가사에서 "비(雨)의 온도는 몇 도(度)이지?" 도미가 "5도다"라고 하지 않는가. 이런 넌센스 퀴즈가 탄생하여 유행하게 되었다. 가요 〈청포도 사랑〉(이화촌 작사, 나화랑 작곡)과 함께 나화랑이 도미에게 준 대표적인 곡이다. 남일해의 〈낙엽의 탱고〉와 더불어 나화랑이 만든 탱고 리듬의 곡 중 대표곡이기도 하다.

가요 〈비의 탱고〉는 원래 작곡가 이병주가 곡을 붙인 것인데 도미에 의해 나화랑 편으로 넘어간 작품이라는 주장(작곡가 이병주)도 있다. 나화랑 작곡집에는 1956년 나화랑이 작·편곡한 것으로 소개돼 있다.

나화랑이 지어준 《사도세자》와 함께 〈비의 탱고〉는 도미의 공식 데뷔곡으로 일컬어진다.

도미의 대표곡 〈청포도 사랑〉

나화랑이 도미에게 준 곡으로 〈비의 탱고〉와 함께 빼어놓을 수 없는 작품이 〈청포도 사랑〉이다. 가수 도미를 인기 절정에 이르게 한 노래이다. 이화촌이 작사하였는데, '이화촌'이란 당시 군예대의 설립 및 운영에 깊이 관여했던 변형두의 필명이다.

1. 파랑새 노래하는 청포도 넝쿨 아래로
어여쁜 아가씨여 손 잡고 가잔다
그윽히 풍겨주는 포도 향기
달콤한 첫 사랑의 향기
그대와 단 둘이서 속삭이면
바람은 산들바람 불어 준다네
파랑새 노래하는 청포도 넝쿨 아래로
그대와 단 둘이서 오늘도 맺어보는
청포도 사랑

2. 파랑새 노래하는 청포도 넝쿨 아래로

어여쁜 아가씨여 손 잡고 가잔다
파랗게 익어가는 포도 열매
청춘이 무르익은 열매
희망은 하늘 높이 핀 무지개
구름은 꿈을 싣고 두둥실 떴네
파랑새 노래하는 청포도 넝쿨 아래로
그대와 단 둘이서 오늘도 맺어보는
청포도 사랑

– 〈청포도사랑〉(이화촌 작사, 라화랑 작곡, 도미 노래, 1956)

노래의 배경과 정서가 다분히 한국적이며 향토적이다. 그 시절 포도밭은 곧잘 연인들의 데이트 장소가 되곤 하였던 곳이다. 그 포도밭에서 연인들의 사랑이 청포도알처럼 싱그럽게 맺어짐을 보는 듯하다. 경쾌한 스윙 리듬과 멜로디가 청포도알의 맛과 같이 달콤하고 싱그럽게 느껴진다. 악보에 포도알의 터질듯한 모양과 새콤달콤한 맛이 점음표의 계속, 반복으로 표현되어 있다. 밝고 맑고 상쾌한 노래이다.

경쾌, 단순하면서도 탄력이 있는 이 노래는 원래 1956년 오리엔트 레코드사에서 출반하였는데 나중에 제작사가 여러 번 바뀌면서 도미의 출세작이 되었다.

남일해의 대표곡 중 한 곡인 〈이정표〉

1961년 5·16 군사정변이 일어난 무렵 나화랑은 가요 〈이정표〉를 남일해에게 맡겨 취입, 발매하였다. 월견초(月見草)[6]의 가사에 나화랑이 곡을 붙인 작품이다. 한국의 산야 어디서든 쉽게 볼 수 있는 이정표(里程標) –. 이것의 효용과 이에 서린 낭만적 풍경을 은유적, 서정적으로 그려낸 가요이다.

1. 길 잃은 나그네의 나침반이냐
   항구 잃은 연락선의 고동이드냐
   해지는 영마루 홀로 섰는 이정표
   고향 길 타향 길을 손짓해 주네

2. 바람찬 십자로의 신호등이냐
   정처 없는 나그네의 주마등이냐
   버들잎 떨어지는 삼거리의 이정표
   타고향 가는 길손 울려만 주네

– 《이정표》(월견초 사, 나화랑 곡, 남일해 노래, 라미라레코드사, 1961)

가수 남일해의 굵고도 부드러운 저음이 십분 발휘된 가요이다. 남일해가 청와대에 초청되어 부르기도 하였다. 발매 즉시 음반이 날개 돋힌듯 팔렸다. 한 동네에 전축이 한 대 정도 있던 이 시절 무려 7만 장이 팔림으로써 이로써 남일해는 서울 종로구에 번듯한 집 한 채를 마련할 수 있었다고 한다.

이 노래로써 가수 남일해의 인기는 절정을 향해 치달았으며 나화랑과 남일해 콤비는 확고히 굳어졌다.

6) 월견초(본명 徐正權)는 경남 밀양 태생의 작사가로 나화랑 작곡 생활 초기의 작품 〈이별의 15미터〉도 작사하였다. 〈경상도 청년〉, 〈살아 있는 가로수〉, 〈삼일로〉 등이 그의 대표작이다.

그런데, 가요 〈이정표〉는 1961년에 발표 되고 난 얼마 후 문공부의 공연 활동 정화 대책에 의해 왜색풍을 이유로 금지곡이 되어 버렸다.[7] 그러다가 신고(辛苦) 끝에 1987년 8월 18일 공연윤리위원회(위원장 이영희)에 의해 해금되었다.

남해일의 대표곡 〈이정표〉 음반

이 노래는 작사가 월견초의 대표곡이기도 하다. 월견초 사후(死後) 선후배, 동료 가요작가들이 1976년 4월 5일 경기도 양주 통일로변의 신세계공원묘지에 "월견초 추모시비"를 세웠는데, 이 노래비에 가요 〈이정표〉의 가사를 새겼다. 지금도 〈빨간 구두 아가씨〉(하중희 작사, 김인배 작곡, 1964)와 함께 이 노래는 가수 남일해의 대표곡으로 자리매김하고 있다. 반세기 넘게 300여 곡을 불러온 가수 남일해의 콘서트에 종종 타이틀곡으로 등장한다.

이미자의 데뷔곡 〈열아홉 순정〉

나화랑이 지은 작품 중 〈열아홉 순정〉은 가수 이미자의 공식 데뷔곡이다. 그녀가 아직 무명이었던 시절 애띠고도 청순한 그녀만의 음색을 십분 발휘한 노래이다.

1. 보기만 하여도 울렁
   생각만 하여도 울렁
   수줍은 열아홉살 움트는
   첫사랑을 몰라주세요

7) 〈이정표〉와 함께 왜색 이유로 금지곡이 되었다가 1987년 8월 해금된 가요 백야성의 〈마도로스 삼총사〉는 작곡자가 나화랑이 아닌 유금춘(또는 김태두, 경남 밀양 출생, 본명 김원출)이다. 이 노래는 박의태랑(또는 백년초, 본명 박건석, 오메가레코드공사, 1963)이 작사하고 유금춘이 작곡하였다.

세상의 그 누구도 다 모르게
내 가슴 속에만 숨어있는
응— 내 가슴에, 응— 숨어 있는
장미꽃보다 더 붉은 열아홉 순정이래요.

2. 바람이 스쳐도 울렁
버들이 피어도 울렁
수집은 열아홉살 움트는
첫사랑을 몰라주세요
그대의 속삭임을 내 가슴에
가만히 남 몰래 담아 보는
응— 내 가슴에, 응— 담아보는
진주빛보다 더 고운 열아홉 순정이래요.

3. 저 달이 밝아도 울렁
저 별이 숨어도 울렁
수집은 열아홉살 움트는
첫사랑을 몰라주세요
상냥한 그대 음성 들려오면
내 가슴 남몰래 설레이는
응— 내 가슴에, 응— 설레이는
산호빛보다 더 맑은 열아홉 순정이래요

– 〈열아홉 순정〉(반야월 사, 나화랑 곡, 이미자 노래, 1959)

지금은 2절까지만 부르지만 원래 3절까지 불렀다. 1연 8행씩 각 연이 기(1-2행)-승(3-4행)-전(5-7행)-결(8행)의 정제미와 세련미를 갖추고 있다. 첫사랑에 달떠 있는 열아홉 아가씨의 수줍은 심경을 고백적으로 표현한다. 잔뜩 애정에 젖어 있는 여성의 전통적인 부끄러움의 미학이랄까. 한국 대중가요계 1세대의 걸출한 작사가 반야월의 가사답게 명작의 운기를 모으고 있다고 할만하다.

〈님이라 부르리까〉를 수록한 이미자 히트곡 음반

그런데 이 가요의 발표 연대는 수많은 음반마다, 문헌마다 일치하지 않는다. 과연 발표 시기는 언제일까. 가수 이미자는 여러 매체와의 회고에서 그녀가 아마츄어 노래자랑대회에 입상한 직후 그 심사위원이었던 나화랑의 연구생으로 갓 인연을 맺고 있을 때라고 한다. 가수 이미자의 진술을 들어보자.

> "하지만 당시는 한국 레코드계의 일대 변혁기로 SP판이 사라지고 곧 LP(Long Playing Record)판이 나오는 바람에 나도 LP판을 취입해야 했다. 그 판에 나의 데뷔곡으로 알려진 「열아홉 순정」이 들어 있는데, 나화랑 선생님이 나에게 맞게 새로 작곡해 준 노래다. 첫 LP판이 나오던 때가 1959년도, 내가 바로 열아홉 살 되던 해였다.[8]

그러나 작사가 『반야월 히트 가요선집』(세광출판사, 1974)과 나화랑

8) 이미자, 앞의 책 66쪽.

의 작곡 생활 작품을 총망라한 도서『삼각산 손님 – 나화랑 작곡생활 40년 기념작곡집』(후반기출판사, 1981)에는 모두 이 가요의 발표 시기를 1957년으로 소개하고 있다. 이 노래가 처음 소개된 음반 나화랑 작곡집 NO.1(라미라레코드사, RAM 1001-B, 10인치 LP)에는 1958년으로 출반연도를 각인, 표기하고 있다. 그렇다면 가요 〈열아홉 순정〉은 1957년에 만들어졌던 것을 1958년에 나화랑이 이미자의 톤에 맞게 고쳐 제작, 발매한 것으로 보아야 한다. 음반 레이블 기록에 가장 무거운 신빙성을 두어야 할 것이다.

한국 가요계의 여왕으로 일컬어지는 이미자의 데뷔곡인 〈열아홉 순정〉은 지금도 많은 한국 여성들에게 연령을 초월하여 공감을 주고 있다. 고희(古稀)를 넘은 국민가수 이미자는 지금도 공연 때마다 이 가요를 빠트리지 않고 레퍼토리에 넣어 부르고 있다.

> "…… 지금도 〈열아홉 순정〉은 콘서트에서 빠지지 않는 레퍼토리이다. 그런데 내일 모레면 환갑인 사람이 '보기만 하여도 울렁, 생각만하여도 울렁……' 하려니 괜히 쑥스러워 노래를 하기 전에 관객을 향해 '열아홉 살로 돌아가서 부를 테니 흉보지 마세요.' 라는 말을 한 다음 부르곤 한다"9)

최숙자의 인기를 추월한, 이미자의 〈님이라 부르리까〉

나화랑의 〈님이라 부르리까〉(1960) 또한 가수 이미자를 '가요계의 여왕'이라 칭송함에 크게 이바지한 노래 중 한 곡이다. 앞서 소개한 대로 가요 〈님이라 부르리까〉는 작사가 김운하가 발견한, 이화여전

9) 이미자, 앞의 책 66쪽.

과 세브란스의전 출신 연인 사이의 불가능했던 사랑의 아픔을 한 여성의 시점에서 풀어헤친 가사이다. 슬로우 트로트 리듬을 쓴 이 노래는 관악기와 현악기가 장식하는 전주(前奏)와 간주(間奏)에 짙게 깔리는 애잔한 멜로디가 곡 전체의 분위기를 지배하고 있다.

1. 님이라 부르리까, 당신이라고 부르리까
사랑을 하면서도 사랑을 참고 사는
마음으로만 그리워 마음으로만 사무쳐
애타는 가슴 그 무슨 잘못이라도 있는 것처럼
울어야만 됩니까, 울어야만 됩니까

2. 님이라 부르리까, 당신이라고 부르리까
밤이면 꿈에서도 다정히 만나보고
잊지 못하고 언제나 가슴속에만 간직한 못난 이 마음
그 무슨 잘못이라도 있는 것처럼
울어야만 됩니까, 울어야만 됩니까

– 〈님이라 부르리까〉(김운하 사, 나화랑 곡, 이미자 노래, 1960)

이 노래는 원반사(原盤社)가 분명하지 않다. 라미라레코드사(1963)에서 뿐만 아니라 이미자가 박춘석과 콤비를 이룬 지구레코드사 또는 대도레코드사(1974) 등에서도 몇 차례 편곡, 취입한 것으로 보인다. 취입 가수도 이미자, 유성희로 이분돼 나타나며 판권이 몇 차례 바뀌었다. 이미자가 1960년대 초반 나화랑과 결별하고 작곡가 백영

《나화랑 작곡집 No. 7》(1963) 음반

호, 박춘석을 만나 인기 가수로 업그레이드 될 즈음 음반이 다양히 보급되어 더욱 유명해 졌다.

가요 〈님이라 부르리까〉로써 당시 신인 가수 이미자는 〈나룻배 처녀〉로 최고 여가수 인기를 누리고 있던 최숙자의 인기를 추월하게 되었다. 가수 이미자가 프리랜서 선언 직후 발표하여 성공한 대표적인 작품 중의 한 곡이기도 하다.

수많은 이미자의 음반에 수록되어 전수, 애창되고 있지만 이미자 원창의 초반(初盤)은 보기 드물다. 지금도 이미자의 리사이틀과 인기곡 음반에는 반드시 등장하고 있다.

드라마와 영화 주제가 이미자의 〈정동대감〉

나화랑의 대표곡으로 역시 이미자가 부른 가요 〈정동대감〉을 들지 않을 수 없다. 이 가요에서 '정동대감'은 조선 성종~중종대 서울 정동에 살았던 개혁파 성리학자 정암(靜庵) 조광조(趙光祖, 1482~1519)를 가리킨다. 그는 김종직의 학통을 이어받은, 사림파의 영수(領袖)로 벼슬이 대사헌까지 올랐으나, 개혁에 급급하던 나머지 기묘사화(己卯士禍)에 연루되어 전라남도 화순군 능주로 귀양을 갔다. 귀양을 가 한 달 만에 사사(賜死)되었다. 그의 친구 양팽손(梁彭孫)이 시신을 거두어 장사지낸 것으로 전한다. 조광조 사후(死後) 제자 양산보(梁山甫, 1503~1557)가 고향 담양으로 낙향하여 스승의 안타까운 죽음을 달래며 그 정신을 기리며 살고자 세운 정원이 전라남도 담양군 남면의 소쇄원 이다.

정암(靜庵) 조광조(趙光祖)의 파란만장한 일대기를 그린 역사 드라마 『정동대감』은 한 선비의 고고한 품성과 절의를 잘 그려내어 크게 성공하였다. 그러자 영화 『정동대감』(이장수 각본, 이규웅 감독, 동양영화사 1965)이 탄생하였다. 가요 〈정동대감〉은 드라마와 영화에서 조광조의 아내가 유배지에 있는 남편을 찾아 어린 자식을 등에 업고 걸어가는 눈물겨운 심정을 잘 묘파해 내고 있다.

1. 영을 넘고 강을 건너 남도 천리를
   헤어져 그린 그님 찾아 가는데
   철없이 따라오는 어린 손이 차갑구나
   자장자장 잘 자거라, 아가야 잠들어라
   이슬 내려 젖은 길이 멀기도 하다.

2. 사랑 찾아 임을 찾아 운명의 길을
   천리라도 만리라도 찾아 가련다
   등에 업힌 어린 자식 칭얼칭얼 우는데
   자장자장 잘 자거라, 아가야 잠들어라
   눈물에 젖은 길이 멀기도 하다.

— 〈정동대감〉(신봉승 작사, 나화랑 작곡, 이미자 노래, 1965)

김진규·김지미가 주연한 영화 『정동대감』은 서울 광화문 국제극장에서 상영하여 당시 10만 명의 관객을 동원하였다. 드라마와 영화의 주제가 〈정동대감〉은 음반 《나화랑 작곡1집》(지구레코드사 LM120071, 1965)의 타이틀곡이 되었다.

1) 나화랑의 지명성(地名性) 가요

예나 이제나 동양이나 서양을 막론하고 사람들은 빼어난 경치와 자기의 고향, 거주하는 곳을 가요에 곧잘 등장시켜왔다. 이는 흔하게 있는 일이다. 이를테면 미국의 조지아; 〈A Rainy Night in Georgia〉(Brook Benton) 테네시; 〈The Tennesse Waltz〉(Patty Page) 샌프란시스코; 〈San Francisco〉(Scott Mckenzie) 캘리포니아; 〈California Dreaming〉(the Mamas & the PaPas), 일본의 요코하마; 〈브루라이트 요코하마〉(이사다 아유미), 벨기에의 워털루; 〈Waterloo〉(ABBA), 자메이카의 자메이카; 〈Sun of Jamaica〉(W. E. stein-w, Jass / W. E. stein.Jass) 등등.

나화랑의 가요에 지명이 등장하는 작품들이 제법 있다. 그의 가요 중에는 앞서 소개한 인천 제물포를 위시하여 부여(고란사), 경원선, 함경도, 경부선(삼랑진, 대구, 대전), 부산(남포동), 남한강, 남해, 해남, 구포, 목포, 진부령, 대구, 삼천포, 서귀포, 송도, 김포, 영남, 울산, 인천 그리고 서울에 이르기까지 전국의 지명이 많이 나타난다.

나화랑의 지명성 가요들

〈고란사의 밤〉(강사랑 작사, 조민우 노래)

〈금호동 고갯길〉(이길언 작사, 남상규 노래)

〈경원선 기적소리〉(손로원 작사, 손인호 노래)

〈남포동의 밤〉(탁소연 작사, 남일해 노래)

〈남한강 처녀〉(반야월 작사, 이미자 노래)

〈남해로 가는 배〉(반야월 작사, 곽영희 노래)

〈내 고향 해남도〉(반야월 작사, 백난아 노래)

〈눈물의 구포다리〉(반야월 작사, 이갑돈 노래)

〈눈물의 목포항〉(? 작사, 명국환 노래)

〈남해의 호놀룰루〉(김문응 작사, 남상규 노래)

〈노들강 뱃사공〉(강사랑 작사, 김연희 노래)

〈님 떠난 진부령〉(한산도 작사, 이미자 노래)

〈대구역 이별〉(반야월 작사, 남일해 노래)

〈명동의 차차차〉(탁소연 작사, 남일해 노래)

〈비 내리는 삼천포〉(탁소연 작사, 은방울 자매 노래)

〈삼각산 손님〉(고려성 작사, 구성진 노래)

〈서귀포 나그네〉(이철수 작사, 백야성 노래)

〈서귀포 사랑〉(강사랑 작사, 송민도 노래)

〈서울로 가자〉(백명 작사, 진방남 노래)

〈서울의 애가〉(강사랑 작사, 도미 노래)

〈서울의 제로 번지〉(정상호 작사, 남일해 노래)

〈서울의 지붕 밑〉(고명기 작사, 송민도 노래)

〈서울 행진곡〉(반야월 작사, ? 노래)

〈송도의 달밤〉(이길언 작사, 송춘희 노래)

〈수도 야곡〉(손로원 작사, 이길남 노래)

〈양산도 부기〉(이철수 작사, 유성희 노래)

〈애수의 김포가도〉(탁소연 작사, 남상규 노래)

〈영남 아가씨〉(손석우 작사, 조선옥 노래)

〈울리는 경부선〉(반야월 작사, 남인수 노래)

〈울산 갈매기〉(나화랑 작사, 박일남 노래)

〈울산 큰 애기〉(탁소연 작사, 김상희 노래)

〈이별의 제2한강교〉(한산도 작사, 진송남 노래)

〈인천 블루스〉(반야월 작사, ? 노래)

〈잘 있거라 목포항〉(강사랑 작사, 명국환 노래)

〈제물포 아가시〉(백명 작사, 박재홍 노래)

〈종로 블루스〉(강사랑 작사, 남일해 노래)

〈추억의 부산부두〉(방훈 작사, 고대원 노래)

〈한양낭군〉(반야월 작사, 황금심 노래)

이 중에 가요 〈서귀포 사랑〉은 1956년 KBS의 "건전 가요 보급반"에서 건전 가요 창작, 보급 운동의 일환으로 만들어진, 서귀포 및 제주도에 대한 사랑의 노래이다. 작사가 강사랑과 나화랑이 당시 건전 가요 보급반에 소속되어 6·25로 인해 피폐해진 국토를 지역 사랑으로 달래 주고자 만든 노래이다. 여수가 고향인 작사가 강사랑(본명 강대훈 1910-1985)이 그림같이 그려낸, 서귀포의 정경과 섬 여인들의 사랑과 이별을 당시 인기 정상의 가수 송민도가 맑고 애잔한 음성으로 불러 국민들의 가슴을 크게 사로잡았다. 섬 여인들의 애틋한 사랑과 이별을 서정성 있게 그려낸 또 한편의 서귀포 사랑 가요로 근래에 조영남이 리바이벌하기도 하였다. 제주도 예찬 가요는 이외에도 〈서귀포 칠십리〉(남인수), 〈삼다도 소식〉(황금심), 〈서귀포를 아시나요〉(조미미) 등이 더 있다.

이렇듯 나화랑 가요에는 가요명에서부터 지역성, 향토성을 띠면서 노래 내용도 향토미를 지닌 것들이 상당하다. 작곡가 나화랑이 가요계에 발을 내딛은 1940년 초부터 전성기를 구가하던 1950~1970년대까지는 우리 민족사회에 사회적, 공간적 변천이 격심하였던 시기였다. 이 기간은 중일 전쟁, 태평양전쟁, 세계 2차대전, 8·15 해방, 6·25 동란 그리고 산업화로 말미암은 대도시 형성과 그로 인한 이농(離農) 현상 …… 등으로 우리 민족의 공간 이동이 심하였던 시기였다. 여기서 수반되는 공간 이탈애수(離脫 哀愁)가 작곡가 나화랑의 가요 작품들에 반영된 것이라 볼 수 있겠다.

나화랑 가요가 지니는 이러한 지역성, 향토성은 그의 작품들이 마침내 특색의 한 가지로 지니게 되는 향토미 형성의 기반이 된 것으로 보인다.

2) 나화랑의 인명성(人名性) 가요

나화랑의 가요에 인명(人名) 등장 현상도 종종 나타난다. 주로 역사적 인물들인데 나화랑은 이들의 생애 및 그 삶에 묻어나는 애환들을 창작 모티프로 자주 활용하였다. 이를테면 선화공주, 단종, 사도세자, 봉이 김선달, 황진이, 조광조, 춘향 등등이다.

나화랑의 인명성 가요들

〈잘 있거라 황진이〉(박두환 작사, 조민우 노래)
〈김일병 삼돌이〉(탁소연 작사, 김상희 노래)
〈정열의 칼멘〉(반야월 작사, 심연옥 노래)
〈단종애사〉(손로원 작사, 손인호 노래)
〈봉이 김 선달〉(? 작사, 도미 노래)
〈사도세자〉(김문응 작사, 도미 노래)
〈선화공주〉(반야월 작사, 도미 노래)
〈소문난 금실이〉(월견초 작사, 송춘희 노래)
〈정동대감〉(신봉승 작사, 이미자 노래)
〈춘향의 단심〉(월견초 작사, ? 노래)
〈옥순아 잘 있느냐〉(강사랑 작사, 윤일로 노래)

가요 〈잘 있거라 황진〉는 가수 조민우가, 〈사도세자〉는 도미가 불러 유명해졌다. 〈정동대감〉은 앞서 밝힌 그대로이며, 김상희가 부른 〈김일병 삼돌이〉는 나화랑 작곡집 NO.15(라미라레코드사 RAM 1023)의 표제곡이다.

나화랑 가요에서의 잦은 인명(人名) 등장 현상은 그의 작품이 역사성, 향토성을 짙게 지님에 또 한 가지의 요인이 되는 것으로 보인다.

3) 나화랑의 사회성·역사성 가요

가. 4·19 혁명 관련 가요

1960년 4월 19일 우리나라 젊은이들이 앞장서고 시민들이 적극 합세하여 독재 정권을 타도한 피의 용솟음인 4·19 혁명을 우리는 잊지 못한다. 이 나라 민주주의 발전의 계기가 되었던 너무도 중요한 역사적 사건이기 때문이다.

한국 가요사에 등장하는 4·19 혁명 관련 가요는 몇 편이나 될까. 15편 가량 된다. 이 중에 곡목만 전하고 음원 자체를 모르거나 가사를 확인하기 어려운 가요도 있는데, 최근 남인수가 부른 〈4월의 깃발〉, 황금심이 부른 〈어머니는 안 울련다〉, 손인호의 〈남원 땅에 잠들었네〉, 박애경(은방울 자매의 일원)의 〈어머니는 울지 않으리〉, 박재홍의 〈4·19 행진곡〉 등의 음원이 발굴되었다.

남인수가 부른 〈4월의 깃발〉은 황금심이 노래한 〈어머니는 안 울련다〉와 함께 1960년 미도파레코드사에서 제작한 한 SP음반에 수록(M6161, M6162)되어 있다. 〈4월의 깃발〉은 박시춘이 작곡한 것을 나화랑이 편곡하였다.

남인수의 〈4월의 깃발〉 음반 레이블

사월의 깃발이여 잊지 못할 그 날이여
하늘이 무너져라 외치던 민주주권
그 주권 찾은 날에 그대들은 가셨나니
임자 없는 책가방을 가슴에 고이 안고

흘리는 눈물 속에 어린 넋을 잠재우리

사월의 불길이여 피에 젖은 꽃송이여
빈 주먹 빈 손으로 쏟아져 나온 교문
어른이 못한 일을 그대들은 하였나니
민주대한 새 터전에 초석된 어린 영웅
조국의 품 안에서 고이고이 잠드소서

사월의 대양이여 뭉쳐진 대열이여
양처럼 순한 마음 진리는 명령되어
거룩한 더운 피를 그대들은 흘렸나니
역사 위에 수를 놓은 찬란한 어린 선열
조국의 별이 되어 길이길이 빛나소서

– 〈사월의 깃발〉(반야월 작사, 박시춘 작곡, 나화랑 편곡, 1960)

이 노래는 행진곡풍으로, 이 나라 젊은이들이 정의와 민주주의를 위해 독재에 항거하다 희생당한 그 거룩한 넋을 기리고 있다. 가수 남인수와 4·19 혁명에 가담했던 학생들로 구성된 합창단이 유니송으로 취입하였다. 남인수의 격정적인 톤이 혁명의 열기를 재현해 주고 있다. 그의 생애 마지막 취입 가요로 추정된다.

이 음반 뒷면에 〈어머니는 안 울련다〉가 실려 있다. 이 노래는 작사가 반야월의 『반야월 회고록』과 작곡가 『박시춘 명작집』에 가사 및 악보가 전한다.

쥐면은 부서질까 불면 날을까
눈 구비 얼음 구비 길러낸 아들 하나
사월은 오련만은 너는 왜 못 오는가
아 – 나라 위한 낙화 송이 내 아들 장하였다.
이 어미는 안 울련다

바르게 살으리라 배운 그 교훈
세상은 좀이 먹고 겨레는 울부짖어
기어이 터진 가슴 하늘도 아셨나니
아 – 네 무덤에 꽃을 심고 명복을 빌어주마
고이고이 잠들어라

– 〈어머니는 안 울련다〉(반야월 작사, 박시춘 작·편곡, 황금심 노래, 1960)

앞서 소개한 박애경의 〈어머니는 울지 않으리〉와 분위기 및 주제가 유사하다. 4·19 혁명 때에 정의와 민주를 위해 능히 생명을 바친 학생의 어머니가 시적화자가 되어 있다. 애지중지 기른 아들을 혁명 제압의 총탄에 잃은 어머니의 처절한 심정을 애이불비(哀而不悲)의 기법으로 그려내었다. 1절에서 반어적으로 그려지던 아들 잃은 어머니의 비통한 슬픔을 2절에 가서 고이 명복을 빎으로 승화시키고 있다.

이들 가요들은 4·19 혁명 자체를 기리거나 이때 희생된 김주열(남원 출신), 영춘 등등 희생자들의 영령을 추모하는 가요들이다. 남인수가 부른 〈4월의 깃발〉이 가장 많이 불린 4·19 관련 가요로 전한다.[10]

10) 박찬호, 한국가요사2(이지북스, 2009, 5) 385-386쪽.

나. 5·16 군사정변 지지 가요

4·19 혁명 불과 1년 후 발발한 5·16 군사정변 때에 한국 가요계의 일부 가요인들이 이를 지지하는 노래를 지었다. 그에 탄생한 작품들이 〈나가자, 5·16 혁명의 길로〉, 〈겨레의 영광〉, 〈아, 어찌 일어서지 않으리〉, 〈조국을 품에 안고〉 등인데 〈겨레의 영광〉은 반야월이 작사하고 나화랑이 작곡하였다.

참아 오다 참아 오다 더 못 참아
보아 오다 보아 오다 더 못 보아
나라와 겨레 위해 일어선 그날 새벽
아 5월 16일 5월 16일
잠을 깨라 외치며 악의 씨를 뽑았네
거룩한 큰 뜻을 찬양하며
우리 모두 감사의 꽃다발을 바치자

– 〈겨레의 영광〉(반야월 작사, 나화랑 작곡, 1961)

나화랑의 가요로서 특이한 작품이다. 서정 가요가 주류였던 나화랑의 작품세계에 돌연변이적 작품이라 하겠다. 전통적 서정가요 작곡가 나화랑이 5·16 군사 정변을 지지하는 곡을 지었음은 과연 어떠한 평을 받을 것인지 주목되는 바이다.

다. 남북 이산가족 찾기 캠페인 관련 가요

KBS의 "남북 이산가족 찾기" TV방송이 1983년 6월 30일 밤에 첫 방송이 나왔다. 방송은 예상을 뒤엎고 전국을 뒤흔들었다. 이 방송은 이내 남북 이산가족 찾기 캠페인으로 번져 무려 136일 간 계속되면서 1만 9백 명이 넘는 남북 이산가족을 상봉시키고 있었다.

이때 나화랑이 가수 김광남에게 지어준 곡 하나가 있다. 평소 나화랑으로부터 좀처럼 곡을 받지 못하고 있던 김광남은 이 곡을 받아 이틀간 연습을 한 후 신세계레코드사에서 취입을 하였다. 《여의도의 밤》(이인표 작사, 나화랑 작곡, 김광남 노래. 신세계레코드사, SIS 83210, 1983), 일명 〈무정세월 30여 년〉이다.

1. 6·25 피난길에 어이타가 헤어졌나
   무정세월 30여 년 눈물지며 살아왔네
   이름 모를 낯선 동생 통곡하고 얼싸 안고
   목이 메어 부릅니다 어머니 아버지
   이 밤도 여의도엔 궂은 비만 내립니다.

[대사]
어머님 어버님, 지금 어디에 살아 계시온지 꿈에도 애태우며
기다린 30여 년. 그 얼마나 눈물 속에 탄식하며 살아왔나요.
혈육의 정이 이렇게 아쉬웁고 진할 줄이야 정말 몰랐습니다.
오늘일까 내일일까 만나기를 소원하며 타관 객지 천리만리
아니 간데없이 찾아 헤메었건만 찾을 길이 없었네. 오빠야

누나야 왜 나를 잃어버리셨나요! 다시 오마 하던 그 약속이
30여 년의 세월이 갈 줄 이야! 아! 오늘도 그리움에 목이 메어
하늘도 울고 땅도 울고 있습니다.

2. 일사후퇴 피난길에 부두에서 이별하고
잃어버린 30여 년 눈물 속에 살아왔네
고향번지 흉터자욱 맺다 맞어 흐느끼며
한이 맺혀 부릅니다 어머님 아버님
이 밤도 여의도엔 찬 이슬만 내립니다.

– 〈여의도의 밤〉(이인표 작사, 나화랑 작곡, 김광남 노래, 1983)

김광남이 부른 〈여의도의 밤〉 음반

노래 중간에 MBS 정희선 성우의 대사가 들어있다. 1·4 후퇴 피란 길에 부모와 이별한 화자가 밤에 여의도를 헤매며 혈육을 그리워하는 내용이다.

신세계레코드사(사장 윤상호)에서 음반이 나오자마자 김광남은 이를 가지고 곧바로 KBS로 달려갔다. 설운도의 〈잃어버린 30년〉이 막 방송을 탄지 이틀 만이었다. 가수 이미자도 막 한 곡을 가지고 방송사를 방문하고 있었다. 하지만 두 가수의 음반은 곧장 접수자의 책상 밑으로 들어가는 광경을 목격할 수밖에 없었다.

가요 〈여의도의 밤〉은 몇 번 라디오방송 전파를 탔지만 설운도의 〈잃어버린 30년〉에 밀려 큰 인기를 얻지는 못하였다. 하지만 김광남 가수는 이 노래를 줄곧 경인지방 밤무대에 부르고 다녔으며, 지금도

남북 이산가족 관련 행사가 있으면 즐겨 부르고 있다. 〈여의도의 밤〉은 작의성이 다분한 작품으로 나화랑 생애의 마지막 서정가요이다.

라. 전쟁 관련 가요 및 군가(軍歌)

나화랑은 1952년 1월 육군에 입대하여 육군본부 군예대악단장으로 또 1954년 2월에는 공군 정훈음악대원으로 군 복무를 하였다. 1940년대 초 태평양전쟁의 와중에 가요계에 등장한 그가 6·25 도중에 군예대 활동을 한 경력은 그의 작품 세계에 곧잘 국방의식 및 반공의식으로 반영돼 나타난다.

직업군인 애창곡 1순위 곡: 〈향기 품은 군사우편〉

가요 〈향기 품은 군사우편〉(박금호 작사, 나화랑 작곡, 유춘산 노래)은 6·25 동란 중 사랑하는 남자를 전장에 떠나보낸, 후방의 소박한 아낙네의 심정을 그려낸 작품이다. 전쟁의 아픔과 필승에의 의지, 충성심을 다지기에 시의적절하여 지금도 중·장년층 국민과 군인들 사이에서 자주 불리고 있다.

1. 행주치마 씻은 손에 받은 님 소식은
전선의 향기 품고 그대의 향기 품어
군사우편 적혀 있는 전선 편지엔
전해 주는 배달부가 싸리문도 못 가서

가수 유춘산

복받치는 기쁨에 나는 울었소.

2. 돌아가는 방아간에 받은 님 소식은
충성의 향기 품고 그대의 향기 품어
군사우편 적혀 있는 전선 편지엔
옛 추억도 돌아왔소 얼룩진 한 자 두 자
방아간의 수레도 같이 울었소.

3. 버들 푸른 빨래터에 받은 님 소식은
필승의 향기 품고 그대의 향기 품어
군사우편 적혀 있는 전선 편지엔
그 얼굴이 떠올랐소 그 목소리 들려왔소
반가움에 겨워서 나는 울었소.

– 〈향기 품은 군사우편〉(박금호 작사, 나화랑 작곡, 유춘산 노래, 1953)

1953년 라이온레코드사에서 가수 유춘산이 〈안개 낀 목포항〉(박금호 작사, 김종택 작곡, 나화랑 편곡, 라이온레코드사 L-54923 B)과 함께 SP판으로 발표한 이 노래는 지금도 국민들, 특히 중·장년층 여성들의 많은 사랑을 얻고 있다. 『KBS 가요무대 100선집』(삼호뮤직)에도 수록되어 있다. 한 때 직업군인 애창곡 1순위 곡으로 집계된 바 있으며 한국전쟁 회상 가요로 자주 등장하는 곡이다.

6·25 동란 중 사랑하는 남편이 나라를 지키기 위해 전선으로 떠난 후, 후방에 남은 아내가 전장에서 부쳐온 편지를 보자 기뻐한다는 내

용이다. 전장의 남편을 애타게 기다리던 아내가 보내온 편지를 보자 수줍게 기뻐하고 있다. 남편은 어느 전선에서 총부리를 잡고 나를 생각할까 하는 아내의 심정이다. 이 여인은 바로 6·25 동란 중 한국의 한 아낙네의 표상일 수 있겠다. 지금도 전쟁 미망인들에게 많은 용기와 위로를 준다. 전쟁이라는 무거운 사회적 소재를 작곡가 나화랑이 빠르고 경쾌한 폭스트로트 리듬에 담아내어 오히려 그 어떤 희망과 용기와 위로를 주고 있다.

이 노래의 원창자 유춘산은 음색이 부드럽고 따듯한 미성(美聲)을 지녔던 가수인데 그렇게 많은 노래를 남기진 않았다. 〈안개 낀 목포항〉도 그의 인기곡이다. 〈향기 품은 군사우편〉은 가수 유춘산의 대표곡이 되었으며 뒤에 은방울자매가 리바이벌하기도 하였다. 작곡가 나화랑은 가요 〈향기 품은 군사우편〉을 두고 이렇게 말한 적이 있다. "내가 만든 곡 중에 이렇게 도움이 된 곡은 없었다. 그 어떤 말로도 표현할 수 없을 만큼 기쁘다"고.

항간에 이 노래의 제3절 가사는 이렇게도 불리고 있다.

3. 밤이 늦은 공장에서 받은 님 소식은
   고지의 향기 품고 그대의 향기 품어
   군사우편 적혀 있는 전선 편지에
   늦은 가을 창 너머로 떠 오는 저 달 속에
   그대 얼굴 비치어 방긋 웃었소.

– 〈향기 품은 군사우편〉의 또 다른 3절 가사

또한 이 노래는 전두환 대통령의 애창곡이기도 하다. 전 대통령은 자신의 애창곡으로 최갑석의 〈38선의 봄〉(김석민 작사, 박춘석 작곡)과 함께 이 노래를 꼽는다고 한다.

군가 음반 《자주국방》

작곡가 나화랑의 작품으로 군가(軍歌)가 한 곡 있다. 자주국방과 반공의식이 가득한 〈멸공의 횃불〉이다. 반공(反共)을 국시(國是)의 제일로 삼던 1975년 당시 국방부 국민가요 모집에서 상병 서정포가 작사한 것[11]을 나화랑이 작곡하였다. 국방부에서 당시 널리 보급하여 국민가요가 되었다.

1. 아름다운 이 강산을 지키는 우리
   사나이 기백으로 오늘을 산다
   포탄의 불바다를 무릅쓰면서
   고향땅 부모형제 평화를 위해
   전우여 내 나라는 내가 지킨다
   멸공의 횃불 아래 목숨을 건다

2. 조국의 푸른 바다 지키는 우리
   젊음의 정열 바쳐 오늘을 산다
   함포의 벼락불을 쏘아 부치며
   겨레의 생명선에 내일을 걸고
   전우여 내 나라는 내가 지킨다
   멸공의 횃불 아래 목숨을 건다

11) 군가 〈멸공의 횃불〉의 작사자는 나화랑 친필 악보에 의하면 서정모가 아니고 서정포이다. 많은 문헌과 음반에 서정모로 잘못 표기하고 있다.

3. 자유의 푸른 하늘 지키는 우리
충정과 투지로서 오늘을 산다
번개불 은빛 날개 구름을 뚫고
찬란한 사명감에 날개를 편다
전우여 내 나라는 내가 지킨다
멸공의 횃불 아래 목숨을 건다

4. 조국의 빛난 얼을 지키는 우리
자랑과 보람으로 오늘을 산다
새 역사 창조하는 번영의 이 땅
지키고 싸워 이겨 잘 살아 가자
전우여 내 나라는 내가 지킨다
멸공의 횃불 아래 목숨을 건다

– 〈멸공의 횃불〉(작사 서정포, 작곡 나화랑, 1975)

이 군가는 1970–80년대에 의식 행사에서 자주 활용하였으며 지금도 군(軍)에서 애창되고 있는 곡이다. 2009년 5월 어느날 육군 제0포병여단 정훈장교 한 분이 이 노래를 자기 부대 로고송으로 사용했으면 한다며 필자에게 저작권 문제를 문의해 온 적이 있다. 현재 육군 제0포병여단에서 부대 로고송으로 활용하고 있으며, 카투사에서 〈진군가〉 〈진짜 사나이〉 등과 함께 즐겨 부르고 있다. 국방부 제정 군가집 등 많은 군가집과 군가 음반에 실려 육·해·공군이 통틀어 즐겨 부르는, 한국군 10대 군가에 들어 있다.

마. 이지리스닝(easy-listening) 작품들

1945년 8·15 광복 이전 한국에 상륙한 서양 리듬은 고작해야 탱고, 브루스, 폭스 트로트, 왈츠, 좀 빠른 템포라야 스윙 정도였다. 광복과 더불어 한국 가요계에 최초로 발을 내딛은 부기우기[12]를 필두로 하여 6·25를 거치면서 1950년대 초·중반 한국 가요계에 본격으로 미군을 통한 서양의 대중음악 양식, 서양 분위기의 리듬이 물밀듯이 밀려들어 왔다. 미 8군 무대에서 서양 리듬을 익힌 가요 예술인들이 그 주역들이었다. 이들은 새로운 풍조의 리듬을 우리 가요계에 보급하기 시작하였다.

미 8군 무대 복무 경력이 있는 나화랑의 음악 역시 그 예외일 수 없다. 그는 서양 분위기의 리듬을 우리 가요에 다채롭게 접목시켰다. 이를테면 맘보에서부터 스윙, 탱고, 블루스, 폴카, 슬로우 월츠, 슬로우리, 도돈바, 트위스트, 심지어 삼바, 룸바, 부기, 볼레로, 차차차, 보사노바에 이르기까지 변화무쌍하게 서양 분위기의 리듬으로 새로운 풍조의 가요를 양산하였다. 그 작품들을 찾아보자.

맘보 | 〈도라지 맘보〉(탁소연 작사, 심연옥 노래)
〈닐늬리 맘보〉(탁소연 작사, 김정애 노래)

스윙 | 〈청포도 사랑〉(이화촌 작사, 도미 노래)
〈열아홉 순정〉(반야월 작사, 이미자 노래)
〈청춘의 삼색 깃발〉(손로원 작사, 명국환 노래)
〈요리조리 동동〉(반야월 작사, 김세레나 노래)
〈사랑은 즐거운 스윙〉(반야월 작사, 유성희 노래)

12) 황문평, 『한국가요사』(세광출판사, 1979. 6. 10) 101쪽. 서양의 리듬 중, 한국에 가장 먼저 상륙 한 것은 부기우기 리듬(전오승의 〈서울 부기〉(이경희 노래)임으로 가요계의 통설이 되어 있다.

〈푸른 꿈이여 지금 어데〉(반야월 작사, 송민도 노래)

탱고 | 〈비의 탱고〉(임동천 작사, 도미 노래)

〈낙엽의 탱고〉(반야월 작사, 남일해 노래)

〈오색의 탱고〉(정상호 작사, 남일해노래)

〈고독의 탱고〉(월견초 작사, 남일해 노래)

〈님 없는 수선화〉(반야월 작사, 명국환 노래)

〈장미의 탱고〉(탁소연 작사, 도미 노래)

〈추억에 우는 밤〉(탁소연 작사, 남일해 노래)

〈추억에 우는 여인〉(강사랑 작사, 도미 노래)

블루스 | 〈찾아온 산장〉(탁소연 작사, 남일해 노래)

〈그대만의 블루스〉(탁소연 작사, 남일해 노래)

〈낙엽의 블루스〉(탁소연 작사, 남일해 노래)

〈비 내리는 부두〉(반야월 작사, 남일해 노래)

폴카 | 〈행복의 일요일〉(반야월 작사, 송민도 노래)

월츠 (슬로우 월츠) | 〈내일이면 늦으리〉(손로원 작사, 송민도 노래)

〈처녀일기〉(강사랑 작사, 심연옥 노래)

〈목숨을 걸어놓고〉(반야월 작사, 송민도 노래)

〈웬 일인지〉(탁소연 작사, 송민도 노래)

슬로우리 | 〈님이라 부르리까〉(김운하 작사, 이미자 노래)

도돈바 | 〈핑크리본의 카드〉(탁소연 작사, 남일해 노래)

트위스트 | 〈울산 큰애기〉(탁소연 작사, 김상희 노래)

삼바 | 〈정열의 삼바〉(반야월 작사, 남일해 노래)

룸바 | 〈밤에 피는 풍매화〉(차일봉 작사, 심연옥 노래)

부기 | 〈아리랑 부기〉(이철수 작사, 박재란 노래)

〈양산도 부기〉(이출수 작사, 유성희노래)

볼레로 | 〈우수쿠다라〉(탁소연 작사, 조금옥 노래)

차차차 | 〈명동의 차차차〉(탁소연 작사, 남일해 노래)

보사노바 | 〈서울의 지붕 밑〉(고명기 작사, 송민도 노래)

동 시대 여느 작곡가의 작품 세계에서 이렇듯 다양하게 서양의 리듬, 양식들을 구사한 예는 찾아보기가 어렵다. 작곡가 손석우가 있을 것으로 보이는데 두 작곡가의 작품과 작품량을 비교 연구해 보는 것은 가요사 정립에 의미 있는 작업이 될 것이다. 작곡가 나화랑 음악이 지닌 또 한 가지의 특징이라 할 수 있다.

〈도라지 맘보〉: 한국 최초의 맘보 리듬 가요

가요 〈도라지 맘보〉(1952)와 〈닐리리 맘보〉(1953)는 나화랑이 우리 가요계에 맘보 리듬을 최초로 도입한 노래이다. 두 노래는 나화랑 작곡 생활 초기에 두각을 보인 작품군에 해당한다.

1. 도라지 캐러가자 헤이 맘보
   바구니 옆에 끼고 헤이 맘보,
   봄바람에 임도 볼 겸 치마자락 날리면서
   도라지를 캐러가자 헤이 맘보
   임 보러 가세 도라지 맘보
   봄바람 불어 오는 심심산천에,
   한 두 뿌리만 캐어도 헤이 맘보

대바구니 찬데요 헤이 맘보
한 두 뿌리만 캐어도 헤이 맘보
대바구니 찬데요 헤이 맘보
임 보러 가세 도라지 맘보
도라지 캐러 가자 헤이 맘보

2. 도라지 캐러 가자 헤이 맘보
바구니 옆에 끼고 헤이 맘보
봄바람에 임도 볼겸 치마자락 날리면서,
도라지를 캐러 가자 헤이 맘보
임 보러 가세 도라지맘보
봄바람 불어오는 심심산천에,
한 두 뿌리만 캐어도 헤이 맘보
대바구니 찬데요 헤이 맘보
한 두 뿌리만 캐어도 헤이 맘보
대바구니 찬데요 헤이 맘보
임 보러 가세 도라지맘보,
도라지 캐러 가자 헤이 맘보
도라지 맘보.

– 〈도라지 맘보〉(나화랑 작사, 심연옥 노래, 1952)

가수 심연옥

닐리리야 닐리리 닐리리 맘보
닐리리야 닐리리 닐리리 맘보
정다운 우리 님 닐리리 오시는 날에

가수 김정애

원수의 비바람 닐리리 비바람 불어온다네
님 가신 곳을 알아야 알아야지
나막신 우산 보내지 보내드리지
닐리리야 닐리리 닐리리 맘보
닐리리야 닐리리 닐리리 맘보

닐리리야 닐리리 닐리리 맘보
닐리리야 닐리리 닐리리 맘보
춘삼월 봄바람 닐리리 불어오면은
나뭇가지 마다 닐리리 꽃은 떨어진다네
우리 님 언제 오시나 언제 오시나
야속히 울려만 주네 울려만 주네
닐리리야 닐리리 닐리리 맘보
닐리리야 닐리리 닐리리야 맘보

– 〈닐리리 맘보〉(탁소연 작사, 김정애 노래, 1953)

토종 도라지 민요가 경쾌하고 흥겨운 맘보 리듬과 융합된 노래이다. 트로트의 단조 비애성을 몽땅 떨쳐버리고 있다. 토속과 외래가 혼합된 가요로서 1950년 초반부터 인기를 많이 모았던 노래들이다. 이들 노래 이후 한국 가요계에 맘보 리듬이 유행하였다.

한국 가요는 1960년대 들어 서양풍의 리듬이 주도적 양식으로 자리를 잡으면서 쉽게 들리는 평범한 가요 즉 이지리스닝(easy-listening)[13] 가요로 새로운 감각을 유발하게 되었다. 이 이지리스닝

13) 이영미, 『한국대중가요사』(민속원, 2006. 8. 초판) 165-205쪽. 이지리스닝(easy-listening)은 1950-1960년대에 우리 가요계에 전파된 서양의 대중음악, 서양 분위기의 음악을 묶어 일컫는 용어이다. 8·15 해방과 6·25를 거치면서 주로 미8군 가요무대 출신 연예인들에 의해 유입되기 시작한, 새로운 경향의 이 가요 양식은 전통 트로트를 밀어내기 시작하여 1960년대에 주도적인 가요 양식으로 정착하였다. 〈럭키 모닝〉(박재란), 〈노란샤쓰의 사나이〉(한명숙), 〈초우〉(패티김), 〈하숙생〉(최희준), 〈보고 싶은 얼굴〉(현미) 등이 그 대표적인 노래이다. 이 용어를 최지호는 한국 스탠더드 팝이라 지칭한다.

가요들이 신민요와 함께 1960년대 대중가요계의 양대 산맥을 형성하게 되는데 나화랑은 한발 앞서 이를 선도하였다.

한국 가요사에서 흔히 한국 이지리스닝의 출발을 손석우의 〈노오란 샤쓰의 사나이〉(손석우 작사·작곡, 비너스레코드사, 1961)로 보는데, 이에는 좀더 정밀한 연구를 요한다. 미 8군 무대가 1953년 6·25 휴전 직후에 설립됨과 나화랑의 〈도라지 맘보〉가 1952년에 탄생한 점, 〈노오란 샤쓰의 사나이〉가 5음계 선율을 기조로 하고 있는 점과 1961년 음반 출시된 점 등등에서 이 주장에는 밀도 있는 연구가 필요하다. 재정립이 요구된다.

〈핑크리본의 카드〉: 한국 최초의 도돔바 리듬 가요

서양풍의 음악양식 중, 도돈바 또한 나화랑이 처음으로 우리 가요에 접목시킨 리듬이다. 남일해가 부른 〈핑크리본의 카드〉로 그 첫 운을 떼었다.

누구인지 알 수 없는 핑크리본의 카드 하나
고독한 내 침실에 살며시 날러왔네
행복을 빌어주는 달콤한 사연 카드 하나
조용한 내 가슴에 모닥불 피워주네
충무로 그 다방에서 윙크하던 그 아가씰까
남포동 뒷골목에서 만났던 그 사람일까
누구인지 알 수없는 핑크 리본의 카드 하나
고독한 내 침실에 살며시 날러왔네

– 〈핑크리본의 카드〉(탁소연 작사, 나화랑 작곡, 남일해 노래, 1960)

경쾌한 도돔바 리듬으로 구성돼 있는 작품이다. 이 노래는 나화랑이 직영한 라미라레코드사에서 제작한 《나화랑 작곡집 NO.2》 10인치 LP음반의 타이틀곡으로 실려 많은 판매고를 올렸다. 가수 남일해는 이 노래에 잇달아 〈첫 사랑 마도로스〉 〈빨간 구두 아가씨〉 등의 도돔바 리듬 가요를 추가 발표함으로써 더욱 스타덤의 입지를 확고히 하였다.

남일해의 《핑크 리본의 카드》 음반

이렇듯, 미8군 무대 활동 경력이 있는 작곡가 나화랑은 6·25 직후 북·남아메리카 쪽에서 들어온 서양의 맘보, 도돈바, 스윙, 탱고, 블루스, 폴카, 월츠, 부기 리듬들에서 그의 히트곡 상당수를 배출시켰다.

나화랑의 대표곡들은 애수와 비애미를 띈 단조 곡 – 〈목숨을 걸어 놓고〉, 〈함경도 사나이〉, 〈님이라 부르리까〉, 〈이국땅〉 등 –보다 흥겹고 경쾌한 장조 곡 – 〈닐늬리 맘보〉, 〈도라지 맘보〉, 〈하늘의 황금 마차〉, 〈청포도 사랑〉, 〈핑크 리본의 카드〉, 〈요리조리 동동〉, 〈사랑은 즐거운 스윙〉, 〈행복의 일요일〉, 〈정열의 칼맨〉, 〈울산 큰애기〉 등 –이 주류를 이룬다.

바. 드라마·영화 음악들

한국의 영화음악은 1960년대 초·중반에 그 당시의 인기 가요와 접목되어 전성기를 구가하였다. 이를테면 1960년에 김호길, 김희조, 나화랑, 백영호, 김동진 등이 여러 영화에서 음악을 맡았으며, 1965년에는 김희조, 박춘석, 손목인, 엄기돈, 나화랑, 하기송, 엄토미, 김인배, 김강섭, 백영호 등의 작곡가들이 많은 영화음악을 만들었던 덕분이다.[14]

이 시기에는 인기가요가 탄생하면 그 인기와 명성에 걸맞게 영화가 탄생되는 경우가 흔하였다. 나화랑의 작품 가운데에도 이런 작품이 다수 있다. 1960년에 탄생한 가요 〈이정표〉에 의한 영화 『이정표』(월견초 작사, 나화랑 작곡, 남일해 노래, 1965; 박성복 감독)의 주제가와 1965년 라디오 드라마 주제가 〈정동대감〉에 의한 영화 『정동대감』(신봉승 작사, 나화랑 작곡, 이미자 노래, 1965; 이규웅 감독)의 주제가가 그 대표적 예이다.

가요 〈두고 온 고향〉(서상덕 작사, 나화랑 작곡, 백년설 노래, 킹스타레코드사)에 의해 1957년에 영화 『산적의 딸』이 탄생하였다. 이 영화의 주제가를 나화랑이 작곡하였다. 그리고 〈내 마음의 노래〉(? 작사, 나화랑 작곡), 〈여자의 밤과 낮〉(한산도 작사, 나화랑 작곡, 이미자 노래, 1960)은 1960년에 제작한 동명의 영화 주제가로, 〈밤은 통곡한다〉(조진구 작사, 나화랑 작곡, 1961), 〈이 순간을 위하여〉(홍운경 작사, 나화랑 작곡, 1961)는 1961년에 제작한 동명의 영화 주제가로, 〈맨발의 연인〉(영화 김준식 감독, 주제가 이미자 노래, 1964)은 1966년에 제작한 동명의 영화로 탄생했는데 모두 나화랑이 지은 곡들이다. 나화랑이 남긴 드라마, 영화 주제가들을 정리하여 보이면 다음과 같다.

14) 이진원, 『한국영화음악사 연구』(민속원, 2007. 1. 27) 165-205쪽.

나화랑의 드라마, 영화 음악들

연도	영화명	감독	주제가명	작사자	작·편곡자	노래	음반회사
1957	산적의 딸	예담	밤에 피는 풍매화	차일봉	나화랑	심연옥	킹스타 K5701
1957	산적의 딸	예담	두고 온 고향	서상덕	나화랑	백년설	킹스타 K5702
			빗속을 걸으며	탁소연	나화랑	송민도	킹스타
			수색자	탁소연	나화랑	송민영	킹스타
1959	사모님 (한성영화사)	최훈	사모님	정성수	나화랑	박재홍	
1960	여자의 밤과 낮		여자의 밤과 낮	한산도	나화랑	이미자	지구 LM1200128
1960	내 마음의 노래 (오향영화사)	박성복	내 마음의 노래		나화랑		
1961	번지없는 주막	강찬우	번지없는 주막	처녀림	나화랑	백년설	
1961	번지없는 주막	강찬우	남해로 가는 배	반야월	나화랑	곽영희	킹스타 K6815
1961	밤은 통곡한다	강찬우	밤은 통곡한다	조진구	나화랑		
1961	이 순간을 위하여	이강천	이 순간을 위하여	홍운경	나화랑	남일해	
1965	정동대감 (동양영화사)	이규웅	정동대감	신봉승	나화랑	이미자	지구 LM120071
1965	이정표 (한국예술영화사)	박성복	이정표	월견초	나화랑	남일해	라미라
1966	맨발의 연인 (제일영화사)	김준식	맨발의 연인	이희철	나화랑	이미자	지구 LM12 0095(나화랑 작곡집 No.4)
			창 너머 들	나화랑	김동진	이보림	

그런데 나화랑이 드라마 영화음악에 쏟은 이 같은 노력에도 불구하고 〈번지없는 주막〉 〈정동대감〉 〈이정표〉 이외의 음악들은 크게 성공하지 못하였다.

2. 나화랑 취입·작곡·편곡 유명 가요 일람[15)]

요컨대, 나화랑이 가수 및 작곡가로서 생애에 남긴 작품들은 총 480여 곡이 된다. 유달리 귀에 익은 히트곡들을 열거해 보이면 아래와 같다.

박재홍의 〈제물포 아가씨〉, 심연옥의 〈도라지 맘보〉, 김정애의 〈닐니리 맘보〉, 도미의 〈청포도 사랑〉, 남인수가 부른 〈무너진 사랑탑〉 〈울리는 경부선〉, 송민도가 노래한 〈행복의 일요일〉, 유춘산의 〈향기 품은 군사우편〉은 한국 가요사에 명곡으로 전하고 있다. 김상희의 〈울산 큰애기〉와 남일해의 〈이정표〉는 두 가수를 확연히 스타덤에 올려 놓은 곡이다. 〈핑크리본의 카드〉 〈이국땅〉 〈성황당 고갯길〉은 남일해의 인기를 절정에 이르게 하였다. 이미자의 〈열아홉 순정〉은 그녀의 공식 데뷔곡으로 음반 발매 당시 10만 장의 판매고를 올린 노래이다. 〈님이라 부르리까〉는 5·16 군사정변 직후 연예인 위문단으로 활약하던 신예 이미자가, 〈나룻배 처녀〉(김운하 작사, 하기송 작곡)

15) 가요 작품들의 발표 연도를 고증하기는 매우 힘든 일이었다. 대부분의 가요 음반들이 제작 연도를 표기하지 않아 음반 발매 후 나온 가요 해설집이나 가요집에 기록된 발표 연도가 일치하지 않는다. 가요의 발표 연도 표기가 작사 또는 작곡 시기를 기준으로 한 것, 음반 제작 시기를 기준으로 한 것 등등 기준도 제 각각이다.
하지만 이 책에서는 가요 발표 연대가 문헌에 따라 상이하게 나타나는 작품들은 매 작품마다 최대한 관련 자료들을 수합, 면밀한 고증을 거쳐 작품 발표 연대를 표기하였다. 대부분 그 가요의 취입 시기를 기준하였으며, 가수명은 되도록이면 그 노래의 원창자명을 명기하였다.

로 당대 최고의 인기 여가수인 최숙자의 인기를 추월하게 한 명곡이다. 앞서 언급한 대로 〈정동대감〉은 1960년대에 라디오 드라마·영화에서 큰 반향을 불러일으킨 역사성 인기 가요이다. 〈그리운 고국산천〉은 코미디언 겸 가수였던 김희갑이 나화랑과 손잡고 자신의 가요 활동을 총정리해 낸 음반의 타이틀곡이다. 군가 〈멸공의 횃불〉은 1970~80년대에 국민가요로 불렸고 지금도 군에서 애창되고 있다.

취입

〈청춘번지〉, 〈어머님 사진〉(조경환 작사, 조광환 작곡, 나화랑 노래, 태평레코드사 5041, 1942)

〈사막의 영웅〉(태평레코드사 5053, 1943)

작곡

〈삼각산 손님〉(고려성 작사, 구성진 노래, 1943)

〈제물포 아가씨〉(고려성 작사, 박재홍 노래, 1949)

〈도라지 맘보〉(탁소연 작사, 심연옥 노래, 1952)

〈향기 품은 군사우편〉(박금호 작사, 은방울 자매 노래, 1952)

〈닐늬리 맘보〉(탁소연 작사, 김정애 노래, 1953)

〈물 긷는 처녀〉(백양원 작사, 황정자 노래, 1953)

〈함경도 사나이〉(손로원 작사, 손인호 노래, 1954)

〈내일이면 늦으리〉(손로원 작사, 송민도 노래, 1954)

〈서울의 지붕 밑〉(고명기 작사, 송민도 노래, 1955)

〈푸른 꿈이여 지금 어데〉(반야월작사,송민도 노래,1955)

〈행복의 일요일〉(반야월 작사, 송민도 노래, 1955)

〈청포도 사랑〉(이화촌 작사, 도미 노래, 1956)

〈비의 탱고〉(임동천 작사, 도미 노래, 1956)

〈사도세자〉(김문응 작사, 도미 노래, 1956)

〈목숨을 걸어놓고〉(반야월 작사, 송민도 노래, 1956)

〈서귀포 사랑〉(강사랑 작사, 송민도 노래,1956)

〈뽕 따러 가세(반야월 작사, 황금심 노래, 1956)

〈웬 일인지〉(탁소연 작사, 송민도 노래, 1956)

〈하늘에 황금마차〉(김문응 작사, 송민도 노래, 1957)

〈찾아온 산장〉(탁소연 작사, 남일해 노래, 1957)

〈낙엽의 탱고〉(반야월 작사, 남일해 노래, 1957)

〈잘 있거라 황진이〉(박두환 작사, 조민우 노래, 1957)

〈한양 낭군〉(반야월 작사, 황금심 노래, 1958)

〈청춘의 삼색 깃발〉(손로원 작사, 명국환 노래,1958)

〈무너진 사랑탑〉(반야월 작사, 남인수 노래,1958)

〈울리는 경부선〉(반야월 작사, 남인수 노래, 1958)

〈맘보 잠보〉(류노완 작사, 김정구 노래,1958)

〈열아홉 순정〉(반야월 작사, 이미자 노래, 1959)

〈사랑은 즐거운 스윙〉(반야월 작사, 송민도 노래, 1960)

〈이정표〉(월견초 작사, 남일해 노래, 1960)

〈핑크리본의 카드〉(탁소연 작사, 남일해 노래, 1960)

〈이국땅〉(월견초 작사, 남일해 노래, 1961)

〈가야금 타령〉(임동진 작사, 황금심 노래, 1962)

〈님이라 부르리까〉(김운하 작사, 이미자 노래, 1963)

〈울산 큰애기〉(탁소연 작사, 김상희 노래, 1964)

〈성황당 고갯길〉(이길언 작사, 남일해 노래, 1964)

〈정동대감〉(신봉승 작사, 이미자 노래, 1965)
〈양산도 부기〉(이철수 작사, 유성희 노래, 1968)
〈성화가 났네〉(반야월 작사, 황금심 노래, 1972)
〈요리조리 동동〉(반야월 작사, 김세레나 노래, 1973)
〈그리운 고국 산천〉(김영일 작사, 김희갑 노래, 1974)
〈멸공의 횃불〉(서정포 작사, 나화랑 작곡, 1975) 등

편곡

〈아리랑 맘보〉(현동주 작곡, 나화랑 편곡, 전영주 노래, 킹스타레코드사 1953)
〈아리랑 쓰리랑〉(나화랑 편곡, 황정자 노래, 킹스타레코드사 1954)
〈아리랑 타령〉(나화랑편곡, 김옥심 노래, 킹스타레코드사 1960년대 초)
〈4월의 깃발〉(반야월 작사, 박시춘 작곡, 나화랑 편곡, 미도파레코드사 1960)

작곡가 나화랑은 작곡 데뷔곡 〈삼각산 손님〉에서 큰 주목을 받자 이에 자신감을 얻어 〈제물포 아가씨〉, 〈도라지 맘보〉, 〈향기 품은 군사우편〉, 〈닐늬리 맘보〉, 〈내일이면 늦으리〉, 〈행복의 일요일〉, 〈웬일인지〉, 〈비의 탱고〉, 〈청포도 사랑〉, 〈사도세자〉, 〈뽕 따러 가세〉, 〈하늘에 황금마차〉, 〈낙엽의 탱고〉, 〈잘 있거라 황진이〉, 〈찾아 온 산장〉, 〈열아홉 순정〉(1957: 작곡 기준), 〈맘보 잠보〉, 〈울리는 경부선〉, 〈무너진 사랑탑〉 ……등등 반짝이는 뭍별 같은 인기곡들을 양산(量産)하였다.

작품 발표 시기로 보아 〈무너진 사랑탑〉이 나온 이후 발표 작품량이 많았지만 인기곡, 히트곡은 이전보다 오히려 적었다. 곧 〈무너진 사랑탑〉 이후로는 〈영남 아가씨〉, 〈사랑은 즐거운 스윙〉, 〈이정표〉,

〈님이라 부르리까〉, 〈핑크 리본의 카드〉, 〈이국땅〉, 〈가야금 타령〉, 〈성황당 고갯길〉, 〈울산 큰애기〉, 〈정동대감〉, 〈양산도 부기〉, 〈요리조리 동동〉, 군가 〈멸공의 횃불〉 등이 인기곡 대열에 들었고 할 수 있다.

나화랑과 호흡이 가장 잘 맞은 작사가는 반야월(나화랑 작품의 약 30%를 차지함)이었으며, 나화랑 곡을 가장 많이 부른 가수는 남일해(대략 70편이 넘음)였다. 나화랑 작품의 작사자로 탁소연이란 예명이 곧잘 눈에 띄는데, 탁소연은 나화랑이 작사할 때 사용하던 또 다른 예명이다.[16)]

나화랑 작곡 전집음반으로 『나화랑 작곡집』(전 15매, 라미라레코드사)이 있다. 도서로 발행된 작곡집은 모두 3종이 있는데, 나화랑 회갑기념으로 발간한 『삼각산 손님-나화랑 작곡생활 40주년 기념 작곡집』(후반기출판사, 1981)에 그의 생애 대표곡 악보가 거의 망라돼 있다.

한국 가요사에서의 나화랑 작품들은 초기에 민요적 전통을 유지한 신민요 및 민요풍의 가요들이 많이 등장하였다. 그러다가 1960년대에 들면 한국 가요계 1세대라 일컬어지는 작곡가 김교성, 전수린, 손목인, 박시춘의 뒤를 이어 이재호, 한복남, 황문평, 손석우 등과 활동무대를 나란히 하면서 탄생시킨, 서양풍의 음악 양식을 접목한 가요들이 많이 나타났다.

악곡적인 면에서 볼 때 나화랑 작곡 생활의 전반기 작품들은 기악적 선율 진행이 자주 나타난다. 서주부에서 화려하며 기교적인, 기악적 표현들이 많다. 16분 음표와 같은 짧은 박의 연속적인 사용은, 사실상 가요 작법으로는 다소 표현의 어색함이 느껴진다 할 수도 있는

16) 예명 '탁소연'은 나화랑이 작곡할 때에 사용하는 또 다른 예명이라 함과 부인 유성희의 필명이라는 두 가지 주장이 있다. 그러나 근래 가진 나화랑 유가족(유성희, 장남 조규천)과의 인터뷰 내용에 의하면 이것은 원래부터 나화랑이 작사할 때 쓰는 필명인 것으로 밝혀지고 있다. 작곡가 나화랑은 이 예명을 1952년 〈도라지맘보〉(탁소연 작사, 김정애 노래), 1953년 〈닐늬리맘보〉(탁소연 작사, 심연옥 노래)에서부터 사용하기 시작하였다.

그래서 어떤 음반과 문헌에는 아예 이 두 곳의 작사자가 나화랑으로 소개된 곳이 많다.

선율 진행이 많다. 그리고 5음 음계를 사용한 계면조(단조적 특성; 라, 도, 레, 미, 솔)와 평조(장조적 특성; 솔, 라, 도, 레, 미)풍으로 지은 곡들이 상당하다.

나화랑 작곡 생활 후반기에 해당하는 1960~70년대 작품들은 가요적인 표현을 살리기에 적합한 선율과 악풍으로 된 노래들이 많다. 글리센도 같은 현악기에서 종종 사용하는 기법을 지속적으로 사용한, 전반적으로 화려한 곡들이 주류를 이뤘다. 하나의 모티브(Motive)를 유도해 가며 악곡을 진행해 나아가는 응용력은 마치 모차르트(Mozart)의 작은 변주곡을 듣는 듯하다고 할까.

《한국민요집 제2집》(대도레코드사 TM-702) 음반

대도레도드사(STLK-7238) 《가요주마등》 제3집 음반

3. 나화랑이 남긴 음반들

가. 민요 음반들

필자가 발굴, 조사한 나화랑 편곡, 지휘, 제작의 한국 민요 음반들을 정리하여 소개해 보이면 다음과 같다.

나화랑 편곡의 민요 SP 음반

1) 195?. ?. 킹스타레코드사 SP(K5752)
편곡 나화랑, 연주 킹스타-한양합주단

1. 긴농부가(성우향/한농선)　　1. 자진농부가(성우향/한농선)

2) 195?. ?. 킹스타레코드사 SP(K5824, K5825)
편곡 나화랑, 연주 킹스타-국악단

1. 아리랑타령(김옥심)　　1. 도라지타령(이은주)

※이 <아리랑타령>은 본조 아리랑에 기본한 것으로 북한에서 불리고 있는 아리랑과 가까운 형식이다.

3) 195?. ?. 킹스타레코드사 SP(K5829)

편곡 나화랑, 연주 킹스타-한양합주단

1. 천안삼거리(김옥심) 1. 노들강변(이은주)

4) 195?. ?. 킹스타레코드사 SP(K5834) 청반(靑盤)

편곡 나화랑, 연주 킹스타-한양합주단

1. 경복궁타령(김옥심) 1. 태평가(이은주)

5) 195?. ?. 킹스타레코드사 SP(K5835) 적반(赤盤)

편곡 나화랑, 연주 킹스타-한양합주단

1. 경복궁타령(이은주) 1. 태평가(김옥심)

6) 195?. ?. 킹스타레코드사 SP(K5839)

편곡 나화랑, 연주 킹스타-한양합주단

1. 한강수 타령(김옥심) 1. 신개성 난봉가(이은주)

7) 195?. ?. 킹스타레코드사 스켓취 춘향전 SP(K5879)

구성 반야월, 음악 나화랑, 출연 양석천, 오길래, 전방일, 김문자
주제가 진방남, 연주 킹스타-경음악단

8) 196?. ?. 킹스타레코드사 SP(K5885)

구성 양석천, 음악 나화랑, 연주 킹스타-경음악단

1. 수폭선언 제1호(양석천, 오길례)　　1. ?

9) 196?. ?. 킹스타레코드사 SP(K5889)

1. 베니스의 삼마타임(현동주 작사, 나화랑 편곡, 현인 노래)

1. 계곡의 등불(현인)

10) 196?. ?. 킹스타레코드사 SP(K6603)

편곡 나화랑, 연주 킹스타-한양합주단

1. 뽕 따러 가세(반야월 작사, 나화랑 작 · 편곡, 황금심 노래)

1. 청춘뽀트(반야월 작사, 나화랑 작곡, 김용만 노래)

11) 196?. ?. 킹스타레코드사 SP(K6659) 해외 소개반

편곡 나화랑, 연주 킹스타-민속합주단, 연주 킹스타-한양합주단

1. 노래 가락(묵계월)　　1. 진도아리랑(성우향, 신유경)

나화랑 편곡의 민요 10인치 LP 음반

1) 195?. ?.《남도민요선집》제1집 킹스타레코드사 KSM 1086

창 박초월/박귀희 등, 편곡 나화랑, 연주 킹스타-한양합주단

A면 춘향전 중에서

1. 사랑가/박귀희
2. 이별가(상)/박초월
3. 이별가(하)/박초월
4. 긴 농부가/성우향, 한농선

B면 심청전 중에서

1. 망사대를 찾어가서(상)/박초월
2. 망사대를 찾어가서(하)/박초월
3. 육자백이/박초월, 박귀희
4. 만고강산(단가)/신유경, 성우향

2) 195?. ?. 《유행신민요걸작집》 킹스타레코드사 KSM 1093

나화랑 작 · 편곡/지휘 연주 킹스타-한양합주단

《유행신민요걸작집》(나화랑 작 · 편곡/지휘, 킹스타레코드사)

A면	B면
1. 성화가 났네/황금심	1. 행복은 숨어 있대요/황정자
2. 월야삼경/황금심	2. 아리랑 쓰리랑/황정자
3. 첫사랑/이미자	3. 네가 바로 네로구나/김연희
4. 배나무집 딸/김정애	4. 노들강 뱃사공/

3) 195?. ?. 《남도민요》 제1집 창곡편 킹스타레코드사 KSM 1101

창 박초월/박귀희 편곡 나화랑, 연주 킹스타-한양합주단

A면	B면
1. 녹음방초	1. 강강수월래
2. 남원산성	2. 자진강강수월래
3. 자진농부가	3. 달맞이
4. 자진 육자백이	4. 진도아리랑

4) 195?. ?. 《남도민요》 제2집 창곡편 킹스타레코드사 KSM 1102

창 박초월/박귀희 편곡 나화랑, 연주 킹스타-한양합주단

A면	B면
1. 성주푸리	1. 새타령(상)
2. 구음살푸리	2. 새타령(하)
3. 수궁가(토끼타령)	3. 널뛰기
4. 천생아재(심경가)	4. 흥타령

5) 195?. ?. 《남도민요》 제3집 단가편 킹스타레코드사 KSM 1103

창 성우향/신유경 편곡 나화랑, 연주 킹스타-한양합주단

A면	B면
1. 쑥대머리(신유경)	1. 편시춘(아서라 세상사)(신유경)
2. 어아청춘(신유경)	2. 백발가(공도라니)
3. 방아타령(성우향)	3. 중타령(성우향)
4. 운담풍경(성우향)	4. 천하태평(신유경)

6) 195?. ?. 《한국고전무용곡》 제1집 킹스타레코드사 KSM 70011

편곡 나화랑 연주 킹스타-민속국악단

A면	B면
1. 아리랑	1. 굿거리
2. 노들강변	2. 살푸리
3. 풍류타령	3. 염불타령
4. 창부타령	4. 꼭두각시
5. 풍년가	5. 양유가

7) 195?. ?. 《한국고전무용곡 특집》 제1집 킹스타레코드사 KSM 70071

편곡 나화랑 연주 킹스타-민속국악단

A면	B면
1. 아리랑	1. 굿거리
2. 노들강변	2. 살푸리
3. 풍류타령	3. 염불타령
4. 창부타령	4. 꼭두각시

8) 195?. ?.《한국고전무용곡 특집》 제2집 킹스타레코드사 KSM 70072

편곡 나화랑 연주 킹스타-민속국악단

A면	B면
1. 도라지타령	1. 천안삼거리
2. 도드리	2. 한오백년
3. 봄아가씨	3. 경복궁타령
4. 허튼타령	4. 밀양아리랑

9) 195?. ?.《한국고전무용곡 특집》 제3집 킹스타레코드사

편곡 나화랑 연주 킹스타-민속국악단

A면	B면
1. 사발가	1. 늴리리야
2. 한강수타령	2. 오돌독
3. 태평가	3. 양산도
4. 뱃노래	4. 방아타령

10) 195?. ?.《한국고전무용곡 특집》 제5집 킹스타레코드사 KSM 70097

편곡 나화랑 연주 킹스타-민속국악단

A면	B면
1. 풍년가	1. 진도아리랑
2. 양유가	2. 강강수월래
3. 청춘가	3. 자진 강강수월래
4. 어랑타령	4. 자진 허튼타령

11) 195?. ?. 《한국민요특집》 제1집 킹스타레코드사 KSM 70074

창 김옥심/이은주, 편곡 나화랑, 연주 킹스타-민속국악단

1. 아리랑/이은주	1. 사발가/김옥심
2. 도라지타령/김옥심	2. 늴리리야/이은주
3. 노들강변/김옥심	3. 양산도/이은주
4. 한강수타령/이은주	4. 방아타령/김옥심

(곡명 앞의 번호는 필자가 붙임)

※ 1950년대 중반에 제작된 것으로 보이는 이 음반은 제1집 ~제5집까지 있다. 이 음반의 해설서에 **"한국 최초의 민요 LP 음반"**이라는 나화랑의 해설이 곁들여 있다. 한국가요사 및 음반사에 기념비적인 음반이라 할 수 있다.

12) 195?. ?. 《한국민요특집》 제2집 킹스타레코드사 KSM 70075

창 김옥심/이은주 편곡 나화랑, 연주 킹스타-한양합주단

1. 천안삼거리/이은주	1. 오돌독/이은주
2. 박연폭포/김옥심	2. 청춘가/김옥심
3. 양유가/김옥심	3. 밀양아리랑/김옥심
4. 오봉산타령/이은주	4. 창부타령/이은주

13) 195?. ?. 《한국민요특집》 제3집 킹스타레코드사 KSM 70076

창 김옥심/이은주 편곡 나화랑, 연주 킹스타-민속국악단

1. 뱃노래/김옥심, 이은주	1. 군밤타령/김옥심, 이은주
2. 한오백년/김옥심	2. 경복궁타령/김옥심,이은주

3. 강원도 아리랑/이은주　3. 몽금포타령/이은주

4. 태평가/김옥심　4. 풍년가/김옥심, 이은주

14) 195?. ?.《한국민요특집》 제4집 킹스타레코드사 KSM 70078

창 김옥심/이은주 편곡 나화랑, 연주 킹스타-한양합주단

1. 벳틀가/김옥심　1. 정선아리랑/김옥심

2. 이별가/이은주　2. 궁초댕기/김옥심

3. 어랑타령/김옥심　3. 노래가락/묵계월

4. 매화타령/김옥심, 이은주　4. 진도아리랑/성우향, 한농선

15) 195?. ?.《한국민요특집》 제5집 킹스타레코드사 KSM 70078

창 김옥심/이은주 편곡 나화랑, 연주 킹스타-한양합주단

1. 벳틀가/김옥심　1. 정선아리랑/김옥심

2. 이별가/이은주　2. 궁초댕기/김옥심

3. 어랑타령/김옥심　3. 노래가락/묵계월

4. 매화타령/김옥심, 이은주　4. 진도아리랑/성우향

※ 14)번과 15)번 음반은 재킷 디자인만 다를 뿐 타이틀과 곡목, 음반번호가 동일함.

16) ?. 대도레코드사《한국민요집》 vol. 2(TM-702)

나화랑 편곡

1. 노들강변/김옥심　1. 벳틀가/김옥심

2. 창부타령/김옥심　2. 매화타령/이은주

3. 풍년가/김옥심·이은주 3. 밀양 아리랑/이은주
4. 강원도 아리랑/김옥심 4. 자진 난봉가/김옥심

※이 음반은 vol. 1(TM-701)~vol. 5(TLM-705)까지 있음.

17) ?. 대도레코드사《한국민요집》vol. 3(TM-703)
나화랑 편곡

1. 태평가/이은주 1. 사발가/김옥심
2. 노래가락/이은주·김옥심 2. 어랑타령/이은주
3. 한오백년/이은주·김옥심 3. 삼팔청춘가/이은주·김옥심
4. 방아타령 리랑/이은주·김옥심 4. 몽금포타령/김옥심

18) ?. 대도레코드사《한국민요집》vol. 4(TM-704)
나화랑 편곡

1. 경복궁타령/이은주·김옥심 1. 정선아리랑/김옥심
2. 궁초댕기/김옥심 2. 이별가/이은주
3. 자진방아타령/김옥심·이은주 3. 물레타령/이은관
4. 개성산념불/이은관 4. 은실타령/이은관

19) ?. 대도레코드사《한국민요집》vol. 5(TM-705)
나화랑 편곡

1. 닐닐이야/이은주 1. 오봉타령/김옥심
2. 양유가/ 이은주 2. 긴 염불/이은주
3. 뱃노래/김옥심 3. 자진타령/이은주

4. 개타령/이은관
4. 서울긴 아리랑/이은주

20) 195?. ?. 유니버살레코드사《한국 민요집》제1집
창 김옥심/이은주, 편곡 나화랑

1. 늴리리야
2. 풍년가
3. 베틀가
4. 한강수 타령

1. 밀양아리랑
2. 노들강변
3. 경복궁타령
4. 개성난봉가

(곡명 앞의 번호는 필자가 붙임)

※이 음반은 제1집~제3집까지 있는데 뒷날 곡목을 추가하여 동사(同社)에서 12인치 LP 판으로 다시 발매하였음.

나화랑 편곡의 민요 12인치 LP 음반

1) 1968. ?. 뉴스타레코드사《한국민요특집》제1집
창 김옥심/이은주, 편곡 · 지휘 나화랑

A면
1. 아리랑/이은주
2. 도라지/김옥심
3. 노들강변/김옥심
4. 사발가/김옥심
5. 벳틀가/김옥심
6. 태평가/김옥심

B면
1. 한강수 타령/이은주
2. 천안삼거리/이은주
3. 박연폭포/김옥심
4. 양산도/이은주
5. 방아타령/김옥심
6. 창부타령/이은주

2) 1968. ?. 뉴스타레코드사《한국민요특집》 제2집

창 김옥심 · 이은주 편곡/지휘 나화랑

1. 오돌독(이은주)	1. 강원도 아리랑(이은주)
2. 양유가(김옥심)	2. 한오백년(김옥심)
3. 오봉산타령(이은주)	3. 정선아리랑(김옥심)
4. 어랑타령(김옥심)	4. 이별가(이은주)
5. 청춘가(김옥심)	5. 뱃노래(이은주)
6. 밀양아리랑(김옥심)	6. 몽금포타령(이은주)

※이 음반은 제3집까지 제작, 발매(삼화레코드공사, 1968. 9)된 것으로 보임.

3) 1969. ?. 아세아레코드사《서산큰애기》 김세레나 스테레오 히트앨범 no.2

1. 서산큰애기	1. 봉따러 가세
2. 세월아 네월아	2. 가야금 타령
3. 문경새재	3. 열아홉 순정
4. 일부종사	4. 한양낭군
5. 베틀가	5. 닐리리맘보
6. 봄바람 임바람	6. 농부가

4) 1971. 6. 10. 유니버살코드사《한국민요선집》 제1집 KLS-17

창 김옥심 · 이은주, 편곡/지휘 나화랑

1. 천안삼거리	1. 매화타령
2. 사발가	2. 어랑타령

3. 경복궁타령
4. 몽금포타령
5. 태평가

3. 군밤타령
4. 양유가
5. 한오백년

※이 음반은 제3집까지 발매됨.

《한국민요선집》 제1집(유니버샬레코드사)

5) 1971. ?. ?. 유니버샬코드사《한국민요선집》 제1집
창 이은주 · 묵계월 · 지연화 · 이소향 등, 편곡/지휘 나화랑

1. 창부타령/이은주·묵계월
2. 경복궁타령/이은주·묵계월
3. 청춘가/묵계월
4. 매화타령/이은주·묵계월
5. 사발가/지연화·이소향·묵계월
6. 군밤타령/이은주·묵계월

1. 노래가락/이은주
2. 오돌독/묵계월
3. 양산도/김옥심·이은주
4. 방아타령/이은주·묵계월
5. 뱃노래/묵계월
6. 이별가/이은주

※이 음반은 제5집(경기민요편), 제6집(남도민요편)~제7집(남도민요편), 제8집(경기민요편)~제9집(경기민요편)까지 조사되고 있음.

6) 197?. ?. 지구레코드사《경기도민요》
창 이은주 · 김옥심 편곡/지휘 나화랑

1. 아리랑
2. 도라지
3. 닐리리야
4. 박연폭포

1. 오돌독
2. 창부타령
3. 노들강변
4. 양유가

5. 사발가	5. 베틀가
6. 태평가	6. 양산도

7) 1970. ?. 성음레코드사《김부자민요집》뱃노래/군밤타령

이인권 · 나화랑 편곡/지휘

1. 뱃노래	1. 군밤타령
2. 한강수타령, 태평가 접속곡	2. 도라지, 밀양아리랑, 남한산성 접속곡
3. 노들강변	3. 베틀가
4. 꽃타령	4. 아라랑, 진도아리랑, 새타령 접속곡
5. 관서천리	5. 양산도
6. 성주풀이	6. 창부타령

8) 1973. ?.《Korean folk songs》Vol. 2

창 이은주 · 최아자, 편곡 나화랑

1. 노들강변	1. 태평가
2. 창부타령	2. 닐리리
3. 노래가락	3. 신고산타령
4. 매화타령	4. 사발가
5. 뱃노래	5. 군밤타령
6. 베틀가	6. 정선아리랑

9) 1973. ?. 성음레코드사《요리조리동동/세야세야》SL-3-714

– 가요반세기 작가동지회 신민요 작품집 1집

김세레나 · 옥소랑 · 김봉희, · 임정림 · 박미화 노래, 나화랑/김호길 작곡

1. 요리조리동동
2. 진주 아가씨
3. 님 마중 가네(김봉희)
4. 몽산포 아가씨(오성자)
5. 아리랑 서울(가요반세기 합창단)

1. 새야 새야(옥소랑)
2. 삼녀도(옥소랑)
3. 광한루 사랑(임정림)
4. 돌아온 삼돌이(박미화)
5. 풍년만세(가요반세기 합창단)

10) 1973. 12. 신세계《이주희의 새 민요와 우리 가요집》AL-IN-0017
왕년의 8대 작곡가집, 이인권 · 나화랑 편곡/지휘

1. 사랑방 길손
2. 아리랑 차차차
3. 내 고향 남쪽 항구
4. 가야금탄식
5. 삼다도 소식
6. 벽오동 심은 뜻은

1. 울릉도 아가씨
2. 한 많은 양산도
3. 아! 대동강
4. 안방마님
5. 님 맞이 타령
6. 금박댕기

11) 1976. 8. 대도레코드사《매혹의 한국민요 14곡선》DS-00-7279
창/지화자 편곡/나화랑 반주/한양합주단

1. 아리랑
2. 창부타령
3. 한오백년
4. 이팔청춘가
5. 뱃노래
6. 강원도 아리랑
7. 군밤타령

1. 노들강변
2. 천안삼거리
3. 한강수타령
4. 사발가
5. 베틀가
6. 밀양아리랑
7. 경복궁타령

이와 같이 나화랑은 킹스타레코드사를 비롯하여 유니버샬, 대도, 뉴스타 등의 레코드사와 그 이후에는 지구, 신세계, 아세아레코드사 등에서 민요의 편곡 및 신민요, 민요풍의 가요 작곡 그리고 음반 제작에 심혈을 기울인 음반들을 양산하였다. 그 음반들을 민중에 널리 보급시켰다. 이것은 그가 우리 고유 음악의 보전, 보급에 남다른 애정을 지닌 결실들이라 하겠다.

위 음반의 작품 중 〈가야금 타령〉〈닐리리야 맘보〉〈도라지 맘보〉〈물 긷는 처녀〉〈뽕 따러 가세〉〈살구나무집 처녀〉〈성화가 났네〉〈심술쟁이 초립동이〉〈아리랑 쓰리랑〉〈영남 아가씨〉〈울산 큰애기〉〈한양낭군〉 등은 신민요로 분류되기도 한다.

나. 대중가요 음반들

앞에서 밝힌 대로 나화랑이 가수로서 취입한 음반(SP)은 가수 데뷔곡《청춘번지》,《어머님 사진》(고려성 작사, 나화랑 작곡, 태평레코드사, 1942)을 비롯하여《사막의 영웅》(태평레코드사 5053, 1942. 11) 등 10여 편이 있다.

나화랑의 대중가요 음반은 주로 킹스타레코드사, 라미라레코드사, 지구레코드사에서 제작, 발매되었는데 중요한 음반에는 '나화랑 작곡집'이란 부제가 붙은 것들이 많다.

이제 나화랑이 생애에 남긴 대중가요 음반들을 살펴 보자. 나화랑은 자신의 전집 작곡집을 여러 포맷과 타이틀을 써 가며 매우 다양하게 내었다. 여러 형태로 자신의 전집 음반들을 발표하였는데, 자신이 경영한 라미라레코드사 및 유니버샬레코드사에서 제작해 낸《나화랑 작곡집 no.1 이별의 15메타》~《나화랑 작곡집 no.15 김일병 삼돌이·당신》 전집음반에 생애의 작곡 작품들을 가장 방대하면서도 체계적으로 정리, 수록해 내었다.

1) 나화랑 가요 선집

나화랑 가요 선집 음반(킹스타레코드사 KSM-70080)

가) 195?. 0. 0. 킹스타레코드사《나화랑 가요선집》

스타앨범 황금심/명국환/고운봉/송민도/도미 KSM 70080 10인치
나화랑 작 · 편곡 지휘, 킹스타-관현악단

A면	B면
1. 산길 천리 물길 천리/고운봉	1. 뽕따러 가세/황금심
2. 또 한번 왔지요/심연옥	2. 찾아온 산장/남일해
3. 해당화 피는 마을/송민도	3. 물 깃는 처녀/황정자
4. 비의 탱고/도미	4. 청춘의 삼색 깃발/명국환

※이 음반은, 곡목을 그대로 둔 채 재킷 디자인의 인물사진을 황금심에서 나화랑으로 바꿔 재반을 내었음.

이외에도 나화랑 작곡 가요선집 성격을 지닌 음반이 몇 종 더 있다. 나화랑 가요를 선곡해 놓은 음반류로서 '나화랑 가요 선곡'이란 부제가 붙어 있는 한 음반들이다. 음반사적 가치를 지닌 것들을 더 찾아 보자.

《왕년의 가수 6인 걸작집》 음반(대도레코드사 EU-5559)

나) 1962. 11. 킹스타레코드사 《왕년의 가수 신곡발표》

KSM 1091 10인치
나화랑 작 · 편곡 지휘, 킹스타-관현악단

A면	B면
1. 무너진 사랑탑(남인수)	1. 당신은 무정해요(황금심)
2. 울리는 경부선(남인수)	2. 님만 홀로 가셨는가(황금심)
3. 내 고향 해남도(백난아)	3. 맘보 잠보(김정구)
4. 님 무덤 앞에(백난아)	4. 밤거리 스냅(김정구)

다) 196?. ?. 킹스타레코드사 《이럭저럭 인생》

KSM 1096 10인치
나화랑 작 · 편곡 지휘, 킹스타-관현악단

A면	B면
1. 이럭저럭 인생(도미)	1. 도라지맘보(심연옥)
2. 오빠는 멋쟁이(조금옥)	2. 봉이 김선달(도미)
3. 아라비아 공주(명국환)	3. 사랑이 피는 거리(송민도)
4. 사랑이 피네(황정자)	4. 정렬의 쌈바(남일해)

라) 195?. ?. 킹스타레코드사 《나화랑 가요선집》

황금심(한양낭군)/조민우(잘 있거라 황진이) KSM 70079 10인치
나화랑 작 · 편곡 지휘, 킹스타-관현악단

A면	B면
1. 한양낭군/황금심	1. 잘 있거라 황진이/조민우
2. 비 나리는 부두/남일해	2. 홍콩의 밤/심연옥

3. 비 오는 밤/송민도
4. 사도세자/도미

3. 낙엽의 탱고/남일해
4. 닐리리 맘보/김정애

2) 나화랑 가요 전집

가) 라미라레코드사 전집

나화랑은 음반 제작업을 겸하면서부터 라미라레코드사 및 유니버샬레코드사를 통하여 자신의 전집 음반《나화랑 작곡집 no.1 이별의 15메타》(라미라 레코드사, RAM 1001, 10인치 LP)~《나화랑 작곡집 no.15 김일병 삼돌이·당신》(유니버샬레코드사, RAM 1023, 196? 12인치 LP)를 체게적으로 발표하였다. 그 목록들을 소개해 본다.

나화랑 작곡집 no.1 **《이별의 15메타》** 10인치 LP 라미라레코드사(RAM 1001 1957)

〈제1면〉 부루스	1. 이별의 15메타	월견초 작사, 남일해 노래
월츠	2. 날 두고 가시겠오	탁소연 작사, 황금심 노래
부기	3. 우리는 사랑한다	반야월 작사, 윤일로 노래
부루스	4. 밤은 깊은데	탁소연 작사, 이미자 노래

《나화랑 작곡집 No.1》 음반(라미라레코드사 1958)

〈제2면〉 월츠 1. 가야금 타령 임동천 작사, 황금심 노래

부루스 2. 그대만의 부루스 탁소연 작사, 남일해 노래

스윙 3. 열아홉 순정 반야월 작사, 이미자 노래

탱고 4. 밤비가 온다 반야월 작사, 윤일로 노래

※이 음반은 뒷날에 재킷 디자인이 한번 바뀜.

나화랑 작곡집 no.2 **《핑크 리봉의 카드》** 10인치 LP 라미라레코드사(RAM 1004)

〈제1면〉 도돈바 1. 핑크 리봉의 카드 탁소연 작사, 남일해 노래

부루스 2. 이별의 댄스파티 정상호 작사, 남일해 노래

차차차 3. 명동의 차차차 탁소연 작사, 남일해 노래

월츠 4. 어느 날의 로맨스 정상호 작사, 남일해 노래

〈제2면〉 스윙 1. 사랑의 오솔길 탁소연 작사, 남일해 노래

스로 2. 흘러온 사나이 탁소연 작사, 남일해 노래

탱고 3. 오색의 탱고 정상호 작사, 남일해 노래

도롯도 4. 이정표 월견초 작사, 남일해 노래

나화랑 작곡집 no.3 **《사랑은 즐거운 스윙》** 10인치 LP 라미라레코드사(RAM 1005)

〈제1면〉 1. 사랑은 즐거운 스윙 반야월 작사, 유성희 노래

2. 이슬비 내리는 창가에서 김복남 작사, 남일해 노래

3. 기다리는 이 마음 피소향 작사, 이미자 노래

4. 님 없는 강 언덕 호 심 작사, 유성희 노래

〈제2면〉 1. 그대여 굿바이 고무신 작사, 남일해 노래

2. 봄이 좋아요 탁소연 작사, 이미자 노래

3. 젊은이의 휴일 　　　　반야월 작사, 이석종 노래

4. 영원히 내 가슴에 　　　　강사랑 작사, 유성희 노래

※이 음반은 후에 수록 목록은 같으나 대표곡명을 달리하여 (영원히 내 가슴에/유성희) 재제작함.

나화랑 작곡집 no.4 **《내일 열두시(유성희)/비에 젖는 토요일(남일해)》**
10인치 LP 라미라레코드사(RAM 1007)

〈제1면〉 1. 비에 젖는 토요일 　　　　작사, 남일해 노래

2. 분홍색 커텐의 창문을 열면 　　　　작사, 남일해 노래

3. 기타 에레지 　　　　작사, 남일해 노래

4. 서울의 제로 번지 　　　　작사, 남일해 노래

〈제2면〉 1. 내일 열두시 　　　　작사, 유성희 노래

2. 아까시아 로맨스 　　　　작사, 유성희 노래

3. 흰 꽃 소식 　　　　작사, 유성희 노래

4. 마음의 호수 　　　　작사, 유성희 노래

※나화랑 작곡집 no.4는 뒷날 타이틀(맨발의 연인)과 선곡(총 12곡)을 달리하여 지구레코드사에서 12인치 LP판 (LM120095)으로 다시 제작한 것이 있음.

나화랑 작곡집 no.5 **《내 가슴의 무지개(유성희)》** 10인치 LP 라미라레코드사(RAM 1008)

〈제1면〉 1. 내 가슴의 무지개 　　　　작사, 유성희 노래

2. 수도야곡 　　　　작사, 이길남 노래

3. 해가 뜨면 뵈올 님을 작사, 유성희 노래

4. 고독의 밤길 작사, 남일해 노래

〈제2면〉 1. 인생파도 작사, 유성희 노래

2. 기다리겠어요 작사, 유성희 노래

3. 낙엽의 왈츠 작사, 심우석 노래

4. 향수의 기타 작사, 이석종 노래

※나화랑 작곡집 no.5는 후에 타이틀(여자의 낮과 밤/이별의 제2한강교)과 선곡(총 12곡)을 달리하여 지구레코드사에서 12인치 LP판(LM120095)으로 다시 제작된 것이 있음.

나화랑 작곡집 no.6 **《나의 펜 여러분에게(남일해)》** 10인치 LP 라미라레코드사(RAM 1009)

〈제1면〉 1. 이국땅 월견초 작사, 남일해 노래

2. 나의 스윙걸 손로원 작사, 남일해 노래

3. 밤비는 추억을 싣고 강사랑 작사, 남일해 노래

4. 즐거움을 그대와 유 랑 작사, 남일해 노래

〈제2면〉 1. 산장은 말이 없네 반야월 작사, 남일해 노래

2. 꽃피는 몽빠리 탁소연 작사, 남일해 노래

3. 밤깊은 나이트 크럽 탁소연 작사, 남일해 노래

4. 고독의 탱고 월견초 작사, 남일해 노래

나화랑 작곡집 no.7 **《님이라 부르리까(이미자)》** 12인치 LP 라미라레코드사(RAM1011 1963)

〈제1면〉 1. 님이라 부르리까 김운하 작사, 이미자 노래

2. 수집은 첫사랑 월견초 작사, 이미자 노래

	3. 돌아와 주신다면	반야월 작사, 이미자 노래
	4. 고독의부루스	반야월 작사, 이미자 노래
	5. 안녕은 서러워	김운하 작사, 이미자 노래
	6. 그대 꿈 꾼 밤	이인선 작사, 이미자 노래
〈제2면〉	1. 인생화원	탁소연 작사, 양우석 노래
	2. 황혼의 그림자	김성운 작사, 양우석 노래
	3. 이 세상 어딘가에	김성운 작사, 양우석 노래
	4. 동백꽃 피는 언덕	탁소연 작사, 나애심 노래
	5. 호반에 밤	강사랑 작사, 나애심 노래
	6. 그이가 부는 쌕스폰	장국진 작사, 나애심 노래

나화랑 작곡집 no.8 **《눈물의 발동선》** 12인치 LP 라미라레코드사(RAM 1012)

〈제1면〉	1. 눈물의 발동선	작사, 유성희 노래
	2. 양산도 부기	작사, 유성희 노래
	3. 나와 고독의 탱고	작사, 유성희 노래
	4. 바보라도 난 몰라	작사, 유성희 노래
	5. 어쩌면 잊어질까	작사, 유성희 노래
	6. 하늘 끝 바다 끝	작사, 유성희 노래
〈제2면〉	1. 사랑의 빠리	작사, 남일해 노래
	2. 이민선	작사, 이길남 노래
	3. 울다 웃는 인생	작사, 이길남 노래
	4. 쎈치멘탈, 서울	작사, 이길남 노래
	5. 분홍세타 아가씨	작사, 이길남 노래
	6. 낙엽의 부루스	작사, 남일해 노래

나화랑 작곡집 no.9 《**미남의 4번타자**(백야성)》 라미라레코드사(RAM1013 1964)

〈제1면〉 1. 오케이 항구 작사, 백야성 노래
2. 밤비의 정거장 작사, 백야성 노래
3. 스윙 나이트 작사, 백야성 노래
4. 미남의 4번 타자 작사, 백야성 노래
5. 부루스에 내가 운다 작사, 백야성 노래
6. 선창가 1번지 작사, 백야성 노래

〈제2면〉 1. 서귀포 나그네 이철수 작사, 백야성 노래
2. 아리랑 손님 이철수 작사, 백야성 노래
3. 금강산 타령 이철수 작사, 백야성 노래
4. 농군의 아들 이철수 작사, 백야성 노래
5. 아리스리 동동 이철수 작사, 백야성 노래
6. 신어랑타령 이철수 작사, 백야성 노래

나화랑 작곡집 no.10 《**이정표**(남일해)》 라미라레코드사(RAM1017)

〈제1면〉 도롯도 1. 이정표 월견초 작사, 남일해 노래
도돈파 2. 핑크리봉의 카드 탁소연 작사, 남일해 노래
부루스 3. 이별의 땐스파-티 정상호 작사, 남일해 노래
차차차 4. 명동의 차차차 탁소연 작사, 남일해 노래
부루스 5. 인생 파도 반야월 작사, 남일해 노래
트위스트 6. 서울의 제로번지 정상호 작사, 남일해 노래

〈제2면〉 스로 1. 흘러온 사나이 탁소연 작사, 남일해 노래
스윙 2. 사랑의 오솔길 탁소연 작사, 남일해 노래
월츠 3. 어느 날의 로맨스 정상호 작사, 남일해 노래

부루스 4. 그대만의 부루스 탁소연 작사, 남일해 노래

탱고 5. 오색의 탱고 정상호 작사, 남일해 노래

부루스 6. 비에 젖는 토요일 백운춘 작사, 남일해 노래

나화랑 작곡집 no.11 **《남국의 아가씨-이미자 힛트 앨범》** 라미라레코드사(RAM1018)

〈제1면〉 1. 남국의 아가씨 작사, 이미자 노래

2. 열아홉 순정 작사, 이미자 노래

3. 기다리는 마음 작사, 이미자 노래

4. 밤은 깊은데 작사, 이미자 노래

5. 봄이 좋아요 작사, 이미자 노래

6. 추억의 일기장 작사, 이미자 노래

〈제2면〉 1. 기타 에레지 작사, 남일해 노래

2. 붉은 장미를 그대 가슴에 작사, 남일해 노래

3. 무전여행 나그네 작사, 백야성 노래

4. 밤비의 정거장 작사, 백야성 노래

5. 인생유수 작사, 도재문 노래

6. 수도야곡 작사, 이길남 노래

나화랑 작곡집 no.12 **《양산도 부기(유성희)》** 라미라레코드사(RAM1019)

〈제1면〉 1. 양산도 부기 이철수 작사, 유성희 노래

2. 사랑은 즐거운 스윙 반야월 작사, 유성희 노래

3. 이슬비 나리는 창가에서 김복남 작사, 남일해 노래

4. 사랑의 파리 반야월 작사, 남일해 노래

5. 오케 항구 이철수 작사, 백야성 노래

6. 서귀포 나그네 이철수 작사, 백야성 노래

〈제2면〉 1. 돌아와 주신다면 반야월 작사, 이미자 노래

2. 낙엽의 부루스 탁소연 작사, 남일해 노래

3. 밤비가 온다 반야월 작사, 윤일로 노래

4. 우리는 사랑한다 반야월 작사, 윤일로 노래

5. 쎈치멘탈 서울 강수향 작사, 이길남 노래

6. 울다 웃는 인생 최요안 작사, 이길남 노래

나화랑 작곡집 no.13 **《무명초 사연·성황당 고갯길》** 라미라레코드사(RAM1021 1964)

〈제1면〉 1. 성황당 고갯길 이길언 작사, 남일해 노래

2. 항구의 인사 한산도 작사, 남일해 노래

3. 인생은 일엽편주 이길언 작사, 남일해 노래

4. 밤비의 정거장 이철수 작사, 남일해 노래

5. 꿈꾸는 작은 별 유 랑 작사, 유성희 노래 (6번 곡 없음)

〈제2면〉 1. 무명초 사연 이길언 작사, 유성희 노래

2. 노을이 타는 까닭 정두수 작사, 유성희 노래

3. 목연꽃이 지던 밤 임동천 작사, 한명숙 노래

4. 육교에서 만납시다 이길언 작사, 남일해 노래

5. 사랑사랑 내 사랑 이철수 작사, 김용만 노래

6. 나는 부자다 한산도 작사, 김용만 노래

나화랑 작곡집 no.14 **《울산 큰애기·옷소매 부여잡고》** 라미라레코드사(RAM 1022)

〈제1면〉 1. 울산 큰애기 탁소연 작사, 김상희 노래

2. 아빠 용서하세요 탁소연 작사, 김상희 노래

3. 두고 온 에레나 반야월 작사, 남일해 노래
4. 타향이 좋왔어요 탁소연 작사, 성낙원 노래
5. 내 이름은 도라지 이길언 작사, 강해란 노래
6. 흘러가는 피에로 탁소연 작사, 성낙원 노래
〈제2면〉 1. 옷소매 부여잡고 탁소연 작사, 남일해 노래
2. 상처받은 갈대 월견초 작사, 유성희 노래
3. 밤차로 보낸다 월견초 작사, 남일해 노래
4. 다시 피는 청포도 이길언 작사, 유성희 노래
5. 기다립니다 탁소연 작사, 나원경 노래
6. 이별의 오솔길 탁소연 작사, 오민수 노래

《나화랑 작곡집 No.14》(라미라레코드사 RAM 1022)

나화랑 작곡집 no.15 **《김일병 삼돌이 · 당신》** 라미라레코드사 발매(RAM 1023 196?)

〈제1면〉 1. 김일병 삼돌이 탁소연 작사, 김상희 노래
2. 첫 사랑의 미소 한산도 작사, 김상희 노래
3. 호반의 등불 월견초 작사, 한남우 노래
4. 나는 왔네 김운하 작사, 박철로 노래
5. 남포동의 밤 탁소연 작사, 남일해 노래
6. 고향 달 반야월 작사, 이기일 노래
〈제2면〉 1. 당신 월견초 작사, 유성희 노래
2. 상사초 이길언 작사, 유성희 노래
3. 무전여행 나그네 이길언 작사, 성낙원 노래
4. 여정 반야월 작사, 신일호 노래
5. 항구의 인사 한산도 작사, 한남우 노래
6. 애태우는 밤 임종수 작사, 작곡 방종섭 노래

※위 전집 외에도 1960년대 후반 나화랑은 지구레코드사에서 '나화랑 작곡집' 시리즈를 별도로 발매하였다.

나) 지구레코드사 전집

나화랑 작곡 1집 **《정동대감》** 지구레코드사(LM120071 1968)

〈side A〉	1. '정동대감' 주제가	작사, 이미자 노래
	2. 살구나무집 처녀	작사, 이미자 노래
	3. 진달래 고개 사연	작사, 이미자 노래
	4. 이별의 설음	작사, 이미자 노래
	5. 아가씨 선장	작사, 이미자 노래
	6. 행복이 보입니다	작사, 이미자 노래
〈side B〉	1. 항구 부루스	작사, 이미자 노래
	2. 심술쟁이 초립동이	작사, 이미자 노래
	3. 금단의 꽃	작사, 이미자 노래
	4. 모래알 같은 사연	작사, 이미자 노래
	5. 청석골 서방님	작사, 이미자 노래
	6. 모녀의 가는 길	작사, 이미자 노래

나화랑 작곡 2집 **《남일해 신작 가요 걸작집》** 지구레코드사(LM1200? 196?)

〈side A〉	1. 부두	작사, 남일해 노래
	2. 흘러가는 피에로	작사, 남일해 노래
	3. 사랑을 놓쳐버린 사나이	작사, 남일해 노래
	4. 잃어버린 주말	작사, 남일해 노래
	5. 대구역 이별	작사, 남일해 노래

6. 추억은 꺼지지 않네　　작사, 남일해 노래

〈side B〉 1. 다시 또 한번　　작사, 남일히 노래

2. S누님　　작사, 남일해 노래

3. 불꺼진 206호　　작사, 남일해 노래

4. 사나이 가는 길　　작사, 남일해 노래

5. 낙화 무정　　작사, 남일해 노래

6. 세월은 주마등　　작사, 남일해 노래

나화랑 작곡 3집 **《남상규 최신 가요집》** 지구레코드사(LM120079 196?)

〈side A〉 1. 대도회 부루스　　작사, 남상규 노래

2. 우리는 청춘　　작사, 남상규 노래

3. 남해의 호노루루　　작사, 남상규 노래

4. 베니스의 여정　　작사, 남상규 노래

5. 애수의 김포가도　　작사, 남상규 노래

6. 사랑하기에　　작사, 남상규 노래

〈side B〉 1. 금호동 고갯길　　작사, 남상규 노래

2. 그리운 삼천 궁녀　　작사, 남상규 노래

3. 추억의 마닐라　　작사, 남상규 노래

4. 방랑자　　작사, 남상규 노래

5. 외로운 거리　　작사, 남상규 노래

6. 사랑은 가버려도　　작사, 남상규 노래

나화랑 작곡 4집 **《맨발의 연인》** 지구레코드사(LM120095 196?)

〈side A〉 1. 맨발의 연인 〈영화 주제가〉　작사, 이미자 노래

2. 남한강 처녀 작사, 이미자 노래
3. 아리랑 부기 이철수 작사, 박재란 노래
4. 밤새도록 굳나잇 작사, 박재란 노래
5. 슬픈 흑장미 작사, 박재란 노래
6. 상사의 꽃 작사, 백설희 노래

〈side B〉 1. 다방의 연가 작사, 백설희 노래
2. 애타는 밤 작사, 백설희 노래
3. 골목 안은 즐거워 작사, 유성희 노래
4. 뜨거운 꽃잎 작사, 유성희 노래
5. 오뚜기 무늬 나의 바쟈마 작사, 유성희 노래
6. 울어나 보았으면 작사, 이미자 노래

나화랑 작곡 5집 **《여자의 밤과 낮·이별의 제2한강교》** 지구레코드사(LM120128 1960)

〈side A〉 1. 여자의 밤과 낮 〈영화 주제가〉 한산도 작사, 이미자 노래
2. 사랑은 가지가지 이철수 작사, 박재란 노래
3. 우리 님은 함흥차사 한산도 작사, 이미자 노래
4. 사랑은 오케 반야월 작사, 유성희 노래
5. 선창가 1번지 이철수 작사, 남상규 노래
6. 내일은 오시겠지 이길언 작사, 이미자 노래

〈side B〉 1. 이별의 제2 한강교 한산도 작사, 진송남 노래
2. 순정의 언덕길 반야월 작사, 유성희 노래
3. 청춘복지 탁소연 작사, 박재란 노래
4. 옥빛 그림자의 밤 탁소연 작사, 양우석 노래
5. 꼴망태 노총각 반야월 작사, 박재란 노래

6. 천하 1번지　　　　　　　　이경재 작사, 남상규 노래

3) 기타 나화랑 작곡집 음반

위의 것과 또 달리 '나화랑 작곡집'이라는 부제가 붙은 싱글반이 몇 종 더 있다. 지구레코드사의《님 떠난 진부령》과《다시 그리워지는 노래》(LM 120071) 그리고 유니버샬레코드사의《님이라 부르리까·이정표》(ULL 1024)와《김추자 스테레오 힛트앨범 NO. 1》등이다. 이들에는 '나화랑 작곡집' 또는 '나화랑 작곡 힛트집'이라는 부제가 붙어 있다. 이 음반들에 수록된 가요 목록들을 소개해 본다.

가) 196?. ?. 지구레코드사《다시 그리워지는 노래》(LM 120118)

백설희/이미자 12인치 **나화랑 작곡집**

side 1	side 2
1. 이정표	1. 행복의 일요일
2. 청포도 사랑	2. 서귀포 사랑
3. 늴늬리 맘보	3. 푸른 꿈이여 지금 어데
4. 하늘의 황금마차	4. 목숨을 걸어 놓고
5. 잘 있거라 황진이	5. 함경도 사나이
6. 비 나리는 부두	6. 도라지 맘보

나화랑 작곡집 음반(지구레코드사 LM 120118)

나) 196?. ?. 지구레코드사《님 떠난 진부령》(LM 120141)

이미자/손인호 12인치 **나화랑 작곡집**

side 1(이미자 노래)	side 2(손인호 노래)

1. 님 떠난 진부령	1. 경원선 기적소리
2. 짚시의 여정	2. 꿈이었네
3. 내 사랑 산울림	3. 귀향 제일일
4. 진달래 고개 사연	4. 사랑 주고 병든 가슴
5. 월남 가신 오빠 안녕	5. 님의 눈물
6. 남한강 처녀	6. 산 타관 물 타관

다) 1968. 11. 유니버샬레코드사《님이라부르리까·이정표》(ULL 1024)

12인치 **나화랑 작곡집**

side 1	side 2
1. 님이라 부르리까	1. 이정표
2. 열아홉 순정	2. 핑크리본의 카드
3. 돌아와 주신다면	3. 울산 큰애기
4. 밤은 깊은데	4. 사랑은 즐거운 스윙
5. 수집은 첫사랑	5. 양산도 부기
6. 기다리는 이 마음	6. 흘러온 사나이

라) 1970. ?. 유니버샬레코드사《나화랑 작곡 힛트집》

12인치 – 김추자 스테레오 힛트앨범 Vol. 1

A면	B면
1. 늴리리 맘보	1. 여자의 하룻길
2. 님이라 부르리가	2. 울산 큰애기
3. 정동대감	3. 대전발 0시 50분
4. 목포의 눈물	4. 해당화 피는 마을

5. 열아홉 순정	5. 웬 일인지

마) 1973. ?. 지구레코드사《김상진·은방울자매 스테레오 가요집》

12인치 **나화랑 작곡집**

A면	B면
1. 당신 뿐인데(김상진 노래)	1. 무너진 사랑탑(김상진 노래)
2. 비 내리는 삼천포(은방울자매 노래)	2. 이정표(김상진 노래)
3. 바다는 내 고향(김상진 노래)	3. 청포도 사랑(김상진 노래)
4. 향기품은 군사우편(은방울자매 노래)	4. 잘 있거라 황진이(은방울자매 노래)
5. 사나이(김상진 노래)	5. 울산 큰애기(은방울자매 노래)
6. 수집은 첫사랑(은방울자매 노래)	6. 꼴망태 노총각(은방울자매 노래)

바) 1975. ?. 오아시스레코드사《유성희 걸작 가요집》

12인치 **나화랑 작곡집**

A면	B면
1. 애련	1. 사랑은 하나
2. 새벽길	2. 사랑의 왈츠
3. 내 고향	3. 잃어버린 주말
4. 말없이 떠나렵니까	4. 해당화 피는 마을
5. 어쩌면 잊어질까	5. 푸른 굼이여 지금 어디
6. 사랑은 즐거운 스윙	6. 아 목동아

사) 1975. ?. 그랜드레코드사《소문난 금실이/송도의 달밤》(LG 50038)

12인치 **나화랑 작곡집**

A면	B면
1. 소문난 금실이(송춘희)	1. 송도의 달밤(박철로)
2. 춘향의 단심(송춘희)	2. 이름없는 편지(김상희)
3. 산천이 변하여도(박천로)	3. 향수의 밤(박철로)
4. 나그네 역등(신일호)	4. 기다리는 님(유성희)
5. 가야금 사랑(송춘희)	5. 나룻배 푸념(최숙자)
6. 사나이 태양(유주용)	6. 어디로 가나(유주용)

아) 1972. ?. 지구레코드사《이미자 스테레오 히트 선곡》제16집

12인치 **나화랑 작곡집**

A면	B면
1. 엄마 잃은 철새처럼	1. 임이라 부르리까
2. 항구의 인사	2. 정동대감
3. 사랑의 일기	3. 살구나무집 처녀
4. 돌아와 주신다면	4. 심술쟁이 초립동이
5. 사랑은 꽃잎인가	5. 열아홉 순정
6. 워싱턴 블루스	6. 항구 블루스

4) 나화랑 경음악집 음반

나화랑이 편곡, 지휘, 제작해 낸 경음악 음반으로는《킹스타 힛트 메로디》(킹스타레코드사 KSM 1082)와《흘러간 메로듸》(킹스타레코드사 KSM 1083)가 있다. 아세아레코드사에서 발매한 경음악 전집《노래없는 대중가요 no.1~no.5》(아세아레코드사 1969.1)은 나화랑이 편곡, 제

작한 인기 대중가요 60곡을 방대하게 경음악으로 수록하고 있는데, 그 자신의 인기곡 24곡을 포함하고 있다.

또 작곡가 이봉조와 나화랑이 함께 만든 《나화랑 작곡 경음악집》(지구레코드사 LMS 120124)은 나화랑 인기곡 12곡을, 1976년 신세계레코드사에서 제작한 《경음악 반세기 8집-편곡·지휘 나화랑》은 나화랑 대표곡 12곡을 경음악으로 담고 있다.

나화랑의 댄스뮤직 음반으로 《킹스타 땐스 뮤직》(abc레코드사)과 《특집 나화랑 댄스 뮤직》(그랜드레코드사 LG 50033)이 있으며, 작곡가 라음파(본명 송성선)가 편곡, 지휘한 《킹스타 골든 메로디》(킹스타 KSL 10020)에는 나화랑의 인기곡 7곡을 경음악으로 수록하고 있다.

《나화랑 작곡 경음악집》
(지구레코사 LMS 120124)

4. 나화랑이 취입 및 작·편곡한 작품목록

연번	곡명	곡종	작사자	작/편곡자	가 수	제작사	음반번호	발표연월
1	가거라 밤이여	가요	반야월	나화랑	남일해	킹스타		
2	가랑비 연사	가요	고려성	나화랑	금사향	서울		1946
3	가야금 사랑	가요	반야월	나화랑	송춘희			
4	가야금타령	가요	임동천	나화랑	황금심	라미라	RAM 1001	1969
5	가요반세기작가동지회가	가요	반야월	나화랑	김세레나			1970
6	가을 나그네	가요	월견초	나화랑				
7	건설복지	가요	반야월	나화랑				
8	겨레의 영광	가요	반야월	나화랑				1961
9	경원선 기적 소리	가요	손로원	나화랑	손인호	지구	LM120141	
10	고독의 부루-스	가요	반야월	나화랑	이미자	라미라	RAM 1011	
11	고독의 탱고	가요	월견초	나화랑	남일해	라미라	RAM 1009	
12	고란사의 밤	가요	강사랑	나화랑	조민우	킹스타	6026	
13	고별	가요	나화랑	나화랑	남일해			
14	고학하는 여학생	가요	반야월	나화랑	안승국	킹스타		
15	고향 가는 급행열차	가요	반야월	나화랑	남강수	지구	LM120157	
16	고향길	가요	이길언	나화랑	나기훈			
17	고향달	가요	반야월	나화랑	이기일	라미라	RAM 1023	
18	골목길에서	가요	최희로	나화랑	양우석	지구	LM120157	
19	골목안은 즐거워	가요	장수철	나화랑	유성희	지구	LM120095	
20	교차로	가요	손로원	나화랑	손인호	킹스타	K5922	

21	귀여운 꽃	가요		나화랑	남일해	킹스타		
22	귀향 제일일	가요	반야월	나화랑	손인호	지구	LM120141	
23	그 이름 영원히	가요	나화랑	나화랑	남일해			
24	그대 검은 눈동자	가요	강사랑	나화랑	남일해	킹스타	K6440	1959. 07
25	그대 꿈꾼 밤	가요	이인선	나화랑	이미자	라미라	RAM 1011	
26	그대가 부는 쌕스폰	가요	장국진	나화랑	나애심	라미라	RAM 1011	
27	그대만을 위하여	가요	김운하	나화랑	옥수동	킹스타	6605	
28	그대만의 블루스	가요	탁소연	나화랑	고운봉	킹스타		1954
29	그대여 굳바이	가요	고무신	나화랑	남일해	라미라	RAM 1005	
30	그대여 오직 하나	가요		나화랑	송민도			
31	그리운 고국 산천	가요	김영일	나화랑	김희갑	아세아	ALS-461	
32	그리운 마돈나	가요		나화랑	박경원			1955
33	그리운 삼천궁녀	가요	강사랑	나화랑	남상규	지구	LM120079	
34	그림자 한 쌍	가요	반야월	나화랑	윤일로	킹스타		
35	금강산타령	가요	이철수	나화랑	백야성	라미라	RAM 1013	
36	금단의 꽃	가요	반야월	나화랑	이미자	지구	LM120071	
37	금방울 은방울	가요	고려성	나화랑	박재홍	메아리	102	
38	금호동 고갯길	가요	이길언	나화랑	남상규	지구	LM120079	
39	기다리겠어요	가요	반야월	나화랑	유성희			
40	기다리는 이 마음	가요	파소향	나화랑	이미자	라미라	RAM 1005	
41	기다립니다	가요	탁소연	나화랑	나원경	라미라	RAM 1022	
42	기적 전야	가요곡			나화랑	태평	5048	1942. 10
43	기타에레지	가요	정상호	나화랑	남일해	라미라	RAM 1007	
44	기타탱고	가요	탁소연	나화랑	남일해	킹스타		
45	김일병 삼돌이	가요	탁소연	나화랑	김상희	라미라	RAM 1023	
46	김천 봉계초등학교가	교가	정재란	나화랑				1945. 10
47	김천 서부초등학교가	교가	김상태	나화랑				1947. 9
48	꼴망태 노총각	가요	반야월	나화랑	박재란	지구	LM120128	
49	꽃 피는 몽빠리	가요	탁소연	나화랑	남일해	라미라	RAM 1009	
50	꽃의 눈물	가요	반야월	나화랑	이남순	킹스타		
51	꿈꾸는 작은 별	가요	유랑	나화랑	유성희	라미라	RAM 1021	
52	꿈속의 고향	가요	정성수	나화랑	안다성			
53	꿈에 본 도련님	민요	반야월	나화랑	송춘희	홈런		
54	꿈에 본 용궁	가요		나화랑	명국환	킹스타		
55	꿈이었네	가요	반야월	나화랑	손인호	지구	LM120141	

56	나 홀로 우네	가요	강사랑	나화랑	도미	킹스타		
57	나그네와 이정표	가요	이길언	나화랑	박철로	라미라	UL1 1027	
58	나는 부자다	가요	한산도	나화랑	김용만	라미라	RAM 1021	
59	나는 왔네	가요	김운하	나화랑	박철로	라미라	RAM 1023	
60	나와 고독의 탱고	가요	고명기	나화랑	유성희	라미라	RAM 1012	
61	나의 길	가요	반야월	나화랑	문주란	지구	LM120157	
62	나의 스윙껄	가요	손로원	나화랑	남일해	라미라	RAM 1009	
63	나의 영	가요	반야월	나화랑	남일해			1971
64	낙동강 길손	유행가	야인초	나화랑	김경환	라이온	8816A	
65	낙엽의 부루스	가요	탁소연	나화랑	남일해	라미라	RAM 1012	
66	낙엽의 비련	가요	김용만	김용만	이금희	라미라	RAM 1020	
67	낙엽의 월츠	가요	소화당	나화랑	양우석			1966
68	낙엽의 탱고	가요	반야월	나화랑	남일해	킹스타		1959
69	낙엽이 간 길을	가요	김운하	나화랑	김상희	라미라	UL1 1027	
70	낙화무정	가요	반야월	나화랑	남일해	지구	LM120073	
71	날 두고 가시겠오	가요	탁소연	나화랑	황금심	라미라	RAM 1001	
72	날아간 파랑새	가요		나화랑	이미자	킹스타		
73	남국의 아가씨	가요	반야월	나화랑	이미자	라미라	RAM 1018	
74	남국의 야곡	가요	탁소연	나화랑	남일해	킹스타		
75	남포동의 밤	가요	탁소연	나화랑	남일해	라미라	RAM 1023	
76	남한강 처녀	가요	반야월	나화랑	이미자	지구	LM120095	
77	남해로 가는 배	영화음악	반야월	나화랑	곽영희	킹스타	K6815	1961
78	남해의 호놀루루	가요	김문응	나화랑	남상규	지구	LM120079	
79	내 고향	가요	유성희	나화랑	유성희			
80	내 고향 해남도	가요	반야월	나화랑	백난아	킹스타		
81	내 마음의 노래	영화음악		나화랑				1960
82	내 사랑 산울림	가요	반야월	나화랑	이미자	지구	LM120141	
83	내 이름은 도라지	가요	이길언	나화랑	강해란	라미라	RAM 1022	
84	내일 열두 시	가요	탁소연	나화랑	유성희	라미라	RAM 1007	
85	내일은 오시겠지	가요	이길언	나화랑	이미자	지구	LM120128	1965
86	내일이면 늦으리	가요	손로원	나화랑	송민도	킹스타	K5746	1957
87	너 없는 세상이란	가요	강사랑	나화랑	윤일로	킹스타	5750	1957. 05
88	네 살박이 내 동생	가요	이무성	나화랑				
89	네가 바로 네로구나	가요	강사랑	나화랑	김연희	킹스타		
90	노들강 뱃사공	신민요	강사랑	나화랑	김연희	킹스타	6048	

91	노란 샤쓰 입은 사나이	가요	남보다	나화랑				
92	노래 잊은 카나리아	가요	탁소연	나화랑	송민도			1957. 05
93	노래와 사랑을 바치리	가요	탁소연	나화랑	송민도	킹스타		
94	노을이 타는 까닭	가요	정두수	나화랑	유성희	라미라	RAM 1021	
95	논개의 노래	대중가요	백명	나화랑	진방남	서울	3021	
96	농군의 아들	가요	이철수	나화랑	백야성	라미라	RAM 1013	1964
97	눈 위에 지는 꽃	가요	반야월	나화랑	문주란	지구	LM120157	
98	눈물은 아니 흘리리	가요		나화랑	송민도	킹스타		
99	눈물의 구포다리	가요	반야월	김용만	이갑돈	라미라	RAM 1020	
100	눈물의 목포항	가요		나화랑	명국환	킹스타		
101	눈물의 발동선	가요	반야월	나화랑	유성희	라미라	RAM 1012	
102	눈물의 보신각	가요	반야월	나화랑	남일해	킹스타		
103	눈물의 블루스	가요	강사랑	나화랑	도미	킹스타		1955. 11
104	눈물의 탱고	가요	반야월	나화랑	남일해	킹스타		
105	눈송이	가요	이무성	나화랑				
106	닐니리 맘보	가요	탁소연	나화랑	김정애	킹스타	5958	1953
107	님 떠난 진부령	가요	한산도	나화랑	이미자	지구	LM120141	
108	님 없는 강언덕	가요	호심	나화랑	유성희	라미라	RAM 1005	
109	님 없는 수선화	가요	반야월	나화랑	명국환	킹스타	K6046	
110	님께서 부르시면	가요	반야월	나화랑	심연옥	킹스타		
111	님만 홀로 가셨는가	가요	강사랑	나화랑	황금심	킹스타		
112	님에게 드리는 노래	가요	반야월	나화랑	송민도	킹스타		
113	님의 길	가요	반야월	나화랑				
114	님의 눈물	가요	반야월	나화랑	손인호	지구	LM120141	
115	님이 가실 땐	가요	이길언	나화랑	나기훈	지구		1965
116	님이라 부르리까	가요	김운하	나화랑	이미자	라미라	RAM 1011	
117	님이여 안심하소서	가요		나화랑	김정애	킹스타		1974
118	다물의 노래	가요	이보라	나화랑				
119	다방의 연가	가요	반야월	나화랑	백설희	지구	LM120095	
120	다시 또 한번	가요	탁소연	나화랑	남일해	지구	LM120073	
121	다시 피는 청포도	가요	이길언	나화랑	유성희	라미라	RAM 1022	
122	단종애사	가요곡	손로원	나화랑	손인호	킹스타	K4539	
123	달려라 사랑마차	가요	반야월	나화랑	오사라	킹스타		
124	달려라 사랑마차	가요	이철수	나화랑				
125	달밤의 자장가	가요	윤일주	나화랑	남일해	킹스타		

126	당신	가요	월견초	나화랑	유성희	라미라	RAM 1023	
127	당신뿐인데	가요	탁소연	나화랑	김상진	지구	JLS120650	
128	당신은 무정해요	가요	반야월	나화랑	황금심	킹스타		
129	대구역 이별	가요	반야월	나화랑	남일해	지구	LM120073	
130	대답 없는 고향	가요	문호성	나화랑	문성원	라미라	UL1 1027	
131	대답 없는 여인	가요	반야월	나화랑	옥수동			
132	대도회 부루-스	가요	반야월	나화랑	남상규	지구	LM120079	
133	도라지 맘보	가요	나화랑	나화랑	심연옥	킹스타	K4540(p2290)	1952
134	돌아오라	가요	탁소연	나화랑				
135	돌아오라 그대여	가요	반야월	나화랑	남일해	킹스타		
136	돌아와 주신다면	가요	반야월	나화랑	이미자	라미라	RAM 1011	
137	동동주 타령	가요	반야월	나화랑	황정자	도미도		1962
138	동백꽃 연가	가요	탁소연	나화랑				
139	동백꽃 피는 고향	가요	백양원	나화랑	백년설	킹스타	K5895	1958
140	동백꽃 피는 언덕	가요	탁소연	나화랑	나애심	라미라	RAM 1011	
141	두고 온 고향	가요	서상덕	나화랑	백년설	킹스타	K5702	1957
142	두고 온 에레나	가요	반야월	나화랑	남일해	라미라	RAM 1022	
143	또 한번 왔지요	가요		나화랑	심연옥	킹스타		
144	뜨거운 꽃잎	가요	이인석	나화랑	유성희	지구	LM120095	
145	뜰아래 귀뚜라미	가요		나화랑	박재란			
146	뜸북새사랑	가요	반야월	나화랑	한계룡	서울		1949. 10
147	마도로스 미쓰박	가요	반야월	나화랑				
148	마도로스 정자	가요	반야월	나화랑	황정자	킹스타	K5923	1959
149	마도로스 항구	가요		나화랑	명국환	킹스타		
150	마음의 고향	가요	이길언	나화랑	유성희	지구		1965
151	마음의 호수	가요	강사랑	나화랑	유성희	라미라	RAM 1007	
152	만춘일기	가요	탁소연	나화랑	조민우	킹스타	K5934	
153	맘보잠보	가요	유노완	나화랑	김정구	킹스타		
154	맨발의 연인	가요	이희철	나화랑	이미자	지구	LM120095	
155	맺지 못할 그 사랑	가요	정성수	나화랑	손인호			
156	맺지 못할 사랑	가요	반야월	나화랑	남일해			
157	멋쟁이 그 사내	가요	이길언	나화랑	이금희	라미라	RAM 1020	
158	멸공의 횃불	군가	서정포	나화랑				
159	명동의 차차차	가요	탁소연	나화랑	남일해	라미라	RAM 1004	
160	명색이 사나인데	가요		나화랑	명국환	킹스타		

161	모녀의 가는 길	가요	김운하	나화랑	이미자	지구	LM120071	
162	모래성	가요	이길언	나화랑	강석호	라미라	UL1 1027	
163	모래알 같은 사연	가요	백운춘	나화랑	이미자	지구	LM120071	
164	목련화 사랑	가요	반야월	나화랑				
165	목숨을 걸어 놓고	가요	반야월	나화랑	송민도	킹스타	k5915	
166	목연꽃이 지던 밤	가요	임동천	나화랑	한명숙	라미라	RAM 1021	
167	무너진 사랑탑	가요	반야월	나화랑	남인수	킹스타	KSM 1091	1961
168	무명초 사연	가요	이길언	나화랑	유성희	라미라	RAM 1021	
169	무심코 가지 마오	가요	강사랑	나화랑	조민우	킹스타		
170	무역선사랑	대중가요	반야월	나화랑	진방남	킹스타	5894	
171	무전여행 나그네	가요	이철수	나화랑	백야성	라미라	RAM 1018	
172	무정	가요	탁소연	나화랑	문주란	지구	LM120157	
173	무정야화	가요곡	고려성	나화랑	심연옥	킹스타	K5229	
174	물 긷는 처녀	가요	백양원	나화랑	황정자	킹스타	5713	1953
175	미남의 4번 타자	가요	이철수	나화랑	백야성	라미라	RAM 1013	
176	바다가 보이는 들창	가요	강사랑	나화랑	송민도	킹스타	6025	
177	바다는 내 고향	가요	탁소연	나화랑	김상진	지구	JLS120650	
178	바다의 자장가	가요	이길언	나화랑	금호동	지구		1965
179	바보라도 난 좋와	가요	탁소연	나화랑	유성희	라미라	RAM 1012	
180	밤 깊은 나이트크럽	가요	탁소연	나화랑	남일해	라미라	RAM 1009	
181	밤 새도록 굳나잇	가요	탁소연	나화랑	박재란	지구	LM120095	
182	밤거리 스냅	가요	유노완	나화랑	김정구	킹스타		
183	밤비가 온다	가요	반야월	나화랑	윤일로	라미라	RAM 1001	
184	밤비는 추억을 싣고	가요	강사랑	나화랑	남일해	라미라	RAM 1009	
185	밤비의 정거장	가요	이철수	나화랑	백야성	라미라	RAM 1013	
186	밤에 피는 풍매화	가요	차일봉	나화랑	심연옥	킹스타	K5701	1957
187	밤은 깊은데	가요	탁소연	나화랑	이미자	라미라	RAM 1001	
188	밤은 통곡한다	영화음악		나화랑				1961
189	밤의 탱고	가요	반야월	나화랑	심연옥	오리엔트		
190	밤차로 보낸다	가요	월견초	나화랑	남일해	라미라	RAM 1022	
191	방랑자	가요	반야월	나화랑	남상규	지구	LM120079	
192	방울 마차	가요	손로원	나화랑	백설희			
193	방황하는 세월	가요	문호성	나화랑	박철로	라미라	UL1 1027	
194	배나무집 딸	신민요	반야월	나화랑	김정애	킹스타		
195	베니스의 여정	가요	차일봉	나화랑	남상규	지구	LM120079	

196	변두리 지방가수	가요	나화랑	박시춘	남강수			
197	별 따라 가세	가요	반야월	나화랑				
198	보리밭	가요	박화목	윤용하	유성희	라미라	ALS 1028	
199	보일듯이 보일듯이	가요곡	반야월	나화랑	오사라	미도파	6163	
200	봄이 오면 내가 오마	가요	반야월	나화랑	조민우	킹스타	6000	
201	봄이 좋아요	가요	탁소연	나화랑	이미자	라미라	RAM 1005	
202	봉이 김선달	가요		나화랑	도미	킹스타		
203	부두	가요	월견초	나화랑	남일해	지구	LM120073	
204	부루스에 내가 운다	가요	이철수	나화랑	백야성	라미라	RAM 1013	
205	분홍색 커튼의 창문을 열면	가요	백운춘	나화랑	남일해	라미라	RAM 1007	
206	분홍세타 아가씨	가요	강사랑	나화랑	이길남	라미라	RAM 1012	
207	불 꺼진 206호	가요	반야월	나화랑	남일해	지구	LM120073	
208	붉은 장미를 그대 가슴에	가요	조남사	나화랑	남일해	라미라	RAM 1018	
209	비 내리는 부두	가요	반야월	나화랑	남일해	킹스타	6033	1958
210	비 내리는 삼천포	가요	탁소연	나화랑	은방울자매	지구	JLS120650	
211	비 오는 밤	가요	정성수	나화랑	송민도	킹스타		
212	비에 젖는 토요일	가요	백운춘	나화랑	남일해	라미라	RAM 1007	
213	비의 탱고	가요	임동천	나화랑	도미	킹스타	K5710	1956
214	빗속을 걸으며	영화음악	탁소연	나화랑	송민도	킹스타	6041	
215	빛나는 눈동자	가요	한상일	나화랑	한상일	라미라	ALS 1028	
216	뽕 따러 가세	신민요	반야월	나화랑	황금심	킹스타	6603	1956
217	사나이	가요	이길언	나화랑	김상진	지구	JLS120650	
218	사나이 가는 길	가요	탁소연	나화랑	남일해	지구	LM120073	
219	사도세자	가요	김문응	나화랑	도미	킹스타	K5709	
220	사랑	가요	반야월	나화랑				
221	사랑 주고 병든 가슴	가요	반야월	나화랑	손인호	지구	LM120141	
222	사랑 찾아 가는 길	가요	문호성	나화랑	문성원	라미라	UL1 1027	
223	사랑 피는 거리로	가요		나화랑	송민도	킹스타		
224	사랑보다 더한 것	가요	이길언	나화랑	봉은주	지구		1965
225	사랑사랑 내 사랑	가요	이철수	나화랑	김용만	라미라	RAM 1021	
226	사랑은 가버려도	가요	월견초	나화랑	남상규	지구	LM120079	
227	사랑은 가지가지	가요	이철수	나화랑	박재란	지구	LM120128	
228	사랑은 오케	가요	반야월	나화랑	유성희	라미라	UL1 1027	
229	사랑은 즐거운 스윙	가요	반야월	나화랑	송민도	킹스타		1960
230	사랑을 놓쳐버린 사나이	가요	반야월	나화랑	남일해	지구	LM120073	

231	사랑의 등불	가요	반야월	나화랑	이미자	킹스타		
232	사랑의 빠리	가요	반야월	나화랑	남일해	라미라	RAM 1012	
233	사랑의 오솔길	가요	탁소연	나화랑	남일해	라미라	RAM 1004	
234	사랑의 일기	가요	월견초	나화랑	이미자			1972
235	사랑의 파리	가요	반야월	나화랑	남일해	라미라		
236	사랑의 푸른 날개	가요		나화랑	남일해	킹스타		
237	사랑이 남긴 눈물	가요	김운하	나화랑	김상희	라미라	UL1 1027	1971
238	사랑이 피네	가요		나화랑				
239	사랑하기에	가요	탁소연	나화랑	남상규	지구	LM120079	
240	사막의 여수	가요	반야월	나화랑	명국환	킹스타		
241	사막의 영웅	가요곡			나화랑	태평	5053	1942. 11
242	사모님	가요	정성수	나화랑	박재홍			
243	사백환의 인생 비극	가요	반야월	나화랑	남인수	킹스타		가수 남인수 최후 취입곡
244	산골처녀	가요		나화랑	최숙자			1957
245	산길 천리 물길 천리	가요	고명기	나화랑	고운봉	킹스타	6650	
246	산장은 말이 없네	가요	반야월	나화랑	남일해	라미라	RAM 1009	
247	산천문답	가요		나화랑	윤일로	킹스타		
248	산천은 변하여도	대중가요	반야월	나화랑	진방남	킹스타	5893	
249	산타관 물타관	가요	반야월	나화랑	손인호	지구	LM120141	
250	살구나무집 처녀	가요	반야월	나화랑	이미자	지구	LM120071	1972
251	삼각산 손님	가요	조경환	조광환	구성진	대동아	19604-A	1943. 08
252	상사의 꽃	가요	반야월	나화랑	백설희	지구	LM120095	
253	상사초	가요	이길언	나화랑	유성희	라미라	RAM 1023	
254	상처 받은 갈대	가요	월견초	나화랑	유성희	라미라	RAM 1022	
255	서귀포 나그네	가요	이철수	나화랑	백야성	라미라	RAM 1013	1964
256	서귀포 사랑	가요	강사랑	나화랑	송민도	킹스타	KSM 1093	1956
257	서백리아 손님	가요곡			나화랑	태평	5048	1942. 10
258	서부의 목장 아가씨	가요	반야월	나화랑				
259	서울로 가자	대중가요	백명	나화랑	진방남	서울	3021	
260	서울의 애가	가요	강사랑	나화랑	도미	킹스타	5914	
261	서울의 제로번지	가요	정상호	나화랑	남일해	라미라	RAM 1007	
262	서울의 지붕 밑	가요	고명기	나화랑	송민도	킹스타		
263	서울행진곡	가요	반야월	나화랑				
264	선창가 1번지	가요	이철수	나화랑	백야성	라미라	RAM 1013	
265	선화공주	가요	반야월	나화랑	도미	킹스타	5913	

266	성화가 났네	가요	반야월	나화랑	황금심	킹스타	KSM 1093	1962
267	성황당 고갯길	가요	이걸언	나화랑	남일해	라미라	RAM 1021	
268	세기의 항구	가요	고려성	나화랑	박재홍	태평		1951. 05
269	세우사창	가요	반야월	나화랑				
270	세월은 주마등	가요	탁소연	나화랑	남일해	지구	LM120073	
271	센치멘탈 서울	가요	강수향	나화랑	이길남	라미라	RAM 1012	
272	소문 난 금실이	가요	월견초	나화랑	송춘희			
273	송도의 달밤	가요	이길언	나화랑	송춘희	지구		1965
274	수도야곡	가요	손로원	나화랑	이길남	라미라	RAM 1018	
275	수색자	영화음악	탁소연	나화랑	송민영	킹스타	6042	
276	수집은 첫사랑	가요	월견초	나화랑	이미자	라미라	RAM 1011	
277	순정고백	가요	반야월	나화랑				
278	순정의 언덕길	가요	반야월	나화랑	유성희	라미라	UL1 1027	
279	스윙나이트	가요	이철수	나화랑	백야성	라미라	RAM 1013	
280	스페인 나00	가요		나화랑	송민도	킹스타		
281	슬픈 성벽	가요곡	손로현	나화랑	박재홍	도미도	1325B	
282	슬픈 흑장미	가요	반야월	나화랑	박재란	킹스타		
283	슬픔이여 안녕	가요	탁소연	나화랑	남일해	킹스타		
284	시집사리	가요	추월령	나화랑	이금희	라미라	RAM 1020	
285	신문고	가요	이서구	나화랑				
286	신어랑타령	가요	이철수	나화랑	백야성	라미라	RAM 1013	1964
287	심술쟁이 초립동이	가요	강사랑	나화랑	이미자	지구	LM120071	1965
288	아가씨 선장	가요	이철수	나화랑	이미자	지구	LM120071	
289	아까시아 로맨스	가요	월견초	나화랑	유성희	라미라	RAM 1007	
290	아내의 순정	가요	정성수	나화랑	송민도			
291	아네모네 순정	가요	월견초	나화랑	문주란	지구	LM120157	
292	아라비아 공주	가요		나화랑	명국환	킹스타		
293	아리랑 손님	가요	이철수	나화랑	백야성	라미라	RAM 1013	1964
294	아리랑 쓰리랑	민요	문예부	나화랑	황정자	킹스타	KSM 1093	1954
295	아리랑 타령	민요		나화랑	김옥심	킹스타	K6824	
296	아리랑맘보	가요	나화랑	현동주	전영주	킹스타	K4540(p2290)	1955
297	아리랑부기	가요	이철수	나화랑	박재란	지구	LM120095	
298	아리스리 동동	가요	이철수	나화랑	백야성	라미라	RAM 1013	1964
299	아빠 용서하세요	가요	탁소연	나화랑	김상희	라미라	RAM 1022	
300	안개 낀 부두	가요곡	경민	나화랑	금사향	서울	3022	

301	안녕은 서러워	가요	김운하	나화랑	이미자	킹스타		
302	애상	가요	반야월	나화랑	문주란	지구	LM120157	
303	애수의 김포가도	가요	탁소연	나화랑	남상규	지구	LM120079	
304	애타는 밤	가요	반야월	나화랑	백설희	지구	LM120095	
305	앵두빛 소리	가요	이길언	나화랑	김추자	유니버살		
306	약수암의 밤	가요	반야월	나화랑				
307	양산도 부기	가요	이철수	나화랑	유성희	라미라	RAM 1012	
308	어느날의 로맨스	가요	고무신	나화랑	남일해	라미라	RAM 1004	
309	어디로 가나	가요	나화랑	나화랑				
310	어디서 들리네	가요곡	반야월	나화랑	오사라	미도파	6164	
311	어리석게 속아 주마	가요	반야월	나화랑	조민우	킹스타		1956
312	어머님 사진	가요곡	고려성	나화랑	나화랑	태평	5041	1942. 08
313	어쩌면 잊어질까	가요	유랑	나화랑	유성희	라미라	RAM 1012	
314	엄마 잃은 철새처럼	가요	이길언	나화랑	이미자	지구		1965
315	에덴의 동쪽	가요	탁소연	나화랑	송민도	킹스타	5886	
316	여의도의 밤	가요	이인표	나화랑	김광남			
317	여인의 추억	가요	탁소연	김용만	박가연	라미라	RAM 1020	
318	여자의 밤과 낮	영화주제가	한산도	나화랑	이미자	지구	LM120128	
319	여자의 하룻길	가요		나화랑	김추자	유니버살	KST3	
320	여정	가요	반야월	나화랑	신일호	라미라	RAM 1023	
321	열아홉 순정	가요	반야월	나화랑	이미자	라미라	RAM 1001	
322	영남 아가씨	유행가	손석우	나화랑	조선옥	라이온	3008	1959
323	영원의 밤	가요	탁소연	나화랑	송민도	킹스타		
324	영원히 내 가슴에	가요	강사랑	나화랑	유성희	라미라	RAM 1005	
325	오뚜기무늬 나의 바자마	가요	탁소연	나화랑	유성희	지구	LM120095	
326	오백리 나루터	유행가	손로원	나화랑	유춘산	라이온	L8816B	
327	오빠는 멋쟁이	가요	탁소연	나화랑	심연옥			
328	오색의 탱고	가요	고무신	나화랑	남일해	라미라	RAM 1004	
329	오월의 서정	가요	탁소현	나화랑	유성희	라미라	ALS 1028	
330	오케항구	가요	이철수	나화랑	백야성	라미라	RAM 1013	
331	옥빛 그림자의 밤	가요	탁소연	나화랑	양우석	지구	LM120128	
332	옥순아 잘있느냐	가요	강사랑	나화랑	윤일로	킹스타	5788	
333	옥피리 사랑	가요	반야월	나화랑				
334	옷소매 부여잡고	가요	탁소연	나화랑	남일해	라미라	RAM 1022	
335	외로운 거리	가요	탁소연	나화랑	남상규	지구	LM120079	

336	요리조리 동동	가요	반야월	나화랑	김세레나	성음		1973
337	우리 님은 함흥차사	가요	한산도	나화랑	이미자	지구	LM120128	
338	우리 둘은 젊은이	가요		나화랑	남일해	킹스타		
339	우리 무궁화	가요	이무성	나화랑				
340	우리 어머니	가요	하중희	나화랑				
341	우리는 사랑한다	가요	반야월	나화랑	윤일로	라미라	RAM 1001	
342	우리는 청춘	가요	반야월	나화랑	남상규	지구	LM120079	
343	우수쿠다라	가요	탁소연	나화랑	조금옥	킹스타	5781	
344	울다 웃는 인생	가요	최요안	나화랑	이길남	라미라	RAM 1012	
345	울리는 경부선	가요	반야월	나화랑	남인수	킹스타	KSM 1091	
346	울산 갈매기	가요	나화랑	나화랑	박일남			
347	울산 큰애기	가요	탁소연	나화랑	김상희	라미라	RAM 1022	
348	울어나 보았으면	가요	김운하	나화랑	이미자	지구	LM120095	
349	워싱턴 블루스	가요	손로원	나화랑	이미자	킹스타	6759	
350	월남 가신 오빠 안녕	가요	이길언	나화랑	이미자	지구	LM120141	
351	월남전선	가요	탁소연	김용만	손일년	라미라	RAM 1020	
352	월야삼경	신민요	유노완	나화랑	황금심	킹스타		
353	웬 일인지	가요	탁소연	나화랑	송민도	킹스타		1959
354	육교에서 만납시다	가요	이길언	나화랑	남일해	라미라	RAM 1021	
355	은하 추억	가요	경민	나화랑	임미란	서울	3017	1949. 08
356	이 세상 어디엔가	가요	김성운	나화랑	양우석	라미라	RAM 1011	
357	이 순간을 위하여	영화음악	홍운경	나화랑	남일해	킹스타		1961
358	이국땅	가요	월견초	나화랑	남일해	라미라	RAM 1009	
359	이럭저럭 인생	가요	김문응	나화랑	도미	킹스타	5714	
360	이름 없는 편지	가요	이길언	나화랑	김상희			
361	이민선	가요	월견초	나화랑	이길남	라미라	RAM 1012	
362	이별은 남의 이야기	가요	이길언	나화랑	한상일	라미라	ALS 1028	
363	이별은 서러워	가요	김운하	나화랑	이미자	라미라	RAM 1011	
364	이별의 15메타	가요	월견초	나화랑	남일해	라미라	RAM 1001	
365	이별의 댄스파-티	가요	정상호	나화랑	남일해	라미라	RAM 1004	
366	이별의 설음	가요	이인선	나화랑	이미자	지구	LM120071	
367	이별의 오솔길	가요	탁소연	나화랑	오민수	라미라	RAM 1022	
368	이별의 제2한강교	가요	한산도	나화랑	진송남	지구	LM120128	
369	이슬비 내리는 길	가요	탁소연	나화랑	이남순	킹스타	6760	
370	이슬비 내리는 창가에서	가요	김복남	나화랑	남일해	라미라	RAM 1005	

371	이정표	영화음악	월견초	나화랑	남일해	라미라	RAM 1004	
372	인생블루스	가요		나화랑	남일해	킹스타		
373	인생유수	가요	반야월	나화랑	도재문	라미라	RAM 1018	
374	인생은 오십부터	가요	고명기	나화랑	고운봉			
375	인생은 일엽편주	가요	이길언	나화랑	한명숙	라미라	RAM 1021	
376	인생파도	가요	반야월	나화랑	남일해	라미라	RAM 1017	
377	인생화원	가요	탁소연	나화랑	양우석	라미라	RAM 1011	
378	인천 블루스	가요	반야월	나화랑				
379	일등상사	가요		나화랑	황정자	킹스타		
380	잃어버린 고향	가요곡	고려성	나화랑	손인호	킹스타	K5230	1955
381	잃어버린 생일	가요	이길언	나화랑	남강수	지구	LM120157	
382	잃어버린 옛날	가요	이길언	나화랑	남일해	신세계		1976
383	잃어버린 주말	가요	강사랑	나화랑	남일해	지구	LM120073	
384	임이라 부르리까	가요	김운하	나화랑	이미자			
385	자니기타	가요	탁소연	나화랑	송민도	킹스타	K5779	
386	잘있거라 목포항	가요	강사랑	나화랑				
387	잘있거라 황진이	가요	박두환	나화랑	조민우	킹스타	K5700	1957
388	장미의 탱고	가요	탁소연	나화랑	도미	킹스타		
389	젊은 수평선	가요	반야월	나화랑	남일해	킹스타		
390	젊은이의 휴일	가요	반야월	나화랑	이석종	라미라	RAM 1005	
391	정동대감	가요	신봉승	나화랑	이미자	지구	LM120071	1965
392	정열의 삼바	가요	반야월	나화랑	남일해	킹스타		
393	정열의 칼멘	대중가요	반야월	나화랑	심연옥	킹스타	K5896	
394	제물포 아가씨	가요곡	백명	나화랑	박재홍	서울	SR3018A	1949. 07
395	젤소미나	가요	탁소연	나화랑	송민도	킹스타	5935	1959
396	종로블루스	가요	강사랑	나화랑	남일해	킹스타		
397	즐거운 휴가	가요	강해인	나화랑		오리엔트		
398	즐거움을 그대와	가요	유랑	나화랑	남일해	라미라	RAM 1009	
399	지선의 엘레지	가요	반야월	나화랑				
400	진달래고개 사연	가요	양수정	나화랑	이미자	지구	LM120071	
401	집시룸바	가요	탁소연	나화랑	남일해	킹스타		
402	집시의 여정	가요	반야월	나화랑	이미자	킹스타		
403	창너머 들	영화음악	나화랑	김동진	이보림			
404	찾아온 산장	가요	탁소연	나화랑	남일해	킹스타	K6439	1959. 07
405	처녀일기	가요	강사랑	나화랑	심연옥	킹스타		

406	천년 만년 살고 싶네	가요	반야월	나화랑				
407	천하 1번지	가요	이경재	나화랑	남상규	지구	LM120128	
408	첫사랑	신민요	반야월	나화랑	이미자	킹스타		
409	첫사랑의 미소	가요	한산도	나화랑	김상희	라미라	RAM 1023	
410	청산아 물어 보자	가요	강사랑	나화랑	조민우	킹스타		
411	청석골 서방님	가요	박한민	나화랑	이미자	지구	LM120071	
412	청춘난무	가요	반야월	나화랑				
413	청춘만세	가요	조춘영	나화랑				
414	청춘목장	가요		나화랑		아세아		
415	청춘무정	가요	반야월	나화랑				
416	청춘백마	가요	반야월	나화랑	명국환	킹스타		
417	청춘밴드	가요	반야월	나화랑				
418	청춘번지	가요곡	조경환	조광환	나화랑	태평	5041	1942. 08
419	청춘보우트	가요	반야월	나화랑	김용만	킹스타	6602	
420	청춘복지	가요	탁소연	나화랑	박재란	지구	LM120128	
421	청춘의 낭만열차	가요	김문응	나화랑	도미	킹스타	5787	
422	청춘의 삼색깃발	가요	손로원	나화랑	명국환	킹스타	6047	
423	청춘풀이	가요		조광환	구성진	대동아	19604-B	1943. 08
424	청춘하이킹	가요	반야월	나화랑				
425	청포도사랑	가요	이화촌	나화랑	도미	킹스타	K5916	
426	최후의 꽃다발	가요	반야월	나화랑	가수 일동			
427	최후의 앵콜	가요	반야월	나화랑	고복수			1957. 08
428	추억에 우는 밤	가요	탁소연	나화랑	남일해	킹스타		
429	추억에 우는 여인	가요	강사랑	나화랑	도미	킹스타	5957	
430	추억에 운다	가요	반야월	나화랑				
431	추억은 꺼지지 않네	가요	탁소연	나화랑	남일해	지구	LM120073	
432	추억을 묻어라	가요	정두수	나화랑	박철로	지구	LM120157	
433	추억의 마닐라	가요	탁소연	나화랑	남상규	지구	LM120079	
434	추억의 보신각	가요	반야월	나화랑	남일해			
435	추억의 부산부두	유행가	방훈	나화랑	고대원	라이온	87925A	1953
436	추억의 일기장	가요	강사랑	나화랑	이미자	라미라	RAM 1018	
437	춘향의 단심	가요	월견초	나화랑				
438	춘향전	스켓취	반야월	나화랑	진방남	킹스타	K5879	1956
439	카로리나의 달밤	가요		나화랑	명국환	킹스타		
440	케세라세라	가요	탁소연	나화랑	송민도	킹스타	5780	

441	코스모스 피는 사연	가요	이길언	나화랑	유성희			
442	코스모스는 시들어도	가요	나화랑	나화랑				
443	큐바의 야곡	가요곡	손로원	나화랑	심연옥	킹스타	K4539	
444	타고향	유행가	손석우	나화랑	오경환	라이온	87925B	
445	타향부루-스	가요	반야월	나화랑	남일해	라미라	RAM 1010	
446	타향의 밤은 깊어	가요	이화촌	나화랑	조민우	킹스타	K5745	1957
447	타향이 좋왔어요	가요	탁소연	나화랑	성낙원	라미라	RAM 1022	
448	태양이 뜨거울 때	가요	월견초	나화랑	패티김			
449	포에마 탱고	가요	탁소연	나화랑	조금옥	킹스타	5872	
450	푸른 꿈이여 지금 어데	가요	반야월	나화랑	송민도	킹스타	K6045	
451	풋내기 사나이	가요	한산도	나화랑	진송남	지구	LM120157	
452	풍년만세	가요	강사랑	나화랑				
453	핑크리봉의 카-드	가요	탁소연	나화랑	남일해	라미라	RAM 1004	
454	하늘끝 바다끝	가요	월견초	나화랑	유성희	라미라	RAM 1012	
455	하늘의 황금마차	가요	김문응	나화랑	송민도	킹스타	5999	
456	한양낭군	신민요	반야월	나화랑	황금심	킹스타	6604	1958
457	함경도 사나이	가요	손로원	나화랑	손인호	킹스타	K5921	
458	항구의 부루-스	가요	반야월	나화랑	이미자	지구	LM120071	
459	항구의 불사조	가요	나화랑	나화랑	명국환	킹스타		
460	항구의 언약	가요	반야월	나화랑	심연옥/허민			
461	항구의 인기남	가요	나화랑	나화랑	명국환	킹스타		
462	항구의 인사	가요	한산도	나화랑	남일해	라미라	RAM 1021	
463	해당화 피는 마을	가요	탁소연	나화랑	송민도	킹스타		1957. 05
464	행복은 숨어 있대요	신민요		나화랑	황정자	킹스타		
465	행복의 일요일	가요	반야월	나화랑	송민도	킹스타	6032	1955
466	행복이 보입니다	가요	탁소연	나화랑	이미자	지구	LM120071	
467	향기 품은 군사우편	유행가	박금호	나화랑	유춘산	라이온	30006	1952
468	향수의 기타	가요	반야월	나화랑	이석종	라미라		1967
469	향수의 밤	가요	반야월	나화랑	박철로	지구	LM120157	
470	향항의 밤	가요	이향노	나화랑	심연옥	킹스타	6651	
471	허무한 담뱃대	가요		나화랑	유춘산			1954
472	호반의 등불	가요	월견초	나화랑	한남우	라미라	RAM 1023	1967
473	호반의 밤	가요	강사랑	나화랑	나애심	라미라	RAM 1011	
474	홍콩의 밤	가요		나화랑	심연옥	킹스타		
475	황혼은 곱더라	가요	고려성	나화랑	임미란	메아리	1002B	

476	황혼의 그림자	가요	김성운	나화랑	양우석	라미라	RAM 1011	
477	흘러가는 피에로	가요	탁소연	나화랑	성낙원	라미라	RAM 1022	
478	흘러간 비가	가요	반야월	나화랑	황금심	킹스타	5899	
479	흘러온 사나이	가요	탁소연	나화랑	남일해	라미라	RAM 1004	
480	흰 꽃 소식	가요	탁소연	나화랑	유성희	라미라	RAM 1007	
481	S누님	가요	반야월	나화랑	남일해	지구	LM120073	

※ 곡종명이 원반에 민요, 신민요, 가요곡, 스켓취, 유행가, 대중가요, 영화음악, 영화 주제가 등으로 구분된 것은 곡종 구분을 그대로 두었음.

※※ 이 목록은 이동순 교수가 제공한 목록에서 필자가 9년 간 조사, 발굴한 작품들을 더하여 작성하였음.

나화랑 작곡의 〈그리운 고국산천〉이 수록된
《김희갑 애창곡집》 제2집(아시아레코드사 1976)

국방부 제정 군가집 《멸공의 횃불》(1975)

폭소 가요만담집(문화공업사 HSJ 민11) 음반

참고 음반 및 문헌

【 음반 】

나화랑 편곡, 구성, 지휘의 많은 민요 음반들

나화랑 작곡집 제1집-제15집(전 15매)(라미라레코드사)

향수에 젖어보는 가요무대(전 10집)(우성, (주)한양음반, 1990. 12)

KBS 가요무대 100선(KBS 미디어)

그 외 나화랑의 작곡집, 가요집, 선곡집 음반 다수

【 도서 】

나화랑 작곡집 제1편(나화랑, 연합출판사, 1958. 1. 30)

나화랑 작곡집 제2집(나화랑, 세광출판사, 1960. 12. 20)

흘러간 옛 노래 가요반세기(한국문화방송주식회사, 성음사, 1968. 11)

가요 반세기(박신준, 세광출판사, 1972. 10)

흘러간 노래 대전집(김도형, 후반기출판사, 1979. 12)

한국 가요반세기(박신준, 세광출판사, 1980. 1)

삼각산 손님-나화랑 작곡생활 40년기념 작곡집(나화랑, 후반기 출판사, 1981. 2. 15)

가요백년사(황문평, (주)지구오디오비디오, 1988, 7)

한국가요사(박찬호 지음, 안동림 옮김, 현암사, 1992. 2. 2쇄)

이야기 가요사-돈도 명예도 사랑도(황문평 지음, 도서출판 무수막, 1994. 4)

이재호작곡집(김점도 엮음, 삼호출판사, 1996, 10)

인생, 나의 40년-이미자 자전 에세이(이미자, (주)황금가지, 1999. 10)

인물로 본 연예사-삶의 발자국 1(황문평, 도서출판 선, 2000. 4)

인물로 본 연예사-삶의 발자국 2(황문평, 도서출판 선, 2000. 4)

애수의 소야곡-박시춘 명작집(김점도 엮음, 삼호출판사, 2000. 6)

민족수난기의 대중가요사(최창호 지음, 일월서각, 2000. 11. 10)

지금 그 사람 이름은(장석주, 아세아미디어, 2001. 9. 15)

오늘도 걷는다마는-백년설 그의 삶, 그의 노래(이상희, 도서출판 善, 2003. 11. 1)

미완성 교향곡-조영숙 수필집(조영숙, 도서출판 문학관, 2005. 7)

불효자는 웁니다(반야월, 도서출판 화원, 2005. 8)

한국 대중가요사(이영미, 민속원, 2006. 8)

오빠는 풍각쟁이야(장유정, (주)황금가지, 2006. 12)

번지없는 주막(이동순, 도서출판 선, 2007. 1)

박성서의 7080 가요X 파일 '산너머 남촌에는'의 박재란(1)(박성서, 서울 신문, 2007. 1. 25)

한국가요사 1 · 2(박찬호 지음, 이준희 편집, 미지북스, 2009. 5. 2쇄)

나화랑(羅花郎) 연보

발문: 민경탁 지음, 『나화랑 평전』 발간에 부쳐

한국대중음악학회장·성공회대 교수 김창남

유족 축사: 아버님의 존재감과 천재성을

유족 일동

부록

나화랑(羅花郎) 연보

1921년 1월 25일　조선 초 성종 – 연산군 때의 학자이며 시인인 매계(梅溪) 조위(曺偉)의 15대손으로 경북 김천시 봉산면 인의동 722번지에서 태어남. 본관은 창녕(昌寧), 본명은 조광환(曺曠煥), 필명은 탁소연(卓素然)임. 아버지 조용묵(曺容默)과 어머니 이진우(李珍愚) 사이의 5남(景煥·晙煥· 煥·曠煥·晳煥) 2녀(玉煥·貞煥) 중 제4남임.

1929년 3월　김천 봉계초등학교에 입학함. 재학 중 후배 손성호(바이올리니스트. 현 91세)와 함께 일본인 교사 사코 가게미(酒香景己)로부터 바이올린을 배움.

1935년 2월　김천 봉계초등학교를 졸업함.

4월　김천고등보통학교(5년제)에 입학함. 재학 중 학교 브라스밴드 트럼본 연주자 겸 악장을 지냄. 방학 때면 상경하여 계정식으로부터 바이올린을 사사함.

1936년 7월　서울 연희전문학교 하기 음악강습회에 참가하여 음악

수련을 함.

1940년 3월 25일 김천고등보통학교를 졸업함.

8월 일본 태평레코드사에서 주최한 제1회 레코드 예술상(전국 13도 신인가수대항 콩쿨전)에 응모함. 본선대회는 서울 종로4가의 제일극장 무대에서 신인가수 선발대회를 겸함. 이 대회에서 군산 출신의 남춘역(1등), 제주 출신의 여성 백난아(2등)와 함께 3등으로 입상함. 입상 후, 태평레코드사의 문예부장 박영호로부터 백난아(본명 吳金淑)와 함께 '나화랑(羅花郎)'이란 예명을 받음.

9월 세계적인 음악가의 꿈을 품고 일본으로 건너감. 동경 나카노 구(中野 區)의 중앙음악학원(3년제)에 입학하여 바이올린을 전공함.

10월 동경에서 "동보(東寶)성악대" 베이스 파트에 선발, 입단하여 그 전속 합창단원 활동을 함.

1942년 5월 태평레코드사에 가수로 입사함.

7월 남춘역, 백난아와 함께 일본으로 건너가 신인 인가수로서 가요 〈어머님 사진〉, 〈청춘번지〉(태평레코드사 5041) 등 4곡을 취입함.

10월 가요 〈서백리아손님〉, 〈기적 전야〉를 취입함.

11월 가요 〈사막의 영웅〉(백난아의 〈화분일기〉와 함께)을 취입함.

12월 6일 경북 김천 개령 출신의 최임분(崔壬分)과 결혼함. 슬하에 원숙(瑗淑), 형숙(馨淑), 규창(圭彰), 규현(圭賢), 경숙(璟淑), 미숙(美淑), 오숙(五淑) 2남 5녀를 둠.

1943년 5월 태평레코드사 전속가수로 입사함.

8월	작곡 데뷔곡 〈삼각산 손님〉(고려성 작사, 나화랑 작곡, 구성진 노래, 대동아레코드 19604-A), 〈청춘풀이〉(조광환 작곡, 구성진 노래, 대동아레코드 19604-B)를 출반함.
1944년 10월	작곡가 김교성(金敎聲)의 알선으로 포리돌레코드사에 전속 작곡가로 입사함.
1945년 10월	김천여자중학교에 음악교사 공덕희-훗날 윤보선 대통령 영부인-의 후임으로 부임함. 김천 봉계초등학교 교가를 작곡함.
1947년 9월	김천 서부초등학교 교가를 작곡함.
1948년 6월	김천여자중학교 음악교사를 사임함. 창립되는 서울레코드사(설립자 이인표)에 전속 작곡가로 입사함.
10월	김천극장에서 개최한 "정용문 작곡 발표회"에서 테너 독창. 바리톤 임성길(林聖吉)과 함께 듀엣을 함.
7월	가요 〈제물포 아가씨〉(백명 작사, 박재홍 노래)를 발표함.
9월 23일~25일	제일극장에서 개최된 "신인 남녀 최고 가수 콩쿠르대회"(무궁화악극단·삼천리악극단·한남악극단 공동 주최)에서 김교성을 심사위원장으로 하여 한계룡과 함께 심사를 함.
1952년 1월	육군본부의 군예대 악단장으로 입대함. 전후방 각 부대를 찾아다니며 위문활동을 함.
3월 22일	출생함. 명곡 〈도라지 맘보〉(탁소연 작사, 심연옥 노래), 〈향기품은 군사 우편〉(박금호 작사, 유춘산 노래) 발표함.
1953년	대구에서 육군군예대(KSA) 활동 중 제3기생으로 입사한 이영숙(예명 박재란)에게 가요 〈뜰 아래 귀뚜라미〉(? 작사, 나화랑 작곡)를 주어, 가수로서 가요계에 발을 내

	딛게 함.
11월 20일	출생함. 명곡 〈닐니리 맘보〉(탁소연 작사, 김정애 노래) 발매함.
1954년 2월	공군 정훈음악대로 옮겨 근무함.
12월	킹스타 레코드사에 전속 작곡가 겸 문예부장으로 입사하여 왕성히 작·편곡활동을 함.
1955년	〈행복의 일요일〉(반야월 작사, 송민도 노래) 발매함.
1956년 3월	KBS 서울 중앙방송국 경음악단 상임 지휘자로 취임. 향후 5년 동안 편곡, 지휘 및 가요 비평, 노래자랑 심사, 신인 가수 발굴, 가요비평 등으로 한국 가요방송의 중추적 활동을 함.
3월	대한레코드작가협회 창립 이사에 선임됨. 김교성 회장, 이재호·이봉룡 부회장, 박시춘 이사장 그 외의 대표적 작곡가들과 더불어 건전 대중가요 창작, 보급과 민족문화 발전에 헌신할 것을 다짐, 음악예술 저작의 혁신적 향상에 선도적 역할을 함. 가요 〈청포도 사랑〉(이화촌 작사, 도미 노래), 〈서귀포 사랑〉(강사랑 작사, 송민도 노래), 〈뽕따러 가세〉(반야월 작사, 황금심 노래)를 발매함.
9월 16일	나화랑의 음악적 버팀목이었던 맏형 조경환(曺景煥; 예명 高麗星)이 타계함.
1957년 8월 8일	명동 국립극장(시공관)에서 개최된 “고복수 은퇴공연”(한국무대예술원, 대한영화배우협회, 대한레코드작가협회 후원)에 작사가 반야월과 함께 〈최후의 앵콜〉을 지어 헌정함. 이 노래를 서막에서 합창할 때 고복수는 물론

	출연자 모두 다 목이 메어 엉엉 욺. 가요 〈하늘에 황금 마차〉(김문응 작사, 백설희 노래)를 작곡, 발표함.
1958년 1월	도서 『나화랑 작곡집』 제1집(연합출판사, 1958. 1. 30) 발간함.
	명곡 〈무너진 사랑탑〉(반야월 작사, 남인수 노래), 〈울리는 경부선〉(반야월 작사, 남인수 노래)을 발매함.
10월	가수 남일해(본명 정태호)의 주선으로 이미자가 옥인동 자택으로 찾아오자 나화랑은 그 자리에서 〈언제까지나〉와 〈밤의 탱고〉를 불러보게 한 후, 가요 〈워싱턴 블루스〉, 〈집시의 여정〉, 〈돌아와 주신다면〉등 다섯 곡을 줌. KBS악단장이었던 나화랑은 그녀가 라디오쇼프로 "노래의 꽃다발"에 출연을 하도록 주선하여 줌.
1959년	남일해로 하여금 〈비 내리는 부두〉(반야월 작사, 나화랑 작곡)를 취입시켜 가요계에 공식 데뷔시킴.
11월	가요 〈열아홉 순정〉(반야월 작사, 나화랑 작곡, 이미자 노래)을 서울 신촌의 최성락 자택에서 취입함. 이 노래를 SP음반과 LP음반으로 제작, 발표함. 이 노래는 이미자의 공식 데뷔곡이 됨.
1960년	4. 19 학생의거 희생자 김주열의 추모 가요 〈어머니는 안 울련다〉(반야월 작사, 박시춘 작곡)를 편곡하여 미도파레코드사에서 SP음반(황금심 노래)으로 발표함.
12월	도서 『나화랑 작곡집』 제2집(세광출판사, 1960. 12. 20) 발간함.
1961년	가요 〈이정표〉(반야월 작사, 나화랑 작곡, 남일해 노래)를 발표함.

1962년 6월 킹스타 레코드사에서 《노래와 경음악 대중 가요 30년사 백년설·황금심 편》(KSM 1009)을 반야월 구성, 나화랑 편곡·지휘하여 발표함.

킹스타 레코드사에서 《왕년의 가수 6인 걸작집 남인수·백년설·황금심·김정구·백난아·황정자》(KSL 20015)을 나화랑 작·편곡, 지휘하여 발표함.

10월 라미라레코드사를 창설함. 가요 작곡과 레코드 제작, 회사 경영을 겸함.

이 무렵 가요 〈핑크리본의 카드〉(탁소연 작사, 남일해 노래), 〈가야금 타령〉(임동진 작사, 황금심 노래) 등을 출반(出盤)함.

라미라레코드사에서 가요 〈이정표〉(월견초 작사, 남일해 노래), 〈님이라 부르리까〉(김운하 작사, 이미자 노래)를 재출반함. 이후 이 레코드사에서 〈이국땅〉(월견초 작사, 남일해 노래), 〈성황당 고갯길〉(이길언 작사, 남일해 노래), 〈울산 큰애기〉(탁소연 작사, 김상희 노래), 〈열아홉 순정〉(반야월 작사, 이미자 노래) 등을 속속 재반(再盤) 발매함.

12월 라미라레코드사에서 《흘러간 노래 앨범》 시리즈를 제작, 발매함. 그 NO.2로 제작된 《흘러간 노래 앨범 NO.2 번지없는 주막》(반야월 구성, 나화랑 편곡·지휘. RAM 1003, 10인치 LP) 음반이 대중들로부터 크게 인기를 모음.

1963년 1월 작곡가 손석우, 황문평, 전오승, 김인배, 송민영 등과 함께 "한국방송 작가 그룹"을 결성하여 밝고 건전한,

새로운 가요를 보급하기에 힘씀. 1957년 공보부에서 전개한 '국민개창운동'의 주체 세력이었던, 이들 작곡가들은 일제시대의 트로트에서 탈피해 밝고 건전한 노래들을 생산하기에 주력함. 이 영향으로 최희준, 한명숙 같은 가수들이 탄생하게 됨.

5월 23일 최임분(崔壬分)과 이혼함.

6월 20일 경북 김천시 봉산면 인의동에서 서울 종로구 충무로 4가로 전적(轉籍)함.

8월 29일 가수 지망생 및 가수로서 오랫동안 서로 사랑하고 있던, 강원도 삼척 출신의 유란옥(劉蘭玉; 예명 劉星姬)과 재혼함. 슬하에 동실(棟實), 제희(齋希), 규천(圭千), 규만(圭萬), 규찬(圭燦) 3남 2녀를 둠.

1964년 5월 지구레코드사 전속 작곡가로 입사함. 한국방송윤리위원회의 가요심의위원을 겸하면서 자신의 본령인 작곡생활에 다시 몰두하게 됨. 가요 〈성황당 고갯길〉(이길언 작사, 남일해 노래)을 발표함.

1965년 6월 가요 〈울산 큰애기〉(탁소연 작사, 김상희 노래), 드라마 주제가 〈정동대감〉(신봉승 작사, 이미자 노래)이 전국적으로 방송 전파를 타면서 큰 반향을 얻음.

1967년 7월 그랜드레코드사 전속 작곡가로 전속사를 옮김.

1968년 라미라레코드사에서 《흘러간 노래 앨범 NO.2 번지없는 주막》(반야월 구성, 나화랑 편곡·지휘 음반번호가 자켓과 음반에는 RAM 1015로, 레이블에는 RAM 1016로 표기됨. 12인치 LP)을 재발매 함. 훗날 유니버샬코드사에서 《흘러간 노래 앨범 NO.2 번지없는 주막》을 재반으로 발매함.

1969년 3월 라미라레코드사를 재건하여 직영하면서 재기를 시도함.

대도레코드사에서 《왕년의 가수 6인 걸작집 남인수·백년설·황금심·김정구·백난아·황정자》(UE 5559)을 나화랑 작·편곡, 지휘로 재제작 발매함. 이후 이 음반은 유니버샬레코드사, 프린스레코드사로 발매권이 넘어감.

유니버샬코드사에서 《백년설 스테레오 일대작 번지없는 주막·고향길 부모길》을 반야월 구성, 나화랑 편곡·지휘로 제작, 발표함.

1970년 7월 한국가요반세기 작가동지회 감사로 피선됨. 〈가요반세기 작가동지회가〉(반야월 작사, 나화랑 작곡, 김세레나 노래)를 헌정함. 가요예술 창작의 올바른 전통 수립을 촉구하며, 가요작가동지회원들의 권익을 옹호하기에 앞장 섬.

1974년 가요 〈님이여 안심하소서〉(? 작사, 김정애 노래, 킹스타레코드사) 발표함.

1975년 국방부에서 공모한 노랫말 〈멸공의 횃불〉(상병 서정포 작사)에 곡을 붙여 국민가요로 탄생시킴.

1976년 7월 가요 〈그리운 고국 산천-혈육의 정〉(김영일 작사, 김희갑 노래. 아세아레코드사) 《김희갑 애창곡집 제2집》에 수록하여 발표함.

1978년 1월 한국음악 저작권협회 평의원에 피선됨.

1980년 6월 대도레코드사에 전속 작곡가로 입사함.

1981년 3월 7일 한국가요반세기작가동지회(회장 반야월) 주도로 나화랑 회갑연을 엶. 반야월, 박시춘, 한복남 등 동료들과 남일해, 이미자 등의 가요예술인들이 조촐히 회갑잔치를 베풂. 이 자리에서 많은 가요예술인들이 도서 나화랑 작곡집 제3집『삼각산 손님』(후반기출판사, 1981. 3. 1)의 발간을 축하함.

1983년 6월 KBS가 주도한 남북이산가족 찾기의 물결을 타고 가요《여의도의 밤–일명: 무정세월 30여 년》(이인표 작사, 나화랑 작곡, 김광남 노래. 신세계레코드사, SIS 83210, 1983. 11)을 발표함.

11월 17일 향년 62세로 오후 8시 30분 서울특별시 동대문구 회기동 경희의료원에서 세상을 떠남.

:: 발문

민경탁 지음, 『나화랑 평전』 발간에 부쳐

김 창 남

(한국대중음악학회장, 성공회대학교 신문방송학과 / 문화대학원 교수)

한국사회에서 대중음악이 진지한 학문적 연구와 분석의 대상으로 인식되기 시작한 건 그리 오래된 일이 아니다. 아니 대중음악이 기록되고 보존되어야 할 가장 중요한 문화유산의 하나라는 인식조차도 최근에 와서야 생겨나기 시작했다. 오랫 동안 대중의 가장 가까운 일상 속에서 가장 내밀한 정서를 어루만져온 대중음악이 이 땅에서는 늘 한 줌의 위안을 위한 소모품 정도로 취급되어 왔을 뿐이다. 적어도 한 세기를 넘는 세월 동안 수많은 가수와 작곡가 작사가들이 명멸해 왔지만 그들에 관한 기록은 제대로 정리되어 있지 않고 그들이 만들어 낸 노래들에 관한 가장 기초적인 데이터조차 충분히 쌓여있지 않다.

요즘 잘 나가는 대중음악의 트렌드에 대해 담론을 펼치는 사람들은 많지만 오랜 시간 쌓여온 대중음악적 유산들에 대해 열성을 갖고 깊이 있게 천착하는 연구자는 드물다. 최근 들어 몇몇 뜻있는 연구자들에 의해 한국 대중음악의 뿌리를 이루는 식민지 시대부터 현재에 이르기까지 음악적 유산들에 대한 탐구와 기록이 시작된 건 매우 다행스러운 일이 아닐 수 없다. 민경탁 선생도 그런 분 가운데 한 분이다.

민경탁 선생을 처음 만난 건 몇 해 전 한국대중음악학회 학술대회를 통해서다. 이 분이 김천에서 고등학교 교사로 생활하면서 대중가요사에 관심을 갖고 오랫 동안 연구해 오셨다는 얘기를 들었을 때 놀라지 않을 수 없었다. 불모지나 다름없는 척박한 연구 환경에서 전문 연구자도 아닌 분이 자료를 모으고 관계자들을 인터뷰하며 연구 작업을 수행하고 있다는 건 엄청난 열정과 사명감이 뒷받침되지 않고는 불가능한 일이다. 이후 민경탁 선생은 한국대중음악학회의 성실한 회원으로 참여하면서 학회지 『대중음악』에도 두 편의 논문을 기고하신 바 있다. 이 두 편의 논문은 각각 작사가 금릉인(金陵人)과 가수 백년설의 업적과 가요사적 의미에 관한 것이다. 두 사람 모두 식민지시대 한국 가요사에서 빼 놓을 수 없는 중요성을 가진 대중음악인이지만 이들의 삶과 음악을 이토록 꼼꼼하게 기록하고 정리한 글을 달리 본 적이 없다. 말하자면 민경탁 선생은 한국 대중음악사 연구의 비어있는 고리들을 순전히 개인적인 열정과 헌신으로 채워내고 있는 것이다.

『나화랑 평전』은 바로 그런 민경탁 선생의 열정과 헌신을 바탕으로 탄생하는 책이다. 본명이 조광환(曺曠煥)인 나화랑 선생은 이미자의 데뷔곡인 〈열아홉 순정〉을 비롯해, 〈도라지 맘보〉(심연옥), 〈청포도 사랑〉(도미), 〈무너진 사랑탑〉(남인수), 〈닐니리 맘보〉(김정애), 〈향기품은 군사우편〉(유춘산), 〈울산 큰 애기〉(김상희), 〈이정표〉(남일해), 〈님이라 부르리까〉(이미자) 등 수 많은 히트곡을 만든 작곡가이다. 그는 또 우리에게 잘 알려진 조규천, 조규만, 조규찬 세 형제로 구성된 조트리오의 부친이기도 하다. 그의 예명 나화랑을 기억하는 사람은 많지만 정작 그가 어떤 삶을 살았고 어떤 음악적 업적을 남겼는지 아는 사람은 많지 않다. 저자는 나화랑 선생이 남긴 작품과 음반을 꼼꼼히 챙겼을 뿐 아니라 그의 가족과 지인들, 원로 대중음악인들과의 인터뷰를 통해 처음으로 그 생애를 정리하고 음악적 업적을 재조명하고 있다. 나화랑 선생과 이런저런 인연으로 엮이면서 활동한 가수, 작곡가, 작사가 등 음악인들은 대부분 한국 가요사에 굵직한 업적을 남긴 사람들인데 이 책은 바로 그런 사람들과 나화랑 선생이 맺은 관계들에 대해서도 소상히 밝혀주고 있어, 그의 주 활동무대였던 1940년대에서 1980년대에 이르기까지 한국 대중음악계의 흐름을 살필 수 있는 귀중한 정보를 제공해 준다. 이 책은 이후 한국 대중음악사에 관심을 갖고 연구할 연구자들에게 없어서는 안 될 자료가 되어줄 것이다.

역사는 결국 그 시대를 산 사람들의 이야기다. 문화도 마찬가지다. 문화를 생산하고 수용한 사람들의 역사가 곧 문화사다. 사람에 대한 관심은 곧 그 사람이 살았던 시대에 대한 관심이며, 이는 결국 지금 이 시대를 살고 있는 우리 자신의 삶을 거기에 비쳐보면서 스스로를 성찰하는 작업이기도 하다. 그런 의미에서 나화랑 선생과 그의 시대는 지금은 아무도 관심 갖지 않는 오래된 옛 이야기가 결코 아니다. 바로 그런 이야기를 통해 우리는 지금 우리 자신의 삶과 세상을 새삼스럽게 성찰한다. 민경탁 선생의 작업이 가지는 의의는 단지 잘 알려지지 않은 오래된 이야기를 들추어낸 데 있는 것이 아니라 이를 통해 바로 우리 자신의 모습, 좀 더 구체적으로 말한다면 지금 이 시대 우리 대중의 삶과 대중음악의 현실을 새삼 반추하게 한다는 데 있을 것이다. 내가 민경탁 선생의 열정과 헌신에 새삼 큰 박수를 보내는 까닭이다.

아버님의 존재감과 천재성을

유족 일동

아버님이 돌아가신 지 어느덧 30여 년이 흘렀습니다. 지나온 세월 우리 가족은 아버님이 없는 빈자리를 메꾸지 못해 많이 힘들고, 많이 괴롭고, 많이 슬펐습니다. 하지만 아직까지도 아버님은 우리 곁에 살아 계신다고 생각합니다. 아버님의 작품이 많은 대중들의 가슴에 살아 남아 애창되고 있고, 우리 가족의 가슴 속에 여전히 살아 숨쉬고 있기 때문입니다.

아주 어린 시절이라 아버님의 유품이나, 관련 사진, 자료, 도서를 가족이 보관·보존하지 못하였고 수많은 작품 또한 뚜렷하게 보존 못한 관계로 아쉬움이 컸습니다.

약 10년 전 김천의 한 선생님께서 전화가 왔습니다. 아버님에 대한 기념사업을 김천에서 전개하고 있고 그 일환으로 책을 쓰고 싶다며, 자문을 구하고 이미 엄청난 자료를 확보하고 계셨습니다. 지금은 어머님도 돌아가셨지만, 어머님과 함께 그분을 만났습니다. 그분이 바로 이 책을 집필하신 민경탁 선생님이십니다.

김천에서 아버님의 가요사적 업적을 기리는 단체 '나화랑 가요를 사랑하는 사람들의 모임'을 만들어 노래비와 동상을 세우고, 대표곡 선집 음반도 내며, 생가 보존 운동을 벌이고, 향후 "전국나화랑가요제"도 열 예정으로 있는 것으로 알고 있습니다. 유가족이 못하는 일을 긴 세월 동안 매진해 오신, 책의 저자이신 김천의 민경탁선생님께 감사드립니다. 함께 수고하고 성원하여 주신 김천시청의 관계자와 시민들께도 심심한 감사의 말씀을 드립니다.

아버님께서는 저희 자손들이 힘을 다 모아도 이룰 수 없는 위대한 음악 작품을 남기신 작곡가이심을 지나온 세월 동안 새록새록 느껴 왔습니다만 이렇게 대표곡선집 음반과 아버님의 평전을 대하게 되니 그 존재감과 천재성을 새삼 확인하게 됩니다. 아버님과 아버님의 작품에 다시 한번 머리숙여 존경과 경의를 표합니다. 이 책이 나오기까지 가족이 알지 못하는 여러가지 자료 제공과 인터뷰에 응해 주신 고 반야월 선생님 이하 많은 분들께 머리숙여 감사드립니다.

아직 자료 보존 등이 미흡한 한국가요계에 이 책이 작으나마 소중한 기틀이 되어 그냥 잊혀가는 수많은 우리의 민요와 전통가요, 인기가요 등이 보존되고 복원되는 데에 일조하였으면 하는 바람으로 글을 줄입니다.

감사합니다.